HELENE HOLMSTRÖM

Working Late

HELENE HOLMSTRÖM

WORKING LATE

Roman

Ins Deutsche übertragen
von Corinna Roßbach

LYX

LYX in der Bastei Lübbe AG
Dieser Titel ist auch als E-Book und als Hörbuch erschienen.

MIX
Papier aus verantwortungsvollen Quellen
FSC® C014496

Die Originalausgabe erschien 2019 unter dem Titel
»Falla fritt« bei Lovereads, Sweden.

First published by Lovereads, Sweden
Published by arrangement with Nordin Agency AB, Sweden

Für die deutschsprachige Ausgabe:

Textredaktion: Annika Krummacher
Umschlaggestaltung: © Sandra Taufer, München
unter Verwendung von Motiven von Shutterstock
(© Nattee Chalermtiragool; © chanchai howharn; © Zakharchuk)
Satz: Greiner & Reichel, Köln
Gesetzt aus der Adobe Caslon
Druck und Verarbeitung: GGP Media GmbH, Pößneck
Printed in Germany
ISBN 978-3-7363-1429-0

1 3 5 7 6 4 2

Sie finden uns im Internet unter lyx-verlag.de
Bitte beachten Sie auch: luebbe.de und lesejury.de

Liebe Leser:innen,

dieses Buch enthält potenziell triggernde Inhalte.
Deshalb findet ihr auf der letzten Seite eine Triggerwarnung.

Achtung: Diese enthält Spoiler für das gesamte Buch!

Wir wünschen uns für euch alle
das bestmögliche Leseerlebnis.

Euer LYX-Verlag

Für meine Großmutter Ingrid

1

Schon am ersten Tag bei Svärdh & Partner war Charlotta Kvist klargeworden, dass die Dozenten an der Uni nicht die Wahrheit gesagt hatten. Die Professoren und auch die Anwälte, die als Gastdozenten auftraten, hatten während ihres Jurastudiums in Lund immer wieder betont, dass Anwaltskanzleien keineswegs so seien wie in Fernsehserien. In der Realität dürfe man weder den Luxus noch die delikaten Intrigen erwarten. Doch die Spannungen zwischen den Anwälten waren ihr sofort aufgefallen. Sie glichen den winzigen Funken auf einer Oberleitung, die so kurz aufblitzen, dass man sich nicht sicher ist, ob man richtig gesehen hat. Aber sie waren deutlich spürbar. Und die Spannungen wiederum sorgten für Intrigen, die Charlotta an die Fernsehsoaps der Neunziger erinnerten, die sie immer nach der Schule mit ihrer Schwester gesehen hatte.

Mittlerweile war sie schon fünf Jahre in der Kanzlei Svärdh & Partner, und als sie außer Atem auf die Steinterrasse trat und auf das Meer aus schwarzen Anzügen, eng anliegenden Röcken und Seidenblusen blickte, erschienen ihr die Spannungen wie ein gewaltiges Feuerwerk. Die beiden Partner, die sich gegenseitig nicht ausstehen konnten, standen jeweils an einem Ende der Terrasse. Drei erst kürzlich eingestellte Juristen waren ins Gespräch mit einem der älteren Kollegen vertieft und offenbar bereit, sich in den Kampf um die Gunst des Platzhirschs zu begeben. Ein Partner, der im Übrigen seit dreißig Jahren verheiratet war, warf einer der neuen Assistentinnen schmachtende Blicke zu.

Sie selbst hielt sich im Hintergrund. Ihr Atem beruhigte sich langsam, als sie feststellte, dass man noch nicht angestoßen hatte. Niemand sollte sie für unhöflich halten. Von ihr als Anwältin für Zivilrecht erwartete man, dass sie anwesend war, wenn alle Angestellten auf den jüngsten Erfolg ihrer Abteilung anstießen – einen der größten Prozesserfolge in der Geschichte der Kanzlei. Sie hoffte, dass die Sache bald überstanden sein würde, damit sie sich wieder ihren eigenen Dingen widmen konnte.

Suchend blickte sie sich nach Carl-Adam um, entdeckte ihn in einer Ecke und steuerte ihre Schritte in seine Richtung, quer über die Terrasse mit der atemberaubenden Aussicht über die Dächer von Östermalm. Neben der langen Liste gewonnener Prozesse war die Terrasse der ganze Stolz der Kanzlei, was erklärte, warum die Siegesfeier trotz der Kälte draußen stattfand. Die Wärmelampen, die an den beiden Längsseiten aufgestellt worden waren und wie rote Feuerbälle den dunklen Märzabend erleuchteten, machten den Aufenthalt beinahe erträglich.

Sie ließ sich neben dem Freund nieder und bekam sofort ein volles Glas Champagner in die Hand gedrückt.

»Du siehst aus, als könntest du es gebrauchen«, meinte Carl-Adam.

Sie lächelte. »Danke. Ich brauche zwei Flaschen, um Oscars Geplänkel zu ertragen, wenn er die Lorbeeren für meine Arbeit einheimst.« Dank Charlottas Bemühungen im letzten Jahr war dem Mandanten der Kanzlei eine Geldstrafe in Millionenhöhe erspart geblieben. Doch Oscar Hult, ihr engster Kollege und größter Widersacher, hatte es wie immer nach außen so dargestellt, als sei alles sein Verdienst. Sie fühlte sich erbärmlich, weil sie ihn mal wieder hatte gewähren lassen, doch zum ersten Mal verspürte sie auch Bitterkeit. Oscar Hult würde das ganze Lob für den gewonnenen Prozess bekommen, obwohl es allein ihr Verdienst war.

Der Duft frischer Hamburger, zubereitet vom eigens für die Feier engagierten Sternekoch, zog zu ihnen herüber. »Ich versuche vorher noch etwas zu essen«, erklärte sie, nahm einen großen Schluck vom Champagner und verschwand in Richtung Grill, wo sie sich einen saftigen Hamburger holte, bevor sie wieder zurück zu Carl-Adam ging. Sie trank zwei weitere Schlucke, und ihr Freund schenkte ihr aufmerksam nach, während sie herzhaft in ihren Burger biss.

»Und, wie ist er?« Carl-Adam hob die Augenbrauen.

Charlotta blickte auf den Burger hinunter. »Sehr gut!«

Er sah sie erwartungsvoll an.

»Sorry, ich habe ihn nicht nach der Fleischmischung gefragt«, meinte Charlotta seufzend. »Das musst du schon selbst tun.« Inzwischen vermied sie es, mit Carl-Adam essen zu gehen, weil er ständig den Koch um eine Audienz bat.

»Aber wie war *er*?«

Charlotta betrachtete erneut ihren Burger. »Gut, sagte ich doch schon. Perfekt von der Größe her und saftig. Darf ich jetzt weiteressen?«

»Sehr gut beobachtet, sehr gut! Und das in so kurzer Zeit.« Carl-Adam blickte sie anerkennend an.

Es dauerte eine Weile, bis sie begriff, dass er auf ihr gemeinsames Ratespiel abzielte. Auf einer After-Work-Party vier Jahre zuvor hatten Carl-Adam und sie ihre gemeinsame Vorliebe für Countrymusik und rauchigen Whisky entdeckt. Am Ende hatten nur noch sie beide dagesessen, jeder mit einem Whiskyglas, und Johnny Cash gehört. Auf einmal hatte Carl-

Adam gefragt, wie Charlotta die unteren Regionen des Sängers einschätzte – er sei nämlich überzeugt davon, dass Cash ziemlich gut bestückt gewesen sei. Erst fand Charlotta seine Überlegungen ein bisschen geschmacklos, doch dann konnte sie nicht anders, als darüber nachzudenken. Anschließend kamen sie schnell auf die Partner der Kanzlei zu sprechen und waren sich sofort einig, dass der brave Familienvater Måns der am besten Bestückte in der ganzen Kanzlei war. Im Gegensatz zu seinen Kollegen war er seiner Frau seit fünfzehn Jahren treu, was auf ein gesundes Selbstvertrauen schließen ließ, denn offenbar hatte er es nicht nötig, eine mangelnde Penislänge auf andere Weise zu kompensieren. Eine Woche danach bekam sie eine Mail von Carl-Adam. *Måns ist heute in Fahrradhosen nach Hause geradelt. Stattlich. Ich glaube, er muss ihn zusammenfalten.* Seitdem erstatteten sie sich gegenseitig Bericht, wenn sie das Glück (oder Unglück) gehabt hatten, einen Kollegen oder andere gemeinsame Bekannte in Lauftights oder Fahrradhosen zu sehen.

»Das konnte ich nicht erkennen. Der Grill stand doch im Weg«, sagte Charlotta und blickte hinüber zum Koch, der neue Burger für hungrige Juristen auf den Grill legte. Sie legte den Kopf schräg, um besser sehen zu können. »Außerdem trägt er eine Schürze.« Im selben Augenblick trocknete der Koch seine Hände an der Schürze ab, was ihr eine freie Sicht erlaubte. Charlotta hob die Augenbrauen. »Gut bestückt, glaube ich.«

»Mmm ... In einem Internetforum habe ich gelesen, dass er der am besten ausgestattete Mann der Kochszene sein soll.« Carl-Adam schaute träumerisch zum Koch hinüber. »Ein Mann, der in der Küche und im Bett gut ist – was will man mehr?« Als der Koch in ihre Richtung sah, schien es Charlotta, als blickten sich Carl-Adam und er einen Moment zu lange in die Augen.

Sie klopfte ihrem Freund auf die Schulter. »Du brauchst doch wohl keine Fantasien … Du hast ja den schönsten Mann der Welt zu Hause.« Charlotta betrachtete Carl-Adams Verlobungsring. »Der äußerst gut bestückt ist, wie du mehr als einmal erwähnt hast.«

»Ja, das stimmt. Aber ich habe auch den am meisten beschäftigten Mann der Welt.« Seine Miene verdunkelte sich für einen kurzen Moment, hellte sich aber schnell wieder auf. »Apropos schönster Mann der Welt – Jack und ich treffen uns später unten im Riddaren«, sagte Carl-Adam dann. »Du bist doch dabei, oder?«

Oscar hatte es geschafft, sie in einen weiteren Fall einzubinden, zusätzlich zu ihren eigenen. Sie sollte aufhören, Wein zu trinken, sondern brav mit den anderen anstoßen und anschließend zurück ins Büro gehen.

»Ich muss mich in einen Fall einlesen, den ich morgen präsentieren soll. Außerdem helfe ich Oscar bei einer Sache, die …«

»Kommt gar nicht infrage.« Carl-Adam hielt seine Hand vor ihr Gesicht. »Weißt du was? Wir machen es so. Wir trinken noch etwas Wein und essen Hamburger, und dann entscheidest du dich. Okay?«

In diesem Moment wurde das Gemurmel von einem Klirren unterbrochen, jemand hatte mit dem Löffel gegen ein Glas geschlagen. Die Blicke aller richteten sich auf die breiten Glastüren. Im oberen Stockwerk des Gebäudes residierte der Gründer der Kanzlei, Sören Svärdh, der sich aus Anlass der Feier entschlossen hatte, sich unter die Normalsterblichen zu begeben. Ein Stück entfernt entdeckte Charlotta Oscar, der kerzengerade dastand und die Brust herausschob. Das enge Jackett sah aus, als würde es jeden Moment aus den Nähten platzen. Den Rest des Champagners kippte sie in drei großen

Schlucken hinunter. Wenn sie schon aushalten musste, dass jemand anderes das Lob für ihre Arbeit einheimste, dann nur mit einer entsprechenden Menge Alkohol.

Dabei müsste sie es inzwischen eigentlich gewöhnt sein. Während sie den sanft perlenden Champagner hinunterschluckte, beschloss sie, Oscars Verhalten nicht mehr zu akzeptieren, und schwor sich, dass es das letzte Mal gewesen war.

2

Ignacio Vargas betrachtete die Wirtschaftsexperten, die vor ihm aufgereiht saßen. »Es geht also um CSR – Corporate Social Responsibility. Nachhaltigkeit.« Bestimmt zum zwanzigsten Mal suchte und fand er unter allen Gesichtern dieses bestimmte Paar blauer Augen. Die hübsche Brünette, der es gehörte, erwiderte seinen Blick. Ihrer äußeren Erscheinung nach zu urteilen – adrette Bluse und teuer aussehender Schmuck – gehörte sie vermutlich zu einer der größeren Wirtschaftsprüfungsgesellschaften. Aufgrund neuer Standards und des öffentlichen Interesses waren Nachhaltigkeitsfragen aktueller denn je.

Bevor sein Blick weiterwanderte, verweilten seine Augen auf ihr. Brauchte er vielleicht noch eine Verabredung fürs Wochenende? Er hatte beim Dating bewusst eine Pause eingelegt, weil er es nie über einen gewissen Punkt hinausgehen ließ. Allein der Gedanke, jemand könnte Erwartungen an ihn haben, wie er sich in einer Beziehung verhielt, verursachte ihm Übelkeit. Er musste zurück zu sich selbst finden, ohne einen anderen Menschen, der ihn zu jemandem verbog, der er gar nicht war.

»Zum Abschluss und als Zusammenfassung dieser Stunde möchte ich Ihnen gerne zeigen, wie das, über das wir heute gesprochen haben, tatsächlich ein Unternehmen beeinflusst.« Der Beamer projizierte die Geschäftszahlen von Gaia aus den letzten drei Jahren auf die Leinwand hinter ihm. Grafiken zeigten, wie schnell die Zahlen sich verändert hatten, seitdem er in der Firma arbeitete. Auf sein Betreiben hatte man das Thema Nachhaltigkeit endlich ernst genommen. Daraufhin hatten sich die roten Zahlen und die Abwärtsspirale ins Gegenteil verkehrt.

Ignacio genoss die bewundernden Blicke des Publikums. Einen verdammt guten Job hatte er bei Gaia gemacht, und darauf war er stolz. Seine Erfolge waren der Grund dafür, dass er hier stand und vor den führenden Wirtschaftsleuten Schwedens einen Vortrag hielt, ein ehrenvoller und prestigeträchtiger Auftrag.

»Wie Sie sehen, haben sich die Zahlen Ende 2015 verbessert, nachdem wir unser Label Fair Collection eingeführt haben.« Er brauchte Gaias weltberühmte Kollektion aus recycelten Materialien nicht näher zu erläutern, die von afrikanischen Kleinunternehmern hergestellt wurde. Niemandem in der schwedischen Wirtschaft war das Wunder entgangen. Ignacio verantwortete sowohl das Konzept als auch die Durchführung, und abgesehen von guten Zahlen hatte das Projekt auch gute Presse bekommen.

Eine Frau in der ersten Reihe mit klugem, beinahe altersweisem Blick hob ihre Hand. Schon bevor er sie zum Reden aufforderte, wusste er, was sie fragen würde, hoffte jedoch, dass er unrecht hatte.

»Was sagen Sie zur Stimmung unter den bolivianischen Arbeitern und zu Ihrer Verantwortung für den Brand? Ich nehme an, dass Sie als Nachhaltigkeitschef darüber im Bilde sind?«

Er erstarrte. Das Thema beschäftigte ihn Tag und Nacht. Er wollte, er *durfte* nicht darüber sprechen. Es war ein einziges Minenfeld.

Während er sich sammelte, nickte er langsam und trat ein paar Schritte nach vorn. Senkte den Kopf, um sich anschließend mit ernstem Gesichtsausdruck an sein Publikum zu wenden. »Die meisten von Ihnen wissen sicherlich vom Brand in der Fabrik einer unserer Zulieferer in Brasilien. Es betrifft Gaia Facile, unser niedrigpreisiges Modelabel. Die Arbeiter in der Fabrik haben uns verklagt.« Er räusperte sich. »Wie ich heute gezeigt habe, bemüht Gaia sich eingehend darum, solche Unfälle zu vermeiden. Wir nehmen die Katastrophe äußerst ernst. Sobald wir von dem Vorfall erfahren hatten, ist eine Abordnung unserer Mitarbeiter nach Brasilien gereist. Aber der Fehler ist in der Fabrik passiert und liegt daher in deren Verantwortung, nicht in unserer.«

»Sie haben also nicht vor, die Arbeiter zu entschädigen? Die Menschen sind doch schwer verletzt und traumatisiert worden.«

Er stand kurz davor, laut loszufluchen. Natürlich hatte die Frau recht. Wenn es nach ihm gegangen wäre, hätten sie sofort die Verantwortung übernommen und die Arbeiter längst entschädigt. Doch nach Meinung des Vorstands wäre es für Gaia rufschädigend gewesen, die Verantwortung für das Unglück zu übernehmen. Man war der Meinung, dass die bereits ausbezahlte symbolische Summe mehr als genug gewesen sei. Doch die Fabrik war pleitegegangen und der Besitzer außer Landes geflohen, sodass es nun allein Gaia oblag, Verantwortung zu übernehmen und eine angemessene Entschädigung zu zahlen. Wenn sie den Arbeitern gleich gezahlt hätten, was diese verlangten, wäre die Sache längst aus der Welt gewesen. Stattdessen musste sich Ignacio jetzt mit Fragen nach Gaias Mitverschulden an dem schrecklichen Ereignis auseinandersetzen.

»Wir haben bereits Geld in einen Hilfsfonds eingezahlt. Ich betone ausdrücklich, dass Gaia die Sache sehr ernst nimmt. Doch wie gesagt, das Unternehmen ist nicht für den Vorfall verantwortlich, sondern die Fabrik. Wir waren nur der Auftraggeber. Die Konsequenz ist natürlich, dass wir höhere Anforderungen an die Fabriken stellen müssen, was wir inzwischen auch tun.«

Das stimmte. Gaia waren die unzulänglichen Sicherheitsvorschriften und schlechten Arbeitsbedingungen in der Fabrik nicht bekannt gewesen. Allerdings hätte das Unternehmen die Verhältnisse vor Ort genauer prüfen müssen, bevor sie die Produktion dorthin verlegte. Brände und andere Unglücksfälle kamen bei Zulieferern großer westlicher Einzelhandelsunternehmen leider immer häufiger vor. Ignacio war der festen Überzeugung, dass die Großunternehmen anfangen mussten, Verantwortung zu übernehmen. Er hatte versucht, Geschäftsführer und Vorstand ebenfalls davon zu überzeugen, doch das konnte er an dieser Stelle nicht sagen. Hier musste er loyal zu seinem Unternehmen stehen.

Zu seiner Erleichterung wurde eine neue Frage gestellt, diesmal zum Thema Marketing, sodass er das leidige Thema fallen lassen konnte. Weitere Fragen folgten, ehe er die Veranstaltung offiziell beendete. Er sah davon ab, sich im Anschluss unter die Leute zu mischen, was schade war. Es war sinnvoll, Kontakte zu knüpfen, und außerdem hatte er keine Gelegenheit, mit der Brünetten zu plaudern. Aber er war auf ein Bier mit Jack verabredet und schon spät dran. Nachdem sich der Saal geleert hatte, eilte er hinaus auf den Sveavägen auf der Suche nach einem Taxi. Wahrscheinlich war es besser so. Unangenehme Fragen, auf die er keine Antworten wusste, waren das Letzte, was er jetzt gebrauchen konnte.

Das Einzige, woran er denken konnte, während sein Taxi sich durch das Verkehrschaos auf der Kungsgatan schob, waren die bolivianischen Arbeiter. Gaia hatte soeben ein Gegenangebot gemacht, doch er glaubte nicht, dass sich die Arbeiter damit zufriedengeben würden, es war zu niedrig. Wie konnte es ihm gelingen, den Vorstand und den Geschäftsführer von einer angemessenen Entschädigung zu überzeugen? Er würde ihnen klarmachen müssen, dass Gaias guter Ruf sonst gefährdet war.

»Lasst uns auf den heutigen Erfolg anstoßen, und auf Oscars sagenhaftes Schlussplädoyer, das bereits Kultstatus genießt!« Sören Svärdh hob sein Champagnerglas. Sein Gesicht zierte die gewohnte Mittelmeer-Bräune, und seine gleichmäßigen weißen Zähne leuchteten unter dem Dunkel der Markise. Die anderen Mitarbeiter der Kanzlei hoben ebenfalls die Gläser, und auch Charlotta beteiligte sich halbherzig. Es war noch nie vorgekommen, dass Sören auf den besonderen Einsatz eines Juristen anstieß. Das bedeutete, dass sie Oscars selbstgefälliges Grinsen noch wochenlang würde ertragen müssen. Sören winkte Oscar zu sich heran. Sie schauderte, als sie sah, wie Oscar den Kollegen ein breites Lächeln zuwarf.

»Räuspert er sich jetzt oder richtet er zuerst seinen Hemdkragen, was glaubst du?«, flüsterte Carl-Adam ihr ins Ohr.

»Hemdkragen.«

»Ich glaube, er räuspert sich.«

Oscars Grinsen wurde noch breiter, als er mit seinem wohlbekannten, widerwärtigen Räuspern den Schleim im Hals verteilte.

»Yes.« Siegesgewiss ballte Carl-Adam die Hand zur Faust.

»Ja, mein lieber Sören.« Oscar richtete seinen Hemdkragen. »Ich habe mir im Vorfeld natürlich einige Gedanken gemacht.« Er atmete so tief ein, dass sein Körperumfang noch weiter zunahm, bis er schließlich einem Kugelfisch ähnelte. »Ich habe wohl noch nie so intensiv an meinen Argumenten gearbeitet«, fuhr er fort. »In der Juristerei geht es nicht darum, die richtigen Argumente vorzubringen, sondern darum, diese glaubwürdig erscheinen zu lassen.«

Charlotta entfuhr ein lauter Seufzer, was ihr eine Reihe fragender Blicke einbrachte. Genau diese Worte hatte sie über das Plädoyer gesagt, nachdem Oscar ihr alle Fehleinschätzungen vorgehalten und ihre Unwissenheit getadelt hatte. Sie war es nämlich gewesen, die jedes einzelne Wort des Schlussplädoyers geschrieben hatte, eben jene Worte, die Oscar dem Gericht vorgetragen hatte und für die er gerade von Sören gefeiert wurde. Nicht nur, dass er allein die Lorbeeren für den Fall erntete, jetzt stand er auch noch da und gab exakt ihre Verteidigung des Schlussplädoyers wieder – so als wären es seine eigenen Gedanken.

Sören sah aus, als könne er angesichts dieser Genialität seinen Ohren kaum trauen. Erneut entblößte er seine blendend weißen Zähne und überreichte Oscar eine glänzende Geschenktüte. Dieser fischte eine Flasche aus dunklem Glas heraus, die er sich mit beiden Händen unter dem Applaus der Kollegen über den Kopf hielt, als hätte er gerade eine Siegertrophäe entgegengenommen.

»Die passt perfekt in meine Sammlung«, sagte Oscar und bezog sich dabei auf die Whiskyflaschen, die in seinem Büro aufgereiht in einem Schrank standen. Diese beinahe einen halben Meter hohe Flasche würde mit Sicherheit einen Ehrenplatz ganz vorne erhalten. Er sagte es mit einem vielsagenden Blick auf Sören, der von dieser Form der Einladung jedoch glücklicherweise keine Notiz nahm.

Als sich die Menschenansammlung zerstreute, holte sich Charlotta ein weiteres Glas Sekt an der Bar und kippte es hinunter. Sie musste zurück ins Büro, vor ihr lag noch ein kompletter Arbeitstag. Doch sie war so wütend über das absurde Theater, das sie hatte mit ansehen und hören müssen, dass sie sich auf nichts anderes konzentrieren konnte.

Eine Stunde später war Oscar noch immer der Star des

Abends, und Charlotta genehmigte sich das vierte Glas Wein mit Carl-Adam an der Bar. Neben ihnen berichtete der Star lautstark davon, wie er in seiner vorigen Kanzlei heldenhaft eingesprungen war und einen Rechtsstreit zu ihren Gunsten entschieden hatte, nachdem einer der Partner mit dem Rad gestürzt war und eine Gehirnerschütterung erlitten hatte.

Carl-Adam folgte ihrem Blick. »Jetzt wird er immer größenwahnsinniger.« Er füllte erneut ihr Weinglas. »Dabei hat er das nur dir zu verdanken.«

Charlotta nahm zwei große Schlucke. »Ach, ich bin es inzwischen gewohnt, dass sich andere meine Worte zu eigen machen. Ich wäre eine gute Drehbuchautorin.« Sie lachte auf.

Carl-Adam sah sie ernst an. »Du musst damit aufhören, seine Arbeit zu erledigen.«

»Ich habe es für die Kanzlei getan. Er hätte es für einen unserer wichtigsten Mandanten beinahe vergeigt, also hatte ich keine andere Wahl.« Doch Carl-Adam hatte recht. Seit Oscar vor zwei Jahren in der Kanzlei angefangen hatte, war ihr Arbeitsaufwand um einiges gestiegen.

»Vielleicht ist es an der Zeit, mal an dich selbst zu denken.«

»Du weißt, dass ich dann als streitsüchtig und unkooperativ gelte.« Sie wusste, dass Carl-Adam aus Mitgefühl streng mit ihr war, aber alles war leichter, wenn man die Fassade wahrte und weiter hart arbeitete. Jeden Ärger über Oscar parkte sie stattdessen auf der Müllhalde für unerfreuliche Erlebnisse in ihrem Gehirn, in dem Glauben, dass es sie auf irgendeine Weise stärker machen würde.

»In jedem Fall solltest du allen klarmachen, dass dir die eigentliche Ehre gebührt.«

»Und wie soll ich das anstellen? Vor ihren Augen die Whiskyflasche an mich reißen?«

»Ja, warum nicht? Das würde ihnen sicher in Erinnerung bleiben.« Carl-Adam nickte anerkennend.

Hinter ihnen war Oscars lautes Lachen zu hören. Zwei Partner aus der Transaktionsabteilung, die sich mit Unternehmensübernahmen beschäftigten, lachten mit. Gleichzeitig stopfte Oscar sich einen halben Hamburger in den Mund, das Dressing tropfte auf sein weißes Hemd. Carl-Adam zog eine Grimasse, dann nickte er vielsagend in die Richtung von jemandem, der sich offenbar hinter Charlotta befand. Sie drehte sich um. Alex, mit dem sie seit ihrem Einstieg in die Kanzlei flirtete, lehnte mit einer der neu eingestellten Juristinnen an der Bar und knabberte an ihrem Ohr. Die junge Frau antwortete mit einem Lachen und schmiegte sich an ihn.

»Kein Sex für dich heute«, konstatierte Carl-Adam und biss herzhaft in seinen zweiten Hamburger.

Wann immer Alex etwas Neues, Spannendes witterte, griff er zu, das wusste sie und zuckte die Schultern. Ihre Affäre war nichts Ernstes, da waren sie sich einig. Einen Hauch von Demütigung verspürte sie trotzdem, dass er sich in der Öffentlichkeit so benahm. Carl-Adam zufolge wusste die ganze Kanzlei, dass sie und Alex hin und wieder zusammen nach Hause gingen, und lieber wäre sie es gewesen, die ihrer ohnehin abgekühlten Beziehung ein Ende setzte.

»Ich sollte jetzt wirklich arbeiten.« Sie kippte den Wein hinunter.

»Ich weiß deinen Arbeitseifer durchaus zu schätzen, aber …« Carl Adam wies auf die leere Rotweinflasche. »Es ist nicht unbedingt davon auszugehen, dass eine halbe Flasche Rotwein und zwei Gläser Champagner die beste Vorbereitung dafür sind, sich in einen trockenen Patentrechtsfall einzulesen.«

»Für manche vielleicht schon.« Schwungvoll stand sie auf, doch die Terrasse um sie herum drehte sich, und sie musste sich an der Stuhllehne festhalten. Oje, arbeiten würde sie erst wieder in ein paar Stunden können. Neben ihr lachte Oscar schon wieder sein lautes Lachen. In dem Moment beschloss sie, für die nächsten Stunden eine Pause einzulegen. Sie würde Carl-Adam zum Riddaren begleiten, anschließend nach Hause spazieren und wieder nüchtern werden.

Sie gingen hinunter ins Büro und holten ihre Sachen. Auf halbem Wege zum Empfang hielt Charlotta Carl-Adam am Arm fest. »Wir haben noch etwas zu erledigen.«

»Was denn?«

»Rache üben.«

Sie nahm ihn bei der Hand und lief den Flur entlang. An einem Fenster blieb sie abrupt stehen, fuhr mit den Fingern am Fensterrahmen entlang und ließ die toten Fliegen, die der Putzdienst immer übersah, in ihre Hand fallen.

Von Weitem waren Schritte und Stimmen zu hören. Sie fasste Carl-Adam am Arm und zog ihn in einen der Büroräume. Oscars Raum.

»Was ist …?«

Sie legte ihre Hand auf seinen Mund, und die beiden versteckten sich hinter dem Bücherregal.

Dann betrachtete sie die große Flasche, die Oscar bereits auf seinem Schreibtisch deponiert hatte. »Ich werde seinen verdammten Whisky verpesten. Rache ist süß!«

Sie öffnete den Korken und wollte gerade Staub und Insekten hineinrieseln lassen, als Carl-Adam sie zurückhielt.

»Warte!«

»Warum?« Erstaunt sah sie ihn an. Wollte Carl-Adam sie tatsächlich daran hindern, sich zu rächen?

Er lächelte geheimnisvoll. »Du sollst diesen Whisky auch genießen.« Er verschwand und kam kurz darauf mit zwei Karaffen zurück, einer leeren und einer mit Wasser.

Er zeigte auf die Whiskyflasche. »Das hier ist dein Whisky. Schütte die Hälfte in die leere Kanne, ich kümmere mich um eine schöne Flasche für dich. Dann füllen wir seine mit Wasser auf, damit er nicht sieht, dass etwas fehlt, und geben dann die Fliegen hinein.«

»Perfekt!« Sie grinste.

Erneut waren Schritte zu hören. Sie verstummten und versteckten sich wieder hinter dem Regal. Die Schritte verlangsamten sich. Charlottas Herz klopfte ihr bis zum Hals.

»Oh mein Gott, so nervös bin ich nicht mehr gewesen, seit ich in der Sechsten einen Kasten Leichtbier aufs Klassenfest geschmuggelt habe«, flüsterte Carl-Adam. Charlotta fing unkontrolliert an zu kichern, doch glücklicherweise entfernten sich die Schritte wieder.

»Natürlich hat er ihn schon probiert.« Carl-Adam zeigte auf das leere Whiskyglas, das neben der Flasche stand.

Allein der Gedanke, dass Oscar hier gestanden und selbstzufrieden den Whisky genossen hatte, obwohl sein Erfolg allein ihr Verdienst war, trieb ihr die Zornesröte ins Gesicht. Schnell nahm sie die Flasche und kippte die Hälfte des Whiskys in die Karaffe. Dann schüttete sie Wasser nach und gab die Fliegen in die Flasche.

»Sieh mal«, sagte Carl-Adam und zeigte auf eine vertrocknete Spinne auf der Fensterbank.

Angeekelt nahm Charlotta sie zwischen Daumen und Zeigefinger und ließ sie in die bernsteinfarbene Flüssigkeit fallen. Dann verschloss sie die Flasche gründlich mit dem Korken. Jetzt fühlte sie sich schon viel besser.

3

Im Riddaren drängten sich Stammgäste und Büroangestellte für einen Vorgeschmack auf das nahende Wochenende, jeder Platz war belegt. Carl-Adam fluchte jedes Mal, wenn er sich unter einem der niedrig hängenden Kronleuchter hindurchducken musste. Der Barbesitzer wusste genau, dass die durstigen Juristen von der Kanzlei immer wieder kommen würden, und ignorierte deshalb Carl-Adams wiederholte schriftliche Beschwerden. Charlotta sah sich um und stellte fest, dass mindestens die halbe Kanzlei den Abend im Riddaren fortsetzte, nachdem der Sternekoch den Grill verlassen hatte. Mitten im Getümmel entdeckte sie ein Augenpaar, das ihren Blick suchte. Dunkelbraun, im Schummerlicht beinahe schwarz. Abrupt blieb sie stehen. Markantes Kinn, dichte Augenbrauen und breite Schultern. Die geballte Männlichkeit seiner Ausstrahlung haute sie beinahe um. Wer war er?

Erst als Carl-Adam zielsicher auf ihn zusteuerte, fiel Charlotta auf, dass direkt neben ihm Jack saß. Carl-Adam begrüßte seinen Verlobten mit einem langen Kuss, während Charlotta dem schönen Nebenmann die Hand hinstreckte. Er sah so umwerfend gut aus, dass er es gewohnt sein musste, wenn Menschen bei seinem Anblick die Luft wegblieb. So ging es jedenfalls Charlotta. Sie errötete und blickte verlegen zur Seite, obwohl ihr erster Blick sie bereits entlarvt haben musste.

Ein angenehmer Schauer überzog ihren Arm, als er ihre Hand ergriff. »Ignacio.« Seine Stimme war dunkel und sanft.

Sie räusperte sich. »Charlotta.«

»Ihr kennt euch noch nicht?«, fragte Jack erstaunt und umarmte sie herzlich.

»Nicht dass ich wüsste.« Sie sah Ignacio an. Der Name kam ihr bekannt vor, doch hätte sie ihn bereits gesehen, wäre ihr die Begegnung in Erinnerung geblieben.

»Nein, noch nicht«, bestätigte Ignacio, und wieder bereitete ihr seine Stimme eine wohlige Gänsehaut. Sie musste an warme Schokoladensauce denken. Auf ihrem nackten Körper.

»Ignacio ist ein alter Kumpel von der Handelshochschule. Er hat ein paar Jahre in Nicaragua gelebt.« Jack blickte Ignacio an. »Aber jetzt bist du schon seit zwei Jahren wieder hier, oder?«

»Ja, aber wir haben uns in der Zeit trotzdem kaum gesehen«, stellte Ignacio fest.

»Das geht mir ganz ähnlich«, sagte Carl-Adam. Charlotta merkte, dass er versuchte, scherzhaft zu klingen, doch sie spürte den Ernst hinter seiner Aussage.

Jack hob zur Verteidigung die Hände. »Ich weiß, ich weiß, ich habe sehr viel gearbeitet. Aber du hast dich auch nicht gerade ständig bei mir gemeldet, Ignacio.« Er betrachtete seinen Freund, der darauf nicht antwortete.

Keiner von Jacks ehemaligen Kommilitonen war besonders sympathisch, Charlotta hatte viele von ihnen kennengelernt. Sie hatte nie verstanden, warum er immer noch Kontakt mit ihnen hielt. Vor allem erinnerte sie sich an eine junge Frau auf einer Party. Natalie war einer der unangenehmsten Menschen, den sie je getroffen hatte. Den ganzen Abend hatte Natalie ihr herablassende Blicke zugeworfen, und als Charlotta erzählt hatte, dass sie aus Ludvika stammte, und klarstellen musste, dass sie in einem gewöhnlichen Haus und nicht auf einem Bauernhof aufgewachsen war, hatte Natalie gesagt, wie interessant es doch sei, Menschen vom Land zu treffen.

Dann fiel ihr ein, woher sie Ignacios Namen kannte. Carl-Adam hatte von ihm und Natalie erzählt, dem atemberaubend schönen Paar.

»Bist du nicht mit dieser arroganten Frau zusammen?« Die Worte kamen unvermittelt über ihre Lippen, bevor sie überhaupt darüber nachgedacht hatte. Sie schnippte mit den Fingern. »Natalie. Du weißt schon, Carl-Adam, die von der Party, die so überheblich war?« Carl-Adam lächelte gequält.

Wie zu erwarten sah Ignacio nicht sonderlich begeistert aus. Er räusperte sich, um etwas zu erwidern, schien es sich jedoch anders zu überlegen.

»Diese junge Dame hier hat zu viel Wein in zu kurzer Zeit getrunken«, erklärte Carl-Adam entschuldigend.

Charlotta zuckte die Schultern.

»Aber zum Glück hat sie nur Ignacios Ex-Freundin beleidigt«, ergänzte Jack mit einem nachsichtigen Lächeln. Dann verstummte das Gespräch.

Ignacios Blick hatte etwas Hartes und Abwartendes bekommen. Sollte sie die Situation retten, indem sie sich entschuldigte? Doch Carl-Adam war schneller. Er lehnte sich über die Bar und bestellte Sekt für alle. Sie hatte auch gar keine Lust, sich bei diesem Snob zu entschuldigen. Während Carl-Adam die Sektgläser entgegennahm, erkundigte er sich bei Ignacio nach dessen Wohnungskauf. Ignacios dunkle Stimme ging ihr durch Mark und Bein, als er Carl-Adams Frage beantwortete.

Jack wandte sich ihr zu. »Mach dir keine Sorgen wegen Natalie«, sagte er leise. »Sie war nicht besonders nett, und nun gilt es, Ignacio ebenfalls davon zu überzeugen.« Er lächelte.

»Er ist also noch nicht über sie hinweg?«, fragte Charlotta und spürte zu ihrem Erstaunen eine leichte Enttäuschung. Was völlig absurd war. Es konnte ihr doch völlig egal sein, in wen er verliebt war.

»Doch, das denke ich schon. Aber sein lächerliches Loyalitätsdenken führt dazu, dass er immer noch meint, zu ihr stehen zu müssen.« Neben ihnen lachte Ignacio über etwas, das Carl-Adam gesagt hatte, und seine Gesichtszüge wurden weicher.

Ein Tisch direkt neben der Bar wurde frei. Carl-Adam nahm Gläser und Flasche und steuerte ihn an. Charlotta setzte sich auf einen der hohen Barstühle und landete direkt gegenüber von Ignacio.

»Wie läuft's eigentlich mit deiner Arbeit, Ignacio?« Carl-Adam reichte jedem von ihnen ein gut gefülltes Sektglas. »Ich habe gehört, dass ihr in der letzten Zeit ziemlich erfolgreich wart.«

Wenn sie sich jetzt einen Vortrag über die neueste Investition dieses Mannes anhören musste, würde der exquisite Sternekoch-Burger direkt vor ihnen auf dem Tisch landen. Dass er mal mit Natalie zusammen gewesen war, sagte eigentlich schon genug darüber aus, was für ein Typ er war. Natalie würde sich niemals mit einem Neureichen zufriedengeben, und er wirkte so blasiert, wie es nur Menschen sind, die bisher alles auf dem Silbertablett serviert bekommen haben.

Ignacio öffnete den Mund, um zu antworten, doch Charlotta schnitt ihm das Wort ab. »Können wir nicht über etwas Spannenderes reden als über Ignacios Arbeit in Papas Unternehmen? Es gibt weitaus interessantere Gesprächsthemen als die Karriere privilegierter Männer.« Gerade heute Abend war sie dieses Thema außerordentlich leid. An anderen Abenden im Übrigen auch.

Jack musste laut lachen. »Hört, hört! Dabei ist Carl-Adam

an diesem Tisch der Einzige, der seinen sozialen Status mit der Muttermilch aufgesogen hat.«

Charlotta blickte Ignacio an. »Aber du warst doch mit Natalie zusammen«, stammelte sie. Es musste am Alkohol liegen.

Er zögerte einen Moment, bevor er mit einem schiefen Lächeln auf den Lippen antwortete. »Leider steht mir im Familienunternehmen keine Führungsposition zur Verfügung. Mein Vater ist Busfahrer und kann mir bestenfalls einen Sommerjob besorgen.« Sein Tonfall klang hart, doch seine Augen glitzerten amüsiert.

»Ja, ja, während ihr überlegt, wer von euch die schwerste Kindheit hatte, trinke ich meinen Sekt.« Carl-Adam füllte alle Gläser bis zum letzten Tropfen.

Ignacio erhob sich. »Jetzt bin ich an der Reihe zu bestellen.« Während er zur Bar ging, musterte Charlotta ihn von oben bis unten. Definitiv gut bestückt.

Ignacio lehnte sich auf seinem Barhocker zurück und betrachtete Charlotta. Ständig hielten ihn die Leute fälschlicherweise für jemanden aus der Oberschicht. Wenn er dann erzählte, dass seine Eltern Arbeiter waren, die in den Achtzigerjahren vor der chilenischen Militärjunta geflohen waren, fiel die Reaktion immer verhalten aus. Jedenfalls in den Kreisen, in denen er sich mit Natalie aufgehalten hatte: einer homogenen Ansammlung von Menschen, von denen niemand wusste, wie man sich gegenüber jemandem verhalten sollte, der anders war als man selbst.

Für eine Sekunde war Charlotta errötet, und ihre braunen Augen hatten geblitzt. Ungeheuer attraktiv. Er konnte seine Augen kaum von ihren vollen Lippen abwenden, die besonders rot waren, nachdem ihr das Blut ins Gesicht geschossen war. Schon als sie die Bar betreten hatte, war sie ihm aufgefallen. Ihr langes blondes Haar, das in einem adretten Pferdeschwanz gebändigt war, ihr ohne das Haargummi aber sicher wild ins Gesicht fiel, ihre schönen, hellbraunen Augen und ihr Mund. Dieser Mund.

Jetzt sah sie beinahe enttäuscht aus und wirkte zugeknöpft.

»Wo in Dalarna kommst du übrigens her?«, fragte er und schenkte ihr noch mehr Sekt ein.

Sie seufzte. »Meinen Dialekt hört man immer, wenn ich etwas getrunken habe.«

»Ich mag ihn.« Er lächelte breit, und für einen kurzen Moment wirkte sie schockiert. Er verstand sie. Vorhin hatte er nicht arrogant wirken wollen, er hatte nur nicht gewusst, wie er sich verhalten sollte, wenn die Rede auf Natalie kam. Er mochte seine Ex-Freundin nicht mehr besonders, aber er war nun einmal mit ihr zusammen gewesen.

»Ich bin aus Ludvika.«

»Aufgewachsen in einem typischen roten Holzhäuschen?«

Sie nickte.

»Wahrscheinlich hast du sogar eine Volkstracht?«

Sie zog eine Grimasse und nickte erneut.

»Das war zu erwarten.« Er lächelte, sah sie eine Sekunde zu lange an und blickte dann schnell zu Jack. Dieser beklagte sich häufig darüber, dass Ignacio immer dieselbe Masche einsetzte. Doch Jack war in eine Diskussion über Hochzeitsreisen vertieft. Seit er Carl-Adam vor knapp einem Jahr einen Heiratsantrag gemacht hatte, waren sie sich über dieses Thema noch nicht einig geworden.

Gerade als Ignacio seine nächste witzig gemeinte Frage über Dalarna stellen wollte, vibrierte sein Handy in der Brusttasche. Er warf einen Blick aufs Display, lächelte Charlotta entschuldigend an und nahm den Anruf entgegen.

»Hej! Du, ich gehe gerade nach draußen, damit ich dich hören kann.«

Er stand auf und bahnte sich zwischen all den warmen Körpern seinen Weg zum Ausgang. Der Märzabend war kalt, doch der Frühling lag schon in der Luft. Ein Stück entfernt erahnte man das lebhafte Treiben auf der Nybrogatan, doch auf dieser Höhe der Riddargatan war es still. Das liebte er an Stockholm – dass man im Tosen der Großstadt immer nur einen Steinwurf von Ruhe und Stille entfernt war.

»So, jetzt«, sagte er und hielt sein Handy ans Ohr. »Hast du irgendetwas gehört?«

Der Geschäftsführer von Gaia seufzte tief. Ignacio sah vor seinem inneren Auge, wie Christopher sich auf seinem Schreibtischstuhl herumdrehte, bis sein Blick auf die Perlenkette von Straßenlaternen und Autoscheinwerfern unten auf der Kungsgatan fiel.

»Ich habe gerade mit dem Anwalt gesprochen. Sie akzeptieren unser Angebot nicht.«

»Und das bedeutet?«

»Das bedeutet, dass wir uns einem Rechtsstreit nähern.«

Ein Rechtsstreit. Christophers und Ignacios Albtraum. Und ein Albtraum für Gaia.

»Wir müssen uns einigen«, sagte Ignacio. Eine Klage würde seine ganze Arbeit der letzten Jahre zunichtemachen und die Expansion verhindern, für die er so hart gekämpft hatte.

»Ich bin mir nicht sicher, ob ich das auch noch so sehe. Du weißt doch, dass ich schon Probleme hatte, den Vorstand überhaupt davon zu überzeugen, ein Gegenangebot zu machen«, entgegnete Christopher.

Von Beginn an war der Geschäftsführer skeptisch gewesen, ob ein Vergleich Sinn hatte, weil der Vorstand sich weigerte, jegliche Verantwortung für das Geschehene zu übernehmen.

»Bald wissen wir mehr«, fuhr Christopher fort. »Und dann kommt auch noch das andere Chaos im Vorstand hinzu.«

Christopher war nachdrücklich dazu aufgefordert worden, vor der nächsten Vorstandssitzung einen neuen Finanzchef auszurufen. Sein ehemals bester Freund, Vincent Rask, gleichzeitig Strippenzieher und engster Mitarbeiter, war Finanzchef gewesen, seit Christopher den Posten als Geschäftsführer von Gaia angetreten hatte. Doch irgendetwas war zwischen den beiden Freunden vorgefallen, und als Christopher einige Jahre zuvor das Land verlassen hatte, kündigte Vincent seinen Job im Unternehmen.

Ignacio hatte hart dafür gearbeitet, Christopher zu helfen und die Lücke zu schließen, die der Finanzchef hinterlassen hatte. Aber auch, um sich selbst zu helfen. Das war seine Chance, sich als Gaias neuer Finanzchef zu empfehlen.

»Eine Einigung mit den Arbeitern würde einen Rechtsstreit verhindern, und das würde den Vorstand beruhigen«, sagte Ignacio.

»Ich weiß, dass du einen Vergleich bevorzugst, aber ich bin mir nicht sicher, ob das am besten ist.«

»Das kann ich nachvollziehen. Ich unterstütze dich in all deinen Entschlüssen«, beeilte sich Ignacio zu erwidern. »Ich werde weiterhin mein Bestes geben, um Vincent zu ersetzen. Du kannst dich auf mich verlassen.«

»Ja, das weiß ich, und dafür bin ich dir unendlich dankbar. Ohne dich wäre ich verloren. Es tut mir leid, dass du so viel Zusatzarbeit hattest. Ich werde den Posten so bald wie möglich besetzen. Der Headhunter hat mir übrigens eine gute Kandidatin empfohlen. Sie erscheint mir äußerst fähig, vielleicht finden wir morgen ein paar Minuten, um darüber zu sprechen?«

»Ja, natürlich«, sagte Ignacio. Sie beendeten das Gespräch, und er blieb auf dem Gehsteig stehen. Seit zwei Jahren war er nun Nachhaltigkeitschef für Gaia. Christopher hatte ihn während seiner Doktorandenzeit an der Handelshochschule kontaktiert und ihm diesen unglaublich guten Job angeboten. Seitdem war Christopher beinahe ausschließlich auf Reisen gewesen. Der offizielle Grund war, dass er ein neues Modelabel einführen sollte, doch Gerüchten unter den Angestellten zufolge war er wegen einer komplizierten Beziehung außer Landes geflohen. Ignacio konnte es nur schwer glauben. Christopher war innerhalb der Finanzwelt dafür bekannt, dass er selbstbewusst sein Ding durchzog und sich nicht abdrängen ließ. Dass er das Land verlassen haben sollte, weil ihn eine Frau enttäuscht hatte, kam ihm unwahrscheinlich vor.

Doch nun war Christopher wieder da, und er brauchte Ignacio, um das Unternehmen in die richtige Richtung zu führen. Ignacio war nämlich auf gutem Wege, einen großen Deal mit den USA zu schließen, aber ein Rechtsstreit würde die Verhandlungen null und nichtig machen. Wenn es ihm gelang, den Deal zu sichern, konnte dies Ignacio als zukünftigen Finanzchef ins Gespräch bringen.

Ein kalter Windhauch fuhr durch die Straße. Ignacio fröstelte und betrat erneut die warme Bar.

»Also, Outdoor-Aktivitäten in allen Ehren, aber ich gedenke nicht, am ersten Tag der Flitterwochen Khakihose und Hut anzuziehen und mich mit Mückenmittel einzuschmieren«, erklärte Carl-Adam und hielt die Hände in einer abwehrenden Geste hoch, als sich Ignacio wieder an den Tisch setzte.

»Aber wenn wir schon in Südamerika sind, müssen wir unbedingt den Amazonas sehen«, erwiderte Jack. »Erst sind wir ein paar Tage im Luxusresort, dann im Regenwald. Du weißt, dass ich unleidig werde, wenn ich mehr als vier Tage nichts zu tun habe.«

»Ehekrach schon vor der Ehe – das beunruhigt mich«, murmelte Charlotta.

Ignacio schüttelte den Kopf. »Ich könnte niemals mit Jack

verheiratet sein. Er ist der dickköpfigste Mensch, den ich kenne. Ich wette mit dir, dass die beiden in einer Viertelstunde eine dreiwöchige Extremsport-Reise gebucht haben.«

Charlotta lachte auf und erwiderte seinen Blick. Ignacio spürte, wie ihn ein heftiger Stoß durchfuhr.

Er räusperte sich. »Du bist also Carl-Adams Kollegin?«

»Ja, das stimmt.«

»Welches ist dein Rechtsgebiet?«

»Zivilrecht.«

»Warum hast du gerade das gewählt?«

Sie kniff die Augen zusammen und schien nachzudenken. »Das Argumentieren hat mir im Jurastudium am allerbesten gefallen. Und als Referendarin am Amtsgericht war ich begeistert davon, wie die Anwälte ihre Beweise geführt und ihren Standpunkt mit Argumenten belegt haben.«

»Ungefähr so wie im Fernsehen?«

Sie lachte. »Wohl kaum. Man stolziert nicht im Gerichtssaal umher und hält flammende Plädoyers vor einer Jury, sondern sollte eher ruhig vorbringen, was man zu sagen hat, und zwar vor Richtern, die weder Perücke noch Talar tragen.«

»Das war also dein Traum? Das, was du wirklich wolltest?« Er fragte andere Menschen gern danach, und nur die wenigsten antworteten, dass sie mit ihrer Arbeit wirklich zufrieden waren.

»Ja. Es ist das Spannendste, was ich mir überhaupt als Arbeit vorstellen kann.«

»Wie interessant, dass du deine Arbeit so liebst und schon so früh wusstest, was du wolltest!« Er sah ihr tief in die Augen, hielt ihren Blick für ein paar Sekunden fest, bevor er sagte: »Ich bin beeindruckt.«

Für einen ganz kurzen Moment sah sie misstrauisch aus, aber es reichte, damit er kurz zusammenzuckte. Misstrauen war er nicht gewöhnt, wenn er mit einer Frau flirtete.

»Wir müssen los«, sagte Jack in diesem Moment laut.

»Schon?« Ignacio versuchte seine Enttäuschung zu verbergen. Andererseits würden er und Charlotta es wohl auch allein miteinander aushalten.

»Es ist schon Mitternacht, und morgen ist ein Arbeitstag. Außerdem habe ich unsere Reise gefunden, es gibt nur noch zwei Plätze. Wir müssen nach Hause und buchen. Jetzt.«

»Was für eine Reise?«

»Zehn Tage im Dschungel und ein Extremsport-Wochenende in Costa Rica«, sagte Carl-Adam seufzend. Charlotta musste laut lachen und zwinkerte Carl-Adam zu.

»Vergiss nicht die zwei Tage im Luxusresort mit persönlichem Koch und Ausritt am Strand«, ergänzte Jack.

»Stimmt, zwei Tage habe ich bekommen. Die ich wahrscheinlich verschlafen werde, weil ich zehn Nächte lang von Mücken zerstochen worden bin.«

Charlotta lächelte. »Und du beschwerst dich, dass ich mich unterbuttern lasse. Setz dich durch!«

Carl-Adam drückte die Brust heraus, streckte sich und sah Jack fest in die Augen. »Ich möchte vier Tage im Luxusresort bleiben.«

»Zwei«, sagte Jack.

»Drei.«

»Du bekommst doch auch noch deinen Ausritt. Obwohl du weißt, dass ich eine Todesangst vor Pferden habe. Es kostet mich eine Riesenüberwindung, ein Pferd überhaupt nur anzuschauen.«

Carl-Adam seufzte. »Also gut, zwei Tage und ein Ausritt.«

Wieder lachte Charlotta laut, ein melodisches Lachen, das von Herzen kam. Es war echt. Ihre Augen glitzerten, und Ignacio konnte sich nicht entscheiden, wann er sie schöner fand: wenn sie empört war oder wenn sie lachte.

»Netter Versuch, Carl-Adam. Zum Glück verhandelst du auf der Arbeit besser, sonst wärst du schon seit Langem arbeitslos.« Charlotta klopfte ihrem Freund auf die Schulter. »Ich muss auch los. Für morgen steht viel an in der Kanzlei.« Sie warf Ignacio einen Blick zu und stand auf. Waren ihre Worte zögernd gewesen? Aber er konnte sie jetzt nicht bitten zu bleiben, das hätte zu verzweifelt gewirkt. Sein Blick streifte ihren vollen Busen und die langen, starken Beine, die unter dem eng anliegenden Rock zu erahnen waren, der ihren runden, wohlgeformten Hintern betonte. Sie schien seinen Blick zu spüren und erwiderte ihn, während sie sich nach ihrer Tasche reckte. Da sie sie nicht ganz zu fassen bekam, fiel sie auf den Boden. Die Tasche ging auf, der Laptop fiel heraus, und ein Stoß Papiere verteilte sich meterweit neben den Tisch.

»So ein Mist!« Sie warf sich über ihren Computer, während Ignacio und Jack sich bückten und das Papier aufsammelten. Ignacio schob die Unterlagen zu einem Stoß zusammen und wollte sie ihr gerade reichen, als ein Wort auf einem der Dokumente seine Aufmerksamkeit erregte. *Gaia*. Unauffällig drehte er den anderen den Rücken zu, tat so, als sammele er weitere Papiere ein, und überflog schnell den Inhalt des Dokumentes.

Es war eine Zusammenfassung des Rechtsstreites mit den Arbeitern. Hastig durchforstete er die Papiere und blieb an einem Mailwechsel zwischen zwei Fabrikarbeitern hängen. Las ihn durch und schnappte nach Luft. Vorsichtig nahm er sein Handy und blickte sich um. Charlotta hatte ihren Laptop auf den Bartisch gestellt und tippte irgendetwas ein, während ihr Carl-Adam über die Schulter lugte und Jack ihre Unterlagen in der Aktentasche verstaute. Ignacio bückte sich wieder unter den Tisch, wo ihn niemand sehen konnte, und gab vor, nach weiteren Papieren zu suchen. Ohne lange nachzudenken, fotografierte er blitzschnell das Dokument ab. Danach richtete er sich wieder auf und hielt Charlotta den Stapel hin. Sie sah von ihrem Computer auf und nahm ihn entgegen.

»Danke.« Sie lächelte. »Zum Glück ist der Computer nicht beschädigt.« Sie schob die restlichen Dokumente und den Laptop in ihre Tasche.

»Was für ein Glück«, sagte er tonlos. Er steckte das Handy in die Tasche seines Jacketts. Ein merkwürdig berauschendes Gefühl breitete sich in seinem Körper aus, eine Mischung aus Scham und Aufregung. Die Mail, die er gelesen hatte, konnte Gaia helfen. Und ihm.

Charlotta zog ihren Trenchcoat an, hängte die Tasche über die Schulter, trat einen Schritt auf ihn zu und beugte sich nach vorn. »Danke für den Sekt!« Sie umarmte ihn leicht, ihre Stirn war kühl an seinem warmen Hals, und von der Berührung wurde ihm noch wärmer. Bevor er sich wieder sammeln konnte, hatte sie Jack und Carl-Adam ebenfalls umarmt. Dann verschwand sie in der ersten Frühlingsnacht des Jahres.

4

Charlotta goss sich ihr zweites Glas Orangensaft ein, umschloss mit beiden Händen das kalte Glas und legte danach ihre Finger auf die Augenlider, um sie zu kühlen.

»Ihr scheint ja gestern Spaß gehabt zu haben auf der After-Work-Party!«, bemerkte Dessie und betrachtete sie über den Rand der Speisekarte hinweg.

Desiree, oder Dessie, wie sie von ihren Bekannten genannt wurde, war von Anfang an Charlottas Mentorin in der Kanzlei gewesen. Während die meisten anderen Mentoren in den ersten Wochen pflichtschuldig mit ihren Schützlingen zu Mittag aßen, nahm Dessie den Auftrag ernst und wurde zu ihrem Eckpfeiler und Coach. Im Laufe der Jahre hatten sie das Ganze mit Frühstücken, Mittagessen und After-Work-Partys fortgesetzt. Mittlerweile hatte sich eine Freundschaft daraus entwickelt, und Desiree war zu Charlottas größter Stütze in der Kanzlei geworden. Immer wieder ermutigte sie ihre Mentee, nicht aufzugeben und auch einmal Nein zu sagen.

»Ich wollte doch unseren Erfolg in der Zivilsache feiern.« Sofort bereute sie ihren ironischen Unterton. Ein Gespräch über Oscar war das Letzte, was sie jetzt gebrauchen konnte.

Dessie war eine der wenigen, die wussten, dass Charlotta zwei Wochen am Schlussplädoyer gesessen hatte. Die Worte, die von Sören so gelobt worden waren, hatte Charlotta eines späten Abends an Dessie erprobt und von ihr Applaus dafür erhalten.

Nun verzog Dessie nur den Mund und studierte die Speisekarte. Doch gerade als Charlotta dachte, sie sei noch einmal davongekommen, sagte Dessie: »Ich habe gehört, dass Sören Oscar mit Lob überschüttet hat für sein glänzendes Schlussplädoyer.«

Charlotta kniff die Lippen zusammen. Sie schämte sich.

»Ich glaube, dass Ebba deine harte Arbeit trotzdem würdigt«, fuhr Dessie in versöhnlichem Ton fort, klang aber nicht ganz überzeugt. Sie griff nach der Edelstahlkanne und füllte ihre Tassen mit dem besten Kaffee der Stadt – zwei Kannen leerten sie mindestens bei jedem Frühstück. »Arbeite einfach noch ein paar Jahre hart weiter, ziehe Fälle an Land und pflege die Beziehungen zu deinen Mandanten, aber vor allem: Lass nicht zu, dass Oscar die Lorbeeren dafür erntet!«

Charlotta umfasste ihre Kaffeetasse mit beiden Händen und hob die Augenbrauen. »Ich weiß.« Sie hielt sich die Speisekarte vors Gesicht, um zu signalisieren, dass das Gespräch beendet war. Das war zwar unreif, aber sie konnte Dessie einfach nicht erklären, warum sie immer in dieselbe Falle geriet, warum alles, was sie über die Jahre aufgebaut hatte, zunichtewurde, wenn Oscar auf den Plan trat. Dessie wusste nur einen Bruchteil über Charlottas Vergangenheit, die sie so beeinflusst hatte.

Der Kellner kam an ihren Tisch, um die Bestellung aufzunehmen, und sorgte damit für eine willkommene Unterbrechung.

»Ich habe mir übrigens diese Pro-bono-Sache durchgelesen und muss schon sagen, dass sie vielversprechend klingt«, sagte Dessie, als der Kellner wieder gegangen war. Charlotta hatte sie um Rat gefragt, ob sie Ebba diesen Fall vorschlagen sollte oder nicht. In jeder Abteilung hatte der zuständige Partner in solchen Dingen das letzte Wort.

Charlotta nickte. »Ich fand es auch sehr interessant. Ich meine, es geht um Gaia!« Sie hielt das eine Ende ihres dünnen Kaschmirschals hoch, den sie um den Hals trug. Die eine Ecke des Schals trug das Logo des Unternehmens. Eine der Fransen geriet versehentlich in den Kaffee, und Charlotta trocknete sie schnell mit einer Serviette ab. »Ein wirklich spannender Fall, aber eben pro bono. Ich brauche Fälle, für die ich bezahlt werde.«

Pro-bono-Fälle wurden von den Anwälten unentgeltlich übernommen, normalerweise für Mandanten, die nicht in der Lage waren, die teure Beratungsgebühr zu bezahlen. Was sie aber brauchte, um den Kanzleipartnern zu imponieren, war ein neuer, wichtiger Mandant mit viel Geld, keine Organisation wie das Gerechtigkeitsinstitut.

»Ich glaube, Ebba wird anbeißen. Schon auf der letzten Vorstandssitzung wurde darüber gesprochen, dass wir mehr gemeinnützige Arbeit leisten sollen. Außerdem ist die Gegenseite äußerst interessant.« Dessie sah sie abwartend an.

»Aber du weißt doch, wie es ist. Ich muss neue Geldquellen für die Kanzlei erschließen. Ich weiß, dass Pro-bono-Fälle gut sind und dass sie auf lange Sicht mehr Geld einbringen, aber …«

Der Kellner kam mit ihrem Essen, und Dessie machte sich an ihre Grapefruit. »Man sollte gemeinnützige Arbeit nicht unterschätzen.«

»Ich weiß nicht …« Charlotta zögerte. »Ich habe von einem anderen Fall gehört, der auch demnächst aktuell wird. Damit werde ich alle Hände voll zu tun haben. Alles wäre viel leichter, wenn ich keinen eigenen Fall hätte, der mich so viel Zeit kostet.«

Dessie wollte gerade das rote Fruchtfleisch aus der Schale löffeln, legte jedoch den Löffel mit einem lauten Knall neben den Teller. »Einen von Oscars Fällen, meinst du?«

Charlotta antwortete nicht.

»Es ist nicht dein Ernst, dass du deine eigene Arbeit Oscars Fällen unterordnest?«

»Genau das meinte ich eben. Es geht nicht anders. Je mehr er zu tun hat, desto mehr Mist bekomme ich auf meinen Tisch, weil ich seine ganze Arbeit mache. Ein Pro-bono-Fall ist das Letzte, was ich gebrauchen kann.«

»Aber hier geht es um Gaia! Der Fall bietet dir die Möglichkeit, ein Großunternehmen zu entlarven, das für seinen tadellosen Ruf bekannt ist. Du wirst die dunkle Seite der Firma ans Tageslicht bringen, und wenn du die Klage gewinnst, dann hast du die Chance, weit über die Kanzlei hinaus bekannt zu werden.«

»Schon ...« Charlotta nickte. Sie nahm sich eins der gerösteten Brotstücke und tauchte es in die Sauce hollandaise, die zum Egg Benedict serviert worden war. »Ich werde darüber nachdenken.« Sie hob das Brot zum Mund, zögerte dann aber und sah Dessie fragend an. »Dieser Fall scheint auch dir sehr wichtig zu sein, hab ich recht?«

Dessie blickte sie irritiert an. »Sagen wir so: Bei Gaia gibt es eine Person, die ich überhaupt nicht leiden kann.«

»Handelt es sich um einen Mann?«

Dessie verdrehte die Augen. »Vielleicht.«

Neugierig schaute Charlotta sie an, doch Dessie griff resolut nach ihrem Handy und begann, darauf herumzutippen. Als sie sich kennenlernten, war Dessie äußerst zurückhaltend gewesen, was ihr Privatleben betraf, doch je mehr Zeit sie miteinander verbrachten, desto mehr gab sie von sich preis. Bisher hatte Charlotta nur von vereinzelten Dates und flüchtigen Beziehungen gehört, jedoch definitiv noch von keinem Mann, der solche Rachegedanken hervorrufen konnte.

»Lass es mich so ausdrücken.« Dessie sah von ihrem Handy auf. »Manchmal sind Gefühle wichtiger als Geld, sogar für Anwälte.«

Oscars Hand schob sich an Charlottas Gesicht vorbei und bewegte sich auf die fettfleckige Papiertüte von der Bäckerei unten an der Ecke zu.

Ebba räusperte sich. »Vielleicht warten wir, bis Sandra mit dem Kaffee gekommen ist?« Charlotta musste wegen der subtilen Zurechtweisung lächeln.

Seufzend zog Oscar seine Hand zurück. »Okay, okay.«

Ebba lächelte verhalten. Sie war Leiterin der Abteilung für Prozessführung und bei der heutigen Besprechung über allgemeine Informationen noch nicht hinausgekommen. Ihre wöchentlichen Treffen fanden immer freitagvormittags statt, weil der Rest der Woche vollgepackt war mit Meetings und Gerichtsverhandlungen.

Ebba blickte die Anwesenden der Reihe nach an: Charlotta, Oscar, Kristin, die dritte Senior Associate ihrer Abteilung, und Anton, das jüngste Mitglied. »Ich weiß, dass ihr alle viel zu tun habt, deshalb mache ich es heute kurz.«

Normalerweise hörte Charlotta während der Wochen-Meetings aufmerksam zu, doch als Ebba nun von einem Fall berichtete, an dem sie gerade mit Kristin arbeitete, wanderten Charlottas Gedanken zu dem Mann, den sie am vergangenen Abend getroffen hatte. Ignacio. Jedes Mal, wenn jemand mit ihr flirtete, wurde sie unsicher und misstrauisch. Doch mit der Zeit hatte sie gelernt, dass es tatsächlich Männer gab, die keine Hintergedanken hatten. Und gegen Ignacios Aufmerksamkeit hatte sie nichts einzuwenden. Er war der bestaussehende

Mann, den sie je getroffen hatte. Aber er war mit Natalie zusammen gewesen, was sie eigentlich davon abhalten sollte, auch nur einen Gedanken an ihn zu verschwenden. Andererseits war er Jacks bester Freund, und Jack war ein wunderbarer Mensch. So furchtbar konnte Ignacio dann ja auch nicht sein …

»Habt ihr anderen irgendwelche neuen Fälle?« Ebba blickte sie an, und Charlotta schob die Gedanken an Ignacio beiseite.

»Ja, ich habe einen.« Oscar verschränkte die Hände vor seinem Bauch. »Und zwar einen, der eine Menge Ressourcen verbrauchen wird.«

»Ich habe auch einen Fall mitgebracht«, sagte Charlotta. In diesem Moment öffnete sich die Tür, und die Assistentin der Abteilung, Sandra, trat ein, in der Hand ein Tablett mit sechs Pappbechern.

»Entschuldigt bitte meine Verspätung. In der Espressobar war eine ewig lange Schlange …« Sie stellte das Tablett auf den Tisch.

»Danke, Sandra.« Charlotta lächelte und nahm sich einen der Becher. Die Assistentin gab sich wirklich Mühe, ihre wöchentlichen Meetings gemütlich zu gestalten, mit italienischem Kaffee und leckerem Gebäck. Oscar streckte sich nach dem Messer, das auf der Papiertüte lag, und zog schnell den Hefezopf heraus.

Während sich alle bedienten, vibrierte Charlottas Handy. Ihr Vater. Für ihn war Viertel vor elf die allgemeine Mittagspausenzeit. Ihr schlechtes Gewissen meldete sich. Bestimmt wollte er sie fragen, ob sie schon mit Mormor gesprochen hatte. Sie telefonierten eigentlich mindestens einmal in der Woche, doch in der letzten Zeit war sie jedes Mal in der Kanzlei gewesen, als ihre Großmutter angerufen hatte. Charlotta hatte versprochen, sie zurückzurufen, und so waren die Wochen verstrichen. Ohne das Gespräch wegzudrücken, wartete sie, bis das Handy aufhörte zu vibrieren. Hoffentlich war nichts passiert. Charlotta erwog, das Meeting zu verlassen, um zurückzurufen, verwarf den Gedanken aber sofort wieder. Ihre Großmutter hatte sich zwar nicht ganz von ihrem Herzinfarkt vor ein paar Jahren erholt, doch wenn wirklich etwas passiert wäre, hätte ihr Vater gleich noch einmal angerufen. Das Handy blieb still. Trotzdem hatte sie Gewissensbisse. Sie musste Mormor anrufen, sich bei ihrem Vater melden und eine Reise nach Hause planen. Auch wenn sie nicht nach Ludvika fahren wollte.

Ein wütendes Prusten war zu hören. Charlotta blickte auf. Oscar spuckte den Kaffee zurück in den Becher. »Das ist keine laktosefreie Milch, Sandra! Du weißt doch, dass mein Magen keine normale Milch verträgt. Lauf runter und hol mir den richtigen Kaffee!« Oscar wedelte mit der Hand, als verscheuche er einen Hund.

Hastig schluckte Charlotta ihren Kaffee herunter. »Das ist nicht Sandras Schuld, ich habe ihr die Bestellung mitgegeben. Außerdem gibt es Kaffee in der Kaffeemaschine und laktosefreie Milch im Kühlschrank!«, sagte sie scharf.

Sandra blickte sie dankbar an.

Oscar öffnete den Mund, um etwas zu erwidern, schien dann aber Ebbas tadelnden Blick zu bemerken und schwieg. Stattdessen stand er auf und verließ den Raum. Wenn es etwas gab, was Ebba verabscheute, dann war es herablassendes Verhalten gegenüber den Assistenten. Es war in der Kanzlei eigentlich nicht üblich und kam höchstens bei frisch examinierten Juristen vor, die zu viele Anwaltsserien im Fernsehen gesehen hatten. Doch für einen Moment hatte Oscar wohl vergessen, sich zu beherrschen und Ebba sein wahres Ich gezeigt.

Die Abteilungsleiterin nahm sich ungerührt einen der Kaffeebecher. »Dann machen wir mit der Liste der aktuellen Fälle weiter.«

Kristin und Anton berichteten von ihren neuen Fällen, und dann kam auch Oscar mit seinem Kaffee zurück.

»Du wolltest von einem neuen Fall erzählen, Oscar. Könntest du ihn bitte kurz zusammenfassen?«, fragte Ebba, ohne von ihrer Liste aufzublicken.

»Aber natürlich. Ein alter Schulfreund von mir besitzt eine IT-Firma, die Ärger mit irgendeiner Technik hinter einem Überwachungssystem hat. Grape On.« Er schlug ein Bein über das andere und umfasste sein Knie.

»Sehr gut. Wie sieht es mit deinen Kapazitäten aus? Das hört sich nach einem kleineren Fall an, das schaffst du bestimmt mit Antons Unterstützung, oder?«

»Na ja, die Sache ist etwas knifflig, ich könnte einen weiteren Senior Associate gut gebrauchen.«

Ebba schien nicht zu bemerken, dass er Charlotta vielsagend ansah, als erwarte er ihr Hilfsangebot. In Oscars Anfangszeit hatte sie ihm gerne bei seinen Fällen geholfen. Sie kannte es nicht anders, als dass man sich gegenseitig unterstützte. Doch bei Oscar beruhte die Hilfe nicht auf Gegenseitigkeit. Wenn er ihr ausnahmsweise mal seine Unterstützung angeboten hatte, war es letztlich Charlotta gewesen, die die ganze Arbeit machte, während er das Lob einheimste. Und bei seinen eigenen Fällen gelang es ihm immer wieder, die Drecksarbeit auf Charlotta abzuwälzen und es nach außen hin so aussehen zu lassen, als hätte er alles gemacht.

Doch diesmal würde sie sich nicht wieder über den Tisch ziehen lassen. Nach dem Frühstück hatte sie sich dazu entschlossen, Dessies Rat zu befolgen und den Gaia-Fall anzunehmen. Das war der einzige Fall, den Oscar vollkommen uninteressant finden würde, also würde sie sich ihm in Ruhe widmen können, ohne dass er sich einmischte. Der Fall war kompliziert. Mit Menschenrechten kannte sie sich nicht sonderlich gut aus, die Rechtslage war komplex. Sie würde nicht viel Zeit für anderes haben.

»Charlotta und ich sind ein gutes Team«, fuhr Oscar fort, als sie schwieg. »Ich finde, wir sollten diesen Fall zu zweit bearbeiten.«

»Gut«, sagte Ebba und machte sich eine entsprechende Notiz. »Dann übernehmt ihr beiden Grape On. Und was hast du für einen Fall mitgebracht, Charlotta?« Ebba blickte sie an.

Verdammt. Oscars Fall würde ihre gesamte Zeit fressen. Den Pro-bono-Fall jetzt vorzuschlagen wäre ein reiner Kamikaze-Akt. Aber sie würde nicht zulassen, dass er ihre Pläne zerstörte.

»Es ist ein Pro-bono-Fall.«

Oscar unterdrückte ein Prusten. Schnell blickte er Anton an, der überlegen grinste.

Charlotta versuchte, die beiden zu ignorieren, doch es versetzte ihr den gleichen Stich in die Magengrube wie jedes Mal. »Ihr habt vielleicht von der Klage gegen das Unternehmen Gaia gehört?«, sagte sie. »Ich kenne den Juristen der Stiftung, die die Arbeiter vertritt, das Gerechtigkeitsinstitut. Der momentane Anwalt der Arbeiter hat sich als befangen erklärt, und die Stiftung fragt an, ob wir Interesse hätten, den Fall zu übernehmen. Es ist immer schwierig, in einen laufenden Prozess einzusteigen, und die Gerichtsverhandlung soll schon in zwei Monaten sein, aber das Material ist weniger umfangreich, als man meinen könnte.«

Ebbas Augen hatten einen besonderen Glanz, als sie sie über ihre Brillengläser hinweg ansah.

»Vielleicht ist eine Einigung mit Gaia möglich, jetzt, wo …« Das Geräusch des Messers, mit dem Oscar ein Stück vom Hefezopf abschnitt, brachte Charlotta kurzzeitig aus dem Konzept. Er hatte abgeschaltet und setzte offenbar voraus, dass die anderen ebenso desinteressiert waren wie er. Oscar griff nach dem Gebäckstück, während er mit der anderen Hand auf seinem Handy herumtippte.

»… jetzt wo es einen neuen Anwalt gibt«, beendet sie den Satz, während Oscar das große Stück Hefezopf in einem einzigen Bissen hinunterschlang und weiter auf sein Handy starrte. Als er sich das nächste Stück abschnitt, raschelte er wieder mit dem Kuchenpapier. Charlotta musste sich anstrengen, um zu verstehen, was Ebba sagte.

»Das ist ja eine wunderbare Gelegenheit!«

Oscar hörte auf, mit dem Papier zu rascheln. »Die Pro-bono-Arbeit ist wichtig. Die Frage ist nur, ob wir dafür genug Kapazitäten haben«, bemerkte er mit vollem Mund.

»Wenn ich gewusst hätte, dass sie einen neuen Anwalt suchen, hätte ich sofort unsere Hilfe angeboten«, sagte Ebba, ohne von Oscar Notiz zu nehmen. Sie wirkte unerwartet enthusiastisch, Streitlust blitzte in ihren Augen auf. »Sehr gut, Charlotta. Wir treffen uns später noch einmal, dann können wir besprechen, was geschehen ist, seit sie die Klage eingereicht haben.« Sie suchte ihre Papiere zusammen und machte Anstalten, sich zu erheben, überlegte es sich dann jedoch anders. »Ach ja, wir müssen noch das Mandantentreffen im Mai planen. Bald sollen die Einladungen raus. Überlegt euch bis zur nächsten Woche gern noch ein paar Themen. Wir müssen sie sobald wie möglich festlegen, damit wir die Teilnehmer der Podiumsdiskussion buchen können.«

Das Treffen fand einmal jährlich statt und war ein hoch angesehenes Event für die Mandanten mit gewinnbringenden Diskussionen und anschließendem Beisammensein, das meistens bis tief in die Nacht ging. Im vergangenen Jahr hatte Ebba die Veranstaltung moderiert, während die übrigen Juristen der Kanzlei die Diskussionsteilnehmer eingeladen und die Gesprächsthemen vorbereitet hatten. Die Anwälte lieferten sich einen unausgesprochenen Wettbewerb, wer mithilfe seines Netzwerks die renommiertesten Teilnehmer rekrutierte. Als sie Oscars selbstgefälliges Lächeln sah, beschloss Charlotta, ihn mit ihren Vorschlägen zu übertrumpfen.

Nach dem Meeting ging Charlotta mit Sandra in deren Büro, um den Vertrag mit dem Gerechtigkeitsinstitut auszudrucken. Sie gingen an den gläsernen Wänden der Büros vorbei – quadratische Aquarien, in denen die Anwälte und Assistenten sich allmählich aufs Wochenende vorbereiteten. Eine Anwältin zog den Lippenstift vor der Mittagspause noch schnell nach, ein Kollege packte seine Sporttasche, und wieder ein anderer sah sich Katzenvideos auf YouTube an. Erstaunlich viel Zeit wurde in andere Tätigkeiten gesteckt, auch wenn den Mandanten Unmengen an Arbeitsstunden in Rechnung gestellt wurden. Dafür gab es Phasen, in denen die Anwälte beinahe ihre gesamte Zeit in der Kanzlei verbrachten. Die Grenzen zwischen Arbeit und Freizeit waren fließend, und wer sich ein paar Minuten entspannen wollte, musste das eben im Büro tun.

Sandra gab etwas in ihren Computer ein, und als sie auf den Flur zum Drucker verschwunden war, spürte Charlotta plötzlich eine schwere Hand auf ihrer Schulter. Sie drehte sich um. Oscar stand vor ihr.

»Richtig mies von dir, mir vor Ebba so in den Rücken zu fallen. Es ging doch nur um Kaffee! Wenn es etwas gibt, was die Partner verärgert, dann sind es Streitereien unter den angestellten Juristen. Wenn Kollegen nicht füreinander einstehen.« Er seufzte tief. In seinem Mundwinkel klebten noch Reste des Hefezopfes. »Aber Schwamm drüber. Jetzt werden wir zusammenarbeiten. Der Mandant heißt Grape On. Du solltest dir als Erstes Fragen zum Fall überlegen, die wir dem Mandanten stellen können.« Der Krümel in seinem Mundwinkel bewegte sich. Auf und ab.

Charlotta blickte ihm direkt in die Augen. »Ist es nicht besser, wenn du das tust? Es ist doch dein Fall.«

Gleich würde er etwas Herablassendes sagen. Ihr Herz hämmerte in der Brust, als sie ihm den Rücken zuwandte, um ins Büro zu gehen. Oscar packte sie am Arm.

»Wir werden zusammen an dem Fall arbeiten, so wie wir es immer tun.« Er lächelte breit. »Und du klärst die einleitenden Fragen immer ziemlich gut. Wir arbeiten effektiver, wenn du die Vorbereitung übernimmst und ich dann weitermache.«

Will sagen, wenn Charlotta die gesamte Arbeit erledigt hatte.

»Aber ich habe jetzt den Gaia-Fall und ein paar kleinere Zivilsachen. Für deinen Fall bleibt mir keine Zeit.«

Oscar grinste noch breiter. Der Krümel verrutschte im Mundwinkel. »Ebba hat gesagt, dass wir zusammenarbeiten sollen. Außerdem kannst du den Gaia-Fall allein gar nicht stemmen, Charlotta. Das weißt du nur zu gut.«

Ein Klopfen am Türrahmen unterbrach sie. »Hey, Oscar. Sorry, dass ich gestern Abend beim Umtrunk nicht dabei sein konnte. Habe gehört, dass du ein dickes Lob von Sören bekommen hast. Wohlverdient!«

Oscars Miene hellte sich auf, als er sich Henrik zuwandte. Henrik war genauso alt wie Dessie und einer der Juristen aus der Transaktionsabteilung. Noch war er kein Partner, doch im nächsten Jahr würde sich seine Zukunft in der Kanzlei entscheiden – Aufstieg oder Ausstieg. Wenn ein Senior Associate ein gewisses Niveau erreicht hatte, ohne Partner zu werden, wurde ihm nicht gekündigt, sondern man bat ihn, sich nach etwas anderem umzusehen, oder behandelte ihn so, dass er sich nicht mehr willkommen fühlte.

»Danke. Das holen wir nach, auch wenn wir am Mittwoch schon genug getrunken haben.« Oscar lachte laut. »Ach ja –

hast du meinen Entwurf für den Rahmenvertrag gesehen, den ich ihnen geschickt habe?«

»Ja, und ich finde, er sieht gut aus. Du hast alle Punkte aufgenommen, die wir mit ihnen besprochen haben. Prima, dass Instatech einen neuen Rahmenvertrag mit uns will. Fortlaufende Beratung ist das Beste, das ist ganz und gar dein Verdienst!«

»Wann habt ihr über einen Rahmenvertrag mit Instatech gesprochen?«, wollte Charlotta wissen. Sie hätte beim Treffen dabei sein sollen. Schließlich war sie diejenige in der Kanzlei, die am meisten mit Instatech zusammenarbeitete und deren Bedürfnisse am besten kannte.

»Vorgestern, als wir mit ihrem Geschäftsführer einen trinken waren«, sagte Henrik.

»Ihr habt euch am Mittwoch mit Leif getroffen?«

Der Blick, mit dem Oscar Charlotta bedachte, hatte etwas Hochmütiges. »Wie? Hättest du etwa mitkommen wollen?« Er rollte mit den Augen, als hätte Charlotta gerade vorgeschlagen, zusammen mit ihnen in die Herrensauna zu gehen. Er lachte.

»Nur wir Älteren waren dabei, wir können ja nicht die halbe Kanzlei mitnehmen. Das würde einen sehr unprofessionellen Eindruck machen.«

Henrik stimmte ins Lachen ein.

»Du kennst sie ja kaum«, fuhr Oscar fort. In dem Moment kam Sandra zurück. »Aber klar, wir könnten Sandra mitnehmen, und warum eigentlich nicht die Empfangsdame? Oder einen von den Studenten? The more, the merrier.«

Jetzt lachte Henrik lauthals.

Charlotta hatte den Geschäftsführer von Instatech in der letzten Zeit mindestens einmal in der Woche getroffen, deutlich häufiger als Oscar. Vermutlich hatte der Geschäftsführer sich gewundert, dass Charlotta nicht dabei gewesen war. Bestimmt hatte Oscar Charlotta als junge, unerfahrene Anwältin dargestellt, die nur die Vorarbeit erledigte, aber keine eigenen Entschlüsse fasste.

Henrik verschwand den Flur hinunter, und Oscar sah Charlotta an.

»Wo waren wir stehen geblieben? Ach ja, bei Gaia. Es wird ein Ding der Unmöglichkeit sein, zu beweisen, dass Gaia für den Brand verantwortlich war. Soweit ich weiß, haben es schon Anwälte aus aller Welt probiert, und bisher hat es keiner von ihnen geschafft. Da fällt es mir schwer zu glauben, dass es ausgerechnet dir gelingen sollte, das Gericht davon zu überzeugen.«

Einen vergleichbaren Fall hatte es in Schweden bisher nicht gegeben. Dass ein Textilunternehmen die Verantwortung für einen Vorfall in einer Fabrik übernehmen sollte, war schon ein harter Brocken, da musste sie Oscar recht geben. Würde sie das alleine schaffen?

»Dachte ich mir«, sagte Oscar, als sie schwieg. »Ich werde dir nicht helfen, wenn du mir nicht hilfst«, fuhr er fort. »Wir sind doch Kollegen. Das Schlussplädoyer neulich, das wäre vielleicht nicht so gut gelungen, wenn du mir nicht geholfen hättest. Vermutlich hätte ich gewonnen, aber weniger Zeit für die Details gehabt.« Jetzt war der Krümel in seinen Bartstoppeln gelandet, der Mundwinkel war noch immer verschmiert.

»Ich werde keine Zeit für deinen Fall haben«, erklärte sie ruhig. »Sprich mit Ebba und bitte jemanden anderen um Hilfe.« Sie sagte alles in einem einzigen Atemzug und stellte fest, dass sie am liebsten die Augen zugekniffen hätte aus Angst, er könne explodieren. Doch stattdessen sah sie ihm weiter fest in die Augen, und er blitzte zurück.

»Vergiss nicht, dass du mich brauchst. Mich und meine Hilfe. Wenn du mir jetzt nicht hilfst, bekommst du in Zukunft vielleicht keine Fälle mehr, und dann wirst du lange Zeit nichts mehr in Rechnung stellen können. Morgen schickst du mir eine Fragenliste, okay? Ich muss jetzt los, Squash spielen.« Oscar klopfte zweimal an den Türrahmen, wie er es immer tat, wenn für ihn etwas beendet war. Inspiriert von Gordon Gekko. Warum nur versuchten alle Wirtschaftsanwälte, so zu sein wie irgendwelche Wall-Street-Stars?

Noch bevor sie etwas erwidern konnte, war er verschwunden. Langsam atmete Charlotta ein und wieder aus.

Zu Beginn ihrer Zeit in der Kanzlei hatte sie schnell gemerkt, dass sie allein schon durch ihre Arbeit Wertschätzung erfuhr. Es war ganz leicht, beliebt zu sein. Während ihrer Schulzeit war es ihr nie gelungen, obwohl sie einiges probiert hatte. Sie hatte den Musikgeschmack gewechselt, Fußball gespielt, sich die angesagten Klamotten erbettelt oder die richtigen Fernsehserien geschaut – trotzdem hatte sie nie zu den Beliebten in der Klasse gehört. Erst als sie Referendarin am Gericht war und später in der Kanzlei arbeitete, änderte sich alles. Die Leute interessierten sich für sie, lobten sie, alles war unkompliziert. Bis Oscar auf der Bildfläche auftauchte. Er wusste genau, wie er sie dazu bekam, alles zu tun, um das er sie bat. Zu Anfang dachte sie noch, dass harte Arbeit auch dieses Problem lösen würde. Hinterher würde man schon merken, wie hoch ihr Anteil an der Arbeit war. Doch es funktionierte nicht, da Oscar alle Erfolge für sich verbuchte. In ihrer Brust vereinten sich Selbstzweifel und Selbstverachtung: Sie wusste, dass Oscar sie ausnutzte, doch sie ließ es zu.

»Was für ein Arschloch«, stieß Sandra hervor. Mitfühlend blickte sie Charlotta an. »Du hättest mich vorhin im Konferenzraum nicht verteidigen müssen.«

Charlotta zuckte die Schultern. »Er wäre auch so unmöglich zu mir gewesen.«

Sandra schüttelte frustriert den Kopf und reichte Charlotta den Vertrag für den Pro-bono-Fall.

»Sag Bescheid, wenn du Hilfe mit dem Archivieren der Dokumente brauchst«, sagte sie, als Charlotta im Begriff war zu gehen.

»Vielen Dank!«

Als sie in ihr Büro trat, fiel ihr Blick auf den Whisky in der antiken Kristallflasche, die schimmernde Lichtreflexionen im Raum verteilte. Sie nahm den aufgeklebten Post-it-Zettel ab. *Enjoy!* Charlotta musste lachen, sie hatte die Sache schon ganz vergessen.

Lächelnd stellte sie die Kristallflasche in das Wandregal neben dem Schreibtisch. Dann nahm sie sich den ersten Ordner der Anklageschrift vor, den das Gerechtigkeitsinstitut dem Gericht geschickt hatte. Anschließend schrieb sie eine Mail an Svante, den Juristen der Stiftung, den sie noch vom Studium kannte, und teilte ihm mit, dass die Kanzlei gern die Arbeiter vor Gericht vertreten würde. Sie hängte den Vertrag an und bat Svante darum, ihn unterzeichnet zurückzusenden.

Die Arbeiter, um die es ging, stammten aus dem bolivianischen Dorf Mendicino und waren nach Brasilien eingeschmuggelt worden. Das Gerechtigkeitsinstitut vertrat sie in Schweden bezüglich der Fragen, bei denen sie sich nicht selbst vertreten konnten. Svantes Antwortmail kam postwendend. Er hängte nicht nur den unterschriebenen Vertrag an, sondern auch eine Menge weiterer Unterlagen: Zeugenaussagen, frühere Ermittlungen, schriftliche Beweisführungen, die dem Gericht im vorigen Herbst vorgelegt worden waren. Den Rest würde ein Bote noch am selben Nachmittag vorbeibringen.

Die Organisation der bolivianischen Arbeiter trug den Namen Mendicino Victims. Charlotta öffnete ein neues Dokument auf ihrem Computer und speicherte es unter dem Dateinamen *Zusammenfassung Mendicino Victims KB - Gaia AB*. Sie bat Sandra, sämtliche Anlagen auszudrucken, und eine halbe Stunde später war ihr Schreibtisch voller Papierstapel. Die Zeit verging wie im Flug, während sie ihren Text schrieb. Als sie schließlich vom Bildschirm aufsah, war die Mittagspause schon zwei Stunden vorbei. Sie bestellte sich einen Salat aus dem Café um die Ecke und beschloss, sich eine kleine Pause zu gönnen und Ignacio auf Facebook zu suchen.

Als sie seinen Vornamen in die Suchleiste schrieb, tauchte sein Gesicht gleich unter den ersten Suchvorschlägen auf. Ignacio Vargas. Vier gemeinsame Freunde, darunter Carl-Adam und Jack.

Die ernst blickenden braunen Augen mit den markanten Brauen, sein dichtes, etwas zerzaustes Haar und die hohen Wangenknochen ließen ihr Herz schneller schlagen. Sie las die wenigen Zeilen auf seiner Profilseite und schnappte nach Luft.

Ignacio Vargas, 32 Jahre. CSR-Chef, Gaia AB.

5

Bestimmt zum fünfzigsten Mal seit dem gestrigen Abend betrachtete Ignacio den abfotografierten Mailwechsel. Er hatte ihn ausgedruckt und überlegte nun, ob er ihn Christopher zeigen sollte. Im Grunde wusste er, dass er ihn durch den Schredder jagen und zu unlesbaren Schnipseln verarbeiten und anschließend das Original auf dem Handy löschen sollte. Doch Ignacio hatte ein Ziel vor Augen, ein klares Ziel. Die Frage war nur, ob er für die Umsetzung zu allen Mitteln greifen wollte.

Eine uninteressante Mail von der IT-Chefin erreichte ihn, es ging um den Umgang mit persönlichen Daten. Offenbar sollten alte Mails von früheren Angestellten gelöscht werden, doch Ignacio konnte sich jetzt nicht in diese Frage vertiefen und antwortete, dass er sich ganz auf das Urteil der IT-Chefin verlasse. Er kannte sie bereits seit der Studienzeit, sie war eine kluge Person.

Eine weitere Mail traf ein, eine Freundschaftsanfrage von LinkedIn. Eine leise Hoffnung durchfuhr ihn, dass sie von Charlotta stammte. Doch sie war von einem Mann, dessen Name ihm vage bekannt vorkam. Er öffnete LinkedIn. Richtig, der Finanzchef eines Konkurrenzunternehmens. Ignacio nahm die Anfrage an und erhielt sofort eine Nachricht. *Ich wollte mich nur für den interessanten Vortrag diese Woche bedan-*

ken. Sie verfügen über eine Menge Wissen. Haben Sie schon einmal darüber nachgedacht, als Unternehmensberater tätig zu werden?

Natürlich fühlte Ignacio sich geschmeichelt, doch er war gern bei Gaia, auch wenn er sich manchmal für seine Herzensangelegenheiten ordentlich ins Zeug legen musste. Die Geschäftsführung des Unternehmens war sehr kostenbewusst, doch er hoffte, dass sie bald einsehen würden, dass Menschenrechte nicht nur eine finanzielle Belastung darstellten, sondern dass Nachhaltigkeit sich auch lohnen konnte.

Aber bislang war es ihm nicht einmal gelungen, die Hälfte von dem umzusetzen, was er geplant hatte. Die nächste Stufe der Karriereleiter war so nah wie nie zuvor: Vielleicht würde er bald Finanzchef sein, der zweithöchste Posten nach dem Geschäftsführer, eine Position mit einem Jahresgehalt, von dem die meisten seiner Altersgenossen nur träumen konnten. Von dem er selbst vor ein paar Jahren nur hatte träumen können.

Er bedankte sich bei seinem neuen LinkedIn-Kontakt für das Lob und schrieb, dass er mit seiner derzeitigen Job-Situation ganz zufrieden sei, sich aber melden würde, sollte er seine Meinung ändern.

Dann betrachtete er wieder den abfotografierten und ausgedruckten Mailwechsel vom vergangenen Jahr. Die Mails waren auf Spanisch verfasst und stammten von Mauricio Melo, dem Vertreter der Organisation Mendicino Victims, und einem Vorarbeiter der Fabrik. Sie diskutierten darüber, inwieweit sie Gaia verklagen könnten, dass Gaia als Auftraggeber zwar indirekt mitverantwortlich für das Geschehen sei, aber dass die Firma auch vom Fabrikbesitzer getäuscht worden sein könne. Laut Mauricio Melo handelte es sich bei dem Fabrikbesitzer um einen gefährlichen Kerl, dennoch erschien es ihm lohnenswert, Gaia zu verklagen, denn die Firma verfügte über viel Geld.

Auch ohne juristisches Staatsexamen war Ignacio klar, dass

Mauricio Melos Unsicherheit, was die Mitschuld von Gaia betraf, von entscheidender Bedeutung war. In der letzten Mail erkundigte sich der Vorarbeiter bei Mauricio, wie es ihm und seiner Familie gehe und ob er noch immer diese Probleme habe. Mauricio antwortete, dass alles gut sei, solange er die Finger vom Alkohol lasse. Ignacio sah ein paar schwedische Anmerkungen am Seitenrand, Übersetzungen einiger Wörter und kurze Stichpunkte, offenbar Charlottas Notizen.

Er seufzte tief. Der Vertreter der Arbeiter war der Hauptzeuge der Gegenseite. In der Anklageschrift stand, dass er es gewesen sei, der am Vortag des Brandes Anzeichen für einen Schaden an der Elektroanlage bemerkt und die Fabrikleitung gewarnt habe. Trotzdem sei die Fabrik einen Tag später geöffnet gewesen, und das Unglück habe seinen Lauf genommen. Dass er Alkoholprobleme gehabt hatte, vielleicht sogar während seines Aufenthalts in der Fabrik, würde seine Glaubwürdigkeit als Zeuge nicht gerade stärken. Der ausgedruckte Mailwechsel konnte der entscheidende Baustein sein, mit dem sie die Arbeiter zu einer Einigung zwingen konnten, und zwar zu den Konditionen, die Gaia vorgab. Und der Mailwechsel konnte entscheidend für Ignacios Zukunft sein. Wenn er nicht nur den Rechtsstreit für Gaia entschied, sondern auch den Vertrag mit der amerikanischen Firma Greeny klarmachte, mussten Christopher und der gesamte Vorstand einsehen, dass er kompetent genug war, um befördert zu werden. Allerdings konnte er nicht aus einem Dokument Nutzen ziehen, das er sich auf diese Art und Weise angeeignet hatte. Harte und ehrliche Arbeit lohnte sich, das hatte er von zu Hause mitbekommen. Am liebsten hätte er sich auf einen Vergleich mit den Arbeitern nach deren Vorgaben eingelassen, doch Christopher und der Vorstand hatten unmissverständlich klargemacht, dass dies undenkbar war.

Noch etwas, was ihn bedrückte, war Charlotta. Er hatte schon davon gehört, dass die Fabrikarbeiter einen neuen Anwalt engagieren würden. Aber musste das ausgerechnet die Frau sein, die er am Vorabend kennengelernt hatte? Sie hatte ganz unerwartet sein Interesse geweckt, und wäre die Lage eine andere gewesen, hätte er Jack um ihre Nummer gebeten. Vielleicht hatte sie die Papiere ja bloß in Verwahrung gehabt, ohne selbst an dem Fall zu arbeiten?

»Was ist das?«

Ignacio zuckte zusammen und drehte schnell den Ausdruck um. Christopher sah ihm neugierig über die Schulter.

»Ach, das sind nur Angebote, die per Mail gekommen sind.«

Christopher nickte und schien sich nicht weiter damit zu beschäftigen. Stattdessen legte er Ignacio einen ausgedruckten Text vor. *Lebenslauf* stand mit fetten Buchstaben ganz oben auf dem Blatt. Ignacio überflog ihn schnell. Die Kandidatin war wie gemacht für den Job. Momentan war sie Finanzchefin einer Firma in der Flugbranche – der Vorstand von Gaia stellte auf der Führungsebene gern Menschen mit Erfahrungen aus unterschiedlichen Branchen ein, damit die Unternehmensleitung möglichst heterogen war. Man sollte immer über den Tellerrand schauen, wie Christophers Vater, Vorstandsvorsitzender des Unternehmens, zu sagen pflegte.

»Klingt gut«, meinte Ignacio.

»Sie wirkt extrem kompetent, oder? Das Einzige, was mich zweifeln lässt, ist, dass sie es offenbar sehr leicht gehabt hat. Elite-Internat, Führungskraft im Familienunternehmen und dann weiter die Karriereleiter hinauf, vermutlich mithilfe von Vitamin B.« Christopher hob die Hände, als erwarte er, dass Ignacio die Kandidatin verteidigen würde, was dieser jedoch gar nicht vorhatte. »Ich weiß, dass das alles auch auf mich zutrifft«, fuhr Christopher fort. »Ich wäre niemals Geschäftsführer geworden, wenn mein Vater damals nicht das Unternehmen gegründet hätte. Vielleicht reicht es ja, wenn einer im Unternehmen alles auf dem Silbertablett serviert bekommen hat?«

»Mag sein«, sagte Ignacio. »Ich finde, du solltest niemanden nehmen, bei dem du dir nicht sicher bist.«

»Nein, das stimmt.« Christopher verschränkte die Arme vor der Brust und stellte sich an das riesige Fenster mit Blick auf den Sveavägen mit seinen Leuchtreklamen, die sie in grellen Farben anblinkten. »Diesmal muss es ganz einfach klappen.« Seine Stirn lag in tiefen Falten, er schien mit den Gedanken weit weg zu sein. Was auch immer zwischen ihm und Vincent passiert war, es musste wirklich etwas Schwerwiegendes gewesen sein.

»Ich werde mich übrigens gleich mit David Miller, dem Repräsentanten der Firma Greeny, zu einem späten Mittagessen treffen. Haben wir bei den Arbeitern schon irgendetwas erreicht?«

Christopher sah auf. »Nein, noch nichts. Wir treffen uns am Montag mit dem Gerechtigkeitsinstitut und dessen neuem Rechtsvertreter, um über eine eventuelle Einigung zu diskutieren.«

»Das klingt doch gut!«

»Wir können aber nicht auf ihre Forderungen eingehen. Wir haben schon Zahlungen geleistet, obwohl Gaia unschuldig ist. Nicht wir haben den Brand in der Fabrik verursacht. Wir sind hinters Licht geführt worden. Der Vorstand ist in dieser Hinsicht fest entschlossen: Wie werden keine weitere Krone bezahlen, wenn uns nicht ein Gericht dazu verpflichtet.«

Ignacio unterdrückte ein Seufzen. Er brauchte dringend einen Hoffnungsschimmer für einen Vergleich, andernfalls würde Greeny sich zurückziehen, und dann würde es schwierig werden, den Vorstand zu beeindrucken. Das hier war seine Chance.

»Ich denke, wir haben bei einem Rechtsstreit zu viel zu verlieren.«

»Ich weiß, dass du so denkst, Ignacio«, entgegnete Christopher scharf. »Aber der Vorstand hat auch nicht unrecht, wenn er sagt, dass es vernichtend für das Unternehmen wäre, wenn es die Schuld auf sich nähme. Wir haben das Unglück nicht verschuldet. Wir wissen ja auch gar nicht, ob die Fabrik vielleicht auch für andere Bekleidungsketten produziert. Warum soll ausgerechnet Gaia die Verantwortung übernehmen?«

»Die Arbeiter behaupten ja, die Fabrik habe nur für Gaia produziert.«

»Das muss erst bewiesen werden. Weder ich noch der Vorstand möchten, dass Gaia in den Schmutz gezogen wird.«

Ignacio erhob sich und schlüpfte in sein Jackett. In zwanzig Minuten wollte er Miller treffen, und er hatte nicht vor, zu spät zu kommen. Am liebsten hätte er ihn mit einer guten Nachricht begrüßt.

»Das kann ich nachvollziehen, Christopher«, sagte er. »Aber es besteht das Risiko, dass Gaias Ruf beschädigt wird, wenn es einen langwierigen Rechtsstreit mit großen Schlagzeilen in der Presse gibt. Möchtest du wirklich der Geschäftsführer eines Unternehmens sein, das einen Prozess gegen ein paar arme Arbeiter führt, deren Existenz durch den Brand zerstört wurde?«

»Nein, aber ich möchte auch kein Geschäftsführer sein, der wissentlich drittklassige Fabriken beauftragt und Arbeiter als Sklaven missbraucht hat. Denn genau das bin ich, wenn wir ihnen Schadenersatz zahlen. Verdammt, Ignacio, dann könnte man sich auch gleich hinstellen und laut herausposaunen, dass man schuldig ist.«

Ignacio seufzte. Christopher hatte recht.

Sein Chef blickte ihn düster an. »Wenn ein Rechtsstreit nötig ist, um die Unschuld unseres Unternehmens zu beweisen, dann muss es eben einen Rechtsstreit geben.«

Ignacio hätte gern noch einmal versucht, den Vorstand zu überzeugen, aber Christopher war zurzeit einfach unbelehrbar, dachte er bei sich, als er zehn Minuten später im Sturehof eintraf. Trotzdem musste er sein Bestes geben, um Greeny ins Boot zu holen. Drinnen herrschte der übliche Freitagsbetrieb. Alle Tische waren belegt – mit Businessleuten, die nach ihren Geschäftsessen zu Drinks übergegangen waren, und mit Hausfrauen, die ihre Sporttaschen und Einkaufstüten auf dem Boden abgestellt hatten und vor denen Meeresfrüchte und Weinkübel auf den Tischen aufgebaut waren. Er bat um einen Platz ganz hinten im Lokal, wo sie ungestört würden reden können, nahm zwei Speisekarten mit und bestellte kaltes Wasser.

Während er wartete, überdachte er seine Strategie. Die einzige Möglichkeit, Greeny zu beruhigen, war, die Risiken des Rechtsstreits herunterzuspielen und David Miller davon zu überzeugen, dass Gaia so gut wie gewonnen hatte. Die abfotografierte Mail war zweifellos ein gutes Zeichen. Ignacio hatte hart dafür gearbeitet, um überhaupt ein Treffen mit der großen amerikanischen Warenhauskette realisieren zu können, die nur Fairtrade-Produkte verkaufte. Die Vorstandsmitglieder hatten Christopher wissen lassen, wie wichtig ihnen eine solche Zusammenarbeit war. Falls es Ignacio gelang, einen Vertrag mit Greeny zu machen, dann mussten sie ihm den Posten als Finanzchef geben. Bisher war es niemandem im Unternehmen gelungen, einen direkten Draht zum amerikanischen Markt zu etablieren.

Er schloss die Hand fest um sein Handy, als gäbe ihm die reine Existenz des Fotos Halt. Dann sah er sich im Restaurant um, entdeckte eine blonde Frau und zuckte kurz zusammen.

Doch nein, sie war es nicht. Es war nicht Charlotta. Er stellte sich ihr warmherziges Lächeln vor. Ihr helles Haar, das hin und her schwang, wenn sie lachend den Kopf schüttelte. Beinahe roch er den Duft ihres Shampoos und sah ihre braunen Augen glitzern, wenn sie lächelte. Er verlor sich in Gedanken und kehrte erst wieder in die Gegenwart zurück, als ein hochgewachsener, breitschultriger Mann mit grauen Schläfen zu seinem Tisch geführt wurde. Sofort erkannte er David Miller von der Gastvorlesung an der Handelshochschule wieder. Bei ihrer Kontaktaufnahme hatte Ignacio genau diese Vorlesung erwähnt. Nichts wirkte besser bei Amerikanern als die gute, alte Schmeichelei.

Ignacio erhob sich und schüttelte ihm die Hand. Davids Händedruck war fest, sein Lächeln offen und freundlich. Er trug ein Jackett mit breitem Revers und dazu eine Hose mit weiten Beinen, wie viele amerikanische Geschäftsleute, die Ignacio bisher getroffen hatte. Vermutlich fanden die Amerikaner die schwedischen Männer mit ihren schmal geschnittenen Anzügen und farbigen Hemden viel zu feminin.

Sie nahmen Platz, und Ignacio empfahl ihm die hausgemachten Köttbullar. Swedish Meatballs kamen bei ausländischen Geschäftsleuten immer gut an. David stellte ein paar höfliche Fragen über Schweden im Allgemeinen und wie denn Ignacios Woche gewesen sei, doch dann ging es sofort zur Sache. David berichtete, dass er sämtliche Informationen gelesen habe, die Ignacio ihm geschickt hatte.

»Es sieht gut aus.« Davids Aussprache ähnelte der des Nachrichtensprechers auf CNN. »Aber wenn ich es richtig verstehe, befindet ihr euch nach einem Fabrikbrand in einem Rechtsstreit mit bolivianischen Arbeitern?«

Ignacio nickte. »Die Gerichtsverhandlungen haben noch nicht begonnen, aber ja, wir wurden verklagt. Die Arbeiter haben ihren Anwalt gewechselt, und wir hoffen, zu ihnen vordringen zu können, jetzt, wo sie einen neuen Rechtsvertreter haben. Schon am Montag werden wir uns mit ihnen treffen. Wie du weißt, haben wir uns in den letzten Jahren intensiv mit Nachhaltigkeit beschäftigt und nehmen das Thema äußerst ernst. Wir werden alles daransetzen, einen Vergleich zu erzielen.«

Der Kellner kam mit zwei Tellern voller dampfender Köttbullar, Kartoffelbrei und perfekt sämiger Sauce.

David legte sich die Stoffserviette über den Schoß. »Das ist mir bekannt. Wenn Nachhaltigkeit und vor allem Menschenrechte einen Großteil eurer Firmenphilosophie ausmachen, ihr dann aber dagegen verstoßt, dann ist von der Philosophie allerdings nicht mehr viel übrig, oder?« Erneut zeigte David seine makellosen Zähne. »Ich meine nicht, dass die Sache eure Marke komplett unglaubwürdig macht, aber …« Er beugte sich über den Tisch und blickte umher, als versichere er sich, dass ihnen niemand zuhörte. »In solchen Fällen ist es wohl besser, den Arbeitern einfach die Entschädigung zu zahlen.« *Pay them off.*

Ignacio trank einen Schluck Sprudelwasser, das seinen Gaumen und Kopf erfrischte.

David nahm sich einen Köttbulle und spülte ihn mit einem großen Schluck Wasser hinunter. Dann blickte er Ignacio an. »Mir gefällt Gaia. Vor allem eure Sportkleidung, da seid ihr Pioniere. Es gibt sonst keine ökologisch-nachhaltigen Sportsachen auf dem Markt, die auch noch schick aussehen. Was in eurer Fabrik passiert ist, passiert leider ziemlich häufig. Mir ist klar, dass die Fabrik euch das Blaue vom Himmel versprochen hat und dass ihr nicht wusstet, wie es dort wirklich aussah. So ist es oft. Und ihr habt ungeheures Pech gehabt. Solche Brände werden meistens verschwiegen, doch dieser ist eben publik geworden. Wenn man dafür bekannt ist, nachhaltige Produkte zu schaffen, die sich dann aber als unfair produziert erweisen, fühlen sich die Konsumenten hintergangen. Hätten sie ein Produkt eines weniger nachhaltigen Unternehmens gekauft und es wäre dasselbe passiert, wären sie nicht so enttäuscht gewesen. Der Schaden verdoppelt sich.« Er trank noch einen Schluck und betrachtete Ignacio. »Ich weiß, dass du einen guten Job gemacht hast. Wenn du sagst, dass Nachhaltigkeit und ein guter Ruf für Gaia am wichtigsten sind, dann glaube ich dir. Ich hoffe nur, dass deine Geschäftsführung derselben Ansicht ist.« Er nahm sich ein weiteres Fleischbällchen. »Ich werde tun, was ich kann, um mein Unternehmen davon zu überzeugen, dass man mit Gaia gut zusammenarbeiten kann.«

Ignacio atmete tief ein und wollte gerade zu einem breiten Lächeln ansetzen, als David fortfuhr: »Aber bevor wir hier irgendetwas unterschreiben, müssen wir zusehen, dass der Rechtsstreit unter den Teppich gekehrt wird. Das wirst du sicher verstehen. Sobald ihr euer Problem mit den Arbeitern gelöst habt, sorge ich dafür, dass wir den Vertrag unter Dach und Fach bekommen.« Er kaute langsam auf seinem Köttbulle herum und warf Ignacio dann einen begeisterten Blick zu. »Die Fleischbällchen sind fantastisch!«

Ignacio lächelte steif und ballte seine Faust so fest in der Hosentasche, dass der Saum an einer Stelle riss.

Dieser verdammte Rechtsstreit musste im Keim erstickt werden, kostete es, was es wollte.

6

Vorsichtig zog Dessie die Lockenwickler aus dem Haar. Bereits vor dem Wochenende hatte Charlotta erzählt, dass die Vertreter der Firma Gaia, darunter auch Christopher Ek, am Montag in die Kanzlei kommen würden. Dessie war Christopher seit zwei Jahren nicht mehr begegnet. Sie wollte so gut wie möglich aussehen. Während die Locken abkühlten, zog sie ihre Strumpfhose an, ein hauchdünnes Modell, unter dem man die Haut erahnen konnte. Christopher hatte ihre Beine immer angebetet, deshalb entschied sie sich für ihre Schuhe mit dem höchsten Absatz. Dazu zog sie einen engen Rock und die Seidenbluse an, die sie am Abend zuvor noch aus der Reinigung geholt hatte. Dann schüttelte sie ihre Locken aus, gab Haarspray hinzu und überprüfte ein letztes Mal ihr Make-up. Den anderen in der Kanzlei würde kein Unterschied auffallen, sie achtete immer sehr auf ihr Äußeres. Doch ihr selbst fiel es auf, und das war das Wichtigste.

Christopher sollte sehen, was er verpasst hatte, und dass sie längst über ihn hinweg war und nach vorne schaute. Dass er sie außerdem zu dem Zeitpunkt sehen würde, an dem die Zukunft seiner heiß geliebten Firma auf dem Spiel stand, gab ihr noch einen zusätzlichen Kick.

Als sie am Vorabend ihrem Bruder von dem Plan erzählt hatte, war dieser der Ansicht gewesen, dass es ganz im Gegenteil so wirken könne, als wäre sie ganz und gar nicht über Christopher hinweg. »So zu tun, als wäre man völlig unberührt, ist die beste Methode, um zu demonstrieren, dass man in Wahrheit keineswegs über jemanden hinweg ist und die ganze Zeit an ihn denkt«, hatte er gesagt, als er mit einem Glas Rotwein in der Hand auf ihrer Kücheninsel gesessen hatte.

Vermutlich hatte er recht, aber dass ausgerechnet jemand aus Dessies Kanzlei die bolivianischen Arbeiter vertreten würde, war wirklich ein Zufall. Nachdem Charlotta sie um Rat gefragt und Dessie die Klageschrift der Arbeiter gelesen hatte, war ihr klargeworden, dass die Arbeiter durchaus Grund für ihre Klage hatten. Dessie hatte es kaum glauben können. Sie hatte zwar vorher schon von der Klage gehört, das Thema jedoch gemieden, da sie von Gaia und Christopher nichts mehr hatte wissen wollen.

Menschenrechte und internationales Recht waren zwar schwierige Gebiete, doch Charlotta war die richtige Frau für so etwas und ganz bestimmt clever genug, um Christopher eins auszuwischen. Und er hatte es wahrlich verdient. Wer wusste schon, was er sich hatte zuschulden kommen lassen? Beim Gedanken daran, wie abgebrüht und gefühlskalt er war, hätte es sie nicht gewundert, wenn es in seinen Fabriken sowohl Sklaven- als auch Kinderarbeit gäbe, während er sich auf den Wirtschaftsseiten der Zeitungen mit den gerechtesten Arbeitsverhältnissen der gesamten Textilbranche brüstete.

Tageszeitungen waren nicht das einzige Medium, in dem Christopher regelmäßig präsent war. In den letzten zwei Jahren hatte sie ihn auch in der Klatschpresse gesehen, auf Fotos von Wohltätigkeitsgalas und Premieren in ganz Europa, jedes Mal mit einer anderen hübschen Frau im Arm. Und immer als Ehrengast, Preisverleiher oder Gönner. Doch nun war Christopher zurück in Schweden, und zwar in einer verletzlicheren

Position als je zuvor. Als die furchtbaren Bedingungen der bolivianischen Arbeiter publik wurden, hatte er sein wahres Gesicht gezeigt. Und nun würde Dessie dafür sorgen, dass er sein Gesicht verlor, durch einen langen Rechtsstreit mit katastrophalen Zahlen als Folge. Gaia würde am Ende sein, genau wie Christopher selbst.

Das war ihre Rache.

Oder besser gesagt ausgleichende Gerechtigkeit – denn zwischen Rache und der Wiederherstellung von Gerechtigkeit bestand trotz allem ein Unterschied.

Sie zog den Trenchcoat über, hängte ihre Tasche über die Schulter und trat hinaus in den kühlen Frühlingsmorgen. Anstatt den Östermalmstorg zu überqueren und weiter zur Riddargatan zu gehen, machte sie wie immer einen Umweg über den Stureplan zur kleinen Kaffeebar auf der Birger Jarlsgatan. Dem einzigen Ort, der einen ansatzweise so guten Latte macchiato hatte, wie sie damals mit Christopher getrunken hatte, in dem kleinen toskanischen Dorf während eines glühend heißen Monats vor drei Jahren.

Als sie den Pappbecher entgegennahm, dachte sie wieder an die Worte ihres Bruders. War das etwa der Grund dafür, dass sie jeden Morgen diesen Umweg nahm, nur um sich einen Kaffee zu kaufen? Weil er sie an Christopher und diese Zeit erinnerte?

Nein, sie ging dorthin, weil der Kaffee einfach der beste war. Punkt, Schluss. Sie trat hinaus auf die Straße und genoss den Geschmack von gerösteten Kaffeebohnen und cremiger, beinahe süßer Milch. Natürlich erinnerte er sie an den Geruch der staubigen Schotterwege in dem kleinen italienischen Dorf, den herben Duft der Zypressen und des vergilbten Grases am Wegesrand. Und an den Duft von Christophers sonnenwarmer Haut.

Doch dann machte sie sich bewusst, dass es nichts als entfernte Erinnerungen waren. Der einzige Grund, warum sie in die Kaffeebar ging, war der phänomenal gute Latte macchiato.

Sie betrachtete sich im angrenzenden Schaufenster. Plötzlich fand sie selbst, dass ihr Outfit übertrieben wirkte. Sie schüttelte heftig den Kopf. Sie war über Christopher hinweg. Welche Erinnerungen sie auch überfielen und was immer ihr Bruder gesagt hatte – heute würde sie so kühl und unbeteiligt erscheinen, dass Christopher nichts anderes denken konnte, als dass sie längst über ihn hinweg war.

»Die Einzigen, die in diesem Rechtsstreit etwas zu verlieren haben, sind die Leute von Gaia«, sagte Charlotta.

Svante, der Jurist des Gerechtigkeitsinstitutes, saß ihr am Tisch gegenüber, einen Cappuccino mit cremigem Milchschaum in der Hand. »Ja, ich verlasse mich selbstverständlich auf euch!«

Sie hatte soeben die Voraussetzungen für einen Vergleich geprüft und festgestellt, dass sie sich auf fünfundsiebzig Prozent des ersten Angebotes beschränken und zusätzlich eine öffentliche Entschuldigung von Gaia fordern würden. Charlotta rechnete nicht damit, dass das Unternehmen zustimmen würde. Ein Gerichtsverfahren schien unvermeidlich. Doch die Arbeiter würden kein Geld verlieren, Svärdh & Partner übernahm die Gerichtskosten und konnte sich das auch leisten.

»Okay, fahren wir also die harte Tour«, sagte Charlotta.

Svante nickte bestätigend. »Danke, dass ihr diesen Fall übernehmt. Ich brauche wirklich jemanden, der daran glaubt, und der bereit ist, dafür zu kämpfen.« Er nahm einen Schluck Kaffee und blickte bekümmert vor sich auf den Tisch. »Großunternehmen verstecken sich hinter Subunternehmen, schönen Worten und Schlagzeilen, doch niemand übernimmt Verantwortung dafür, was wirklich passiert. Die Aktionäre werden immer reicher, die Chefs fahren Rekord-Boni ein, während die Arbeiter am Existenzminimum leben. Diese Gleichung geht nicht auf. Dieser Fall ist entscheidend. Er kann alles verändern.«

»Es ist mir wirklich eine Ehre.« Charlotta lächelte. »Ich gehe runter zum Empfang und hole die Gegenseite ab, Sandra zeigt dir den Besprechungsraum.«

Svante stand auf, schüttelte ihre Hand und richtete den Hemdkragen über seinem Tweedjackett. Er sah aus, wie man sich einen Anwalt für Menschenrechte vorstellte. Bereits im Studium unterschieden sie sich von den anderen angehenden Juristen. Charlotta selbst hatte auch mit ein paar Jurastudenten Kontakt gehabt, die sich neben ihrem Studium in verschiedenen Menschenrechtsorganisationen engagierten, Svante war einer von ihnen gewesen. Sie hatte diese Kommilitonen als sympathisch und umgänglich empfunden. Damals war ihre eigene Hemmschwelle, andere Menschen kennenzulernen, noch höher als heute gewesen.

Sie hatte Svante schon immer gemocht und wusste, dass sein Mitgefühl mit den Arbeitern echt war. Nicht nur für sich selbst, sondern auch für Svante und die Arbeiter wollte sie das Beste aus diesem Fall herausholen. Klar, er war kompliziert, aber Oscar würde sich heraushalten, denn trotz Ebbas Interesse würde der Fall der Kanzlei nicht ein Öre einbringen. Sie war sich inzwischen sehr sicher, dass es richtig gewesen war, Ebba den Fall vorzustellen.

Als sie ihr Büro verließ, traf sie auf Carl-Adam.

»Was war denn da drinnen eigentlich los? Du siehst aus, als hätte man dir eine lange Nacht mit schwarzen Seidenlaken und Peitsche versprochen.«

Charlotta schüttelte lächelnd den Kopf und ging weiter den Flur entlang. »Wohl eher endlose Nächte im Büro.«

»Das erklärt aber nicht deinen befriedigten Gesichtsausdruck.«

»Ebba und die anderen Kanzleipartner hoffen, dass mein Mandant sich auf einen langen Rechtsstreit einlässt, und genau das hat er eben getan.«

Carl-Adam sah sie ungläubig an. »In den wenigen Stunden, die ich letztes Jahr beim Anwaltskurs nüchtern war, meine ich gehört zu haben, dass man einen Mandanten auf keinen Fall in einen teuren Rechtsstreit treiben sollte.«

Der zweitägige Anwaltskurs hatte auf einem großen Gutshof auf der Insel Värmdö stattgefunden. Nach dem ausgiebigen Abendessen wurde die ganze Nacht gefeiert. Carl-Adam hatte beide Nächte durchgemacht und sich zusammen mit zwei Juristen aus einer konkurrierenden Kanzlei betrunken, sodass er sich während des Kurses kaum wach halten konnte. Charlotta war erstaunt darüber gewesen, dass er sein Anwaltsexamen später im Jahr bestanden und überhaupt etwas vom Kurs mitbekommen hatte. Aber Carl-Adam hatte recht. Niemals sollten Anwälte ihrem Mandanten raten, sich auf einen kostspieligen Rechtsstreit einzulassen, denn der Mandant riskierte dabei, seine eigenen und die Anwaltskosten der Gegenseite tragen zu müssen.

»Es ist ein Pro-bono-Fall«, erklärte Charlotta. »Der Mandant muss kein Öre bezahlen, wir übernehmen die Kosten.«

»Okay, das erklärt in gewisser Weise, warum wir einen Rechtsstreit in Kauf nehmen. Aber ist das nicht herausgeschmissenes Geld für uns?«

»Die Gegenseite ist das Unternehmen Gaia. Das bedeutet Publicity und Goodwill für unsere Kanzlei.«

»Ach, dann haben wir also diesen Fall übernommen. Ich hatte schon gehört, dass die Arbeiter ihren Rechtsvertreter gewechselt hätten.« Carl-Adam pfiff leise durch die Zähne.

»Wenn ihr Erfolg habt, wird dieses Thema für eine ganze Weile den Wirtschaftsteil der Zeitungen dominieren.«

Charlotta kam ein Gedanke. Einer von Carl-Adams ehemaligen Kommilitonen hatte eine steile Karriere in der Forschung gemacht und war häufiger Gast in Talkshows als Experte für Menschenrechte. Ständig wurde er in den Medien zitiert, noch am selben Morgen hatte sie in einer der großen Zeitungen seinen Namen gelesen.

»Du, ich habe gerade an unser Mandantentreffen im Frühling gedacht. Hast du vielleicht die Mailadresse von deinem Kumpel, dem Menschenrechtsprofessor? Wenn er dabei ist, lässt sich Ebba vielleicht auf das Thema Unternehmensverantwortung und Menschenrechte ein.«

»Gute Idee.« Carl-Adam nickte zustimmend. »Ich gebe dir gleich seine Mailadresse.«

Ihr Handy vibrierte, auf dem Display erschien eine Nachricht vom Empfang.

»Die Gegenseite ist da«, meinte Charlotta.

»Ich komme mit«, sagte Carl-Adam. »Angeblich gibt es frisch gebackenen Kuchen in der Küche.«

An der Glasscheibe neben der Treppe blieben sie stehen. Von hier konnte man hinunter auf den Eingangsbereich der Kanzlei blicken. Neben dem Empfang standen zwei Männer und unterhielten sich. Der eine war Karl Helmersson, Anwalt des Unternehmens Gaia, und der andere war vermutlich Gaias Geschäftsführer Christopher Ek. Er besaß ohne Zweifel die Ausstrahlung eines Eigentümers.

»Karl Helmersson, sieh einer an.« Carl-Adam strich sich übers Kinn. »Der größte Mistkerl in der Welt der Anwaltskanzleien. In seiner alten Kanzlei galt er als Schürzenjäger der übelsten Sorte. Seine Frau ahnt nichts. Außerdem ist er ein Despot. Übrigens hatte Christopher Ek mal was mit Dessie.«

»Aha, das erklärt ihr Interesse an der Sache.« Charlotta nickte gedankenverloren und blickte dann ihren Freund an. »Du bist wie ein altmodisches, gebundenes Lexikon, Carl-Adam, ein ungewöhnlich hübsches noch dazu.«

»Ach, ich versorge dich nur mit dem neusten Klatsch und Tratsch. Du kennst dich dafür am besten mit Verhandlungen, juristischen Analysen und Details aus.«

»Danke. Ich kann jede Art von Aufmunterung vor dem Treffen gebrauchen.« Sie betrachtete Karl Helmersson. Despoten waren nicht gerade ihr Spezialgebiet.

»Zwei Worte, Charlotta. Du bist cool«, sagte Carl-Adam.

»Das waren aber drei Worte.«

»Wie gesagt, Details sind nicht so mein Ding. Aber deins, Zivilrechtsanwältin!«

Die Tür zur Empfangshalle öffnete sich erneut. Sie blickten beide hinunter. Ein großer, breitschultriger Mann trat ein. Sein dunkles Haar war perfekt gestylt, die markanten Gesichtszüge erinnerten an einen Comic-Superhelden, und die Lippen würden sich vermutlich samtweich auf ihren anfühlen und himmlisch schmecken. Seine braunen Augen blickten sich aufmerksam um. Er sah die Empfangsdame mit einem nahezu perfekten Lächeln an, das zwar nicht an Charlotta gerichtet war, ihr aber dennoch Schmetterlinge im Bauch verursachte.

Carl-Adam holte tief Luft. »Ignacio.« Er hielt die Hand vor den Mund. »Ja, natürlich, er arbeitet bei Gaia. Und das, wo es doch so zwischen euch gefunkt hat auf der After-Work-Party.«

»Fandest du?«

»Also hör mal … Er konnte seinen Blick nicht von deinem Hintern abwenden, und du hast die ganze Zeit seine muskulösen Schultern angestarrt. Und wie ihr miteinander geredet habt …«

Durch die Glasscheibe war zu sehen, wie Ignacio Karl die

Hand schüttelte. Christopher gab ihm die männliche Form einer Umarmung, indem er ihm fest mit einer Hand auf die Schulter klopfte.

»Das ist ja wie in der Werbung für Klamotten von Dressmann«, kommentierte Carl-Adam, ohne die Augen von dem gut gekleideten und perfekt frisierten Trio abzuwenden. Sie gingen die Treppe hinunter.

»Dazu müssten die drei aber ein bisschen vertrauter miteinander umgehen«, entgegnete Charlotta.

»Ach, ich wäre der Erste, der sie mal ordentlich anfassen und ihnen durch die Haare wuscheln würde«, murmelte Carl-Adam in ihr Ohr, als sie die Empfangshalle betraten. Sie lachte auf und blickte direkt in Ignacios Augen. Für einen winzigen Moment hellte sich seine Miene auf, als freue er sich, sie zu sehen. Doch als sie auf die drei Männer zuging und Christopher die Hand entgegenstreckte, verdüsterte sich sein Blick. Vielleicht war er genauso enttäuscht, wie sie es gewesen war, als sie erfuhr, dass er zur Gegenpartei gehörte. Sie blickte Carl-Adam an, der sie kurz umarmte und dann in Richtung Küche zum frisch gebackenen Kuchen entschwand.

Wie erwartet war Christophers Händedruck fest und sein Lächeln professionell. Sie konnte ihn sich sehr gut mit Dessie vorstellen. Er strahlte Selbstsicherheit und Charisma aus wie ihre Freundin auch. Die Trennung war bestimmt nicht leicht gewesen.

Aus den Augenwinkeln nahm sie Karl Helmerssons Blick wahr, der über ihren Körper glitt. Sie stellte sich vor und schüttelte fest seine Hand. Er sah ihr kurz in die Augen, bevor sein Blick weiter hinunter zu ihren Brüsten wanderte. Dass Schweine sich immer so leicht verrieten …

Sie ging weiter zu Ignacio und nickte ihm lächelnd zu. »Hej, Ignacio.«

»Hallo, Charlotta.«

Obwohl er einen halben Meter entfernt stand, nahm sie seinen Duft wahr, der sie schon im Riddaren betört hatte – wie warmes Holz im Sommer, Zitrone und etwas Salz.

Schnell warf sie einen Blick über die Schulter. Sie fragte sich, ob die anderen spürten, wie sehr sie sich von Ignacio angezogen fühlte. Doch Christopher und Karl waren gerade mit einem verkappten Penisvergleich beschäftigt – sie unterhielten sich über die Größe ihrer jeweiligen Boote.

Wieder blickte sie zu Ignacio, er sah sie immer noch an. Wenn er nur aufhören würde, sie anzusehen … Die Intensität seines Blickes bewirkte etwas in ihr.

Eine Tür öffnete sich und schloss sich wieder. »Charlotta!« Gleichzeitig erleichtert und irritiert über Oscars schroffen Tonfall drehte sie sich um. Seine Augen waren gerötet, wahrscheinlich von zu viel Whisky am Vorabend. Er mochte es, abends in seinem Büro auf und ab zu gehen und den Whisky in zylinderförmigen Kristallgläsern hin und her zu schwenken, so als übte er schon einmal, wie es wohl wäre als Partner und Besitzer eines Eckbüros. Vielleicht hatte er schon ein paar Fliegen verschluckt? Oder ein Spinnenbein?

»Ich habe Sandra oben getroffen. Sie hat mich gebeten, dir mitzuteilen, dass Svante im ehemaligen Vorstandszimmer auf dich wartet.« Ohne Ignacio anzusehen, hielt er ihm die Hand hin. Oscar stellte sich vor, blickte Ignacio kurz an und hielt einen Augenblick inne. Charlotta genoss die Unsicherheit in seinem Gesicht. Wäre sie ein Mann gewesen, hätte sie beim Anblick von Ignacios perfekter Männlichkeit ebenso reagiert. Oscar lächelte steif in die Runde und ging in Richtung Küche. Doch plötzlich blieb er stehen und drehte sich um. »Ach, noch was, Charlotta.« Beim Lächeln war ein Teil seines Zahnfleischs zu sehen, wie bei einem Tier, das seine Beute erschreckt. Er stützte sich auf den Empfangstresen und trommelte mit den Fingern auf die lederne Oberfläche. »Heute Morgen hat mir eine Mail im Posteingang gefehlt. Du weißt, was ich meine? Die Fragen an den Mandanten, die du für mich zusammenstellen solltest.«

»Ich dachte, ich hätte dir deutlich genug gesagt, dass ich für diesen Fall keine Zeit habe.« Hastig blickte sie zur Seite. Ignacio schien zu begreifen, dass dies nicht für seine Ohren bestimmt war. Er entfernte sich ein Stück und versuchte, an Karls und Christophers Gespräch teilzunehmen.

Oscar lachte auf. »Tja, da hast du mich und Ebba offenbar falsch verstanden. Es war ja wohl eindeutig, dass du für meinen Fall zur Verfügung stehen sollst!«

Charlotta ging zu ihm hin und sagte mit gedämpfter Stimme: »Können wir das nicht später besprechen? Wenn der Geschäftsführer und der Anwalt von Gaia nicht mehr zwei Meter neben uns stehen?«

»Ich weiß nicht, wie du deine eigenen Fälle bearbeitest, aber wenn du es für mich tust, dann erwarte ich, dass alles fristgerecht passiert. Es wäre sehr unerfreulich, wenn du wieder eine Deadline verpassen würdest.« Er lächelte nachsichtig. Worauf er anspielte, war das eine Mal, als sie dem Gericht ein Schreiben einen Tag zu spät hatte zukommen lassen. Ebba hatte getobt, doch es war nur passiert, weil Oscar ihr ein falsches Datum gegeben hatte. Als sie ihn damit konfrontiert hatte, war seine Antwort gewesen, sie hätte es zur Sicherheit selbst noch einmal kontrollieren müssen. Es wurde allein ihr angekreidet. Seitdem kontrollierte sie alle Informationen, die sie von Oscar erhielt. »Mandanten mögen es nicht, wenn man Dinge übersieht.« Er schnippte laut mit dem Finger, woraufhin alle in seine Richtung schauten. »Schick mir die Fragen bis heute Abend.« Der Tonfall glich dem eines Herrchens, das mit seinem Hund spricht. Sie war sich nicht sicher, ob die anderen mitbekommen hatten, wie er mit ihr sprach, die drei standen etwas abseits. Den letzten Satz jedoch hatte jeder gehört.

Zufrieden lächelnd und Zustimmung heischend blickte Oscar in die Gesichter der anderen. Ignacio bedachte er mit einem Blick, der männliches Einvernehmen zwischen ihnen voraussetzte. Dass Oscar sie vor ihrem juristischen Gegner schlecht dastehen ließ, war übel, sogar für seine Verhältnisse. Schließlich arbeiteten sie in derselben Kanzlei, und sie hatte keine Möglichkeit, sich zu wehren, ohnc eine Szene zu veranstalten.

Ignacios Blick verdunkelte sich, als Oscar ihn ansah, und sein markanter Kiefer spannte sich an. Er öffnete den Mund, um etwas zu sagen, doch Charlotta kam ihm zuvor. »Wollen wir?« Hastig wandte sie sich mit einem aufgesetzten Lächeln an die Jurastudentin, die nebenbei als Empfangsdame arbeitete. »Kannst du sie nach oben ins alte Vorstandszimmer bringen? Ich komme sofort!« Die Rezeptionistin nickte mit großen Augen. Bevor Charlotta ihre Schritte in Richtung Waschraum lenkte, konnte sie noch sehen, wie Ignacio Oscar wütend anstarrte.

Trotz jahrelangen Trainings gelang es ihr noch immer nicht, einen Panzer gegen solche Angriffe aufzubauen. In ihrer jahrelangen Therapie hatte sie gelernt, welche Art Mensch Oscar war und dass sein Verhalten nichts mit ihr zu tun hatte. Doch dass sie es wusste, hieß noch lange nicht, dass sie es wirklich verinnerlicht hatte. Die Art und Weise, wie er sie erniedrigte, brachte alles wieder zum Einsturz, was sie als Schutzschild um sich herum aufgebaut hatte. Auch wenn dieser Zustand nur wenige Sekunden andauerte – in dieser Zeit verschwand jedes Fünkchen Selbstbewusstsein, und sie hatte auf einmal das Gefühl, als verdiene sie es, vor anderen erniedrigt zu werden.

Doch sie würde ihm niemals zeigen, was seine Worte in ihr auslösten.

Als sie vor den Waschbecken stand, warf sie ihre Aktentasche auf den Boden, stützte sich mit beiden Händen am kalten Porzellan ab und stieß ein ersticktes Schluchzen aus. Tränen der Demütigung stiegen in ihr auf, und sie kniff die Augen zusammen. Während sie dreimal tief einatmete, zählte sie still von eins bis zehn, so wie sie es gelernt hatte, wenn die Angstattacken kamen. Danach ließ sie kaltes Wasser laufen, nahm eines der zusammengerollten Handtücher aus dem Korb neben dem Becken, befeuchtete den weichen Frotteestoff und betupfte damit ihr verheultes Gesicht. Bei der Berührung mit dem kalten Wasser zuckte sie zusammen.

Die Tür ging auf, und aus den Augenwinkeln sah sie Ignacio.

»Oh, Verzeihung!«, sagte er und blieb stehen. Dann schüttelte er den Kopf. »Versucht dein Kollege gerade, sich als Arschloch des Jahres zu profilieren?« Er lächelte, doch als er ihr Gesicht sah, gefror sein Lächeln. Ihre geröteten Augen verrieten sie. »Oh, tut mir leid. Ich wollte nur …« Er sah auf die beiden Toilettenkabinen hinter ihr.

Sie wandte sich zum Waschbecken und hielt die Hände vor die Augen. »Alles gut. Ich bin schon fertig.«

Trotz eines verheulten Gesichts noch hübsch auszusehen gehörte nicht zu ihren Vorzügen. Schon wenn sie im Fernsehen irgendwelche Preisverleihungen sah, war sie gerührt und bekam feuchte Augen, aber leider schwollen sie gleich so an, dass es aussah, als hätte sie die ganze Nacht in ihr Kissen geweint. Und natürlich konnte Ignacio nicht wissen, dass es Tränen der Wut waren. Er musste sie als schwach empfinden. Die besten Voraussetzungen, um die Verhandlungen einzuleiten.

Das war einer der Gründe, warum sie als Partnerin der Kanzlei nicht infrage kam. Sie würde niemals professionell wirken und so unfehlbar und selbstsicher sein wie Ebba. Oder sich höflich, aber bestimmt wehren, so wie Dessie es konnte, wenn jemand sie übervorteilen wollte. Nein, Charlotta konnte man leicht verletzen, ihre Gefühle waren wie ein offenes Buch. Menschen wie Oscar hatten freie Bahn, auf ihnen herumzutrampeln. Außerdem weinte sie gerade vor ihrem juristischen Gegner.

Mit einer kurzen Entschuldigung verließ sie den Waschraum. Die Rezeptionistin kam ihr entgegen, in der Hand ein Tablett mit Kaffeekanne und Tassen. Sie warf einen Blick auf Charlotta, stellte das Tablett auf einen Beistelltisch, verschwand hinter ihrem Empfangstisch und hielt ihr ein Schminktäschchen hin.

»Was für ein Scheusal er ist.« Die Studentin öffnete ihr Schminktäschchen und reichte Charlotta einen Concealer und eine winzige Puderdose. Charlotta lächelte dankbar und trug den Concealer mithilfe des kleinen Puderdosenspiegels vorsichtig auf die gerötete Haut auf.

Im selben Moment kam Ignacio von der Toilette. Sie richtete sich auf, atmete tief ein, schob das Kinn vor und ging zusammen mit Ignacio zu den Aufzügen. Sie würde sich diesen Fall nicht von Oscar zerstören lassen. Von niemandem.

7

Gerade hatte Ignacio die braun gebrannte Hand des Anwalts geschüttelt, da sah er sie. Charlotta hatte wegen irgendetwas gelacht, ihre Augen glitzerten. Wieder fiel ihm auf, wie attraktiv ihre braunen Augen und das hellblonde Haar miteinander kontrastierten. Als Charlotta dann auf sie zugekommen war, hatte er noch immer gehofft, dass sie ihn grüßen und dann weitergehen würde und dass jemand anderes von Svärdh & Partner herunterkommen und sich als Rechtsvertreter der bolivianischen Arbeiter vorstellen würde. Doch Charlotta war direkt auf Karl Helmersson zugegangen.

Als sich die beiden begrüßten, wäre er am liebsten dazwischengegangen. Karl hatte ihr nicht einmal zugehört, als sie sich vorstellte, sondern nur ihren Körper von oben bis unten gemustert. Dabei glänzte sein Ehering am Finger. Manchmal fragte sich Ignacio, ob es innerhalb der betriebswirtschaftlichen und juristischen Ausbildung des Landes geheime Macho-Kurse gab.

Jetzt beugte sich der Anwalt in seinem Lehnstuhl vor und lächelte breit. »Wie freundlich von Ihnen, uns alle hier zu empfangen«, sagte Karl, und sein Lächeln wirkte nun eher nachsichtig.

Charlotta rückte mit ihrem Stuhl näher an den Tisch und verschränkte die Hände auf der Tischplatte. »Wir begrüßen es, dass Sie hergekommen sind, um die Forderungen der bolivianischen Arbeiter mit uns zu diskutieren, per Mail hat es ja leider nicht funktioniert. Jetzt, wo Svärdh & Partner den Fall übernommen hat, dachten wir, dass …«

»Kommen wir doch gleich zur Sache.« Karl hob die Hand, nur einen halben Meter von Charlottas Gesicht entfernt. Sie lehnte sich in ihrem Stuhl zurück und hatte ihre Lippen zusammengekniffen, was vermutlich ein höfliches Lächeln darstellen sollte. Karl wollte mit seiner Unterbrechung Oberwasser bekommen, doch es wirkte einfach rücksichtslos. »Was wollen Sie haben, damit Sie Ihre Klage zurückziehen?« Mit einem Räuspern setzte er sich zurück und betrachtete sie.

Einige Sekunden herrschte Schweigen. Ignacios Puls stieg. Sie hatten darüber gesprochen, bevor sie hergekommen waren. Karl hatte überzeugend gewirkt, als er sagte, die Arbeiter hätten keine Beweise in der Hand und Svärdh & Partner wolle nicht mehr Mühe in den Fall stecken als unbedingt nötig. Er sei viel zu kompliziert, und man würde sich sicher einigen können.

»Sie wollen etwas kaufen«, sagte Charlotta mit fester Stimme. »Sie wollen sich die Klage vom Hals schaffen. Ihre Unschuld erkaufen. Also müssen Sie uns ein neues Angebot machen.«

Statt Charlotta zuzuhören, sah Karl über ihre Schulter hinweg und schien den Raum zu inspizieren. »Ich habe gehört, dass das hier das alte Vorstandszimmer ist. Die dunkle Teakverkleidung gehört bestimmt noch zur Originaleinrichtung, oder?«

Etwas in Charlottas Gesicht veränderte sich, als er ihre Worte demonstrativ ignorierte. Ganz kurz, vielleicht für eine Millisekunde, hatte sie denselben Ausdruck im Gesicht wie zuvor am Empfang, als ihr Kollege sie angegangen hatte. Verschreckt. Doch als sie jetzt nickte, sah sie ebenso souverän aus wie vorher. »Bis in die Siebzigerjahre war die Sparkasse in diesem Haus, und in diesem Raum wurden die Vorstandssitzungen abgehalten.«

»Ah, richtig.« Karl sah sich erneut um. Der Raum war größer als eine durchschnittliche Dreizimmerwohnung in der Innenstadt. Durch die hohen Fenster waren die Hausdächer bis hinunter zum Strandvägen zu sehen, dahinter glitzerte das Wasser von Nybroviken. Eine der Fähren zur Insel Djurgården fuhr gerade in die Bucht, der Dampf stieg gleich einem dünnen Spinnennetz in den blauen Himmel. Karl lachte auf. »Wie viele wichtige Entscheidungen dürften in diesem Raum gefällt worden sein.« Langsam schüttelte er den Kopf. »Nehmen Sie es mir nicht übel, aber ich glaube, die Herren, die hier nach dem Zweiten Weltkrieg saßen und Schwedens Wohlfahrtsstaat aufbauten, würden sich im Grab umdrehen, wenn sie wüssten, was in diesem Moment hier passiert. Ein renommiertes Unternehmen wird erpresst. Ein Unternehmen, das vollkommen unschuldig ist«, empörte er sich. »Unsere Unschuld erkaufen … Sie werden kaum beweisen können, dass Gaia gewusst hat, was in den Fabriken passierte. Das wissen wir beide. Eine Einigung, ein Vergleich, würde sowohl Zeit als auch Geld sparen. Sie können Ihre Zeit besser nutzen und einen Fall bearbeiten, der Geld einbringt.«

»Für Gerechtigkeit zu sorgen hat keinen Preis«, konterte Charlotta. Ignacio sah, wie sich ihre Unterwürfigkeit in Kampfeslust verwandelte.

»Die Arbeiter können ihre Schadensersatzforderung vergessen. Das Gericht wird kein Öre für sie herausholen«, sagte Karl sachlich.

Er hatte recht, dieser Fall war knifflig. Während Ignacio an seiner Doktorarbeit schrieb, war ihm die Gleichgültigkeit der großen Unternehmen gegenüber dem Thema Menschenrechte unbegreiflich vorgekommen, jetzt war er dafür dankbar. Gleichzeitig fragte er sich, seit wann er so dachte. Wann hatte er begonnen, sich auf die Seite der Großunternehmen zu schlagen? Er schob den Gedanken beiseite, jetzt wollte er nicht noch ein Fass aufmachen.

»Sie glauben also, dass wir Gaia ganz ohne Grund verklagen?« Charlotta beugte sich vor und fixierte Karl. Die Frau, die er im Waschraum gesehen hatte, war wie ausgewechselt. Sie war nun vollkommen selbstsicher, und dieses Selbstbewusstsein verunsicherte Ignacio. Sie waren hergekommen, um einen Vergleich zu erzielen, doch sie strahlte etwas ganz anderes aus.

»International ist in der letzten Zeit viel passiert. Der Druck steigt – von Konsumenten und Gesetzgebern, aber auch …« Bevor Charlotta den Satz beenden konnte, beugte sich Karl heftig über den Tisch, griff nach der silbernen Kanne und goss den restlichen Kaffee in seine Tasse, bis zum letzten Tropfen. Charlotta verzog keine Miene, blickte nur auf die Kaffeekanne und stand auf.

Unwillkürlich ließ Ignacio seinen Blick über ihren Rücken und weiter hinunter über ihren wohlgeformten Hintern wandern, der durch den Stoff des engen schwarzen Kleides hervorgehoben wurde. Herrgott, er war nicht viel besser als Karl, der alte Macho. Dennoch fand er, dass er das Recht hatte, Charlotta so anzusehen. Sie öffnete die Tür, steckte den Kopf hinaus und murmelte jemandem etwas zu, bevor sie wieder in den Raum trat. Ihr Gesicht war nicht mehr verheult, nur ihre Augen waren noch gerötet. Wäre Ignacio mutiger gewesen, hätte er Charlottas Kollegen eben diskret zurechtgewiesen und ihn nicht einfach aufgeblasen davonmarschieren lassen. Er war der Einzige hier im Raum, der sie hatte weinen sehen. Das gab ihm ein merkwürdiges Gefühl von Intimität, so als kenne er sie besser als die anderen. Was natürlich Unsinn war. Außerdem musste er sich auf andere Dinge konzentrieren. Er sah Christopher an, der gerade etwas in Karls Ohr flüsterte. Kurz darauf kam die Empfangsdame ins Zimmer und stellte ein Tablett auf den Tisch. Ignacio schaute auf seine Notizen, während Charlotta erneut das Wort ergriff. Die Notizen verschwammen vor seinen Augen. Schon wieder hatte er vergessen, sich neue Linsen zu besorgen. Er kramte die Brille aus seiner Aktentasche hervor und setzte sie auf.

»Der einzige Grund, warum die Frage noch nicht geprüft wurde, ist, dass die Fabrikarbeiter bisher keine vernünftige juristische Unterstützung hatten«, sagte Charlotta und sah in die Runde. Ihr Blick blieb an Ignacio hängen, wanderte dann weiter zu ihren Unterlagen und dann wieder zu ihm. Sie schien aus dem Konzept geraten zu sein und blickte ihn so an, wie er vermutete, dass er sie ansah, mit Begehren im Blick. Ach so, die Brille ... Er lächelte in sich hinein. Vom IT-Chef hatte er erfahren, dass seine Brille oder eher er mit Brille ein heißes Thema unter den Mitarbeiterinnen der Wirtschaftsabteilung war. Er lächelte Charlotta an, die sich räusperte, wieder auf ihre Notizen und danach woanders hinsah. »Und mithilfe des Gerechtigkeitsinstitutes ist es Mendicino Victims gelungen, sich zu organisieren und Beweise zu sammeln. Und nun sitzen wir hier.«

Karl starrte Charlotta an. »Wie zum Teufel wollen Sie beweisen, dass Gaia verantwortlich ist? Also, zum einen gehört die Fabrik ja gar nicht dem Unternehmen, das sollte sogar Ihnen klar sein, richtig?«

»Wie Sie vielleicht den Unterlagen entnommen haben, sind die Mendicinos der Ansicht, dass Gaia aufgrund seiner dominierenden Position sehr wohl in der Verantwortung ...«

»Und zum anderen«, unterbrach sie Karl genervt, »wurde nicht nur für Gaia produziert. Auch andere Marken haben in der Fabrik Kleidung herstellen lassen. Gaias Einfluss ist also nicht besonders groß gewesen.«

»Zum Zeitpunkt des Brandes war Gaia der einzige Auftraggeber der Fabrik.«

Karl schüttelte den Kopf. »Wie auch immer, Gaia steht nicht in der Verantwortung. Die brasilianischen Behörden müssen dafür sorgen, dass Gebäude und Arbeitsplätze ausreichend sicher sind.«

»Dieser Ansicht sind wir aber nicht. In seinem Verhaltenskodex gibt das Unternehmen an, sämtliche Grundkonventionen zu befolgen, was Menschenrechte betrifft. Gemäß einer dieser Grundkonventionen, die Sie übrigens Ihrem Verhaltenskodex beigefügt haben, soll stets eine Due-Diligence-Prüfung durchgeführt werden, bevor Gaia eine Fabrik beauftragt. Diese Analyse ist jedoch nicht erfolgt, also sind Sie Ihrer Verantwortung nicht nachgekommen.«

So, wie sie es formulierte, klang es ganz einfach.

»Es wurde sehr wohl eine Untersuchung durchgeführt«, warf Christopher ein.

»Keine, die uns bekannt wäre.«

»Nein, aber ihr habt Mails von Mitarbeitern des Unternehmens gelesen, in denen der Bericht von einer solchen Inspektion erwähnt wird«, ergänzte Ignacio, auch wenn er selbst von diesem Argument nicht ganz überzeugt war. Die Tatsache, dass dieser Bericht fehlte, hatte Karl in enormen Stress versetzt. Doch niemand hatte ihn finden können. Wäre der frühere Finanzchef besser organisiert gewesen, hätten sie ihn längst gefunden, und die Sache wäre aus der Welt gewesen. Vorausgesetzt, der Bericht fiel zum Vorteil für das Unternehmen aus.

»Die Höhe der Schadensersatzforderung ist grotesk«, fuhr Karl fort. »Ein schwedisches Gericht würde niemals einen so hohen Schadensersatz gewähren.«

»Sie werden brasilianisches Recht anwenden, da der Schaden in Brasilien entstanden ist. Im brasilianischen Schadensersatzrecht gibt es Spielraum für höhere Summen, wenn es beispielsweise um Personenschäden, also ideelle Schäden geht.«

Zur Abwechslung erwiderte Karl nichts darauf. Er schien kein Gegenargument auf Lager zu haben, stattdessen sah er aus, als habe man ihn in flagranti ertappt. Ignacios Irritation wuchs. Waren Karl die Regeln bezüglich der Höhe des Schadensersatzes nicht bekannt gewesen?

»Und weil Sie gegen Menschenrechte verstoßen haben, kann der Schadensersatz …«

»Ja, aber noch immer ist nicht bewiesen, dass der Brand und die Schäden etwas mit den Arbeitsverhältnissen in der Fabrik zu tun hatten«, unterbrach sie Karl.

»Wir haben Zeugen, die von Fehlern in der Elektroanlage der Fabrik unmittelbar vor dem Brand sprechen. Bilder, die aufgesägte Schlösser zeigen. Die Arbeiter wurden eingesperrt, sie hatten keine Möglichkeit zu entkommen. Zudem haben wir Videomaterial von den Feuerwehrleuten vor Ort. In den Filmen ist zu sehen, wie sie Feuerlöscher entdecken, deren Ablaufdatum mehrere Jahrzehnte zurückliegt. Notausgänge gab es auch keine.«

Wieder schwieg Karl. Ignacio fragte sich, ob er das Beweismaterial überhaupt gesichtet hatte. Karl war augenscheinlich ein äußerst geschickter Anwalt, aber sonderlich belesen war er nicht. Ignacio konnte nur hoffen, dass er sich im weiteren Verlauf zusammenreißen würde. Irgendwas musste nun gesagt werden, um die Gegenseite zu besänftigen. Karl schien diesbezüglich nichts auf Lager zu haben.

»Wenn ich eine Bemerkung machen dürfte«, sagte Ignacio und konnte aus den Augenwinkeln sehen, wie Karl irritiert auf seinem Sessel hin und her rutschte. »Gaia bestreitet keineswegs das, was passiert ist. Wir haben viel getan, um den Arbeitern zu helfen. Nach dem tragischen Ereignis haben wir angeregt, zusammen mit anderen Bekleidungsketten für gerechte Arbeitsbedingungen in den brasilianischen Fabriken einzutreten. Wenn sich große Bekleidungsunternehmen zusammentun, können sie viel bewirken, das hat sich mehrfach gezeigt. Außerdem haben wir eine große Summe in eine Stiftung gezahlt, die den Arbeitern zugutekommen soll.«

»Das ist schön und gut«, sagte Charlotta in einem Tonfall, der deutlich zu verstehen gab, dass sie das wenig interessierte. »Aber hier geht es darum, einen Schaden wiedergutzumachen, der bereits entstanden ist. Es geht um diejenigen, die so schwer verletzt wurden, dass sie nie wieder werden arbeiten können. Keinem der Opfer hilft es, dass Gaia in Zukunft besser auf die Einhaltung der Vorschriften achten möchte. Und die Summen, die von Gaia als Hilfsmittel zur Verfügung gestellt wurden, reichen dafür nicht aus.«

Ignacio atmete tief ein. »Trotz allem ist es eine Tatsache, dass Gaia viel getan hat, deutlich mehr als andere Bekleidungsketten, die zudem in Katastrophen mit tödlichem Ausgang verwickelt waren. Wir sind der Ansicht, dass wir alles getan haben, was möglich war. Die Schuld werden wir nicht auf uns nehmen, denn es ist nicht unsere Schuld.«

»Rein juristisch hat Gaia trotzdem …«

»Um wieder zur Sache zu kommen …« Karl schlug mit der flachen Hand auf die Tischplatte. Ausreichend sanft, um nicht aggressiv zu wirken, doch fest genug, um Charlotta zu unterbrechen, die gerade etwas sagen wollte. »In welchen Punkten würden Sie uns entgegenkommen?«

Charlotta tauschte einen kurzen Blick mit Svante. Sie räusperte sich und nahm ein Dokument aus dem Papierstapel.

Ignacios Blick blieb an ihrem Mund hängen. Er war wunderschön. Jetzt im Tageslicht bemerkte er eine kleine, blasse Narbe über der Oberlippe, und dieses Detail ließ sie noch unwiderstehlicher erscheinen. Charlotta strich sich eine Haarsträhne hinters Ohr, die sich aus dem hohen Pferdeschwanz gelöst hatte, ihre Hand lag auf dem Nacken. Ignacio fragte sich, wie sich die Haut ihres Nackens wohl anfühlte. War sie warm oder kalt? Wuchsen dort feine, blonde Härchen?

Das war natürlich völlig unpassend. Das Unternehmen stand vor einer seiner größten Niederlagen, und er saß hier und träumte von der zarten Haut am Nacken der Anwältin. Er atmete tief ein. Was er jetzt brauchte, war ein Kaffee. Er reckte sich nach der Kanne, und Charlotta schob sie zu ihm herüber. Bevor sie die Hand wegnehmen konnte, griff er die Kanne mitsamt ihrer Hand. Die Berührung jagte einen behaglichen Schauer über seinen Arm.

»Von den 50 747 220 Kronen Schadensersatz, die Mendicino Victims fordern, sind sie bereit, ein Viertel abzuziehen, wenn Sie im Gegenzug dazu eine Erklärung darüber abgeben, dass Sie für die Geschehnisse in der Fabrik verantwortlich sind«, sagte Charlotta mit fester Stimme.

Ignacio war wieder in der Realität angekommen. Das konnte nicht wahr sein. Es stimmte überhaupt nicht mit Karls Voraussagen überein, was die möglichen Forderungen der Arbeiter betraf. Das musste er mit Christopher besprechen. Sofort. Er sah seinen Chef an, dessen Gesicht sich hochrot gefärbt hatte. An der Schläfe trat eine Ader hervor.

Gerade, als er um eine Pause bitten wollte, begann Christopher zu sprechen.

»Die Anschuldigungen sind vollkommen unsinnig. Sie stellen es so dar, als hätten wir die Arbeiter eingesperrt und die Fabrik in Brand gesteckt!«

Die Ader war deutlich zu sehen und schien sich beinahe durch die dünne Haut zu drücken.

»Wir möchten eine offizielle Erklärung«, wiederholte Charlotta.

»Eine Erklärung für etwas, das wir gar nicht getan haben?«, fragte Ignacio und versuchte, zugewandter zu klingen als sein Chef. Er durfte nicht zulassen, dass Christopher aus der Haut fuhr. Dann war jede Chance auf einen Vergleich null und nichtig. Seine eigenen Verhandlungen mit Greeny wären erledigt, ganz zu schweigen vom Ruf des Unternehmens. Die ganze Arbeit der letzten Jahre wäre umsonst gewesen. Schnell trank er einen Schluck Kaffee. »Wir sind bereit, einen Teil davon zu zahlen, aber wir können nicht öffentlich die Schuld auf uns nehmen.«

»Sollen wir Sie noch einmal daran erinnern, was passiert ist?«, entgegnete der Jurist des Gerechtigkeitsinstituts. »Sie haben auf Kosten des Lebens, der Sicherheit und Gesundheit dieser Menschen Geld verdient.«

»Aber wir tragen keine Schuld daran. Wofür sollen wir uns entschuldigen?«, fragte Christopher irritiert.

»Wofür Sie sich entschuldigen sollen?« In der dunkel umrandeten Brille des Stiftungsjuristen spiegelte sich die Sonne, sodass Ignacio nicht erkennen konnte, ob er sie spöttisch oder ernst ansah. »Dafür, dass Sie als eines der führenden westlichen Bekleidungsunternehmen Ihre Pflichten vernachlässigt haben, indem Sie die Fabrik nicht nach den gültigen internationalen Maßstäben kontrolliert haben, obwohl das in Ihrem Verhaltenskodex steht.« Svante hielt das umfangreiche Dokument in die Höhe.

»Schieben Sie sich Ihre verdammte Propaganda in Ihren

knochigen Hipster-Arsch.« Christopher legte beide Hände vor sich auf die Tischplatte. Blitzschnell holte Ignacio mit dem Arm aus und drückte den fünfundneunzig Kilo schweren Christopher zurück auf seinen Stuhl, um ihn daran zu hindern, den Stiftungsjuristen an seiner Strickkrawatte zu packen. »Wir haben nichts getan, und Sie stellen es so dar, als würden wir Arbeiter erschießen. Ich sag Ihnen eins: Ich habe mich schon mit dem Thema Menschenrechte befasst, da konnten Sie nicht mal das Wort Mikrobrauerei aussprechen!«, brummte Christopher und ließ sich von Ignacio zurück auf seinen Stuhl drücken.

Charlotta saß mit großen Augen da, doch sie kniff die Lippen zusammen.

»Was Christopher meint, ist, dass wir für die Ereignisse nicht verantwortlich sind. Das können und wollen wir nicht in den Medien sagen«, sagte Ignacio. Langsam ließ er den Arm sinken. Christopher blieb sitzen, ohne Svante aus den Augen zu lassen. »Und ihr habt keine Beweise. Keine Dokumente oder Abkommen, die darauf hindeuten, dass Gaia wusste, in welchem Zustand die Fabrik war. Klar, ihr habt auf unsere Verantwortung in juristischem Sinne hingewiesen, aber wir können sie nicht auf uns nehmen. Allerdings können wir uns vorstellen, den Arbeitern zu helfen, indem wir eine Schadensersatzzahlung leisten, die aber geringer ausfallen wird als die Summe, die ihr eben genannt habt«, fuhr Ignacio fort und hoffte inständig, dass sie auf ihn hören würden.

»Nein, wir werden keine kleinere Summe bezahlen. Nicht eine Krone bekommen sie«, sagte Christopher.

Mit diesen Worten schwand die Möglichkeit, sich auf einen Vergleich zu einigen.

Ignacio beugte sich zu ihm und flüsterte: »Christopher, am besten warten wir noch etwas ab. Vielleicht lassen sie sich auf etwas ein, was wir dann dem Vorstand vorlegen können.« Das war Ignacios letzte Chance für einen Deal mit Greeny, für die Anerkennung durch den Vorstand und die Möglichkeit, zum Finanzchef befördert zu werden. Langsam nahm seine Verzweiflung überhand.

Christopher spannte den Kiefer an und schien zuzuhören. Doch plötzlich schob er den Stuhl zurück, erhob sich und zeigte mit erhobenem Zeigefinger auf Charlotta und Svante. »Einen Vergleich können Sie vergessen.« Er starrte erst Ignacio und dann die anderen an. »Gaia ist nicht schuldig, wir hatten von der ganzen Sache keine Ahnung, und das wissen Sie. Der Subunternehmer hat uns verarscht. Ich habe nicht vor, die Verantwortung für etwas zu übernehmen, was er getan hat.«

Er riss sein Jackett von der Stuhllehne, ging mit fünf großen Schritten in Richtung Tür, stieß sie auf und schlug sie hinter sich zu.

Mit hochrotem Gesicht zog sich Christopher das enge Jackett über, während er durch die schmalen Korridore der Kanzlei eilte. Ohne auf Ignacio und die Anwältin zu warten, lief er laut fluchend in den Empfangsbereich. Er wusste, dass er sich gerade wie der größte Idiot aufführte. Milliardär hin oder her.

Es war hart gewesen, ihnen zuzuhören. Das Bild, das sie von Gaia zeichneten, widersprach all seinen Wertevorstellungen und denen des Unternehmens.

Zu Anfang, als sie mit den Forderungen der Arbeiter konfrontiert worden waren, hatte er einen Vergleich anregen und den Vorstand überzeugen wollen. Er war ja derselben Ansicht wie die beiden Anwälte dort drinnen. Gaia musste Verantwortung übernehmen. Am liebsten wäre er direkt zu seinem Vater gegangen, um ihm zu sagen, wie er die Sache einschätzte. Es machte ihn wahnsinnig, dass dem Vorstand die Konsequenzen der Ereignisse nicht bewusst und ihm selbst die Hände gebunden waren.

»Moment, ich bräuchte Ihren Besucherausweis.« Die Stimme der Rezeptionistin brachte ihn dazu, den Kopf abrupt zur Seite zu drehen. Dabei prallte er gegen etwas Weiches. Ein Aktenordner fiel zu Boden, und er bückte sich, um ihn aufzuheben. So weit reichte seine gute Erziehung dann doch. Sein Blick blieb an zwei langen Beinen haften. Beinen, von denen er seit zwei Jahren träumte und die er zwischen Hunderten von Beinen wiedererkennen würde.

Während des gesamten Aufenthaltes in der Kanzlei hatte er versucht, nicht an sie zu denken. Er war weder feige noch konfliktscheu. Trotzdem hatte er sich beinahe übergeben müssen, als er erfuhr, welche Anwaltskanzlei die bolivianischen Arbeiter vertrat. Er hatte schon einmal sein Leben wegen Dessie aufgegeben. Das Land verlassen. Doch als die Arbeiter von Gaia Schadensersatz forderten, verlangte der Vorstand mit seinem Vater an der Spitze, dass er die Auslandsexpansion erst einmal ad acta legen, zurück nach Schweden kommen und alles regeln sollte.

Es war wirklich ein Treppenwitz, dass die Kanzlei, in der Dessie Partnerin war, nun die Arbeiter vertrat und Dessie somit indirekt der Grund für seine Rückkehr war. Nicht etwa, weil sie mit diesem Fall zu tun hatte. Zivilrecht war nicht ihr Gebiet, sie beschäftigte sich mit anderen Dingen. Zum Beispiel mit der Beratung von Unternehmen, die andere Unternehmen kaufen und verkaufen wollten. Dabei sorgte sie dafür, dass sich die Käufer hoffnungslos in sie verliebten, um anschließend mit deren besten Freunden zu schlafen. Mit so etwas beschäftigte sich Dessie. Vermutlich hatte sie auch mit diesem Fall zu tun, auch wenn sie nicht direkt eingebunden war.

Wirklich unschlagbar. Und ganz schön tückisch.

Durch die dünnen Nylonstrümpfe konnte man die olivfarbene Haut auf der Oberseite ihrer Füße erahnen. Während er sich aufrichtete, glitt sein Blick über ihre langen, schmalen Fesseln, die Schienbeine, die perfekten Knie (falls Knie perfekt genannt werden konnten) und weiter hinauf zum Ansatz ihrer Schenkel, wo ihr Rock seinen kurzen Genuss unterbrach. Wie immer glitzerten ihre Augen schelmisch.

»Christopher, hej!«

»Hej, Dessie!«

»Alles in Ordnung?« Sie lächelte.

»Na klar, was sollte nicht in Ordnung sein?«

Sie legte die Hand auf seine Schulter, ihre angenehm kühle Hand berührte flüchtig seinen Nacken. Unfreiwillig zuckte er zusammen. »Du schaffst es nie, deine Wut zu verbergen oder auch nur zu zügeln.« Sie zog einen Mundwinkel nach oben, ohne zu lachen. Es war noch immer das schönste Lächeln, das er je gesehen hatte. Während die Wut in ihm aufstieg, fühlte er gleichzeitig dieses außergewöhnlich starke Begehren tief in seinem Inneren.

Die Distanz, die er zwischen sich und Dessie gebracht hatte, war heilsam gewesen. Er hatte geglaubt, dass die Zeit seine Gefühle verändert, den Schmerz getilgt hatte. Doch das war offenbar ein Irrtum gewesen.

»Ich kann meine Wut beim besten Willen nicht zurückhalten, wenn Anwälte alles tun, um mich zu provozieren«, sagte er. Die Zweideutigkeit dieser Formulierung konnten nur sie beide verstehen. Ihre Hand glitt über seinen Anzugkragen, löste die Klammer des Besucherausweises und strich die kleine Falte glatt, die entstanden war. »Danke für deinen Besuch bei Svärdh & Partner, Christopher.«

»Bitte.« Er ging in Richtung Ausgang.

»Ich glaube, du hast etwas vergessen.«

Er blieb stehen und drehte sich um. Erst jetzt fiel ihm auf, dass er den Aktenordner immer noch unterm Arm trug. Er reichte ihn ihr, und sie kam langsam auf ihn zu.

»Danke. Wir sehen uns, nehme ich an?« Sie umfasste den Ordner. »Ich werde tun, was ich kann, um meine Kollegen zu beruhigen. Ich möchte nicht, dass dein Unternehmen den Bach runtergeht.«

Er nickte kurz. Und glaubte ihr nicht ein einziges Wort.

Draußen, im ohrenbetäubenden Mittagsgetümmel, atmete er viermal tief durch. Erst, als er die Straße entlangging, überlegte er, ob Dessie überhaupt wusste, dass er die Wahrheit über sie und Vincent kannte. Wenn ihr klar war, wie sehr sie ihn verletzt hatte, dann war ihr Verhalten von vorhin besonders rücksichtslos, sogar für ihre Verhältnisse. Andererseits gab es für die Dessie, die er kannte, keine Grenzen. Das war Grund dafür gewesen, dass er sich damals in sie verliebt hatte – was ein Desaster zur Folge gehabt hatte.

»Eigentlich ist es doch ganz gut gelaufen«, sagte Karl, als sie sich später ins Taxi setzten.

Ignacio verstand nicht, wie jemand das Treffen nicht als Katastrophe bezeichnen konnte.

»Karl, bitte sei ehrlich. Wie hoch ist das Risiko einer Niederlage, jetzt, wo Christopher die Chance auf einen Vergleich verspielt hat?«

»Rein rechtlich gesehen gehört schon viel dazu. Der Frage nach der Verantwortung muss sehr gründlich nachgegangen werden. Das Problem ist euer Ruf. Die Presse wird euch in jedem Fall verurteilen.«

»Wie kann man das vermeiden?«

»Indem man Beweise sucht und findet, die zeigen, dass ihr

die Umstände in der Fabrik nicht beeinflussen konntet. Dann wäre der Erfolg sicher.«

Ignacio nickte stumm und blickte aus dem Fenster. Männer und Frauen in Anzug und Kostüm, Jackett und Trenchcoat, die zu ihren Mittagsverabredungen eilten. In den Händen trugen sie Papiertüten aus den Salatbars. Immer diese Salate. Kein Wunder, dass die Leute schlechte Laune hatten, wenn sie nichts Ordentliches aßen.

Die Mailkonversation, die ihm in die Hände gefallen war, stellte vielleicht nur eines von hundert Argumenten für Gaias Unschuld dar. Er musste dranbleiben, um zumindest ein Gefühl dafür zu bekommen, ob es sich lohnte, für Gaias Unschuld zu kämpfen. Wenn der Gegenseite mehr und bessere Informationen zur Verfügung standen als dem Unternehmen selbst, dann sah er sich gezwungen, sich diese zu beschaffen.

Oder würde er unter besseren Bedingungen Charlotta von einem Vergleich überzeugen können? Beide Parteien würden davon profitieren, auch wenn sie das bisher anders zu sehen schien.

Das Taxi hielt vor dem Eingang des Unternehmensgebäudes. Ignacio wandte sich an Karl. »Wenn ich mich mit der Gegenseite treffen würde, wäre das zu unserem Nachteil?«

»Was hast du vor?« Karl blickte ihn verwundert an, bevor er ein breites Grinsen aufsetzte. »Ach, du willst die Blondine anmachen? Ihr habt gemeinsame Freunde, richtig? Ist okay für mich, wenn du sie klarmachst.« Karl grinste noch immer zufrieden.

Sofort war ihm die Idee verleidet, doch irgendetwas musste er tun, und sein Vorhaben war legitim. Wenn Gaia keinen Einfluss auf die Geschehnisse in der Fabrik gehabt hatte, dann sollte das Unternehmen auch nicht in den Schmutz gezogen werden. Sollte es ihm gelingen, die Pläne der Gegenseite in

Erfahrung zu bringen, konnte er ihnen zuvorkommen und sie zu einem Vergleich zwingen, und zwar zu Gaias Bedingungen.

»Dir kann nichts passieren, solltest du dich mit der Gegenseite treffen, weil du nicht an irgendwelche Anwaltsethik gebunden bist«, fuhr Karl fort. »Für die kleine Blondine sähe es allerdings nicht so gut aus, denn sie muss sich an die Regeln des Anwaltsvereins halten.«

Ignacio nickte, schüttelte dem Anwalt die Hand und stieg aus dem Taxi.

Er zog sein Handy aus der Hosentasche. Ein Plan nahm in seinem Kopf Gestalt an. Irgendwie würde er sie zum Reden bringen, um die wunden Punkte der Arbeiter zu erfahren. Die Vorstellung, sie wiederzusehen, missfiel ihm nicht im Geringsten.

8

Nach Christopher Eks Ausbruch bei der Besprechung schien eine Übereinkunft ein Ding der Unmöglichkeit zu sein. Mit gemischten Gefühlen bereitete Charlotta die Unterlagen vor, die am nächsten Tag dem Amtsgericht vorgelegt werden sollten. Im Grunde war sie zufrieden. Die Kanzleipartner zogen es vor, wenn die Klage vor Gericht kam, denn das bedeutete Öffentlichkeit. Aber eine Zivilklage bedeutete auch, dass Ignacio unerreichbar sein würde. Nicht, dass er ihr jetzt schon nahe gewesen wäre, aber sie hatte zwischen ihnen etwas gespürt. Während des Treffens hatte er sie auf eine ganz besondere Art angesehen. Carl-Adam war auch der Meinung gewesen, dass da etwas war, also war es keine Einbildung. Es hatte sie überrascht, wie Ignacio nach der anfänglichen Arroganz mit ihr gescherzt hatte.

Aber es war lächerlich, an ihn zu denken. Sie hatte keine Ahnung, was er fühlte. Wahrscheinlich war er einer, der mit allen Frauen flirtete. Wie auch immer, der Job ging vor, und sie war sicher, dass er das genauso sah. Sie hatte gemerkt, wie engagiert er war und wie es ihn frustriert hatte, als sie nicht auf die geringere Schadensersatzzahlung eingehen wollte.

Das Geräusch von sich nähernden Schritten unterbrach ihren Gedankengang. Oscar blickte zur Tür hinein. Sie hatte seine Mail wegen der Fragenliste ignoriert, fragte sich inzwischen allerdings, ob es nicht besser wäre, diese verdammte Liste zu erstellen und sich Oscar somit vom Hals zu schaffen.

Ohne zu klopfen trat er ein. »Was ist mit der Fragenliste?«, fragte er mit verschränkten Armen.

Sie antwortete nicht.

»Du solltest daran interessiert sein, bei meinem Fall mitzuarbeiten. Wenn du dich nur mit diesen Arbeitern beschäftigst, bringst du der Kanzlei kein Geld ein. Ich glaube nicht, dass das den Partnern gefällt. Du kannst dich nicht nur um Wohltätigkeitsfälle kümmern.« Er lachte auf. »Verstehst du nicht, dass du sonst viel zu wenige Stunden abrechnen kannst?« Er meinte die abrechnungsfähigen Stunden, die pro Jahr von den angestellten Juristen erwartet wurden. »Hilfst du mir, dann helfe ich dir. Der Gaia-Fall ist kompliziert, das weiß ich. Dabei geht es unter anderem um brasilianisches Recht, oder nicht? Du wirst das nicht alles alleine schaffen. Dir fehlt das Wissen, Charlotta!«

»Für den brasilianischen Teil finde ich schon eine Lösung. Wir haben eine gute Kanzlei ausfindig gemacht, mit der wir zusammenarbeiten.« Svärdh & Partner verfügte über ein gutes Netzwerk überall auf der Welt, und man half sich gegenseitig.

»Das wird uns das letzte Hemd kosten.« Oscar schüttelte den Kopf. »Ich verstehe einfach nicht, wie sich Ebba darauf einlassen konnte. Es wird ein Verlustgeschäft für die Kanzlei.«

Die brasilianische Kanzlei arbeitete gratis, weil es sich um einen Pro-bono-Fall handelte. Das verriet sie ihm jedoch nicht, jetzt wollte sie ihn einfach nur loswerden.

»Auch die anderen Partner unterstützen die Sache, und man sollte davon ausgehen, dass sie wissen, was gut ist für die Kanzlei, in der sie Partner sind«, sagte sie stattdessen und starrte auf die Datei auf ihrem Bildschirm, um zu demonstrieren, dass sie weiterarbeiten wollte.

»Ja, das wollen wir hoffen«, entgegnete Oscar ernsthaft besorgt. Charlottas Sarkasmus war ihm völlig entgangen. »Vor allem, weil ich gehört habe, dass die bisherige Kanzlei nur deshalb einen Befangenheitsantrag gestellt hat, um den Fall loszuwerden. Nach dem Motto: Die Ex-Frau von irgendjemandem hat mal für eine Gesellschaft innerhalb des Gaia-Konzerns gearbeitet.« Er lachte auf, dann betrachtete er Charlotta aus zusammengekniffenen Augen. »Ich habe nämlich mit jemandem aus dieser Kanzlei gesprochen. Wichtige Mandanten hatten sich bei den Partnern gemeldet und erklärt, dass sie beunruhigt seien. Sie wüssten nicht, ob sie der Kanzlei weiterhin vertrauen könnten, wenn sie sich mit so komplizierten ethischen Fragen beschäftige, die schwedischen Unternehmen schaden könnten.« Ein höhnisches Grinsen breitete sich auf seinem Gesicht aus. »Einen wirklich tollen Fall hast du da an Land gezogen, Charlotta!«

»Ich muss jetzt weiterarbeiten. Was deinen Fall betrifft, so habe ich leider keine Zeit. Ich habe vollauf mit Gaia zu tun.«

»Was hast du gesagt? Hör auf, so zu nuscheln, ich kann dich nicht verstehen. Wie kannst du eigentlich unsere Kanzlei vertreten, wenn du nicht mal vernünftig sprechen kannst?« Oscar grinste, als handele es sich um einen Witz. Doch sie bemerkte den Hohn in seiner Stimme.

Nichts verabscheute sie mehr, als wenn jemand auf ihre Aussprache hinwies. Die Beweglichkeit ihrer Oberlippe war schon immer ein Problem gewesen. Trotz der Operationen und Hunderten von Stunden beim Logopäden fiel sie bisweilen in ihr früheres Nuscheln zurück. Als sie nichts darauf erwiderte, baute er sich breitbeinig vor ihr auf. Sie hatte keine Kraft mehr, sich ihm weiter zu widersetzen. Es war viel leichter, einfach zu tun, was er von ihr verlangte.

»Ich stelle dir die Fragenliste zusammen.«

»Gut. Und ganz im Ernst: Versuch, etwas deutlicher zu sprechen. Nur zu deinem Besten«, sagte Oscar und verließ ihr Büro.

Um Oscars Anliegen fertig zu bekommen und sich gleichzeitig weiter auf den Gaia-Fall vorzubereiten, arbeitete Charlotta während der folgenden zwei Tage beinahe rund um die Uhr. Am Donnerstag schaffte sie es, vor Mitternacht nach Hause zu kommen, was ihr ungeheuer früh vorkam. Sie schlief vor einer Folge von *Jills Veranda* ein.

Am Freitagmorgen fühlte sie sich beinahe ausgeschlafen. Als sie im Büro ankam, erwartete sie bereits eine Mail von Ebba, in der sie anfragte, ob Charlotta mit ihr zu Mittag essen wolle, sie habe ein Anliegen, das sie mit ihr besprechen wolle. Charlotta lehnte sich auf ihrem Stuhl zurück. Ebba kam normalerweise in ihr Büro, wenn es etwas zu besprechen gab. Hatte Oscar ihr etwa erzählt, dass sie seine Fragenliste nicht machen wollte? Sie hatte doch letztendlich nachgegeben, also warum sollte Ebba mit ihr Mittagessen wollen, nur um darüber zu reden?

Sie antwortete, dass sie Zeit habe, und Ebba schickte ihr eine Kalendereinladung zu einem Essen im Strandvägen 1.

Um Viertel vor zwölf verließ Charlotta die Kanzlei. Es war ein kalter, klarer Frühlingstag. Der Strandvägen war voll von Touristen und Büroangestellten, die gerade Mittagspause machten.

Sie betrat das Restaurant, und der Kellner wies ihr einen Tisch im hinteren Teil des Lokals zu. Ebba war noch nicht gekommen. Charlotta studierte die Speisekarte und versuchte nicht darüber nachzudenken, worüber Ebba mit ihr sprechen wollte. Sie blickte durch die hohen Fensterbögen hinaus auf die Straßenbahnen, die den Strandvägen entlangfuhren.

Nach einer Viertelstunde erschien Ebba. »Entschuldige die Verspätung. Hast du dir schon etwas ausgesucht?«

Charlotta wurde bewusst, dass sie sich nicht eines der Gerichte gemerkt hatte. »Noch nicht. Ich schaue mal.«

»Hast du schon den Lachs probiert? Er ist göttlich.«

Charlotta lächelte. »Dann nehme ich den Lachs.«

Ein Kellner kam vorbei, um die Bestellung aufzunehmen.

»Zweimal den Lachs und für mich ein Mineralwasser«, sagte Ebba.

»Für mich bitte ein stilles Wasser.« Charlotta reichte dem Kellner die Speisekarte.

Sie sprachen über Ebbas neuestes Scheidungsverfahren, und Charlotta tat ihr Bestes, interessiert nachzufragen und nicht daran zu denken, was Ebbas eigentliches Anliegen war.

»Also, ich wollte etwas mit dir besprechen«, sagte Ebba, als die Getränke kamen. »Wie läuft es mit Gaia?«

»Es läuft gut. Ich habe die letzten Dokumente für das Gericht vorbereitet. Möchtest du sie vorab sehen?«

»Nicht nötig, ich bin mir sicher, dass du es vernünftig gemacht hast. Und ich möchte wirklich betonen, wie wichtig dieser Fall für unsere Kanzlei ist. Auch wenn wir kein Öre daran verdienen – die Kanzlei wird in aller Munde sein, und das wird den Namen und die Marke stärken.« Ebba blickte sie ernst an. »Er zeigt auch, wie gut du unterschiedliche Arten von Fällen an Land ziehen kannst. Während deiner Zeit hier ist dir das sehr gut gelungen. Eine hohe Anzahl kleinerer Fälle und dann diese große Unternehmensklage letztes Jahr. Und das in nur fünf Jahren. Nicht nur mir ist das positiv aufgefallen, auch den anderen Partnern. Du hast dich enorm gesteigert und arbeitest härter als alle anderen Juristen bei uns. Du bist ehrgeiziger und interessierter und möchtest wirklich das Beste für die Kanzlei.« Sie machte eine Pause, nahm einen Schluck Wasser und lächelte dann. »Noch vor dem Sommer werden wir eine neue Leitung der Zivilrechtsabteilung brauchen. Zurzeit stehen zwei Personen zur Auswahl.« Charlotta schnappte nach Luft. »Ich sehe dich als die vielversprechendste Kandidatin im Rennen.«

»Als Abteilungsleiterin?« Charlotta blinzelte zweimal, hatte sie richtig gehört?

»Es bleibt bitte unter uns, aber Sören möchte in Zukunft mehr Zeit in seinem Haus in Frankreich verbringen, und ich werde die Geschäftsleitung übernehmen. Außerdem habe ich in nächster Zeit mehrere Schlichtungsaufträge in Scheidungsverfahren und muss mir die Verantwortung für die Abteilung mit jemandem teilen. Diese Person wird ganz offiziell die Abteilungsleitung übernehmen, auch wenn ich die verantwortliche Partnerin bleibe.«

»Aber ich habe weniger Erfahrung als Oscar und Kristin!«

»Ich habe dir doch gesagt, was ich von dir und deinen Kompetenzen halte. Du hast nicht nur attraktive Fälle für die Kanzlei akquiriert, sondern auch deutlich besser als die anderen in der Abteilung mit den jüngeren Juristen und sogar mit den Assistenten zusammengearbeitet. Außerdem weißt du genau, wie man Prioritäten setzt, und das ist das Wichtigste, wenn man eine Abteilung leitet. Als Abteilungsleiterin würdest du genau die Kompetenzen und Erfahrungen sammeln, die du brauchst, um Partnerin der Kanzlei zu werden.«

Das Essen kam, und Charlotta nahm sich vom Lachs und den Kartoffeln. Sie war so damit beschäftigt, zu verarbeiten, was Ebba gerade gesagt hatte, dass ihr die göttlichen Düfte noch gar nicht aufgefallen waren. Doch als sie den Geschmack auf der Zunge fühlte, musste sie zugeben, dass Ebba recht gehabt hatte. Das Essen war grandios. Der Lachs war wunderbar saftig, und die Kartoffeln schmeckten wie Frühkartoffeln, obwohl es dafür noch viel zu früh im Jahr war.

»Ich glaube aber, dass es noch ein paar Dinge gibt, an denen du arbeiten solltest, bevor du Abteilungsleiterin und vor allem, bevor du Partnerin wirst«, fuhr Ebba fort. »Als Partner kann man nicht die Arbeit der Kollegen übernehmen oder ihre Eisen aus dem Feuer holen. Man muss seine eigenen Fälle und Mandanten vornan stellen. Du kannst zwar gut delegieren, aber schlecht Nein sagen, wenn Bitten an dich herangetragen werden.« Ebba sah Charlotta mit ihren eisblauen Augen an. »Mach nicht die Arbeit anderer, Charlotta. Und denk daran, dass alles, was du im nächsten halben Jahr für die Kanzlei tust, nicht zuletzt der Gaia-Fall, unerhört wichtig für unsere Entscheidung sein wird.«

Kanzleipartnerin – Charlotta jubelte innerlich. Dass Ebba und die gesamte Kanzlei tatsächlich an sie glaubten, fühlte sich unwirklich an.

»Übrigens habe ich über ein Thema für das Mandantentreffen nachgedacht«, sagte sie.

»Interessant!« Erwartungsvoll blickte Ebba sie an.

»Ich habe Kontakt mit Sebastian Sköld aufgenommen. Dem Professor für …«

»Ich weiß genau, wen du meinst«, unterbrach sie Ebba.

»Er hätte Interesse, an einer Podiumsdiskussion zum Thema Unternehmensverantwortung in Bezug auf Menschenrechte und Nachhaltigkeitsfragen teilzunehmen.«

Ebba nickte, jedoch mit einer kleinen Sorgenfalte zwischen den Augen. »Meinst du nicht, dass das Thema zu nahe am Gaia-Fall ist? Riskieren wir nicht, uns selbst damit zu schaden?«

»Ich denke, wir sollten die Debatte so planen, dass sie nicht unsere eigenen Fragen, sondern eher andere aktuelle Fälle auf internationaler Ebene berührt.«

Diesmal fiel Ebbas Nicken schon überzeugter aus. »Das klingt ganz hervorragend. Sebastian Sköld wird die Leute anlocken. Ausgezeichnet. Frag nach, welcher Tag ihm passt.« Ebba hielt ihr Glas hoch, und sie prosteten sich zu. Ob sie nun auf Charlottas eventuelle Beförderung oder auf ihren Vorschlag für das Mandantentreffen anstießen, wusste sie nicht, aber es war ein außergewöhnlich ausgelassenes Prost.

Nach dem Essen musste Ebba noch zu einem Treffen in die Stadt. Charlotta machte einen Umweg über Östermalmshallen und kaufte ein Kilo Miesmuscheln an der Fischtheke. Danach ging sie in den staatlichen Alkoholladen und suchte einen teuren Chablis aus – Carl-Adams Lieblingswein. Sie wollten übers Wochenende in sein Haus in den Schären fahren, und heute Abend wollte sie ausnahmsweise einmal kochen. Nudeln mit Muschelsauce – das ausgefallenste Gericht, das sie beherrschte.

Die Fähre ging um Viertel vor sechs. Um zwanzig nach fünf warfen sie die Kühlelemente in die Kühltaschen, die Carl-Adam schon vorbereitet hatte. Carl-Adam hatte Unmengen an Essen in den Kühlschrank der Büroküche gestopft. Schließlich schleppten sie vier schwere Kühltaschen und jeder seinen Wochenendkoffer hinunter auf die Straße.

»Musstest du Essen für eine ganze Kompanie einkaufen?«, fragte Charlotta, als sie den Strandvägen entlang in Richtung Fähre liefen.

»Für ein Drei-Gänge-Luxusmenü und einen Wochenend-Brunch braucht man eben eine Menge Essen«, entgegnete Carl-Adam ein wenig atemlos.

Gerade als die Gangway wieder eingezogen werden sollte, kamen sie an der Fähre an. Charlotta lief als Erste aufs Schiff. Carl-Adam warf die Taschen hinüber und sprang dann hinterher. Atemlos betraten sie die fast leere Fähre. Die Sommersaison hatte noch nicht begonnen, und der Wetterbericht stellte nicht gerade das schönste Frühlingswetter in Aussicht.

»Oh mein Gott«, sagte Charlotta und ließ sich auf eine Bank sinken.

»Oh mein Gott.« Carl-Adam wischte sich den Schweiß von der Stirn. »Ich muss etwas trinken.«

Sie bestellten sich jeder ein Glas Cava und gingen hinaus an Deck. Der Meereswind war kühl und zerzauste ihre Haare. Charlotta atmete die Meeresluft ein.

»Auf ein herrliches Wochenende«, sagte sie und stieß mit Carl-Adam an. »Und auf das Abendessen, das ich heute für dich zubereiten werde.« Sie lächelte zufrieden, erhielt jedoch ein verkrampftes Lächeln als Antwort.

»Was meinst du, wollen wir nicht einfach vor Ort schnell auspacken und dann das Schiff nach Vaxholm nehmen und dort eine Pizza essen?«, schlug Carl-Adam vor. »Die haben hervorragende Holzofenpizzen.«

»Doch nicht jetzt, wo ich ausnahmsweise mal was kochen möchte?«

»Ich dachte nur, dass es zu stressig werden könnte. Wir sind ja jetzt schon völlig erledigt.«

»Erledigt? Überhaupt nicht. Ich habe mich doch darauf gefreut!«

Carl-Adam schwieg.

»Ach so, du traust meinen Kochkünsten nicht?« Sie strich sich die Haare aus dem Gesicht.

»Du hast mich bisher nicht wirklich überzeugt. Ich möchte dich bloß vor Selbstüberschätzung bewahren.«

Charlotta boxte ihren Freund gegen den Oberarm. »Du bist gemein. So schlecht bin ich gar nicht. Ich werde auch nichts Außergewöhnliches kochen.«

Ein Windstoß erfasste das Schiff, und Charlotta schrie auf, als der Sekt über den Rand des Glases schwappte. Carl-Adam packte ihre Hand, um sie zu stützen, doch das Boot geriet in eine hohe Welle und neigte sich zur Seite. Die Hälfte von Carl-Adams Sekt kippte auf den Boden. Er schrie auf, und beide mussten lachen.

»Ich habe ein paar leckere Käsestücke gekauft.« Carl-Adam versuchte mit seiner Stimme den starken Wind zu übertönen. »Und ich habe Plastikmesser dabei. Wollen wir reingehen?«

Charlotta nickte, und sie beeilten sich, zurück ins Innere des Schiffs zu kommen.

Zwei Stunden später hatten sie im Haus alles ausgepackt. Charlotta bat Carl-Adam, sich mit einem Aperitif vor den Kamin zu setzen, während sie die Muscheln zubereitete. Das Wochenendhaus war ein stattliches, zweigeschossiges Gebäude, das auf einem Hügel mit Aussicht auf das Meer und die Fahrrinne der Fähren thronte. Die Küche war zum Wohnzimmer hin offen, wobei in solch einer prächtigen Villa Salon wohl die bessere Bezeichnung gewesen wäre. Charlotta konnte also in Carl-Adams Anwesenheit kochen, hatte dabei aber genügend Abstand, um seinem kritischen Meisterkochblick zu entgehen. Draußen peitschte der Sturm übers Meer, und im Schornstein heulte es.

»Und, wie schmeckt der Drink?«, fragte sie und sah aus dem Fenster. Draußen schob sich eine gigantische Fähre über das stahlgraue Meer.

Carl-Adam nahm einen Schluck. »Hmm, köstlich bis jetzt.« Er schloss die Augen. »Ich muss wirklich sagen, der Drink ist himmlisch. Was ist drin?«

»Sekt mit naturtrübem Apfelsaft. Die Äpfel wurden am Morgen nach dem ersten Nachtfrost geerntet. Dann schmecken sie offenbar am besten.«

»Mmmm, die perfekte Mischung aus Säure und Süße.«

Charlotta lächelte zufrieden, gab die Muscheln in den Topf und machte sich an die Frühlingszwiebeln. Sie hackte sie so fein, wie sie konnte, nahm sich dann Knoblauch und Chilischoten vor und schüttete alles in den gusseisernen Topf, der bereits heiß war. Viel zu heiß. Es zischte und dampfte, das Olivenöl spritzte in alle Richtungen.

Ein kochend heißer Spritzer traf ihre Hand. »Mist!«

»Brauchst du Hilfe?«, rief Carl-Adam ihr zu. Der Sessel knarrte, als er sich zu ihr umdrehte.

»Nein, nein, geht schon …« Schnell rührte sie im Topf um, damit die Zwiebeln nicht zu sehr anbrannten.

»Jetzt erzähl mal, was Ebba noch gesagt hat.« Carl-Adam schlug das eine Bein über das andere und lehnte sich auf dem Sessel zurück.

»Viel mehr hat sie nicht gesagt. Das Gespräch war recht kryptisch.« Auf dem Schiff hatte sie Carl-Adam von ihrem Mittagessen mit Ebba erzählt. Er war sofort Feuer und Flamme gewesen, und erst da war Charlotta klargeworden, dass es eine richtig große Sache war. Eine Führungsposition mit der Aussicht auf eine Kanzleipartnerschaft. Sie konnte Oscars Chefin werden. Halleluja!

»In jedem Fall ist es ein angemessenes Angebot für dich. Sieh aber zu, dass Oscar es dir nicht vermasselt.«

Es brodelte und zischte erneut. »Ich dachte, ich hätte den Herd runtergeschaltet«, sagte sie, beugte sich nach unten und betätigte einen der Drehknöpfe.

Der Sessel knarrte, als Carl-Adam zum fünften Mal seufzend seine Position veränderte.

Sie richtete sich wieder auf. »Natürlich nicht. Oscar wird nichts mit diesem Fall zu tun haben, das verspreche ich dir.« Sie rührte weiter um, und nach einer Weile zischte nichts mehr. Das Olivenöl sah dickflüssig aus, als wäre es nicht mehr richtig heiß.

»Was ist denn jetzt los?« Der Sessel hinter ihr knarrte schon wieder.

Sie beugte sich erneut zu den Drehknöpfen hinunter. »Ich versteh das nicht … habe ich den Herd etwa ausgeschaltet?«

Carl-Adam stand auf. »Herrgott, ich halte es nicht mehr aus.«

»Nein, bleib sitzen! Dieser Herd ist nur so kompliziert. Ich kenne mich mit Gasherden nicht aus.«

Carl-Adam stand neben ihr. »Du kennst dich mit gar keinen Herden aus, Charlotta.« Er drehte erneut am Regler, sodass sich eine blaue Flamme entzündete, die er sofort kleiner stellte. Prüfend rührte er im Topf um. »Ich glaube, du brauchst etwas mehr Chili. Und Knoblauch.« Schnell hackte er die Zutaten klein und gab sie in den Topf.

»Okay, ich trinke solange Sekt«, sagte sie resigniert, füllte ihr Glas auf und stellte sich dann neben Carl-Adam. »Das beherrsche ich wenigstens.«

»Stimmt. Darin bist du Profi. Aber kochen …« Mit bekümmerter Miene rührte er weiter um. »Die Zwiebeln sind angebrannt. Mal sehen, ob ich es überhaupt noch retten kann.«

Im Nu hatte Carl-Adam das Nudelgericht fertig zubereitet. Sie gossen den gekühlten Weißwein in große Gläser, die sofort beschlugen, und aßen, während Carl-Adam den neusten Büroklatsch zum Besten gab – ein weiterer Fall von Untreue bei einem der verheirateten Kanzleipartner, aber auch eine zauberhafte Liebesgeschichte zwischen zwei neu eingestellten Juristen.

»Beinahe hätte ich es vergessen: Ignacio hat nach dir gefragt«, sagte Carl-Adam nach einer Weile.

»Aha?« Sie versuchte, nicht allzu neugierig zu klingen.

»Wir gehen nächstes Wochenende auf ein Food-Festival, und Ignacio wollte, dass du mitkommst.«

»Was? Hat er das gesagt?« Ihr Herz begann schneller zu klopfen.

»Vielleicht nicht so direkt. Aber es war total eindeutig.«

»Was meinst du damit?«

»Er hat gesagt, dass ich gerne jemanden mitbringen könne, und allen war klar, welchen jemand er damit meinte.«

Hitze stieg ihr ins Gesicht, und sie lächelte. Herrgott, sie führte sich auf wie ein verlegenes, liebeskrankes Mädchen. Carl-Adam meinte es herausgehört zu haben, Ignacio hatte es nicht direkt gesagt. Herausgehört, wiederholte sie für sich, um die Hitze im Gesicht zu mildern.

»Wie findest du ihn denn?«

»Ach, ganz sympathisch.«

»Sympathisch?« Carl-Adam griff nach der Weinflasche und füllte ihre Gläser nach. »Er ist verdammt gut aussehend.«

»Ja, das auch.« Charlotta musste lachen.

»Du bist total verlegen, hör auf, dich zu verstellen.«

»Wieso?« Sie fächelte sich mit der Hand Luft zu. »Es ist warm hier, und vom Wein bekomme ich immer einen roten Kopf.« Sie hielt das kalte Glas gegen ihre Wange, um sich abzukühlen, und betrachtete ihren Freund. Jetzt war Diskretion angesagt, andernfalls gäbe es für Carl-Adam kein Halten mehr. Sie kannte ihn gut genug, um zu wissen, wie aufregend er solche Geschichten fand. Sie fand es auch aufregend. Etwas zu aufregend. Es kribbelte ganz schön im Bauch, wenn die Rede auf Ignacio kam.

»Wie bitte? Bist du etwa nicht interessiert?« Carl-Adam lächelte sie schelmisch an.

»Ich habe ihn doch erst einmal getroffen. Und dann auf diesem Arbeitstreffen. Die Voraussetzungen dafür, etwas miteinander anzufangen, sind gelinde gesagt ziemlich ungünstig. Es gibt da einige Hindernisse.«

»Ja, aber ihr könnt doch flirten und miteinander Spaß haben.«

»Das glaube ich eher nicht.«

»Sag doch, wie es ist: Du stehst voll auf ihn.«

Carl-Adam hatte recht. Flirten war nur ein Bruchteil von dem, was sie mit Ignacio tun wollte, doch das konnte sie nicht sagen. Carl-Adam würde nicht mehr lockerlassen. Trotzdem musste sie lächeln.

»Okay«, sagte sie schließlich. »Er ist ziemlich heiß. Und sympathisch.«

»Die Chemie zwischen euch hat jedenfalls gestimmt.«

»Vielleicht. Aber mehr als ein Flirt kann leider nicht daraus werden, nicht, solange ich an der Klage dran bin und er für Gaia arbeitet. Wenn ich mit der Gegenseite zusammenkomme, kann ich meine Beförderung vergessen.«

»Aber ihr könntet Spaß zusammen haben. Nur für eine Nacht. Niemand braucht es zu erfahren.« Carl-Adam klatschte in die Hände, und sein Lächeln reichte von einem Ohr zum anderen. »Ist es nicht noch reizvoller, wenn es so herrlich verboten ist?«

Charlotta wickelte sich noch mehr Spaghetti um ihre Gabel und zog als Antwort den einen Mundwinkel hoch. Sie befürchtete, dass Ignacio in jedem Fall verlockend war, verboten hin oder her.

»Nur für eine Nacht! Oder einen Abend, du kannst ja hinterher nach Hause fahren. Ich glaube, es würde dir guttun, mal etwas zu entspannen.«

»Ich weiß, dass du das glaubst. Aber ich entspanne mich doch ziemlich oft, und außerdem treffe ich mich hin und wieder mit Alex. Es ist ja nicht so, als würde ich im Zölibat leben.«

»Du gehst nur mit zu Alex, weil du weißt, dass er dir nicht gefährlich werden kann. Er berührt dich nicht.«

Da hatte Carl-Adam recht. Zwischen Alex und ihr stimmte die Chemie nicht. Keiner von beiden wollte am nächsten

Morgen lange beim anderen bleiben, so als seien sie einander unangenehm. Sie hatten zum Beispiel einen vollkommen unterschiedlichen Humor.

»Du musst mit jemandem Sex haben, den du wirklich begehrst.«

Allein dieser Satz erzeugte bei ihr Bilder im Kopf. Was Carl-Adam da gesagt hatte, war sehr wichtig. Und richtig. Als sie Ignacio begegnet war, war da eine Anziehung gewesen, die sie wirklich *gespürt* hatte.

»Wie sehr ich es mir auch wünschte, es steht zu viel auf dem Spiel.«

Die Anziehungskraft war stark und unmissverständlich gewesen. Und als sie im Riddaren miteinander gesprochen hatten, war alles so einfach und entspannt gewesen, trotz der Anziehung. Diese beiden Dinge ließen sie daran zweifeln, ob sie einfach nur Spaß mit ihm haben konnte. Was, wenn sie wirklich etwas für ihn empfand?

9

Dessie betrachtete ihre glänzend rot lackierten Zehennägel. Jedes Hautfetzchen war von den Füßen entfernt worden. Nicht, dass es viel zu entfernen gegeben hatte. Alle zwei Wochen ging sie zur Pediküre. Die Fußpflegerin verwöhnte sie jedes Mal mit einer ausgiebigen Fußmassage, da der Rest der Pflege schnell erledigt war. Diesmal hatte sie den Termin auf Freitagmorgen verlegt. Nicht nur, weil sie sich für den Abend herausputzen wollte – eine After-Work-Party mit Charlotta und Carl-Adam stand auf dem Programm –, sondern auch, weil sie hoffte, auf einen gewissen Geschäftsführer zu treffen. Ihre Begegnung hatte ihn aufgewühlt, und sie hoffte, das für sich nutzen zu können. Vielleicht konnte sie etwas in Erfahrung bringen. Sie hatte nämlich inzwischen alles im Griff, ihre Gefühle ebenso wie die Gesamtsituation. Bedeutend mehr als noch vor zwei Jahren.

»Fantastische Füße, Dessie. Kümmre dich weiter so gut um sie!«

Die junge Fußpflegerin lächelte breit, entfernte die rosa Zehenspreizer und zog ihr die weichen Frotteepantoffeln über. Dessie bedankte sich und trat aus dem dunklen Raum.

Ein schwacher Duft nach Chlor und grünem Tee stieg ihr in die Nase. Es war für einen Freitagmorgen ungewöhnlich leer im Sturebad. Sie warf einen Blick in den großen Spiegel und bändigte eine Locke, die sich aus dem Pferdeschwanz gelöst hatte. Dann ging sie in Richtung des Schwimmbeckens und beobachtete die mit Bademänteln bekleideten Körper.

Plötzlich sah sie ihn. Das dunkelblonde Haar war noch ungestylt nach der Dusche, so wie sie es unzählige Male gesehen hatte. Ihr Herz schlug genauso schnell wie einige Tage zuvor am Empfang. Damals wie jetzt dachte sie dasselbe: Wie seltsam es war, dass er noch exakt so aussah, wie sie ihn in Erinnerung hatte, als er noch zu ihr gehörte.

Der Liegestuhl neben ihm war frei, und sie ließ sich darauf nieder. Sein Gesicht war hinter der Zeitung *Dagens Industri* verborgen. Er bemerkte sie erst, als sie ihre Beine ausstreckte, sich die Pantoffeln mit den Füßen auszog und die Zehen spreizte. Christopher liebte Zehen und lackierte Nägel. Einen waschechten Fußfetischisten hatte sie ihn damals genannt, als er ihre Füße über eine Stunde liebkost hatte.

Er ließ die Zeitung sinken. »Dessie. Zwei Mal in einer Woche, nachdem ich dich fast zwei Jahre lang nicht gesehen habe.«

»Ich bin gegen meine Gewohnheiten heute mal morgens hergekommen.«

Er nickte und nahm einen Schluck vom Zitronenwasser, das neben ihm stand. »Gute Wahl. Freitag ist der beste Tag, um hierherzukommen. Zwei Stunden Freitagstraining und Entspannung, das hält …«

»Das hält dich geschmeidig.«

Er lächelte. »Du erinnerst dich.«

Auf dem Tisch neben seiner Liege stand eine Schale mit Obst. Sie lehnte sich gegen ihn und nahm sich eine Erdbeere. »Ich fand dein Morgentraining immer schon so vorhersehbar. Seit *American Psycho* gehen alle Finanztypen morgens zum Training. Was natürlich einiges über die Persönlichkeit aussagt, wenn man sich von einem berechnenden Serienmörder inspirieren lässt.«

»Vorhersehbar? So hast du mich bisher nicht beschrieben.«

»Nein, aber als berechnend.«

Er verzog den Mund.

Sie biss die Spitze der Erdbeere ab und leckte sich über die Lippen. Durch seine halb geschlossenen Augen beobachtete er genau ihre Bewegungen. Zu sehen, was sie bei ihm auslöste, war für sie wie Balsam auf ihrem Körper, ihrer Seele. Dabei hatte sie sich doch geschworen, nie mehr darüber nachzudenken, was er für sie empfand.

»Wie kam es, dass du bei dem Treffen in unserer Kanzlei dabei warst?«, fragte sie. »Es ist ja eher selten, dass Mandanten schon beim ersten Zusammentreffen dabei sind.«

»Ich sehe darin nichts Ungewöhnliches. Der Mandant von Svärdh & Partner war ebenfalls anwesend.«

»Schon, aber normalerweise lässt du gerne andere Menschen für dich arbeiten.«

Er lachte auf. »Du weißt auch alles, Dessie. So war es schon immer.«

Sie biss das letzte Stück der Erdbeere ab und saugte den Saft auf. Dann legte sie den grünen Rest auf die Obstschale und nahm sich eine neue Erdbeere.

»Aber es ist doch wohl selbstverständlich, dass man an so einem Treffen teilnehmen möchte, nachdem man verklagt wurde, oder?«, fuhr er fort, ohne den Blick von ihrem Mund abzuwenden.

»Das lässt mich vermuten, dass du dir in diesem Fall nicht ganz sicher bist. Du bist beunruhigt und wolltest nicht, dass der Anwalt es allein regelt, deshalb warst du da.« Sie schluckte die gesamte Erdbeere hinunter. »Außerdem scheint ihr die Einigung irgendwie hinauszuzögern, was mir noch seltsamer erscheint. Normalerweise entledigst du dich deiner Probleme, so schnell du kannst. Indem du vor ihnen fliehst, zum Beispiel.« Obwohl sie sich bemühte, klang ihre Stimme beleidigt. Es gelang ihr einfach nicht, so zu tun, als sei sie nicht verletzt. Nach London abzuhauen, ohne etwas zu sagen, ohne auf ihre Anrufe zu reagieren und ihr über jemanden anders auszurichten, dass ihre Beziehung beendet sei, war eine ziemlich kaltblütige Methode, jemanden abzuservieren.

Sie stand auf. Es reichte. Mehr brauchte sie nicht von ihren Gefühlen zu offenbaren. Sie ging in Richtung der Umkleidekabinen und hörte seine Schritte hinter sich. Sie spürte seinen Griff um ihren Arm und wandte sich um.

»Warum interessiert dich das alles, Dessie? Es ist nicht einmal dein Fall.« Er stand so nahe, dass sie seinen Duft wahrnehmen konnte. So bekannt und doch so aufregend.

»Ich bin Partnerin in dieser Kanzlei und tue alles dafür, dass das Geschäft gut läuft.«

Er lachte auf. »Du tust alles dafür, mich zu vernichten.« Er schüttelte den Kopf. »Das ist dir schon einmal gelungen, reicht das nicht? Was du getan hast …« Er verstummte und blickte sie durchdringend an.

Wovon redete er? Bevor sie weiterdenken konnte, spürte sie seine warmen Lippen auf ihren. Der Kuss dauerte eine halbe Sekunde, dann ließ er sie los und verschwand. Doch sie spürte noch immer die Wärme seines Körpers. Sein raues Kinn an ihrem.

Erst auf dem Weg ins Büro dachte sie darüber nach, was er gesagt hatte, dass es ihr schon einmal gelungen sei, ihn zu vernichten … *Was du getan hast* … Was hatte sie getan? Inwiefern hatte sie ihn vernichtet? Er war es gewesen, der sie verlassen und seinen Kumpel vorgeschickt hatte, um ihr mitzuteilen, dass er außer Landes war und nicht vorhatte, zu ihr zurückzukehren.

Herrgott. Die Brust schmerzte von allen darin tobenden widersprüchlichen Gefühlen. Wo war sie nur hineingeraten?

10

Abgesehen von den schwach leuchtenden Deckenspots im Flur war es dunkel in der Kanzlei. Charlotta beließ es dabei. Es war so angenehm, wenn es dunkel war und keine klappernden Tastaturen und Stimmen die Ruhe durchbrachen. Als hielte die Welt um sie herum den Atem an und schenke ihr ein wenig extra Zeit. Sie hatte mit Dessie und Carl-Adam ein schnelles Glas Sekt unten im Riddaren getrunken und die Bar anschließend trotz ihrer Proteste verlassen. Sie hatte einfach zu viel zu tun. In den zwei Wochen, seit sie den Gaia-Fall übernommen hatten, hatte sie sich gründlich eingelesen und die letzten Unterlagen zur Vorlage beim Gericht fertiggestellt. Es hatte endlose Treffen mit Svante gegeben und Telefonkonferenzen mit den bolivianischen Vertretern der Arbeiter. Nun musste sie liefern. Die Gerichtsverhandlung war in weniger als einem Monat, darauf musste sie sich minutiös vorbereiten. Bis Montag musste sie eine rechtliche Analyse des Unternehmens Gaia schreiben, unter besonderer Berücksichtigung der Verantwortungsfrage nach bolivianischem Recht, denn sie wollte von Ebba eine zweite Meinung einholen.

Sie ging an den leeren Büroräumen vorbei. Alles war still, bis auf das Summen der Klimaanlage und das entfernte Bassdröhnen vom Riddaren. Dass sie an einem Freitagabend alleine im Büro saß, hätte man als traurig empfinden können, doch sie widmete den Abend zumindest nicht Oscars Aufträgen, sondern arbeitete an dem Fall, der sie an den Platz befördern konnte, von dem sie immer geträumt hatte, der sie ans Ziel bringen würde.

Das Erste, was sie sah, als sie die Deckenlampe in ihrem Büro einschaltete, waren eine Menge Ordner auf ihrem Schreibtischstuhl. Alle mit dunkelblauem Rücken. Hatten sie weiteres Material über Gaia erhalten?

Grape On stand auf dem Etikett. Sie seufzte frustriert. Oben lag ein Post-it-Zettel mit Oscars ordentlicher Handschrift. *Eine Last-Minute-Sache, der Mandant will eine Analyse des Patentrechts in der EU, damit wir die Klageschrift nächste Woche vorbereiten können. Und ich will die Analyse morgen Mittag vorliegen haben.*

Der Zettel war so unverschämt, dass sie Lust bekam, ein Taxi zu ihm nach Hause zu nehmen und ihm die Ordner vor die Füße zu schmeißen. Er war nicht ihr Chef, und das hier wäre eine Aufgabe für ihre jungen Kollegen gewesen, die gerade erst in der Kanzlei angefangen hatten. Der einzige Grund, warum er ihr diese Sache in letzter Sekunde herüberschob, war, dass er keine Lust hatte, jemand anderen einzuweisen. Es war viel einfacher für ihn, wenn sie das übernahm. Sie würde es gewissenhaft erledigen, und er musste es anschließend nicht mehr überprüfen.

Doch Oscars Fall war mittlerweile auch ihr Fall. Sie hatte bereits Zeit hineingesteckt und wollte, dass die Sache gut verlief. Also setzte sie sich seufzend an den Schreibtisch und verabschiedete sich von der Aussicht auf Nachtschlaf und ein erholsames Wochenende. Sie schwor sich selbst hoch und heilig, dass dies das Letzte sein würde, was sie für Oscar tat.

Dann startete sie den Computer und beschloss, zunächst ihre eigene Analyse zu beenden.

Ihr Handy vibrierte in der Tasche, und sie nahm es hervor. Es war ihre Großmutter. Charlotta wusste, warum sie anrief. Ihr Vater hatte sie vermutlich gebeten, sich bei ihr zu melden und nach der Walpurgisnacht zu fragen. Am 30. April war Mamas Geburtstag gewesen. Ihre Mutter hatte es geliebt, tagsüber Geburtstag zu feiern und abends die Walpurgisnacht ganz traditionell zu begehen, mit Chorgesang am Maifeuer. Nicht, dass Charlotta es je miterlebt hätte. Ihre Mutter war gestorben, als sie selbst erst zwei Jahre alt gewesen war, doch Mormor und Vater bestanden darauf, den Tag auf Mamas Art und Weise zu feiern. Es war immer schön gewesen, doch wann immer Charlotta ihre Heimatstadt Ludvika meiden konnte, tat sie es. Wenn sie die Wahl hatte, blieb sie viel lieber zu Hause und arbeitete. Im Sommer fuhr sie gerne dorthin. Dann waren sie in ihrem Sommerhäuschen, das ein Stück außerhalb von Ludvika lag. Sie brauchte diese Sommer, die sie an ihre Kindheitsferien mit den Großeltern erinnerten, an Countrymusik draußen auf der Veranda, bis die Arme von Mücken zerstochen waren, und an Papas Wollpullover, den er nur auf dem Land trug und der sie an der Stirn pikte, wenn er ihr durchs Haar wuschelte. Ihre Großmutter erzählte immer, dass Mama ihre Sommer ganz genauso verbracht habe. Das Sommerhäuschen bedeutete Charlotta sehr viel.

Doch Ludvika erinnerte sie auch an anderes. Schmerzvolles. Das Maifeuer in der Stadt bedeutete unliebsame Erinnerungen und die Begegnung mit Menschen, die sie nicht treffen wollte.

Außerdem hatte sie viel zu viel zu tun.

Sie warf einen Blick auf die Wanduhr, es war zwanzig nach acht. Wahrscheinlich war gerade Werbepause bei *Let's Dance*.

»Hej, Mormor!«

»Hej, meine Kleine. Wie geht es dir?«

»Ach, ganz gut. Wie immer viel zu tun.«

»Du arbeitest dich noch zu Tode.«

»Und wie geht es dir?«, fragte Charlotta und ignorierte den Kommentar ihrer Mormor. Sie würde auch finden, dass ihre Enkelin sich zu Tode arbeitete, wenn sie jeden Tag um fünf Uhr nach Hause ginge.

»Mir geht es gut. Aber dein Vater hat erzählt, dass du wahrscheinlich zur Walpurgisnacht nicht nach Hause kommst. Ist es wegen der Arbeit?«

»Ja, wegen der Arbeit. Was hast du so in der letzten Zeit gemacht?«, fragte sie, um das Thema zu wechseln. »Gab es eigentlich noch mal Linedance bei deinem Seniorentreff?«

»Nein, leider nicht. Das war nur ein Mal.«

»Wie schade.«

»Ja …« Ihre Großmutter seufzte tief. »Das hat solchen Spaß gemacht, aber Evert war nicht dabei. Ich habe ihn schon länger nicht mehr gesehen, obwohl ich zu diesen ganzen Bingo- und Schachabenden gegangen bin. Dabei hasse ich so etwas ja eigentlich.«

Charlotta musste lachen. Nach dem Tod ihres Mannes hatte Mormor fünf Jahre lang getrauert, doch dann zeigte sie plötzlich eine ganz neue Seite. Ständig flirtete sie mit neuen Männern.

»Aber ist nicht bald wieder Volkstanz? Evert kommt bestimmt!«

Großmutter prustete. »Das glaube ich nicht, er bewegt sich wie ein Besenstiel. Aber ich gehe in jedem Fall zum Tanzen, ich muss mich bewegen.«

»Versprich mir, dass du nicht übertreibst, denk an dein Herz.«

»Selbstverständlich, meine Kleine. Aber ich glaube, dass mein Herz das aushält. Dem geht es so gut vom Tanzen, und von den Männern.«

Charlotta lachte. Sie blickte hinaus auf die Riddargatan, wo Paare und Menschengruppen auf dem Weg in Restaurants und Bars waren. Der Bass aus dem Riddaren pflanzte sich fort durch alle Stockwerke und pochte von unten gegen den Boden. Es war Freitagabend, und langsam wurde es spät.

»Ich muss jetzt leider weiterarbeiten, Mormor.«

»Aber liebes Kind, bist du etwa immer noch auf der Arbeit?«

»Ich bin gleich fertig, muss nur noch schnell etwas abschließen«, schwindelte Charlotta.

»Dann arbeite schnell fertig und gönn dir etwas Schlaf. Tschüss, Totta, hab dich lieb.«

»Tschüss, Mormor, ich hab dich auch lieb.«

Mit schlechtem Gewissen klickte sie auf ihre Mails und las die neuste von Svante, in der er seine Gespräche mit ihrem wichtigsten Zeugen zusammenfasste – Mauricio Melo, dem Vertreter der Arbeiter.

Eine Stunde konzentriertes Arbeiten brauchte es, bis Charlotta die Gedanken an ihre Großmutter und Ludvika losließ. Sie schrieb eine Zusammenfassung von Melos Zeugenaussagen über die Verhältnisse in der Fabrik, las sich die Ausführungen der brasilianischen Anwälte über Schadensersatzrecht durch und überflog anschließend ihre Notizen vom Vergleichsgespräch, um Gaias Schwachpunkte zu finden.

Ihr Blick wurde ständig vom Namen eines Teilnehmers angezogen. Ignacio Vargas. Sogar sein Name war sexy. Wenn sie ihn laut aussprach, vibrierte jeder Buchstabe in ihrem Körper.

Er hatte nach ihr gefragt. Für morgen hatte sie noch nichts geplant. Wäre es nicht vollkommen idiotisch, auf diesem Food-Festival aufzutauchen?

Zum bestimmt fünfzigsten Mal sah sie sich seine Facebook-Seite an, um seine markanten und dabei feinen Gesichtszüge zu bewundern. Sie stellte sich vor, wie sich seine ebenmäßigen Lippen auf ihren anfühlen würden.

Was er wohl heute Abend machte? Vermutlich hatte er ein Date. Mit einer Frau, der er nun in einem feinen, aber gemütlichen Restaurant gegenübersaß und mit der er sich entspannt unterhielt. Ignacio brachte sie bestimmt dazu, sich besonders und begehrenswert zu fühlen. Charlotta klickte sich durch seine Profilbilder und blieb an einem hängen, das ihn neben Jack in einem Liegestuhl auf einem Steg zeigte, mit einer Bierflasche in der Hand. Hinter ihm sah man das offene Meer. Vielleicht war er heute Abend dort? Draußen in den Schären zusammen mit Freunden?

Sie dachte an das, was Carl-Adam gesagt hatte. Dass sie sich mit Ignacio ja einfach nur für einen Abend oder eine Nacht treffen könnte, um mit ihm Spaß zu haben. Um sich zu entspannen. Aber sie arbeitete nicht bei Svärdh & Partner, um sich zu entspannen, sie hatte nicht Jura studiert und war nach Stockholm gezogen, um sich zu entspannen. Sie hatte ein Ziel. Und mit der Gegenseite einer Klage Spaß zu haben gehörte nicht zu ihrem Ziel. Über Ignacios Wochenendpläne nachzugrübeln definitiv auch nicht. Sie öffnete erneut ihr Dokument, ging die Anmerkungen durch und begutachtete alle Gegenargumente, die Karl Helmersson angebracht hatte.

Langsam breitete sich die wohlbekannte Ruhe in ihrem Körper aus. Es hatte für sie etwas Magisches, wenn sie friedlich dasaß und voll und ganz in ihrer Arbeit aufging. Ihre Schwester, die gerade Gefallen an Esoterik gefunden hatte, regte sich jedes Mal darüber auf, wenn Charlotta ihre einsamen Stunden im Büro mit Meditation verglich. Doch für Charlotta war dies die reinste Form der Meditation.

Ohne vom Bildschirm aufzusehen, schrieb sie drei Stunden lang, bis sie fertig war. Danach verschwand sie in die Teeküche, um sich eine Cola zu holen, während sie über den Bericht nachdachte, der laut Gaia angeblich nach einer Inspektion der Fabrik verfasst worden war, bevor der Vertrag abgeschlossen wurde. Dass dieser Bericht spurlos verschwunden war, konnte sowohl gut als auch schlecht sein. Wenn er auftauchte und sich herausstellte, dass Gaia die Sicherheitsmängel bekannt gewesen waren, würde es natürlich zum Vorteil für die Arbeiter sein. Laut Svante war es nicht ungewöhnlich, dass Unternehmen die Existenz eines Berichts vergaßen oder verschleierten, wenn dieser etwas aufdeckte, was dem Unternehmen nicht passte.

Wenn er jedoch zum Vorschein kam und zeigte, dass alle Sicherheitslücken in der Fabrik aufgezeigt und kommuniziert worden waren und Gaia in gutem Glauben gehandelt hatte, dann wäre das weniger gut. Dennoch konnte Charlotta argumentieren, dass sie über die Verhältnisse hätten informiert sein müssen.

Zurück im Büro kippte sie die halbe Dose Cola in sich hinein. Abgesehen von der schimmernden Straßenbeleuchtung lag die Stadt im Dunkeln. Sie steckte sich Kopfhörer in die Ohren und startete ihre Playlist mit ruhiger Countrymusik. Nicht die Lieder mit dem meisten Herzschmerz, sonst hätte sie nur auf den Text geachtet, sondern die Stücke mit etwas mehr Tempo, in denen die ernsten Texte hinter Melodien in Dur versteckt waren. Anschließend nahm sie sich den ersten Grape-On-Ordner vor, griff sich einen Textmarker und öffnete ein neues Dokument in ihrem Computer.

Sie las und schrieb weitere drei Stunden, nur unterbrochen von kurzen Pausen für Wasser und Cola. Dann mailte sie das Dokument an Oscar, sammelte die leeren Coladosen zusammen und ging hinunter in die Küche. Sie holte eines der Kristallgläser aus dem Schrank und kehrte in ihr Büro zurück. Dort griff sie nach der Kristallflasche mit Oscars Whisky und schenkte ihn in das Glas, drehte den Stuhl in Richtung Fenster und legte die Füße auf die Fensterbank. Prostete sich selbst zu und nippte vorsichtig am samtigen Getränk. Sie genoss den schweren, rauchigen Geschmack mit hauchzarten Nuancen von Vanille, während sie die langsam erwachende Stadt betrachtete. Das hier war wirklich etwas anderes als Johnnie Walker.

Jenseits der Kirchtürme war der Himmel dunkelblau mit hellrosa Flecken in Form dünner Wolken. Die Sonne ging als apricotfarbene Halbkugel weit draußen am dunstigen Horizont auf. Unten auf der Straße torkelten Gestalten der Nacht heimwärts, und der Bäcker aus der Steinofenbäckerei gegenüber schloss gerade den Laden auf.

Nach dieser produktiven Nacht gestattete sie sich einen letzten Blick auf Ignacios Facebookseite. Sie betrachtete sein Foto und beschloss, dass es für sie keine Rolle spielte, wie sexy er war oder was er in dieser Nacht getan hatte. Schon vor langer Zeit war ihr nämlich klargeworden, dass sie für diese Art von Liebe nicht geschaffen war, die in den Countrysongs als etwas Magisches beschrieben wurde, das man bei Sonnenaufgang auf einem Pferderücken zum Gesang der Zikaden erlebte. Etwas, das wie eine Pistolenkugel schmerzte, sanft und süß war wie Brandy und genauso stark wie Whisky. Da sie schon ihr ganzes Leben lang ihre Gefühle wie offene Wunden am Leib getragen hatte, war alles viel zu zerbrechlich, als dass sie sich hätte jemandem hingeben können. Sich selbst und ihre Gefühle in Ruhe zu lassen war sehr viel einfacher.

Sie konnte morgen nicht mit Carl-Adam auf das Food-Festival gehen.

Die Arbeit war ihr Leben, sie verwirklichte sich durch die Arbeit, war gut darin und zeigte damit allen zu Hause, dass sie es geschafft hatte. Die rechtliche Analyse des Unternehmens

Gaia, die sie soeben beendet hatte, war eine der besten, die sie je geschrieben hatte. Es spielte ganz einfach keine Rolle, was Ignacio heute Nacht oder welche Nacht auch immer tat. Er war ihr Gegenspieler, und sie würde alles dafür tun, ihn mitsamt dem Unternehmen Gaia in die Knie zu zwingen.

11

Das Licht, das durch die Lücken der Jalousie hereinfiel, ließ Charlottas Augäpfel schmerzen. Die Zunge klebte ihr am Gaumen, und sie schmatzte, während sie in die Küche eilte.

Es lag nicht an dem Viertelglas Whisky, das sie getrunken hatte. Lange Büronächte und zu wenig Schlaf bewirkten bei ihr jedes Mal, dass sie sich fühlte, als hätte sie sich bis zum Morgengrauen einen Tequila nach dem anderen auf einer Party gegeben. Gierig trank sie Wasser und schielte auf die roten Ziffern der Mikrowelle. Es war elf Uhr. Sie hatte das Büro um halb sechs verlassen. Nach dem Schlafmangel der letzten Wochen hätte sie sich wieder hinlegen müssen, doch ihr Magen knurrte, und der Kühlschrank war leer.

Während der Phasen, in denen sie jede wache Stunde im Büro verbrachte, brauchte sie nicht einzukaufen, denn sie nahm alle Mahlzeiten im Büro ein. Sie schlüpfte in ihre Jeans, zog sich ein ausgewaschenes T-Shirt und eine Army-Jacke an und setzte eine Kappe auf ihr zerzaustes Haar. Im Supermarkt lud sie ihren Korb voll mit Sachen, auf die sie Lust hatte. Gerade jetzt war sie außerordentlich zufrieden mit ihrem Entschluss, Carl-Adam bereits am frühen Morgen mitzuteilen, dass sie nicht mit zum Food-Festival kommen würde. Die Countrygala, die sie aufgezeichnet hatte, schien ihr weitaus verlockender. Vielleicht würde sie sich Holzofen-Pizza bestellen oder den Coq au Vin auftauen, den Carl-Adam ihr geschenkt hatte. Und Eis … richtig, sie hatte noch himmlisch leckeres Keksteig-Eis im Tiefkühlschrank.

Sie legte Orangensaft und frische Erdbeeren in den Korb. Frische Croissants würde sie beim Bäcker kaufen, eine große Kanne Kaffee kochen und sich mit einem warmen Pullover und der Morgenzeitung auf den Balkon setzen, während sie auf Oscars Fragen zur rechtlichen Analyse wartete. Das würde sie noch ein paar Stunden Arbeit kosten, und dann hatte sie einen gemütlichen Abend zu Hause.

Ihr Handy piepte, als sie sich nach einem griechischen Joghurt im Kühlregal reckte. Oscar. Es war halb zwölf, er war im Büro.

Hab gesehen, dass du drei Stunden für die rechtliche Analyse ins System eingegeben hast. Ich hatte gedacht, dass es maximal 1,5 Stunden dauern würde, was ich dem Mandanten auch so versprochen habe. Außerdem muss ich sie noch mal durchgehen, was Zeit braucht. Also streiche ich deine Zeit von gestern. Denk dran, wenn du von etwas keine Ahnung hast, soll der Mandant nicht darunter leiden. Wie auch immer, ich lese deine Ausführungen und melde mich, falls ich Fragen habe.

Am liebsten hätte sie laut geschrien und alle ordentlich aufgereihten Joghurtbecher zu Boden geworfen. Alles war nur ein Vorwand, damit er die Stunden unter seinem eigenen Namen verbuchen und so seine abrechnungsfähigen Stunden erhöhen konnte. Vor allem aber konnte er dadurch vor Ebba den Umstand verschleiern, dass Charlotta selbstständig an diesem Fall arbeitete. Stattdessen schloss sie die Augen, zählte bis zehn und lehnte ihren Kopf gegen die Tür des Kühlregals. Sie würde ihre Stunden noch einmal im Dokumentationssystem erfassen und dafür sorgen, dass sie auf der Rechnung an den Mandanten auftauchten. Sie würde mit Sandra darüber sprechen. Dann sollte Oscar Rede und Antwort stehen, falls sich der Mandant beschwerte.

»Interessanter Ort zum Meditieren!« Die tiefe Stimme brachte die Glasscheibe vor ihr zum Vibrieren. Sie öffnete die Augen, drehte sich um und entdeckte einen amüsiert blickenden Ignacio. »Es tut mir leid, dich dabei zu unterbrechen, aber ich hätte gerne einen Joghurt. Ist das okay?«

Sein bloßer Anblick verschlug ihr die Sprache. Durch sein dünnes T-Shirt zeichnete sich seine Brustmuskulatur ab. Das weiße Kleidungsstück ließ seine olivfarbene Haut goldbraun erscheinen. Darüber trug er eine dünne Lederjacke und blassblaue Jeans. Ihn in etwas anderem als im strengen Anzug zu sehen gab ihr das angenehme Gefühl, als teile er ein Stück Intimität mit ihr.

Sie stellte fest, dass er zu den Menschen gehörte, die immer gut aussahen, egal, was sie trugen. Seine Ausstrahlung war enorm. Auch wenn man meinen könnte, er wäre einem Modemagazin entstiegen, wirkte er durch sein selbstsicheres Auftreten so, als hätte er sich, ohne nachzudenken, irgendetwas übergeworfen.

Schnell blickte sie an sich selbst und ihrem schäbigen T-Shirt herunter. Auch sie hatte sich einfach etwas übergeworfen, ohne nachzudenken. Wie dumm. Manchmal kam ihr Stockholm nicht größer vor als Ludvika. Nahezu jedem konnte man begegnen, wenn man einfach nur losging, um Milch zu kaufen. Zum Beispiel seinem Traummann.

Sie zog ihre Kappe tiefer herunter, um ihr wirres Haar zu verstecken, riss sich zusammen und lächelte. »Ich brauchte nur gerade eine Pause.«

»Ich verstehe, das braucht man manchmal.« Er streckte seinen Arm neben ihr aus, und sie zuckte zusammen, als er ihre Schulter leicht berührte.

Erst da wurde ihr bewusst, dass sie noch immer das Kühlregal blockierte.

»Oh, entschuldige!« Sie trat beiseite, damit er besser herankam.

»Kein Problem. Wie geht es sonst?«

»Gut.« Sie griff wieder nach dem griechischen Joghurt und legte ihn in ihren Korb. »Wollte mir nach einer Nacht im Büro ein ausgiebiges Frühstück gönnen.«

Er lächelte. »Ich glaube, unser Anwalt hat die Nacht auf einer Schäreninsel verbracht. Wenn du eine Nachtschicht einlegst, während sich unser Anwalt auf einem Segelboot amüsiert, sollten wir uns wahrscheinlich Sorgen machen …«

»Oder beruhigt sein. Dass wir hart dafür arbeiten müssen, um überhaupt eine Chance zu haben.«

Als er lachte, blitzten seine gleichmäßigen weißen Zähne auf. »Ich hoffe, du hast recht. Hat dich Carl-Adam übrigens zum Food-Festival heute Abend eingeladen?«

Sie nickte. »Ja, das hat er, aber ich muss mich nach dieser Woche ausruhen. Also bleibe ich lieber zu Hause. Du wirst hingehen?«

»Ja, genau. Es ist ein chilenisches Food-Festival, meine Familie hat dort immer einen Stand.« Er blickte sie intensiv an. »Wie schade, dass du nicht kannst. Ich hatte gehofft, du würdest mitkommen.«

In ihrem Bauch schwirrten Schmetterlinge. Sie verscheuchte sie. »Weil du so gerne an die Klage erinnert wirst?«

»Ich lasse mich gerne an die Klage erinnern, wenn das bedeutet, etwas Zeit mit dir zu verbringen.« Wieder lächelte er breit. Teufel auch. Jeder hätte von diesem Lächeln weiche Knie bekommen, und das wusste er natürlich ganz genau.

»Ich glaube, es wird schön«, fuhr er fort, während sie zu den Kassen gingen. »Das Essen ist richtig lecker, es gibt Live-Musik, und in jedem Fall ist es eine gute Gelegenheit, einen Frühlingsabend draußen zu verbringen.«

Countrygala und Pizza kamen ihr in den Sinn. Dann fiel es ihr wie Schuppen von den Augen. Dass sie daran noch nicht gedacht hatte – das Unternehmen Gaia in Gestalt eines extrem wichtigen Informanten stand leibhaftig vor ihr und wollte Zeit mit ihr verbringen. Wenn sie nur in der Lage war, ihre Gefühle unter Kontrolle zu behalten, dann war das die einmalige Gelegenheit, sich in einer größeren Gruppe von Menschen zu treffen. Es konnte gar nicht besser sein. Höchst diskret konnte sie ihn zum Fall befragen und herauszufinden versuchen, was Gaia im Schilde führte. Sollte es zur Klage kommen, wären diese Informationen sicher hilfreich.

»Okay, du hast mich überzeugt. Ich komme gerne mit zum Food-Festival«, sagte sie.

»Was hast du davor für Pläne? Heute Nachmittag?«

Sie wies mit dem Kinn auf ihre Einkäufe auf dem Band. »Ein ausgiebiges, gemütliches Frühstück ohne Mails und Computer.«

»Hast du ein Fahrrad?«

»Ja, wieso?«

»Hast du es dabei, oder wohnst du in der Nähe?«

»Ich wohne direkt gegenüber.«

»Super! Was hältst du davon, unsere Frühstückskörbe zusammenzuwerfen und uns auf die Fredhällklippen zu setzen?« Er legte seine Waren hinter ihre auf das Band, ohne einen Trenner dazwischenzulegen.

Es war eine Grauzone: Gemeinsam mit Freunden auf ein Food-Festival zu gehen war eine Sache. Sich privat zu zweit mit der Gegenseite zu treffen, etwas völlig anderes.

Andererseits würde niemand sie sehen, und niemand würde es erfahren. Sie blickte ihn forschend an. Noch immer hatte er etwas Überlegenes an sich, doch sie empfand es nicht länger als Arroganz, sondern eher als Integrität.

»Ein gemeinsames Frühstück klingt toll!«

Ignacio lächelte selbstbewusst. »Schön!« Bevor sie reagieren konnte, hatte er schon seine Karte in das Lesegerät gesteckt. »Ich packe die Sachen ein, und du holst dein Fahrrad und eine Decke, in Ordnung?«

Als sie aus dem Laden heraustrat, blieb sie erst einmal stehen. Ihr Herz schlug schnell, das Blut rauschte durch ihre Adern. Nie hätte sie gedacht, wie sehr das Verbotene sie erregte. Es war in doppeltem Sinn verboten: Sie spielte ein Doppelspiel und überschritt mehrfach die Grenzen. Sowohl ihre persönlichen als auch beruflichen. Doch sie wollte die Beförderung, und wenn es dafür erforderlich war, so würde sie es tun.

12

Sie hielten an einer Bäckerei in einer Seitenstraße vom Norr Mälarstrand und kauften frisches Baguette und Kaffee. Charlotta nahm ihren schwarz. Einfach und kompromisslos, dachte Ignacio, und seine Gedanken schweiften zu Natalies Kaffeebestellungen. Halb Kaffee, halb Milchschaum mit einem Schuss kalter Milch und einem Espresso. Viele Frauen, mit denen er ausgegangen war, machten eine Riesensache aus ihren Kaffeevorlieben, so als steigere eine ausgefallene Kaffeewahl ihre Attraktivität.

Während die Bäckereiangestellte das Brot für sie einpackte, nahm Charlotta einen Schluck Kaffee, schluckte ihn schnell hinunter und atmete heftig aus. »Ich werde es wohl nie lernen …« Sie schüttelte den Kopf.

Er lachte. »Du musst ihn etwas abkühlen lassen!« Sie stellten den Kaffee samt Becherhalter auf das übrige Essen in Charlottas Fahrradkorb, Ignacio hängte die Tüte mit dem Brot an seine Lenkstange, und dann radelten sie den Norr Mälarstrand entlang durch das Gewimmel von Stockholmern mit riesigen Kaffeebechern in den Händen und Markensonnenbrillen, die das halbe Gesicht verdeckten.

»Wohnst du hier in der Nähe?«, fragte sie, als er neben ihr fuhr.

»Nein, ich wohne auf Söder, Bastugatan.«

Sie runzelte die Stirn. »Das ist aber eine ganze Ecke bis zum ICA am Kungsholmstorg!«

»Ich habe hier in der Nähe Katzenfutter gekauft. Meine Katze braucht Spezialfutter, und da habe ich die Gelegenheit genutzt und auch für mich selbst eingekauft.« Sie sah ihn prüfend an. »Gusten hat Diabetes«, erklärte er schnell. Vor ein paar Tagen hatte er sich mit Jack auf ein Bier getroffen. Dabei hatte der Freund ihm erzählt, dass sie auf Wohnungssuche seien und sich schon einiges in der Nähe des Kungsholmstorg angesehen hätten, weil Carl-Adam die Gegend mochte, nicht zuletzt, weil Charlotta dort wohnte.

Es stimmte, dass er hier besonders gutes Futter gefunden hatte, das der Kater immer am Wochenende bekam. Ignacio konnte es nicht mit ansehen, wie Gusten immer dasselbe langweilige Trockenfutter fraß, das wahrscheinlich nach Pappkarton schmeckte. Auch wenn Gusten mit größtem Vergnügen alle möglichen Kartons anknabberte und sein Geschmackssinn nicht besonders ausgeprägt zu sein schien, gehörte das Spezialfutter für Katzen mit Diabetes zum Wochenende. Zu kaufen gab es dieses Futter nur auf Kungsholmen. Aber er hatte extra einen kleinen Umweg zum Kungsholmstorg gemacht, nur um sie vielleicht zu sehen. Ganz zufällig. Und als er sie tatsächlich im ICA entdeckt hatte, fragte er sich, ob das Schicksal war.

Gleichzeitig hatte das schlechte Gewissen an ihm genagt. Er hatte an seine Mutter denken müssen und daran, was sie wohl davon halten würde, wenn sie wüsste, dass er mit einer Frau flirtete, nur um sie auszunutzen. Darin war er bereits im Kindergarten Profi gewesen. Die Mädchen liebten seine langen, dunklen Wimpern und braunen Augen. Im Gegensatz zu den anderen Jungen war er außerdem immer nett zu ihnen, aber auch ausreichend clever, um das für sich zu nutzen. Doch seine Mutter hatte ihn durchschaut und ihm befohlen, sich zusammenzureißen. Doch das hatte er nicht getan. Während der Schulzeit hatte er seinen Charme dazu genutzt, Hilfe bei den Hausaufgaben oder Süßigkeiten umsonst zu bekommen, später dann Bier, ohne seinen Ausweis zu zeigen.

»Seit wann wohnst du schon auf Söder?«

»Erst seit einem Monat. Vorher habe ich am Östermalmstorg gewohnt.«

Sie nickte. »Mit Natalie?«

»Nein. Ich bin nach Nicaragua gezogen, nachdem wir Schluss gemacht hatten, und als ich wieder zurückkam, habe ich mir vorübergehend eine Wohnung auf Östermalm genommen.« Hinter ihnen war ein wütendes Klingeln zu hören. Er ließ sie vorfahren, und sofort sauste ein latexbekleideter Fahrer auf einem Rad mit extrem dünnem Rahmen an ihnen vorbei.

»Manchmal wünschte ich, die Leute in dieser Stadt wären etwas entspannter.« Lächelnd schüttelte sie den Kopf. Ihre Wangen glühten vom Frühlingswind und etwas anderem. Vielleicht Nervosität. Eine kühle Meeresbrise zerzauste ihr Haar, das nicht mehr unter einer Kappe versteckt war, sondern hinter ihr her flatterte. Sie war mit Fahrrad und Picknickdecke zurückgekommen, nachdem sie sich Strickpulli und Jeans angezogen und ihr Haar in einem hohen Pferdeschwanz gebändigt hatte. Als hätte sie sich für ein Samstagabend-Date zurechtgemacht. Das Herz hämmerte in seiner Brust beim Gedanken daran, dass sie sich für ihn umgezogen hatte, so als hätten sie sich verabredet.

Sie war so unglaublich sexy gewesen, als er sie im ICA getroffen hatte – unter ihrer Kappe hatte er ihre wilden Locken nur erahnen können. Ihre Kleidung war weit und bequem gewesen, so als sei sie gerade aus einem warmen Bett gestiegen. Ihrem Bett. Er konnte nicht umhin, sich vorzustellen, wie sie darin lag. Ob sie in Unterwäsche schlief? Im T-Shirt? Oder vielleicht nackt?

»Was hast du eigentlich in Nicaragua gemacht?« Ihre Frage unterbrach seine Fantasien.

Er räusperte sich. »Feldforschung im Rahmen meiner wissenschaftlichen Stelle für Nachhaltigkeitsfragen. Ich habe Leute vor Ort interviewt und untersucht, wie westliche Unternehmen Inspektionen in den Fabriken durchführen und wie davon in den jährlichen Rechenschaftsberichten die Rede ist. Ich war schon immer daran interessiert, wie Unternehmen ihre soziale Verantwortung dazu nutzen können, ihr Geschäft zu verbessern.«

»Und deshalb hast du bei Gaia angefangen?«

»Genau. Ich habe Christopher dafür bewundert, was er mit Gaia erreicht hat, und habe dann die Möglichkeit bekommen, es weiterzuentwickeln.«

»Ich glaube, ich habe vor ein paar Jahren in *Dagens Industri* etwas über ihn und das Nachhaltigkeitskonzept von Gaia gelesen.«

»Ja, er hat wirklich versucht, das Unternehmen zu verändern, und sie wollten sich noch stärker positionieren. Deshalb haben sie mich engagiert.«

»Und jetzt hilfst du dem Großunternehmen dabei, sich gegenüber armen Fabrikarbeitern zu verteidigen?«

Wie sie es formulierte, klang es furchtbar. Doch er war besonnen genug, es nicht zu kommentieren, und schwieg.

Am Badeplatz Smedsudden waren überall auf der Wiese Decken ausgebreitet, Kühltaschen und Grills aufgestellt. Ein paar Jugendliche spielten Fußball.

Charlotta nahm den Faden wieder auf. »Also hat Christopher Ek das Unternehmen erneuert, indem er angefangen hat, sich an internationale Standards zu halten?«

Jetzt galt es, die Worte genau abzuwägen. Er war nicht so dumm zu glauben, dass sie keinen Nutzen aus seinen Informationen ziehen wollte.

»Gaia hat sich schon immer an die Regeln der Branche gehalten. Christopher hat dafür gesorgt, dass Gaia zum Spitzenunternehmen und zudem noch führend in Sachen Nachhaltigkeit wurde.«

»Gaia weiß sich gut in den Medien zu präsentieren.« Sie verzog den Mund.

Als Antwort zog er eine Augenbraue hoch.

Sie stellte ihm noch weitere Fragen über Gaia und Nachhaltigkeit, und er antwortete so knapp, wie es eben ging, ohne unhöflich zu wirken. Was passierte hier gerade? Irgendwie war es ihr gelungen, im Gespräch die Oberhand zu gewinnen und massenhaft Fragen über Gaia zu stellen. Er musste sich wappnen und die Gesprächsführung wieder an sich ziehen.

Bald hatten sie den steilen Abhang an den Fredhällsfelsen erreicht. Nach einer Weile hielt Charlotta an und blickte in Richtung der schroffen Felsen, die sich über den Essingefjärden erhoben. »Hier ist ein guter Platz.«

Er lächelte und nickte. »Dann setzen wir uns hier hin.«

Sie kletterten über die Steinmauer und gingen hinunter. Die Felsen waren gut besucht, die meisten flachen Plätze waren bereits belegt. Sie blieb an einer Stelle stehen, wo die Felsen eine Art natürliche Treppe bildeten. Genau darunter befand sich ein Felsplateau. Als sie einen Schritt hinabstieg, geriet sie aus dem Gleichgewicht. Sie fuchtelte mit den Armen in der Luft, um wieder festen Boden unter den Füßen zu bekommen, und als ihr Fuß abglitt, griff Ignacio sie um die Taille. Sie hielt sich an seinen Schultern fest, bis sie das Gleichgewicht wiedererlangt hatte, und so blieben sie eine Weile stehen. Ihr Körper fühlte sich warm an. Sie schnaufte an seiner Brust und blickte zu ihm hoch.

»Danke.« Dann sah sie hinunter auf das Felsplateau. »Ich hätte übel stürzen können.« Sie ließ die Hände von seinen Schultern sinken und glitt aus seinem Griff, hielt aber weiter seine Hand, während sie hinunterkletterte. Immer noch spürte er ihre Körperwärme an seiner Haut.

Als sie das Plateau erreicht hatte, zog sie die Decke aus ihrer Tasche und breitete sie aus, während Ignacio das Essen auspackte. Sie aßen den Joghurt mit Plastiklöffeln direkt aus den Bechern und brachen sich große Stücke vom Baguette ab.

Charlotta nahm sich ein Schokobrötchen, biss eine Ecke ab und schloss die Augen. »Mmm …« Dann sah sie ihn durch halb geöffnete Lider an. »Kein Samstagsbrunch ohne Schokobrötchen.«

Er lächelte, nahm sich auch eins und folgte ihrem Beispiel. Das Gebäckstück schmeckte fantastisch.

Ein Boot voller junger Leute mit Sonnenbrillen fuhr vorbei. Der Bass dröhnte über die Bucht, und das Klirren von Bierflaschen war bis zu ihnen zu hören. Die erste Spritztour des Jahres.

»Ist das nicht albern? Leute, die aussehen, als gehöre ihnen das Meer … ich vermute, sie kennen sich kein bisschen damit aus.« Charlotta rümpfte die Nase. »Also, nicht dass ich erfahrener wäre, mal abgesehen von ein paar Bootsfahrten auf dem Binnensee zu Hause in Ludvika mit dem Motorboot meiner Großeltern, aber trotzdem …« Augenrollend brach sie sich ein Stück Baguette ab und schmierte sich das ganze Stück Butter aus der kleinen Verpackung darauf. »Ich klinge wie eine echte Stockholmerin, die sich über Leute ohne Seeerfahrung beklagt. Als wäre es eine Selbstverständlichkeit, auf einem Segelboot aufzuwachsen.«

Ignacio lachte. »Ich glaube nicht, dass das typisch für Stockholmer ist, sondern eher für die Leute, mit denen wir es zu tun haben. Leute aus der Finanzwelt.«

Sie nickte. »Da hast du wohl recht. Es stört mich, wenn Leute alles für selbstverständlich halten. Wer sie sind, wie sie aufgewachsen sind und welchen Hintergrund sie haben.«

Ignacio hob eine Augenbraue und lächelte.

Sie schlug die Hand vor den Mund. »Entschuldige, ich weiß. Ich bin selbst nicht besser. Aber … du musst zugeben, dass du manchmal etwas …« Sie verstummte und schien nach Worten zu suchen.

»Selbstsicher und arrogant wirkst?«

»Das hast du gesagt.« Sie lächelte vorsichtig. »Aber doch, vielleicht. Und daraus zieht man seine Schlüsse.«

Er lächelte.

»Ich glaube, ich habe Schwierigkeiten damit, wenn Leute versuchen, jemand anders zu sein, als sie wirklich sind, so wie diese Bootmenschen und viele andere, die man in dieser Stadt trifft«, sagte sie und blickte nachdenklich vor sich hin. Dann sah sie ihn direkt an. »Fassaden. Damit komme ich nicht klar.«

»Und du versuchst niemals, jemand anders zu sein, als du bist?«

»Nein, tatsächlich nicht«, sagte sie, ohne zu zögern. »Viele Jahre lang habe ich versucht, jemand anders zu sein. Es hat ziemlich lange gedauert, bis ich gemerkt habe, dass es nichts bringt, so zu tun. Nichts wird dadurch besser.«

»Gute Einsicht. Ich verstehe dich, wenn du mich anders eingeschätzt hast, als ich wirklich bin. Da bist du nicht die Erste. Wie gesagt, in diesen homogenen Kreisen gehen alle davon aus, dass man denselben Hintergrund hat wie sie«, sagte er mit einem leichten Achselzucken. »Ich hoffe, du hast nicht das Gefühl, dass ich wie jemand anders wirken möchte? Dass ich eine Fassade aufbaue?« Er sagte es in scherzhaftem Tonfall, dabei interessierte er sich ernsthaft für ihre Einschätzung.

»Nein, überhaupt nicht. Dass ich eine vorgefasste Meinung

über dich hatte, lag einzig und allein an meinen Vorurteilen. Immerhin warst du mit Natalie zusammen.« Sie zwinkerte ihm zu. Dann sah sie ihn lange an. »Wie bist du denn aufgewachsen? Du hast keinen Vater mit einem Großunternehmen, aber vielleicht bist du der Enkel eines hochrangigen südamerikanischen Politikers?«

»Nicht direkt. Meine Eltern sind aus Chile hierhergekommen, als meine Mutter noch Teenager war und mein Vater gerade angefangen hatte, in der Grube zu arbeiten. Die Großeltern väterlicherseits waren Bauern, der Vater meiner Mutter Fabrikarbeiter. Meine Eltern waren zwar beide nur ansatzweise politisch aktiv, sahen sich aber trotzdem gezwungen, vor der Diktatur zu fliehen. Meine Mutter zog zu meinem Onkel, der schon hier wohnte und durch den sich meine Eltern auch kennenlernten. Sie verliebten sich Hals über Kopf.« Er lachte. »Beide kommen wie gesagt aus einfachen Verhältnissen und sind politisch sehr interessiert, allerdings nicht gerade akademisch veranlagt. Sie sagen immer, dass sie die Liebe allem anderen vorgezogen hätten – sowohl dem Studium als auch der Karriere. Meine Mutter hat einen Job in einer Schulmensa bekommen und mein Vater in einer Buswerkstatt. Sie fanden eine Wohnung in Märsta und waren überglücklich. Bald bin ich auf die Welt gekommen.«

»Bist du dort aufgewachsen? In ihrem ersten gemeinsamen Zuhause?«, fragte Charlotta mit einem warmherzigen Lächeln.

»Die ersten Jahre, ja. Wir lebten sehr beengt, als meine Schwester auf die Welt kam, zu viert in einem Schlafzimmer. Doch dann haben meine Eltern ein Reihenhaus zur Miete in Upplands Väsby gefunden.« Er musste lachen bei der Erinnerung an das zweigeschossige Reihenhaus mit Garten vor und hinter dem Haus. »Ich weiß noch, wie ich durch das Wohnzimmer gelaufen bin, die Terrassentür geöffnet habe und hinaus auf den Rasen gelaufen bin. Unsere Vormieter hatten einen Apfelbaum gepflanzt, auf den bin ich geklettert, und von oben konnte ich das Fenster zu meinem Zimmer sehen. Ich konnte es nicht fassen, dass es unser Baum, unser Reihenhaus war. Mein eigenes Zimmer, das ich mit niemandem teilen musste. Meine Mutter stand da und bewunderte die orangene Klinkerfassade. Sie sagte, es sei die schönste Farbe, die sie jemals gesehen habe.« Wieder lachte er. »Danach habe ich ihr nur noch orangene Bilder gemalt.«

»Wohnen deine Eltern noch dort?«

Er wandte seinen Blick vom glitzernden Wasser und dachte erst jetzt darüber nach, was er da eigentlich gerade erzählt hatte. Diese Erinnerung hatte er nur mit wenigen Menschen geteilt. Einer davon war sein Freund Jack, der ebenfalls aus einfachen Verhältnissen stammte, mit einem Vater aus Nigeria, der in seine Heimat zurückgekehrt war und den dreijährigen Jack allein mit seiner Mutter und dem Halbbruder in einer kleinen Wohnung in Bredäng zurückgelassen hatte. Jack verstand, dass scheinbar bedeutungslose Dinge das pure Glück darstellen konnten.

Einmal hatte er es Natalie erzählt. Oder eher versucht, es zu erzählen. Ihr Blick war mitleidig gewesen, als sei es eine traurige Erinnerung, sich über etwas so Armseliges zu freuen. Am Ende hatten sie davon gesprochen, wie weit er es gebracht hatte und dass er sich jetzt weit mehr als ein Reihenhaus leisten konnte. Damals war ihm gar nicht bewusst gewesen, welch merkwürdige Wendung das Gespräch genommen hatte.

Oft dachte er genau das, nämlich dass er froh darüber war, sich hochgearbeitet zu haben, und dass er sich selbst und seinen zukünftigen Kindern, aber auch seinen Eltern so viel mehr geben konnte, als er jemals gehabt hatte. Als sei das, was er als Kind gehabt hatte, nichts wert.

Er nickte Charlotta zu. »Sie lieben ihr Haus.«

Seine Augen glänzten, und Charlotta lächelte. »Wie schön, dass deine Eltern hier nicht nur Sicherheit, sondern auch Liebe und Glück gefunden haben. Was für eine wunderbare, glückliche Geschichte!«

Es war eine glückliche Geschichte. Der Höhepunkt des Glücks war der Sommer gewesen, als sie durch den Rasensprenger liefen, zum Badeplatz fuhren, bis tief in die Nacht im Garten grillten und Ignacio mit den Nachbarskindern spielte, bis die Beine vom vielen Rennen müde waren und das Gesicht gerötet von der Abendsonne. Totale Freiheit. Und seine Eltern waren glücklich wie noch nie.

Die Erzählungen von den Freunden seiner Eltern, die in Chile geblieben waren, hatte er oft gehört. Viele von ihnen waren gestorben. Ignacio hatte seinen Eltern viel zu verdanken, vermutlich mehr als viele Gleichaltrige, die in Reichtum hineingeboren worden waren. Doch während seiner Zeit auf der Handelshochschule, als er Menschen aus wohlhabenden Familien traf, fand er plötzlich, dass das, was er hatte, nicht viel wert war, und neue Ziele hatten sich herauskristallisiert.

»Ja, das ist eine glückliche Geschichte. Wie bist du aufgewachsen? Ludvika ist sicher ein idyllischer Ort zum Aufwachsen?«

Etwas in ihrem Gesicht veränderte sich. Sie lächelte noch immer, doch es war kein glückliches Lächeln. »Ja, Ludvika ist idyllisch. Aber Kleinstädte sind eine wie die andere.« Sie zuckte die Schultern.

Offensichtlich wollte sie nicht darüber sprechen. Er zögerte etwas, bevor er fragte: »Und deine Familie? Wohnt sie noch dort?«

»Ja. Mein Vater und meine Schwester finden, dass ich häufiger nach Hause kommen sollte, aber du weißt ja, wie es ist …

Woche um Woche vergeht, der Job fordert alles, und dann wird wieder nichts daraus, dass man nach Hause fährt.«

Ihre ausweichende Antwort ließ erahnen, dass mehr dahintersteckte.

»Dein Vater und deine Schwester leben also in Ludvika? Wohnt deine Mutter woanders?«, fragte er vorsichtig.

»Meine Mutter ist tot.«

»Oh, das tut mir leid, ich wollte nicht …«

Sie unterbrach ihn mit einem Kopfschütteln. »Macht nichts. Sie starb, als ich zwei Jahre alt war, ich habe keine Erinnerung an sie. Aber man hat mir viel von ihr erzählt, es ist, als ob ich sie kennen würde.« Sie lächelte wieder, strahlend und offen. »Mormor hat so viel von ihr erzählt, dass ich mich fühle, als sei ich dabei gewesen, als *sie* aufgewachsen ist.« Sie musste lachen.

»Deine Großmutter wohnt auch in Ludvika?«

»Ja, wir stehen uns sehr nahe. Sie war während unserer Kindheit wie eine Mutter für uns.«

Ihr Handy klingelte. Sie zog es hervor, sah aufs Display und drückte den Anruf weg. Er hatte den Namen lesen können, Oscar.

»War nur Arbeit«, sagte sie und stellte das Handy auf lautlos.

»Ist Oscar dieser aalglatte Typ, den ich am Empfang gesehen habe?«

Sie nickte. »Dass du dich daran erinnerst!«

»Ich kann mir gut Namen merken.« Das stimmte zwar, aber Oscar war ihm besonders aufgefallen. »Wolltet ihr über die Klage sprechen?«

»Nein, es ging um etwas anderes.«

»Arbeitsanrufe an einem Samstag und halbe Nächte im Büro … Aber es gefällt dir bei Svärdh & Partner?«

»Es gefällt mir sehr. Es ist eine gute Kanzlei, und meine Chefin ist eine der besten Anwältinnen Stockholms.« Ihr

Mund war so sinnlich, mit der kleinen Kurve, die sich auf ihrer Oberlippe bildete, wenn sie lächelte. Er konnte seine Augen nicht davon abwenden, während sie sprach.

Dann erinnerte er sich daran, warum sie hier waren. »Hast du schon häufig Pro-bono-Fälle bearbeitet?«

»Nein, das ist mein erster.«

»Und warum möchtest du gerade an diesem Fall gegen Gaia arbeiten? Weil du findest, dass du gute Karten hast?«

Ein Lächeln huschte über ihre Lippen. Sie ging nicht auf seine Worte ein. Stattdessen begutachtete sie ihre Arme und sah ihn dann an. »Die Sonne wärmt schon ganz schön. Ich sollte mich besser eincremen.«

»Es ist Anfang April. Machst du Witze?«

Sie sah ihn durch die Wimpern an. »Du bekommst wohl eher selten einen Sonnenbrand?«

»Ja, eher selten.«

»Ich hingegen habe bestimmt schon Sommersprossen bekommen.« Sie zeigte auf ihre Nase, wo helle Punkte zu sehen waren. Am liebsten hätte er die Hand ausgesteckt und sie gestreichelt. Sie waren so hübsch. Aber ihr den Nasenrücken zu streicheln hätte sie mit Sicherheit verschreckt. Sie fischte eine Tube Sonnencreme aus ihrer Tasche, gab etwas in ihre Handfläche und strich sich übers Gesicht. Anschließend nahm sie noch mehr Creme und strich sie sich über die Arme. Die Unterseiten ihrer Arme waren vermutlich kalt von der noch kühlen Frühlingsluft, während die Oberseiten sich warm unter seinen Fingern anfühlen würden.

»Um auf deine Frage zurückzukommen … Ja, ich glaube, dass wir gute Karten haben. Der Fall ist äußerst interessant, der interessanteste Fall, an dem ich bisher gearbeitet habe.«

»Bist du alleine dafür zuständig?«

»Mehr oder weniger. Meine Chefin ist die verantwortliche

Partnerin, aber ich trage die Verantwortung für das Projekt und den gesamten Fall. Und ich werde die Verhandlungen vor Gericht führen.« Sie nahm noch mehr Creme und verteilte sie im Nacken. Etwas Creme geriet in ihre dünnen Nackenhaare. Sie hielt inne und beugte ihren Kopf nach vorne. Ihre Lippen bewegten sich weiter, doch er hörte nicht zu, sondern betrachtete die zarte, helle Haut und die dünnen Strähnen an ihrem Haaransatz, die zu kurz waren, um sich im hohen Pferdeschwanz bändigen zu lassen.

Erst, als sie zu ihm aufsah, begriff er, dass sie eine Frage gestellt hatte.

Zerstreut schüttelte er den Kopf. »Entschuldige, was hast du gesagt?« Was verzauberte ihn nur an ihrem Nacken?

Sie lachte. »Ich sagte nur, dass ich dich wahrscheinlich vernehmen werde. Natürlich nur, wenn du als Zeuge von eurer Seite geladen wirst.«

»Ja, das werde ich wohl. Also als Zeuge aussagen.«

Als sie die Augenbraue hob, merkte er, dass er sich womöglich verplappert hatte. Es war zwar kein Geheimnis, dass er aussagen sollte, aber ihr triumphierendes Lächeln sagte ihm, dass sie zufrieden über diese Information war.

Sie blickte wieder hinaus aufs Wasser und senkte ihren Kopf. »Habe ich den Nacken und die Schultern mit erwischt?«

»Sieht so aus. Aber vielleicht helfe ich dir ein wenig.« Seine Stimme klang unsicher.

Sie reichte ihm die Tube, und er schob ihren Pferdeschwanz zur Seite. Ihr Haar fühlte sich seidig und kühl an. Er drückte sich etwas Creme auf die Hand und verteilte sie langsam auf ihrer Haut, folgte der Linie ihrer Schulter bis zum Saum des T-Shirts. Atmete langsam ein, während seine Finger sich ein paar Millimeter unter den T-Shirt-Stoff bewegten. Die Haut darunter war warm. Sie protestierte nicht, also machte er an ihren Schultern weiter, wie er es schon bei anderen gesehen hatte, die sich eincremten. Wahrscheinlich, weil der Stoff häufig zur Seite glitt und die Haut den Sonnenstrahlen aussetzte. Unwillkürlich wurde sein Atem schneller. Als seine Hände erneut über ihren Nacken strichen, erschauerte sie. Langsam bewegten sich sein Mittel- und Zeigefinger hinter ihrem Ohr, und sie zuckte zusammen.

Dann räusperte sie sich und wandte sich mit zusammengekniffenen Augen an ihn. »Ich könnte jetzt gut ein Bier vertragen.« Sie schluckte. »Was hältst du von einem Abstecher zum Mälarpavillon?«

»Klingt gut.« Er blickte lange in ihre hellbraunen Augen, gab ihr zu verstehen, wie sie auf ihn wirkte. Sie erhob sich, geriet ins Schwanken, und er nahm schnell ihren Arm. Ein kurzes, helles Lachen entfuhr ihr, bevor sie sich bückte und die Reste des Picknicks zusammenpackte.

Die Fahrradtour kurbelte den Kreislauf an, und die frische Luft machte die Gedanken klarer. Er musste aufhören, sich so zu benehmen. Er hatte einen Auftrag und durfte sich nicht so leicht ablenken lassen.

Der Mälarpavillon war voller durstiger Stockholmer, doch als sie auf die Pontonbrücke traten, standen gerade zwei Leute auf, und sie übernahmen ihre Plätze. Von dort aus hatten sie eine wunderbare Aussicht auf das blanke Wasser des Riddarfjärden, die grünen Parks von Långholmen und die spitzen Türme und Klinkerbauten von Södermalm.

Ignacio ging zur Bar und bestellte zwei Bier. Während er wartete, betrachtete er Charlotta, die die Aussicht genoss. Weitere Boote auf Premierenfahrt durchkreuzten den Riddarfjärden, und die ruhige Oberfläche kräuselte sich. Er hatte keine Lust, über Gaia zu sprechen, über inhumane Arbeitsbedingungen und Rechtsstreitigkeiten. Er wollte über andere Dinge reden. Wollte sie kennenlernen. Wollte wissen, was sie in ihrer Freizeit unternahm, welches Essen sie mochte und warum sie nicht über ihre Heimatstadt reden wollte. Wieso wollte er das alles? Er konnte sich doch nicht in die Anwältin der Gegenseite verlieben …

Während er mit einem Bier in jeder Hand zu ihr ging, beschloss er, sich eine Pause zu gönnen und mit ihr über etwas anderes als über Arbeit zu reden. Es konnte nicht schaden, etwas Vertrauen aufzubauen.

Sie nippten beide an ihrem Bier und unterhielten sich weiter. Über den Job, über Carl-Adam und Jack, aber nicht über die Klage. Die Zeit verging, sie bestellten noch ein Bier, und als er auf die Uhr schaute, zuckte er zusammen.

»Wir müssen in ein paar Minuten im Rålambshovsparken sein!«

Die Realität schlug ihm ins Gesicht wie ein kalter, nasser Lappen. Ihr schien es ebenso zu gehen.

Er wollte nicht, dass es so abrupt endete. Wollte sie nicht mit Carl-Adam und Jack teilen, mit seinen Eltern und Freunden der Familie. Er hatte Sorge, dass sie wieder in ihre gewohnte Rolle fiel, wenn sie sie treffen würden. Die Rolle, in der sie der Gegenpart im Rechtsstreit war, der Gaia das Ansehen kosten konnte.

Die Realität.

»Ich freue mich, dass du mit zum Food-Festival kommst«, sagte er und sah sie lange an. »Und ja – ich sollte dich vorwarnen, dass meine Eltern dort sein werden.« Er lächelte. »Sie können ziemlich … intensiv sein.« Verrückt war das bessere Wort. Wenn sein Vater Essen zubereitete, benahm er sich wie die temperamentvollen Köche, die man sonst nur im Fernsehen sah, wie der Koch, der Bernard und Bianca Fleischbällchen und Spaghetti kocht. Küchenutensilien flogen umher, Geschepper mischte sich mit Flüchen und fröhlichen Zurufen. Er war begeistert, wenn er mit seinen Chorizos am heißen Grill stand und feststellte, dass die Würste perfekt gebräunt waren. Kam der Wind jedoch aus der falschen Richtung, war die Glut zu heiß und die Kruste zu schwarz, regte er sich furchtbar auf. Würste waren für seinen Vater eine Wissenschaft.

Seine Mutter war eine hoffnungslose Romantikerin und würde Charlotta mit Fragen bestürmen und Ignacio vielsagende Blicke zuwerfen. War das Ganze vielleicht ein Fehler?

Sie lachte. »Ich komme mit intensiven Menschen klar. Meine Schwester hat genug überschüssige Energie, um ganz Ludvika in einem kalten Winter in Wallung zu bringen.«

Sie führte das Glas zum Mund, hielt dann aber plötzlich inne. Etwas Schaum haftete an ihrer Oberlippe. Er beugte sich vor und wischte ihn weg. Ihre Lippe war weich und warm.

Sie sah zu ihm auf und lächelte vorsichtig. »Sollten wir uns nicht auf den Weg machen?«

13

Die Essensstände im Rålambshovsparken standen dicht an dicht. Charlotta sog den Duft von frisch Gegrilltem und Gewürzen ein, der sich mit dem frischen, erdigen Seewind aus dem Riddarfjärden mischte. Sie drängten sich zwischen Besuchern hindurch, die Empanadas und saftige Grillwürstchen in den Händen hielten. An einem breiten Holzstand entdeckten sie Jack und Carl-Adam. Jack breitete Würstchen auf einem Schneidebrett aus, und Carl-Adam schwenkte den Grill, dass die glühenden Kohlen umherrollten.

Jack strahlte, als er sie sah. »Hej!« Er umarmte sie beide.

Carl-Adam trocknete sich die Hände an einem Handtuch ab und blickte fragend von Ignacio zu Charlotta, bevor er sie umarmte. »Du bist also doch hier?«

Sie sah Ignacio an. »Wir haben uns unterwegs getroffen, also hat er mir den Weg gezeigt.« Die Lüge entwischte ihr, noch bevor sie überhaupt nachgedacht hatte. Sie würde es Carl-Adam schon noch erzählen. Der Tag war gut gelaufen. Sie hatte erfahren, dass Ignacio als Zeuge auftreten würde. Sie konnte ihre Fragen schon früh vorbereiten, das würde viel Zeit sparen. Als sie über die Nachhaltigkeitsarbeit des Unternehmens gesprochen hatten, hatte er einige interessante Details verraten. Außerdem war der Tag so vergnüglich wie schon lange nicht mehr gewesen. Ignacio brachte sie dazu, sich zu entspannen und zu lachen. Er sah sie auf eine Weise an, die jede einzelne ihrer Zellen elektrisierte. Dass sie sich ungeheuer von ihm angezogen fühlte, wusste sie bereits, doch sie hätte nicht erwartet, dass sie so viel Spaß zusammen hatten. Es hatte zwar schon im Riddaren zwischen ihnen gefunkt, aber sie hatte trotzdem gedacht, dass er im Grunde wie Jacks andere Kommilitonen von der Handelshochschule war – egozentrisch und nichts im Kopf außer Geld, Status und Karriere. Aber er war anders.

Zwei Frauen mittleren Alters kamen an den Stand und bestellten jede eine Wurst.

»Wo sind meine Eltern?« Ignacio legte ein paar Würstchen auf den Grill und blickte an Carl-Adam und Jack vorbei.

»Sie wollten noch mehr Würste aus dem Auto holen. Wir sollten solange auf die Grillkohle aufpassen.« Carl-Adam trat hinter den Holztresen und holte eine geöffnete Weinflasche. »Möchtet ihr? Ich habe chilenischen Wein besorgt!« Er füllte für jeden ein Weinglas.

»Du hast ja richtige Weingläser dabei! Warum hast du keine aus Plastik genommen?«, staunte Charlotta.

Pikiert sah Carl-Adam sie an. »An dem Tag, an dem ich Wein aus einem Plastikglas trinke, friert die Hölle zu, steht die Welt in Flammen und alle Weinstöcke in Bordeaux sind verkohlt.« Er reichte ihnen die Gläser. »Ihr seid euch also in die Arme gelaufen?«

»Exakt. Ich war gerade stehen geblieben, um dich anzurufen, als Ignacio auftauchte.« Sie nahm einen Schluck vom Wein.

Carl-Adam hob die Augenbrauen, kniff die Lippen zusammen und nickte langsam. »Sieh einer an. Ich habe nämlich mehrmals versucht, dich heute zu erreichen, nachdem du geschrieben hattest, dass du doch mitkommst.« Er glaubte ihr kein Wort.

Eine tiefe Männerstimme unterbrach sie. »Ignacio! Du bist spät dran!« Charlotta drehte sich um und blickte in ein Paar dunkelbraune Augen, die denen von Ignacio zum Verwechseln ähnlich sahen. Sein Vater war groß und breitschultrig, sein Haar dunkel, fast schwarz, mit einem silbernen Schimmer an den Schläfen. Er sah Charlotta an. »Wie schön, dass du noch eine Freundin mitgebracht hast!«

Lächelnd streckte sie ihm ihre Hand entgegen. »Hej, ich heiße Charlotta und bin eine Freundin von Carl-Adam.«

»Schön, dich kennenzulernen, Charlotta. Ich heiße Carlos. Jetzt wirst du die beste Chorizo deines Lebens probieren.«

Er griff nach der Grillzange und wendete die Würste. Mit eifrigen Bewegungen schüttelte er den Grill, sodass die Kohlen hin und her rollten. »Mein Gott, mein Gott, du verdirbst mir ja die Würstchen, Ignacio! Schau mal.« Er nahm ein Würstchen mit der Grillzange. »Die verbrennen ja fast! Ich habe dir doch gesagt, dass die Temperatur etwas sinken muss, damit das Fett austreten kann. Und dann erst soll die Wurst Farbe bekommen!« Er schüttelte heftig den Kopf. Fett tropfte auf die Kohlen, und eine Stichflamme schoss empor. »Schau nur, was du angestellt hast!« Schnell nahm Carlos die Wurst aus der Flamme. Ignacio blickte Charlotta vielsagend an. »Warum siehst du sie so an? Was? Schämst du dich für deinen Vater? So kocht man gutes Essen. Mit Liebe und Leidenschaft.« Carlos führte Zeigefinger und Daumen zusammen, als er die Worte *Liebe* und *Leidenschaft* aussprach.

»Und etwas Wut«, sagte Ignacio so leise, dass nur Charlotta es hörte.

»Aber deine Freunde haben sich sehr gut um die Glut gekümmert.« Carlos wies mit der heißen Grillzange auf Jack und Carl-Adam. »Der da.« Carlos fuchtelte mit der Zange in Carl-Adams Richtung, sodass Ignacio sich ducken musste, um nicht am Kopf getroffen zu werden. »Ein richtiges Naturtalent. Vielleicht bekommt er mein Rezept.«

Carl-Adam lächelte zufrieden.

»Ignacio!« Die hohe Frauenstimme ließ Charlotta zusammenzucken.

Ignacio drehte sich um. »Bitte, Mama, ich stehe nur einen Meter neben dir, du musst nicht so schreien.« Seine Stimme klang irritiert, aber er lächelte dabei, und seine Augen blickten warmherzig.

»Schön, dich zu sehen, mein Junge. Mein kleiner Ignacio«, fuhr seine Mutter fort, ohne die Stimme zu senken.

Charlotta lächelte. Sie fühlte sich an ihre Großmutter erinnert, die immer ein paar Dezibel zu laut sprach, vor allem, wenn sie aufgeregt war. Ihr Vater hielt sich dann immer demonstrativ die Ohren zu. Seine eigenen Eltern waren gestorben, kurz bevor Charlottas Schwester auf die Welt kam. Nach Mamas Tod waren er und seine Schwiegereltern sich sehr ans Herz gewachsen, und sie pflegten ihn ihren einzigen Sohn zu nennen.

»Aha, du hast noch eine Freundin dabei?« Ignacios Mutter ließ die Schulter ihres Sohnes los. »Ich heiße Anita.« Sie streckte ihre Hand aus. Als Charlotta sich vorstellte, warf Anita ihrem Sohn einen blitzschnellen Blick zu, doch Charlotta hatte es bemerkt. »Oh, wie nett, dich kennenzulernen!« Immer noch lächelnd schüttelte sie ihre Hand, ein paar Sekunden zu lang.

Charlotta stellte fest, dass Ignacio die Größe von seinem Vater, die Schönheit jedoch von seiner Mutter geerbt hatte. Ihre gerade Nase und die vollen, sorgfältig geschminkten Lippen erinnerten sie an das Gemälde einer graziösen Tangotänzerin an der Wohnzimmerwand ihrer Großmutter.

»Du hast dich verspätet, Ignacio, also haben deine Freunde schon alles erledigt. Ich finde, jetzt geben wir ihnen frei, und du hilfst stattdessen mit.« Anita blickte ihren Sohn streng an und packte Brot aus der Tasche, die sie geholt hatte.

»Aber klar!«

»Und dann müsst ihr auf jeden Fall Elenas Empanadas probieren, Jungs!« Carlos breitete zwei Hotdog-Brötchen auf dem Grill aus, wendete sie schnell, drückte in jedes eine Wurst und gab sie den wartenden Frauen. Danach nahm er vier weitere Brötchen und versorgte Charlotta, Ignacio, Jack und Carl-Adam jeweils mit einer Wurst.

Charlotta biss ein Stück ab. »Oh mein Gott!« Sie schloss die Augen und spürte, wie sich die Aromen von Knoblauch und Cayennepfeffer in ihrem Mund entfalteten. »Die schmeckt ja fantastisch.« Bewundernd sah sie Carlos an. »Ganz klar die leckerste Chorizo, die ich jemals gegessen habe.«

»Nicht wahr?«, sagte Jack, der schon die halbe Wurst verschlungen hatte.

»Es ist immer eine Freude, für dich zu kochen, Jack«, sagte Carlos.

»In unserer Studienzeit war ich am Wochenende oft zu Hause bei Ignacio«, erklärte Jack, während er den letzten Rest kaute.

»Du bist sogar von Mais-Flakes begeistert«, bemerkte Anita und lachte.

Unter andächtigem Schweigen genoss Carl-Adam jeden Bissen.

»Kann ich irgendwie helfen?«, fragte Charlotta und sah Ignacios Eltern an.

»Nein!« Anita schüttelte energisch den Kopf. »Du sollst nur essen.« Dann wandte sie sich an ein Elternpaar mit Zwillingen im Kinderwagen, die an den Stand getreten waren.

Ignacio warf Charlotta wieder einen vielsagenden Blick zu. »Es ist besser, ihr zu gehorchen.«

Anita legte die Bestellung der Familie auf den Grill und wandte sich dann wieder an die Freunde ihres Sohnes. »So, und jetzt genießt ihr einfach das Festival!« Sie drehte die Würste auf dem Rost, dass es nur so zischte. »Und Elenas Empanadas.«

»Und wo finden wir Elena?«, fragte Carl-Adam.

»Ihr könnt es ihnen doch zeigen.« Ignacio sah seine Eltern an. »Ich kümmere mich solange um den Grill.«

»Ich helfe dir gerne dabei«, erklärte Charlotta und ignorierte Carl-Adams schelmisches Lächeln, das in ein spöttisches Grinsen überging.

»Lass Charlotta an den Grill, wenn du verkohlte Stöcke verkaufen möchtest«, bemerkte Carl-Adam. Charlotta bedachte ihn mit einem vernichtenden Blick. Aus irgendeinem Grund wollte sie nicht, dass Ignacio erfuhr, wie schlecht sie kochen konnte. Auf der anderen Seite würde er das sowieso in wenigen Minuten merken.

Anita reichte Ignacio die Grillzange. »Ja, ja … wir lassen dich und deine Freundin hier, dann habt ihr etwas Zeit für euch.«

»Mama …« Ignacio rollte mit den Augen, und Charlotta beschlich das Gefühl, dass er es bereute, sie mitgenommen zu haben. Doch Charlotta mochte die Kabbeleien und die liebevolle Stimmung und kam nicht umhin, einen gewissen Neid zu empfinden, dass er seine Familie so nah bei sich hatte.

»Aber lass sie nicht arbeiten! Sie ist unser Gast!« Anita lächelte Charlotta an und zwinkerte ihr zu.

Sie verschwanden in der Menschenmenge und in den Grillschwaden. Charlotta stellte sich hinter den Grill. »Okay. Wie funktioniert es? Grillt ihr mehrere Würste auf einmal, oder legt ihr sie nach Bedarf auf, wenn die Leute bestellen?«

»Nach Bedarf, wenn die Leute bestellen. Sie dürfen auf keinen Fall kalt werden, sonst nimmt mein Vater dich auseinander.«

In diesem Moment kamen drei Jungs im Teenageralter an den Stand. Jeder von ihnen bestellte zwei Würste. Charlotta nahm sechs Stück aus der dunkelblauen Kühlbox und legte sie auf den Grill. Es zischte auf, und ein würziger Duft breitete sich aus.

»Ist der Grill zu warm?«, fragte sie.

»Nein, nein. Die Temperatur ist perfekt.« Ignacio nahm eine zweite Grillzange und drehte die Würste. Feine braune Streifen waren bereits zu sehen. »Nur wenige Minuten auf jeder Seite. In der Zeit bekommen sie die perfekte Grillbräune, und es ist trotzdem lang genug, damit das Fett sich löst.« Er holte sechs Brötchen hervor. »Die legen wir auch immer auf den Rost, damit sie sich mit den Kräutern und dem Fett vollsaugen, das auf den Rost läuft.« Er drückte das Brot gegen das Gitter, nahm danach eine Wurst und legte sie in ein Brötchen. »Du kannst schon mal abkassieren.« Er nickte in Richtung der Jungen.

Charlotta nahm das Bargeld entgegen, während Ignacio ihnen das Essen reichte. Eine kleine Schlange hatte sich bereits hinter ihnen gebildet, der nächste Kunde bestellte fünf Stück.

»Jetzt möchte ich es auch probieren«, sagte sie und rollte den nächsten Satz Würste über den Gitterrost.

Das konnte doch nicht so schwer sein? Sie musste die Würstchen ja nicht zubereiten, sondern bloß grillen.

»Nur zu.« Ignacio machte sich daran, die Hotdog-Brötchen vorzubereiten und weitere auszupacken. Sie wartete ein paar Minuten, bevor sie die Würstchen drehte, fand aber, dass sie noch genau so hell aussahen wie vorher, und drehte sie wieder um.

»Und, wie läuft's?« Ignacio war wieder zurück und drückte ihre Schulter. Sie zuckte von der Berührung zusammen, wandte sich ihm zu und lächelte. Sein Blick ließ sie nicht mehr los, es war, als bebte die Erde. Was war nur mit seinem Körper, seinen Händen und seiner Nähe? Die kleinste Berührung ließ sie erzittern. Eine solche Anziehungskraft hatte sie nie zuvor gespürt.

Ein angebrannter Geruch unterbrach ihre träumerischen Gedanken. Sie räusperte sich. »Stimmt, ich wollte gerade die Würstchen umdrehen.« Sie rollte eine der Würste herum und blickte auf eine schwarz verbrannte Oberfläche. »Nein! So ein Mist!« Sie wendete auch die anderen, doch die sahen nicht besser aus. Die verkohlte Pelle löste sich, als sie die Wurst hochhielt. Vor dem Stand war die Schlange länger geworden.

Ignacio lächelte. »Wir machen es so: Du kümmerst dich um die Brötchen, und ich grille die Würstchen.«

Nach wenigen Minuten war die Schlange beinahe zehn Meter lang. Charlotta drückte in rasender Eile die Hotdog-Brötchen auseinander, legte sie kurz auf den Grill und holte neue. Die Zeit verging wie im Flug, und ehe sie sich versah, stand die Abendsonne groß und rot wie eine Blutorange im Westen. Sie sprachen nicht über Gaia, Sklavenarbeit oder Rechtsstreitigkeiten. Stattdessen arbeiteten sie Seite an Seite im Dunst des Würstchengrills.

Ignacios Eltern waren zurück. Anita lachte laut über eine Äußerung von Carlos und warf den Kopf zurück, sodass ihr langes, dunkles Haar nur so flog. Carlos legte den Arm um ihre Schultern und zog sie an sich, küsste sie fest auf ihren Kopf und dann auf den Mund.

»Man sieht, dass deine Eltern noch sehr verliebt sind«, sagte sie lächelnd zu Ignacio.

Er nickte. »So waren sie immer schon. Die Leute denken oft, sie seien frisch verliebt. Sie haben eine Menge miteinander durchgestanden, und ich glaube, dadurch haben sie gemerkt, was im Leben wichtig ist. Die Familie. Und die Liebe.« Seine Stimme wurde brüchig, und er sah sie an. In diesem Moment wusste sie, warum sein Blick sie so anzog. Er war ernsthaft und warmherzig zugleich, so als spiegele er alle Seiten von Ignacio wider.

»Ihr Lieben, das Konzert fängt bald an. Wollt ihr nicht rübergehen und zuhören? Wir kriegen den Rest schon alleine hin.« Carlos nahm Ignacio die Zange aus der Hand.

»Ich bin gleich mit der Bestellung fertig, alles gut.«

»Hör auf deinen Vater«, sagte Anita. »Wir kommen schon klar.«

Außerhalb der Hitze am Grill war es ein kühler Frühlingsabend. Es war noch lange hin bis zum Sommer, und als Charlotta neben ihm fröstelte, legte Ignacio instinktiv den Arm um ihre Schultern. Er spürte, wie sich ihr Körper erst anspannte und dann entspannte.

»Was ist das für ein Konzert?«, fragte sie.

»Jedes Food-Festival endet mit lateinamerikanischer Musik. Heute Abend ist ein Singer-Songwriter hier.«

»Die lateinamerikanische Antwort auf Ben Howard?«

»So ähnlich.« Ignacio grinste.

Sie gingen zur kleinen Bühne ganz hinten im Park. Bald war der Abend vorüber, und die Zeit war knapp. Er hatte nicht eine einzige Information von ihr erhalten, nicht einmal das Wort Vergleich erwähnt. Sie hatten nur über alles Mögliche andere gesprochen, und es erstaunte ihn, wie leicht und einfach alles ging. War es, weil sie einander noch nicht kannten, oder lag es an Charlotta? Natalie hatte ihn nie auf so eine Veranstaltung begleiten wollen. Mehrmals hatte er das Food-Festival und andere chilenische Feste vorgeschlagen, doch immer gab es irgendeine Premiere in einem Stureplansclub oder eine exklusive Essenseinladung, die sie nicht verpassen wollte, und er war dann stattdessen mit ihr dorthin gegangen, zur großen Enttäuschung seiner Eltern. Nicht, dass sie es ihn hätten spüren lassen, aber er hatte es dennoch gemerkt.

Erst, als sie Schluss gemacht hatten, stellte er fest, dass die Kluft zwischen ihm und Natalie schon immer existiert hatte. Von Anfang an war ihre unterschiedliche Herkunft ein Hindernis gewesen. Als sie sich kennenlernten, hatte sie ihn exotisch gefunden, und er vermutete, dass sie geglaubt hatte, sie würde ein besserer Mensch, indem sie mit einem Jungen aus dem Vorort zusammen war. Im Gegensatz zu ihren Freundinnen hatte sie sich ihren Freund nicht wegen des Geldes ausgesucht. Natalie hatte sein Interesse an Menschenrechten niedlich gefunden. Die Stipendien, die er für seine Abschlussarbeit erhielt, und die Forschungsmöglichkeit in Nicaragua hatten ihr nicht imponiert. Sie war nur ein einziges Mal stolz auf ihn gewesen, nämlich, als er einen Trainee-Job bei einem Investmentunternehmen ergattert hatte. Jener Sommer war der langweiligste seines Lebens gewesen, aber er tat es für sie, damit sie auf ihn stolz war. Und damals hatte er gedacht, dass es auch zu ihm passte.

Mit der Zeit hatte er sich verändert. Immer seltener besuchte er seine Familie, stattdessen aß er häufig sonntags mit Natalie in der großen Villa ihrer Eltern in Djursholm. Er verlor seine alten Freunde aus Upplands Väsby aus den Augen und tat stattdessen alles, um zur Clique an der Handelshochschule zu gehören. Nach der Uni bekam er eine Stelle als Unternehmensberater mit einem Einstiegsgehalt, das doppelt so hoch war wie der Lohn seiner Mutter in der Schulmensa. Ein halbes Jahr hielt er es dort aus, bis er feststellte, dass das Beraterleben nichts für ihn war. Es höhlte ihn aus, ließ ihn leer zurück. Er bewunderte diejenigen, die weitermachten. Jack hatte seinen Bereich gefunden. In seiner Unternehmensberatung war er ein Star, und die Partnerschaft war nicht weit entfernt. Ignacio jedoch interessierte sich nicht wirklich dafür und merkte schließlich, dass er eine Fassade aufgebaut hatte.

Als er mit Natalie darüber gesprochen hatte, an die Uni zurückzugehen und eine Doktorandenstelle anzunehmen – erst nur für zwei Jahre –, um seine ursprüngliche Freude am Wirtschaftsstudium wiederzufinden, merkte er, dass auch sie sich verstellt hatte. Sie versuchte ihn zu überreden, den Beraterposten zu behalten, und ihm ging auf, dass ihr Mitgefühl und ihre Liebe davon abhingen, ob er in ihr Schema passte. Nichts zwischen ihnen war echt. Also hatte er mit ihr Schluss gemacht und sich auf die Forschung konzentriert. Und seit er nicht mehr mit Natalie zusammen war, traf er sich auch nicht mit seiner alten Clique von der Handelshochschule.

Dass er während seiner Beziehung mit Natalie zu jemand anders geworden war, machte er ihr nicht zum Vorwurf, das war seine eigene Entscheidung gewesen. Doch er mochte den Menschen nicht, in den er sich mit ihr verwandelt hatte, denn der hatte seine Familie und alte Freunde vernachlässigt. Und es gefiel ihm auch nicht, dass er sich verändert hatte, weil er glaubte, er müsse es, um Erfolg zu haben.

Mit Charlotta fühlte sich alles anders an. Ein bisschen zu einfach, um wahr zu sein. Dann machte er sich klar, dass der heutige Abend ja auch nicht real gewesen war, sondern konstruiert und zufällig. Ein Schauspiel, das sie beide aufführten, um den jeweils anderen dazu zu bekommen, einen Fehler zu begehen. Berechnend und einstudiert – alles andere als einfach.

Der Tag war weitaus netter gewesen, als sie gedacht hätten. Und er war sicher, dass sie es auch so empfand. Aber am Montag würden sie beide in ihre jeweilige Welt zurückkehren. Charlotta würde alles daransetzen, Gaia am Boden zu sehen, und er wiederum würde alles tun, um dies zu verhindern.

Vor der Bühne standen lange Sitzbänke. Jack und Carl-

Adam waren nicht zu sehen, der Sänger war schon auf der Bühne. Die Gitarre hing über seiner Schulter, das Mikrofon war eingeschaltet. Sie setzten sich ganz nach hinten. Charlotta blickte umher und entdeckte lange Lichterketten zwischen den Bäumen, die buntes Licht verbreiteten.

»Es ist so schön hier!« Sie sah ihn an. »Danke, dass ich heute Abend dabei sein konnte.«

»Danke, dass du dabei sein wolltest.« Er wandte den Blick nicht von ihr ab, und als der Sänger sein Publikum begrüßte, konnte er nicht anders, als seine Hand an ihre Wange zu legen, die ganz kühl vom Frühlingsabend war. Sie lächelte zaghaft und richtete ihren Blick auf die Bühne. Im selben Moment begann der Musiker zu spielen, und Charlotta sah ganz hingerissen aus. Ignacio betrachtete ihre glitzernden Augen und ihr Lächeln, während sie ihren Oberkörper im Takt der Musik hin und her wiegte. Widerwillig wandte er seine Augen von ihr ab. Er konnte nicht dasitzen und sie anstarren. Stattdessen sah er auf die Bühne. Nach einer Weile fröstelte sie erneut, und er beugte sich zu ihr und flüsterte in ihr Ohr: »Frierst du?«

»Es geht schon.«

Doch er stand auf und nahm eine Decke aus einem Korb neben der Bank, legte sie ihr über die Schultern und setzte sich wieder neben sie. Er spürte ihre Atemzüge, nahm jede ihrer Bewegungen bewusst wahr, und als sich ihr Brustkorb hob und senkte, streifte ihre Schulter die seine. Die raue Stimme des Sängers und die Basstöne der Gitarre vibrierten im Holz der Sitzbank. Ihr Gesichtsausdruck war träumerisch. Offen und schutzlos, wie dieses eine Mal, als er sie hatte weinen sehen, nur dass er jetzt stattdessen Harmonie und Glück in ihrem Blick erahnte.

Sie wandte sich ihm zu. »Das erinnert mich an Countrymusik. Auch wenn ich kein Spanisch kann und nichts vom

Text verstehe, singt er offensichtlich von Liebe. Auf eine ganz treffende Art und Weise.«

»Du magst also Country?«

»Ich liebe es. Worum geht es in dem Text?«

»Darum, dass er sich nach der Frau seht, die er liebt, und wie sie ihn trösten und ihn wärmen soll in allen einsamen, kalten Nächten. Doch er ist ein ganz einfacher Mann, zu gewöhnlich für sie. Und er kann nur von ihr träumen.«

»Genau wie Country. Einfach und klar. Das Essenzielle.« Sie blickte ihn an. »*It's just stories told by ordinary people in an extraordinary way.* So hat Dolly Parton einmal die Countrymusik beschrieben. Kein Reichtum, Bling-Bling und teure Autos, sondern die unglückliche Liebe und die gebrochenen Herzen ganz normaler Menschen. Manchmal auch glückliche Liebe.«

Schweigend lauschten sie dem letzten Song. Dann wandte sie sich zu ihm und beugte sich vor. »Danke, Ignacio. Ich hatte heute einen fantastischen Tag, ganz egal, was passieren wird«, sagte sie leise in sein Ohr. Dann lächelte sie ihn an.

Dieses Lächeln radierte alles aus, alle Rechtsstreitigkeiten, bolivianische Arbeiter und Nachhaltigkeitsfragen, seine ganze Agenda für diesen Abend, und brachte sein Blut in Wallung. Es erfasste seinen ganzen Körper, alles in ihm sang und vibrierte davon. Er konnte sich nicht länger zurückhalten und lehnte sich näher zu ihr hin. Ließ seine Hand über ihren Nacken gleiten, spürte wieder ihre zarte, warme Haut und das weiche Haar. Dann ihre sanften Lippen auf seinen. Ihre Wangen waren kalt vom Frühlingsabend, doch Mund und Zunge waren warm.

Sein Puls ging schnell. Sie schmeckte süß und wunderbar. Wenn sie nicht unter Leuten gewesen wären, hätte er für nichts garantieren können. Nichts verlief so, wie er es sich gedacht hatte, aber es war dafür umso herrlicher.

14

»Möchtest du mit zu mir nach Hause radeln?«, fragte Ignacio, als sie auf ihre Fahrräder stiegen. Bei dieser Frage fühlte Charlotta sich wie ein Schulmädchen, das zum ersten Mal verliebt war. Kribbelnde hormongesteuerte Gefühle wühlten sie auf, die sie nie zuvor empfunden hatte. Ihre Beine zitterten noch vom Kuss. Als sie schließlich voneinander abgelassen hatten, hatte er ihre Hand genommen, und so hatten sie dagesessen, während das Publikum applaudierte.

»Ich bezahle dir dann ein Taxi zu dir nach Hause und bringe dir morgen das Fahrrad.«

»Okay«, antwortete sie, noch bevor sie nachgedacht hatte. Sie wollte auch gar nicht denken, wollte nicht vernünftig sein.

Dunkelblaue Dämmerung hatte sich über die Stadt gelegt, als sie den Rålambshovsparken verließen. Die Stockholmer waren aus ihrem Winterschlaf erwacht und trieben sich auf den Straßen herum. Sie radelten am Norr Mälarstrand entlang, passierten den Rathausturm mit den drei Kronen, die im Dunkel des Abends erleuchtet waren und fuhren weiter über die Bahnhofsbrücke. Die Lichter der Stadt blinkten blau, weiß und gelb auf dem schwarzen Wasser. Auf der anderen Seite der Brücke mussten sie eine steile Straße mit Kopfsteinpflaster hinauf. Sie stiegen ab und schoben. Als sie oben angelangt waren, war Charlotta völlig außer Atem.

Ignacio wohnte in einem gelb verputzten Haus neben Ivar Los Park. Ein trommelndes Geräusch war zu hören, als er den Schlüssel ins Schloss steckte. Sobald er öffnete, erschien eine Katzennase im Türspalt, und ein gesprenkelter Langhaarkater blickte zu ihnen hoch, miaute gedehnt und strich um Ignacios Beine.

»Das ist Gusten.« Er nahm den Kater auf den Arm.

Vorsichtig streckte Charlotta die Hand aus und ließ Gusten an ihr schnuppern. Der Kater rieb seinen Kopf an ihrer Hand.

»Wenn du anfängst, mit ihm zu schmusen, wird er nicht mehr damit aufhören wollen«, sagte Ignacio und lachte.

»Wie lange hast du ihn schon?«

»Seit ich aus Nicaragua zurück bin. Meine Schwester wollte unbedingt eine Katze haben, doch dann hat sich herausgestellt, dass meine Mutter allergisch ist. Niemand wollte ihn weggeben, sondern er sollte in der Familie bleiben. So ist er bei mir gelandet.«

Sie betrat die Wohnung. Natürlich lag sie im Dachgeschoss, etwas anderes hatte sie von Gaias Nachhaltigkeitschef auch nicht erwartet. Und riesig war sie auch noch, sogar nach Stockholmer Maßstäben. Die Deckenhöhe betrug bestimmt an die vier Meter, dachte Charlotta, während sie den gewaltigen Kronleuchter mit den sicher hundert Lämpchen betrachtete, die einen warmen Lichtschein verbreiteten. Küche, Wohnzimmer und ein Lounge-Bereich bildeten das eine große Zimmer. An der Decke waren die Balken zu sehen, die Wände bestanden aus weiß gestrichenen Ziegelsteinen. Ganz hinten war ein weiterer Raum zu erkennen, der wohl das Schlafzimmer war. Die Küche war mit Edelstahlgeräten, weißen Fronten und einer massiven Naturstein-Arbeitsplatte eingerichtet. Geschmackvolle Gemälde in Schwarz, Weiß und Grautönen schmückten die Wände. Das hier war ihre Traumwohnung, auch wenn sie sie etwas wärmer und farbenfroher eingerichtet hätte. Ihre eigene Wohnung war gegen diese hier ein Verschlag. Gaia und unfaire Arbeitsbedingungen lieferten offenbar gutes Geld, dachte sie säuerlich.

Er zeigte ihr den Balkon, von wo man eine Aussicht über die Dächer von Söder bis zum Stadion Globen hatte, das als angestrahlte blaue Kugel in der Ferne zu erahnen war. Längliche Heizstrahler an der Wand hinter ihr verbreiteten eine behagliche Temperatur.

Während er noch mal hineinging, um Wein zu holen, stürzten die Realität und diese vermaledeite Vernunft auf sie ein. War das hier falsch? Sollte sie besser nach Hause fahren? Alles hatte so unschuldig angefangen. Es war nicht falsch gewesen, sich ein Baguette zu teilen und zusammen Kaffee zu trinken, es war auch nicht falsch gewesen, mit ihm ein Bier zu trinken, und auch nicht, mit auf das Food-Festival zu gehen. Aber zu ihm nach Hause? Kein Hintergedanke der Welt konnte das rechtfertigen. Und dann war da der Kuss, der sie vollständig hatte kapitulieren lassen.

Doch der Gaia-Fall war ihr wichtigster Fall überhaupt. In seinen vier Wänden war er ganz er selbst, und sie konnte mehr Informationen aus ihm herauskitzeln.

Schon war er wieder zurück mit einer Weinflasche und zwei Gläsern. »Ist Rotwein in Ordnung?«

»Perfekt.«

Ignacio hielt ihr sein Handy hin. »Welche Musik möchtest du hören? Vielleicht Country?«

»Gerne!«

»Das klingt ja gar nicht nach Country«, sagte er, als die ersten Töne zu hören waren und die Sängerin auf Schwedisch zu singen begann.

»Country ist ein weiter Begriff. Es gibt sehr begabte Singer-

Songwriter in diesem Genre. Diese Sängerin heißt Ellen und geht vielleicht etwas in Richtung Pop. Sie ist wirklich gut!«

Unten auf der Straße waren Stimmen und Gelächter zu hören. »Ist es nicht sonderbar, dass wir uns nicht schon früher begegnet sind?«, fragte er plötzlich.

»Ja, vielleicht.« Sie dachte ein paar Sekunden nach. »Aber ich bin diesen Treffen mit euren Kommilitonen von der Handelshochschule aus dem Weg gegangen. Carl-Adam ebenso.«

»Wie lange kennt ihr euch schon?«

»Seit ich in der Kanzlei bin. Wir haben uns ziemlich schnell gefunden. Ich kann mir gar nicht mehr vorstellen, wie ich jemals ohne ihn klargekommen bin. Er ist mein einziger richtig enger Freund.«

»Also seid ihr keine Kindheitsfreunde aus Ludvika?«

»Nein, aus der Zeit habe ich keine Freunde.« Sie konnte selbst hören, wie hart ihr Tonfall klang, ganz anders als bisher. Als störe ein falscher Ton eine ansonsten reine Harmonie. Sie nahm einen Schluck Wein. Konnte sie wirklich schon über so etwas Privates mit ihm sprechen? Fast ein Jahr hatte es gedauert, bis sie mit Carl-Adam darüber gesprochen hatte, und Dessie hatte sie nur das Allernötigste erzählt. Doch seine dunkelbraunen Augen hatten etwas so Vertrauenerweckendes, dass es ihr ganz leichtfiel, und so platzte es aus ihr heraus: »Ich wurde in der weiterführenden Schule ausgegrenzt.« Sie räusperte sich. »Gemobbt.« Das Wort war so emotional für sie. Und schambesetzt. Aber das Wort zu benutzen, um zu beschreiben, was ihr passiert war, war eine Methode, sich daran zu gewöhnen. An die Scham. »Es hat ganz schön lange gedauert, bis ich einen wirklichen Freund gefunden habe.« Das reichte fürs Erste. Sie wollte nicht weiter ins Detail gehen, warum es für sie so schwer war, jemanden an sich heranzulassen. Dass es nicht nur daran lag, dass sie nie einen engen Freund gehabt hatte, sondern daran, dass die einzige Freundin, die sie in ihrer Kindheit gehabt hatte, zu ihrer schlimmsten Mobberin geworden war.

Ignacio nickte. »Na ja, ich war ja auch lange in Nicaragua«, sagte er und schien begriffen zu haben, dass sie das Thema nicht vertiefen wollte. »Also ist es gar nicht verwunderlich, dass wir uns noch nicht begegnet sind. Seit ich wieder da bin, habe ich mich von der alten Clique ferngehalten. Zwar treffe ich mich gern mit Jack, aber letztlich gehört er auch in diese Clique.«

»Wegen Natalie?« Vom Gedanken an Ignacios schöne und perfekte Östermalmsfreundin drehte sich ihr der Magen um.

Er seufzte. Nahm einen Schluck Wein und blickte wieder hinaus auf die Straße. »Das auch. Ich glaube, ich habe sie immer als Mittelpunkt unserer alten Uniclique empfunden, und den Platz wollte ich ihr nicht wegnehmen.«

»Ich würde mich auch von dieser Clique fernhalten. Also, Jack mag ich sehr, und du scheinst ja auch ganz nett zu sein, aber die anderen …« Langsam schüttelte sie den Kopf und rollte mit den Augen.

Er lachte, und der Schein der Lichterkette, die um das Balkongeländer gewickelt war, spiegelte sich in seinen dunkelbraunen Augen wider.

»Schön, dass du mich ganz nett findest.«

»Aber du verstehst doch, was ich meine? Ich habe die Clique kennengelernt. Zum Beispiel den Typen mit der viel zu engen roten Hose, der nur von den Erträgen seines Aktien-Portfolios geredet hat. Wie hieß er noch gleich?«

»Du meinst Julius?«

»Genau, Julius. Und dann dieses Pärchen mit dem Riesenkerl, bei dem Strümpfe, Krawatte und Brusttuch immer farblich aufeinander abgestimmt sind. Ich weiß noch genau, dass er mich gefragt hat, ob ich im Sommer lieber in Saint-Tropez oder in Cannes sei. Und seine Freundin trug immer diese kleinen Halstücher, die so eng geknotet waren, dass ich dachte, sie müsste gleich ersticken.«

Was sie von Natalie hielt, behielt sie besser für sich. Das würde Ignacio kaum dazu bringen, sie mehr zu mögen. Aber sie würde niemals diese Party vergessen, als Natalie sie von oben bis unten abschätzig gemustert hatte. Es war dieselbe Feier gewesen, auf der sie Carl-Adam kennengelernt hatte und sich gleich mit ihm angefreundet hatte. Nach einer Stunde hatte er Charlotta beiseitegenommen und sie gebeten, ihn von der Party wegzubringen. Er halte es nicht länger aus, darüber befragt zu werden, wie seine sexuelle Neigung sein Erbe beeinflusse, erklärte er. »Als ob ich zur konservativen, amerikanischen High Society gehören würde.«

Charlotta lächelte Ignacio an. »Entschuldige, dass ich über deine Freunde herziehe.«

Ignacio lachte. »Kein Thema. Ich verstehe genau, was du meinst.« Er füllte ihnen Wein nach. »Alles, was du sagst, ist der Grund dafür, dass ich inzwischen keinen Kontakt mehr zu ihnen habe. Wir haben zusammen studiert, mehr aber auch nicht. Jetzt treffe ich mich nur noch mit Jack, und das reicht mir. Ich habe keine Zeit, mich mit Menschen zu treffen, die ich nicht wirklich mag.«

Sie blickte ihn ernst an. »Du hast einen harten Job bei Gaia, oder?«

Er nickte. »Ja. Aber Christopher hat mich immer sehr unterstützt.« Er rückte näher zu ihr, so nah, dass sie seinen warmen Atem spüren konnte. Sie erschauerte vor Wohlbehagen. Ihr Herz schlug schneller.

Doch dann veränderte sich sein Gesichtsausdruck. Er wurde härter, geschäftlicher, so wie bei ihrem Treffen in der Kanzlei. »Charlotta, ich möchte dir nur sagen, dass niemand bei Gaia, niemand in der Führungsspitze, von den Zuständen in der Fabrik wusste. Und es gibt nichts, keinen Vertrag oder dergleichen, der zeigen würde, dass Gaia der einzige Auftraggeber war. Ich möchte das betonen, damit du das weißt. Ich bin kein Jurist und weiß nicht, wie die Frage der Verantwortung zu bewerten ist. Aber ich glaube, dass eine Schuld oder Verantwortung des Unternehmens schwer zu beweisen sein wird.«

Innerhalb von Sekunden verschwand das wohlige Gefühl von Sicherheit, dass sie eben noch gespürt hatte. Sie sah ihn abwartend an. »Wir haben euch schon ein neues Angebot für einen Vergleich gemacht, das ihr jedoch nicht akzeptiert habt, und soweit ich weiß, habt ihr uns kein Gegenangebot unterbreitet«, sagte sie.

»Ihr wusstet, dass wir niemals darauf eingehen würden. Ihr habt uns gar keine Möglichkeit des Vergleichs gegeben«, konterte er. »Aber wenn es schon um die Verantwortung geht: Gibt es überhaupt einen Beweis dafür, dass wir so einen großen Einfluss auf die Fabrik hatten?«

Was passierte da eigentlich gerade? Saß er da und versuchte Informationen aus ihr herauszukitzeln? Dachte er allen Ernstes, sie würde sich darauf einlassen?

»Dann kann es schwer werden, unsere Verantwortung zu beweisen«, fuhr er fort. »Habe ich recht?«

»Das kannst du deinen Anwalt fragen«, sagte sie kühl.

»Wie auch immer – Gaia ist unschuldig. Und es wird eine teure Klage werden. Ein Vergleich zu anderen Konditionen als denen, die ihr vorgeschlagen habt, würde uns beiden nutzen.«

»Wer hier am meisten zu verlieren hat, seid ihr, und das weißt du ganz genau. Außerdem darf ich gar nicht mit dir über einen Vergleich sprechen. Das muss über euren Anwalt laufen.«

In seinem Blick war Wut zu erkennen. Sein Überredungsversuch war missglückt. Warum saß sie überhaupt hier und diskutierte mit ihm?

Er seufzte tief, sein Blick wurde weicher. Hoffnung keimte in ihr auf. Vielleicht würde er das Thema fallen lassen, wieder an das anknüpfen, was sie tagsüber erlebt hatten, und den Job außer Acht lassen.

»Ich habe dich kennengelernt, und ich weiß, wie viel dir der Job bedeutet«, sagte er. »Dieser Fall wird für euch schwer zu gewinnen sein, und um deiner selbst willen solltet ihr euch auf einen Vergleich zu Gaias Bedingungen einlassen. Aber auch um deiner Kanzlei willen. An diesem Fall verdient ihr doch kein Geld?«

Stumm sah sie ihn an. Tagsüber Charmeoffensive und gespieltes Mitgefühl, er hatte sie sogar seinen Eltern vorgestellt – wollte er sie etwa so hinters Licht führen?

»Du kennst mich nicht gut genug, um zu wissen, was meine Arbeit mir bedeutet.« Sie trank den letzten Rest Wein, stellte das Glas mit einem Knall auf den Tisch und stand auf. »Es ist Zeit für mich zu gehen.«

»Charlotta, warte.« Er griff nach ihrem Arm. »Ich wollte nicht …« Er hielt inne. »Es war nicht meine Absicht …«

Sie riss sich los. »Was wolltest du nicht? Was war nicht deine Absicht? Dein Plan war doch, mir persönliche Fragen zu stellen, damit ich mich öffne. Du wolltest Vertrauen vortäuschen, um mich zu einem Vergleich zu überreden, oder etwa nicht?«

Er blieb stumm, und sie wandte sich ab. Wieder packte er sie am Arm. Diesmal fester.

»Bitte, Charlotta, geh nicht.« Er lockerte seinen Griff und gab ihr die Chance zu gehen, doch sie drehte sich zu ihm um und sah ihm fest in die Augen. Einige Sekunden lang blickten sie sich an. Sein Gesicht war so unglaublich nah, ohne sie zu berühren.

Bevor sie weiterdenken konnte, schloss er die Lücke zwischen ihnen, umfasste ihren Nacken und zog sie an sich. Seine

Lippen waren so weich und zart, das Kinn rau, und er schmeckte nach Wein. Der Kuss war nicht weich und innig wie vorhin, sondern heftig und fordernd, als wollten sie ihren Ärger darüber fortküssen, dass sie dem anderen nichts entlockt hatten. Sie atmete seinen Duft ein, ahnte Spuren seines Parfüms und den Geruch von Rauch und Kohle. Dann schlang sie die Arme um seinen Hals, während seine Hände hinab zu ihrer Taille glitten. Er drückte sie gegen die Steinmauer, die sich an ihrer heißen Haut ganz kalt anfühlte. Die Hände glitten weiter abwärts über ihre Schenkel, und seine Wärme ließ sie erschauern. Er umfasste ihren Po und zog sie ein wenig näher zu sich. Sie schlang die Beine um ihn, und er drückte sie noch fester an die Wand.

Ihre Atmung wurde schneller, als er ihren Hals mit Küssen bedeckte. Ihre Nackenhaare stellten sich auf, sie bekam eine Gänsehaut. Dann küsste sie ihn wieder und packte seine breiten Schultern. Spürte seine Härte und rieb sich an ihm. Sie stellte sich vor, wie groß er war. Die Erregung pochte in ihr. Wenn sie jetzt weitermachten, würde sie es herausfinden. Wenn sie weitermachten …

Da meldete sich die Realität zurück. Sie konnte nicht. Sie würde die Verliererin sein – nicht nur beruflich, sondern auch in mancherlei anderer Hinsicht. Langsam ließ sie von seinen Lippen ab, löste ihre Beine von ihm und glitt hinunter, während sie weiter seinen Hals umschlang. Sah seine geschlossenen Augen. Sie durfte nicht vergessen, wer er eigentlich war und wie gefährlich er ihr werden konnte. Er hatte es geschafft, an nur einem Tag tief in ihre Seele zu blicken, dabei hielt sie ihre Gefühle doch sonst ganz tief in ihrem Inneren verborgen. Sie riskierte, alles zu verlieren, was sie über die Jahre aufgebaut hatte. Er hatte ihr gezeigt, dass sie ihm nicht vertrauen konnte.

»Ich kann nicht«, murmelte sie.

Sie spürte seine kurzen und heftigen Atemzüge an ihren feuchten Lippen und zog sich etwas zurück, um Abstand zu seinem Körper zu bekommen, der solch eine Anziehung auf sie ausübte. Langsam öffnete er seine Augen, der Brustkorb hob und senkte sich.

»Nichts würde ich lieber tun. Aber ... wenn ich es tun würde ...« Sie hielt inne und seufzte.

»Es ist okay, du brauchst nichts zu erklären.« Seine Stimme war heiser.

»Ich würde meinen Job verlieren.« Sie blickte zu Boden. Dann schaute sie ihn an. »Wie wichtig ist diese Klage für dich?«

Er betrachtete sie mit ernstem Blick. »Wichtiger, als ich mir selbst eingestehen will.« Die Antwort, die sie befürchtet hatte. »Meine ganze Arbeit der letzten Jahre steht auf dem Spiel. Ich hatte so auf einen Vergleich gehofft«, fuhr er fort.

»Aber nach dem Auftritt deines Chefs letzte Woche nehme ich an, dass es dazu nicht kommen wird.«

»Ich hoffe, ich bekomme ihn dazu, seinen Standpunkt zu ändern, oder ...« Er unterbrach sich.

»Oder du hoffst, dass ich meinen Standpunkt ändere«, vervollständigte sie den Satz. Schnell wandte sie sich ab und blickte hinaus auf die Straße.

Vorsichtig drehte er ihren Kopf zurück, streichelte sanft ihre Wange und sah sie an. »Ich verstehe deine Reaktion, und ich verstehe dich. Und ich fühle mich total mies, weil ich versucht habe, dich ... Aber ich ...« Er räusperte sich. »Es geht nicht nur um den Rechtsstreit. Nicht für mich.« Er sah sie lange an und griff dann nach ihrer Hand. »Ein Vergleich würde bedeuten, dass der Rechtsstreit beendet wäre. Ein Vergleich würde auch bedeuten, dass wir uns wiedersehen könnten. Ich möchte dich wiedersehen.«

Sie schüttelte seine Hand ab, wand sich aus seinem Griff und trat einen Schritt zurück. Der Abstand zu seinem Körper und zu seiner Wärme ließ sie gleich nüchterner denken. Das war ganz eindeutig nur ein weiteres scheinheiliges Manöver von seiner Seite. Sie hatte sich völlig idiotisch verhalten. Was tat sie hier eigentlich? Er hatte versucht, sie zu verführen, nur um sie zu überreden, sich auf einen Vergleich einzulassen.

»Wir wissen beide, warum wir heute den Tag miteinander verbracht haben, du musst nicht so tun, als wäre es anders. So dumm bin ich nicht.« Sie richtete ihre Kleidung und griff nach der Handtasche.

Er kniff die Augen zusammen, schüttelte den Kopf und stand auf. »Ich meine keinen Vergleich allein zu Gaias Bedingungen, vielleicht können wir uns ja einigen. Vielleicht lässt Gaia einige Forderungen fallen. Ich kann noch einmal mit Christopher sprechen.«

»Hör auf, Ignacio. Wir waren heute zwei berechnende Arschlöcher.« Eilig ging sie hinein und zur Wohnungstür.

Er lief hinter ihr her. »Lass mich wenigstens noch ein Taxi für dich rufen!«

Aber sie hatte schon die Tür hinter sich zugezogen und rannte die Treppenstufen hinunter.

Schnell fuhr sie mit dem Fahrrad die leeren Straßen auf Söder entlang, über die Zentralbrücke, wo schwacher Verkehr herrschte und weiter am Norr Mälarstrand, wo es mittlerweile nahezu menschenleer war. Der Aprilwind war eiskalt und ihre Hände steifgefroren, als sie nach Hause kam, doch die Kälte brachte sie dazu, klar zu denken. Schlagartig wurde ihr bewusst, wie naiv sie gewesen war. Sie wäre beinahe einem manipulativen Mann in die Hände gefallen. Obwohl sie gedacht hatte, sie habe alles unter Kontrolle, war sie kurz davor gewesen, alles zu verlieren.

Unzählige Male hatten ihre Klassenkameraden sie zu irgendwas verleitet, nur um sie anschließend der Lächerlichkeit preiszugeben. Schon früh hatte sie gelernt, nur wenigen Menschen zu vertrauen. Sie fühlte sich genauso gedemütigt wie damals. Wie hatte sie nur so dumm sein können, beinahe mit ihm im Bett zu landen?

Sie würde sich ab jetzt auf den Rechtsstreit konzentrieren. Ihn gewinnen, Abteilungsleiterin werden und dann Partnerin. Sie würde all das erreichen, wovon sie geträumt hatte. Gefühle sollten ihr dabei nicht im Wege stehen.

15

Zum bestimmt vierzigsten Mal in dieser Woche zögerte Ignacio, bevor er sich schließlich durchrang, am Freitag den Anwalt anzurufen. Charlotta hatte ihm unmissverständlich klargemacht, dass das, was sie erlebt hatten, nichts anderes gewesen war als ein gegenseitiger Überredungsversuch. Klar, er hatte ein ganz mieses Spiel getrieben, aber sie war auch nicht besser gewesen. Trotzdem hatte er gedacht, dass es mehr gewesen sei als nur ein Spiel, aber da hatte er ganz offensichtlich falschgelegen. In dem Moment, bevor sie ihn verließ, als er ihren warmen Körper an seinem und ihre zarte Haut unter seinen Händen gespürt hatte, war ihm ganz kurz der Gedanke gekommen, Gaia aufzugeben, alles aufzugeben, nur um mit ihr zusammen sein zu können. Sein pathetisches Flehen um einen Vergleich war ihm nur so herausgerutscht. Das wäre eine Gelegenheit gewesen, sie bald wiederzusehen. Mehr von ihr zu bekommen. Er war sogar bereit, noch einmal das Unmögliche mit Christopher zu besprechen.

Schon als er Karl Helmerssons schmierige Stimme durchs Telefon hörte, bereute er seinen Entschluss. Aber er tätigte den Anruf aus gutem Grund, versuchte er sich einzureden. Gaia traf in dem Ganzen keine Schuld.

»Hej, hier ist Ignacio Vargas. Hast du einen Moment Zeit?«

»Natürlich!«

»Ja, also, ich habe ein paar Dinge herausgefunden. Über Mendicino Victims. Ich habe etwas gesehen. Eine Mail.«

»Interessant. Lass hören.«

»Es handelt sich um einen Mailwechsel zwischen Mauricio Melo, dem Vertreter der Arbeiter, und einem Vorarbeiter der Fabrik. Melo sagt offen, dass er die Verantwortung bei der Fabrik sehe und dass der Besitzer ein gefährlicher Mann sei. Er meint, dass Gaia womöglich unschuldig sei, aber über genug Geld verfüge.«

Karl antwortete mit einem leisen Pfeifen.

»Außerdem hatte Melo wohl jahrelang ein Alkoholproblem, auch während seiner Zeit in der Fabrik.«

»Das klingt gut. Sehr wertvolle Informationen. Hast du Zugang zu dieser Mail? Es wäre gut, wenn ich sie mit eigenen Augen sehen könnte, bevor ich entscheide, was wir damit anfangen.«

Ignacio schluckte. Sollte er es wirklich tun? »Ja, aber es ist mir ziemlich unangenehm, sie zu verwenden. Sie war nicht für meine Augen gedacht.«

»Mach dir keine Sorgen. Schick sie mir, dann können wir sehen, ob ich sie verwenden kann. Aber ich werde weder die Mail noch die Informationen darin ohne eure Zustimmung verwenden.«

»Okay. Aber sag Christopher bitte nichts davon.«

»Warum nicht?«

»Ich glaube, es ist besser, ihn erst dann einzuweihen, wenn wir wissen, dass uns die Mail von Nutzen sein kann.«

»Okay, verstehe.«

»Gut.«

Karl lachte am anderen Ende der Leitung. »Gut gemacht! Ich weiß ja nicht, wie du an die Infos rangekommen bist, aber du musst die Blondine ganz schön rangenommen haben.«

»Es war nicht so, wie du denkst …«

»Es ist mir egal, wie du das geschafft hast. Hauptsache, wir haben die Informationen.«

»Gut, dass es etwas gebracht hat«, sagte er. Doch als er aufgelegt hatte, fühlte er sich alles andere als gut.

Und es fühlte sich noch schlimmer an, nachdem er Karl das Foto von der Mail zugeschickt hatte. Aber es war für einen guten Zweck, redete er sich ein. Er würde Gaia von der Schuld reinwaschen und dadurch die Bestätigung des Vorstands erhalten.

Christopher schlug die Beine übereinander, drehte den Bürostuhl um hundertachtzig Grad und blickte hinaus auf die Kungsgatan. Der Termin für eine weitere vorbereitende Sitzung war erneut um eine Woche verschoben worden. Bereits im Herbst hatten sie sich mit dem damaligen Vertreter der Arbeiter getroffen und das gesamte mündliche Beweismaterial zusammengetragen. Helmersson hatte erklärt, dass das Gericht durch die vorbereitenden Sitzungen die Möglichkeit erhielt, schwierigeren Fragestellungen nachzugehen, was jetzt besonders wichtig war, da die Arbeiter ihren Rechtsvertreter gewechselt hatten. Normalerweise räumte der Richter dabei noch einmal die Möglichkeit eines Vergleichs ein, was in diesem Fall jedoch zum Scheitern verurteilt war.

Als sie über die Forderungen der Arbeiter informiert worden waren, hatte er dem Vorstand zwei Strategien vorgelegt. Bei der ersten ging es darum, der Öffentlichkeit zu zeigen, dass man Menschenrechte und Nachhaltigkeit ernst nahm, indem man die volle Verantwortung für die Ereignisse übernahm. Die zweite lief darauf hinaus, möglichst die Unschuld des Unternehmens zu beweisen und so zu demonstrieren, dass man in jedem Fall zur Weltspitze gehörte, was Nachhaltigkeit betraf.

Dabei sollte deutlich gemacht werden, dass ein solcher Vorfall niemals aufgrund von Mängeln des Unternehmens Gaia hatte passieren können, sondern einzig und allein in der Verantwortung der Fabrik lag. Christopher selbst hätte die erste Strategie bevorzugt, der Vorstand jedoch, mit seinem Vater an der Spitze, hatte sich für die zweite Strategie entschieden: voll und ganz Gaias Unschuld zu beteuern. Nun musste Christopher die Sache mittragen, andernfalls würde er mit Sicherheit seinen Posten als Geschäftsführer verlieren.

Er musste die Sache klären. Der Vorstand glaubte an ihn, sein Vater glaubte an ihn. Wenn er den Geschäftsführerposten verlor, hätte er zwar noch seinen Aktienanteil und konnte gut vom Ertrag leben, aber Gaia lag ihm am Herzen.

Er sah sich im Zimmer um. Die Einrichtung stammte noch aus den Neunzigerjahren, der Glanzzeit seines Vaters im Unternehmen. Ein luxuriöser Stil mit überproportional hohem Glasanteil. Furchtbar unmodern, doch Christopher hatte nichts daran ändern wollen. Als er zwanzig gewesen war, hatte sein Vater neu geheiratet, zehn Jahre nach dem Tod der Mutter. Er hatte eine neue Familie gegründet und Christopher im Unternehmen eingeführt, bis er alles selbst erledigen konnte. Es war wie eine Art enormes Trostpflaster dafür, dass er sich selbst eine neue Familie erschuf, während Christopher keine mehr hatte. Er sprach mit seinem Vater im Grunde nur während der Vorstandssitzungen, ansonsten hatten sie sich nicht viel zu sagen. Außerhalb der Firma sahen sie sich nur an den Feiertagen. Er hatte nichts gegen seine jüngeren Halbgeschwister, doch sie waren für ihn eher wie entfernte Cousins und Cousinen als enge Verwandte. Wenn er den Fall verlor, dann hätte sein Vater keinen Grund mehr, mit ihm zu sprechen.

Hinzu kam, dass er keinesfalls mehr davon überzeugt war, dass sie den Prozess gewinnen würden. Im Gegenteil. Ein unbehagliches und bislang unbekanntes Gefühl hatte ihn ergriffen: Unsicherheit. Es gehörte nicht zu seinem normalen Gefühlsspektrum. Wenn es ums Geschäft ging, war er sich meist sehr sicher. Wenn er selbst an etwas glaubte, dann konnte das auch jeder andere, pflegte er zu sagen, und dann funktionierte die Sache. Er musste lachen, als er sich Dessies Gesichtsausdruck vorstellte, wenn es Svärdh & Partner gelingen sollte, ihn und sein Unternehmen zu verklagen. Als sei es ihr Verdienst. Sie entschuldigte sich nie, sondern sah ihre Rolle in jedem denkbaren Zusammenhang als selbstverständlich an, was er ungeheuer attraktiv fand.

Sie hatten sich kennengelernt, als er eine seiner größten Übernahmen realisierte. Ein altes, renommiertes Unternehmen, das handgemachte Ledererzeugnisse fertigte und somit Gaias Produktpalette komplettierte. Der Verkäufer hatte sich von Svärdh & Partner vertreten lassen, und schon als Dessie in den Verhandlungssaal getreten war, hatte es ihn umgehauen. Sie hatte die Unterzeichnung der Dokumente – Kaufvertrag, Darlehensvertrag, Vorstandsprotokoll und Gott weiß was für weitere Verträge – voller Begeisterung und Energie koordiniert, und da hatte er sich in sie verliebt. Als ein älterer Bankjurist mit Machogehabe, der von Anfang an auf Dessie herumgehackt hatte, auf einen vermeintlichen Fehler auf der letzten Seite des Kaufvertrags hinwies, erklärte sie, dass diese Klausel die Folge einer späten Änderung im Vertrag sei. Ihre Stimme war fest, und sie starrte den Juristen so lange an, bis dieser ihrem Blick auswich. Da wurde ihm klar, dass sie seine Traumfrau war, und alles, was er wollte, war, für einen Moment mit ihr alleine zu sein. Erst beim Abendessen, als sie den gemeinsamen Erfolg feierten, konnte er sein Interesse zeigen. An diesem Abend hatten sie zum ersten Mal die Gelegenheit, sich entspannt miteinander zu unterhalten.

Und ja, sie fanden einen Moment für sich allein. Die ganze Nacht in seiner Wohnung.

Ein Jahr waren sie zusammen, bis sie ihn fallen ließ, ihn auf die denkbar schlimmste Art verriet. Er hatte geglaubt, dass ihre Beziehung etwas ganz Besonderes gewesen sei, aber offensichtlich hatte sie das anders gesehen. Und nun war ihr größter Wunsch, ihm aufs Neue eins auszuwischen, deutlicher hätte sie das nicht zeigen können bei ihrer Begegnung im Sturebad.

Warum tangierte ihn das überhaupt noch? Als er vor zwei Jahren Stockholm verließ, hatte er sich hoch und heilig geschworen, Dessie und Vincent zu vergessen. Seine Traumfrau und sein bester Freund würden künftig zwei Personen sein, die er einmal gekannt hatte. Nicht mehr.

Ein Klopfen unterbrach seinen Gedankengang, und er drehte sich auf seinem Stuhl herum.

»Störe ich?« Ignacio trat ein.

»Nein, gar nicht, ich sitze nur hier und mache mir unnötige Gedanken.«

»Ich wollte sagen, dass ich heute etwas früher Schluss mache. Es gibt einen Junggesellenabschied.«

»Ah, und wohin geht es?«

»Mit dem RIB-Boot nach Sandhamn.«

»Herrlich!« Christopher sah aus dem Fenster in den irritierend blauen Himmel. Die Sonne spiegelte sich in den Fenstern auf der anderen Straßenseite. »Das Wetter sieht ja vielversprechend aus.«

Ignacio lächelte, doch das Lächeln reichte nicht bis zu seinen Augen.

»Ist alles in Ordnung?«, erkundigte sich Christopher. »Du wirkst nicht sonderlich gut gelaunt.«

Seufzend ließ sich Ignacio auf das Sofa fallen, sodass das beigefarbene Leder knarrte. »Ich habe angefangen, die Zeugenaussagen zu lesen. Vielleicht nicht die beste Vorbereitung für einen Junggesellenabschied.«

Einer der Gründe, warum Christopher Ignacio eingestellt hatte, war sein Wesen – eine Kombination aus Sensibilität und einem außerordentlichen Selbstbewusstsein in geschäftlichen Dingen. Christopher und die übrige Unternehmensführung waren viel zu sehr auf die Wirtschaftlichkeit fokussiert, um Gaia das Herz zu verleihen, das Christopher für das Unternehmen wollte. Ignacio hatte während seiner Zeit bei Gaia einen enorm guten Job gemacht. Er hatte gekämpft, um Veränderungen durchzudrücken, durch die das Unternehmen in puncto Nachhaltigkeitsfragen zum Marktführer geworden war. Dies hatte steigende Aktienkurse und einen erheblich höheren Umsatz zur Folge. Christopher vermutete, dass Ignacio auf den Posten als Finanzchef spekulierte, und er fand ihn dafür äußerst geeignet. Er hatte ihn bereits dem Vorstand vorgeschlagen, doch dieser präferierte eine namhaftere Person.

»Ignacio, meine Güte! Warum liest du denn auch vor einem Junggesellenabschied die Unterlagen über eine Brandkatastrophe! Das ist ja ein schlimmerer Stimmungstöter als diese Fortbildung zu neuen Revisionsprinzipien, auf die wir heute Morgen gehen mussten.«

Christopher stand auf und ging zum Eckschrank, öffnete die Klappe und nahm eine Whiskyflasche aus seinem Versteck für besondere Anlässe. Er füllte ein Glas, reichte es Ignacio und goss sich selbst einen kleinen Schluck ein. »Du hast hart an diesem Fall gearbeitet. Ich habe mir gestern deine Zusammenstellung unserer Fabrikinspektionen durchgelesen. Das klingt besser als bei den Vereinten Nationen. Du hast bisher einen verdammt guten Job hier bei Gaia gemacht. Solche Katastrophen passieren. Alle machen mal einen Fehler. Subunternehmer, Führung, Geschäftsführer. Alle.«

»Danke, Christopher. Du weißt, wie gerne ich hier arbeite.« Er nahm einen Schluck Whisky.

»Ich hatte damit gerechnet, dass früher oder später ein Rückschlag kommen würde«, fuhr Christopher fort. »Wir haben nicht die Kontrolle über alle, mit denen wir zusammenarbeiten, und wir können unmöglich wissen, was die Subunternehmen tun. In dieser Branche werden alle einmal übers Ohr gehauen. Es kommt darauf an, wie man damit umgeht. Und davon hängt es ab, ob man überlebt oder nicht.« So hatte er schon vor zwei Jahren gedacht. Ein etwas abgegriffenes Motto, aber es funktionierte. Er würde Dessie schon noch aus dem Kopf bekommen. »Aber selbst ich hätte nie gedacht, dass wir auf diese Weise verklagt werden würden«, fügte er nachdenklich hinzu.

»Ich auch nicht.« Gedankenverloren schwenkte Ignacio das bernsteinfarbene Getränk im Glas herum. Das Kristallglas reflektierte die Sonne in einem Rautenmuster, das durch den Raum kreiste. »Und ich hätte nie geglaubt, dass Menschen zu Schaden kommen mussten, damit wir billige Kleidungsstücke herstellen konnten. Das fühlt sich nicht wie Gaia an. Ich finde, wir sollten trotzdem …« Ignacio unterbrach sich abrupt und blickte Christopher abwartend an. Keiner von ihnen hatte Lust, sich über eine Übereinkunft mit den Arbeitern zu streiten, nicht heute. Und für den Vorstand war die Übereinkunft aus der Welt, sie konnten nicht von Neuem damit anfangen.

»Ich habe mir solch eine Katastrophe auch nicht ausmalen können. Selbst wenn es im Prinzip jedem Bekleidungshersteller schon mal passiert ist, so war ich naiv genug zu glauben, dass wir verschont bleiben würden. Deshalb solltest du heute den Bericht nicht weiterlesen, sondern die ganze Sache für ein paar Stunden vergessen und Spaß mit deinen Freunden haben.«

»Aber wir müssen ihn vor dem Planungstreffen im Gericht durchgearbeitet haben.«

»Es reicht, wenn einer von uns beiden ihn liest. Vor dem Hintergrund des Interviews nächste Woche ist es ratsam, wenn ich die Zeugenaussagen vorher gelesen habe.« Die Tageszeitung *Svenska Dagbladet* hatte für eine Reportage in der kommenden Wochenendbeilage um ein Interview gebeten. In dem Artikel sollte es nicht nur um Gaia gehen, sondern ganz allgemein um die Rolle schwedischer Unternehmen innerhalb der Textilindustrie. Da jedoch bisher noch kein weiteres Einzelhandelsunternehmen vor einem schwedischen Gericht verklagt worden war, würde Gaia das Kernthema der Reportage sein. Gaia war in jeder Hinsicht vorbildlich.

Ignacio nickte. »Ich habe gerade eben einige Kommentare zum Interview an unseren Pressechef geschickt.«

»Gut. Und jetzt raus mit dir.«

»Bist du sicher?«

»Ich muss sowieso auf andere Gedanken kommen, also lese ich den Bericht gerne. Wir sehen uns am Montag.«

»Danke.« Ignacio leerte das Whiskyglas und ging zur Tür.

»Noch was, ich habe gute Neuigkeiten. Der Bericht über die Fabrikinspektion ist aufgetaucht.«

»Ist das wahr?« Ignacio blieb stehen und drehte sich um. »Wie hast du das geschafft?«

»Vincent war nicht gerade der ordentlichste Mensch, und nachdem ich ihm zwanzig Mal gemailt und ihn vierzig Mal angerufen hatte, fiel ihm ein, dass bei ihm zu Hause eine Kopie in irgendeinem Ordner lag, den er vergessen hatte zurückzugeben. Und der Bericht zeigt, dass wir eine weiße Weste haben. Nichts in dem Bericht deutet darauf hin, dass es größere Mängel in der Fabrik gegeben hätte. Die vorhandenen Mängel wurden beseitigt. Wir können also in jedem Fall beweisen, dass wir getan haben, was in unserer Macht stand.«

»Sehr gut, dann ist dieses Problem ja aus der Welt.« Ignacio klang nicht ganz überzeugt. Christopher war es auch nicht. Dass Vincent urplötzlich den Bericht gefunden hatte, war in vielerlei Hinsicht merkwürdig. Außerdem war der Bericht unvollständig, aber dennoch zu ihrem Vorteil. Christopher wollte lieber nicht weiter nachforschen.

Den Rest des Tages brachte Christopher damit zu, die Zeugenberichte zu lesen. Als er das Büro verließ, war ihm leicht übel und seine Brust wie zugeschnürt. Auf seinem Fußmarsch Richtung Stureplan, wo er mit ein paar alten Freunden zu Abend essen wollte, fasste er den Entschluss, dass die bolivianischen Arbeiter früher oder später jegliche Entschädigung bekommen sollten, die sie verlangten. Und wenn er dafür in die eigene Tasche greifen müsste. Doch zuerst musste er seinen Job als Geschäftsführer machen und Gaia von den Anschuldigungen reinwaschen.

Als er fünf Minuten später mit einem großen Bier im Sturehof stand und verstohlen zu der Ecke schaute, wo er mit Dessie zum ersten Mal gegessen hatte, beschloss er, zuallererst die Gedanken an sie loszuwerden. Schnell kippte er das Bier in sich hinein.

16

Die Empfangshalle der Kanzlei war voller schick gekleideter Menschen – Freunde aus Carl-Adams Kindheit, viele Kollegen, eine Gruppe von Cousins und Cousinen aus seiner riesigen Verwandtschaft und sein jüngerer Bruder. Alle hielten kleine Sektflaschen in den Händen, ein paar hatten heimlich schon probiert, und überall war Kichern und Plaudern zu hören. Carl-Adams Junggesellenabschied hatte soeben begonnen, aber noch ohne die Hauptperson, die erst in wenigen Minuten gekidnappt werden sollte. Dessie nahm einen Schluck Sekt und sah auf die Uhr. Die Vorfreude in ihr prickelte mit dem Sekt um die Wette. Carl-Adam saß bei einem der Kanzleipartner, dessen Bürotür geschlossen war. Dessie und Charlotta hatten ihm die peinlichsten Fotos von Carl-Adam aus den sozialen Medien zur Verfügung gestellt. Der Partner ging sie in diesem Moment mit Carl-Adam durch, um diesen zu ermahnen, sich in Zukunft in Acht zu nehmen. Dessie hatte den Kollegen in Vertragsverhandlungen erlebt und wusste, dass er das perfekte Pokerface hatte. Sie hätte so gerne seinen todernsten Blick gesehen, aber noch lieber Carl-Adams Gesichtsausdruck, wenn das Bild vom überdimensionalen Kaktus im Designerblumentopf gezeigt wurde. Ein Geburtstagsgeschenk, mit dem er auf recht anzügliche Weise posiert hatte.

In zwei Minuten würde er Carl-Adam gehen lassen, und Dessies Aufgabe war es, ihn mit hinunter zum Empfang zu nehmen. Als sie zur Treppe ging, war aus der Gruppe der Feiernden ein leises Pfeifen zu hören. Die Tür zum Zimmer des Partners war noch immer geschlossen. Sie schlich um die Ecke des Korridors und wartete. Dann hörte sie, wie die Tür geöffnet wurde.

»Ja, dann ein schönes Wochenende!«, hörte sie Carl-Adam sagen. Er bekam keine Antwort, und Dessie konnte sich ein Kichern nicht verkneifen. Dann setzte sie eine ernste Miene auf und ging auf Carl-Adam zu, der stehen geblieben war und den Kopf hängen ließ. Als sie sich näherte, zuckte er zusammen.

»Oh, ich habe dich gar nicht gehört.«

»Worum ging es?«, fragte sie leise.

Carl-Adam hielt einen Finger vor den Mund, denn die Tür stand noch immer offen. Dessie ging auf die Treppe zu, die nach unten zum Empfang führte, und Carl-Adam folgte ihr zerstreut. Erst als sie auf der Treppe waren und die Bürotür hinter ihnen geschlossen wurde, atmete Carl-Adam auf.

»Also, ich verstehe gar nichts mehr«, sagte er, während sie die Stufen hinuntergingen. »Fritzson hat mich in sein Büro gebeten. Die Angelegenheit klang verdammt ernst. Und ja, das war sie wohl auch.« Er senkte die Stimme. »Er hat was von sozialen Medien erzählt und meinen Instagram-Account auf so einen bescheuerten Großbildschirm projiziert. Dann hat er mich gebeten, ihn zu löschen. So was sei nicht gut für den Ruf der Kanzlei, denn wir alle würden die Kanzlei nach außen präsentieren, bla, bla, bla. Dabei ist mein Konto doch privat.«

»Hast du ihm das gesagt?«

»Natürlich!« Er schüttelte den Kopf. »Ich weiß nicht, Dessie, das war gar nicht witzig. Bisher hatte ich gedacht, dass er mich als gleichwertig ansieht, doch da drinnen hat er mich wie einen kleinen Schuljungen behandelt.« Langsam atmete er aus, sichtlich mitgenommen von der Abreibung.

»Mir fällt gerade diese neu eingestellte Juristin ein, die einen Tag nach diesem einen Foto gehen musste«, sagte Dessie.

»Herr im Himmel, das Foto war wirklich böse, ja, beinahe rassistisch. Solche Fotos sind doch gar nicht auf meinem Account.«

»Nein, das weiß ich auch, ich habe ja nur gesagt, dass mir diese Sache eingefallen ist.«

Carl-Adam nickte nachdenklich. »Er schien dieses Foto vom Stripp-Kurs, den wir besucht haben, sehr ernst zu nehmen.«

Inzwischen standen sie unten vor dem Empfangsbereich.

»Tja, vielleicht werden sie Konsequenzen ziehen müssen.«

»Meinst du?«

Sie nickte. »Fritzson ist in moralischen Angelegenheiten äußerst streng. Hat er gesagt, was als Nächstes passieren wird?«

Carl-Adams Körperhaltung änderte sich dramatisch, er sank in sich zusammen, und sein Gesicht wurde fahl. Nun wollte sie ihn nicht länger plagen. Sie öffnete die Tür zur Empfangshalle, goldenes Konfetti regnete herab, und Gejubel war zu hören. Dann startete die Musik. Luftballons mit Carl-Adams Namen darauf flogen umher, und alle trugen rosa Pelzschlangen um den Hals. Carl-Adam wurde von seinem Bruder umarmt, dann warf Charlotta sich an seinen Hals. Einer von Carl-Adams Kindheitsfreunden schaltete einen tragbaren Lautsprecher an, aus dem eine Playlist mit Carl-Adams Lieblingsliedern dröhnte.

Carl-Adam blickte sich erschrocken um. »Hallo, was habt ihr euch gedacht? Es ist gerade ein ungünstiger Zeitpunkt für einen Junggesellenabschied. Fritzson wird das nicht gefallen. Klar?«

Alle schrien und lachten laut. Mehrere seiner Freunde umarmten ihn, doch Carl-Adam versuchte sich aus ihrem Griff zu befreien.

Wie gerufen kam Fritzson die Treppe herunter und lächelte Carl-Adam breit an. »Das sieht ja aus, als würde dich eine verdammt spaßige Nacht erwarten.«

Erst jetzt fiel der Groschen. »Hey, wessen Idee war das?« Carl-Adam sah einen nach dem anderen an.

Dessie drückte ihm eine Sektflasche in die Hand. »Alle hatten die Idee.« Sie zogen ihn mit sich hinaus auf die Straße und hinein in den Freitagabend.

»Aber ich wollte doch heute zu Jacks Bruder, könnt ihr Jack Bescheid geben?«

»Der ist gerade unterwegs nach Sandhamn mit seinen Kumpels. Wir haben euch lieber nichts vom Junggesellenabschied des anderen erzählt, weil ihr niemals dichtgehalten hättet.« Dessie fischte Carl-Adams Handy aus dessen Hosentasche. »Und das hier nehme ich.« Sie legte das Handy in ihre Handtasche. »Kein Kontakt mit dem Zukünftigen während des Junggesellenabschieds. Die wichtigste Regel von allen.«

Draußen sah Carl-Adam wütend auf die Gesellschaft. »Wer von euch hat dieses Spektakel geplant? Ich weiß, dass du zu den Schuldigen gehörst!« Er wandte sich an Dessie. »Und ihr beide vermutlich auch«, fuhr er fort und funkelte Charlotta und seinen Bruder an. »Wenn ihr einmal heiratet, werde ich Rache üben.« Dann setzte er die Sektflasche an den Mund und trank unter großem Jubel. »Jetzt geht's los!«

Als Nächstes erwartete ihn ein Abendessen bei seinem Lieblingsitaliener, es folgten Drinks in der neu eröffneten Dachgarten-Bar und ein VIP-Tisch im renommierten Nachtclub FOU, der in unmittelbarer Nähe der gebuchten Suite im Nobis lag. Die meisten würden im Hotel übernachten, am nächsten Tag standen ein Brunch, ein Aufenthalt in einem luxuriösen Spa und ein ruhiges Abendessen mit einem privaten Koch auf dem Programm. Dann erst würde Carl-Adam seinem Jack übergeben werden. Jetzt standen erst einmal vierundzwanzig Stunden nur für Carl-Adam an.

Als sie einige Stunden später ins FOU traten, dröhnte der Bass durch Dessies ganzen Körper. Prickelnde Vorfreude breitete sich aus, jene, die man nur empfindet, wenn man mit seinen Freunden unterwegs ist und alles passieren kann. Mittlerweile ging sie nur noch selten aus. Die meiste Zeit arbeitete sie zu hart, um auch nur auf eine After-Work-Party zu gehen. Die Arbeitszeiten waren zwar besser geworden, seit sie Partnerin war. Sie arbeitete einige Stunden weniger, aber mit der Verantwortung wuchsen auch die Aufgaben. Wenn sie ausnahmsweise einmal ausging, feierte sie dafür umso ausgelassener.

Sie wurden zum VIP-Tisch geführt, auf dem schon die Zutaten für Cocktails bereitstanden. Charlotta füllte die Gläser mit Cranberrysaft und Wodka, während ihnen ein Kellner Champagner servierte. Man konnte über Juristen sagen, was man wollte – auch wenn viele sehr trocken und langweilig wirkten, feiern konnten die meisten. Dessie hatte die Erfahrung gemacht, dass diejenigen am besten feierten, die am härtesten arbeiteten. So als gäbe es kein Zwischending, sondern nur ein Entweder-oder. Das fand sie auch attraktiv an Männern. Oder besser gesagt: an einem Mann.

Warum dachte sie jetzt an Christopher? Sie bekam ihn seit ihrer Begegnung im Sturebad nicht aus dem Kopf. Oder besser gesagt: seit sie sich neulich in der Kanzlei wiedergesehen hatten. Oder nein, sie konnte nicht aufhören, an ihn zu denken, seit sie erfahren hatte, dass er wieder zurück in Schweden war. Der Kellner reichte ihr ein Glas Champagner, das sie sofort zur

Hälfte leerte. Wer am meisten arbeitete und am besten feierte, vergaß auch seine Probleme am schnellsten.

Sie tanzten stundenlang. Dann, als sie nach der Wodkaflasche greifen und Carl-Adams Glas auffüllen wollte, das nicht leer sein durfte, spürte sie den Blick. Noch bevor sie ihn sah, wusste sie, dass er dort stand, also wandte sie den Blick in seine Richtung. Er stand an der Bar, zusammen mit zwei anderen Männern, die sie flüchtig kannte, es waren zwei seiner Jugendfreunde. Christopher hatte nicht viele Freunde. Damals, als sie sich kennenlernten, hatte es nur Vincent und diese beiden Freunde aus der Kindheit gegeben. Sie hatte gehört, dass er und Vincent sich wegen des Unternehmens gestritten hatten und Christopher ihm die Freundschaft gekündigt hatte. Genauso wie er sie behandelt hatte, als er genug von ihr gehabt hatte.

Sein Blick schien sie zu durchbohren. Sie fühlte sich nackt. Bloßgestellt. Sie hielt es nicht aus und ging weiter nach hinten, sodass sie nicht länger in seinem Blickfeld war. Nach ein paar Minuten verließ sie den Tisch, um zur Toilette zu gehen, doch passenderweise stand Christopher direkt an dem engen Flur, der zu den Waschräumen führte. Sie blieb stehen, machte kehrt, um zu fliehen, als sie seine Stimme vernahm.

»Du scheinst ja Spaß zu haben. Immer noch die Partymaus von früher. Hoffe, du passt auf beim Aperol.« Der Satz ließ sie zusammenfahren. Sie drehte sich um. In diesem Frühling, als sie gerade den Kaufvertrag abgeschlossen hatten und als sie endlich miteinander ausgehen konnten, ohne gegen irgendeine Anwaltsethik zu verstoßen, hatte sie härter als je zuvor gearbeitet. Die Kanzleipartnerschaft war in Sichtweite gewesen, und sie hatte so viel Arbeit auf sich genommen, dass es an der Grenze dessen lag, was sie noch schaffen konnte. Eines Abends hatte Christopher sie überredet, für ein paar Stunden die Arbeit zu vergessen und mit ihm essen zu gehen. Es hatte mit einem Wetttrinken in einem seiner Lieblingspubs geendet, zusammen mit den Stammgästen. Anschließend waren sie noch in einen illegalen Club in der Nähe gegangen, hatten Aperol Spritz getrunken und bis sechs Uhr morgens getanzt.

»Hier gibt es nur Schampus und Wodka mit Cranberrysaft.«

»Feiert ihr etwas Bestimmtes?«

»Ein Freund heiratet.«

Seine Oberlippe kräuselte sich, wie sie es immer tat, wenn er nachdachte. Sie fand es ungeheuer sexy. Dann nahm er einen Schluck Bier. »Heute Abend wird also nicht herumgeschnüffelt?«

»Wahrscheinlich nicht. Aber man kann nie wissen.« Sie wandte sich in Richtung der Toiletten.

Sie war nur ein paar Meter gegangen, da packte er sie am Arm. Er zog sie weiter in eine dunkle Ecke jenseits der Toiletten. Drückte sie gegen die Wand und küsste sie wild und hungrig. Sie umfasste seinen Hals, und er ließ seine Hände über ihren Körper wandern, unter ihre Bluse. Sie wimmerte auf, als seine heißen Hände ihre Haut berührten, tastete mit ihren Händen unter sein Hemd und spürte seine starken Rückenmuskeln.

Der Augenblick kam ihr vor wie eine Ewigkeit, endete dann aber doch viel zu schnell. Plötzlich ließ er von ihr ab. Beide atmeten schwer und sahen einander an, als fragten sie sich, was eigentlich gerade passierte.

»Dessie?« Charlotta stand einige Meter entfernt neben der Tür zu den Waschräumen und sah zu ihnen herüber.

Dessie ordnete schnell ihre Kleidung, doch Charlotta war schon auf die Toilette verschwunden. Dann sah sie Christopher an. Wut stieg in ihr auf. Wie konnte er nur glauben, er könne einfach so zurückkommen und so tun, als wäre nichts geschehen?

Mit beiden Händen stieß sie ihn von sich. »Wie kannst du mich so behandeln, verdammt noch mal?«

Er sah sie fragend an.

»Nach allem, was du mir angetan hast? Wie kannst du es wagen? Als würdest du davon ausgehen, dass ich dich wiederhaben will, als wenn nichts gewesen wäre!«

Seine Augenbrauen zogen sich zusammen, und sein Blick verfinsterte sich. »Wovon sprichst du? Was zum Teufel soll ich dir angetan haben? Du hast mich betrogen!«

»Ich?« Sie schüttelte heftig den Kopf. »Du bist doch nicht ganz bei Trost. Du bist einfach abgehauen, ohne mit mir zu reden. Ohne eine vernünftige Erklärung. Und hast mir über jemand anderen ausrichten lassen, dass du weggezogen warst.«

»Was hast du denn erwartet? Nach dem, was du mir angetan hattest! Hm? Ausgerechnet Vincent, mein bester Freund!«

»Kreide mir das nicht an, Christopher. Das alles ist doch erst später passiert, nachdem du mich verlassen hattest. Ich gebe zu, das war nicht die feine Art, aber du hattest mich doch schon auf die schlimmste Art und Weise verlassen.«

Er trat einen Schritt näher und baute sich vor ihr auf. »Hör auf, die Wahrheit zu verdrehen, Dessie. Ich weiß, das ist dein Job. Ich weiß, womit deine ganze Zunft ihr Geld verdient.« Er schnaubte. »Dass du jetzt auch noch versuchst, mein Unternehmen in den Ruin zu treiben, setzt dem Ganzen noch die Krone auf.«

Sie schüttelte heftig den Kopf. Wie konnte er ihr unterstellen zu lügen? Sie schob ihn beiseite und lief zurück zu ihrem Tisch. Zu ihrer Erleichterung hatte man schon die Rechnung geordert, um weiter in die Suite im Nobis zu ziehen. Der zukünftige Bräutigam sollte morgen schließlich fit sein.

Die Wirtin kam mit der Rechnung, und Dessie nahm sie entgegen. Charlotta stellte sich neben sie und beleuchtete mit der Taschenlampe ihres Handys den langen Kassenzettel. Sie kontrollierten, ob die Summe stimmte, bevor sie bezahlten.

Während die Wirtin mit Dessies Karte davonging, schaute Charlotta die Freundin schweigend an. Dessie schloss die Augen. Sie wusste, was kommen würde.

»Was war denn das eben? Seid Christopher und du …«

»Nichts. Mit Christopher und mir ist nichts.«

Kaum merklich hob Charlotta die Augenbrauen, nickte dann aber. »Okay.«

Was sie gesagt hatte, stimmte zwar. Zwischen ihr und Christopher war nichts, aber sie wollte auch nicht, dass Charlotta erfuhr, was gewesen war. Charlotta sollte eine rein professionelle Sicht auf Gaia und die Klage haben. Je weniger sie über Christopher wusste, desto besser.

Die Wirtin kam mit der Karte zurück. Dessie verstaute sie in ihrer Handtasche und verließ den Club zusammen mit den anderen, ohne sich noch mal umzudrehen.

17

Ignacio hatte es so eingefädelt, dass Jacks Chef für Freitagnachmittag ein Meeting mit seinem Mitarbeiter vereinbarte. Jack glaubte, sie würden den wichtigsten Mandanten des Unternehmens treffen, und hatte deshalb den ganzen Tag damit zugebracht, Material zusammenzutragen und das Treffen vorzubereiten. Als es schließlich an der Tür läutete, wurde Jack von seinem Chef hinuntergeschickt, weil der Empfang nicht mehr besetzt war. Seine Freunde zogen ihm eine Mütze über die Augen und warfen ihn in ein Taxi, das sie hinunter an den Nybrokai brachte, während Jack um sich schlug und schrie, dass sie so etwas nicht machen dürften, dass er ein wichtiges Meeting habe und sie keinen schlechteren Zeitpunkt hätten wählen können. Doch seine Freunde zogen ihn damit auf, wie schick er gekleidet war, wie akkurat seine Frisur saß und wie perfekt er sich rasiert hatte.

Am Nybrokai warteten schon fünfzehn Jungs – Freunde aus der Kindheit, Fußballkumpel, einige Kollegen und Kommilitonen von der Handelshochschule. Ignacio grinste in sich hinein, als er Julius entdeckte, der wieder eine viel zu enge Hose trug. Diesmal war sie allerdings nicht rot, denn Julius war mit der Mode gegangen und hatte sich in eine helllila Jeans gezwängt. Aus einem Impuls heraus wollte er Charlotta eine Nachricht schicken, um es ihr zu erzählen, doch das wäre nicht gegangen.

Sie hatten diese Ebene noch nicht erreicht. Genau genommen hatten sie noch gar keine Ebene.

Jack sah gleichzeitig überglücklich und sauer aus. Sauer war er hauptsächlich deswegen, weil er sich umsonst Arbeit gemacht hatte. Eine Stunde später waren sie auf Sandhamn, wo sie ein friedlicher Angelabend erwartete mit anschließendem Abendessen und Saunagang. Für den nächsten Tag stand geführtes Kajakfahren und Tontaubenschießen auf dem Programm.

Ignacio betrachtete seinen Freund während des Abendessens. Er sah vollkommen glücklich aus. Als er einen Videogruß von Carl-Adam erhielt, strahlte er. Es musste toll sein, jemanden gefunden zu haben, der solch eine Freude auslöste … Allein durch einen Videogruß und die Vorstellung, den Rest des Lebens mit dieser Person zu teilen.

»Ignacio, tausend Dank für alles! Genau, wie ich es haben wollte!«, sagte Jack, als sie nachts allein in der Sauna waren.

»War doch klar. Ich freue mich ja, dabei sein zu dürfen.«

»Ich muss gestehen, dass es für mich keine Selbstverständlichkeit war, dich zum Trauzeugen zu machen.« Jack nahm einen Schluck Bier und sah ihn an.

Ignacio schwieg. Was sollte er darauf antworten?

»Also, nicht, weil ich dich nicht als guten Freund ansehe, aber … ich war mir eine Zeit lang nicht sicher, wie du zu mir stehst.« Jack lehnte sich zurück. »Ich war ziemlich geschockt, als du dich zurückgezogen hast.«

Ignacio wischte sich den herablaufenden Schweiß vom Gesicht. »Ich weiß selbst nicht, warum es so gekommen ist. Aber es hatte nichts mit unserer Freundschaft zu tun.«

»Womit dann? Ich habe dich gefragt, ob du mein Trauzeuge sein möchtest. Du hast meinen Junggesellenabschied organisiert, und ich sehe dich als einen der wichtigsten Menschen in meinem Leben an. Es würde mir viel bedeuten, eine Erklärung zu bekommen.«

Ignacio stieß einen tiefen Seufzer aus. »Ich glaube, ich brauchte Abstand zu unserer alten Clique.« Nachdenklich schüttelte er den Kopf. »Kurz bevor Natalie und ich auseinandergingen, habe ich begriffen, wie oberflächlich das alles war. Erinnerst du dich an die Party bei Julius zu seinem Dreißigsten? Ich stand mit ihm zusammen, wir unterhielten uns über seine Familie, über seinen Bruder, der gerade einen Spitzenjob in London ergattert hatte. Dabei wurde mir plötzlich klar, dass er nicht das Mindeste über meine Familie wusste. Er wusste vermutlich nicht einmal, dass ich eine Schwester habe. Das Einzige, was er wusste, war, dass ich aus einem Vorort komme. Er hat noch nie nach meiner Familie gefragt. Niemand auf dieser Party wusste etwas von mir. Vielleicht lag es daran, dass ich nichts erzählt hatte, aber auch daran, dass es sie nicht wirklich interessierte. Das wurde zu einer Art Wendepunkt. Ich wollte nur noch weg von alledem.«

»Aber das hatte doch nichts mit mir zu tun?«, sagte Jack. »Ich kenne doch deine Familie, ich weiß alles von dir.«

»Ja, das stimmt, aber als Natalie und ich Schluss machten, hatte ich den Eindruck, dass sie ein wesentlicher Teil der Clique war, genau wie du, und ich wollte verhindern, dass du wählen müsstest.«

»Natalie und ich waren doch gar nicht enger befreundet, warum hätte ich mich für sie entscheiden sollen?«

»Natalie ist ständig mit dir auf Partys und Events gegangen. Ich stehe nicht auf so was. Ich … bin nicht wie Natalie.«

»Ja, Gott sei Dank! Natalie und ich sind nie wirklich befreundet gewesen. Sie fand nur, dass ich hervorragend passte, um ihre Political Correctness zu demonstrieren. Halbnigerianer und schwul – das ist der Jackpot. Ein tolles Maskottchen für Society-Events. Und ja, ich finde es cool, mit den Leuten von der Handelshochschule abzuhängen, aber du hast mir immer am nächsten gestanden.«

Ignacio verzog den Mund. »Und warum hast du mich dann letztlich gefragt?«

»Ich habe mit meinem Bruder und mit Carl-Adam darüber gesprochen. Sie waren der Meinung, dass du der einzig wahre Kandidat bist. Beide haben dich immer als denjenigen angesehen, an den ich mich wenden und mit dem ich reden konnte.« Er lachte auf. »Wenn ich das könnte, über Dinge reden …«

Ignacio lachte. »Stimmt, dann hätten wir dieses Gespräch schon vor drei Jahren führen können. Warum fällt es dir so schwer, über solche Dinge zu sprechen?«

Jack schüttelte den Kopf. »Keine Ahnung. Weil ich dumm bin und denke, dass ich alles alleine hinbekomme. Selbst ist der Mann …« Nachdenklich sah er aus dem Saunafenster hinaus aufs dunkle Meer. »Wenn es etwas gibt, was Carl-Adam mir beigebracht hat, dann, dass man stärker davon wird, wenn man sich traut, von jemandem abhängig zu sein.« Er verstummte und drehte die Bierflasche in der Hand. »Hier ist es staubtrocken und ich verdurste. Kannst du mir in deiner Eigenschaft als Trauzeuge bitte ein Bier bringen?«

Schnell öffnete Ignacio die Saunatür, nahm eine Bierflasche aus dem Kasten und warf sie seinem Freund zu.

»Wo wir gerade dabei sind zu reden: Was ist eigentlich mit Charlotta?«, fragte Jack. »Ich habe gehört, dass sie nach dem Food-Festival mit dir nach Hause gegangen ist. Du hast hoffentlich keine Dummheit begangen? Sie ist Carl-Adams beste Freundin, du könntest es dir gewaltig vermasseln.«

Nachdem sie eben so offen gesprochen hatten, wäre es unfair gewesen, nun zu lügen. »Ich war dabei, eine Dummheit zu begehen … aber sie ist taff. Viel zu taff.«

»Du hast nicht bekommen, was du wolltest?« Jack füllte eine Kelle mit Wasser aus dem Holzbottich und schüttete sie über den Saunasteinen aus, dass es zischte.

Ignacio schüttelte resigniert den Kopf. »Alles ist schiefgelaufen. Ich glaube, wir haben hauptsächlich deshalb den Tag zusammen verbracht, weil wir Informationen über diese blöde Klage ergattern wollten. Aber sie hat nichts herausgerückt, und es war unmöglich, sie zu einem Vergleich zu überreden.« Er sah Jack an. »Aber es besteht keine Gefahr, dass ich irgendetwas anstelle, denn sie hat mir klargemacht, dass es mit uns nichts wird. Was schade ist.« Er schüttelte den Kopf. »Zuerst dachte ich, dass sie das Leben etwas zu schwernimmt, aber dann ... Sie strahlt so eine Sicherheit aus, und sie wirkt so ehrlich. Anders als andere.« Die heißen Dämpfe zogen durch den Raum, und Ignacio musste husten. »Es war ganz einfach, mit ihr ins Gespräch zu kommen. Aber was die Klage betrifft, ist sie ganz weit weg.« Während der Woche hat er die Gedanken an sie verdrängt und sich stattdessen auf die Klage konzentriert, sich eingeredet, dass das, was zwischen ihnen passiert war, nicht viel bedeutete.

»Vielleicht solltest du bei Gaia aufhören«, entgegnete Jack und grinste breit. Es war ein Scherz, doch Ignacio hatte auch schon mit dem Gedanken gespielt. Schon während seiner Studienzeit war er sich nicht sicher gewesen, ob er eher einen Job ergreifen sollte, der viel Geld einbrachte, oder ob er einen wählen sollte, der seiner Überzeugung entsprach. Er brauchte Gaia. Kurz nachdem Ignacio aus Nicaragua zurückgekommen war, hatte seine Mutter ihre Arbeit verloren, was für die Eltern ein harter Schlag war. Ignacio hatte beschlossen, dafür zu sorgen, dass sie sich nie mehr Gedanken um Geld machen mussten. Gaia war ein passender Mittelweg: Er konnte in dem Bereich arbeiten, für den er brannte, und verdiente gleichzeitig eine

Menge Geld. Trotzdem fühlte es sich nicht mehr ganz richtig an.

»So, jetzt muss ich mich im Meer abkühlen. Hoch mit dir!« Jack stand auf. »Mein Puls ist fast auf hundert. Das ist nicht gut für einen Körper, der von Fast Food lebt und den halben Tag am Schreibtisch sitzt!«

Sie liefen hinaus auf den Steg, wo es kühl vom Frühsommerabend war, und sprangen ins schwarze Wasser des Meeres.

Der letzte Gast hatte soeben die Suite verlassen. Charlotta sammelte die leeren Sektflaschen und Gläser ein.

»Charlotta, hör damit auf«, rief Carl-Adam aus dem riesigen Bett. »Komm doch her, dann zappen wir uns durch alle Kanäle und futtern Süßigkeiten!« Er kramte in einer großen Papiertüte herum. »Du bist die Beste! Alle meine Lieblingssüßigkeiten sind dabei!« Er hielt eine Punschpraline hoch und warf sie sich in den Mund.

»War nicht schwer. Ich hab nur das ausgewählt, was ich selbst nicht mag«, sagte sie und stellte drei leere Sektflaschen auf den Schreibtisch, wo schon der Rest des Geschirrs stand. Ihre Füße schmerzten, und sie warf ihre hochhackigen Schuhe ab. Als sie über den weichen, taubengrauen Teppich zum Lounge-Bereich der Suite ging, seufzte sie vor Wohlbehagen über das sanfte, weiche Gefühl an ihren Fußsohlen. Die Suite war mit kräftigen Textilien und schweren Vorhängen eingerichtet, die Möbel waren aus Naturmaterialien. Die Farbskala reichte von Blau über Grau bis hin zu einem hellen Lavendel. Eine Atempause für die Seele.

»Hallo, komm jetzt her«, sagte Carl-Adam. »Ruh dich aus.«

»Glaub mir, wir werden es beide morgen besser finden, wenn es nicht nach altem Sekt riecht. Zappe ruhig noch etwas herum, ich bin gleich fertig.«

Carl-Adam streckte sich auf dem Bett aus und griff nach der Fernbedienung. Sein Bruder und sein Trauzeuge Vilhelm hatten das Sofa der Suite in Beschlag genommen und lagen nun da und schnarchten laut. Die anderen waren entweder über Nacht nach Hause gefahren oder hatten eigene Hotelzimmer.

»Jetzt erzähl schon von Ignacio. Wir hatten ja bisher keine Gelegenheit, in Ruhe zu quatschen. Ihr habt euch geküsst, du bist mit zu ihm nach Hause, und dann?«

Charlotta hatte Carl-Adam bei einem Kaffee unter der Woche nur das Allernötigste erzählt. Beide hatten viel zu arbeiten gehabt.

»Ich bin mit zu ihm nach Hause. Habe ihm eine Menge persönliche Dinge anvertraut. Er hat versucht, mich zu einem Vergleich zu überreden. Ich bin wütend geworden und wollte gehen, aber dann haben wir stattdessen angefangen zu knutschen.« Charlotta nahm die letzte, fast leere Sektflasche und verschwand im Badezimmer. Sie schüttete den lauwarmen Rest ins Waschbecken. Der Geruch nach Alkohol verursachte bei ihr schon Brechreiz. Dann ging sie zurück ins Zimmer, öffnete den kleinen Kühlschrank, nahm zwei Flaschen kaltes Wasser heraus und warf die eine Carl-Adam zu.

»Ihr habt geknutscht?«

Charlotta öffnete ihre Flasche, leerte sie zur Hälfte und ging zum Fenster, das Richtung Norrmalmstorg zeigte. Sie blickte hinunter auf den Platz und die Kronen der Kastanienbäume.

»Ja, komischerweise. Dann habe ich auf einmal gemerkt, was ich tat, und bin abgehauen.« Die ganze Woche hatte sie es vermieden, an ihn zu denken, aber das war leichter gesagt als getan. Diese Sicherheit, die er ihr vermittelte, in Kombination mit der aufgeladenen Stimmung zwischen ihnen, war so besonders. Auf eine gute Art und Weise.

»Aber warum bist du abgehauen?«

Charlotta seufzte tief, nahm sich zwei Karamellbonbons aus Carl-Adams Tüte und stellte sich wieder ans Fenster. Man konnte kaum glauben, dass es Nacht oder fast schon früher Morgen war, so viele Menschen waren noch unterwegs. Auf der gegenüberliegenden Seite des Platzes standen Leute an einem Burger-Stand Schlange.

»Ich habe gemerkt, was da gerade passierte.« Sie wandte sich ihm zu. »Zuerst hat er nämlich versucht, mich zu einem Vergleich zu überreden. Seine irre Anziehungskraft hat dazu geführt, dass ich dageblieben bin, ihn weiter geküsst habe und mich für ein paar Sekunden wie eine Idiotin aufgeführt habe.«

»Aber war es denn nicht auch schön?« Carl-Adam setzte sich im Bett auf, fischte ein Weingummi aus der Tüte, rümpfte die Nase und warf es Charlotta zu, die es auffing. »Einfach nur knutschen, ohne viel nachzudenken?«

Sie biss ein Stück vom Weingummi ab und setzte sich auf die Fensterbank. »Doch, es war wunderbar«, gab sie zu. Aber auch beängstigend, dachte sie. Noch nie hatte sie solch eine Anziehung gespürt. »Aber ich werde ihn jetzt nur noch vor Gericht treffen, da kann nichts passieren. Und auf der Hochzeit muss ich ganz einfach meine Gefühle in Schach halten und ihn meiden.« Charlotta stand auf, verschwand im Bad und zog sich Schlafhose und T-Shirt an.

»Ich verstehe nicht, warum es so wichtig ist, ihn zu meiden«, sagte Carl-Adam, als sie wieder zurückkam. Er rückte ein Stück zur Seite, um ihr Platz zu machen.

»Carl-Adam, ich kann doch nicht mit der Gegenseite anbändeln.« Sie sank ins Bett. »Bei einem so wichtigen Fall und vor allem bei dieser Chance zur Beförderung geht es einfach nicht. Außerdem hat er es ganz schön schlau angestellt, als er am Samstag den Vergleich zur Sprache brachte. Ich weiß also nicht, ob ich ihm vertrauen kann.«

»Aber ist er wirklich so berechnend? Als ich euch zusammen auf dem Food-Festival sah, hatte ich den Eindruck, ihr hättet wirklich Spaß zusammen. Und die Art und Weise, wie er dich angesehen hat …« Carl-Adam schüttelte den Kopf. »Es hat so echt gewirkt.«

Seine Worte ließen ihr Herz schneller schlagen.

Genau das wollte sie hören, gleichzeitig aber auch nicht. Es war so viel einfacher, sich Ignacio nur als listig und ehrgeizig vorzustellen. Dann konnte sie nämlich ihre Gefühle begraben und ihn hinter sich lassen. Aber wenn es wirklich echt war und auf Gegenseitigkeit beruhte, wie sollte sie sich dann verhalten?

Sie schüttelte den Kopf. »Wie auch immer, es funktioniert nicht. Ich kann ihn nicht wiedersehen, nicht privat. Damit würde ich viel zu viel aufs Spiel setzen.«

Carl-Adam sah sie ernst an und sagte zu ihrer Verwunderung: »Es ist traurig, aber ich versteh dich, Charlotta.«

Sie nickte und lächelte zaghaft. »Danke.« Sie drückte seine Hand. »Aber genug von mir.« Sie trank den letzten Rest aus der Wasserflasche. »Wie laufen die Hochzeitsvorbereitungen? Habt ihr schon alle Punkte auf der Liste abgehakt?«

»Oh Gott.« Carl-Adam sank tiefer in die Kissen und zog sich die Decke über den Kopf. »Erinnere mich nicht daran. Du machst mich noch grauhaariger, als ich eh schon bin. Ich weiß nicht, wie ich alles in zwei Wochen schaffen soll. Ich überlege, mir freizunehmen.«

»Mach das! Heiraten tust du nur einmal, arbeiten wirst du noch mehrere Tausend Tage!«

»Wenn du das so sagst, bekomme ich Lust, mir für den Rest meines Lebens freizunehmen.«

Charlotta lachte. »Was wärst du ohne deinen Job, wo du jeden Tag teure, handgenähte Anzüge tragen darfst?«

»Da hast du auch wieder recht.«

Carl-Adam zappte weiter durch die Kanäle. Sie blieben bei einer amerikanischen Kochsendung hängen, tranken beide noch eine Flasche Wasser, aßen alle Süßigkeiten auf und schauten fern, bis Carl-Adam neben ihr schnarchte.

Charlotta wollte gerade den Fernseher ausstellen, als der Koch einen großen Grill anzündete. Er erklärte im Detail, wie man die beste Glut erzeugte, und schüttelte die Kohlen hin und her. Am Ende des Beitrags hielt er ein Buch in die Kamera, auf dem er selbst abgebildet war, mit einem Grillwender so groß wie eine Schaufel in der Hand.

Nach kurzer Recherche im Netz fand sie das Grillbuch bei einem Versandbuchhandel. Sie öffnete Ignacios Facebook-Seite, öffnete den Messenger und kopierte den Link hinein. *Vielleicht ein verfrühtes Weihnachtsgeschenk für deinen Vater?*

Nachdem sie ein paar Sekunden überlegt hatte, drückte sie schnell auf *Senden*.

Danach klickte sie wieder auf sein Profilbild, blätterte sich durch die anderen Fotos und war eigentümlich beruhigt über die Tatsache, dass sie wusste, was er gerade tat. Sie brauchte sich keine Gedanken zu machen. Er war draußen in den Schären und vielleicht, vielleicht dachte er heute Nacht an sie.

18

In den folgenden zwei Wochen bereitete Charlotta alles vor, was für die Sitzung am Gericht vorzubereiten war. Ebba musste an diesem Tag auch zu einer Verhandlung ins Amtsgericht und schlug vor, gemeinsam einen Spaziergang von der Kanzlei zum Gerichtsgebäude zu machen. Die Morgensonne hatte schon Kraft, die Luft war warm. Sie kamen an einem Straßencafé vorbei, wo eine Kellnerin Tische und Stühle abwischte und ordentlich aufstellte. An einem der kleinen Kaffeebuden entlang des Klarabergsvägen standen die Büroarbeiter Schlange für ihren ersten Morgenkaffee, und der Duft von frisch gereinigtem Asphalt und frisch gemahlenen Kaffeebohnen vermischte sich. Charlotta liebte diese Frühlingsmorgen in der Stadt.

Charlotta versuchte mit Ebbas großen Schritten mitzuhalten. Der Vorschlag hatte Charlotta gewundert, denn sie hatte Ebba noch nie weiter als bis zur Kaffeemaschine spazieren sehen. Entweder nahm sie ein Taxi oder fuhr mit ihrem BMW, obwohl sie nur wenige Viertel von der Kanzlei entfernt wohnte. Genau wie Ebba hatte Charlotta ihre hochhackigen Schuhe anbehalten, doch bereits als sie den Kungsträdgården erreichten, hatte die harte Kante ihrer Schuhe zu scheuern begonnen. Sie betrachtete Ebba, die mit den Armen schwang und aussah, als trüge sie Sportschuhe. Wie schaffte diese Frau das nur?

»Richtig, ich wollte dir etwas Erfreuliches erzählen.« Ebba lächelte breit, Charlotta erwiderte ihr Lächeln und strengte sich an, kein schmerzverzerrtes Gesicht zu ziehen. »Die Anmeldungen für die Podiumsdiskussion purzeln nur so herein. Wir mussten einige Interessenten sogar schon auf die Warteliste setzen!«

»Wirklich? Das ist ja toll.«

»Der Gaia-Fall trägt wohl mit dazu bei. Wie auch immer, wir möchten jedenfalls, dass du die Diskussion leitest. Würdest du das wollen?«

Charlotta blieb vor Erstaunen abrupt stehen. Bisher hatten nur Partner die Debatte moderiert. »Auf jeden Fall!«

»Gut, das ist nämlich eine ausgezeichnete Gelegenheit, dich den Mandanten zu zeigen, mit denen du bisher noch nicht zusammengearbeitet hast. Und es wird uns sicher später bei der Entscheidung helfen, wer die Abteilungsleitung übernehmen soll.«

Die Freude über das Angebot und der Schmerz an den Füßen bewirkten, dass sie beim Gedanken, vor einem vollen Saal zu sprechen, keine Nervosität verspürte. Sie hatte schon einige Seminare für Mitarbeiter der Kanzlei abgehalten, doch es war schon etwas anderes, eine solche prestigeträchtige Podiumsdiskussion vor den wichtigsten Mandanten der Kanzlei zu leiten. Ihr Blick fiel auf ein Seven-Eleven-Schild. Wenn sie vor Gericht nicht mit bis zur Fersensehne aufgescheuerter Haut erscheinen wollte, musste sie sich ein Blasenpflaster besorgen. Ebbas Handy klingelte, und als sie den Seven-Eleven-Laden erreichten, war sie mitten in einer komplizierten Diskussion über einen Aktieninhabervertrag. Charlotta zeigte auf das Geschäft, Ebba nickte und wartete draußen.

Sie kaufte Blasenpflaster und verschwand in die hinterste Ecke des Ladens. Rasch blickte sie sich um, doch der Laden war leer. Sie verzog sich hinter das Brotregal, zog den Schuh aus und rollte schnell die Strumpfhose herunter. Dann zog sie den rechten Fuß aus der Strumpfhose, hockte sich hin und beugte sich vor, um das Pflaster anzubringen.

»Joghurtregale zu blockieren scheint deine Spezialität zu sein!«

Es konnte nicht wahr sein. Sie kniff die Augen zusammen und seufzte tief. Seit zwei Wochen hatte sie herumfantasiert, wie sie aussehen würde, wenn sie Ignacio das nächste Mal traf. Die Fantasien handelten von ihr am Verhandlungstisch, in einem strengen Kostüm, elegant und konzentriert, Würde ausstrahlend. Die Fantasien hatten definitiv nicht davon gehandelt, wie sie am Kühlregal im Seven-Eleven hockte, mit einem nackten Fuß auf dem Boden und der Strumpfhose auf Halbmast.

Sie blickte auf. Wie immer raubte er ihr den Atem. Die Luft schien sich von dieser unwiderstehlichen Anziehung zu verdichten, die er auf sie ausübte. Sie erhob sich auf wackeligen Beinen und streckte die Hand aus. »Hej.«

»Hej.« Ignacio trat einen Schritt näher, um sie zu umarmen, hielt sich dann aber zurück, als hätte er rechtzeitig gemerkt, dass das unpassend gewesen wäre. Etwas linkisch nahm er ihre Hand. Das Händeschütteln fühlte sich vollkommen falsch an.

Sie warf einen raschen Blick auf ihre heruntergezogene Strumpfhose. »Die Schuhe scheuern«, erklärte sie.

»Das hätte mir natürlich gleich klar sein müssen.«

Sie konnte sich nicht mehr beherrschen und prustete los, während sie sich bückte und den rechten Fuß wieder in die Strumpfhose steckte. Dann begann sie sie vorsichtig hochzuziehen. Als sie den Oberschenkel erreicht hatte, quetschte sie ihre Hände unter den Rockbund und zog die Strumpfhose vollends hoch.

»Clever«, sagte Ignacio.

»Man hat so seine Tricks.« Sie wandte sich Richtung Kühlregal. »Also, was möchtest du haben?«

»Eine Flasche Brombeer, bitte.«

Sie nahm den Trinkjoghurt heraus und reichte ihn ihm. »War übrigens nett letztes Mal.«

»Fand ich auch. Ach ja, danke für den Buchtipp, mein Vater war hellauf begeistert. Zu Ostern hat er eigentlich die ganze Zeit vor dem Grill gestanden.« Er legte sich eine Hand auf den Bauch. »Vielleicht sollte ich mich gar nicht bedanken. Ich weiß nicht, wie viele Kilos ich über die Feiertage zugenommen habe.«

»Schön, dass es ihm gefällt.« Sie ließ ihren Blick über seinen Oberkörper schweifen. »Ich finde, du siehst genauso trainiert und gut aus wie immer.« Sie schüttelte den Kopf. So direkt hatte sie das eigentlich nicht sagen wollen.

Er lächelte. »Danke, du auch!«

Sie standen einen Moment schweigend da. »Ich muss gehen. Meine Kollegin wartet.«

Er nickte. »Wir sehen uns nachher.«

»Bis gleich.«

Eine Viertelstunde später traf sie sich mit Svante vor dem Gericht. Sie gingen hinein in das gewaltige Gebäude, erst durch die Sicherheitskontrolle und dann weiter zum Saal, wo die Sitzung stattfinden sollte. Weit hinten auf dem Flur waren drei hochgewachsene Männer zu erkennen, unter ihnen Ignacio. Er hatte wahrscheinlich ein Taxi genommen.

Das Sonnenlicht fiel durch die Blätter einer hohen Espe vor dem Gebäude und weiter durch die in Blei eingefassten Fenster. Es ließ den lateinamerikanischen Gott noch mehr als sonst erstrahlen. Doch das fiel nicht weiter ins Gewicht, redete sie sich ein und versuchte zu denken, dass er einfach nur ein Mann war. Ein übermenschlich schöner zwar, aber sie würde nicht zulassen, dass seine bloße Existenz sie irgendwie beeinflusste. Einzig und allein auf die Klage wollte sie sich konzentrieren. Jetzt fühlte es sich sogar gut an, dass sie sich vorhin begegnet waren. Dadurch war das Zusammentreffen hier vor Gericht weniger angespannt.

Er sah in ihre Richtung, doch sie wandte den Blick ab. Stattdessen begrüßte sie erst Christopher Ek, dann Karl Helmersson und zuletzt ihn. Ein kurzer Handschlag. Trotzdem wurde ihr heiß von der Berührung, so als hätten sie sich nicht schon kurz zuvor berührt.

Eine dumpfe Stimme aus dem Lautsprecher verkündete, dass die vorbereitende Sitzung zwischen Mendicino Victims KB und Gaia AB beginnen sollte. Im selben Augenblick erschienen ein Mann und eine Frau mit Schreibblöcken in den Händen am anderen Ende des Flurs.

»Zuhörer, wie bezaubernd.« Karl Helmerssons Stimme triefte vor Verachtung, als sei die Anwesenheit von Journalisten etwa so angenehm wie Hämorrhoiden. Charlotta hingegen lächelte breit, und Svante nickte den Journalisten freundlich zu, als diese sie begrüßten. Niemand hatte gedacht, dass die Presse schon bei diesem Termin zugegen sein würde, doch alle Verhandlungen vor Gericht waren öffentlich, wenn es sich nicht um einen der heikleren Fälle handelte. Wie viele Fälle hatte Oscar wohl schon gehabt, die Medieninteresse hervorgerufen hatten? Nicht viele. Charlotta konnte sich das Lächeln einfach nicht verkneifen, das sich in ihrem Gesicht ausbreitete. Falls ein Artikel in der Zeitung veröffentlicht wurde, würde Oscar sich bestimmt darüber ärgern.

Das Zimmer, das sie betraten, war rechteckig, beinahe fünfundzwanzig Quadratmeter groß und glich einem Konferenzraum in einem mittelgroßen schwedischen Unternehmen. Sie begrüßten den Schriftführer und anschließend die Richterin, eine Frau um die fünfzig mit langem, zu einem Zopf geflochtenem schwarzen Haar, das am Ansatz grau wurde. Der Handschlag war fest, und die Frau hatte einen warmherzigen Blick, was Charlotta gefiel. Danach setzten sie und Svante sich mit dem Rücken zum Fenster an den langen Tisch. Ignacio, Christopher Ek und Karl Helmersson nahmen gegenüber Platz, und die beiden Journalisten setzten sich an die kurze Seite des Tischs.

»Wir leiten hiermit die nächste mündliche Verhandlung zwischen Mendicino Victims KB und Gaia AB ein.« Sie lächelte die Parteien an. »Mendicino Victims hat seit der vorigen Sitzung einen neuen Rechtsvertreter?«

Svante nickte. »Ja, das stimmt.«

»Und wenn ich es richtig verstanden habe, haben Sie seitdem einen erneuten Versuch eines Vergleichs unternommen?«

Charlotta murmelte ein Ja, und der Anwalt der Gegenseite nickte. Kurz erwiderte sie Ignacios Blick, dann schlug sie die Augen nieder und blätterte in ihrem Ordner.

»Wir haben uns alle zusammen am 25. März diesen Jahres getroffen«, sagte sie.

Die Richterin nickte und notierte es sich in ihrem linierten Block, während der Schriftführer auf der Tastatur herumtippte.

»Wir werden gleich näher auf Ihren Versuch einer Einigung eingehen, aber ich vermute, dass er nicht gefruchtet hat, sonst säßen wir heute nicht hier, richtig?« Alle nickten, und die Richterin lächelte. »Mendicino hat bereits bei unserem letzten Treffen klargestellt, was die Arbeiter fordern und was der Grund für diese Forderung ist. Doch weil Mendicino einen neuen Rechtsvertreter hat, halte ich es für sinnvoll, dies noch einmal zu tun.«

Im Schnelldurchgang referierte Charlotta den Hauptgrund

von Mendicino Victims: Gaias hohen Einfluss auf die Fabrik und die herausragende Stellung des Unternehmens, aus dem eine unmittelbare, volle Verantwortung für das Unglück in der Fabrik resultierte. Gaia war schadensersatzpflichtig, weil das Unglück gravierend gewesen war und die Verantwortung klar geregelt sein sollte. Gaia hatte auch fahrlässig gehandelt, da das Unternehmen die Fabrik nie einer Inspektion unterzogen hatte, obwohl diese Gegend Brasiliens für Fabriken mit Sicherheitsmängeln berüchtigt war.

Anschließend war Karl Helmersson an der Reihe, Gaias Position in Bezug auf die Forderungen darzulegen. Wie erwartet widersprach das Unternehmen jedem einzelnen Punkt, an dem es verantwortlich sein sollte.

»Die Beweise, die eingereicht wurden, sind wir durchgegangen. Gibt es weiteres Beweismaterial, was dem Fall zugeordnet werden kann?«, fragte die Richterin.

Karl Helmersson räusperte sich. »Jawohl, wir haben da was. Der Bericht von der Inspektion der Fabrik war noch nicht beigelegt, doch nun haben wir ihn.«

»Ihr habt ihn gefunden?«, platzte Charlotta heraus, während sie gleichzeitig innerlich fluchte. Aus Karls Helmerssons triumphierender Miene schloss sie, dass der Bericht Gaia voll und ganz zum Vorteil gereichte.

»Na ja, er war ja nicht verschwunden«, sagte Karl ohne weitere Erklärung. »Ich schicke ihn direkt nach der Sitzung sowohl an Sie als auch ans Gericht.«

»Danke«, sagte Charlotta, konnte aber ihre Bitterkeit nicht ganz verbergen.

»Okay, ich werde Ihnen einen Ablaufplan zukommen lassen, dem Sie entnehmen können, wie die Hauptverhandlung ablaufen wird«, sagte Agneta. »Was neu hinzugekommen ist, beeinflusst meines Erachtens nicht den Termin. Wir sehen uns also in drei Wochen.« Sie sah Charlotta an, danach Karl. »Falls es nicht doch noch eine Möglichkeit zu einer Einigung gibt. In diesem Fall ist das Gericht selbstverständlich behilflich.«

»Ein Vergleich zu den Konditionen, die Mendicino vorgeschlagen hat, ist undenkbar«, sagte Christopher Ek sofort.

Während der folgenden Sekunden waren nur die übers Papier kratzenden Kugelschreiber der Journalisten im Saal zu hören.

»Und Sie können sich keinen Mittelweg vorstellen?«, fragte die Richterin schließlich und blickte von einer Partei zur anderen. »Um einen teuren Prozess zu vermeiden?«

»Leider scheint es keinen Mittelweg zu geben«, stellte Karl Helmersson klar, und Charlotta widersprach ihm nicht. Ein Rechtsstreit war genau das, was sie haben wollte. Sie blickte Ignacio an, der die Augen zusammengekniffen und den Kopf in den Nacken gelegt hatte, bevor er sich erneut sammelte.

Die Richterin nickte, und der Schriftführer gab alles in den Computer ein.

»Dann gibt es also zum jetzigen Zeitpunkt nicht viel mehr zu tun. Ich danke Ihnen für Ihren Besuch, wir sehen uns dann zur Hauptverhandlung in drei Wochen.«

Svante eilte zurück zu seiner Stiftung, wo er einen Termin hatte, und Charlotta verschwand auf die Damentoilette, um sich ein neues Blasenpflaster aufzukleben. Als sie wieder heraustrat, standen sie alle drei da: Ignacio, Karl und Christopher. Sie nickte ihnen kurz zu und tat so, als suche sie etwas in ihrer Handtasche, um nicht zusammen mit ihnen hinausgehen zu müssen. Doch Karl Helmersson blieb neben Charlotta stehen, während die anderen beiden weitergingen.

»Es ist wirklich schade, dass wir auch jetzt keine Einigung erreichen konnten«, sagte er. Die anderen blieben am Ausgang stehen. Ignacio drehte sich um und betrachtete sie.

»Stimmt, das wäre sicherlich besser gewesen«, antwortete sie.

»Ich möchte trotzdem höflich gegenüber der Gegenseite sein und eine Sache erwähnen. Sie war zu unbedeutend, um eben erwähnt zu werden.« Karl Helmersson grinste selbstsicher, und Charlotta begriff, dass die Sache bedeutend genug war, um sie zu stören.

»Ja?«, sagte sie.

»Dieser Bolivianer, der die Arbeiter vertritt und als Zeuge aussagen soll, Melo heißt er, richtig?«

»Genau, Mauricio Melo.«

»Wir haben Beweise, dass er selbst der Ansicht ist, Gaia trage keine Schuld an den Ereignissen.«

»Aha?« Charlotta runzelte die Stirn.

»Er schreibt davon in einem Mailwechsel, den wir gesehen haben.« Karl Helmersson fuhr mit der Hand durch sein ölig glänzendes Haar. »Dort berichtet er auch von seinem Alkoholproblem. Wenn sich das Problem bestätigt, kann seine Glaubwürdigkeit als Zeuge infrage gestellt werden. Ich denke, seine Erinnerung an die Zeit wird nicht sonderlich klar sein.«

Kälte breitete sich in ihrer Brust aus, als habe sie eiskaltes Wasser getrunken. Niemand wusste von Mauricio Melos Alkoholproblem. Außer Charlotta, die davon in einem Mailwechsel zwischen Melo und dem Vorarbeiter gelesen hatte. Sie hatte Zugang dazu gehabt und anschließend mit Melo gesprochen.

»Sie fragen sich bestimmt, wie wir davon erfahren haben.« Er klopfte ihr auf die Schulter. »Man sollte aufpassen, mit wem man Umgang pflegt.« Er zwinkerte.

Wut stieg in ihr auf. Der verdammte Mistkerl. Der Einzige von Gaia, der Kontakt mit jemandem von Svärdh & Partner gehabt hatte, war Ignacio. Hatte er sich das Beweismaterial an ihrem gemeinsamen Tag verschafft? Vermutlich hatte er in ihr Handy geschaut, wie auch immer er das angestellt haben mochte. Irgendwann hatte sie es auf dem Tisch liegen gelassen, als sie zur Toilette gegangen war. Es war einfach unglaublich. Schnell blickte sie hinüber zu Ignacio, der immer noch am Ausgang stand und auf Karl Helmersson wartete. Es war unerhört mies. Ja, auch sie hatte versucht, herumzuschnüffeln. Aber nicht in seinem Handy.

»Danke für diese Information. Das rechne ich Ihnen wirklich hoch an«, erwiderte sie freundlich und ließ seine Warnung unkommentiert stehen. Zufrieden lächelnd verabschiedete er sich von ihr. Charlotta fühlte sich so dumm. Sie stellte sich vor, wie die drei Männer über sie lachten. Wie Christopher Ek und Karl Helmersson Ignacio anerkennend auf den Rücken klopften, weil es ihm gelungen war, die einfältige Anwältin zu hintergehen, indem er mit ihr draußen auf den Felsen frühstückte, ihr ein Bier spendierte und sie auf ein chilenisches Food-Festival mitnahm.

Und sie hatte ihm mitten in der Nacht eine Nachricht von einem Kochbuch geschickt. Welch ein Glück, dass sie an jenem Abend Stopp gesagt hatte, bevor es zu weit gegangen wäre. Dass sie trotz allem in der Lage gewesen war, ihn zu durchschauen und einzusehen, dass Nähe und Begehren zwischen ihnen nicht echt gewesen waren. Jedenfalls nicht von seiner Seite.

19

An diesem Nachmittag war Ignacio gedrückter Stimmung. Er hatte so gehofft, dass es auf wundersame Weise noch einen Vergleich geben würde. Sobald sie wieder zurück im Büro waren, setzte er sich an den Rechner, um sich bei David Miller, dem Kontaktmann bei Greeny, zu melden. Es widerstrebte ihm, diese Mail zu schreiben. Sie bedeutete das endgültige Aus für seinen Deal mit Amerika. Doch er konnte es auch jetzt gleich tun. Als er die Mail öffnete, hörte er sein Handy piepsen. Es war die Nachricht von einer Frau, die er vor etwa einem halben Jahr kennengelernt und mit der er seitdem sporadischen Kontakt hatte. Sie fragte, ob er am Wochenende Zeit für einen Drink habe, doch das Letzte, was er gerade wollte, war ein Date mit jemandem, mit dem es nicht funkte. Nicht so wie mit Charlotta.

Er hatte sich unheimlich über ihre Nachricht mit dem Kochbuch gefreut. Es hatte sich geradezu intim und vertraulich angefühlt, dass ihr Ignacio eingefallen war, während sie ein Buch über Grillkunst sah. Genauso war es ihm ergangen, als er neulich Kontakt mit ihrem Lager in Ludvika gehabt hatte. Er seufzte resigniert. Seine Gedanken brauchten eine andere Richtung. Er konnte nicht ständig an Charlottas fantastisch weichen Mund denken, an die kleine Narbe direkt über der Lippe, die kleinen Sommersprossen auf ihrer Nase, die schönen Augen und starken, weichen Schenkel. An ihre sanfte

Stimme und das Gefühl, das er an jenem Abend gehabt hatte – Harmonie und Glück. Er betrachtete die Nachricht auf seinem Handy und überlegte ein paar Sekunden. Dann schrieb er zurück, dass er keine Zeit habe. Die Sache war es eh nicht wert.

Draußen peitschte der Regen gegen das Fenster. Erst formulierte er die Mail an David Miller in seinem Kopf. Dann schrieb er, dass die Hauptverhandlung vor Gericht in drei Wochen beginnen werde. Ausführlich erklärte er, wie wichtig die internen Regelungen des Unternehmens seien und wie ernst sie das Thema Nachhaltigkeit nähmen. Dann schrieb er, das Unglück habe nichts mit den Abläufen im Unternehmen zu tun, und er sei überzeugt, dass sie vor Gericht ihre Unschuld würden beweisen können. Er schloss damit, dass er betonte, wie wichtig es für Gaia sei, seinen guten Ruf zu behalten, und dass sie deswegen keinem Vergleich zugestimmt hätten, sondern ihre Unschuld vor Gericht bewiesen sehen wollten.

Die Antwort kam postwendend. David Miller dankte ihm für die Auskunft und zweifelte nicht eine Sekunde an Gaias Nachhaltigkeitsarbeit, schrieb aber, dass er es für ratsam halte, den Kontakt erst wieder aufzunehmen, wenn sich Gaia entweder mit dem Gegenpart geeinigt oder den Rechtsstreit gewonnen habe.

Mit einem tiefen Seufzer lehnte er sich zurück, dass die Stuhllehne knackte. Auch wenn er diese Antwort erwartet hatte, war er enttäuscht. Das größte Geschäft während seiner Zeit bei Gaia war geplatzt, und dieser Deal war nötig, um überhaupt in die nähere Auswahl als Finanzchef zu kommen. All das, wovon er geträumt hatte, als er zum ersten Mal seinen Fuß in die Handelshochschule gesetzt und all die privilegierten Menschen getroffen hatte.

Damals hatte er für sich beschlossen, alles zu erreichen, was sie hatten, und noch mehr. Er wollte seinen Kindern später einmal eine ebenso privilegierte Kindheit bieten, damit sie sich niemals so ausgeschlossen fühlen mussten wie er.

Sollte er Karl bitten, den Mailwechsel ins Spiel zu bringen? Er spürte, dass es in jeder Hinsicht falsch war, und hatte ein schlechtes Gewissen, dass er ihn an jenem Abend im Riddaren abfotografiert hatte. Konnte er Charlotta das wirklich antun? Andererseits war sie sehr schnell damit gewesen, ihren gemeinsamen Tag als bedeutungslos abzutun und zu behaupten, sie hätten einander nur ausgenutzt. Wenn sie hartherzig war, dann war er es auch. Karl fand die Mail vielversprechend, vielleicht bedeutete sie ihren Sieg. Auch wenn es falsch war, musste er alle Möglichkeiten in Betracht ziehen.

Als Charlotta an diesem Nachmittag in die Kanzlei zurückkam, hätte sie sich am liebsten in ihrem Büro eingeschlossen und niemanden mehr gesehen. Doch Oscar mailte ihr im selben Moment und bat sie, ihm einen Ordner zum Fall Grape On zu bringen. Stimmt, er hatte Mandantenbesuch. Schwerfällig erhob sie sich.

Sie klopfte an Oscars Tür und öffnete. Oscar gegenüber saß ein schlanker Mann in verschlissenen Jeans, T-Shirt und grauer Kapuzenjacke. Der Unterschied zwischen IT- und Finanzmandanten war eklatant. Der lässige Stil war befreiend. Als IT-Millionär konnte man es sich leisten, im Schlabberlook herumzulaufen. Von Anwälten erwartete man, dass sie adrett gekleidet waren und Autorität sowie Professionalität ausstrahlten. Vor ihnen standen Whiskygläser, und Charlotta konnte nicht anders, als mit den Augen zu rollen über Oscars Peinlichkeit. Es war kein Nachmittag in einer schicken Kanzlei im New York der Sechzigerjahre, sondern nur ein gewöhnlicher Donnerstagnachmittag in einer Anwaltskanzlei in Stockholm.

Oscar blickte auf. »Gut. Du kannst den Ordner dorthin stellen.« Er wies auf eine freie Stelle auf dem Schreibtisch. »Dann kannst du mir zwei Exemplare des Dokuments ausdrucken, das ich dir jetzt schicke.« Oscar drückte auf die Tastatur seines Computers.

Sie hatte ja gedacht, schlimmer könne es nicht mehr kommen, und stand plötzlich als Oscars Assistentin da. Doch den Triumph wollte sie ihm nicht bescheren. Sie wandte sich mit ausgestreckter Hand an den Mandanten.

»Hej, ich bin Charlotta Kvist. Ich arbeite zusammen mit Oscar an Ihrem Fall.«

»Ted Johansson, sehr angenehm!« Er schüttelte ihre Hand.

»Genau, das ist Charlotta, eine unserer angestellten Juristinnen«, sagte Oscar, ohne vom Bildschirm aufzusehen.

Eine *unserer* angestellten Juristinnen? Als sei Oscar selbst kein angestellter Jurist.

»Okay, dann druckst du es jetzt aus und kommst dann gleich wieder zu uns?«

Charlotta kochte. Vor dem Mandanten konnte sie nichts sagen. Von außen betrachtet sollten alle Juristen kooperativ wirken. Es machte einen unprofessionellen Eindruck, wenn es Spannungen gab. Sie würde das Dokument ausdrucken und Oscar dann mailen, dass er es selbst am Drucker abholen konnte. Auf dem Weg nach draußen hörte sie einen Aufschrei.

»Was ist denn das?« Die schockierte Stimme von Ted Johansson. Dann war ein gurgelnder Laut zu hören, und Charlotta drehte sich um.

Oscars Mandant hielt das Whiskyglas von sich, in der anderen Hand lag eine vertrocknete Spinne. »Ich habe …« Er würgte. »… eine Phobie …« Erneutes Würgen. Charlotta stürzte sich auf den Papierkorb, neben dem Oscar wie versteinert stand, und wollte ihn dem IT-Millionär reichen, doch es war zu spät. Ted Johansson erbrach sich auf den Fußboden.

Und dann ein weiteres Mal.

Unter heftigem Atmen stieß er hervor: »Ich habe … eine Spinnenphobie!«

Charlotta stellte den Papierkorb wieder hin. »Kommen Sie, ich zeige Ihnen den Weg zur Toilette.« Oscar sah völlig perplex zu, wie sie Ted Johansson aus dem Büro führte. Sie zeigte ihm die Toilette und ging zurück in das Büro ihres Kollegen.

Oscar stand am Fenster, hielt die Flasche gegen das fahle Tageslicht und betrachtete sie genau. Die Glasflasche war dunkel, und der Inhalt war nur als Schatten zu erahnen. Er schwenkte die Flasche vor und zurück.

»Wie um alles in der Welt kommen hier Insekten rein? Ich habe sie doch von Sören bekommen!« Dann warf er einen Blick auf das Erbrochene am Boden. »Kannst du Hilfe vom Empfang holen?«

»Der Empfang ist leider nicht mehr besetzt. Eva ist krank, und sie haben keine Vertretung gefunden.«

»Frag doch Sandra.«

»Sie sitzt in einem Mandantentreffen mit Ebba. Ich glaube nicht, dass Ebba es gutheißen würde, wenn wir sie herausholen, damit sie dein Büro putzt.«

Er kniff die Augen zusammen. »Einer von den anderen Assistenten?«

»Alle von der Transaktionsabteilung haben genug mit der Geschäftsschließung heute zu tun. Die Assistenten werden dort benötigt. Papierkram, weißt du.«

»Dann musst du es wohl machen«, sagte er und sah sie erst flehend an, bevor er sich dessen bewusst wurde und stattdessen eine befehlende Miene aufsetzte. Dann legte er beide Hände auf die Schreibtischkante. Vermutlich glaubte er, dass es seine Autorität verstärkte.

Charlotta traute ihren Ohren nicht. »Ich?«

»Ja. Ich muss mich weiter mit Ted unterhalten. Am Montag muss alles fertig sein. Und es geht ja nicht, dass hier Erbrochenes auf dem Boden herumliegt.«

War das sein Ernst? Das Schlimmste war, dass sie fest davon überzeugt war. Sie war zu Oscars Fußabtreter geworden, wenn er es wagte, sie so zu behandeln. Die Einsicht traf sie hart.

»Nein, Oscar. Ich werde in deinem Zimmer kein Erbrochenes wegwischen. Außerdem kenne ich mich im Grape-On-Fall besser aus als du. Ich habe ja das Material zusammengetragen.«

»Du hast mir dabei geholfen.«

»Wie bitte?«

»Ich habe das Material zusammengestellt, und du hast ein bisschen dabei geholfen.«

Charlotta ging zum Schreibtisch, ignorierte den Gestank und atmete tief ein, während sie die Fragenliste mit den Antworten und Folgefragen des Mandanten aufnahm, die sie in der vergangenen Woche zusammengeschrieben hatte.

»Ich habe das hier zusammengestellt.« Sie hielt die Papiere hoch. »Also kann ich das Treffen mit dem Mandanten sehr gut fortsetzen und die Folgefragen durchgehen, die *ich* geschrieben habe. Ich schaue jetzt nach, wie es ihm geht. Wenn er weitermachen kann, wechseln wir in mein Büro. Du kannst mit dem Erbrochenen machen, was du willst.« Sie nahm den Ordner, den sie eben auf den Schreibtisch gestellt hatte, und griff mit der anderen Hand nach dem Jackett, das über Ted Johanssons Stuhllehne hing. Dann hob sie seinen sauber gebliebenen Block vom Boden auf und verließ den Raum.

Später am Abend schaltete Charlotta ihren Computer an und startete Skype. Sie hatte das große Bedürfnis, mit denen zu sprechen, von denen sie am meisten geliebt wurde. Es war Donnerstagabend, und Papa hatte Maria, Patrik, die Kinder und Mormor zu Erbsensuppe mit Pfannkuchen eingeladen. Eine gute Gelegenheit, mit allen gleichzeitig zu reden. Der Tag war noch richtig gut geworden. Sie hatte das Treffen mit Ted Johansson fortgesetzt. Anschließend hatte er sich noch einmal bei ihr gemeldet und sich für das gute Treffen bedankt. Zum Abschied hatte er gesagt, dass er sich darauf freue, in Zukunft mehr mit ihr zu arbeiten. Dann mailte er ihr Folgefragen, die sie beantwortete, ohne Oscar weiter einzubinden. Sie hatte den Fall an einem Nachmittag übernommen und war äußerst zufrieden damit.

Sie versuchte auch, sachlicher mit Karl Helmerssons Enthüllung umzugehen. Rein physisch konnten sie ja keinen Zugriff auf den Mailwechsel haben. Ignacio musste ihn in ihrem Handy gesehen und dem Anwalt davon erzählt haben, ohne wirklich darauf zugreifen zu können. Jedes schriftliche Beweismittel musste angemeldet werden, bevor es genutzt werden konnte, so waren sie auch mit dem Bericht verfahren, der plötzlich aufgetaucht war. Hätten sie Zugang zur Mail gehabt, hätte Karl Helmersson sie als Beweismittel genutzt. Er wollte sie nur nervös machen, damit sie selbst den Mailwechsel dem Gericht meldete und Gaia somit Zugang dazu verschaffte. Doch auf diesen Trick gedachte sie nicht hereinzufallen. Stattdessen musste sie Mauricio Melo auf eventuelle Fragen von Karl Helmersson vorbereiten.

Doch sie konnte nicht aufhören, an Ignacio zu denken. Am Samstag war die Hochzeit, dort würden sie sich sehen, und ihr graute davor. Doch Carl-Adam zuliebe musste sie die Fassade aufrechterhalten. Ignacio durfte nicht den Tag zerstören, über den sie und Carl-Adam seit einem Jahr sprachen und den sie so herbeisehnten.

Die Gesichter von Papa und Maria füllten den Bildschirm aus.

»Was isst du denn heute Abend?«, fragte Papa.

»Carl-Adams exzellente Erbsensuppe und natürlich Pfannkuchen.« Sie hielt ihren halb leeren Suppenteller in die Kamera und dann den Teller mit den Pfannkuchen, die sie eben gebacken hatte, mit Marmelade und einem Klecks Sahne.

»Ich habe fünf Pfannkuchen gegessen!« Ein kleines Gesicht zeigte sich zwischen Papas und Marias Schultern.

»Mensch, Vera, du bist wirklich ein großes Mädchen geworden.« Charlotta lächelte ihre Nichte an. »Hast du denn gar keine Bauchschmerzen?«

»Und schaffst du wirklich noch das Eis?«, fragte Papa.

»Ja! Ich schaffe noch das Eis! Ich habe keine Bauchschmerzen!« Vera sah verzweifelt zu ihrem Großvater, der ihr grinsend durchs Haar wuschelte.

»Du, Charlotta«, sagte Maria und schien durch sie hindurch zu blicken. »Willst du diese Messer nicht lieber in die Küchenschublade legen?«

Charlotta drehte sich zu den Messern um, die an einem Magnetstreifen über der Spüle hingen. »Aber sie gefallen mir, ich habe sie von Carl-Adam bekommen.«

»Sie wirken so bedrohlich. Ich spüre das schon die ganze Zeit. Erst hab ich gar nicht verstanden, was los ist, aber jetzt, wo ich sie sehe, wird es mir klar.«

»Du empfindest mich also als bedrohlich, weil hinter mir Messer an der Wand hängen? Hast du Angst, dass ich dich durch den Bildschirm ermorde?«

Papa lachte laut, doch Maria runzelte irritiert die Stirn. »Nein, ich habe keine Angst, nur ein Gefühl, das aus dem Raum herüberstrahlt, in dem du sitzt. Die Wanduhr solltest du auch wegtun, sie schafft Stress. Du bist ja andauernd gestresst und solltest besser auf mich hören.«

Charlotta rollte mit den Augen.

»Hast du eigentlich den Kräutertee getrunken, den ich dir geschickt hatte?«

»Ja, er hat nach Dünger geschmeckt.« Charlotta zog eine Grimasse.

»Ja, ja, Mädchen«, unterbrach sie Papa. »Kommst du denn zur Walpurgisnacht hierher? Vera und Stella freuen sich schon so auf das Maifeuer.«

»Sie reden nur noch von diesem Feuer und dass du ihnen versprochen hast, mit ihnen Marshmallows zu grillen. Du weißt, dass man das am Maifeuer nicht darf? Aber ich habe ihnen gesagt, dass ihr die Marshmallows stattdessen hier zu Hause grillen könnt«, sagte Maria.

»Mal sehen. Es ist gerade so viel auf der Arbeit …«

Maria seufzte tief. »Die Mädchen werden enttäuscht sein. Mormor wird auch enttäuscht sein.« Das war Charlotta klar. Sie fühlte sich schrecklich, weil sie keineswegs vorhatte, zu Mamas Geburtstag nach Hause zu fahren, dem Tag, an dem sie alle ihrer gedachten und sie ehrten. Aber es widerstrebte ihr. Alles in ihr sträubte sich dagegen.

»Aber zu Mittsommer?«, fragte Maria herausfordernd.

»Ich weiß es noch nicht.«

»Aber wir reden von Mittsommer!«, sagte Papa, als hätte sie es noch nicht verstanden.

Bisher hatten sie die Mittsommerabende im Sommerhäuschen verbracht. Charlotta liebte Mittsommer im Sommerhäuschen. Mormor flocht ihnen Blumenkränze, und als sie noch Kinder waren, hatten Maria, Charlotta und Mormor immer die alten Kleider ihrer Mutter vom Dachboden heruntergeholt, und sie durften sich eins für den Tag aussuchen. Mamas alte Kleider waren so schön. Aber jetzt waren Charlottas Nichten schon so groß, dass sie auf eine richtige Mittsommerfeier in Ludvika gehen wollten, mit Mittsommerbaum und Tanz.

»Ich weiß nicht … es hängt davon ab, wie der Rechtsstreit verläuft, mit den ganzen Verhandlungen und …«

»Aber an Mittsommer hast du doch wohl frei?«, fragte Papa.

»Das werden wir sehen.«

»Opa, wir wollen Eis essen!« Vera hängte sich an Papas und Marias Schultern.

»Stimmt ja!« Er sah Charlotta an. »Entschuldige, Liebes, ich muss nur gerade die Raubtiere füttern.«

Er verschwand vom Bildschirm, auf dem jetzt nur noch Maria zu sehen war, die bekümmert dreinblickte. »Ich weiß, wie hart es für dich ist, nach Hause zu kommen, aber irgendwann muss das aufhören. Du kannst nicht zulassen, dass diese Leute über dein Leben bestimmen. Sie haben dein Leben mehrere Jahre lang zerstört, lass das nicht weiter zu!« Die Augen ihrer Schwester waren feucht.

Es hatte lange gedauert, bis Charlotta ihr erzählt hatte, wie schlimm sie gemobbt worden war. Während der Schulzeit hatte Maria nur bemerkt, dass Charlotta nicht sonderlich viele Freunde hatte. Das war besonders aufgefallen, als ihre Freundin Jessica nach der Schule nicht mehr mit nach Hause kam und Charlotta nicht mehr zu ihr ging. Während der Kindergartenzeit waren sie unzertrennlich gewesen, bis in die ersten Grundschuljahre, als Jessica plötzlich beliebt geworden war. Als das Mobbing begann, zog sich Jessica zurück, wenn sie in der Schule waren, kam aber trotzdem noch zum Spielen zu ihr. Doch das sollte sich noch verändern.

Der Traum aller Kinder in der Schule war, beim Fernsehformat *Der kleine Sportspiegel* dabei sein zu dürfen. In der fünften Klasse erhielt Charlotta die Chance. Die Schule förderte Skilanglauf für Kinder, und *Der kleine Sportspiegel* besuchte die Schule und drehte einen Beitrag, in dem Charlotta interviewt wurde. Nachdem er gesendet worden war, lag sie die ganze Nacht wach und dachte, dass sie nun endlich dazugehören würde. Doch am nächsten Morgen machten die anderen sich über sie lustig. Das beliebteste Mädchen der Klasse fragte laut im Flur, warum das Fernsehen eine solche Missgeburt interviewt habe. Jemand anderes behauptete, dass Charlotta eine Schande für die Schule sei.

In der Pause stellte sich Jessica zu den anderen Mädchen. Als Charlotta vorbeiging, äffte die Freundin sie mit verstellter Stimme nach: »Das Beste ist, dass man die Gelegenheit hat, draußen zu sein!« Gerade über diese Worte war Charlotta stolz gewesen, es klang so erwachsen. Jessica zog ihre Oberlippe hoch, damit es so aussah wie bei Charlotta. Alle hatten gelacht.

Damals wollte sie nicht, dass Maria oder Papa irgendetwas davon erfuhren. Sie wollte nicht, dass sie sich Sorgen machten. Ihre Schwester war drei Jahre älter, deshalb besuchten sie nie dieselbe Schule. Wie sehr Maria auch nachbohrte, Charlotta erzählte nichts von ihren Klassenkameraden und der Schule. Sie wollte ihr Problem alleine lösen und dachte, dass diese Hölle wohl nicht für immer sein würde.

»Darum geht es doch gar nicht«, sagte sie zu ihrer Schwester.

»Hör auf, Charlotta. Du kannst mir nichts vormachen. Denk daran, dass du viel erfolgreicher bist, als es diese Typen jemals sein werden, und dass du viel mehr erreicht hast als sie. Komm nach Hause und zeig es ihnen!«

»Und du bist natürlich vollkommen unparteiisch, was meine Vortrefflichkeit angeht?« Sie verzog den Mund. »Ich überlege es mir, Maria. Ich würde ja gern. Aber warum könnt ihr denn nicht hierherkommen, wenn es so wichtig ist?«

Maria rollte mit den Augen. »Verzeihung, mein Fräulein, aber ich habe dich doch vor zwei Monaten besucht, und Papa war eine ganze Woche im Januar da. Er hat jeden Tag gekocht, und wenn du von der Arbeit kamst, war alles fertig. Außerdem weißt du, dass Mormor nicht gerne verreist.«

Sie seufzte. »Ja, ich weiß.«

»Komm nach Hause. Den Mädchen zuliebe. Und für Papa. Und Mormor.«

»Ich werde darüber nachdenken.« Sie sagte das vor allem, um die Schwester ruhigzustellen. Sie hatte nicht vor, nach Ludvika zu kommen. Es ging nicht darum, dass sie feige war oder Angst vor der Vergangenheit hatte. Sie hatte einfach keine Lust.

20

Carl-Adams und Jacks Hochzeit fand an einem wunderschönen Frühlingstag statt. Die Landschaft Uppland zeigte sich von ihrer strahlendsten Seite, mit leuchtendem Sonnenschein und frisch sprießendem Grün.

Charlotta folgte Carl-Adams Aufforderung und gab noch mehr Gas, fuhr beinahe am Hinweisschild zur Kirche vorbei und machte eine Kehrtwende. Auf dem Rücksitz jammerte Vilhelm.

»Wie viel habt ihr gestern eigentlich getrunken?« Sie sah in den Rückspiegel.

»Viel.« Vilhelm schnappte nach Luft. »Zu viel.«

Die Familien des Hochzeitspaars waren schon am Abend zuvor angekommen, um die letzten Dinge zu regeln, und die Brüder der beiden hatten bis in die frühen Morgenstunden hinein im Holz-Jacuzzi gesessen.

Charlotta betrachtete Carl-Adam von der Seite. »Und wie geht es dir?«

»Mir geht es gut. Ich bin dem Rat aller Hochzeitszeitschriften gefolgt und habe gestern Abend wenig Alkohol getrunken. Zwei Liter Wasser für eine reine Haut, und zwei Gläser Champagner für die Nerven.«

Hinter der Kurve erschien ein weißer Kirchturm mit schwarzem Dach, malerisch gelegen zwischen sanft hügeligen Wiesen, und in der Ferne glitzerte silbrig-blau das Wasser des Mälarsees.

Das letzte Stück fuhr sie langsam und betrachtete die Szenerie, während sie Vilhelm Gelegenheit gab, sich wieder zu fangen. Die Kirchentür war geschlossen, die Gäste waren bereits drinnen. Davor standen die Pastorin, Jack und sein Bruder Erik. Und Ignacio. Bei seinem Anblick zuckte sie innerlich zusammen. Aus Wut und einer Art triebgesteuertem Begehren.

Bevor sie die Autotür öffnete, sah sie Carl-Adam an.

»Bereit?«

»Äußerst bereit.«

Sie stiegen aus und gingen zum restlichen Hochzeitsgefolge. Ignacio wandte sich ihnen zu, ihre Blicke trafen sich, und ein Schauder durchfuhr sie.

Der dunkelblaue Anzug saß perfekt über seinen breiten Schultern. Das wellige Haar war leicht zur Seite gekämmt, gestylt, aber gleichzeitig leger. Sein Bart war eine Spur zerzaust, aber wenn sie ihm über die Wange streichen würde, wäre er gleich wieder glatt. Diese fantastischen Lippen sahen weicher und voller aus als je zuvor. Er trug eine blassgelbe Fliege, die seine goldbraune Haut hervorhob. Seine braunen Augen erschienen dunkler als sonst.

Er lächelte versuchsweise. Sie lächelte nicht zurück. Stattdessen nickte sie ihm zu und schüttelte dann die Hand von Jacks Bruder Erik. Er war hellhäutig und blond und ähnelte seinem Bruder nicht im Geringsten, wenn man davon absah, dass sie beide sehr gut aussahen und, wie sie gehört hatte, ähnlich erfolgreich waren. Carl-Adam hatte einmal erwähnt, dass sie verschiedene Väter hatten, aber gemeinsam bei ihrer Mutter aufgewachsen waren.

Lächelnd und mit feuchten Augen reichten die beiden angehenden Eheleute einander die Hand.

»Jetzt tun wir es«, sagte Jack und wischte sich eine Träne aus dem Auge. Erik reichte ihm ein Taschentuch.

»Ja, jetzt tun wir's«, antwortete Carl-Adam.

Er blickte Charlotta an, und sie lächelte unter Tränen. Wie sollte das bloß werden? Wenn sie jetzt schon heulte, konnte man alle Fotografien vom heutigen Tag vergessen. Sie trug zwar künstliche Wimpern, um schwarze Rinnsale auf den Wangen zu vermeiden, doch roten, verweinten Augen war schwerer vorzubeugen. Sie stellte sich hinter das Hochzeitspaar und sah erst Ignacio und dann Erik fragend an.

»Du gehst neben mir«, sagte Ignacio.

Musste sie das wirklich tun? Eigentlich hatte sie vorgehabt, sich den ganzen Tag und Abend so weit wie möglich von ihm fernzuhalten.

»Und ich versuche, den hier durch die Kirche zu schleppen.« Erik nickte Vilhelm zu, der die Stirn an die Kirchenwand gelehnt hatte. Seine Gesichtsfarbe war inzwischen aschfahl geworden.

»Gehen nicht eigentlich die Brautjungfern nebeneinander und hinter ihnen die Trauzeugen?«, fragte Charlotta.

Carl-Adam drehte sich um. »Charlotta, es ist, wie es ist. Außerdem ist Vilhelm keine Brautjungfer, und du bist eher Trauzeugin. Und es ist meine Hochzeit, nicht deine. Du tust, was ich sage, und gehst mit dem, den ich für dich ausgesucht habe!«

»Okay«, sagte sie kaum hörbar und hob die Augenbrauen. Es war aussichtslos, Einspruch zu erheben. Ohne Ignacio anzusehen, stellte sie sich neben ihn. Vielleicht konnte sie ihm vor dem Altar heimlich ein Bein stellen.

»Komm jetzt her.« Carl-Adam winkte Vilhelm heran. »Du gehst mit Erik direkt hinter uns, dann folgen Charlotta und Ignacio.« Vilhelm nickte, atmete tief ein und reihte sich ein.

»Wenn du in der Kirche kotzt, bring ich dich um. Ist das klar, Vilhelm?«

»Mama wird mich schon vorher umbringen«, sagte Vilhelm mit geschlossenen Augen.

»Seid ihr so langsam bereit?«, fragte die Pastorin. Im selben Augenblick vibrierte Charlottas Handy in ihrer Handtasche, und sie zog eine Grimasse. Carl-Adam blickte sie strafend an.

»Das ist meine Schwester, wahrscheinlich ihre vierte Erinnerung an mich, dass ich Fotos vom Brautpaar schicken soll.«

»Direkt hinter der Tür gibt es eine Bank, falls Sie Ihre Handtasche ablegen möchten«, sagte die Pastorin. Charlotta lächelte sie dankbar an. Dann erkundigte sich die Pastorin erneut, ob sie bereit seien, öffnete vorsichtig das hölzerne Kirchenportal, trat in die Kirche ein und ließ die Türen offen stehen. Die beiden Bräutigame hielten sich an den Händen, und Carl-Adam legte seine Hand auf den gebeugten Arm seines künftigen Mannes. Sie strahlten einander an, als die Orgel die ersten Takte des Hochzeitsmarsches spielte, und schritten in die Kirche.

Ignacio stand schweigend neben ihr, doch sie konnte sich nicht zurückhalten.

»Danke für den netten Tag neulich. Muss schon sagen, ich bin beeindruckt. Einen ganzen Tag Charmeoffensive, um dir Beweise unter den Nagel zu reißen. Wie bist du an die Mail gekommen? Hast du in mein Handy geschaut, als ich auf der Toilette war?«

Verwundert sah er sie an. »Wovon sprichst du?«

Vor ihnen setzten sich Erik und Vilhelm in Bewegung, in ein paar Sekunden waren sie an der Reihe.

»Karl Helmersson hat mir erzählt, dass ihr Beweismaterial habt, in dem der Vertreter von Mendicino Victims sagt, er glaube nicht, dass Gaia Schuld am Geschehen habe.«

Ignacio bewegte langsam seine langen, dichten Wimpern. Was für ein geübter Schauspieler, dachte Charlotta.

»Er hat gesagt, dass ihr die Mailkonversation gelesen habt, und mir ist klar, worauf ihr hinauswollt«, fuhr sie fort.

Ignacio seufzte tief. »So war es aber nicht.«

»Hör auf. Du brauchst nicht zu lügen. Svärdh & Partner sind die Einzigen, die Zugang zu dieser Information haben, und ich halte es für sehr unwahrscheinlich, dass jemand aus der Kanzlei sie euch gegeben hat. Das einzig denkbare Szenario ist, dass du den Beweis in die Finger bekommen hast. Mir ist klar, dass wir beide an jenem Tag ein falsches Spiel gespielt haben, aber du bist zu weit gegangen.«

Sie stiegen die Stufen hinauf und traten durch das Portal in die Kirche. Schnell legte sie ihre Handtasche auf der Bank neben der Tür ab. »Ich werde sie im Blick behalten müssen, damit du dir nicht wieder mein Handy schnappst«, zischte sie.

»So war es nicht«, flüsterte er ihr leise ins Ohr, als sie weitergingen. »Es ist nicht so, wie du denkst.«

Sie schüttelte nur den Kopf. Sowohl um seiner Nähe zu entgehen, als auch um zu zeigen, dass sie nicht vorhatte, ihm zuzuhören. Was er auch zu sagen hatte, sie wusste, dass es Unsinn war.

Während sie den Gang entlanggingen, spürte sie eine Art Erleichterung. Seine Wirkung auf sie war zu stark. Es wäre viel zu kompliziert geworden, wenn sich herausgestellt hätte, dass die Gefühle zwischen ihnen an jenem Abend echt gewesen waren. Es war zwar für beide ein Spiel gewesen, sie war aber davon ausgegangen, dass sich beide einer gewissen Anständigkeit verpflichtet fühlten. Ignacio hatte die ungeschriebenen Spielregeln missachtet, aber so war alles viel einfacher. Jetzt, wo feststand, dass er ein berechnender Mistkerl war, konnte sie ihn einfach vergessen.

Sie beschloss, sich voll und ganz auf das Hochzeitspaar zu konzentrieren und den Mann neben sich zu ignorieren. Als die Zeremonie begann, hatte sie für nichts anderes Augen als für das hübsche Paar, das entweder um die Wette strahlte oder Tränen der Rührung vergoss. Als Carl-Adams ältester Freund den Lieblingssong der beiden vortrug, *Halo*, und zwar genauso schön wie Beyoncé höchstpersönlich, flossen die Tränen bei allen Gästen, und auch Charlotta gab auf. Rot geschwollene Augen hin oder her, sie ließ den Tränen freien Lauf.

Eigentlich hatte sie ihn nicht ansehen, unter keinen Umständen ein Gefühl von Gemeinschaft aufkommen lassen wollen, dennoch blickte sie zu ihm hinüber. Seine Augen waren feucht, und er lächelte ihr zu. Und ihr verdammtes Herz klopfte wie wild.

21

»Gerüchte besagen, dass Carl-Adam im letzten Monat mehr Zeit bei einer Schneiderin auf Östermalm verbracht hat als bei der Arbeit, nur um das richtige Kleid für seine beste Freundin zu bekommen.«

Ignacio sah, wie Charlotta auf der anderen Seite des Tischs erbleichte. Sie nahm ihr Weinglas, trank einen Schluck und drehte es dann zwischen ihren Fingern.

»Unsere nächste Rednerin trägt heute Abend das schönste Kleid und hat dem Hochzeitspaar in der Kirche glatt die Show gestohlen«, fuhr der Conférencier fort. »Zusammen mit Carl-Adam widmet sich diese Anwältin in der Kanzlei schmutzigen Geschäften und der Countrymusik. Wir freuen uns auf den Redebeitrag von Carl-Adams Brautjungfer Charlotta Kvist!«

Die Röte stieg ihr den Hals hinauf bis ins Gesicht. Ignacio konnte sie verstehen. Er war es gewohnt, vor Menschen zu sprechen, als er jedoch zwanzig Minuten zuvor eine Rede für Jack gehalten hatte, war ihm vor Nervosität ganz schlecht gewesen. Aber es war gut gegangen.

Als Charlotta aufstand, suchte er ihren Blick, doch sie sah nicht zu ihm herüber. Was sie vorhin in der Kirche gesagt hatte, war für ihn eine Überraschung gewesen. Er hatte Karl ausdrücklich gebeten, dieses Beweismaterial zurückzuhalten und nur zu verwenden, wenn Ignacio ihn explizit darum bat. Auch wenn man Karl nicht trauen konnte, so hatte Ignacio dennoch geglaubt, dass dieser Ignacios Bitte respektieren würde. Er war verdammt noch mal sein Mandant.

Charlotta räusperte sich einige Male, kam dann aber gut in ihre Rede hinein. Der Conférencier hatte recht gehabt, dass sie in der Kirche alle Aufmerksamkeit auf sich gezogen hatte. Als sie aus dem Auto gestiegen war, hatte sie atemberaubend ausgesehen. Der hellgrüne Stoff ihres Kleides betonte die blitzenden braunen Augen und schimmerte, wenn sie sich bewegte. Durch die dünnen Spitzen des Stoffes am Oberkörper war ihre glatte Haut zu erkennen. Das Kleid fiel sanft bis zum Boden und ließ die Form ihrer Beine erahnen, wenn sie ging. Mit den hohen Absätzen und dem langen, blonden Haar, das ihr über die Schultern fiel, glich sie einer Amazone.

Nach etwa einer Minute hatte sie sich warm geredet und wurde lockerer. Überall im Raum war Lachen zu hören, und sie lächelte in die Runde der Zuhörer. Ihre Haut glühte, und die braunen Augen strahlten.

»In meinem ersten Jahr in der Kanzlei konnte Carl-Adam von nichts anderem sprechen als von seinem wuuunderbaren Freund Jack, sie hatten sich nämlich gerade kennengelernt. Er sei so hübsch, so gut, so großzügig, klug und lustig, aber dennoch ganz bescheiden. Obwohl er so hübsch sei. Ich dachte mir: Oh Mann, der Junge ist wirklich blind vor Liebe. Dann habe ich Jack kennengelernt, und ich stellte fest, dass ich recht gehabt hatte: Liebe macht tatsächlich blind.« Sie blickte Jack schelmisch an. »Nein, natürlich stimmte alles, was Carl-Adam gesagt hatte, und auch mich hat der fantastische Jack vollkommen umgehauen. Wie wir alle wissen, hat er Carl-Adam im letzten Jahr einen Heiratsantrag gemacht, und ihr könnt euch sicher vorstellen, dass ich in den vergangenen zwölf Monaten nicht besonders viel von meiner normalen Arbeit geschafft habe. Schon im ersten Jahr hat Carl-Adam mir ständig ein Ohr abgekaut mit seiner Schwärmerei, doch inzwischen sind mir beide Ohren abgefallen.«

Sie machte eine Pause. »Aber egal, was gerade in Carl-Adams Leben passiert, ob er seinen großen Tag plant, ein Reitturnier vorbereitet, ein großes Projekt in der Arbeit hat oder sein Sommerhaus renoviert – er hört mir immer zu und nimmt sich für mich Zeit. So, wie ein bester Freund es tun sollte. Carl-Adam, ich bin so dankbar, dich in meinem Leben zu haben!« Ihre Stimme zitterte etwas, und am anderen Ende des Tischs füllten sich Carl-Adams Augen mit Tränen. »Es ist mir immer schwergefallen, Menschen an mich heranzulassen, jemandem einen Platz in meinem Leben einzuräumen. Es gibt Sachen, die nur du von mir weißt, sonst niemand. Ich bin so dankbar, dass ich dir alles anvertrauen kann. Du siehst immer zuerst mich. Du bist streng mit mir, wenn ich es brauche, aber du bist auch immer lieb und verständnisvoll.« Sie holte tief Luft. »Seit ich dich kenne, ist mir eines klar: Wenn ich jemanden in mein Leben lasse, dann lasse ich ihn nicht mehr los. Also musst du es für den Rest deines Lebens mit mir als bester Freundin aushalten. Ich weiß nicht, womit ich es verdient habe, einen so tollen Freund wie dich zu haben.«

Der Blick, mit dem sie ihren besten Freund ansah, versprühte unendliche Wärme. Carl-Adam konnte die Tränen nicht länger zurückhalten. Er schluchzte laut und wischte sich über die feuchten Wangen. Charlotta holte erneut Luft. »Ich bin so froh darüber, dass du Jack getroffen hast, der genau so ist, wie ein Mann sein soll. Aber vor allem freue ich mich für Jack, dass er dich getroffen hat. Er hat solch ein Glück gehabt.«

Jetzt wandte sie sich an Jack. »Ich hoffe, du bist dir dessen bewusst.« Jack nickte lächelnd und küsste Carl-Adam auf die Wange. Mit erhobenem Glas betrachtete sie das Hochzeitspaar. »Ihr seid für alle ein Vorbild. Was ihr habt, ist einzigartig. Gerne, lieber Jack, überlasse ich dir nun Carl-Adam. Versprich mir, für ihn da zu sein. Prost!«

Alle prosteten ihr zu, und als Charlotta Carl-Adam umarmte, brach Applaus und Jubel aus.

Alle um Ignacio herum strahlten, und zufällig fielen seine Augen auf Natalie, die am anderen Ende des Saals saß. Sie war die Einzige, die mürrisch aussah, so als hätte ihr die Rede überhaupt nicht gefallen. Er wusste, was sie dachte: Eine Rede sollte nicht so gefühlsbetont sein. Gefühle zu zeigen war peinlich, sogar auf einer Hochzeit. Unpassend. Aber nicht auf Carl-Adams und Jacks Hochzeit. Ihre Reaktion zeigte, wie schlecht sie die beiden kannte.

Charlotta umarmte Carl-Adam noch immer, und dieser weigerte sich, sie loszulassen, und weinte an ihrer Schulter. Als sie an den Tisch zurückging und sich setzte, waren ihre Augen gerötet, aber sie strahlte.

Der Conférencier verkündete eine Pause, damit sich die Gäste die Beine vertreten konnten. Ignacio folgte Charlotta mit dem Blick, als sie hinaus auf die Terrasse trat. Er ging hinterher und fand sie an der Mauer, von der aus man hinunter in den Garten blickte. Sie wandte ihm den Rücken zu.

»Das war eine großartige Rede!« Er stellte sich neben sie.

Sie antwortete nicht, drehte sich nicht um, sondern betrachtete die gewaltigen Linden, die den Rasen bis zum Wasser säumten.

»Ich wollte dir nur sagen, dass du unglaublich schön aussiehst«, fuhr er fort. »In der Kirche hatte ich dazu nicht die Gelegenheit.«

»Danke«, sagte sie kurz angebunden.

»Weißt du, dass du etwas ganz Besonderes ausstrahlst, wenn du deine Gefühle so offen zeigst? Wie bei deiner Rede … es ist wie eine Art Magie«, fuhr er fort, merkte aber, wie albern es klang. Er spürte den Sekt und den Wein zum Essen, aber was spielte das für eine Rolle? Sie verdiente es, das zu hören. »Genauso ist es während unserer Verhandlungen. Du verzauberst alle.«

Sie wandte sich ihm zu. Die Augen war gerötet, ihr Blick finster. »Wenn das hier deine Masche ist, mich zu umgarnen und mir zu schmeicheln, kann ich dir sagen, dass ich keinem Vergleich zustimmen und dir ganz bestimmt nicht noch mehr Informationen liefern werde.«

»Ich meine jedes Wort, was ich gesagt habe.«

Sie holte langsam Luft, sodass sich ihre Brust hob, als wolle sie etwas sagen. Doch sie schwieg und blickte wieder in den Garten. Ein paar Sekunden standen sie schweigend da und betrachteten die Sonne, die groß und blutrot über dem Horizont stand. Das Wasser vor dem Schloss funkelte von der leichten Brise und hatte die Purpurfarbe des Himmels. Um sie herum hörten sie Lachen und das Klirren von Gläsern.

»Warum hast du Karl Helmersson erzählt, dass wir Kontakt hatten?«, fragte sie nach einer Weile. »Warum hast du damit geprahlt, mich ausgetrickst zu haben? Ich weiß, dass wir beide neulich ein falsches Spiel gespielt haben, aber bist du nicht etwas zu weit gegangen?«

»Ich habe Karl nichts von dir erzählt.«

Sie runzelte die Stirn und sah ihn ernst an. »Ihm war klar, dass die Information von mir stammen musste, das hat er mir gesagt.«

Ignacio seufzte. Natürlich hatte Karl das gesagt, um sie psychisch unter Druck zu setzen. »Zuallererst möchte ich klarstellen, dass ich nicht in deinen Sachen herumgeschnüffelt habe«, sagte er. »Ich habe die Mail an dem Abend gesehen, als wir uns das erste Mal begegnet sind. Sie fiel mir zufällig auf, als ich dir half, Papiere aufzusammeln, die aus deiner Tasche gefallen waren. Die Mailkonversation lag ausgedruckt da.« Er machte eine Pause, als denke er nach. »Ich habe sie gesehen und Helmersson davon erzählt«, fuhr er fort. »Um seine Einschätzung zu hören, ob uns dieser Mailwechsel helfen konnte. Aber ich habe ihn ausdrücklich darum gebeten, die Information nur nach Rücksprache mit mir zu nutzen.« Er schüttelte den Kopf. »Ich habe ihm nie gesagt, dass die Information von dir stammt, aber er ist wohl selbst darauf gekommen. Es kann sein, dass ich gefragt habe, ob es falsch ist, Kontakt zur Gegenseite zu haben. Ich habe nie deinen Namen genannt, aber er weiß, dass wir gemeinsame Freunde haben, und hat es sich dann wohl ausgerechnet. Er wollte dich nervös machen. Aber ich habe dich nie erwähnt.« Er schwieg. »Ich weiß, dass es falsch von mir war, überhaupt etwas von dem Beweis zu sagen. Es tut mir sehr leid.« Er konnte ihr nicht sagen, dass er die Mail abfotografiert hatte, dafür schämte er sich fürchterlich. Charlotta würde nie wieder mit ihm sprechen. Noch schlimmer war natürlich, dass er das Foto an Helmersson geschickt hatte.

Bis heute Abend war er unschlüssig gewesen, ob er Karl Helmersson überhaupt bitten sollte, das Foto als Beweis zu nutzen. Er hätte vor seiner Entscheidung am liebsten mit Charlotta gesprochen. Scham und schlechtes Gewissen führten nun dazu, dass er sich ein für alle Mal entschied, den Beweis zu vernichten.

Heftig schüttelte sie den Kopf. »Ich weiß nicht, was ich denken soll. Das Einzige, was ich weiß, ist, dass ich furchtbar wütend werde, wenn ich nur daran denke.«

Aus dem Festsaal war die Glocke des Conférenciers zu hören. Charlotta verschwand hinein.

22

Nach dem Essen gab es Hochzeitstorte und Tanz. Charlotta stand zusammen mit Dessie an der Tanzfläche, während vor ihnen Carl-Adam und Jack überraschend perfekt mit einem Walzer den Tanz eröffneten. Wann hatten sie es geschafft, dafür zu üben? Beide verbrachten ihre sämtlichen wachen Stunden auf der Arbeit.

»Was war mit dem Schönling von Gaia?«, fragte Dessie plötzlich.

»Nichts Besonderes.«

»Nicht? Du sahst furchtbar wütend aus, als du wieder hereinkamst.«

»Wir waren uns nur in einer Sache uneinig.« Dessie hatte ihr, was Christopher betraf, nur wenig anvertraut, und Charlotta hatte nicht vor, das anders zu machen. Außerdem hatte sie Sorge, was Dessie sagen würde, wenn sie erfuhr, dass etwas zwischen ihr und Ignacio gelaufen war. Er stand auf der Gegenseite, und Dessie konnte sehr spitzfindig sein.

Sie blickte über die Tanzfläche. Ignacio stand auf der anderen Seite, und ihre Blicke trafen sich. Sofort schaute sie zur Seite.

Als sich der Walzer dem Ende zuneigte, betraten Carl-Adams Eltern die Tanzfläche, und Erik forderte seine und Jacks Mutter auf. Viele Paare folgten ihrem Beispiel. Auf einmal sah sie Ignacio über die Tanzfläche gehen. Wenn er nur nicht auf dem Weg zu ihr war.

Allerdings wollte sie auch nicht, dass er jemand anderen aufforderte. Was, wenn er seine Ex fragte? Charlotta hatte sie gesehen. Ihr Puppengesicht mit dem perfekten Mund, dezent geschminkt, kühl und schön, keine einzige Träne war geflossen.

»Er kommt hierher«, sagte Dessie. Ignacio steuerte auf sie zu.

Ihr Herz schlug schneller. Was sollte sie tun? Weglaufen? Aber als er seine Hand ausstreckte, ergriff sie sie wie von selbst. Dessie nahm ihr das Glas aus der Hand, und schon ruhte seine Hand sanft auf ihrem Rücken, und sie legte ihre Hand auf seine Schulter. Als sie begannen, sich über die Tanzfläche zu bewegen, dankte sie im Stillen ihrer Mormor für all die Male, an denen sie sie zum Tanzkurs in Ludvika mitgenommen hatte, wo sie verschiedenste Tanzschritte geübt hatten. Walzertanzen war wie Fahrradfahren – man verlernte es nicht.

Ignacio geriet aus dem Takt. »Verzeihung«, flüsterte er in ihr Ohr.

»Weil du mir auf die Füße trittst oder weil du Karl Helmersson von der Mail erzählt hast?«

»Beides.« Sie spürte seinen Atem an ihrem Nacken, und ein behaglicher Schauder fuhr ihr über den Rücken.

»Das war nicht okay, das war sogar richtig übel«, sagte sie und schwieg eine Weile. »Aber irgendwie verstehe ich es auch«, fuhr sie dann fort. Während des Essens hatte sie über seine Worte nachgedacht. »Ich hätte wahrscheinlich eine solche Information auch nicht für mich behalten, sondern sie für meine Zwecke genutzt.«

»Was tut man nicht alles, um seine Ziele zu erreichen«, erwiderte er.

Sie sah zu ihm auf und lächelte als Antwort.

»Ich bitte wirklich um Entschuldigung«, sagte er mit offenem Blick. »Und ich möchte betonen, dass es an unserem gemeinsamen Tag nicht nur um die Klage ging. Jedenfalls nicht für mich.« Jetzt war seine Stimme leise und dunkel. Sie erschauerte wieder, und ihr Puls beschleunigte sich.

Die Musik wechselte, nun erklang ein ruhiges Stück. Die Paare um sie herum tanzten langsam, eng aneinandergeschmiegt, und auch Ignacio schloss die kleine Lücke zwischen ihnen. Sie lehnte den Kopf an seine Schulter, während sie sich zur Musik bewegten. Sie wollte ihm glauben. Und er sah sie so aufrichtig an. Helmersson war ein Mistkerl, das wusste sie. Ignacios Erklärung war absolut glaubwürdig.

Während sie tanzten, glitten seine Hände weiter hinunter bis an ihre Taille. Die tanzenden Paare um sie herum verschwanden, es gab nur noch sie beide. Sein warmer, harter Körper dicht an ihrem.

Als die Live-Band die Bühne betrat und sie voneinander abließen, atmete sie aus, doch ihr Herz raste. Die Stimmung wechselte schlagartig, als der Gitarrist ein langes Riff zum Besten gab und die Band mit einem Sommerhit aus den Neunzigern loslegte. Das war eine willkommene Atempause. Sein Körper war ihr viel zu nahe gewesen.

Dessie tauchte mit einem Drink für sie auf, und sie tanzten und sangen alle laut mit. Ignacio wich nicht von ihrer Seite, und sie unternahm auch nichts, um ihn loszuwerden. Im Gegenteil. Sie fühlte sich zu ihm hingezogen, und sie wollte es genießen. Ich muss ihm ja keine unnötigen Details verraten, sagte sie sich.

Sie tanzten den ganzen Abend. Vilhelm, dem es nach dem ersten Schnaps gleich besser ging, versorgte sie alle mit Shots und Drinks. Der Alkohol bewirkte, dass sich Charlotta näher an Ignacio heranwagte, dicht bei ihm tanzte, ihn berührte. Seine Schultern waren so breit. Die Rückenmuskeln so hart. Sein Körper so warm. Sie sehnte den Moment herbei, in dem sie beide allein sein würden, und gleichzeitig graute ihr davor. Dessie warf ihnen verwunderte Blicke zu, aber sie selbst war ja auch nicht besser, denn offensichtlich war sie in den Eigentümer von Gaia verliebt. Charlotta hingegen war nicht verliebt. Da war etwas, aber sie war nicht verliebt. Sie durfte sich nicht verlieben.

Um zwei Uhr hörte die Band auf zu spielen, doch nachdem Jack sie bestochen hatte, spielten sie noch eine weitere Stunde. Als sich die Band nicht länger überreden ließ, tanzten die Gäste weiter zu Spotify-Playlists, bis die Sonne aufging und den Horizont blassrosa färbte. Als sich die letzten Gäste zur Sauna begaben, waren nur noch Charlotta, Ignacio, Carl-Adam und Jack übrig.

Sie grölten und sangen die Balladen von Carl-Adams Playlist mit, doch nach einer Viertelstunde verschwanden die Frischvermählten in ihre Suite, müde, aber strahlend vor Glück. Charlotta und Ignacio blieben alleine im schönen Festsaal des Schlosses zurück.

Die großen Türen hin zum Schlossgarten standen offen, und jenseits der frisch gemähten Rasenfläche, der langen Buchsbaumhecken und stattlichen Linden lag spiegelblank und ruhig der Mälarsee. Sie gingen hinaus und setzten sich nebeneinander auf die Steinfliesen der Terrasse, während sie die Musik laufen ließen. Er legte sein Jackett über ihre nackten Schultern, und schweigend betrachteten sie die Natur, die langsam erwachte. Sie lauschten dem ersten Vogelgezwitscher und dem Summen der Fliegen.

Nach einer Weile wandte sie sich ihm zu. »Wolltest du nicht mit den anderen Jungs in die Sauna?«

»Du weißt, dass ich das nicht will.« Er blickte ihr fest in die Augen.

Sie schüttelte den Kopf. »Ich werde dir nichts anvertrauen.«

»Darum geht es nicht.«

Ohne zu antworten legte sie sich auf den Rücken und blickte hinauf in den Himmel. Sie wagte es nicht, ihn direkt anzusehen. Er folgte ihrem Beispiel.

»Morgenhimmel sind immer so schön. Sie haben etwas Melancholisches an sich«, sagte sie und betrachtete den hellblauen Himmel und die Baumwipfel, die im Morgendunst von der Sonne goldgelb erleuchtet waren.

»Ja, vielleicht. Darüber habe ich noch nie nachgedacht. Aber du hast recht. Morgens liegt so eine Ruhe über der Welt. Aber auch Einsamkeit.«

»Genau. Alles ist so still, so ruhig. Ganz anders als abends.«

»Fast wie eine verlassene Welt.«

Ihre Blicke trafen sich, als er den Kopf zu ihr hindrehte. Er rückte näher heran, richtete den Oberkörper auf und stützte sich auf einen Ellenbogen, sodass er direkt über ihr war. »Ich möchte noch einmal sagen, wie leid es mir tut, dass ich mich so berechnend verhalten habe. So bin ich eigentlich nicht. Du sollst wissen, dass dieser gemeinsame Tag mit dir der beste Tag seit Langem war. Und ich ärgere mich so, dass ich alles zerstört habe, als ich versuchte, dich zu einem Vergleich zu überreden.«

Seine Worte lösten Wärme und Entspannung in ihrem ganzen Körper aus.

»Ich hatte auch einen schönen Tag«, sagte sie nach einer Weile. »Ich war enttäuscht und traurig, aber es ist jetzt okay. Dein Überredungsversuch hat auch nicht funktioniert, und jetzt im Nachhinein finde ich es sogar amüsant, dass du so extrem beleidigt warst.«

Er lachte. »Ich bin es nicht gewohnt, dass mein Charme nicht funktioniert.«

Das wunderte sie nicht. Er war sehr überzeugend gewesen, und sie hatte völlig die Kontrolle darüber verloren, was sie sagte und fühlte.

»Du warst ungeheuer charmant bei deinen Überredungskünsten, sei also nicht zu streng mit dir selbst.« Sie lächelte. »Ich bin aber noch geschickter darin, so etwas zu durchschauen. Das habe ich schon sehr früh gelernt.«

»Das klingt hart.«

»Das war es auch.« Sie schluckte. »Aber ich habe gelernt, besser nicht zu vielen zu vertrauen. Also, es ist nicht so, dass ich niemandem traue, aber ich bin immer auf der Hut.« Sie wusste selbst nicht, warum sie ihm das verriet. Vielleicht lag es an der Art und Weise, wie er sie ansah. Mit diesen ernsthaften braunen Augen. Jedenfalls brachte er sie dazu, dass sie ihm alles erzählen wollte. Die Worte kamen wie von selbst.

»Ich kann mir kaum vorstellen, wie sich Mobbing anfühlt«, sagte er. »Ich nehme an, das ist der Hintergrund von dem, was du in deiner Rede an Carl-Adam erwähnt hast? Dass es dir schwerfällt, Menschen in dein Leben zu lassen?«

»Ja. Aber es ist mit den Jahren besser geworden. Der Grund, warum ich trotz allem normal funktioniere, ist meine Familie. Es hätte viel schlimmer kommen können, doch es gab Menschen, denen ich wichtig war. Die Jahre in der Therapie haben mich wieder zusammengeflickt, aber es fällt mir wie gesagt immer noch schwer, Menschen zu vertrauen.« Dann lachte sie auf. Ein scharfes, trockenes Lachen. »Nur diese Angst davor, hintergangen zu werden, steckt ganz tief in mir drin. Immer wieder haben meine Mobber so getan, als hätte sich alles verändert und als würde ich dazugehören. Aber das taten sie nur, weil sie fanden, dass es besonders viel Spaß machte, danach wieder gemein zu mir zu sein, mir fiese Spitznamen zu geben oder andere schlimme Dinge zu tun.« Sie hörte sie noch immer. *Ratte. Missgeburt. Ekelpaket.* »Ich habe es schließlich gelernt. Aber es war grauenhaft, immer hintergangen zu werden. Hoffnung zu haben, zu denken, dass es nun endlich vorbei sei, dass es diese Person nun wirklich ernst meinte und dass ich eine Freundin gefunden hätte. Nur um danach lächerlich gemacht, enttäuscht und erniedrigt zu werden.«

»Wann hat es aufgehört?«

»In der Oberstufe. Das Schlimmste war in der achten Klasse vorbei, nach …« Sie suchte nach Worten. »… einem Zwischenfall.«

Ein brutales Ereignis hatte am Anfang des Mobbings gestanden, und ein weiteres hatte es beendet.

Vor der Mittelstufe war alles einigermaßen in Ordnung gewesen. Außer Jessica hatte sie noch ein paar Freundinnen gehabt. Es kam vor, dass die anderen Kinder wegen ihrer Lippe fragten, aber sie gaben sich mit der Antwort zufrieden, dass es angeboren sei. Aber in der Mittelstufe wurde diese Antwort nicht mehr akzeptiert. Die Kinder hatten begonnen, sie zu hänseln. Schon immer hatte sie sich anders als die anderen gefühlt, doch ab da war alles viel schlimmer geworden.

Als sie zum ersten Mal von einem Klassenkameraden als Missgeburt bezeichnet wurde, war sie sehr unglücklich. Sie hoffte, dass sich die Fragen ein für alle Mal erledigen würden, wenn sie sich nur eine andere Erklärung ausdachte. Die beliebtesten Mädchen der Klasse waren in jenem Sommer im Reiterurlaub gewesen. Alle redeten nur noch von Pferden, und Charlotta behauptete, ihre Lippe sehe so anders aus, weil sie als kleines Kind vom Pferd gefallen sei und sich dabei die Lippe verletzt habe. Als die Lehrerin das mitbekam, forderte sie Charlotta auf, vor der gesamten Klasse zuzugeben, dass sie gelogen hatte.

»Sag, wie es ist, Charlotta. Dass es angeboren ist«, sagte Evy, die Lehrerin mit dem weißen, gekräuselten Haar und dem stählernen Blick. »Sag, dass es eine Fehlbildung ist!« Evy ließ ihren Blick über die Klasse schweifen. »Es ist keine Schande, eine Fehlbildung zu haben, aber man sollte es nicht verleugnen.« Und Charlotta musste vor der Klasse stehen und sagen, dass sie eine Fehlbildung hatte. Es war der schlimmste Tag ihres Lebens. Da die Lehrerin indirekt signalisiert hatte, dass es in Ordnung sei, sie zu demütigen, war sie ab dem Moment ein gefundenes Fressen für alle. Die Hemmungen der Klassenkameraden fielen, die Hölle brach los. Schon bald glaubte sie, dass es an ihr selbst lag, weil die Lehrerin nicht einschritt. Die ganze Mittelstufe über hielt es an und hörte erst an diesem furchtbaren Abend auf. Dem Abend, über den sie bisher nur mit ihrer Therapeutin gesprochen hatte.

»Das Ganze hat erst in der achten Klasse aufgehört. Es war kurz vor den Sommerferien, und die Coolsten der Klasse hingen abends am Strandbad herum«, sagte sie zu ihrer eigenen Verwunderung. Warum erzählte sie Ignacio davon? Gleichzeitig fühlte es sich befreiend an, sich einfach zu öffnen.

»Es war ein Freitagnachmittag. Eines der beliebten Mädchen sprach mich in der Schule an und fragte mich, ob ich abends mit zum See kommen wolle. Ich nahm ihre Anfrage nicht ernst, sie hatten schon viel zu oft so getan, als wollten sie mich dabeihaben. Entweder waren sie dann nicht aufgetaucht, oder sie hatten mich auf unterschiedliche Art und Weise gedemütigt. Also sagte ich, dass ich nicht könnte, weil ich andere Pläne hätte. Aber sie wirkte so überzeugend und versuchte mich zu überreden, dass ich schließlich versprach, es mir zu überlegen. Es war einer dieser wunderschönen Frühsommertage. Alle waren irgendwohin unterwegs. Leute gingen hinunter ins Dorf, Kinder fuhren auf ihren Rädern umher, alle genossen das schöne Wetter und den Frühsommer.«

Sie holte tief Luft. Noch heute sah sie das ganz besondere Licht jenes Abends vor sich. Der Himmel war zartblau gewesen, am Horizont zeigte sich blassrosa Dunst, die Luft war warm, aber noch frisch, und in ganz Ludvika duftete es nach Grill und Holunderblüten.

»Also bin ich abends mit dem Fahrrad hinunter zum See gefahren. Alles hat gut angefangen. Sie schienen sich darüber zu freuen, dass ich kam. Ich durfte Bier von den Jungs probieren und Cidre von den Mädchen. Wir haben Würstchen gegrillt, und ein paar Klassenkameraden haben gebadet. Ich sagte nicht viel, weil ich eine Riesenangst davor hatte, mich lächerlich zu machen. Trotzdem versuchte ich, ein Teil der Gemeinschaft zu sein.« Sie schüttelte den Kopf. »Ich weiß noch genau, ab wann ich merkte, dass etwas passieren würde.«

Die Stimmung war plötzlich umgeschlagen. Das Merkwürdige war, dass ihr in diesem Moment klarwurde, dass sie es schon den ganzen Abend über gespürt hatte. Als hätte sie die Gefahr gewittert, das Gefühl aber weggeschoben, im Glauben, es liege nur an ihrer ganz normalen Angst. Jessica hatte einem Mitschüler einen Blick zugeworfen. Daraufhin hatten die Jungen erst Charlotta angeschaut und sich dann schweigend verständigt. Charlotta war gleich aufgestanden, fluchtbereit, doch starke Hände hielten sie an den Armen fest.

»Sie haben mich hinunter zum Steg getragen und in den See geworfen. Dann haben sie mich unter Wasser gedrückt.« Ignacio schnappte nach Luft, doch sie sprach weiter. »Ich glaube nicht, dass es besonders lange war. Es handelte sich um Sekunden, aber ich dachte wirklich, ich würde sterben. Ich war mir absolut sicher. Dann ließen sie mich los. Ich blieb im Wasser liegen, während sie wieder ans Ufer gingen, Bier tranken und darüber redeten, was sie getan hatten, und über meine Verteidigungsversuche lachten. Über meine Schreie. Ich wagte es nicht, an Land zu gehen, bevor sie weg waren. Ich fror. Zitterte, bibberte und weinte, aber schaffte es nicht, ans Ufer zu gehen, weil ich Angst hatte, sie würden weitermachen. Ich hielt mich am Steg fest und strampelte bestimmt eine halbe Stunde im Wasser herum, bis sie endlich abhauten.«

»Aber das ist ja Folter, das ist Misshandlung. Sie haben versucht, dich zu ertränken!« Ignacio hielt ihre Hand ganz fest. »Was ist dann passiert? Hast du sie angezeigt?«

Sie schüttelte den Kopf. »Ich habe niemandem davon erzählt. Nicht meinem Vater, nicht meiner Schwester. Zu sehr habe ich mich geschämt, weil ich tatsächlich geglaubt hatte, dass sie mit mir befreundet sein wollten. Ich habe mich für das geschämt, was sie mir angetan hatten. Und weil ich so wertlos und schlecht war, dass man mich auf diese Weise erniedrigen konnte.« Sie seufzte tief. »Aber danach hat es sich beruhigt. Sie scheinen gemerkt zu haben, dass sie eine Grenze überschritten hatten. Sie haben mich nicht mehr geärgert, aber allein war ich noch immer. In der Oberstufe kam ich in eine größere Schule und bekam neue Mitschüler. Es fiel mir noch immer schwer, Freunde zu finden, aber alle in meiner Klasse waren ziemliche Streber. Niemand hat sich wirklich für mich interessiert, und ich wurde in Ruhe gelassen.«

Ignacio strich ihr sanft über die Wange. Nicht tröstend, sondern mitfühlend. Er hatte sie kein einziges Mal gefragt, warum sie gemobbt worden war. Das war die erste Frage gewesen, die ihr Freund im Studium ihr gestellt hatte, als sie ihm davon erzählte. Was die Ursache war. Als läge die Verantwortung trotz allem bei ihr. Der Grund, warum sie die Frage so hasste, war, dass sie selbst so viel darüber nachgedacht hatte. Warum gerade sie? War es, weil sie tatsächlich eine Missgeburt war? Mit ihrer Lippenspalte unterschied sie sich von den übrigen Kindern, und trotz einer Reihe von Operationen sah die Lippe in der Mittelstufe noch immer anders aus. Oder wurde sie gemobbt, weil sie wirklich eklig war? Weil sie peinlich war? Die Therapeutin hatte mit ihr an der Einsicht gearbeitet, dass der Fehler niemals bei ihr zu finden sein würde, dass es keinen Grund dafür gab, dass gerade sie so etwas mitmachen musste. Trotzdem war das Selbstwertgefühl so gering und der Selbsthass so tief in ihr verankert, dass sie sich erst viele Jahre später mit dem Gedanken angefreundet hatte, dass das, was passiert war, vollkommen sinnlos war und sie diese Last nun einmal tragen musste.

Genau wie die Narbe auf ihrer Oberlippe war die Erinnerung an die Ereignisse mit der Zeit verblasst, aber sie war trotzdem immer da, wenn auch nicht sichtbar.

»Warum hat die Schule nichts unternommen?«, fragte er.

»Du weißt, wie das ist. Die Schule bekommt nichts mit. Und die Mobber waren sehr geschickt darin, zu verschleiern, was vor sich ging. Ich wiederum habe es vor meiner Familie verheimlicht, ich wollte allein damit zurechtkommen.«

Es war ein Wunder, dass sie die Schule geschafft hatte. In der Phase, in der es am schlimmsten war, hatte sie mit ihren Schulbüchern Zuflucht auf der Toilette gesucht. Das Lernen wurde zu ihrem Überlebenstrick im Schulalltag. Als das Mobbing aufhörte, war ihre Energie zurückgekehrt, und in der neunten Klasse war es ihr gelungen, richtig gute Noten zu erlangen. Zuerst hatte sie Angst gehabt, dass die Noten erneut negative Aufmerksamkeit auf sich ziehen würden, doch sie wurde weiter in Ruhe gelassen. »In der Zeit war ich viel allein. Ich habe jegliche Gefühle unterdrückt und fleißig gelernt. Das war fast schon erholsam. Zusammen mit der Musik.«

»Country?«

Sie nickte. »Country berührt wirklich alle Themen. Es gibt immer einen Song, der genau zu deiner Situation passt. Was ungeheuer tröstlich ist.« Sie schüttelte den Kopf und lächelte. »Ich liebe alles am Country.«

»Alles am Country …«, wiederholte er und lächelte. »Was gibt es denn noch außer der Musik?«

»Die ganze Kultur. Tanz, Lifestyle. Und erst die Klamotten …« Sie lächelte. »Ich besitze eine Sammlung von Fransenjacken.«

»Fransenjacken?« Er lachte ein warmes, kehliges Lachen, das ihre Brust zum Vibrieren brachte.

»Exakt. Leder und Wildleder, mit Fransen. Ich habe schon früh angefangen, sie zu sammeln, und jetzt, wo ich einigermaßen gut verdiene, nimmt das Sammeln fast krankhafte Züge an. Zum Glück sind sie seit einiger Zeit in Mode, da traut man sich auch, sie in der Stadt anzuziehen.«

Er lächelte, wurde dann aber wieder ernst. »Was empfindest du heute denen gegenüber, die dich in der Schule gemobbt haben?«

»Ich wünschte, ich könnte sagen, dass ich ihnen alles verziehen habe, weil sie Kinder waren und nicht wussten, was sie taten. Aber ich spüre noch immer diese Wut in mir. Schon früh wollte ich es ihnen irgendwie heimzahlen. Ich wollte wegziehen und dann meinen früheren Schulkameraden zeigen, dass ich ganz anders war, als sie mich gesehen hatten. Ich wollte besser und erfolgreicher werden als sie alle zusammen.« Den Drang nach Vergeltung hatte sie auch noch niemandem verraten, nicht einmal ihrer Schwester. Und jetzt saß sie hier und erzählte Ignacio wortreich davon. Woran lag es nur, dass sie sich ihm gegenüber so bedingungslos öffnete?

»Ich verstehe dich gut. Ich hätte genauso empfunden.«

Er beugte sich näher zu ihr. »Und du bist das schon alles. Erfolgreich und besser als alle.« In seinem Blick lag Zärtlichkeit, aber auch noch etwas anderes: Begehren. »Ich meine das ernst. Sowohl während des Vergleichstreffens als auch vor Gericht. Du bist viel geschickter als Karl, obwohl du jünger bist. Und wie du ganz in deiner Arbeit aufgehst, wie du schwierige juristische Begriffe einwirfst und es dir gelingt, so zu argumentieren, dass Karl nur noch Unverschämtheiten als Antwort einfallen, das ist unglaublich. Unglaublich attraktiv.«

Sie sah zur Seite. Er war ihr jetzt ganz nah, und ihre Gedanken spielten verrückt. War das alles völlig idiotisch? Aber eine einzige Nacht konnte doch nicht so schlimm sein? Niemand musste davon erfahren.

Im selben Moment, in dem er sie küsste und sie seine feuchte Wärme spürte, verschwanden alle Zweifel. Das Einzige, was sie wollte, war, sich ihm hinzugeben.

23

Eine rasende Wut breitete sich in ihm aus, als Charlotta von ihrer Schulzeit erzählte, ein regelrechter Wille, diejenigen zu töten, die ihr so wehgetan hatten. Die Wut ging in Scham über. Er schämte sich, dass sein unehrenhaftes Verhalten sie an die Schrecken ihrer Kindheit erinnert hatte. Sie war so stark und sicher in allen ihren Entscheidungen, und dennoch offenbarte sie ihre Verletzlichkeit. Wie eine Glasvase, die wieder zusammengeklebt worden war und bei der der Leim noch aushärtete.

Dann überkam ihn Begehren. Seit er sie vor der Kirche gesehen hatte, war ihm danach gewesen, sie zu küssen.

Durch die geöffneten Türen des Schlosssaals drang Musik zu ihnen nach draußen. Gerade erklang ein Countrysong, den er wiedererkannte. Er kannte den Text zwar nicht auswendig, aber hatte ihn schon oft gehört, und wenigstens der Refrain war hängen geblieben. Es war ein schöner Text darüber, ständig an jemanden zu denken, sich in seiner Einsamkeit nicht beherrschen zu können, sondern den Gefühlen freien Lauf zu lassen.

Er hielt den Atem an und betrachtete sie. Ihre Augen waren halb geschlossen, die Lippen feucht vom Kuss. Am gegenüberliegenden Ufer war es inzwischen so hell, dass der Wald zu glühen schien.

Er strich ihr über die Wange und näherte sich ihr wieder, hielt dann aber inne. »Also, das alles hier …« Er unterbrach sich und wies auf den See und den Wald. »Die Umgebung und die Musik, alles ist beinahe lächerlich perfekt. Und ich kann nicht aufhören, dich zu küssen.«

»Ich liebe lächerliche Dinge«, murmelte sie, zog sich jedoch langsam von ihm zurück. Ihr Gesicht nahm einen entrückten Ausdruck an. »Und ich liebe diesen Song. Wie man um Viertel nach eins in der Nacht an jemanden denkt und sich fragt, ob diese Person auch an einen denkt. Und dann dieser Moment, wenn man die Kontrolle verliert, seinem Impuls und seinen Gefühlen nicht widerstehen kann und sich trotzdem beim anderen meldet, obwohl man es nicht wollte.«

»So wie du, als du mir diese Nachricht geschrieben hast?«

Schnell lächelte sie, als fühlte sie sich ertappt. »Aber da war es Viertel nach fünf, was dafür spricht, dass ich mich zumindest einigermaßen im Griff hatte.«

»Also Viertel nach eins in der Nacht ist der magische Zeitpunkt?«

»Genau.« Sie lächelte schwach. »Wenn man um Viertel nach eins an jemanden denkt und sich fragt, was die Person gerade tut, dann ist man ernsthaft verliebt.« Sie streckte sich ihm entgegen. »Aber im Moment habe ich sowieso keine Selbstbeherrschung, ganz unabhängig von der Uhrzeit«, flüsterte sie und küsste ihn langsam.

Sofort reagierte sein Körper auf ihre Nähe. Als habe er sich ebenso intensiv nach ihr gesehnt und auf sie gewartet wie sein Kopf. Sie schlang die Arme um seinen Hals und zog ihn zu sich herunter. Er hatte vergessen, wie wunderbar sie schmeckte, süß und zart. Und jetzt nach Sekt. Der liebliche Duft, den er wahrgenommen hatte, als sie tanzten – nach Blumen, etwas Pudrigem und Dunklem – war jetzt näher und intensiver. Als seine Küsse fordernder wurden, zog sie ihm sein Hemd aus der Hose. Ihre Hände waren kalt von der Steinterrasse, und er erschauerte, als sie über seinen warmen Körper wanderten. Alles war so unwirklich. Seit Wochen träumte er von ihr, und nun war sie hier bei ihm.

Sie küssten sich mehrere Minuten lang.

Erforschten Lippen und Zunge des anderen.

Vorsichtig tastende Hände auf nackter Haut.

»Wir gehen in mein Zimmer«, murmelte er schließlich.

Hand in Hand liefen sie durch das Gras hinüber zu einem der Seitenflügel. Der Morgentau war kühl an ihren Füßen. Sobald sie die Tür hinter sich geschlossen hatten, machten sie weiter, wo sie aufgehört hatten. Sie ließ ihre Hände über seine Brust gleiten und knöpfte schnell die Hemdknöpfe auf. Ignacio fand den Reißverschluss ihres Kleides und öffnete ihn. Er schob erst den einen, dann den anderen Träger herunter, küsste ihre Schultern und den Nacken, bis sie erschauerte. Dann zog er sanft am Kleid, und es fiel mit einem knisternden Geräusch zu Boden.

Still stand er da und betrachtete sie im Morgenlicht. Die Konturen ihrer perfekt gerundeten Brüste unter dem weißen BH und ihren flachen Bauch. Unter ihrem Spitzenhöschen war helles, weiches Haar zu erahnen. Und dann ihre starken, wohlgeformten Beine.

Er trat auf sie zu, küsste sie langsam und streichelte ihr über den nackten Rücken. Nahm ihre Hand und führte sie zum Bett, legte sie vorsichtig nieder.

Sie zog seine Hose hinunter, und er drückte seinen Körper an ihren. Sie stöhnte laut, schob ihre Hand in seine Unterhose und umfasste ihn. Das Gefühl ihrer Hände, die sich um ihn schlossen, ließ ihn aufwimmern. Er streichelte sie an den Rändern ihres Höschens, spürte die Wärme darunter. Wagte sich weiter vor und spürte durch die Spitze hindurch, wie feucht sie war. Er strich über den dünnen Stoff, und sie schnappte nach Luft. Er wollte, dass sie schrie vor Lust. Er wollte ihr alles geben.

Langsam streifte er ihren BH ab, und sie zog ihm die Boxershorts aus. Vorsichtig schob er ihr das Höschen herunter. Dann küsste er sie sanft, während er gleichzeitig ihren Venushügel streichelte, erst das helle, weiche Haar und dann weiter unten. Ganz langsam. Sie war so warm und feucht. Er küsste ihren Hals, das Brustbein und dann ihre schönen Brüste. Dabei spürte er, wie sie sich unter ihm entspannte, als gebe sie jegliche Kontrolle ab. Er saugte an ihrer Brustwarze, und sie schrie auf, drückte ihn fester an sich.

Er wollte sie so sehr.

Wollte sofort in sie eindringen.

Aber er musste warten, es ganz ruhig angehen, um es so wunderbar wie möglich für sie zu gestalten. Nach allem, was sie erzählt hatte, spürte er, dass sie alles verdient hatte.

Und er wollte ihr alles geben.

Er küsste sie weiter den Bauch entlang, dann noch weiter abwärts zu ihren Leisten und hielt dann inne. Tastete sich vorsichtig mit der Zunge in ihre Wärme und Feuchtigkeit vor, während ihr Stöhnen immer lauter wurde. Er saugte an ihrer Klitoris und vollführte dann kreisende Bewegungen mit der Zunge. Sie schmeckte herrlich. Wie hatte sie ihm die ganzen letzten Jahre entgehen können? Es war unfassbar, dass diese wunderbare Frau die ganze Zeit schon existiert hatte, ohne dass er ihr hatte nahe sein können.

Widerwillig hielt er inne, tastete mit der Hand nach dem Nachttisch und zog ein Kondom aus seinem Kulturbeutel. Er öffnete die Verpackung und zog es sich schnell über. Dann beugte er sich wieder über sie, saugte und leckte weiter ihre Klitoris.

»Komm zu mir«, flüsterte sie stöhnend. »Jetzt.« Als er weiter mit seiner Zunge spielte, stöhnte sie ungeduldig und erbebte, als sei sie kurz davor zu kommen.

Dann richtete er sich auf. Betrachtete ihre geschlossenen Augen, die Wangen, die noch mehr glühten als während ihrer Rede beim Essen. Das weiche Haar lag ausgebreitet um ihren Kopf, die Lippen waren rot und geschwollen. Diese misstrauische Art, die sie sonst hatte, war wie weggeblasen. Sie lag da und war ganz bei ihm. Am liebsten hätte er die Zeit angehalten. Sie beide, in einer stillen Welt mit glühender Morgendämmerung vor dem Fenster und einem See, über dem die Nebelschwaden lagen. Die Sonne stand noch tief, ihr mattes und träumerisches Licht fiel auf den Fußboden und reichte genau bis über ihren Kopf. Er hätte sie noch Stunden so betrachten können.

Ungeduldig bewegte sie sich unter ihm. Langsam drang er in sie ein. Vorsichtig bewegte er sich in ihr, und er hörte, wie sie Luft holte. Ihre Wärme, die ihn umschloss, ließ ihn ebenfalls laut aufstöhnen. Er bewegte sich schneller, und sie warf den Kopf zurück und schob sich ihm entgegen, sodass er noch tiefer in sie eindringen konnte.

Wenn er sich nicht beherrschte, würde er jeden Moment kommen. Also bewegte er sich wieder langsamer, hielt den Genuss zurück und streichelte sie stattdessen so zärtlich, wie er konnte. Sie nahm seine Hand und drückte sie an ihre Klitoris, und er streichelte sie wieder fester. Sie bewegte sich mit ihm, ihr Stöhnen wurde lauter, und er wurde immer schneller.

Sie zog sich um ihn zusammen und kam mit einem lauten Schrei. Dann drückte sie sich an ihn, und er bewegte sich noch schneller, bis auch er kam. Der Orgasmus dauerte eine halbe Ewigkeit.

Die letzten zwei Monate waren ein einziges langes Vorspiel gewesen, und es war, als hätte alles sie genau hierhin geführt.

Zu diesem Morgen.

Eine sanfte Hand an der Schulter weckte Ignacio. Hellbraune, glitzernde Augen mit langen Wimpern. Stumm blickte er sie an und küsste sie, atmete ihren Duft ein und strich ihr über die warme, weiche Wange.

Er blickte zum Fußende des Bettes. Die Vorhänge waren nicht zugezogen. Der See lag ruhig und blau im sanften Sonnenschein.

Sie lächelte. »Was sagst du zu einer Runde Morgenschwimmen?«

»Es ist doch nicht einmal Mai!«

Sie lachte neckisch. »Ach so, du bist ein Bademuffel? Dann hat man zu wenig Speck, sagt meine Mormor immer.« Sie kniff ihn spielerisch in den Bauch.

Er hatte keine andere Wahl, als die Herausforderung anzunehmen. Mit Handtüchern unterm Arm liefen sie Hand in Hand hinunter zum Steg. Der Geruch nach Gras, Kiefern und See machten ihn schlagartig wach. Sie warfen die Handtücher auf den Steg und stürzten sich ins Wasser. Die Kälte schlug ihm entgegen, und er prustete, als sein Kopf wieder über der Wasseroberfläche war. Neben ihm tauchte Charlotta unter und wieder auf, das helle Haar ganz dunkel vom Wasser. Sie schwammen zurück zum Steg und legten sich auf das sonnenwarme, raue Holz.

Die Seitengebäude des Schlosses unten am See ruhten friedlich im Schein der Morgensonne. Außer ihnen war noch niemand wach, offensichtlich hatten sie nur wenige Stunden geschlafen. Doch Ignacio brauchte jetzt keinen Schlaf. Er wollte jede Minute mit ihr genießen.

»Sonntag«, stellte sie fest und blickte in den strahlend blauen Himmel. »Und wie verbringt Gaias Nachhaltigkeitschef seine Sonntage?«

Ignacio lachte und legte seine sonnengewärmte Hand auf ihren Schenkel. Sie war noch ganz kalt vom Baden. »Ich fahre recht häufig nach Upplands Väsby zur Familie. Heute hat Maria Geburtstag, meine Schwester. Also wird natürlich im Garten gegrillt.«

»Meine Schwester heißt auch Maria.« Sie blinzelte das Wasser weg, das ihr von der Stirn hinunterlief. »Sie ist Lehrerin, mit einem Ingenieur verheiratet und hat zwei Kinder. Und steht auf Esoterik.«

»Ach? Meine Maria wohnt bei den Eltern, jobbt als Kellnerin in einem Nachtclub und steht auf soziale Medien.«

Er lachte laut. Er liebte seine Schwester über alles, aber ihr gefiel offenbar die Rolle der kleinen Schwester, die niemals erwachsen wurde.

»Das muss schön sein, jederzeit nach Hause fahren und die Eltern besuchen zu können, wann man will.«

»Auf jeden Fall. Wann immer ich eine Pause von der Arbeit oder dem Stadtleben brauche, kehre ich in die Wirklichkeit zurück.«

Sie nickte nachdenklich, und es wurde ihm bewusst, dass sie für ihren Heimatort nicht so empfand. Das musste schlimm sein. Ignacio liebte es, nach Hause zu fahren. Auch wenn es nicht weit weg lag, war es doch etwas Besonderes, sich in der Gegend aufzuhalten, in der man aufgewachsen war. Dieselben Häuser zu sehen, Bäume, die gewachsen waren, Gebäude, die abgerissen, und andere, die renoviert worden waren. Ein intensives Gefühl, aber auch ein Stück Geborgenheit. Wut stieg wieder in ihm auf beim Gedanken daran, dass sie ein so angespanntes Verhältnis zu einem Ort haben musste, der eigentlich nur Geborgenheit ausstrahlen sollte.

Eine Weile saßen sie schweigend da. »Wie kam es, dass du bei Gaia angefangen hast? Wenn ich fragen darf?«

»Wie gesagt, Christopher war mein Headhunter, und ich war neugierig auf sein Unternehmen«, antwortete er, ohne zu wissen, worauf sie hinauswollte.

»Nein, aber ich dachte ... Du bist gut auf dem Gebiet CSR und hast es lange studiert. Carl-Adam hat erzählt, dass du Stipendien und alle möglichen Förderungen für deine Feldstudien in Südamerika erhalten hast.« Sie überlegte ein paar Sekunden. »Wie kommt es, dass du dann nicht im Bereich Nachhaltigkeitsfragen und Menschenrechte arbeitest?«

»Das tue ich doch. Bei Gaia. Menschenrechte sind in meinem Job das Wichtigste. Es geht darum, die Welt zu verändern.«

Sie sah ihn skeptisch an, und er stellte fest, dass er noch darüber nachdenken musste. Inwiefern veränderte er eigentlich die Welt, wenn er bei Gaia arbeitete? »Gaia tut viel Gutes«, beeilte er sich zu sagen. »Seitdem ich dort angefangen habe, sind wir auf der Welt führend, was Nachhaltigkeit betrifft. Wir haben kürzlich ein Ausbildungsprojekt in Entwicklungsländern initiiert. Und gerade handele ich einen Vertrag mit einer großen amerikanischen Kette aus, die nur Produkte mit Fair-Trade-Zertifikat verkauft. Ich verbreite fair gehandelte Kleider auf der Welt. Außerdem ist der Job bei Gaia gut bezahlt. Ich kann mir eine ganz andere Art der Sicherheit verschaffen, als wenn ich bei einer Non-Profit-Organisation oder in der Forschung arbeiten würde.«

»Okay, Menschenrechte sind also das Wichtigste für dich. Trotzdem möchtest du den bolivianischen Arbeitern keine Gerechtigkeit widerfahren lassen, obwohl sie ihre Gesundheit aufs Spiel setzen, damit ihr billige Kleidung produzieren könnt?«

»Es klingt schlimm, wenn du das so sagst.«

Sie sah ihn eine Weile stumm an. »Ich habe die Zeugenaussagen von Menschen in der Fabrik gelesen. Auch wenn ich sie mehrmals lesen sollte, habe ich es nur einmal fertiggebracht. Sie sind fürchterlich. Diese Menschen haben ein absolutes Trauma, nicht nur durch den Brand, sondern auch wegen der Situation davor, und es geht hier um absolut unschuldige Menschen. Arme Menschen, die keine andere Wahl hatten, als in der Fabrik Sklavenarbeit auszuführen. Sogar für mich wäre es schwierig, einen Textilriesen in diesem Fall zu verteidigen, und ich bin nicht die Idealistin von uns beiden.« Dann zuckte sie die Schultern. »Aber ich verstehe schon – Gaia zahlt gutes Geld.« Sie hielt ihr Gesicht mit geschlossenen Augen in die Sonne. Ihre Feststellung machte ihn sprachlos.

Allerdings hatten ihre Aufrichtigkeit und direkten Fragen bewirkt, dass sie in einer halben Stunde eingehender und offener über seine Karriere gesprochen hatten als Natalie und er in vier Jahren.

»Es ist nicht alles schwarz oder weiß. Es gibt Grauzonen, und das ist leider so, wenn die Nachfrage nach billiger Kleidung ständig steigt. Hätte Gaia keine Bestellung bei dieser Fabrik aufgegeben, dann hätte es ein anderes Unternehmen getan. Und ja, ich verdiene ziemlich gut bei Gaia«, sagte er. Er hatte ebenso aufrichtig und direkt wirken wollen wie sie, es klang aber eher zögerlich. »Das war schon früh mein Ziel, weil ich meinen Eltern all das zurückgeben wollte, was sie mir gegeben hatten, auch wenn sich das nicht in Geld aufwiegen lässt.«

»Wenn du sagst, dass du die Welt zu einem besseren Ort machen möchtest, habe ich leichte Schwierigkeiten zu glauben, dass Gaia da der richtige Weg ist.«

Er lächelte verhalten. »Und warum arbeitest du nicht mit Menschenrechten? Es gibt doch sicher viele tolle Möglichkeiten für Anwälte?«

»Absolut. Aber wie ich schon sagte, ich bin keine Idealistin, und es war noch nie mein Traum, mit Menschenrechten zu arbeiten. Prozesse und Zivilklagen sind für mich schon immer das Spannendste an Jura gewesen, und damit beschäftige ich mich jetzt. Das hat mich interessiert. Leider hat es mich nie gereizt, die Welt zu retten, aber ich bewundere alle, die es tun.«

Und er bewunderte sie. Wie selbstverständlich ihre Entscheidung war, wie fest ihre Entschlussfähigkeit. Während er selbst hin und her schwankte.

»Du erinnerst mich an meine Schwester. Ihr seid beide sehr direkt.«

Charlotta lächelte. »Ich mag sie jetzt schon. Inwiefern ist sie direkt?«

»Sie war es, die mir klargemacht hat, dass ich mich auf der Handelshochschule verändert hatte. Sie fragte mich wortwörtlich, ob ich mich als etwas Besseres fühlte, nur weil ich eine gute Ausbildung hatte.« Das hatte er noch nicht einmal Jack erzählt. Er schämte sich. Denn es steckte ein Funken Wahrheit in Marias Frage. Nicht, dass er sich als etwas Besseres fühlte, aber es kam durchaus vor, dass er eine gewisse Distanz zu seiner Familie empfand, weil sie ganz unterschiedliche Interessen hatte. Erst als Maria ihn mit ihrer Frage konfrontiert hatte, merkte er, dass er seine eigene Familie gemieden hatte, weil er die von Natalie spannender und interessanter fand und die Clique aus der Handelshochschule ihm mehr gab, zumindest vordergründig.

»Deine kleine Schwester scheint klug zu sein.«

»Schon, aber im nächsten Moment quengelt sie herum, und dann wirkt sie gar nicht mehr so klug und erwachsen. Dann möchte sie unbedingt eine Katze haben.« Er verzog den Mund.

»Wie geht es Gusten eigentlich?«, fragte Charlotta.

»Oh ja, ihm geht es gut. Er ist jetzt bei den Nachbarn. Ihre Kinder lieben ihn, also wird er vollkommen verwöhnt.«

Sie schwieg einen Moment. »Ich hoffe, du findest es nicht unverschämt, dass ich all diese Fragen stelle?«

»Überhaupt nicht. Es ist gut, über seine Entscheidungen nachzudenken. Und über die Wege, für die man sich entschieden hat.« Eine Haarsträhne fiel über ihre Schulter, und er strich sie ihr hinters Ohr. Sie erschauerte. Er hielt inne, die Finger noch immer an ihrem Haar. »Glaubst du …« Er unterbrach sich. Wie sollte er die Frage formulieren? Doch sie waren aufrichtig miteinander gewesen, und er wollte mit seinen Gefühlen nicht hinterm Berg halten. »Meinst du, wir können uns treffen, während die Klage läuft? Oder würde das Konsequenzen haben?«

Sie schüttelte den Kopf. »Es … es geht nicht.«

»Was ist das Problem? Bricht das irgendeine Regel aus dem neunzehnten Jahrhundert, die dir und deinem Erstgeborenen verbietet, jemals wieder als Anwalt tätig zu sein?«

Ein flüchtiges Lächeln, doch dann wurde sie wieder ernst. »Die anwaltsethischen Regeln haben tatsächlich einen Sinn und Zweck. Auch wenn nirgendwo ausdrücklich steht, dass man die Gegenseite nicht treffen darf, so … ist es in mehrfacher Hinsicht nicht gut. Es ist ganz einfach unpassend.« Sie richtete sich auf, seine Hand sank hinab. Sie zog die Beine an und umfasste sie mit ihren Armen. »Und ich darf nichts riskieren. Das hier ist alles für mich. Und ich … ich weiß nicht, ob aus uns etwas werden kann. Auch wenn es fantastisch war, wird es schwer werden, sich weiter zu sehen.«

Ihm sank der Mut. Er verstand sie, weigerte sich aber, es zu akzeptieren. Stattdessen nickte er und setzte sich auf, beugte sich zu ihr hin. »Ich respektiere alle deine Anstrengungen, die du in diesem Fall unternimmst, und ich verstehe, wie viel es bedeutet und dass du nichts riskieren kannst für eine Person, die du kaum kennst.« Er sah sie lange an und ergriff ihre Hand. »Wenn die Klage vorüber ist, haben wir beide ein Date, ein richtiges Date. Bei dem keiner von uns Sorge haben muss, gesehen zu werden.«

Sie nickte. »Okay«, sagte sie nach einer Weile mit einem leichten Lächeln.

»Okay.«

Da war es wieder, dieses Misstrauen. Sobald er ihr Verhältnis zur Sprache brachte. Dabei wollte er ihr am liebsten dieses Misstrauen nehmen, sie wieder entspannt und unbekümmert erleben.

Bevor sie sich trennten, würde er sie noch einmal nehmen, und sie würde den besten Morgensex ihres Lebens haben.

Er glitt mit der Hand unter ihr Handtuch und löste den Knoten. Streichelte ihre Brust und fuhr dann mit kreisenden Bewegungen um die Brustwarze. Sie bebte am ganzen Körper, während sie zögernd seine Küsse erwiderte. Mit der anderen Hand fuhr er durch ihr zerzaustes, nasses Haar. Ihre Anspannung verschwand sofort, ihr Körper entspannte sich, und ihre Küsse wurden hungriger. Seine Hände wanderten weiter nach unten, streichelten die Innenseite ihrer Schenkel, und sie schloss die Augen. Er genoss es zu sehen, was seine Bewegungen mit ihr machten.

Langsam führte er einen Finger in sie ein. Ganz leicht glitt er hinein, sie war schon ganz feucht. Dann führte er einen zweiten Finger ein, und sie sank stöhnend zurück auf den Steg, er auf ihr. Danach gaben sie sich beide dem Genuss hin.

Einige Stunden später erwachte Charlotta von der Sonne, die durch das Fenster schien. Widerwillig befreite sie sich aus Ignacios Armen. Nachdem sie sich auf dem Steg geliebt hatten, waren sie zurück ins Zimmer geschlichen und erschöpft eingeschlafen. Sie beugte sich über die Bettkante, tastete nach ihrer Handtasche und fischte ihr Handy heraus. Es war schon elf Uhr. Sie sah Ignacio an. Er war unwiderstehlich, mit seinen dunklen Bartstoppeln, dem zerzausten Haar und den langen Wimpern. Der breiten Brust, an der sie eingeschlafen war. Alles, was sie wollte, war bei ihm zu liegen und die Wirklichkeit zu vergessen.

Es war so einfach mit ihm, und es war eine unbeschreibliche Erleichterung gewesen, mit ihm über ihre Vergangenheit zu sprechen.

Dass sie sich nicht weiter treffen konnten, war die richtige Entscheidung, auch wenn es hart war. Doch es lag nicht nur an der Arbeit. Auch die Gefühle, die er in ihr weckte, machten ihr große Angst. Dass sie alles um sich herum vergaß. Die Nacht war geradezu eine außerkörperliche Erfahrung für sie gewesen. Bisher hatte sie sich beim Sex immer ausgeliefert gefühlt. Ständig war sie sich in solchen Momenten ihrer selbst bewusst gewesen. Was sie tat, wie sie klang und wie die andere Person sie erlebte. Nie war es ihr gelungen, die Kontrolle ganz abzugeben. In dieser Nacht jedoch hatte sie vollkommen losgelassen.

Und sich jemandem zu öffnen, war lebensgefährlich.

Die Sicherheit war trügerisch. Sie konnte nie darauf vertrauen, dass das, was er vorgab, für sie zu empfinden, auch echt war. Sie durfte nicht die Klage und somit ihre Zukunft riskieren.

Ihre Nacht war magisch gewesen, doch die Wirklichkeit bestand nicht aus Magie. Während sie die Konturen seiner breiten Schultern betrachtete, fasste sie einen schnellen Entschluss. Sie hatten schon darüber gesprochen, warum sie nicht zusammen sein konnten. Es war am besten, wenn sie jetzt ging, andernfalls riskierte sie, wieder schwach zu werden, wenn er aufwachte. Niemals würde sie seinem bettwarmen Körper widerstehen können, seinen dunklen, verschlafenen Augen, seinen Lippen und seiner Zunge, die Unbeschreibliches mit ihr gemacht hatte, seinem breiten Lächeln. Also sammelte sie schnell ihre Sachen zusammen, zog das Kleid an, schlich über den Fußboden und schloss die Tür vorsichtig hinter sich.

24

Die Woche nach der Hochzeit war vollgepackt mit Meetings im Vorfeld der Hauptverhandlung und Vorbereitungen für die Podiumsdiskussion. Charlotta war dankbar über ihren vollen Terminkalender, denn er zerstreute ihre Gedanken an die Hochzeitsnacht.

Zehn Minuten vor Beginn der Podiumsdiskussion war der Lichthof proppenvoll, und als der letzte Besucher den Empfangssaal betrat, hörte sie, wie sich der Bürochef, der zugleich Sicherheitsbeauftragter war, Sorgen machte, weil sie die maximale Besucheranzahl von hundert Personen im Saal überschritten hatten und somit gegen die Sicherheitsvorschriften verstießen.

Zu Beginn machte die Menschenmenge sie nervös, doch dann erinnerte sie sich daran, wie oft sie die Fragen durchgegangen war und dass sie sich zwei Wochen lang in die Gesprächsthemen eingelesen hatte. Danach lief alles wie am Schnürchen. Außer Sebastian Sköld – Carl-Adams Professorenfreund – nahmen der Nachhaltigkeitschef eines großen Möbelunternehmens und eine Frau teil, die den größten Nachhaltigkeitsfond des Landes verwaltete. Galant bestritten sie das Gespräch – niemand im Publikum beugte sich über sein Handy, was das beste Zeichen für eine gelungene Veranstaltung war.

Als Charlotta gegen Ende der Diskussion über das Meer an Köpfen blickte, entspannte sie sich für einen Moment.

»Ausgezeichnet, jetzt haben wir noch zehn Minuten übrig für Fragen«, sagte sie und spürte sofort, wie die Müdigkeit sie übermannte.

»Ich habe eine Frage an Sebastian Sköld. Was denken Sie, was unsere größte Herausforderung Mendicino Victims und damit die Kanzlei gegen Gaia in der Hand hat?« Es war Oscar, der die Frage stellte. Sofort wechselte Charlotta wieder in den Konzentrationsmodus. Aus Vorsicht hatten sie den Gaia-Fall nicht in die Diskussion mit einbezogen. Einerseits, um die Teilnehmenden nicht in die Bredouille zu bringen, andererseits aber auch, damit die Kanzlei nicht versehentlich Falldetails verriet. Die Frage machte sie misstrauisch. Worauf wollte er hinaus?

»Die Herausforderung besteht wohl vor allem darin, das Gericht davon zu überzeugen, dass Gaia in der Tat für das schreckliche Unglück in der Fabrik verantwortlich ist«, begann Sebastian. »Und dass eine Schadensersatzpflicht vorliegt, das heißt, dass ein Zusammenhang zwischen dem Agieren des Unternehmens und dem entstandenen Schaden besteht.«

»Aber etwas Vergleichbares ist bisher noch nie vor einem schwedischen Gericht geprüft worden, oder? Wahrscheinlich deshalb, weil es schwer ist, die direkte Verantwortung eines Unternehmens nachzuweisen, dessen einziger Fehler darin bestand, die falsche Fabrik beauftragt zu haben.« Oscar warf Charlotta einen leicht provozierenden Blick zu. Die Frage war an sie gerichtet, und es war durchaus riskant, die eigene Kanzlei vor allen Mandanten herauszufordern. Was zum Teufel hatte er vor?

Doch Henrik – Senior Associate in der Transaktionsabteilung – nickte beifällig, als sei Oscars Frage äußerst wichtig, und ein paar jüngere Kollegen setzten ein überlegenes Lächeln auf.

»Richtig, etwas Vergleichbares ist bisher noch nie geprüft worden, und es ist Sache Ihrer Kollegin nachzuweisen, dass die Textilriesen tatsächlich eine direkte Verantwortung für schmutzige Glieder der Produktionskette tragen«, antwortete Sebastian.

»Nehmen wir an, sie sind tatsächlich verantwortlich, wie soll man dann beweisen, dass Gaia fahrlässig gehandelt hat? Ist es nicht Sache der Behörden, dafür zu sorgen, dass Gebäude ausreichend gesichert sind?«, fragte einer der jüngeren Männer, dessen Lächeln noch breiter wurde, als er Charlotta direkt ansah. Er hatte ein Jahr lang als Trainee in Charlottas Abteilung gearbeitet, und Oscar hatte ihn sofort zu seinem Schützling erklärt, was dazu führte, dass er über dessen idiotische Witze lachte und zustimmend nickte, wenn Oscar Dinge von sich gab, die er für besonders clever hielt. Charlotta hatte ihn als Besserwisser in Erinnerung. Aber natürlich hatte er eine Stelle in der Transaktionsabteilung erhalten. Anwaltskanzleien waren nämlich ein passender Ort für junge Männer, die meinten, sie könnten alles.

Für einen Moment vergaß sie, wie gut sie vorbereitet war, und sah nur ihre höhnischen Gesichter. Sie hatte den Eindruck, dass das Grinsen um sie herum zunahm, je länger sie dasaß und kein Wort herausbrachte. Die Sekunden verstrichen.

Um etwas in der Hand zu haben, während sie noch überlegte, streckte sie sich nach dem Wasserglas, doch es war leer. Sofort fühlte sich ihr Mund ganz trocken an, und sie musste schlucken. Sie merkte, wie den anderen auf dem Podium unbehaglich wurde. Sie räusperte sich, doch die peinliche Stille verdichtete sich immer mehr.

Unter lautem Schnaufen machte Ignacio zehn weitere Züge am Skitrainer. Seine Schultern schmerzten noch vom gestrigen Paddle-Tennis, doch Anstrengung und Schmerz betäubten seine Gedanken.

Er konnte nicht aufhören, an Charlotta zu denken, wie sehr er es auch versuchte. Er wollte es sich kaum eingestehen, aber sein Stolz war gebrochen. Hatte ihr die Nacht überhaupt etwas bedeutet? Was er für sie empfand, war neu für ihn, und er hatte gedacht, dass das, was zwischen ihnen geschah, auf Gegenseitigkeit beruhte. Im Hinblick darauf, wie offen sie zueinander gewesen waren und dass sie ihm so vertrauliche Dinge erzählt hatte, hätte die Nacht einen würdigeren Abschluss verdient. Sie hatte sich einfach davongeschlichen, als sei er ein One-Night-Stand, den sie am liebsten vergessen wollte.

Gerade als er eine Pause einlegen wollte, stellte sich jemand an den benachbarten Skitrainer. Er blickte auf und sah Christopher, der nach den Zugseilen griff.

»Ich dachte, du trainierst nur morgens?«, meinte Ignacio.

»Inzwischen trainiere ich zweimal täglich. Ich habe eingesehen, dass du recht hast. Wir müssen jetzt mit dem Langlauftraining anfangen, wenn wir die Zeit vom letzten Jahr toppen wollen. Diesmal werde ich dich übrigens schlagen.«

Sie hatten bisher an zwei Vasaläufen teilgenommen. Beide Male waren sie zusammen gestartet und hatten einander gleich im Gewühl des ersten Anstiegs verloren. Trotzdem waren sie mit nur einer Minute Unterschied ins Ziel gekommen, Ignacio war Erster gewesen. Seit feststand, dass es zu einer Klage kommen würde, hatten sie kaum noch vom Vasalauf gesprochen.

Christopher machte seine ersten Züge. »Außerdem muss ich alle dummen Gedanken loswerden, damit ich heute Nacht überhaupt schlafen kann.«

Ignacio streckte die Arme über dem Kopf aus, nahm einen Schluck Wasser und trainierte noch eine weitere Minute in schnellerem Tempo als zuvor.

Mitten im Training brummte Christophers Smartwatch, und er warf einen Blick aufs Display. »Verdammt!«, sagte er nach einer Weile.

»Was ist denn?«, fragte Ignacio zwischen zwei keuchenden Atemzügen.

»Eine Mail von Karl. Offenbar hat irgendein wichtiger Professor gebloggt, dass seiner Ansicht nach westliche Unternehmen einer erweiterten Schadensersatzpflicht unterliegen sollten, nämlich auch für das, was in der Produktion passiert. Zitat: ›Es ist nicht länger hinnehmbar, dass Großunternehmen die Verantwortung in der Produktionskette nach unten schieben, wenn die Forderung nach billiger Produktion von oben kommt. So werden Menschenrechte ausgehöhlt.‹« Christopher schüttete den halben Inhalt der Wasserflasche in sich hinein, ohne den Blick von der Uhr zu nehmen.

»Seit wann bloggen Professoren?«

»Dieser tut es offensichtlich.«

»Und wie beeinflusst das den Prozess?«

Christopher las weiter. »Laut Karl ist die Äußerung dieses Professors verdammt wichtig, und das Gericht wird sie nicht ignorieren. Jetzt können wir nur darauf hoffen, dass das Gericht unserer Argumentation folgt, dass Gaia keinen Einfluss auf die Verhältnisse in der Fabrik hatte, und den Bericht als ausreichend gut erachtet.« Er zog wieder an den Seilen. »Sonst war es das.«

»Können wir nicht noch mal versuchen, den Vorstand davon zu überzeugen, auf die Forderungen der Arbeiter einzugehen?«, schlug Ignacio vor. Damit begab er sich auf dünnes Eis.

»Nein, Ignacio. Der Vorstand möchte Gaia reinwaschen.« Christopher ließ die Zugseile so abrupt los, dass sie hin und her schleuderten. »Sie möchten, dass ich Gaia von jeglicher Schuld reinwasche, und im Grunde haben sie recht. Warum sollen ausgerechnet wir, die wir in der Branche am besten dastehen, als Sündenbock herhalten? Ständig und überall auf der Welt passieren Unfälle, bei denen sogar Menschen sterben, und zwar ohne dass ein einziges Textilunternehmen verklagt wird. Die einzige Chance, Gaia zu retten, ist, Gaias Unschuld zu beweisen. Ich habe keine andere Wahl. So ist das.« Demonstrativ wandte er sich wieder dem Skitrainer zu und machte kräftige Züge.

»Aber müssen wir nicht gerade deswegen die Verantwortung übernehmen, weil wir die Besten sind und gegen unsere eigenen Regeln verstoßen haben?« Als Christopher nicht reagierte, stellte Ignacio sich direkt vor den Skitrainer. »Christopher, hier geht es nicht nur um meine Ideale, sondern es geht darum, Gaia zu retten. Der schlechte Ruf, den wir durch einen Rechtsstreit riskieren, wird Verluste schaffen, die in der Summe höher sind als das, was die Fabrikarbeiter von uns fordern. Der Vorstand muss das endlich begreifen.« Ignacio wusste, dass er recht hatte, und es war seine Aufgabe als Nachhaltigkeitschef, diese Tatsache anzusprechen. Wäre er der Finanzchef gewesen, hätte er ebenso argumentiert. Warum nur begriff Christopher das nicht?

»Wir haben nicht gegen unsere eigenen Regeln verstoßen, die Fabrik hat es getan. Und zwar bewusst. Aber nicht wir.«

Ignacio atmete langsam ein, um einen letzten Versuch zu starten. »Deine ganze Arbeit wäre umsonst gewesen. Wir können es uns leisten, ihnen den Schadensersatz zu zahlen. Das bedeutet nicht, dass wir unsere Schuld eingestehen, sondern es ist eine wichtige versöhnliche Geste.« Als Christopher noch immer nicht antwortete, schüttelte er den Kopf und hob die Stimme, um die Geräusche der Maschine zu übertönen. »Außerdem finde ich, dass es gegen alle unsere Prinzipien verstoßen würde.«

»Das stimmt nicht! Es verstößt gegen deine Prinzipien, Ignacio.« Christopher ließ die Zugseile los. »Nicht Gaias Prinzipien!«, schrie er. »Der Vorstand und ich betreiben nämlich keinen Wohltätigkeitsverein, sondern ein gewinnbringendes Unternehmen. Und da kann man nicht jedes Mal nachgeben, wenn jemand von einem Geld verlangt!«

Die Leute auf den Laufbändern vor ihnen drehten sich zu ihnen um. Ignacio schüttelte wieder mit dem Kopf, erklärte, dass seine Trainingszeit vorüber sei, und ging zurück zum Umkleideraum, ohne sich noch einmal umzudrehen. Das Geräusch des Skitrainers war wieder zu hören. Diesmal noch lauter und schneller.

25

Charlotta betrachtete das Publikum. Das laute Rauschen in ihren Ohren übertönte die Stille. Doch die Stille war dennoch spürbar. Dann riss sie sich zusammen. Seit mehreren Wochen hatte sie Tag und Nacht dagesessen und sich Gedanken über genau das gemacht, was die Kollegen sie gerade fragten. Sie wusste Bescheid.

Den Blick fest auf den kleinen Besserwisser gerichtet, antwortete sie: »Die Lösung des Problems, das Sie gerade angesprochen haben, sind die Menschenrechte.« Sie atmete tief ein und trat einen Schritt nach vorn. Hier bot sich die Gelegenheit, einmal die amerikanische Serienanwältin zu geben und Selbstvertrauen für die Gerichtsverhandlung zu sammeln. »Erstens hat Gaia gegen die grundlegenden Menschenrechte verstoßen, wie etwa das Recht auf persönliche Sicherheit und Gesundheit, aber auch das Recht auf eine sichere Arbeitsumgebung. Zweitens hat sich das Unternehmen den ILO-Kernarbeitsnormen verpflichtet, was bedeutet, dass regelmäßige Inspektionen der Fabrik durchgeführt werden müssen, um eventuellen Menschenrechtsverstößen vorzubeugen. Für diese Inspektionen gibt es internationale Vorschriften, gegen die Gaia schlicht und ergreifend verstoßen und somit fahrlässig gehandelt hat. Also besteht Schadensersatzpflicht.«

Die Zuhörer nickten zustimmend, und das Lächeln des

Besserwissers erstarb. Dass der Bericht über eine Inspektion der Fabrik inzwischen aufgetaucht war, wusste noch niemand. Charlotta selbst hatte ihn noch nicht einmal gesehen.

Ein paar weitere Fragen wurden an die Experten auf dem Podium gestellt, nun weniger aggressiv. Anschließend erhielt jeder von ihnen einen symbolischen Blumenstrauß als Dank für die Teilnahme. Die Zeiten feiner Zigarren und teurer Schnapsflaschen waren vorbei. Um nicht in Bestechungsverdacht zu geraten, waren Anwaltskanzleien inzwischen vorsichtig mit Geschenken.

Sören Svärdh erhob sich und blickte über die Menschenmenge. »Ich möchte Charlotta Kvist für die Moderation der Diskussion danken. Es ist ein ungeheuer interessantes Thema. Bestimmt werden Sie wie auch ich den Gaia-Fall voller Spannung verfolgen. Der Fall demonstriert nämlich, wie wichtig Nachhaltigkeitsfragen für alle Unternehmen geworden sind, auch für Anwaltskanzleien. Dieser Prozess ist wichtig, denn er berührt wertebasiertes und nachhaltiges Unternehmertum, Schlüsselbegriffe auch für das Anwaltswesen, für die gesamte Gesellschaft.« Dann schlug er die Hände zusammen und lächelte. »Jetzt, meine Damen und Herren, ist Zeit für Geselligkeit, Essen und Getränke!«

Charlotta ging zur Theke, nahm die Wasserkaraffe und füllte ein Glas, das sie in einem Zug austrank. Sören kam zu ihr, winkte einen der Studenten heran, die an diesem Abend als Barkeeper eingesetzt waren, und orderte ein Glas Sekt.

»Gut gemacht, Charlotta. Das zeigt, wie ungeheuer wichtig Pro-bono-Fälle sind«, sagte er und lächelte sein blendend weißes Lächeln. »Seit der Artikel über Gaia veröffentlicht wurde, habe ich enorm viele Mails und Anrufe von Mandanten erhalten.« Er machte eine Pause. »Von wichtigen Mandanten«, sagte er mit Nachdruck. »Du siehst, wie viele heute Abend hier sind.« Er wies mit seinen braun gebrannten Händen auf die Menschenmenge. Oscar stand ein paar Meter von ihnen entfernt, mit einem leeren Sektglas in der Hand. Er beobachtete sie mit säuerlicher Miene.

»Deine Kollegin hat tolle Arbeit geleistet, findest du nicht auch, Oscar?«, sagte Sören an ihn gewandt. Oscar lächelte, doch seine Kiefer mahlten, als müsse er jeden Muskel dazu bewegen, das Lächeln aufrechtzuerhalten. Krampfhaft hob er sein ausgetrunkenes Glas in Richtung Charlotta. Liebreizend lächelnd prostete sie zurück.

Sebastian Sköld kam auf sie zu. »Wirklich eine gute Debatte und gut moderiert, Charlotta. Ich muss sagen, ich finde es fantastisch, dass diese Fragen die Aufmerksamkeit erhalten, die sie verdienen.«

»Und was denkst du über unsere Chancen?«, konnte sie sich nicht verkneifen zu fragen. Sie blickte Sören an, der nicht im Geringsten schockiert über ihre Direktheit zu sein schien, sondern Sebastian interessiert ansah.

»Schwer vorauszusagen«, antwortete Sebastian. »Aber ich finde, das Ganze hat eine moralische Komponente, die ich gerne unterstreichen möchte. Westliche Textilriesen müssen deutlicher zeigen, dass sie es ernst meinen. Sie können nicht länger alles auf die Fabriken schieben, das überzeugt nicht. Jedenfalls nicht, wenn sie gleichzeitig Geld mit einer Verantwortung verdienen, die sie eigentlich gar nicht haben. Sie erhalten Goodwill für etwas, das nicht real ist. Und das passt nicht zusammen.«

»Du hast nicht zufällig einen Beitrag dazu in der Pipeline?«

Sebastian betrieb einen gut besuchten Blog zum Thema Menschenrechte. Die Äußerung eines angesehenen Professors zu einer solchen Frage würde in jedem Fall von den Gerichten wahrgenommen werden.

»Ich habe tatsächlich einen Beitrag geschrieben, kurz bevor ich hierherkam. Ich wusste ja nicht, in welche Richtung die Diskussion gehen würde, also habe ich vorher gebloggt, um meine Glaubwürdigkeit zu erhalten.« Er schüttelte ihr die Hand. »Und auch deshalb sollte ich mich nun verabschieden. Die Äußerung verliert an Gewicht, wenn ihr mir hinterher gutes Essen und Getränke serviert.« Er zwinkerte, und Charlotta musste sich beherrschen, um nicht vor Freude in die Luft zu springen. Der Blogbeitrag war ganz klar zu ihrem Vorteil. »Außerdem habe ich eine Live-Diskussion im Fernsehen in …« Er sah auf die Uhr. »… vierzig Minuten.« Er dankte Sören und Charlotta, und als sie ihm die Hand schüttelte, strahlte sie über das ganze Gesicht.

Als Sebastian Sköld gegangen war, wandte sich Sören wieder an Charlotta. »Nicht schlecht. Da haben wir ein Rechtsgutachten zu unserem Vorteil, das Gewicht haben wird.« Er klopfte ihr auf die Schulter und griff nach einem weiteren Glas Sekt.

Plötzlich stand Oscar neben ihr und grinste breit. Sie kannte dieses Grinsen, er schleimte sich damit ein. Ihr Magen verkrampfte sich. Sie sah sich nach einer Fluchtmöglichkeit um, doch Sören war bereits in der Menschenmenge verschwunden.

»Na ja, ich wollte eigentlich nur sagen, wie Sören schon meinte, dass du in dem Fall richtig gute Arbeit geleistet hast. Und ich wollte mich erkundigen, ob du bei der Hauptverhandlung Hilfe gebrauchen kannst.«

Jetzt war es so weit. Jetzt würde er alles daransetzen, den Fall an sich zu reißen. Bis jetzt hatte er sie in Ruhe gelassen, weil der Gaia-Fall ihm nicht ausreichend attraktiv erschien. Doch jetzt hatte sie einen Abend lang glänzen dürfen, und da wollte Oscar natürlich seinen Teil vom Glanz abhaben.

»Ich vermute, du hast keine Lust, rechtliche Analysen über brasilianisches Schadensersatzrecht zu verfassen?«, fragte sie.

»Nein, ich dachte an etwas Anspruchsvolleres. Ich meine, du bist gut darin, Plädoyers zu schreiben. Ich bin eher der Rednertyp, ein Entertainer sozusagen. Dass das nicht so dein Ding ist, macht ja nichts – nicht alle können Stars sein, es braucht auch Drehbuchautoren.« Er lehnte sich gegen die steinerne Theke und warf ein leeres Glas um, das auf den Boden gefallen wäre, wenn Charlotta es nicht aufgefangen hätte. »Ich dachte, es wäre einfacher für dich, wenn ich dabei bin. Ich würde die Plädoyers nicht ganz alleine bestreiten. Wir könnten uns gegenseitig helfen, und ich kann dir Tipps und Ratschläge geben.«

»Du hast doch genug mit deinen eigenen Fällen zu tun, Oscar. Es wäre egoistisch von mir, dich um Hilfe zu bitten.«

Das Schleimige war aus seinem Gesicht verschwunden, nun biss er die Zähne zusammen. »Nein, ich helfe dir gerne. Und du könntest mir im Gegenzug beim Grape-On-Fall helfen, bei der Vorbereitung der Hauptverhandlung.«

»Ich habe im Grape-On-Fall ohnehin schon den Großteil erledigt.« Einer der Studenten kam mit einem Tablett voller Sektgläser. Charlotta nahm sich eines und nickte zum Dank. Dann wandte sie sich an Oscar. »Danke, aber nein danke.« Sie prostete ihm zu und trank einen Schluck. »Ich komme gut alleine klar.« Bevor er etwas darauf erwidern konnte, machte sie mit klopfendem Herzen auf dem Absatz kehrt und ging. Ihr Handy vibrierte in der Jackentasche, und als sie es herausnahm, sah sie, dass sie zwanzig verpasste Anrufe hatte. Zwölf von ihrem Vater und acht von Maria. Ihr Herz klopfte noch schneller, als sie ihren Vater anrief und in ihr Büro eilte. Irgendetwas war passiert. Sie musste nach Ludvika. Jetzt.

Nach der Podiumsdiskussion blieb Dessie noch eine Weile unten. Eigentlich sollte sie zurück in ihr Büro gehen. In der kommenden Woche stand eine große Transaktion bevor, doch unter den Gästen befand sich auch Vincent Rask. Gerade unterhielt er sich mit einem der Kanzleipartner.

In der Woche zuvor hatte sie Vincents Namen auf der Teilnehmerliste für den heutigen Abend gesehen und sofort eine Idee gehabt. Seitdem hatte sie ihren Schachzug genau geplant.

Sie betrachtete ihn von Weitem. Ihre Reaktion war eindeutig gewesen, als sie ihn erstmals nach zwei Jahren wiedersah: eine Mischung aus Ekel und Scham. Dieselben Gefühle hatte sie beim Gedanken daran, dass sie dumm genug gewesen war, sich von ihm verführen zu lassen. Noch immer bereute sie es, dass sie in jenem Sommer so tief gesunken war. Es war nach einem ähnlichen Event gewesen. Vincent war von Gaia gefeuert worden und hatte als Finanzchef eines Industrieunternehmens angefangen, einem großen Mandanten der Kanzlei. Sie und Vincent, verstoßen und noch immer in Stockholm, als seien sie beide auf die Müllhalde geworfen worden.

Er lächelte über etwas, was der Partner sagte, und dieses selbstsichere Lächeln und der glasige Blick ließen sie erschauern. Sie hatte ihn noch nie gemocht. Er lästerte ständig, über alles und jeden, doch heute Abend schätzte sie diese Eigenschaft. Sie würde sie zu nutzen wissen.

Nach etwa einer Stunde kam er zu ihr, als sie gerade im Gespräch mit einem Mandanten war. Sie unterhielten sich alle drei über das Thema der Podiumsdiskussion, bis der Mandant sich entschuldigte, er müsse nun nach Hause zur Familie. Vincent und sie tauschten vielsagende Blicke aus. Keiner von beiden hatte Familie. Beide waren sie gleich einsam.

»Auf solchen Veranstaltungen sehen wir uns also«, sagte er, als der Mandant gegangen war.

»Scheint so.« Sie hielt ihr leeres Glas hoch. »Ich brauche noch etwas zu trinken.« Ihr Plan sah vor, dass auch er weiter trinken würde, und zwar zu viel, was nicht sonderlich schwer war. Es galt nur, ihn dazu zu bringen, das bisschen Kontrolle zu verlieren, was er ohnehin nur hatte.

Eine Stunde lang hielt sie seine Prahlereien darüber aus, wie gut es für ihn im Industrieunternehmen lief, dann hatte er endlich die Grenze eines gewöhnlichen Rausches überschritten. Kurz danach schlug einer der Partner vor, weiter in die Stadt zu gehen. Perfekt. So konnte sie Vincent in eine dunkle Ecke ziehen, wo niemand hörte, worüber sie sprachen.

In der Bar erwarteten sie drei VIP-Tische mit vorbestellten Drinks. Dessie setzte sich mit Vincent ganz nach hinten. Einer der Partner reichte jedem von ihnen einen Drink.

»Das muss ja das reinste Weihnachtsfest für dich sein, dass Christopher so ins Schwitzen gerät«, sagte sie und nippte am viel zu starken Drink.

»Na klar. Und du wirst sicher auch ganz feucht im Höschen, wenn du daran denkst. Du hasst ihn genauso wie ich.«

Dessie verkniff sich einen angeekelten Gesichtsausdruck über seine Wortwahl. »Ja, er hat uns beide verarscht«, sagte sie stattdessen. In jenem Sommer hatte Christopher sie beide verlassen und gegen ein neues Leben in London eingetauscht. An dem Abend, als sie mit Vincent geschlafen hatte, waren beide betrunken gewesen, und es hatte damit geendet, dass sie mit zu ihm nach Hause gegangen war.

Sie hatten vorher schon einmal Sex miteinander gehabt, lange bevor sie Christopher kennengelernt hatte. Es war so einfach gewesen, in ihrem Unglück zu ihm zurückzukehren. Aber danach hatte es sich schmutzig angefühlt. Christophers bester Freund und dazu jemand, den sie eigentlich nicht besonders mochte. Der Nacht mit ihm hatte so ziemlich alles gefehlt, was für sie Sex ausmachte: Anziehung und Leidenschaft. Es war vollkommen unnötig gewesen.

»Was hast du gegen Gaia in der Hand?«, fragte sie.

»Was meinst du damit?«

»Die ganze Geschichte ist doch zu deiner Zeit passiert. Du musst doch in die Überprüfung der Fabrik involviert gewesen sein.«

Alkoholdunst schlug ihr entgegen, als er lachte. »Dessie, so dumm bin ich nicht.« Er legte seinen Arm schwer auf ihre Schulter und zog sie zu sich heran, bis sein Gesicht ganz dicht an ihrem war. »Du glaubst also, dass ich dir geheime Informationen verraten werde?«

Ihr wurde schlecht vom Knoblauchgeruch, der von seinem Mittagessen herrühren musste, verbunden mit dem Dunst verschiedener Schnapssorten. Aber sie beherrschte sich und erwiderte kühl: »Ja, warum solltest du es nicht tun? Du willst Christopher doch auch vernichten – genau wie ich.«

»Begreifst du denn nicht, dass das für mich nach hinten losgehen kann?

»Inwiefern?«

Er blickte sie schweigend an.

Sie zuckte die Schultern und rückte von ihm ab. »Okay, ich verstehe. Du hast kein Interesse an einer Zusammenarbeit.«

»Nein, ich … warte doch …« Er zog sie wieder an sich, offenbar enttäuscht darüber, ihr Interesse verloren zu haben. »Eine Sache könnte ich erzählen, die ihr berücksichtigen solltet.«

Sie sah ihn auffordernd an.

»Dieser Bericht, der plötzlich aufgetaucht ist«, sagte er und sah verschmitzt aus. »Der sah ein wenig zu geleckt aus, fandest du nicht?«

Okay, die Glaubwürdigkeit des Berichts war zweifelhaft, das konnte sie Charlotta mitteilen. Wusste Christopher davon, dass mit dem Bericht etwas nicht stimmte?

Zum ersten Mal kam ihr der Gedanke, dass Christopher möglicherweise gar nichts mit den Geschehnissen in der Fabrik zu tun gehabt hatte. Womöglich hatte jemand anders von Gaia, vielleicht Vincent, ihn hintergangen. War es dann wirklich in Ordnung, Gaia und Christopher zu vernichten? Dessie schüttelte verwirrt den Kopf. Der Wein machte sie ganz durcheinander. Sie wollte Christopher vernichten, das war der einzige Grund, warum sie hier saß.

»Was ist los? Hast du Halluzinationen?« Vincent lachte und schüttelte ebenfalls den Kopf. »Das passiert, wenn man etwas einnimmt.« Er beugte sich näher. »Hast du was dabei? Ich könnte etwas gebrauchen.«

»Nein, daran liegt es nicht. Ich habe nur an etwas gedacht, woran ich nicht denken wollte.« Sie sah ihn wieder an. »Noch mehr?«

Mit blinzelnden Augen zog Vincent sie wieder näher zu sich heran. Sein Mund war nur ein paar Zentimeter von ihrem entfernt. Großer Gott, würde er sie jetzt küssen? Während sie sich von ihm zurückzog, versuchte sie gleichzeitig, überzeugend und verführerisch zu wirken.

»Du scheinst plötzlich Probleme mit dem Sprechen zu haben?«, fragte sie lächelnd.

»Verdammt, warum sind wir nicht mehr zusammen?«

»Damals ist einfach zu viel passiert. Aber jetzt sitzen wir ja zusammen hier.«

Er lächelte wieder dieses eklige, selbstgefällige Lächeln.

»Inwiefern ist etwas faul mit dem Bericht?«

»Du willst ja nur über die Arbeit reden.« Er lehnte sich zurück, krempelte die Ärmel hoch und schüttelte den Kopf.

»Ich will Christopher vernichten.«

»Der Bericht zeigt vielleicht nicht die ganze Wahrheit, nein. Das, was ich erfahren habe, aber nicht wissen wollte, das habe ich nicht aufgeführt. Herrgott, alle Unternehmen engagieren Inspektoren, die nur sagen, was die Unternehmen hören wollen.« Er nahm einen Schluck von seinem Drink. Und noch einen. Dann zog er sie wieder zu sich heran. »Wollen wir jetzt zu mir nach Hause gehen?«

Das Gespräch war beendet, sie würde nicht mehr von ihm erfahren. Aber etwas hatte sie jedenfalls bekommen.

»Ich muss jetzt gehen. Ich habe morgen früh ein wichtiges Meeting und darf nicht zu spät kommen.«

»Du meinst, du willst morgen früh nicht frisch gevögelt in denselben Klamotten auftauchen?«

»Ich meine, dass ich nicht von dir gevögelt werden will.« Sie stand auf. Sah sich um. Hoffte, dass niemand sie gesehen hatte, aber alle schienen mit sich selbst beschäftigt zu sein, der eine betrunkener als der andere. Schnell verließ sie die Bar und Vincent, der sich gerade den Rest ihres Drinks genehmigte.

Zu Hause angekommen, streifte Dessie ihre High Heels ab und atmete tief durch. Schnell zog sie sich aus und warf die Kleider in die Wäsche. Das Gefühl von Vincents schwerem Arm auf ihrer Schulter war noch da, ebenso sein Geruch. Sie musste duschen, seine Berührung abwaschen.

Lange blieb sie unter der dampfend heißen Dusche stehen. Hinterher wickelte sie sich ein Handtuch um den Körper und eines um ihr Haar. Sie ging in die Küche, zog eine Flasche Rotwein aus dem Regal und schenkte sich ein großes Glas voll ein. Dann ging sie weiter ins Wohnzimmer, nippte am Wein und sah hinaus über die Stadt. Dachte darüber nach, was Vincent gesagt hatte. Hatte Christopher von der Mauschelei gewusst? Hatte er sie womöglich befürwortet?

Es war beinahe Mitternacht und der Himmel dunkel. Auch in der Wohnung war es dunkel.

Sie liebte diese Stunden, wenn die Stadt im Dunkeln lag und sie alleine in der Wohnung war. Als Trostpflaster für seine ständige Abwesenheit hatte Dessies Vater ihr und ihrem

Bruder jeweils eine große Wohnung in Östermalm gekauft. Früher war sie traurig gewesen, weil sie ohne Vater aufwuchs. Doch nachdem sie als Erwachsene einige Wochenenden mit ihm verbracht hatte, stellte sie fest, dass er kein sonderlich sympathischer Mensch war. Sie zog die Wohnung einer Beziehung zu ihm vor.

Hatte sie sich deshalb damals so heftig in Christopher verliebt? Um den abwesenden Vater zu kompensieren? War sie tatsächlich so klischeemäßig? Sie hatte immer gedacht, sie sei zu klug, um auf Arschlöcher hereinzufallen, und sich deshalb lange dagegen gesträubt. Das Ganze hatte als witziger Flirt begonnen. Er sah gut aus, war sexy, und sie genoss seine Aufmerksamkeit. Doch Christopher hatte nicht lockergelassen, und irgendwann hatte sie erkannt, wie warmherzig und aufrichtig er war. Sie investierte ihr ganzes Gefühlskapital in ihn und wagte es, ihm zu vertrauen. Weil er anders war.

Wie sehr sie sich geirrt hatte.

Die Türklingel unterbrach ihren Gedankengang. War ihr Bruder nach Hause gekommen? Sie waren Nachbarn, und er war der Einzige, der um diese Zeit auftauchen konnte. Aber er war zurzeit in Tokio. Der nächste Gedanke ließ sie erstarren. War es Vincent? Vielleicht war er enttäuscht, dass sie ihn einfach in der Bar hatte sitzen lassen, und war hergekommen, um weiterzumachen, wo sie aufgehört hatten? Es klingelte erneut. Sie schluckte, nahm einen großen Schluck Wein und ging zur Wohnungstür. Ein Blick durch den Türspion raubte ihr den Atem. Ihr Herz raste.

Christopher.

Ohne Jacke, nur im Anzug, ohne Krawatte, der oberste Knopf seines Hemdes war geöffnet.

Sie machte die Tür auf. »Hoher Besuch.«

»Darf ich hereinkommen?«

Ohne zu antworten schob sie die Tür mit dem Fuß auf, drehte sich um und ging ihm voran in die Wohnung. Sie holte ein zweites Weinglas aus dem Küchenschrank, füllte es und reichte es ihm. »Ist es nicht etwas spät für unangekündigten Besuch?«

Er betrachtete sie von oben bis unten. »Ich wusste, dass du noch wach bist. Du gehst nie vor zwölf ins Bett.«

»Es ist fünf vor zwölf, und ich wollte mich gerade hinlegen.«

Er nickte zerstreut, schien ihr gar nicht zuzuhören und nippte am Wein. Sein blondes Haar war zerzaust, die Bartstoppeln dunkel. Andere Männer hätten vielleicht nachlässig ausgesehen, aber Christopher sah sexy aus, wenn er ungestylt war. So als habe jemand sein perfektes Äußeres einmal durchgeschüttelt.

»Ich musste dich sehen. Ich habe so viele wichtige Entscheidungen sowohl vor als auch hinter mir. Ich weiß verdammt noch mal nicht mehr, wofür ich stehe.« Er seufzte und richtete seinen Blick auf die Stuckdecke über ihm, um etwas anderes anzusehen als sie. »Ich hasse es, das zu sagen. Und ich hasse mich selbst dafür, aber ich empfinde noch etwas für dich, und das kann ich nicht einfach ignorieren.« Er sah sie direkt an. »Ich brauche eine Erklärung für all das, was du getan hast.«

Sie lachte verblüfft. »Du hast mich verlassen, Christopher, einfach so. Und jetzt kommst du her?« Sie schüttelte den Kopf. »Und verlangst eine Erklärung? Für was?«

»Ich weiß alles. Vincent hat mir alles erzählt, vor zwei Jahren schon.«

»Alles erzählt? Was hat er erzählt?«

»Dass ihr miteinander geschlafen habt.«

»Was? Wovon sprichst du? Er hat gelogen, Christopher.«

»Dessie, hör auf. Ich bin ein großer Junge. Ich kenne die Wahrheit und lebe seit zwei Jahren mit ihr.«

Panik beschlich sie. Hatte er sie damals wegen Vincent verletzt und verlassen? Das konnte doch nicht sein! All das war doch erst passiert, *nachdem* Christopher sie verlassen hatte. Es konnte nicht stimmen. Sie trat einen Schritt näher, und er streckte die Hand aus, als wolle er ihr über die Wange streichen, ließ den Arm jedoch fallen.

»Ich habe nicht mit ihm geschlafen. Nicht in der Zeit, als wir beide ein Paar waren.«

»Vincent zufolge ist aber genau das passiert.«

»Warum glaubst du ihm und nicht mir?«

»Ich habe Beweise gesehen. Das Video.«

»Welches Video?«

»Ich habe mich mit ihm getroffen, um über seine gefälschten Abrechnungen zu reden, und habe ihm erklärt, dass ich ihn würde entlassen müssen. Zum Abschied hat er mir das Video von euch beiden gezeigt. Das warst ganz eindeutig du auf dem Video. Noch am selben Abend bin ich nach London abgereist.«

Großer Gott. Jetzt begriff sie. »Er …« Sie schnappte heftig nach Luft. »Es ist ein einziges Mal passiert. Lange, bevor du und ich uns kennenlernten. Und dieser Scheißkerl hat es offenbar gefilmt. Als ich dir begegnete, hast nur du mir etwas bedeutet.«

»Wenn das stimmt, warum hast du mir nie von euch erzählt, als wir zusammenkamen?«

»Ich habe dir nichts erzählt, weil es mir nichts bedeutet hat. Er bedeutete mir nichts.«

Hätten die beiden Jahre ganz anders verlaufen können, wenn sie ihn einfach in London besucht und eine Erklärung verlangt hätte und sie sich danach ausgesprochen hätten? Damals war sie zu stolz gewesen, um mit ihm zu reden, und außerdem überzeugt, dass er ein Mistkerl war, der genug von ihr gehabt hatte und einfach abgehauen war. Genau wie Christopher hatte auch sie Vincent geglaubt. Sie hatte solche Angst gehabt, wieder Gefühle für ihn zu entwickeln, sich lächerlich zu machen und erneut verletzt zu werden. Nur so konnte man nämlich überleben – aufstehen, Krönchen richten und weitermachen.

»Ein einziges Mal? Wie kann es dann sein, dass Vincent anschließend mein Leben mit Nachrichten darüber vergiftet hat, dass ihr noch zusammen wärt und es so schön miteinander hättet. Er hat mir ein verdammtes Bild von dir geschickt. Nackt. In seinem Bett.«

Sie schluckte. Das konnte nicht wahr sein. Sie hatte keine Ahnung davon gehabt, dass der Scheißkerl sie fotografiert hatte. »Wir haben uns noch ein Mal getroffen, nachdem du weg warst. Ich war so verzweifelt wegen dir und …« Sie unterbrach sich. »Es war ein Fehler«, flüsterte sie. Dann zuckte sie die Schultern, ihre Stimme wurde wieder fester. »Ich weiß gar nicht, warum ich dich zu überzeugen versuche. Du hast dich furchtbar mir gegenüber verhalten. Zwischen Vincent und mir war nichts, solange du und ich zusammen waren. Er wollte sich offenbar an dir rächen, weil du ihn gefeuert hattest. Du hast nicht einmal versucht, mit mir zu sprechen, und den Wahrheitsgehalt seiner Aussagen hast du erst recht nicht geprüft. Du hast ihm die Oberhand gelassen.«

Er trank einen großen Schluck vom Wein und stellte das Glas mit einem Knall auf den Tisch. »Ich weiß verdammt noch mal nicht mehr, was ich glauben soll.« Er drehte sich um, fuhr sich durchs Haar und wandte sich wieder ihr zu. »Du meinst also, er hat mich die letzten zwei Jahre lang angelogen? Ich habe dich also völlig ohne Grund verlassen?« Er sah nicht mehr ganz so wütend aus. Irgendwie schien er ihr zu glauben. Er wusste ja, dass Vincent ein geübter Lügner war.

Ohne zu antworten, sah sie ihn ernsthaft an. Vorsichtig nickte er. Atmete tief ein und ging auf sie zu. »Der Grund, warum ich heute Abend hier bin, ist der, dass alles um mich herum gerade einstürzt. Du bist der einzige feste Punkt, den ich jemals gehabt habe. Und ich … Ich weiß nicht. Ich brauche dich. Nur heute Abend.«

»Nur heute Abend.« Sie schnaubte. »Was für ein toller Anmachspruch, Christopher. Welche Frau würde nicht darauf anspringen?«

»Ich brauche dich, das war schon immer so. Gerade ist mir alles egal. Es ist mir egal, ob ich dir vertrauen kann.«

Am liebsten hätte sie ihn nach Hause geschickt, wäre allein mit ihren Gedanken gewesen und früh ins Bett gegangen. Aber jetzt war er hier. In ihrer Wohnung. Und er war ihr viel zu nahe. Bevor sie reagieren konnte, griff er ihr unters Kinn und küsste sie. Von seinem wohlbekannten Duft bekam sie Gänsehaut, am ganzen Körper. Sie sah auf, trat einen Schritt zurück und sah ihm in die Augen. Das Begehren darin warf sie um zwei Jahre zurück. Zurück zu ihrer gemeinsamen Zeit, den unendlich langen Nächten.

Mit einem Ruck riss er ihr das Handtuch vom Leib und betrachtete sie schweigend. Und sie küsste ihn erneut, strich ihm über die Brust und die Schultern und zog ihm das Jackett aus. Hände und Finger wurden nicht mehr vom Vernunftteil ihres Hirns gesteuert, sie knöpfte sein Hemd auf und zog es ihm aus. Sie umfasste seine harten Schultern. Wie hatte sie es geliebt, diese wohlgeformten Schultern zu berühren.

Sein Körper hatte sich nicht verändert. Sie ließ ihre Hand über die dunkelbraunen Härchen gleiten, die vom Hosenbund bis hinauf zum Nabel führten. Und weiter hinauf zum kleinen Muttermal auf der einen Brust.

Er wickelte ihr das Handtuch vom Kopf, fuhr mit den Fingern durch das nasse, zerzauste Haar, hob sie auf den Tisch und drückte sich gegen sie. Sie spürte seine Erektion und schlang die Beine um ihn, damit er ihr noch näher kam, doch er befreite sich aus ihrem Griff und streichelte sie. Als sie seine feste Hand zwischen den Beinen spürte, stöhnte sie auf.

»Du verdammter Mistkerl. Kommst einfach her und machst solche Sachen mit mir«, sagte sie außer Atem.

»Ich weiß. Aber ich habe es gebraucht. Ich brauche dich.« Er hielt inne. Trat einen Schritt zurück und betrachtete sie. »Ich habe mich so nach diesem Anblick gesehnt. Ich habe mich gesehnt und davon fantasiert, jede Nacht, zwei Jahre lang.« Er trat wieder zu ihr hin. »Jede Nacht, Dessie.« Zärtlich küsste er sie.

Sie öffnete seinen Gürtel und den Hosenknopf, machte den Reißverschluss auf, riss Hose samt Boxershorts herunter und sah, wie hart er war. Sie umfasste ihn, streichelte ihn von oben nach unten, benetzte ihre Finger mit den Liebestropfen und verteilte sie über seinen Schwanz, während Christopher laut stöhnte.

Er ließ sie auf dem Tisch sitzen und spreizte ihre Beine, kniete sich nieder und begrub seinen Mund in ihr. Fand ihre Klitoris und streifte sie erst nur mit der Zunge. Sie schrie auf, als der Genuss in Wellen durch ihren Körper schoss. Danach führte er mit der Zunge kreisende Bewegungen aus, während er vorsichtig erst einen Finger in sie einführte, dann zwei. Und schließlich drei. Sie schrie laut vor Lust und drückte seinen Kopf noch näher an sich.

Zuckungen fuhren durch ihren Körper, sie war kurz davor.

Er bückte sich und suchte nach etwas in seiner Hosentasche. Durch ihre halb geöffneten Augen konnte sie nur seine Umrisse erkennen, aber hörte es knistern.

»Ich habe gehofft, dass ich es brauchen würde«, sagte er, während er das Kondom aus der Verpackung nahm. »Ich kam mir vor wie ein Teenie, als ich mir vorgestellt habe, wie blöd es sich anfühlen würde, wenn ich mit der unangebrochenen Verpackung nach Hause käme.«

Vielleicht hätte sie sich ausgenutzt fühlen müssen, weil er alles vorausgesehen hatte, aber seine Beweggründe waren unwichtig. Sie wollte nichts anderes als ihn in sich spüren. Jetzt.

Er legte sie nach unten und drang gleichzeitig hart in sie ein. Mit einem Aufstöhnen nahm sie ihn in sich auf. Und alles, was aus dem Gleichgewicht geraten war, fühlte sich plötzlich wieder richtig an, als sie ihn in sich spürte.

26

Signalfehler waren eher die Regel als die Ausnahme auf der Strecke Stockholm-Västerås, und gerade jetzt hasste Charlotta diesen Umstand abgrundtief. Ihre Großmutter war krank. Hatte die staatliche Eisenbahn das nicht begriffen? Die Besuchszeit im Krankenhaus war längst vorbei, doch sie musste trotzdem hin, wollte ihr nahe sein. Als der Zug endlich weiterrollte, atmete sie auf. Den Rest der Strecke saß sie auf der Sitzkante, als würde der Zug dadurch schneller werden. Sie versuchte, den Zugführer durch Telepathie zum Schnellerfahren zu bewegen. In Västerås beeilte sie sich, in den nächsten Zug umzusteigen, der sie nach Ludvika bringen würde. Draußen sausten die dunklen Wälder der Landschaft Bergslagen vorbei, doch die Nacht war klar, und die Seen badeten in bleichem Mondlicht.

Papa und Maria erwarteten sie schon am Bahnhof. Sie umarmte ihren Vater. Er hielt sie lange fest, dann umarmte sie auch ihre Schwester. Die Umarmung war fest, aber kurz, und sie sah an ihrem zusammengekniffenen Lächeln, was jetzt kommen würde. Sie setzten sich nach vorne ins Auto, Charlotta nach hinten.

»Die Lage ist stabil, wahrscheinlich wacht sie morgen auf. Eigentlich kannst du gleich wieder nach Stockholm fahren und arbeiten, oder?«, bemerkte Maria.

Charlotta antwortete mit einem Seufzen.

»Aber nächste Woche ist doch diese wichtige Verhandlung, oder nicht?«

»Doch, aber das spielt keine Rolle.«

»Nicht? An Mamas Geburtstag konntest du die Arbeit und deinen wichtigen Rechtsstreit doch auch nicht verlassen, obwohl Mormor dich darum gebeten hatte«, fuhr ihre Schwester fort.

»Hört jetzt auf. Ihr wollt euch doch in dieser Situation nicht etwa streiten.« Papa rieb sich die Nasenwurzel unter seiner Brille, so wie er es all die Jahre immer getan hatte, wenn sie sich zankten. Doch es war immer dabei geblieben. Er war nie gut darin gewesen, ihrem Streit Einhalt zu gebieten. Es war ihre Mormor gewesen, die ihnen Grenzen gesetzt hatte.

»Ich meine nur, wir wissen ja jetzt, dass Mormor überleben wird. Also gibt es keinen Grund für Charlotta, überhaupt herzukommen. Du kannst ja das nächste Mal kommen, wenn sie einen Herzinfarkt hat. Oder zur Beerdigung.«

Tränen stiegen ihr in die Augen. Vor Müdigkeit, Angst und von dem Schock. Aus schlechtem Gewissen und Scham. Marias Kritik war berechtigt. Mormor würde nicht ewig leben, und Charlotta ergriff viel zu selten die Initiative, sie zu besuchen.

Schweigend fuhren sie weiter durch den Ort. Freitagnacht in Ludvika. Vor dem einen Nachtclub der Stadt war eine Menschenansammlung zu sehen. Ein paar rauchten, andere standen da und unterhielten sich. Vor vier Jahren hatte sie zugelassen, dass Maria sie mit auf ein Ehemaligentreffen dorthin nahm. Es war das erste Mal gewesen, dass sie die Peiniger aus der Schulzeit wiedersah. Robban, einer der beliebtesten und grausamsten Jungen, war auf sie zugekommen. »Wir hatten verdammt viel Spaß in der Schule, findest du nicht? Wir haben dich zwar ein bisschen geärgert, aber es war schon witzig, oder?«, sagte er, bevor er das halbe Bier in sich hineinkippte.

Sie war komplett verstummt. Hatte er nicht begriffen, was sie ihr angetan hatten? Dann hatte sie sich zusammengerissen. »Witzig ist wohl das letzte Wort, mit dem ich beschreiben würde, was ihr mir angetan habt. Es waren schlimme Jahre, die schlimmsten meines Lebens.« Sie war gegangen.

Am selben Abend war sie auch Jessica begegnet. Ihre ehemalige Freundin wartete lange, bis sie sich vorwagte, um sich für alles zu entschuldigen. Charlotta hörte ihr zu, sagte aber nicht viel.

Jetzt fuhren sie an ihrer alten Schule vorbei, dann am Fußballplatz, wo sie ihr an einem schmerzlich schönen Wintertag, als das frisch gefallene Weiß in der Sonne glitzerte, solange Schnee in den Mund gestopft hatten, bis sie sich übergeben musste.

Vorbei an der Sporthalle der Stadt und der Scheune, wo sie als Kind mit ihrer Mormor zum Volkstanz gegangen war. Eine schaurig schöne Reise in die Vergangenheit.

Sie hatte Jessicas Entschuldigung angenommen, ihr aber nicht verziehen. Die Wunden waren zu tief, und sie hatte kein Bedürfnis, ihren Unterdrückern zu verzeihen. Sie hatte zu keinem von ihnen noch irgendeine Beziehung.

Für Charlotta war nicht das Verzeihen die größte Tugend, sondern das Weitermachen.

Drinnen bei ihrem Vater sog Charlotta den Duft nach altem Holz und frisch gebackenem Brot ein. Mindestens zwei Mal in der Woche backte ihr Vater. Gekauftes Brot war undenkbar. Er versorgte Marias Familie, Mormor und Kollegen mit Selbstgebackenem. Ein rot-weiß-kariertes Tuch lag auf dem Esstisch, Pelargonien zierten die Fensterbank, und glatt gebügelte weiße Gardinen umrahmten die Holzfenster. Seit Mamas Tod war Papa ein hoffnungsloser Junggeselle geblieben. Er hatte zwar viele Frauen getroffen, von denen er einige auch mit nach Hause genommen und Charlotta und Maria präsentiert hatte, aber letztendlich war nie etwas daraus geworden. Obwohl Papa alleine lebte, war es immer gemütlich zu Hause. Nie bemerkte sie bei ihm das Gefühl von Einsamkeit. Vermutlich lag es daran, dass Maria, Patrik, die Enkelinnen und Mormor ständig aus und ein gingen.

Papa überredete sie, noch etwas zu essen, bevor sie schlafen ging. Während sie ihr Bett machte, kochte er Kakao, und dann aßen sie dicke Scheiben von Papas Haferbrot. Er fragte sie über die Arbeit aus, und sie erzählte vom Rechtsstreit. Der Stolz stand ihm ins Gesicht geschrieben, als er eine Plastikmappe mit Artikeln zum Fall hervorholte. In einem der Artikel hatte er die Stelle eingekreist, in der sie namentlich als Rechtsvertreterin der Arbeiter erwähnt und zitiert wurde.

Als sie ins obere Stockwerk in ihr Mädchenzimmer ging, wurden ihr die Augenlider schwer. Sie zog ein T-Shirt aus der Kommodenschublade und kroch ins Bett. Dann fiel ihr Blick aufs Dachfenster. Eigentlich war sie viel zu müde, aber dennoch kramte sie ein Sweatshirt hervor, öffnete das Fenster, kletterte auf ihren Stuhl und dann auf den kleinen Dachabsatz.

Als Kinder hatten Jessica und sie häufig auf dem Dach gesessen und so lange geredet, bis es Zeit für Jessica war, nach Hause zu gehen. Am Abend, nachdem Jessica und die anderen Klassenkameraden Charlotta mit dem Beitrag im *Kleinen Sportspiegel* aufgezogen hatten, ging sie trotzdem hinaus aufs Dach und wartete. Doch Jessica kam nicht. Stattdessen war Maria hinaufgeklettert und hatte sich neben sie gesetzt. Die Schwester hatte sie nur festgehalten, verstanden, dass etwas nicht stimmte. Und Charlotta hatte in Marias Armen gar nicht aufhören können zu weinen.

Jetzt lag die Stadt im Dunkeln, und die Sterne leuchteten am Himmel. Aus dem Garten waren Schritte zu hören. Wahrscheinlich ein Reh. Papa fluchte immer, dass sie seine Zwiebeln auffraßen, die er gepflanzt hatte. Doch dann knarrte es auf der Feuerleiter, und Marias langes Haar flatterte im Wind, als sie über die Dachkante kletterte. Charlotta streckte die Hand aus und zog sie hinauf auf den Absatz.

»Ich habe dich vom Schlafzimmerfenster aus gesehen«, sagte Maria. Oft war Charlotta neidisch, dass Maria so nah bei ihrem Vater wohnte. Sie hätte das auch gerne so gehabt. Nur nicht hier. »Ich konnte nicht schlafen, also bin ich hergekommen«, fuhr Maria fort.

Sie saßen eine Weile schweigend da und genossen die kühle Nachtluft.

»Entschuldige mein Verhalten im Auto«, sagte Maria nach einer Weile.

Charlotta schüttelte den Kopf. »Du hattest ja recht.«

»Ich weiß, wie schwer es für dich ist, hierher nach Hause zu kommen. Aber du fehlst uns. Wir haben die ganzen Jahre Verständnis gezeigt, und ich dachte, die Angst würde sich irgendwann auswachsen. Ich finde, es wird langsam Zeit, diese Leute endlich zu vergessen.«

»Das ist nicht der Grund, warum ich nicht nach Hause konnte.«

»Reiß dich jetzt zusammen. Wir wissen beide, dass es genauso ist.«

Charlotta zog die Beine an und schlang ihre Arme um die Knie. Hatte ihre Schwester recht? Der Widerwille war immer da gewesen, seitdem sie von zu Hause ausgezogen war. Sie hatte es nur nicht als Widerwillen identifiziert, sondern gedacht, dass anderes eben wichtiger gewesen war.

Maria legte den Arm um sie und zog sie an sich. »Ich

wünschte, du könntest Ludvika wieder zu deinem Ort machen. Es ist doch dein Zuhause. Und Papa und Mormor würde es so viel bedeuten, wenn du wieder häufiger hier wärst.«

»Ich weiß«, sagte Charlotta und schluckte. »Ich werde das ändern.«

Schweigend saßen sie einige Minuten da. »Wie läuft es auf der Arbeit?«, fragte Maria.

»Gut, sehr gut. Ich bin als neue Abteilungsleiterin im Gespräch.«

»Aber das ist ja großartig, Charlotta! Du bist so smart. So unglaublich cool. Wer in deinem Alter hat das schon geschafft?«

»Bestimmt schon einige andere.«

»Niemand, den ich kenne, jedenfalls.«

Charlotta lächelte und genoss das Lob der Schwester.

»Wie läuft es sonst? Datest du jemanden?«

Charlotta zuckte die Schultern.

Maria seufzte. »Du hast zumindest mir gegenüber noch nie von jemandem erzählt. Es tut verdammt weh, wenn ich mir vorstelle, dass auch das wahrscheinlich an diesen Idioten liegt. Dass sie sogar dein Liebesleben zerstört haben.«

»Ich war auf der Uni ein paar Monate mit einem Typen zusammen.«

Maria runzelte die Stirn. »Du hast ihn nie erwähnt.«

Charlotta zuckte die Schultern. »Es war nichts Ernstes. Er fand mich so unzugänglich.«

»Stimmt das denn nicht?«

»Ich weiß nicht, ich glaube nur nicht, dass er der Richtige war.«

»Was ist denn richtig?«

»Weiß ich nicht«, sagte Charlotta. Viel zu schnell. Ignacio war in ihren Gedanken aufgetaucht. »Im Moment weiß ich nicht, wann jemand der Richtige für mich ist. Mich auf etwas einzulassen ist mir einfach zu viel. Ich habe so viel anderes zu tun.« Als ihr Freund auf der Uni mit ihr Schluss machte, war es eine enorme Erleichterung für sie gewesen. Später wurde ihr klar, dass sie nie bereit gewesen war, sich auf etwas Ernstes und Langfristiges einzulassen, sondern im Gegenteil große Angst davor gehabt hatte, ihren Gefühlen freien Lauf zu geben. Zu studieren und zu arbeiten war in einer Hinsicht so einfach: Sie behielt immer die Kontrolle über das, was sie tat. Zum ersten Mal in ihrem Leben hielt sie das Steuer in der Hand. Sie konnte sogar soziale Kontakte auf der Arbeit steuern. Aber Liebe … das war etwas ganz anderes. Mit Ignacio war außerdem alles so überwältigend. Die Arbeit war das Einzige, worin sie jemals gut gewesen war, und das Einzige, das ihr Selbstvertrauen gab.

»Ja, es gibt jemanden«, sagte sie schließlich und seufzte. »Jemanden, für den ich etwas empfinde.«

Marias Miene erhellte sich.

»Aber im Moment ist so furchtbar viel anderes los. Wenn es mit ihm nicht klappt, weiß ich nicht, wie ich damit umgehen würde. Was, wenn ich vollkommen zusammenbreche? Dann verliere ich vielleicht auch noch meinen Job.«

»Ich finde, du solltest mehr an dich glauben. Klar, verletzt zu werden ist schlimm. Aber du bist stärker, als du glaubst. Du würdest niemals deinen Job vernachlässigen, nur weil du verletzt wurdest. Ich finde, du solltest dem Ganzen eine Chance geben. Dir selbst zuliebe.« Maria kramte in der Hosentasche. »Ich habe hier etwas für dich.« Sie legte etwas Kaltes, Glattes in Charlottas Hand. Im schwachen Licht des Mondes war ein dunkler Stein zu erkennen. »Ich habe begriffen, dass es für dich anstrengend war, herzukommen, wegen allem, was passiert ist. Dieser Stein heilt alte Wunden, damit neue, gute Gefühle Platz haben.«

Diesmal verurteilte sie die Schwester nicht für ihre esoterischen Spinnereien, sondern umarmte sie fest.

Als Ignacio an diesem Abend zu Bett ging, lag er lange wach. Die Gedanken kreisten in seinem Kopf. Aber er dachte nicht an den Streit mit Christopher, sondern an Charlotta.

Er sah auf die Uhr. Vierzehn Minuten nach eins. Er dachte an den Song und an das, was Charlotta gesagt hatte – wenn man nachts um Viertel nach eins an jemanden denke, dann sei man verliebt. Offenbar besaß er keinerlei Selbstbeherrschung, denn eine Minute später hatte er ihr auf Facebook eine Nachricht geschickt: *Es ist Viertel nach eins, und ich denke an dich.*

Eigentlich wollte er sie fragen, warum sie einfach aus seinem Zimmer verschwunden war, aber das hier war besser – eine Nachricht, auf die sie gar nicht antworten musste. Kein Druck, und keine Erwartungen von seiner Seite.

27

In dieser Nacht machte Charlotta fast kein Auge zu. Nicht nur, weil Maria darauf bestanden hatte, irgendein ätherisches Öl in eine Schale zu träufeln, das ihr angeblich die Ruhe geben würde, die sie an einem unsicheren Ort brauchte, ihr in Wahrheit aber nur in der Nase stach, sondern vor allem, weil sie nur an ihre Großmutter denken konnte und wie egoistisch sie selbst gewesen war. Mormor hätte es so gerne gehabt, dass Charlotta am letzten Apriltag gekommen wäre und sie sich gesehen, lange auf der Veranda gesessen und geredet hätten. Über Mama, über alles und nichts, wie Mormor zu sagen pflegte. Doch Charlotta hatte nur an ihre Arbeit gedacht. Hier machten ihre Gedanken halt. Sie wollte nicht länger darin herumwühlen.

Am nächsten Tag saßen sie alle miteinander so lange bei Mormor, bis diese die Augen aufschlug. Nur für einen kurzen Moment war sie wach, aber sie war noch ganz die Alte.

Im Auto, auf dem Weg nach Hause, sah Charlotta, dass sie eine Nachricht bekommen hatte. Von Ignacio.

Es ist Viertel nach eins, und ich denke an dich.

Ihr Herz schlug schneller, ihr Puls raste. Ein Lächeln breitete sich auf ihrem Gesicht aus. Was sollte sie antworten? Dass sie auch an ihn gedacht hatte?

Dann dämpfte sie ihren Glücksrausch. Er hatte es nachts geschickt. Vielleicht war er betrunken gewesen und hatte die

Nachricht ohne tiefere Bedeutung geschickt? Aber der Gedanke daran, dass er tatsächlich an sie gedacht hatte, ließ sie nicht los, und sie begann eine Antwort zu schreiben, doch jede Formulierung klang falsch.

Als sie vom Krankenhaus nach Hause kam, setzte sie sich mit einer großen Tasse Tee und einem Karton mit alten CDs auf den Fußboden ihres Kinderzimmers. Sie ging alle durch und wählte zehn davon aus.

Unter anderem ein Album von Faith Hill. Sie schob die CD in ihren alten Player, schloss die Augen und lehnte sich ans Kopfteil des Bettes.

Dieses Album hatte sie gegen Ende ihrer Zeit am Gymnasium ständig gehört, als sie mit sich selbst mehr im Reinen war und begriff, dass es ein Leben außerhalb von Ludvika gab, das sogar in Reichweite war.

In gewisser Hinsicht stand sie nun am gleichen Punkt.

Sie nahm ihr Handy, las Ignacios Nachricht noch einmal und begann erneut mit einer Antwort.

Ich denke auch an dich. Die ganze verdammte Zeit.

Schnell löschte sie den Text wieder. Es klang zu direkt. Zu offen.

Außerdem war inzwischen ein ganzer Tag vergangen. Vielleicht hatte er es doch nur in betrunkenem Zustand geschickt?

Sie würde eine Nacht darüber schlafen und schauen, was sie dann von einer Antwort hielt.

Am nächsten Tag nahm sie die CDs und den Player mit ins Krankenhaus und hörte mit Mormor Countrymusik und löste Kreuzworträtsel. Sie antwortete Ignacio nicht, sondern dachte sich, dass es sich bestimmt nur um einen nicht spontanen Einfall nach einem Ausgehabend in der Stadt gehandelt hatte. Eine Antwort am Sonntagnachmittag wäre viel zu peinlich geworden.

Am dritten Tag hatte Mormor wieder etwas Farbe im Gesicht. Sie halfen ihr beim Aufstehen, und sie machte ein paar unsichere Schritte, bevor sie sich wieder aufs Bett fallen ließ. Als Maria zur Arbeit fahren musste, setzte sich Mormor im Bett auf und blickte Charlotta ernst an. Ihre Hand war kalt, und Charlotta wärmte sie mit ihren Händen.

»Es geht dir also gut auf der Arbeit?«

»Sehr gut. Ich arbeite an diesem großen Fall, von dem ich dir vielleicht erzählt hatte. Mit diesem Textilunternehmen, weißt du?«

»Ja, stimmt.« Mormor nickte. »Und was passiert jetzt, wo du nicht da bist?«

»Es gibt andere, die für mich einspringen.« Die Verhandlung würde in zwei Tagen beginnen. Je früher sie wieder in Stockholm war, desto besser. Aber jetzt war sie hier, und sie *wollte* hier sein.

»Aber es war doch dein Fall?«

»Ja, aber es wird schon klappen. Andere kümmern sich darum. Außerdem war jetzt das Wochenende.«

»Aber vielleicht ist es nicht so gut, wenn du nicht da bist, jetzt, wo die Arbeitswoche wieder angefangen hat?«

Charlotta zuckte die Schultern.

»Fahr zurück nach Stockholm, Charlotta. Ich möchte es.«

»Du wolltest doch, dass ich nach Hause komme, und nun bin ich hier.«

»An Wochenenden und Feiertagen, ja. Aber unter der Woche soll man arbeiten.«

»Es macht nichts, wenn ich ein paar Tage weg bin. Ich habe so viele Überstunden abzufeiern.«

»Aber ich weiß, wie sehr du deine Arbeit liebst.«

»Ich liebe dich noch mehr.«

Mormor lächelte. »Das weiß ich. Aber du brauchst kein

schlechtes Gewissen zu haben. Du bedeutest mir eine Menge, mein Mädchen. Und ich weiß auch, dass ich dir viel bedeute. Außerdem bin ich schon fast wieder gesund.«

Lächelnd nahm sie die Hand ihrer Mormor. »Ich hoffe, du bist bald wieder auf den Beinen, damit du um den Mittsommerbaum tanzen kannst. Die Tanzgruppe braucht dich!«

»Das hoffe ich auch, meine Kleine.« Ein tiefer Seufzer durchfuhr Mormors schmalen Oberkörper. »Aber dieser Evert scheint kein Tänzer zu sein. Ich werde ihn nächste Woche wiedersehen, dann beende ich das Ganze vielleicht. Irgendwie ist hier nichts.« Sie legte die Hand auf ihre Brust. Charlotta musste schmunzeln, Mormor war wieder wie immer. »Verstehst du, was ich meine?«, fuhr Mormor fort.

»Ich verstehe genau, was du meinst«, sagte Charlotta und streichelte ihr über die Wange.

»Und jetzt fort mit dir und ab an die Arbeit! Damit du Zeit hast, an Mittsommer hier zu sein.«

»Also, es könnte sein, dass ich da eine Sache auf der Arbeit habe, die …«

»Nein, Schluss jetzt, an Mittsommer kommst du nach Hause!«

Charlotta lachte. »Natürlich, ich wollte nur einen Spaß machen.«

»Diese Ironie habe ich nie verstanden.«

Sie küsste Mormor aufs Haar und stand auf. »Dann sehen wir uns an Mittsommer.«

»Wir sehen uns an Mittsommer.«

Dieses Versprechen konnte Charlotta nicht brechen.

Sie erwischte den letzten Zug nach Stockholm. Sobald sie sich hingesetzt hatte, öffnete sie ihre Mails und verschaffte sich einen schnellen Überblick. Sie schien nicht viel verpasst zu haben. Ein paar Mails von Svante über die Vorbereitungen, aber darum konnte sie sich später kümmern. Sie schrieb Ebba, dass sie auf dem Rückweg sei und am nächsten Morgen im Büro sein werde. Die Antwort kam wenige Sekunden später. Charlotta sah auf die Uhr. Ebba hatte offenbar ihre Kinder ins Bett gebracht und arbeitete jetzt das nach, was sie am Tag nicht geschafft hatte. Die Antwort ließ Charlotta zusammenzucken.

Super, dass du wieder da bist, und schön zu hören, dass deine Mormor auf dem Weg der Besserung ist. Mit dem Mendicino-Fall ist alles so weit klar. Oscar ist eingesprungen und hat ein paar kleinere Fragen geklärt, die noch aufgetaucht waren. Er wird dich morgen dazu briefen.

Oscar hatte also seine Klauen in ihren geliebten Fall gesetzt. Wie viel war ihm in der kurzen Zeit gelungen zu zerstören? Hoffentlich nicht allzu viel.

Der Zug hatte Verspätung. Sie war erst um drei Uhr in der Frühe zu Hause, stellte den Wecker aber dennoch auf sechs Uhr. Ihr Körper hatte sich schon an das ruhigere Tempo zu Hause bei ihrem Vater gewöhnt, und als der Wecker klingelte, drückte sie auf Snooze. Zwei Stunden später quälte sie sich aus dem Bett. Im Büro war das Alltagsgeschäft in vollem Gang.

Sie traf Ebba im Flur. »Wie gut, dass du hier bist. Oscar wartet schon im Konferenzraum in der zweiten Etage«, sagte Ebba, bevor sie weitereilte.

»Okay, ich hänge noch meine Jacke auf.« Was hatte sie verpasst? Schnell ging sie in ihr Büro, zog die Jacke aus und griff nach ihrem Handy. Keine Mail über ein Treffen. Doch Ebba schien zu erwarten, dass sie dort erschien, also ging sie eilig zum Konferenzraum, wo die beiden bereits in ein Gespräch vertieft waren.

»Wir gehen gerade die Fragen durch, die wir Gaia nächste Woche stellen wollen«, erklärte Ebba, als Charlotta eintrat.

»Deren Nachhaltigkeitschef Ignacio Vargas wird angehört werden. Die Fragen an den Vertreter der Arbeiter sind fast fertig, ihr habt ja heute mit ihm einen Video-Call, oder?«

Ohne zu antworten, blickte Charlotta Oscar an, der keine Miene verzog. Sie wusste nichts von einem Video-Call.

»Oscar hat gestern die Fragen an Gaia zusammengeschrieben«, fuhr Ebba fort. »Das hast du vielleicht schon gesehen, Charlotta? Das hat mich gewundert, weil ich dachte, du hättest sie längst geschrieben.«

»Das habe ich auch. Vor mehreren Wochen. Sie sind im Fall-Ordner gespeichert.«

»Seltsam«, sagte Oscar. »Ich habe sie nicht gefunden.«

Charlotta speicherte immer ihre fertigen Dokumente in dem Ordner, damit andere darauf Zugriff hatten, falls etwas Unvorhergesehenes passierte und sie nicht vor Ort war.

»Aber ich habe ein neues Dokument verfasst, du müsstest es zusammen mit der Mail gestern erhalten haben«, fuhr er fort.

»Ich habe keine Mail erhalten.«

»Du hast Charlotta doch in CC gesetzt, Oscar? Und ihr alle anderen Mails weitergeleitet?«, vergewisserte sich Ebba.

»Natürlich. Vielleicht hast du sie aus Versehen gelöscht. Das passiert leicht, wenn man die Mails auf dem Handy liest«, sagte Oscar, ohne vom Bildschirm aufzublicken. »Aber ich schicke dir die Fragenliste noch einmal.« Er klang irritiert, als sei sie es, die schlecht vorbereitet war. Dabei hatte sie nicht eine einzige Mail von Oscar bekommen. Sie seufzte leise und startete ihren Computer.

»Ich habe die Argumente für unsere Forderungen und den Hintergrund noch aktualisiert. Ich bin also gut eingelesen für morgen«, sagte Oscar und sah wichtig aus. Gut eingelesen … Charlotta musste sich beherrschen, um nicht laut zu lachen. Er würde morgen gar nichts tun, zumindest nichts, was mit dem

Gaia-Fall zu tun hatte. Aber ihr war klar, was sein Plan war: den Fall zu kapern, vor Gericht sein Ding mit ihrem Material durchzuziehen und es dann so darzustellen, als sei alles sein Verdienst gewesen. Sie öffnete die Mail mit Oscars Fragenliste. Sie war identisch mit ihrer eigenen, er hatte nur die Reihenfolge und ein paar Formulierungen geändert.

»Aber das ist doch …« Sie starrte Oscar an, der verständnislos zurückblickte. Wut überkam sie. Aber sie konnte jetzt nichts sagen, nicht vor Ebba. Die Partnerin mochte es nicht, wenn man nicht zusammenarbeitete. Es war professioneller, wenn sie diese Angelegenheit mit Oscar später klärte, auch wenn dieser längst jede Grenze der Professionalität überschritten hatte.

»Aber vielleicht kannst du bei dieser Besprechung Protokoll führen, Charlotta? Weil du die Liste noch nicht gelesen hast, meine ich«, sagte Oscar. »Dann findest du dich schnell in unserer Planung zurecht. Ich denke, ich übernehme nächste Woche die Vernehmung des Nachhaltigkeitschefs. Weil ich die Fragen geschrieben habe.«

Charlotta schwieg, aber das konnte er vergessen. Das hier war ihr Fall, er konnte ihn ihr nicht wegnehmen.

Sie gingen die Fragen und potenziellen Antworten der Gegenseite durch, drehten und wendeten die Antworten und möglichen Folgefragen. Charlotta schrieb eifrig mit, während sie innerlich kochte, dass sie nach drei Arbeitstagen Abwesenheit zu Oscars Sekretärin mutiert war. Sie brachte sich ebenfalls ein, doch Oscar hörte kaum zu, sondern machte sich stattdessen Notizen oder schien auf seinem Bildschirm hin und her zu scrollen. Wenn Ebba dabei war, wagte er es zumindest nicht, Charlotta mitten im Satz zu unterbrechen.

Nach dem Treffen stand Ebba schnell auf, um zum nächsten zu eilen.

»Das ist meine Fragenliste. Du hast sie gestohlen und es so dargestellt, als wäre es deine«, sagte Charlotta wütend, nachdem Ebba die Tür hinter sich geschlossen hatte.

Oscar tippte weiter, ohne aufzublicken. »Ich habe ein halbfertiges Dokument gefunden, das meintest du wahrscheinlich. Also habe ich es fertiggestellt und eine Menge geändert.«

»Wovon redest du? Das Dokument ist quasi identisch!«

Oscar antwortete nicht.

»Und warum hast du mir die Mails nicht weitergeleitet?«

Erst da hörte er auf zu schreiben und sah sie über den Rand seiner Brille hinweg an. »Charlotta, schieb deine Nachlässigkeit nicht auf mich. Wenn du versehentlich Mails gelöscht hast und vergisst, Dokumente abzuspeichern, dann ist das nicht mein Fehler. Es ist unbegreiflich, dass du sauer auf mich bist, wenn ich doch versuche, dir zu helfen. Mal davon abgesehen, dass du mir den Grape-On-Fall gestohlen hast, nachdem ich die ganze Arbeit getan hatte«, murmelte er.

Sie betrachtete ihn voller Abscheu. Wie kam es, dass er solch ein Arschloch geworden war? Am Anfang hatte sie noch Mitleid mit Oscar gehabt. Zu Hause hatte sie gelernt, dass man nie wissen konnte, welches Päckchen die Leute zu tragen hatten. Es gab Gerüchte, dass seine Frau ihn betrog. Vielleicht fühlte er sich als Versager und musste deshalb jemand anderen unterdrücken? Genauso hatte sie damals versucht, ihre Klassenkameraden zu verstehen. Jessicas Mutter hatte ein Alkoholproblem, ihr Vater war selten zu Hause. Die Eltern eines Jungen, der eine treibende Kraft bei dem schlimmen Ereignis am See gewesen war, hatten sich gerade scheiden lassen.

Doch mit den Jahren war das Mitleid geschwunden. Sie würde ihnen nie verzeihen, dass sie ihr die Kindheit gestohlen hatten.

Was Oscar betraf, war sie recht schnell zu dem Schluss gekommen, dass er im Gegensatz zu den Unterdrückern ihrer Kindheit erwachsen war und somit keine Entschuldigung dafür hatte, dass er Leute wie Dreck behandelte. Doch er konnte so lange damit weitermachen, wie es Leute gab, die ihn gewähren ließen und nichts unternahmen.

Sie stand auf. »Das stimmt nicht. Ich habe die ganze Arbeit im Grape-On-Fall gemacht, und ich habe ihn dir nicht gestohlen, sondern mich lediglich dem Mandanten gezeigt. Ich mache meine Arbeit nämlich nicht mehr im Verborgenen.« Sie klappte den Laptop zusammen und klemmte ihn unter den Arm. »Du leitest die Mails jetzt an mich weiter, sonst gehe ich zur IT und frage nach, welche Mails ich in dieser Woche erhalten habe. Und ich bin mir sicher, dass sie dort nichts von dir finden werden.« Oscars Verhalten warf all ihre Hemmungen über den Haufen. Sie hatte für diesen Fall kostbare Zeit mit ihrer Mormor geopfert. Jetzt hatte sie ein Mal eine vernünftige Entscheidung getroffen und war für ihre Familie da gewesen, und schon kam Oscar an und nutzte es aus, indem er versuchte, alles an sich zu reißen, für das sie gekämpft hatte. Bevor sie den Raum verließ, drehte sie sich noch einmal um. »Übrigens: Ich werde die Verhandlung und sämtliche Vernehmungen leiten. Ich und niemand anderes.«

28

Den Rest des Vormittags versuchte Charlotta mehr über die Information herauszubekommen, die Dessie ihr gegeben hatte. Der Bericht sah in der Tat ein wenig zu makellos aus. Waren die Prüfer, die die Inspektion durchgeführt hatten, gekauft gewesen? Sie bat Anton, sich das brasilianische Beratungsbüro vorzunehmen, das die Inspektion gemacht und den Bericht verfasst hatte. Offenbar hatte Vincent Rask Dessie erzählt, dass er die Informationen getilgt habe, die ihm nicht passend erschienen. Hieß das, der Bericht war gefälscht worden?

Sie fragte sich allerdings, wie Dessie es geschafft hatte, diesen Vincent Rask zum Reden zu bringen. Offenbar waren sie alte Bekannte, aber warum hatte er sich ihr so geöffnet? Charlotta wollte es eigentlich gar nicht wissen. Dass Gaia ihn nicht als Zeugen aussagen ließ, war ebenfalls bemerkenswert. Irgendetwas mit diesem ehemaligen Finanzchef stimmte nicht, so viel war sicher.

Nach dem Mittagessen traf eine inhaltsreiche Mail von Anton ein. Mithilfe ihres Partnerbüros in Brasilien hatte er herausgefunden, dass die Prüfer in Wirklichkeit Agenten waren, deren Haupttätigkeit darin bestand, Kontakte zwischen Fabriken und deren Auftraggeber herzustellen. Mit anderen Worten: Die Agentur war das Bindeglied zwischen Gaia und der Fabrik gewesen. Das brasilianische Büro hatte sogar Einblick in ihr Vergütungsmodell gehabt – sie ließen sich nur von den Textilunternehmen bezahlen, wenn es ihnen gelang, einen Kontakt zu vermitteln.

Die Glaubwürdigkeit des Berichts konnte sie vor Gericht also mit Leichtigkeit für nichtig erklären.

An diesem Abend machte sie früher Schluss als sonst. Alle Vorbereitungen für die Verhandlung hatte sie getroffen. Den Abend verbrachte sie mit bestelltem Essen vor dem Fernseher und ging früh ins Bett, um am nächsten Tag ausgeschlafen zu sein. Sie tat alles, um nicht darüber nachzudenken, dass sie Ignacio morgen wiedersehen würde, aber für einen kurzen Moment gönnte sie sich die Erinnerung daran, wie sein Körper ganz dicht bei ihrem gelegen hatte. Und wie es gewesen war, erschöpft in seinem Arm einzuschlafen. Gleichzeitig schwor sie sich allerdings, sich vor Gericht nicht von ihm beeinflussen zu lassen.

Den Ersten, den sie am nächsten Morgen sah, als sie in den Gerichtssaal trat, war natürlich Ignacio. Er sah sie an, und ihr Herz schlug Purzelbäume. Der Gedanke daran, dass diese Augen sie vollkommen entblößt und verletzlich gesehen hatten, war prickelnd und beängstigend zugleich. In diesem Moment bereute sie es, dass sie nicht auf seine Nachricht geantwortet hatte. Sie hätte ja etwas Lustiges und Einfallsreiches schreiben können. Hatte sie das Ganze viel zu ernst genommen?

Aber wie auch immer, hier waren sie keine Freunde. Vor Gericht waren sie regelrecht Feinde, und nächste Woche würde sie ihn im Zeugenstand auseinandernehmen. Nichts sollte ihr diese Chance verbauen. Flirtnachrichten waren da eher kontraproduktiv.

Oscar hielt es offenbar für selbstverständlich, dass er bei der Verhandlung anwesend sein würde, nachdem er weniger als zwei Tage an dem Fall gearbeitet hatte. Er nahm neben

Charlotta an dem einen Ende des Gerichtssaals Platz. Natürlich konnte er der Verhandlung beiwohnen, aber sie würde ihn nichts tun lassen. Das würde ihn hoffentlich zum Aufgeben zwingen. Er konnte nicht dabei sein, ohne eine Aufgabe zu haben, das musste sogar er begreifen.

Am ersten Tag sollten die Mendicino Victims den Vorfall beschreiben und ihre Forderungen darlegen. Am Tag darauf würden sie ihre schriftlichen Beweise vorlegen. Anschließend war Gaia an der Reihe, dasselbe zu tun, und dann sollten die Parteien selbst angehört werden. Anschließend sollten die Zeugenvernehmungen folgen, und die dritte und letzte Woche der Verhandlungen galt den Schlussplädoyers.

Nach den einleitenden Worten der Vorsitzenden Richterin erteilte diese Svärdh & Partner das Wort. Gerade als sich Charlotta dafür bedankte, räusperte Oscar sich laut, um zu sprechen, doch bevor er den Schleim im Mund verstaut hatte, leitete sie bereits die Schilderung ihrer Forderungen ein. Es war zu spät für ihn, sie zu unterbrechen, und zum ersten Mal pries sie sein sonst so unangenehmes Räuspern.

Danach ging Karl Helmersson auf Gaias Einstellung hinsichtlich der Forderungen ein. Dann übernahm Charlotta erneut, um den Hintergrund der Klage darzulegen, also warum die Arbeiter Gaia verklagt hatten und auf welche Fakten sie sich stützten.

Nachdem sie einmal tief eingeatmet hatte, leitete sie ihre Rede mit einer detaillierten Beschreibung des Fabrikunglückes und aller Schäden ein, die sich die Arbeiter zugezogen hatten. Sie orientierte sich an ihren Stichpunkten, versuchte aber ebenso häufig die drei Richter und die Vorsitzende anzusehen. Die ganze Zeit spürte sie Ignacios Augen, die auf sie gerichtet waren, und hatte auch seine Bewegungen genau im Blick.

Aufmerksam verfolgten die Richter ihre Darlegung anhand

der schriftlichen Unterlagen, als sie auf die Zeugenaussagen und die Berichte des brasilianischen Rettungsdienstes vom Unfallort hinwies.

Dann ging sie zur größten Herausforderung des Tages über: das Gericht davon zu überzeugen, dass Gaia für das Geschehen in der Fabrik verantwortlich gewesen war und dass Schadensersatzpflicht vorlag. Wie ihr besserwisserischer Kollege so hilfreich angesprochen hatte, war etwas Vergleichbares tatsächlich noch nie vor einem schwedischen Gericht geprüft worden. Sie atmete ruhig ein und wieder aus. Setzte sich aufrecht hin und zog den Aktenordner zu sich her. Verlängerte die Pause, um Kraft zu schöpfen.

»Während der infrage kommenden Zeitspanne ist Gaia der einzige Auftraggeber dieser Fabrik gewesen und hat somit einen solchen Einfluss auf sie gehabt, dass Gaia die allerhöchste Verantwortung für das Unglück zugesprochen werden kann. Ohne Gaia wäre die Katastrophe nicht passiert.« Sie machte eine Pause und richtete ihren Blick auf den Tisch, wo die Gaia-Vertreter saßen, vermied es jedoch, Ignacio anzusehen. »Die Gegenseite hat geltend gemacht, dass die Fabrik auch Kleidung für andere Unternehmen hergestellt habe. Uns liegen jedoch Bildbeweise vor, die belegen, dass dies nicht der Fall war. Siehe Abschnitt zehn im Kompendium.« Das Rascheln der Unterlagen in den Aktenordnern war im Saal zu hören.

Im selben Moment glitt die Tür ganz hinten im Saal langsam auf, und Dessie kam herein. Entschuldigend blickte sie Charlotta an und ließ sich auf der Zuhörerbank nieder. Charlotta konnte nicht anders, als erneut zu den Gaia-Leuten zu blicken. Christopher starrte Dessie an, scheinbar ungerührt, sein Brustkorb hob sich jedoch langsam, als hole er tief Luft.

»Hier sehen Sie Fotografien, die von der brasilianischen Polizei direkt nach dem Unglück gemacht wurden«, fuhr Charlotta fort und präsentierte die Fotos auf dem riesigen Bildschirm des Gerichtssaals. Zwei Fotografien von Kleideretiketten waren zu sehen. Das eine war unbeschädigt, und der gestickte Schriftzug *Gaia Facile* war eindeutig zu erkennen. Die Kanten des anderen Etiketts waren angesengt, doch auf dem verbliebenen Stück Stoff war ebenfalls der Name des Unternehmens auszumachen. Sie klickte weitere Fotos von unversehrten und verkohlten Etiketten an, auf denen überall der Name Gaia entweder deutlich zu lesen oder zumindest zu erahnen war. »Diese Etiketten sind an unterschiedlichen Orten und auf unterschiedlichen Etagen gefunden worden, was zeigt, dass Gaias Produktion die gesamte Fabrik beanspruchte. Man hat keine anderen Kleidungsetiketten als die von Gaia gefunden.«

Charlotta schlug den Aktendeckel vor sich zu und blickte hinauf zu den Richtern. »Gaia behauptet, eine ausführliche Inspektion durchgeführt zu haben, und weist auf einen Bericht hin, den das Gericht und wir erst sehr spät im Verlauf des Prozesses einsehen konnten. Und ja, der Bericht erwähnt keinerlei Mängel. Aber das Beratungsbüro, das die Inspektion durchgeführt und dann den Bericht geschrieben hat, arbeitete nicht nur im Auftrag von Gaia, sondern auch für die Fabrik, die zudem eine Provision zahlte, sobald ein Geschäft abgeschlossen wurde. Dabei sieht die gängige Branchenpraxis vor, Berichte von einem objektiven Part verfassen zu lassen. Wenn Sie sich Abschnitt achtzehn im Kompendium ansehen, finden Sie dort die Aussagen des Nachhaltigkeitschefs Ignacio Vargas über die Inspektionen, die Gaia normalerweise durchführen lässt.«

Sie dachte daran, wie sie seinen Namen hinausgeschrien hatte, wie er über den See gehallt war, als sie diesen fantastischen Morgensex hatten. Im bürokratischen Zusammenhang klang sein Name ganz anders, beinahe fremd aus ihrem Munde. Schnell sah sie ihn an, fragte sich, ob er dasselbe dachte wie sie, aber er sah voll konzentriert aus, als höre er aufmerksam zu.

»Ich zitiere Vargas: ›Die UN-Leitprinzipien für Wirtschaft und Menschenrechte sind das wichtigste Regelwerk unseres Unternehmens. Das, was dort steht, bildet das Fundament für Gaias Tätigkeit.‹« Sie sah zu den Richtern hinüber, die stumm ihren Blick erwiderten, als warteten sie gespannt auf die Fortsetzung. »In den Leitprinzipien der Vereinten Nationen, auf die Vargas hinweist und die auch im Verhaltenskodex von Gaia aufgeführt sind, steht klar und deutlich, dass Unternehmen dafür sorgen müssen, dass ihre Geschäftstätigkeit keine negativen Einflüsse auf die Menschenrechte verursacht oder dazu beiträgt. Um dieser Verantwortung nachzukommen, sollen die Unternehmen eine Due-Diligence-Prüfung durchführen, um Verstöße gegen die Menschenrechte zu identifizieren, zu verhindern, zu begrenzen und um darzulegen, was sie gegebenenfalls dagegen unternehmen würden.«

Vorsichtig blickte sie während ihrer Ansprache zu Ignacio. Sein Gesicht war blass. Sie dachte daran, wie zögerlich er gewesen war bei der Frage nach seinem Job – es war sicher nicht leicht für ihn, sich all das hier anhören zu müssen. In den Augenblicken, in denen sie sich erlaubt hatte, an ihn zu denken, hatte sie über seine Entscheidungen nachgedacht. Wenn er von Gaia sprach und von der Arbeit, die er dort tat, dann spürte man die Begeisterung. Er wollte so gerne an Gaias Unschuld glauben, während sie vom Gegenteil überzeugt war. Irgendwie stieg er in ihrer Achtung. Er hatte ein gutes Herz und dachte, alle seien so wie er. Er wollte wirklich nur das Beste von Gaia glauben.

»Wenn das Unternehmen seinen Job getan und eine ordentliche Inspektion der Fabrik durchgeführt hätte, dann wäre herausgekommen, dass die Arbeiter während der Arbeitszeit eingesperrt waren und im Fall eines Unglücks keinerlei Möglichkeit zur Flucht hatten«, fuhr sie fort. »Es wäre ebenfalls herausgekommen, dass die brasilianischen Behörden die Fabrik schon früher im Visier gehabt hatten. Die Vorarbeiter haben die Arbeiter zum Weiterarbeiten gezwungen, obwohl die Luft im Gebäude so schlecht war, dass etliche Menschen in Ohnmacht fielen. Das spricht auch dafür, dass die Zeugen die Wahrheit sprachen, als sie angaben, von den Vorarbeitern zum Weiterarbeiten gezwungen worden zu sein, obwohl der Feueralarm losgegangen war. Auch hätte Gaia wissen müssen, dass das Mindesthaltbarkeitsdatum der Feuerlöscher längst abgelaufen war und viel zu viele Arbeiter in der Fabrik arbeiteten, was bei einem Unglück lebensgefährlich ist. Dann hätte Gaia keinen negativen Einfluss auf so fundamentale Menschenrechte ausgeübt, wie es in der Fabrik der Fall war.«

Zu ihrem Entzücken nickte einer der Richter zustimmend und notierte etwas auf einem Block vor sich. Der Gesichtsausdruck der Vorsitzenden Richterin war neutraler, doch Charlotta fand, dass auch sie zufrieden wirkte.

Langsam atmete Charlotta aus und sah rasch zu Ignacio hinüber. Er warf ihr einen scharfen Blick zu, als habe sie sein ganzes Leben zerstört. Was sie in gewisser Hinsicht auch getan hatte.

»Du warst einmalig, Charlotta«, sagte Dessie später am Nachmittag. »Deine Rede war so überzeugend. Du hättest Christopher sehen müssen. Er sah aus, als sei ihm übel.« Sie seufzte glücklich. »Es war ein Bild für die Götter.«

Charlotta hatte große Lust, sich zu erkundigen, was zwischen Christopher und ihr damals passiert war, aber Dessie schien sich zu besinnen.

»Ui, ich bin schon zu spät für mein nächstes Meeting.« Schnell verschwand sie.

Es war halb fünf, und nach einem frühen Abendessen im Lichthof begann Charlottas zweiter Arbeitstag.

Sie wollte noch weitere Fragen für die Vernehmung von Christopher und Ignacio in der folgenden Woche ausarbeiten. An diesem Fall konnte sie gar nicht hart genug arbeiten. Während sie ihre Gedanken ordnete, lehnte sie sich auf dem Stuhl zurück. Sie brauchte eine Prioritätenliste für das, was vor der Verhandlung noch erledigt werden musste. Aber stattdessen sah sie Ignacio vor sich. Stellte sich vor, wie er bei ihrer Begegnung im Gerichtssaal aussehen würde. Seinen Gesichtsausdruck. Den maßgeschneiderten Anzug, der sich um seine Schultern schmiegte. Schultern, in die sie ihre Fingerspitzen gebohrt hatte. War ihr Entschluss an jenem Morgen wirklich richtig gewesen? Oder hätte sie ihnen noch eine Chance geben sollen?

Sie seufzte tief. Dass sie überhaupt den Gedanken gehabt hatte, war der Beweis dafür, dass sie richtig gehandelt hatte. Wenn sie ihre wie auch immer geartete Beziehung fortgesetzt hätten, wäre sie abgelenkt gewesen, hätte sie nur an ihn gedacht und riskiert, den Job hintanzustellen. Vielleicht war genau das seine Absicht gewesen?

Sie setzte sich wieder gerade hin, zufrieden mit ihrem Beschluss. Liebe, Sonnenaufgänge am See, Morgensex auf Stegen und heiße Küsse brauchte sie nicht. Sie brauchte eine Arbeit, die sie liebte, und Erfolg.

Ihr Leben war kein Countrysong.

29

Die erste Verhandlungswoche endete damit, dass Gaia seine Ansicht darlegte. Wenig überraschend hielt das Unternehmen an seinem bisherigen Standpunkt fest – dass der Einfluss auf die Produktion der Fabrik viel zu gering sei, als dass Gaia die Verantwortung für das Unglück tragen könne.

Am Samstag ging Charlotta erneut den Bericht durch und dachte dabei an Vincents Worte, dass Tatsachen möglicherweise unterschlagen worden seien. Doch sie entdeckte nichts, was darauf hindeutete, und stieß auch nicht auf andere Informationen, die Gaia hätten zu Fall bringen können. Gegen Mittag gab sie auf. Den Rest des Tages verbrachte sie zusammen mit Carl-Adam in der Frühsommersonne und ruhte sich vor der bevorstehenden Verhandlungswoche aus.

Zu Beginn der zweiten Verhandlungswoche kam Svante zu Wort. Voller Empathie berichtete er von den furchtbaren Arbeitsbedingungen der Fabrikarbeiter und betonte, dass Großunternehmen darüber eigentlich hätten Bescheid wissen müssen. Derart niedrige Herstellungskosten machten angemessene, sichere Arbeitsbedingungen unmöglich. Das Gericht hätte sich allein von Svantes Brandrede überzeugen lassen müssen, fand Charlotta.

Als sie am Dienstagmorgen ins Gericht kam, stand Ignacios Anhörung auf der Tagesordnung. Karl Helmersson leitete die

Befragung und konzentrierte sich hauptsächlich darauf zu demonstrieren, dass Gaia seine Verantwortung allein schon durch die Verlegung der Produktion nach Brasilien gezeigt habe. In anderen Ländern seien die Verhältnisse in den Fabriken deutlich schlechter. Die Befragung war schnell beendet, und Charlotta erhielt ohne Zwischenpause das Wort.

»Seit wann bist du Nachhaltigkeitschef bei Gaia?«

Sie blickte Ignacio fest in die Augen, als sie die Frage stellte. Diese braunen Augen, die eine solche Sicherheit und Aufrichtigkeit ausstrahlten. Er hatte ein unglaublich großes Herz, und mit seiner Hilfe würde sie nun Gaias soziale Verantwortung untergraben, all das, was er als Fundament des Unternehmens ansah. Dann erinnerte sie sich daran, was der eigentliche Grund für ihre Anwesenheit vor Gericht war – nämlich Menschen zu helfen, denen geschadet worden war, die Traumata erlitten hatten und in Einzelfällen nicht länger arbeitsfähig waren. Ignacio war nur ein Werkzeug, das sie nutzen musste, um ihre Arbeit gut zu machen und den Arbeitern Gerechtigkeit widerfahren zu lassen. Das durfte sie nicht vergessen.

»Seit gut zwei Jahren.« Langsam streckte Ignacio die Arme aus, als wollte er Kraft schöpfen. Die Schultermuskeln spannten sich unter dem Jackett an, und ihr kam in den Sinn, wie sich seine harten, breiten Schultern unter ihren Händen angefühlt hatten. Sie erinnerte sich an das Gewicht seines warmen Körpers auf ihrem. Seine Härte, die warmen Lippen auf ihrer Haut und den unbeschreiblichen Genuss, den seine Zunge ihr bereitet hatte. Er ließ die Arme sinken und betrachtete sie, nahm sie fest in den Blick und verzog leicht den Mund. Sie schluckte, atmete langsam ein. Ihr Herz klopfte, sie sah nichts anderes als den unbekleideten Ignacio vor sich. Sie holte tief Luft, sah in ihre Notizen und stellte die erste Frage, die ihr ins Auge fiel.

»Was fällt in deinen Arbeitsbereich als Nachhaltigkeitschef?«

Er lächelte breit. »Nun, ich wiederhole gerne die Antwort. Warum nicht? Ich kümmere mich um strategische Fragen, verantworte die Jahresberichte und leite …«

»In Ordnung, mehr ist nicht nötig. Ich nehme die nächste Frage.« Charlotta biss sich auf die Lippe. Ignacios Rolle im Unternehmen war bei der Befragung durch Karl Helmersson bereits ausführlich thematisiert worden, und sie hatte übersehen, dass sie die Frage schon von der Liste gestrichen hatte. Oscar gab ein kurzes Husten von sich, aus dem sie seine Unzufriedenheit heraushören konnte. Sie blätterte irritiert in ihren Unterlagen. Hastig blickte sie zur Zuhörerbank und bemerkte Dessies strengen Blick. Sie beschloss, weder Oscar noch Karl Helmersson den Triumph zu gönnen, dass sie sich lächerlich machte.

Also sah sie wieder auf ihre Fragenliste. »Du hast also bei Gaia angefangen, nachdem die Zusammenarbeit mit der Fabrik in Brasilien schon begonnen hatte?«

»Richtig.«

»Du hast bereits dargelegt, wie ihr entscheidet, wohin ihr eure Produktion verlegt. Ich vermute, dass die Kapazitäten der unterschiedlichen Märkte und Fabriken ausschlaggebend sind?«

»Selbstverständlich.« Er sah sie noch immer so intensiv an, als wolle er sie nicht eine Sekunde aus den Augen lassen. Die Brustmuskeln spannten sich an, als er sich auf dem Stuhl zurücklehnte.

»Du hast also eine Vorstellung davon, was man von einer Fabrik erwarten kann?«

»Nun, das hängt von der Größe der jeweiligen Fabrik ab.«

Charlotta nickte bestätigend und notierte seine Antwort auf

ihren Block, bevor sie fortfuhr. »Unter Abschnitt acht im Kompendium findest du den Bericht, den eure Agenten nach einer Inspektion der Fabrik verfasst haben.«

Er schob die Hemdsärmel hoch und blätterte im Ordner vor sich. Sie verfolgte seine Bewegungen und hielt an seinen Unterarmen inne. Die Haut war goldbraun. Sie hatte sich so wunderbar unter ihren Händen angefühlt. Ihre Augen wanderten etwas höher. Unter dem Stoff des Jacketts zeichneten sich die Konturen seines göttlichen Bizepses ab, den sie liebkost hatte. Nach ein paar Sekunden gewann sie ihre Fassung zurück.

»Okay. Hm.« Was hatte sie noch gerade gefragt? Oder wollte sie ihn etwas fragen? Sie warf einen Blick auf ihre Stichpunkte und legte ihren Stift an die entsprechende Stelle, falls sie noch einmal aus dem Konzept geraten sollte. »Dann bist du vermutlich in der Lage festzustellen, ob die Produktivität einer Fabrik außergewöhnlich hoch ist?«

»Was meinst du mit zu hoch? Im Verhältnis wozu?«

Sie schob den Gedanken an seinen Bizeps und seine warme Haut beiseite, kniff die Augen zusammen und las sich dann die Frage im Kopf vor, um ihre Gedanken zu sammeln. Sie blickte in ihre Notizen. »Im Verhältnis zu dem, was du eben erwähnt hast – der Größe einer Fabrik.«

»Ich denke schon.«

»Gut. Dann schauen wir uns jetzt mal den Bildschirm an.« Sie öffnete PowerPoint und dann ein Dokument. Aus den Augenwinkeln nahm sie wahr, wie Ignacio seine Brille aus der Brusttasche fischte. Mist.

»Wir sehen hier einen Auszug aus dem Bericht. Zum einen ist die erwartete Produktion der brasilianischen Fabrik aufgeführt, also die Anzahl der Einheiten, die die Fabrik produzieren kann. Auf der nächsten Seite sieht man die Einheiten, die die Fabrik in dem halben Jahr vor dem Unglück tatsächlich für Gaia produziert hat.« Sie blickte Ignacio an. Seine dunkelbraunen Augen wirkten hinter der Brille noch dunkler. Herrgott, diese Brille … Und der schicke Anzug, die Bartstoppeln und das leicht zerzauste Haar. Am liebsten hätte sie es ihm noch mehr zerzaust, ihm das Jackett ausgezogen, das Hemd aufgeknöpft und ihn halbnackt mit einer Zeitung in der Hand auf ihren Balkon gesetzt. Dann würde sie ihm die Zeitung aus der Hand reißen, sich rittlings auf ihn setzen, das Hemd aufknöpfen, seine breite, warme Brust liebkosen und …

Er lächelte fragend und hob eine Augenbraue, als warte er auf eine Antwort. Worauf sollte sie denn antworten? Ihre Atmung ging schwer. Tief unten pochte ihr Begehren.

Sie schüttelte den Kopf und sah zu den Richtern. Die Vorsitzende Richterin blickte auffordernd zurück. Stimmt, sie war ja noch nicht fertig mit der Frage. Ignacio lächelte noch breiter. Dieses Lächeln. Jede Zelle von ihr sprang darauf an. Langsam atmete sie ein, und im selben Moment schlug die Wut zu wie eine Ohrfeige. Er wusste, wie viel ihr dieser Fall bedeutete, und dennoch gab er alles, um sie aus dem Konzept zu bringen. Ihre Gefühle von eben waren plötzlich wie weggeblasen.

Sie wollte ihm in nichts nachstehen. Ihr fiel ein, wie er ihr ins Haar gegriffen hatte und dann langsam mit den Fingern hindurchgefahren war, während er ihr ein Kompliment machte, das sie in dem Moment unheimlich süß gefunden hatte. Mit einer schnellen Handbewegung löste sie das Gummiband aus ihrem Haar und ließ es über die Schultern fallen.

»Die Anzahl der Einheiten, für die die Fabrik Kapazitäten hatte, lässt sich ganz einfach mit der Anzahl der tatsächlich in einem Quartal produzierten Einheiten vergleichen. Wie würdest du das analysieren?« Sie warf ihr Haar über die Schulter nach vorne, nahm es in eine Hand und ließ es durch ihre Finger gleiten. Schnell sah sie Ignacio an, dessen Blick leicht verschwommen wirkte. Sie zoomte die Zahlen auf dem Bildschirm näher heran, tat dann so, als richte sie ihren Blusenkragen, während sie unauffällig den obersten Knopf öffnete. »Was sagst du dazu, Ignacio?« Mit dem Ellenbogen schob sie ihren Blazer zur Seite und schob die Brust nach vorne.

»Ja. Ähm.« Er wandte den Blick von ihr ab und sah auf den Bildschirm, wo die Vergleichszahlen standen. »Das ist eine knifflige Frage.« Er sah sie wieder an und fuhr sich mit der Zunge über die Lippen. »Ja …« Er blickte hinunter in das Kompendium.

»Ich kann es für dich analysieren: Die Fabrik hat für euch mehr Einheiten produziert, als es laut den Agenten bei voller Auslastung möglich war. Ist es da wahrscheinlich, dass es weitere Auftraggeber außer Gaia gab?« Diskret blickte sie zu den Richtern, um sich zu versichern, dass diese nicht mitbekamen, welches Spiel sie hier spielte. Doch die eine sah auf ihre Notizen, der andere schrieb in seinen Block, und der dritte konzentrierte sich auf den Bildschirm. Die Einzige, die sie ansah, war die Vorsitzende Richterin, und sie meinte fast, ein Augenzwinkern zu erkennen. Ignacio antwortete nicht, und Charlotta wiederholte die Frage. Gleichzeitig band sie ihr Haar wieder zusammen, nahm einen Schluck aus der Wasserflasche und benetzte ihre Lippen.

»Ich denke, das ist unmöglich. Irgendetwas stimmt da nicht«, sagte er schließlich.

»Der Meinung bin ich auch. Es scheint in der Fabrik schlichtweg keinen Platz für andere Textilunternehmen außer Gaia zu geben.«

»Nein, das scheint in der Tat unvorstellbar.«

»Genau. Also muss Gaia das einzige Unternehmen gewesen sein, das zur Zeit des Unglücks in der Fabrik produzieren ließ, richtig?«

»Nein, nein, das habe ich nicht gesagt«, sagte er und gestikulierte mit den Händen herum. »So habe ich es nicht gemeint.« Er räusperte sich.

Sie biss sich auf die Unterlippe. Lächelte dann. Sie hatte ihn nun dort, wo sie ihn haben wollte. Ignacio hatte bestätigt, dass alles dafür sprach, dass Gaia der einzige Auftraggeber gewesen war. Damit hatte er den großen Einfluss Gaias auf die Fabrik bekräftigt. So groß, dass Gaia verantwortlich sein musste.

Er schüttelte den Kopf. »Ich habe mich auf die Logik in dem Ganzen bezogen. Vielleicht stimmt an dem Bericht etwas nicht. Es sind tatsächlich viel zu viele produzierte Einheiten.«

»Genau. Danke, Ignacio, du musst nichts weiter erklären.« Sie blickte zu den Richtern. »Ich habe keine weiteren Fragen, danke.«

In der Pause gingen Ignacio und Christopher in die Gerichtscafeteria. Seit dem Streit hatten sie nicht mehr miteinander gesprochen, sondern sich nur flüchtig im Büro begrüßt. Durch die Kletterpflanzen an den Wänden, die hohen Decken und Fenster, durch die gleißendes Frühsommerlicht hereinfiel, erinnerte der Raum eher an eine Kunstgalerie als an eine Cafeteria in einem Amtsgericht.

»Ich wünschte, ich könnte sagen, du hättest ein gutes Bild im Zeugenstand abgegeben«, sagte Christopher und nahm von der Kellnerin einen Kaffee entgegen. »Aber die Anwältin hat dich leider besiegt.« Sein Tonfall war warmherzig, und Christopher lächelte breit. »Du, es tut mir leid, dass ich im Fitnessstudio so herumgebrüllt habe. Ich hatte einen harten Tag hinter mir, da hatte ich mich einfach nicht mehr im Griff.«

»Schon in Ordnung. Ich verstehe.« Vielleicht erwartete Christopher ebenfalls eine Entschuldigung, doch Ignacio gedachte nicht, sich dafür zu entschuldigen, dass er hartnäckig war und für seine Ideale eintrat. Dass er seine Arbeit tat.

Charlotta kam in die Cafeteria, ging direkt zur Kasse und kaufte sich einen Kaffee. Dann drehte sie sich um. Ihre Wangen waren rosig, der Blick hitzig. Sie nippte am Kaffee, lächelte und hob vielsagend die Augenbrauen. Christopher hatte recht. Sie hatte gewonnen. Nur für wenige Sekunden hatte er die Fassung verloren, aber ausreichend lange, um die falsche Antwort zu geben. Während sie genau wusste, wie und wann sie ihre Attribute einsetzen musste – sie hatte gewartet, bis er am schwächsten war und es um den heikelsten Punkt ging –, hatte er sein Pulver zu früh verschossen.

Ignacio zog eine Grimasse. »So schlimm war es doch nicht, oder?«

Christopher zuckte die Schultern. »Die Anwältin hat dich da, wo sie dich haben wollte. Wir wollen hoffen, dass sich das Gericht an deine Ausführungen erinnert und dein Zögern nicht negativ auslegt. Wer weiß, vielleicht glauben sie, dass du Probleme hast, dich klar auszudrücken, und haben Mitleid mit dir.« Er lachte auf. »Ich hoffe übrigens, dass du mit ihr zusammenkommst, wenn das Ganze hier vorbei ist«, fuhr er dann fort. »Das hoffe ich wirklich. Deine Reaktion war ja peinlich.«

»Warum? Sie hat genauso reagiert, als ich sie abgelenkt habe.«

»Zwei Sekunden lang, ja, im Gegensatz zu deinem halbstündigen Sabbern. Du hast dich wie ein hormongesteuerter Teenager an einem Badeplatz verhalten.« Christopher lachte wieder, verstummte dann aber und blickte einer langbeinigen Brünetten hinterher, die quer durch den Saal ging. Sie hatte bei den Zuhörern gesessen und Charlotta aufmunternd angelächelt. Vermutlich eine Kollegin oder Freundin. Die Brünette steuerte auf Charlotta zu, umarmte sie fest und ließ ihre Hand auf ihrer Schulter liegen. Charlottas zurückhaltendes Lächeln und ihre strahlenden Augen ließen vermuten, dass sie gelobt wurde.

Danach blickte die Brünette über die Schulter zu Christopher, nickte kurz und lächelte kühl.

»Ach so, du kennst sie?«, fragte Ignacio.

Christopher nickte. »Eine alte Bekannte.«

»Also, eigentlich ist das ja nicht meine Art, aber verdammt noch mal, reißt euch zusammen!« Hinter ihnen erklang Karls polternde Stimme. »Könntet ihr aufhören, Frauen hinterherzustarren, und euch stattdessen auf das konzentrieren, was getan werden muss?« Er warf sein plastikverpacktes Butterbrot auf den Nebentisch und schüttelte den Kopf. »Wir müssen jetzt alles daransetzen, das Gericht davon zu überzeugen, dass Gaia unter keinen Umständen Einfluss auf die Verhältnisse in der Fabrik hatte und nichts davon wusste. Das Beste wäre, wenn wir beweisen könnten, dass Gaia übers Ohr gehauen wurde und gar keine Möglichkeit hatte, misstrauisch zu werden. Wenn euch etwas einfällt, was mir in dieser Hinsicht helfen kann, dann wäre ich euch dafür dankbar. Was ist mit dem ehemaligen Finanzchef, Vincent Rask? Kann er nicht irgendwie helfen? Es ist verdammt schade, dass wir ihn nicht als Zeugen nutzen können.« Er seufzte, nachdem er so tief eingeatmet hatte, dass zwischen seinen Hemdknöpfen die nackte Haut zu sehen war.

»Vincent Rask kann uns überhaupt nicht helfen, denn leider können wir ihm nicht vertrauen. Und deshalb möchte ich ihn auch nicht als Zeugen haben, er ist unberechenbar.« Christophers Tonfall war hart. »Wir haben dir alle Informationen zur Verfügung gestellt. Jetzt ist es deine Aufgabe, dafür zu sorgen, dass dein Mandant gewinnt!«

Wenig später wurden sie zurück in den Gerichtssaal gerufen. Auf dem Weg dorthin warf Karl Ignacio einen düsteren Blick zu. Er verstand, was der Anwalt ihm damit sagen wollte, doch das konnte Ignacio nicht tun. Es ging gegen all seine Prinzipien.

Es war nicht Ignacios Aufgabe, Gaia zu retten.

30

Ignacio beendete die Arbeitswoche mit einem Abendessen im Restaurant Oaxen zusammen mit Jack, der gerade aus den Flitterwochen zurückgekehrt war.

»Und, wie war es im Dschungel?«, fragte Ignacio und schnitt ein Stück von der in Bier gekochten Königskrabbe ab, die ihnen gerade serviert worden war – das war der fünfte Gang des himmlischen Probiermenüs.

»Gut war's, wir haben viele echt coole Dinge ausprobiert. Wildwasser-Rafting und Zipline zum Beispiel.« Jack schüttelte den Kopf. »Du hättest C-A sehen müssen … Der hat herumgebrüllt wie ein Irrer, als er sich die Seilrutsche hinuntergestürzt hat.« Er lachte laut. »Traumhaft. Aber das Resort war nicht so toll. Nach einem Tag hatte ich regelrecht Platzangst, und es war höllisch heiß. Nicht, dass es hier sehr viel besser wäre.« Er wedelte sich mit dem Hemdkragen Luft zu.

Die Sonne stand hoch am Himmel, es war in dieser Woche heiß wie im Hochsommer gewesen, obwohl es erst Mitte Mai war. Die vorherige Nacht war geradezu tropisch gewesen. Das Restaurant lag in der alten Werft der Insel Djurgården, und die kühle Brise vom Wasser machte den lauen Abend perfekt für ein Zehn-Gänge-Menü auf der Terrasse.

»Und was ist passiert, während ich weg war?«, wollte Jack wissen.

»Nicht viel. Arbeit läuft weiter. Die Gerichtsverhandlung hat begonnen.«

»Stimmt.« Jack legte die kleine Gabel mit einem Knall auf den Teller. Das Geräusch durchdrang das ansonsten leise Gemurmel auf der Terrasse, und mehrere Köpfe drehten sich zu ihrem Tisch um. Jack nickte den Gästen am Nebentisch entschuldigend zu, bevor er sich wieder an Ignacio wandte. »Wie ist es mit Charlotta auf der Hochzeit gelaufen? Ich habe gehört, dass sie mit auf dein Zimmer gekommen ist.«

Ignacio wunderte sich, wie viel die Leute so mitbekamen. Nicht, dass sie es hätten verheimlichen wollen, aber dennoch. »Sie ist mit auf mein Zimmer gekommen. Es war eine fantastische Nacht, aber am nächsten Morgen ist sie einfach verschwunden.«

»Du wurdest also sitzen gelassen?« Jack lachte.

Ignacio hatte nichts gegen etwas grobe Sprüche, doch gerade jetzt war ihm nicht danach, vor allem, weil sie noch immer nicht auf seine Nachricht reagiert hatte. Er schwieg.

»Hör mal, ich mache doch nur Spaß.« Jack klopfte ihm auf den Arm. »Ich habe gemerkt, dass zwischen euch etwas Besonderes war. Wenn sie einfach gegangen ist, ohne sich zu verabschieden, dann hatte sie dafür sicher einen guten Grund.«

Ignacio zuckte die Schultern und trank den letzten Schluck vom kalten, leicht säuerlichen Weißwein. »Sie hat zwar erklärt, dass wir uns nicht weiter treffen können, aber es war trotzdem ganz schön hart, dass sie einfach abgehauen ist.« Er verschwieg die Details seiner peinlichen Nachricht.

»Vielleicht hatte sie Sorge, deinen glänzenden, braunen Augen und langen, dunklen Wimpern nicht widerstehen zu können.« Jack lachte.

Ignacio verzog den Mund. »Vielleicht.«

»Ihr habt euch seitdem nicht mehr gesehen?«

»Doch, im Gerichtssaal. Gestern hat sie mich im Verhör plattgemacht.«

Der sechste Gang wurde aufgetragen. In Dill gekochte Jakobsmuschel, Kohlpüree und frittierter Grünkohl. Ignacio nahm ein Stück von der saftigen Muschel und tauchte es ins Püree. Er schloss die Augen, während er es auf der Zunge zergehen ließ. Die Mischung aus salziger Muschel und der Süße des Pürees war perfekt.

»Bist du später auf Julius' Champagnerfest?«, fragte Jack, und Ignacio öffnete wieder die Augen.

»Ich habe abgesagt.« Er war verwundert gewesen, überhaupt eingeladen worden zu sein, vermutete aber, dass sein ehemaliger Kommilitone sein soziales Netzwerk innerhalb der Wirtschaft weiter ausbauen wollte. Die Party sollte in der Champagnerbar auf Mosebacke stattfinden. Das Einzige, was ihn daran reizte, war die Umgebung – von der Terrasse hatte man den besten Blick über Stockholm.

»Aber ich habe zugesagt, und auf der Einladung stand ›plus eins‹«, sagte Jack.

»Was ist mit C-A?«

»Er hat eine andere Einladung.«

»Geht er hin?« Ignacio versuchte, desinteressiert zu wirken.

Jack zuckte die Schultern. »Ich denke schon. Er ist mit Charlotta essen gegangen, aber ich glaube, er kommt später nach.«

Ignacio nickte. Jack lächelte schelmisch. »Warum fragst du nicht, ob sie mitkommt?«

»Daran habe ich nicht gedacht.«

»Natürlich hast du daran gedacht. Um auf die Frage zu antworten, die du nicht gestellt hast: Ich weiß nicht, ob sie mitkommt. Aber du solltest auf jeden Fall mitgehen.« Jack hob das neue Weinglas, das sie bekommen hatten, roch daran und kostete dann. »Champagner all you can drink und die einzigartige Aussicht über Stockholm ist schon keine schlechte Kombi. Lass uns beide hingehen, dann können wir uns über die überspannten Menschen lustig machen.« Davon ließ Ignacio sich schließlich überzeugen.

Sie genossen die restlichen Gänge des Menüs und bewunderten die atemberaubende Aussicht auf Stockholm. Dann bezahlten sie die Rechnung und spazierten durch die Gassen bis zum Vergnügungspark Gröna Lund, wo sie gerade rechtzeitig die Djurgårdenfähre erreichten. Zusammen mit Touristen und Familien mit Kindern betraten sie die Fähre. Sanft durchkreuzte sie die Wellen der Bucht, am satten Grün der Insel Djurgården vorbei in Richtung der hellen Lichter von Slussen.

Der steile Anstieg zum Mosebacke brachte sie ins Schwitzen, und der erste Schluck Champagner draußen auf der Terrasse, wo ein leichtes Lüftchen wehte, kühlte angenehm.

Von der Terrasse hatte man Aussicht über die Einfahrt nach Stockholm, die Zinnen, Türme und Hausdächer der Altstadt Gamla Stan, und weiter entfernt waren die drei Kronen des Rathauses zu erkennen. Im nahe gelegenen Södra Teatern spielte eine Live-Band, und Ignacio fühlte sich an den Singer-Songwriter erinnert, der auf dem Food-Festival gespielt hatte, seinem und Charlottas Abend.

Der Champagner war nichts gegen den Durst, also ging Jack los, um Wasser zu holen. Ignacio machte ein paar Schritte über die Terrasse. Die Sonne wärmte noch, es war ein beinahe magischer Abend. Er gestand sich ein, dass Charlotta das Einzige war, was ihm fehlte. Deshalb meinte er auch, Halluzinationen zu haben, als er sie plötzlich über die Terrasse spazieren sah. Ihr Haar fiel offen über die Schultern, und sie trug ein blau gemustertes, ärmelloses Kleid.

Sie sah ihn nicht, sondern wandte sich an einen der Kellner und nahm sich ein Glas Champagner, dabei stand sie mit dem Rücken zu ihm. Doch als spürte sie trotzdem, dass er da war, fasste sie ihr Haar auf der einen Seite zusammen, sodass ihr Hals und Nacken zu sehen war. Dünne Bänder hielten das Kleid über dem Rücken, und er konnte ihre Schulterblätter erahnen. Er wusste noch, wie zart sie sich angefühlt hatten, als seine Hände darübergewandert waren.

Charlotta drehte sich zu Carl-Adam und lächelte. Ein Paar kam vorbei und begrüßte sie. Carl-Adam begann, mit den beiden zu plaudern, und für einen kurzen Moment sah sie misstrauisch aus. Er hätte es nicht bemerkt, wenn er ihre Vorgeschichte nicht gekannt hätte. Im nächsten Moment wandte Carl-Adam sich an sie, sagte etwas, und Charlotta wurde mit ins Gespräch einbezogen. Dann blickte sie hinüber zu Ignacio, als hätte sie seinen Blick gespürt.

Vorsichtig lächelte sie und hob ihr Champagnerglas. Er hob seines auch, wusste nicht, ob er lächeln oder nur nicken sollte, aber konnte sich nicht mehr entscheiden, weil jemand an seinem Oberarm zog.

»Hej, Ignacio!«, sagte jemand hinter ihm. Er drehte sich um.

Natalie.

»Wir haben auf der Hochzeit kaum gesprochen.« Sie klimperte mit den Wimpern und lächelte, wie sie es immer tat, wenn sie ihren Kleinmädchencharme spielen lassen wollte.

»Nein, wir waren wohl beide zu beschäftigt.«

»Das ist schon richtig lange her. Wie geht es dir?« Sie zog an seinem Hemdsärmel, fingerte am Saum herum, wie sie es oft getan hatte, als sie noch ein Paar waren und sie ihn als ihr Eigentum angesehen hatte.

»Es geht mir gut. Und wo ist dein Verlobter?«, fragte er.

»Ach, er telefoniert irgendwo.« Sie nahm einen großen

Schluck Champagner und berührte weiter seinen Ärmel. »Es tut mir leid, dass du es über Umwege erfahren hast.«

»Was denn?«, fragte er und sah hinüber zu Charlotta, die sie betrachtete.

»Dass ich verlobt bin. Ich hätte es dir eigentlich selbst sagen müssen, aber …« Natalie ließ ihren Finger unter seinen Ärmel gleiten und streichelte sanft sein Handgelenk. »Ich wusste nicht genau, wie du reagieren würdest. Übrigens wusste ich auch nicht, was das mit mir machen würde. Und ich war feige.«

Gerade wollte er den Arm wegziehen, bemerkte jedoch, dass Charlotta sie weiter beobachtete. Er schämte sich, ließ Natalies Hand aber trotzdem liegen.

»Ich habe übrigens gehört, dass es bei Gaia gut für dich läuft. Kiwi hat zu Papa gesagt, dass du großen Eindruck machst. Der Vorstand bemerkt, wie hart du arbeitest.«

Kiwi? Von wem sprach sie? Sein Blick schweifte wieder hinüber zu Charlotta, dann besann er sich wieder. Stattdessen sah er Natalie an und versuchte sich zu erinnern, worüber sie gerade sprachen. Stimmt, über Kiwi. Wer war das noch gleich? Dann fiel es ihm wieder ein. Einer im Vorstand von Gaia, der von seinen Internatskameraden, darunter auch Natalies Vater, Kiwi genannt wurde. Immer diese lächerlichen Spitznamen.

Er nickte. Eigentlich hätte er zufriedener sein sollen. Die Wertschätzung des Vorstands war eine große Sache. Er konnte sich jedoch nur auf Charlotta konzentrieren. Wieder sah er verstohlen in ihre Richtung, doch sie war nicht mehr da. Er blickte über die Terrasse, entdeckte sie ganz weit hinten, sah dann aber schnell weg. Sie sollte nicht wissen, wie viel sie ihm bedeutete.

Wie sehr Charlotta sich auch bemühte, woanders hinzusehen, so kam Ignacio ihr wie ein enormes Kraftfeld vor, das alles in ihr anzog wie ein Magnet. Ein dunkler Schleier fiel ihr über die Augen, als sie sah, wie intim Natalie ihn am Handgelenk berührte.

Carl-Adam war auf der Toilette, und sie stand mit zwei Kommilitonen aus dem Jurastudium zusammen. Sie sollte hingehen und Ignacio begrüßen, alles andere war albern, sie nahm ohnehin nicht am Gespräch teil. Sie konnte ihn kühl und professionell grüßen, als hätte die Hochzeitsnacht nie stattgefunden. Als würde sie nicht die ganze verdammte Zeit an ihn denken. Wieder sah sie zu ihm. Natalie war nicht mehr da, stattdessen stand Jack dort und winkte ihr eifrig zu. Sie hatte keine andere Wahl, als hinzugehen.

Sie umarmte Jack herzlich. »Hej Jack. Danke noch mal für eure wunderbare Hochzeit!«

»Danke gleichfalls. Wie geht es dir? Wie geht es deiner Großmutter?« Jack sah sie besorgt an.

»Hey Jack! Was für eine Mörderparty ihr hattet!« Ein angetrunkener Mann mit rötlichem Haar, der ihr von der Hochzeit her vage bekannt vorkam, zog Jack mit sich, und sie verschwanden in Richtung Bar.

Charlotta blieb stehen und sah Ignacio schweigend an.

»Ja, wie geht es dir?«, fragte Ignacio. »Wie geht es deiner Mormor? Und was ist überhaupt passiert?«

Sie sah ihn weiter schweigend an. Warum interessierte ihn das plötzlich? Noch vor wenigen Minuten hatte Natalie ja seine volle Aufmerksamkeit beansprucht.

Sie atmete tief ein. »Sie hatte einen Herzinfarkt. Aber es geht ihr jetzt besser.«

»Das tut mir leid.«

»Geht schon. Es war hart, sie so zu sehen, aber sie wird es überstehen.«

Dass er eben noch so nahe bei Natalie gestanden hatte und

sich jetzt so fürsorglich gab und nach Charlottas Mormor fragte, störte sie. Ihre Mormor sagte immer, dass man nachdenken sollte, bevor man etwas sagte, aber der gute Rat war wie weggeblasen, als Charlotta hervorstieß: »Und wie geht es Natalie?« Ihr Tonfall klang bitter, nicht das kleinste bisschen souverän oder kühl. Sie sah sich um und nickte in Richtung Bar, wo Natalie alleine herumstand und Champagner in sich hineinschüttete. »Jetzt ist sie ganz allein und scheint immer betrunkener zu werden. Vielleicht solltest du dich besser um sie kümmern, als hier zu stehen?«

»Kann es sein, dass hier jemand eifersüchtig ist?« Ignacio lächelte amüsiert. Beinahe etwas selbstgefällig.

Charlotta ärgerte sich darüber, wie schlecht sie die Kunst beherrschte, souverän und kühl zu wirken.

»Mit ihr zu reden ist das Letzte, was ich jetzt möchte«, fuhr Ignacio fort. »Trotzdem finde ich, dass dich das nicht kümmern sollte. Du warst es doch, die am Morgen einfach verschwunden ist, ohne etwas zu sagen.«

Er lächelte, als hätte es ihm nichts ausgemacht, aber sein Tonfall verriet ihn, und sie konnte nicht anders, als eine gewisse Zufriedenheit zu spüren. »Ich hatte den Eindruck, du konntest gar nicht schnell genug von da wegkommen«, fuhr er fort, und sein anschließendes Lachen klang künstlich.

»So war es nicht«, sagte sie.

»Ist schon gut. Du musst nichts erklären.« Ignacio machte eine abwehrende Geste. »Ich verstehe schon.« Sie begriff nicht, was er daran verstand. Verstand er wirklich, dass der Grund für ihr Verschwinden an jenem Morgen seine ungeheure Anziehungskraft auf sie war? Dass sie Angst hatte, von ihr wie von einem schwarzen Loch verschluckt zu werden?

Aber sie sagte nichts, wusste nicht, wie sie es erklären sollte. Es wurde still. Die Tatsache, dass sie hier alleine standen, wurde ihr umso mehr bewusst. Das Gefühl von Ignacios Nähe erschwerte ihr das Atmen, und sie blickte sich um. Carl-Adam musste jeden Moment zurück sein.

Er stand an der Bar mit einem Champagnerglas in der Hand und sah sie lächelnd an. Sofort wandte er den Kopf zur Seite und sagte etwas zu seinem Nebenmann. Der kleine Verräter. Sie rollte mit den Augen, und als Carl-Adam wieder hersah, winkte sie ihn zu sich, aber er wandte sich ab.

Hastig lächelte sie Ignacio an. Sie hatte keine Ahnung, was sie jetzt sagen sollte. Sie konnten nicht über den Prozess sprechen, da weigerte sie sich, und sie konnten sich auch nicht über das Hochzeitswochenende unterhalten, das war zu intim. Ignacio schien dasselbe zu empfinden, und so standen sie schweigend da und betrachteten die Stadt, die im rosa Schein der Sonne dalag. Sie stellte fest, dass sie sich immer mehr entspannte. Die Stille hatte nichts Beschwerliches.

Bald war Jack zurück und wenig später auch Carl-Adam. Das frisch vermählte Paar erzählte Anekdoten von seiner Hochzeitsreise, und dann tranken alle zusammen noch mehr Champagner, während Charlotta und Ignacio es vermieden, direkt miteinander zu sprechen. Oder sich auch nur anzusehen. Die Sonne wärmte noch immer. Groß und gelb begann sie mit dem hellen Abendhimmel zu verschmelzen, und die glühenden Strahlen färbten die Weiten des Himmels feuerrot. Als die Bar schloss, schlug Jack vor, sich einer Gruppe von Nachtschwimmern in Richtung Långholmen anzuschließen.

Zufällig waren Ignacio und Charlotta unter den Letzten, die die Champagnerbar verließen.

»Baden ist offenbar unser Ding«, bemerkte Charlotta, als sie den Mosebacke torg überquerten.

»Es ist auf jeden Fall mein Ding, wenn ich mit dir zusammen bin«, sagte Ignacio und lächelte dieses Lächeln, das alles in ihr in Wallung brachte.

Als sie fast unten in der Urvädersgränd angekommen waren, blieb sie stehen. Der Champagner, die laue Nacht und Ignacios Nähe weckten eine Art Vertraulichkeit und Aufrichtigkeit in ihr. Sie nahm seine Hand. »Ich wollte nur sagen, dass ich nicht wegwollte, als ich am Morgen nach der Hochzeit abgehauen bin. Im Gegenteil.«

Er sah sie ruhig an. Wartete.

»Ich bin davongeschlichen, weil ich Sorge hatte, wie ich reagieren würde, wenn du aufwachst. Dann hätte ich es niemals geschafft zu gehen. Ich hätte mich nicht an das gehalten, was ich am Morgen gesagt hatte, dass wir uns nicht mehr treffen könnten. Ich brauchte einen Abschluss.«

Noch immer schwieg er.

»Einen Abschluss, den ich selbst kontrollieren konnte.«

Langsam nickte er, ging dann weiter, ohne sie anzusehen, und sie fragte sich, was er wohl dachte.

Als sie die Götgatan erreicht hatten, war der Rest der Gesellschaft nicht mehr zu sehen. Stattdessen begegnete ihnen eine Menge Menschen, die aus diversen Bars weiter durch die Nacht zogen. Sie blieben stehen und sahen sich um.

»Wo sind die anderen hin?«, fragte sie.

»Keine Ahnung.«

»Darf ich dich etwas fragen?«, sagte sie nach einer Weile.

»Klar.«

»Was meintest du mit der Nachricht, die du mir über Facebook geschickt hast?«

Er schwieg einen Moment, bevor er antwortete. »Ich habe das gemeint, was ich geschrieben habe, dass ich an dich gedacht habe.« Er stand von ihr abgewandt, schaute hinaus auf die Straße und schien nach den anderen Ausschau zu halten.

Sie nickte. Den tieferen Sinn, über den sie nachgedacht hatte, wollte sie nicht weiter erwähnen.

»Darf *ich* dich etwas fragen?« Seine dunkle Stimme klang ernst.

»Ja.«

»Warum hast du nicht auf die Nachricht geantwortet?«

Sie dachte kurz nach. »Mir ist keine gute Antwort eingefallen. Dann verging zu viel Zeit, und irgendwann kam es mir lächerlich vor, noch darauf zu antworten. Ich wusste nicht, wie ernst deine Nachricht gemeint war.«

Jetzt drehte er sich zu ihr um und trat einen Schritt näher. »Es war ernst gemeint.« Er beugte sich zu ihr, und sie hielt den Atem an. »Was meinst du, wollen wir stattdessen zu mir?«, fragte er mit leiser Stimme.

Nichts wollte sie lieber.

»Oder wollen wir zu dir nach Hause?« Er lächelte. Dann flüsterte er ihr ins Ohr: »Da kann ich wenigstens sicher sein, dass du nicht davonschleichst.«

Diese Worte und seine Nähe ließen sie vor Wohlbehagen erschauern. Sie umfasste seine Schultern, sodass sie ihm ganz nah war. »Zu dir ist es näher. Und ich verspreche, nicht davonzuschleichen, unter einer Bedingung.« Jetzt, wo sie die Vernunft sowieso über Bord geworfen hatte, konnte sie genauso gut hinterherspringen.

Er sah sie fragend an.

»Dass du mir morgen Frühstück servierst, mit nacktem Oberkörper.«

»Deal.«

Er nahm ihre Hand, und sie überquerten die Götgatan. Die Sonne, die eben noch orange geleuchtet hatte, war nun in einer dunklen Wolkenbank verschwunden, und der Himmel war bleigrau. Der erste Regentropfen fiel auf ihre nackte Schulter, und ihr wurde bewusst, dass der Duft nach Sommerregen die ganze Zeit schon in der Luft gelegen hatte, ohne dass sie darüber nachgedacht hatte.

Als der Regen schließlich fiel, duftete es aus den trockenen Straßen nach warmem Stein. Während sie durch die regennassen Straßen liefen, hielten sie einander an den Händen, um nicht auszurutschen. In einer schmalen Gasse zog sie ihn an sich und küsste ihn wild. Er schmeckte nach Regen und Champagner.

Sie liefen weiter bis zur Hornsgatan, und weiter entfernt blinkten die Lichter der Stadt, die in dieser Frühlingsnacht nicht schlief.

Ignacio rührte in der Pfanne, das Rührei hatte die perfekte Konsistenz. Er nahm zwei Roggenbrötchen aus der Tüte, die er in der Bäckerei nebenan gekauft hatte, und schnitt sie auf, schmierte Butter darauf und belegte sie mit Käse. Als er das Rührei auf den Tellern verteilte, hörte er schleichende Schritte.

Er hob das Frühstückstablett, doch dann fiel ihm etwas ein, und er stellte es wieder auf dem Tisch ab. Nachdem er sich das T-Shirt ausgezogen hatte, nahm er erneut das Tablett und blickte Charlotta an. »Tada!«

Breit lächelnd musterte sie ihn von oben bis unten und inspizierte dann das Tablett. »Ich erkläre die Bedingung für erfüllt«, sagte sie, nahm eine Tasse aus dem Regal und goss sich Kaffee ein. Sie hielt ihre Nase in den Dampf und schloss die Augen. »Frisch gebrühter Kaffee, gibt es etwas Himmlischeres?«

Lächelnd nahm sie einen Schluck und schenkte sich dann nach. Er liebte es, wie vertraut sie sich in der Küche bewegte, und dachte, dass er sich durchaus daran gewöhnen könnte, sie nur mit seinem T-Shirt und Spitzenhöschen bekleidet bei sich zu haben. Oder noch lieber ohne T-Shirt. Er zog sie an sich und nahm ihr die Kaffeetasse aus der Hand. Küsste sie im Nacken und schob langsam seine Hände unter ihr T-Shirt. Sie drehte sich zu ihm um und küsste ihn. Er hob sie auf die Anrichte, und dort liebten sie sich, schnell und innig. Zum dritten Mal, seit sie am Abend zuvor in seine Wohnung gekommen waren.

Sie frühstückten auf dem Balkon. Der Regen hatte die Wärme davongespült, der Vormittag war kühl. Helles Sonnenlicht bahnte sich seinen Weg durch die dünne Wolkendecke. Aus dem Innenhof stieg der Duft feuchter Erde zu ihnen hoch, und die Baumwipfel glänzten vom nächtlichen Regen.

Alles war so friedlich. Ruhe und Harmonie breitete sich aus. Er nahm Charlottas Hand, doch sie erstarrte. Ihre Stirn lag in Falten, die Augen blickten nachdenklich.

»Was ist los?«, fragte er.

»Ich weiß nicht.« Sie schüttelte den Kopf. »Mir ist nur klargeworden, dass ich jetzt hier sitze, obwohl ich mir geschworen hatte, dass es nicht mehr passieren würde.«

»Und warum ist das so schlimm?«

Sie schloss die Augen. »Es ist nicht schlimm. Nicht im Geringsten. Das ist ja das Beängstigende.« Sie schluckte. »Ich weiß nicht, wie ich das erklären soll, aber ich … ich fand es einfach nur großartig. Heute Nacht und am Hochzeitswochenende. Und jetzt, in diesem Moment. Es ist so besonders. Anders.« Wieder schluckte sie. »Im positiven Sinne«, fügte sie hinzu. Sie seufzte und schlug die Hände vors Gesicht. »Oh mein Gott, ich vertreibe dich ja allein schon durch mein Gestammel.«

Er drückte ihre Hand fester. »Im Gegenteil. Ich verstehe dich. Mir geht es ganz genauso. Das hier ist anders.«

Sie lächelte ihn an. »Ich weiß nicht, wohin es führen wird, aber ich darf jetzt nicht hier sein, denn ich weiß, dass ich sonst etwas tue, was ich später bereuen würde. Zum Beispiel meiner Chefin meine Kündigung schicken.« Ihr Lächeln wurde breiter, doch im nächsten Moment war sie wieder ernst. »Du wirst nicht bei Gaia aufhören, und ich kann diese Klage nicht in den Sand setzen. Es ist eine verdammte Sackgasse.« Sie sah ihn an. »Oder was denkst du?«

Das Einzige, was er dachte, war, dass er mit ihr zusammen sein, ihr nahe sein wollte. In diesem Augenblick hatte er das Gefühl, alles für sie aufgeben zu wollen.

»Ich würde gern herausfinden, wohin das alles führt«, sagte er.

Sie schüttelte den Kopf. »Da wird es schon schwierig für mich. Ich kann mich nicht darauf einlassen, herauszufinden, wohin das alles führt. Denn wenn es schiefgeht …« Sie beendete den Satz nicht, sondern zog stattdessen ihre Hand zurück. Sie umfasste ihre Kaffeetasse mit beiden Händen und blickte über die Stadt. »Ich habe so lange dafür gebraucht, alles aufzubauen.« Sie sagte nichts mehr, brauchte nichts mehr zu sagen. Sie hatte recht. Beziehungen waren riskant, Liebe war riskant, besonders für sie. Außerdem hatte er es ihr nicht gerade leicht gemacht, ihm zu vertrauen. Was konnte er tun, um ihr volles Vertrauen zu gewinnen? Er kannte die Antwort. Natürlich kannte er sie, aber war er bereit, etwas so Großes für sie aufzugeben? Seine ganze Karriere?

Sie stellte die Kaffeetasse auf den Tisch. »Ich muss los. Es ist schon spät, und leider muss ich heute arbeiten.« Sie hatte sich wieder in ihr Schneckenhaus zurückgezogen, und er wusste, dass es unmöglich sein würde, sie zu erreichen.

Sie zog sich an, während er das Frühstück abräumte. Er begleitete sie zur Tür.

Sie zögerte, bevor sie ging. »Ich sollte es eigentlich nicht sagen, aber …« Ihre Stimme klang leise und ernst. »Ich weiß, dass du Gaia bis zum Schluss verteidigen willst, aber ich habe Sachen erfahren, die mich davon überzeugt haben, dass Gaia nicht unschuldig ist. Christopher ist es vielleicht, aber nicht das Unternehmen.«

»Und was hast du erfahren?«

»Wir werden es niemals beweisen können, aber dieser Bericht ist offenbar regelrecht manipuliert worden. Ich habe mich stundenlang damit beschäftigt. Ich glaube, es fehlen Angaben, sie wurden geschwärzt.« Sie schüttelte den Kopf. »Ich habe schon zu viel gesagt, und eigentlich weiß ich gar nicht, warum ich es gesagt habe.« Sie seufzte. »Das ist genau der Grund, warum wir uns nicht mehr treffen können. Ich trete die ganze Zeit in Fettnäpfchen.«

Ihre Worte waren abschließend gemeint, doch der Kuss, der folgte, war alles andere als abschließend. Als seien sie beide unsicher, was dieser Abschied bedeutete.

Als sie gegangen war, goss er sich noch einen Kaffee ein, setzte sich wieder auf den Balkon und dachte darüber nach, was sie gesagt hatte. Im Bericht wurde offenbar etwas verschwiegen, und jemand von Gaia hatte das gewusst. Aber was bedeutete das? Dass dem Unternehmen sämtliche Mängel der Fabrik bekannt gewesen waren, die zur Todesfalle werden konnten, und dass es dennoch die Produktion dorthin verlegt hatte?

Wie sehr er den Gedanken auch verdrängen wollte, so hatte er sich doch festgesetzt: War es das einzig Richtige, Gaia voll und ganz aufzugeben? Dann erinnerte er sich an das, was Natalie am Abend zuvor gesagt hatte, dass der Vorstand über ihn geredet hatte. Er hätte sich mehr darüber freuen sollen, war aber mit seinen Gedanken ausschließlich bei Charlotta gewesen.

Mithilfe des starken, schwarzen Kaffees versuchte er, seine Gedanken und Gefühle zu ordnen. Er respektierte Christopher und arbeitete gern mit ihm zusammen. Es war lehrreich, und außerdem war Christopher eine sehr gute Führungskraft. Eigentlich war an Gaia selbst nichts auszusetzen, sondern daran, was von ihm erwartet wurde. Der Standpunkt des Vorstands zur Klage stand seinem eigenen konträr gegenüber, und schon heute wog er ständig Vor- und Nachteile gegeneinander ab, sah sich gezwungen, Werte und Prinzipien außen vor zu lassen, damit sich ein Geschäft lohnte. Klar, er tat Gutes und würde das sicher auch als Finanzchef weiterhin tun, doch er würde in höherem Maße gezwungen sein, zweifelhafte Beschlüsse zu fassen. Wollte er wirklich für den Rest seines Lebens so arbeiten? Er müsste immer an der Grenze dessen stehen, was er als falsch ansah. Obwohl er gedacht hatte, er werde allmählich wieder zu dem Menschen, der er einmal gewesen war, schien er sich nun ganz verirrt zu haben.

Mit geschlossenen Augen ließ er die Gedanken weiter treiben und dachte nicht mehr an den Posten als Finanzchef, sondern überlegte, aus welchem Grund Charlotta ihm das gesagt hatte. Wollte sie, dass er zweifelte? Der Gedanke brachte ihn zum Lächeln. Vielleicht wollte sie, dass er in Erwägung zog, Gaia zu verlassen, damit sie zusammen sein konnten?

Aber der Posten als Finanzchef war schon so lange sein Ziel. Seit mehreren Jahren träumte er davon. Konnte er diesen Traum wirklich aufgeben, jetzt, wo er in Reichweite war?

31

»Nehmen Sie die Schultern des Betroffenen, schütteln Sie ihn vorsichtig und versuchen Sie, ihn zu wecken. Kneifen Sie ihn in die Arme und tun Sie, was Sie können, um seine Aufmerksamkeit zu erlangen.«

»Charlotta, Charlotta, in der Cafeteria gibt es Schokoladentorte!«, rief Dessie. Charlotta öffnete die Augen und lachte laut. Der Leiter des Erste-Hilfe-Kurses, ein etwa dreißigjähriger Mann mit hohem Haaransatz und Pferdeschwänzchen im Nacken, sah sie müde an.

»Tut mir leid«, sagte Charlotta, lächelte aber weiter. Es war so befreiend, einfach unbekümmert zu lachen und nicht über die Klage nachzudenken. Und nicht über Ignacio. Tags zuvor war Christopher vor Gericht angehört worden, doch Ignacio war nicht da gewesen, was für sie eine Erleichterung bedeutet hatte. Ihn zu sehen hätte nur wieder ihren inneren Konflikt angefeuert und sie abgelenkt.

»Wenn der Betroffene trotzdem nicht aufwacht, müssen Sie die Atmung prüfen«, fuhr der Kursleiter fort. »Und das tun Sie, indem Sie Ihr Ohr an Nase und Mund des Betroffenen halten.«

Für den Nachmittag war die Befragung von Mauricio Melo angesetzt. Er war nach Stockholm geflogen und bereits am Vorabend eingetroffen. Charlotta und Svante würden mit ihm vor der Befragung zu Mittag essen. Das erforderte höchste

Konzentration. Allerdings hatte es während der Woche nur wenige Minuten gegeben, in denen sie nicht an Ignacio und die Nacht in seiner Wohnung gedacht hatte. Der Gedanke an sein Bett, das nach ihm roch, ließ ihr Herz schneller schlagen. Es war so intim gewesen, in seinem Bett mit ihm Sex zu haben und dann dort zu schlafen, als sei sie Teil seines Lebens. Sie wusste zwar, dass Menschen immer und überall in ihren Betten miteinander schliefen, ohne Teil des Lebens vom anderen zu sein. Aber wie alles mit Ignacio hatte es sich anders angefühlt.

Warum konnte nicht ihr ganzes Gehirn, nicht nur der vernünftige Teil, einsehen, dass sie sowohl sich selbst als auch ihre Gedanken von Ignacio fernhalten sollte?

Sie musste sich auf das Wesentliche konzentrieren. Oscar setzte alles daran, den Fall zu übernehmen. Er war schon die ganze Woche bei jedem Termin vor Gericht erschienen. Am gestrigen Tag hatte er erst versucht, die Vernehmung von Gaias Geschäftsführer zu leiten, und hatte sich anschließend weiter eingemischt, indem er Mails an Svante schrieb. Wenn es ihr nicht gelang, den Fall zu behalten und zu Ende zu bringen, würde ihre Chance, als Abteilungsleiterin nominiert zu werden, verloren sein.

Sie öffnete die Augen, und ihr Blick fiel auf den kahlen Schädel von Oscar, der gerade über Alex kniete. Auf der Glatze spiegelte sich die Deckenbeleuchtung. Ob er sie polierte, damit sie so glänzte? Als sie sich vorstellte, wie er mit einem Lappen vor dem Spiegel stand, musste sie wieder lachen.

»Was ist? Worüber lachst du?« Dessie lächelte. »Ich will es wissen!«

Charlotta schüttelte den Kopf. »Nichts.«

»Und wenn der Betroffene nicht normal oder gar nicht atmet, dann beginnen Sie mit der Herzdruckmassage.« Der Kursleiter sprach lauter, um sie zu übertönen.

»Diese Betroffene hier atmet sehr unnormal. So abgehackt irgendwie«, bemerkte Dessie grinsend.

»Gut, dann probieren Sie mal die Herzdruckmassage«, sagte der Instrukteur. »Holen Sie sich bitte eine Puppe.« Dessie verschwand, und Charlotta stand auf. Sie ignorierte Oscar, der auf sie zukam.

Er blieb vor ihr stehen. »Ich bin die Fragen für die Vernehmung von Mauricio Melo durchgegangen, die ich heute durchführen werde und …«

»Moment«, unterbrach ihn Charlotta. »Die *du* durchführen wirst?«

»Ja, ich finde, die Vernehmung gestern war nicht berauschend. Du hast ja nicht gerade verblüffende Neuigkeiten zutage gefördert. Die Befragung des Nachhaltigkeitschefs war ganz okay am Schluss, aber nicht sonderlich gut strukturiert.« Damit lag er zweifellos richtig. »Und ich habe mehr Erfahrung mit Zeugen«, fuhr Oscar fort. »Außerdem warst du ein paar Tage abwesend, und ich glaube, der Mandant hat mehr Vertrauen in mich. Es ist nur zum Besten des Mandanten. Ich habe den besseren Durchblick.«

»Ich war von Anfang an mit diesem Fall betraut, mein Durchblick ist ziemlich gut.«

»Aber ich habe mehr Erfahrung, deshalb finde ich, dass …«

»Ich vernehme seit fast fünf Jahren Zeugen.«

»Wenn du mich bitte ausreden ließest, Charlotta. Es ist unhöflich, seinen Gesprächspartner zu unterbrechen.« Oscar hielt beide Handflächen nach oben und rollte mit den Augen. »Fünf Jahre sind vielleicht viel, wenn man nur mit kleineren Fällen zu tun hatte, aber das hier ist ein größerer Fall. Da braucht es mehr.« Er seufzte und schüttelte den Kopf wegen ihrer Unverständigkeit. »Ich übernehme die nächste Befragung. Und arbeite weiter am Fall.«

Ohne konkreten Grund und mit einer Reihe von Verunglimpfungen in ihre Richtung versuchte Oscar offenbar, nicht nur die Vernehmung, sondern den gesamten Fall an sich zu reißen. Wie hatte sie früher nur auf seine miesen Methoden eingehen können? Warum hatte sie zugelassen, dass er sie ständig übervorteilt hatte?

Entschlossen sah sie ihn an. »Ich leite die nächste Vernehmung. Ich habe mehrfach mit dem Zeugen gesprochen, er hat Vertrauen zu mir. Und du wirst es kaum gewinnen in …« Sie sah auf ihre Uhr. »… den zwei Stunden, bis wir wieder im Gerichtssaal sind.«

Dessie kam im selben Moment zurück, in den Armen eine schweinchenrosa Puppe.

»Oscar, du störst. Ihr könnt später über die Arbeit reden.«

Oscar starrte Charlotta an, ohne Dessie zu antworten. Langsam drehte er sich um und ging zurück an seinen Platz.

Mauricio Melo schien um die vierzig zu sein und sah in seinem dunklen Anzug sehr gepflegt aus. Er lächelte die Richter an, als er hinkend und mit einem Stock zum Zeugenstand ging. Sein Lächeln war offen und herzlich, und der wache Blick des Mannes erinnerte Ignacio an seinen Großvater in jungen Jahren, den er nur von vergilbten Fotografien kannte. Seine Mutter hatte ihn geliebt und bewundert, aber er selbst hatte ihn nie getroffen, nur Geschichten über ihn gehört. Bei diesem Gedanken spürte er einen Schmerz tief in seiner Brust, und er atmete tief ein. Er konnte nicht emotional reagieren, noch bevor die Vernehmung überhaupt angefangen hatte.

Nachdem Mauricio Melo auf Geheiß der Richterin einen Eid abgelegt hatte, ging das Wort an Charlotta. Ihr Kollege, dieser Oscar, saß neben ihr und machte sich anscheinend bereit, etwas zu sagen, während Charlotta von einem Zettel vorlas, den Svante ihr gereicht hatte. Sie kam ihrem Kollegen zuvor und sagte in holprigem Spanisch: »Willkommen, Herr Melo, Sie hatten ja wahrlich einen weiten Weg.«

Mauricio Melo lächelte erfreut und antwortete in wohlakzentuiertem Spanisch: »Es ist mir eine Ehre, hier zu sein. Ich freue mich, dass Sie sich Zeit nehmen, mir zuzuhören.«

Charlotta wartete auf die Dolmetscherin, bevor sie auf Schwedisch antwortete: »Wir haben zu danken.« Sie meinte es aufrichtig. Mauricio Melo war zwar der Mandant von Svärdh & Partner, und Charlotta musste ihm daher Respekt erweisen, aber Ignacio hatte bei seiner Feldforschung in Südamerika oft genug mitleidiges Lächeln gesehen. Von Europäern, die wohlwollend handelten, aber dennoch die Menschen, denen sie halfen, nicht als ebenbürtig ansahen. Charlotta hingegen behandelte Mauricio Melo als Kollegen auf Augenhöhe, mit dem sie gemeinsam gegen den Unternehmensriesen kämpfte.

»Herr Melo, könnten Sie bitte von Ihren Beobachtungen in der Fabrik am Tag vor dem Unglück berichten?«

»Auf jeden Fall. Also, an jenem Tag fiel mehrere Male der Strom aus, und ich sah, wie einer der Vorarbeiter am Generator herumschraubte. Es ging das Gerücht, dass ein schwerwiegender Defekt in der Elektroanlage des Gebäudes vorlag.«

»Und was passierte am nächsten Morgen?«

»Das gesamte Erdgeschoss der Fabrik, das man an eine Bank und einen Lebensmittelladen vermietet hatte, war verriegelt. Das hat die Leute beunruhigt. Wir konnten uns ja ausrechnen, dass es mit dem Defekt zu tun hatte.« Während die Dolmetscherin übersetzte, schüttelte Mauricio Melo den Kopf. »Viele von uns weigerten sich an diesem Tag hineinzugehen, um zu arbeiten, doch die Wachen haben uns bedroht, und Sie verstehen …« Er blickte zu Boden, aber dann wieder hoch. »Die meisten von uns sind ja aus Bolivien, und viele von uns haben keine Papiere. Die Wachen haben oft damit gedroht, uns bei den brasilianischen Behörden zu verpfeifen, so auch an jenem Tag. Also sind wir hineingegangen, um zu arbeiten, obwohl wir beunruhigt waren. Den ganzen Tag über gab es Stromausfälle. Plötzlich ertönte der Feueralarm. Wir standen alle auf, einige rannten zu den Ausgängen, doch die Wachen hielten uns zurück. Sie sagten, es sei falscher Alarm, doch ein paar von ihnen gingen los, um die Sache zu untersuchen. Sie kehrten aber nicht wieder zurück, was beunruhigend war.«

Charlotta nickte ernst, während die Dolmetscherin sprach, und hielt die ganze Zeit über Augenkontakt mit Mauricio Melo.

Ignacio hingegen hielt es nicht aus, dem Mann in die Augen zu sehen. War das alles das Versäumnis von Gaia? Schon unzählige Male hatte Ignacio ähnlich lautende Erzählungen gehört. Er hatte sowohl darüber gelesen als auch selbst Menschen getroffen, die davon erzählt hatten. Er hatte die verantwortlichen Unternehmenschefs interviewt, die sich nicht dafür verantwortlich fühlten, dass Menschen bei Unfällen in ihren Fabriken ums Leben gekommen waren, und über deren Naivität geflucht. Und jetzt war er einer von ihnen.

»Dann haben wir Brandgeruch wahrgenommen, und dann ging alles ganz schnell. Der Strom fiel aus, die Lampen erloschen. Wir hörten, wie Menschen im oberen Geschoss umherrannten, und wir hörten Schreie. Plötzlich war das ganze Gebäude voller Rauch, man konnte kaum noch atmen, und ich rannte Richtung Ausgang, konnte jedoch nichts sehen. Wir wussten, dass es außen am Gebäude eine Feuerleiter gab, die vom oberen Stockwerk aus begehbar war. Dorthin waren die Wachen verschwunden, erfuhren wir später. Viele Menschen gelangten so ins Freie und konnten sich Gott sei Dank retten. Schließlich fand auch ich den Weg. Jemand leuchtete mit seinem Handy in den Flur, und ich rannte den Flur entlang Richtung Treppen. Aber die Menschen versammelten sich an den Ausgängen. Die Türen waren verschlossen und …«

Mauricio Melo unterbrach sich, seine Stimme zitterte. »Die Menschen schrien, einige fielen in Ohnmacht, die Luft war voller Rauch. Wir husteten, dann hörten wir ein Donnern, ein enormes Donnern …«

Er holte tief Luft. »Das Dach war eingestürzt. Von weiter drinnen hörte ich Hilfeschreie und rannte zurück. Der Brand hatte sich bereits bis in diese Etage ausgebreitet, und es war so heiß, eine solche Hitze …«

Er schüttelte den Kopf. »Es war entsetzlich. Ein Mann lag unter einem Stapel Trümmer, die vom Dach gefallen waren. Ich zog ihn hervor und wieder auf die Beine, doch um uns herum fielen weitere Trümmer herunter, und das Feuer kam immer näher, wie eine riesige Welle. Wir rannten und rannten, doch dann bin ich zusammengebrochen.« Er sah zu den Richtern. »Vermutlich war es eine Rauchvergiftung. Ich muss irgendwie ins Feuer geraten sein, wie genau, weiß ich nicht. Aber als ich im Krankenhaus aufwachte, war die Hälfte meines Körpers einbandagiert.«

Er seufzte tief.

Im gesamten Gerichtssaal herrschte Stille, sogar das Tippen des Schriftführers wurde im Laufe des Berichts immer leiser, als wolle ihn niemand stören.

»Das hier ist geblieben.« Mauricio Melo zeigte auf die eine Seite seines Gesichts, die vernarbt war. »Erstaunlicherweise ist niemand ums Leben gekommen. Aber mit dem Trauma müssen wir von nun an leben. Viele von uns werden nie wieder arbeiten können. Ich arbeite so gut ich kann, aber ich bin viel schneller erschöpft, und mein Körper ist zerstört.« Er blickte zu Boden und sah dann mit feuchten Augen auf. »Was mich am meisten gewundert hat, ist die Kaltblütigkeit an jenem Tag. Später hat man festgestellt, dass die Schlösser der Türen komplett zerstört waren. Sie müssen verschlossen gewesen sein, aber es muss jemandem gelungen sein, sie von außen zu öffnen. Meiner Meinung nach war das kein Unglück. Wenn man ein Gebäude abschließt, wo Menschen arbeiten, und sie werden durch einen Brand verletzt, dem man hätte vorbeugen können, dann ist es kein Unglück. Dann ist es ein Mordversuch.«

Ignacio blickte sich im Saal um. Die Dolmetscherin hatte noch nicht alles übersetzt, doch er hatte alles verstanden. Svantes verbissener Gesichtsausdruck ließ vermuten, dass auch er alles begriffen hatte, was Mauricio Melo gesagt hatte. Langsam atmete Ignacio ein. Sein Hemdkragen schien auf einmal enger zu sitzen, er lockerte seine Krawatte. Doch das half auch nichts, und er atmete weiter langsam ein und aus.

»Wir möchten von Gaia Geld haben, auf jeden Fall, doch viel wichtiger ist uns eine Wiedergutmachung. Wir haben billige Kleidung produziert, und Gaia muss gewusst haben, wie mangelhaft die Verhältnisse in der Fabrik waren. Warum übernimmt Gaia dann nicht die Verantwortung für das, was geschehen ist?«

Die Dolmetscherin übersetzte weiter, aber die schwedischen Wörter verwandelten sich für Ignacio in ein undefinierbares Hintergrundgeräusch. Das Einzige, was er hörte, waren die spanischen Sätze des Mannes, und er dachte an die vielen Menschen, denen er während seiner Zeit in Nicaragua begegnet war. Menschen, die wie Leibeigene unter fürchterlichen Bedingungen arbeiten mussten, und zwar geduldet von den Großunternehmen. Viel zu billige Kleidung. Gesichter und Stimmen wirbelten in seinem Kopf umher, bis sie in Mauricio Melos Geschichte mündeten. Charlotta stellte weiter ihre Fragen, doch Ignacio verschloss die Ohren davor. Er hielt es nicht aus, weiter zuzuhören.

Als die Vernehmung zu Ende war, eilte Ignacio aus dem Gerichtssaal und weiter zum Ausgang. Auf der steinernen Treppe blieb er stehen, beugte sich nach vorne, stützte die Hände auf die Knie und atmete tief und zitternd ein. Was passierte da gerade? Trug er mit seiner Arbeit zu solchen Verhältnissen bei? Verteidigte er etwa diese furchtbaren Handlungen?

Statt auf Christopher und Karl zu warten, ging er rasch die Treppe hinunter, weg vom Amtsgericht.

32

Im Vorort war der Sommer bereits zaghaft ausgebrochen. Die Fliederbüsche im Vorgarten der Eltern waren voller blasslila Knospen. Ignacio blieb stehen und schnupperte an einem leuchtend violetten Büschel mit kleinen Blüten, die herrlich frisch dufteten.

»Mein Gott, Ignacio. Hör auf, so pathetisch zu sein.« Jack rollte mit den Augen und boxte ihn gegen den Oberarm.

Ignacio lachte. »Ich mag es, an Blumen zu riechen.«

Statt am Nachmittag zurück ins Büro zu gehen, hatte Ignacio vorgeschlagen, zu seinen Eltern zu fahren wie früher. Die vielen Häuser und Menschen in der Stadt drückten ihm aufs Gemüt. Sobald sie Jacks Hybrid-SUV auf dem Parkplatz im Vorort entstiegen waren, konnte er wieder atmen.

Seine Mutter kam ihnen im Flur entgegen und umarmte sie lange und fest. »Meine tollen Jungs!« Sie gab beiden einen Kuss auf die Wange. »Und herzlichen Glückwunsch zur Hochzeit, Jack! Ich habe die Bilder gesehen, ihr saht so schick aus, du und dein schöner Mann!« Sie nahm seine Hand und bewunderte den Ring. »Ganz ähnlich wie meiner.« Sie hielt ihre linke Hand hoch und zeigte den glatten Goldring. »Kommt rein, Jungs, ihr könnt gleich hinaus in den Garten gehen. Papa schmeißt schon den Grill an.«

Maria kam die Treppe herunter, drückte kurz ihren Bruder

und umarmte anschließend Jack, vielleicht eine Spur zu lang. »Es ist ewig her, dass du hier warst, Jack! Schön, dich wiederzusehen!« Sie wickelte eine Haarsträhne um ihren Finger und klimperte mit den Wimpern.

»Du weißt, dass Jack verheiratet ist?« Ignacio hob eine Augenbraue. »Mit Carl-Adam.«

Maria seufzte, ließ die Strähne los und die Arme hängen. »Ja. Ich weiß.«

»Arbeitest du heute Abend nicht?«

»Als ich hörte, dass du kommst, habe ich die Schicht getauscht, damit ich später mit dir im Taxi in die Stadt fahren kann. Dann braucht Papa mich nicht zu fahren. Ich fange um elf an.«

»Jack kann uns mitnehmen.«

»Super!« Sie wandte sich an Jack. »Vielleicht hast du Lust, mit in den Club zu kommen? Ich kann einen Tisch reservieren.« Sie lächelte.

»Jack möchte nach Hause zu seinem Ehemann«, sagte Ignacio und ging hinaus in den Garten, um seinen Vater zu umarmen.

»Ihr müsst aufhören, das Kind zu verwöhnen. Sie muss lernen, den Zug zu nehmen. Und wie lange will sie eigentlich noch zu Hause wohnen?«

»Es können schließlich nicht alle so vorbildlich sein wie du, Ignacio.« Papa reichte ihm ein Bier und warf Jack auch eins zu.

Sie aßen die Würstchen im Garten unter der Infrarotlampe, während die Dämmerung den Himmel langsam dunkler färbte. Das Geißblatt, das sich über das Spalier rankte, verströmte einen schwachen Duft in der kühlen Abendluft.

Während Jack der Mutter beim Abwasch half, säuberte Ignacio mit seinem Vater den Grill, und Maria verschwand auf ihr Zimmer, um ihrem bereits perfekt geschminkten Gesicht den letzten Schliff zu geben.

»Wie geht es dir, Ignacio?«, erkundigte sich der Vater und nahm die Grillbürste vom Wandgestell.

»Ganz gut. Etwas heftig auf der Arbeit gerade.« Ignacio hockte sich hin und schabte Reste der Kohle und Asche vom Boden des Grills.

»Geht es um diese Klage, von der ich in der Zeitung gelesen habe?« Papa reichte ihm eine Plastiktüte, in die Ignacio den Schmutz schüttete. Dann richtete er sich auf.

»Genau. Da ist einiges zu tun, aber auch sonst ist gerade viel los.«

»Und wie ist dein Gefühl bei dieser Klage? Das sind ja nicht gerade Bagatellen, die Gaia vorgeworfen werden.«

»Ich weiß es nicht.« Langsam schüttelte er den Kopf. »Ich habe bei Gaia angefangen, weil das Unternehmen für gute Werte stand und sich aktiv für Menschenrechte einsetzte. Soweit ich weiß, war niemandem bei Gaia bekannt, wie schwerwiegend die Mängel in der Fabrik waren, und dann sollte Gaia auch nicht verklagt werden. Gleichzeitig fühlt es sich merkwürdig an, bei diesem Rechtsstreit auf der Seite des Unternehmens zu stehen und eine Firma zu verteidigen, die das Leid anderer Menschen verursacht hat. Ich weiß nicht, ob …«

»Du weißt nicht, ob das richtig ist?«

»Genau.«

»Dann wechsle doch und tu etwas, woran du glaubst.« Sein Vater legte die Bürste auf die Bank und fasste ihn bei der Schulter. »Weißt du, ich habe es dir direkt angesehen, als du herkamst. Dass dich etwas bedrückt. Die Arbeit beeinflusst dich zu sehr. Du bist jung, Ignacio, du hast noch dein ganzes Leben vor dir. Du solltest das tun, was dich begeistert, wofür du stehst.«

»Ja, das weiß ich, aber es ist gar nicht so einfach zu wechseln.«

Sein Vater sah ihn vorwurfsvoll an. »Liegt es am Geld?«

Es war kein Geheimnis, dass Ignacio bei Gaia gut verdiente. Er hatte seine Familie mit Reisen und Geschenken überrascht, seit er dort angefangen hatte. Als die Reihenhaussiedlung von einer Genossenschaft übernommen wurde, hatte er seinen Eltern angeboten, sie beim Erwerb ihres Anteils zu unterstützen, doch sie hatten entschieden abgelehnt. Sein Vater hatte doppelte Schichten geschoben, bis sie den Genossenschaftsanteil zusammengespart hatten. Stattdessen hatte Ignacio ihnen zu ihrem Hochzeitstag ein neues Auto geschenkt. Sie hatten es wirklich verdient.

»Ich denke an euch. Alles, was ihr getan habt, alles, was ihr für mich und Maria geopfert habt. Ich möchte euch alles zurückgeben. Ich möchte selbst eine sichere Zukunft haben, und ich möchte, dass ihr eine sichere Zukunft habt.«

Sein Vater ließ seine Schultern los und blickte ihn ernst an. »Ignacio, womit möchtest du uns helfen? Mama und mir geht es gut. Maria macht vielleicht nicht so Karriere wie du, aber sie mag ihren Job. Und ihr Leben. Und auch sie wird eines Tages erwachsen werden.«

»Darum geht es nicht. Ich wollte immer mein Bestes geben und so viel Geld verdienen wie möglich, um euch alles geben zu können, was ihr haben wollt. Und alles, was ich haben will.«

»Warum glaubst du, dass wir noch mehr brauchen?« War der Vater womöglich etwas gekränkt? Schnell sah er in Richtung Gartenzaun und den angrenzenden Wald. »Wir haben alles, was wir wollen. Klar, es war hart, als deine Mutter ihren Job verloren hat, aber wir haben es trotzdem geschafft. Und jetzt haben wir wieder beide Arbeit. Wir haben unser Haus, wir haben einen eigenen Garten und eigene Beete, die wir bepflanzen können. Und sieh mal her.« Er machte eine Geste, die den ganzen Garten umfasste. »Abends können wir hier sitzen und in den Wald schauen, den Vögeln lauschen und nach Tieren Ausschau halten. Wusstest du, dass wir schon mehrmals einen Fuchswelpen gesehen haben?« Der Vater lachte laut. »Er ist so niedlich, und wir haben ihm Futter hingelegt.« Er atmete tief ein und wandte sich wieder Ignacio zu. »Vielleicht haben wir nicht so viel Geld wie deine Freunde von der Handelshochschule und deren Eltern. Aber wir haben ein eigenes Zuhause, wir sind glücklich. Es ist mehr als genug, und wir wollen, dass auch du glücklich bist.« Er legte beide Hände auf Ignacios Schultern. »Weißt du was? Geld ist nicht alles. Wenn man etwas tut, woran man nicht glaubt, dann wird man innerlich leer. Deshalb waren wir schließlich gezwungen, Chile zu verlassen. Wir konnten uns nicht einfach einreihen und so tun, als fänden wir alles okay, was dort passierte. Wir wären innerlich leer geworden. Und wenn du für etwas arbeitest, an das du nicht glaubst, dann wirst du irgendwann leer.«

Ignacio ließ sich und Maria an diesem Abend von Jack zum Stureplan bringen. Von da aus spazierte er die Kungsgatan hinauf.

Sein Vater hatte recht, den Eltern ging es wirklich gut. Und er konnte die Frage seines Vaters nicht beantworten, was ihnen seiner Meinung nach fehlte und wobei er ihnen helfen sollte. Es wurde ihm bewusst, dass er nicht besser war als Natalie. Sie war der Ansicht gewesen, dass sein Elternhaus und das Umfeld seiner Kindheit nicht sonderlich viel taugten.

Dabei hatten sie alles. Sie waren gesund und lebten in Sicherheit, liebten sich immer noch nach all den Jahren und hatten ein engeres und besseres Verhältnis zu ihren beiden Kindern als manch andere Eltern. Das Einzige, worüber Ignacio sie je hatte klagen hören, war, dass sie gezwungen gewesen waren, den Rest der Familie in Chile zurückzulassen und dass Ignacios Großeltern nicht in der Nähe gewesen waren, als die Kinder klein waren. Doch daran konnte auch kein Geld etwas ändern.

Er blieb vor dem gläsernen Eingangsbereich von Gaia stehen und sah hinauf zum großen Logo mit den grünen Leuchtbuchstaben hoch oben auf dem Gebäude.

War seine Zeit hier abgelaufen?

Er holte seine Schlüsselkarte hervor und hielt sie gegen das Schloss. Die Türen öffneten sich, und er betrat die leere, dunkle Empfangshalle. Seine Schritte hallten auf dem Steinboden. Viele Abende hatte er allein im Büro verbracht, doch heute empfand er die Größe des Gebäudes als überwältigend. Alles glänzte, war sauber und imposant. Den ganzen Frühling über war er überzeugt davon gewesen, dass der Hauptgrund für eine Einigung mit den Arbeitern sein wichtiger Vertrag mit dem Kunden gewesen war, den er abschließen wollte, um eine höhere Position, mehr Gehalt und einen höheren Status zu erlangen. Doch jetzt verstand er, dass der einzige wirkliche Grund für eine Einigung Gaias mit den Arbeitern die Tatsache war, dass es das einzig Richtige war.

Es waren nicht allein die moralischen Bedenken, die dazu führten, dass er diesen Beschluss fassen musste. Sein Herz war zurzeit ganz woanders. Nicht bei einem Großunternehmen, das zu billige Arbeitskräfte anheuerte. Seine Gefühle für Charlotta waren völlig neu für ihn. Die Zärtlichkeit und das Vertrauen, das Ungekünstelte und Besondere, seine unbändige Freude jedes Mal, wenn er sie sah. Er hatte sich zwar fest vorgenommen, sich nicht noch einmal für jemand anderen zu verändern, aber er spürte, dass diese neuen Gedanken keine Veränderung bedeuteten, sondern eher ein Zurückfinden zu sich selbst. Charlotta hatte ihm den Weg gewiesen, seine Werte wieder neu zu entdecken, all das, was ihm etwas bedeutete. Zurück zu dem, der er eigentlich war.

Der Rechtsstreit konnte einige Jahre dauern, und so lange würde er es nicht aushalten, sie nur aus der Ferne zu betrachten.

Am Montag würde er mit Christopher sprechen. Vielleicht würde er noch am selben Tag gehen müssen. Deshalb musste er nun alle Spuren löschen, die sein Glück mit Charlotta zerstören konnten. Endlich war es an der Zeit, das Richtige zu tun.

In seinem Büro öffnete er die Schublade mit den Ordnern, suchte das ausgedruckte Foto des Mailwechsels heraus und zerriss es in viele kleine Stücke, die er anschließend in die Tasche steckte. Er schrieb eine Mail an Karl, in der er ihn darum bat, das Foto bei sich zu löschen und nicht zu verwenden.

Dann ging er zu Fuß nach Hause. Ein leichter Sommerregen war gefallen, der Asphalt schimmerte feucht. Er warf die Papierschnipsel in das dunkle Wasser des Riddarfjärden.

Am nächsten Morgen rief er Carl-Adam an. Jack hatte seinen Mann bereits vorgewarnt, er antwortete sofort. »Du willst, dass ich dich mit Charlotta verkuppele? Nichts tue ich lieber! Ich bin bereit und habe auch schon herausgefunden, dass sie heute Abend nichts vorhat. Sie glaubt, dass ich uns etwas koche und dann mit ihr Hochzeitsfotos anschaue.«

»Ausgezeichnet«, sagte Ignacio.

»Also, dein Plan klingt perfekt«, sagte Carl-Adam exaltiert. Ignacio fand selbst, dass seine Idee gut war, und hoffte, sie würde es ebenso sehen. »Du kennst sie wirklich.« Carl-Adams Stimme zitterte. »Ich muss gestehen, dass ich erst gezögert habe, als Jack vorschlug, ein Date für dich zu arrangieren. Charlotta hat mir von diesem Mailwechsel erzählst, den du dir erschlichen hast, aber Jack versicherte mir, dass du bereit seist, alles für sie aufzugeben. Also, das ist alles so … so …«

Carl-Adam schnappte nach Luft. »So perfekt. So romantisch.« Dann wurde er ernst. »Aber hör zu, du musst sehr vorsichtig bei ihr sein. Du weißt, dass es ihr schwerfällt, Vertrauen zu fassen. Weißt du, wie schwierig es war, ein richtig guter Freund von ihr zu werden? Ihr Vertrauen zu gewinnen?«

»Ich weiß«, sagte Ignacio. »Ich weiß das.«

»Du wirst kämpfen müssen. Und noch was.«

»Ja?«

»Wenn du sie nicht gut behandelst, ja, wenn du sie auch nur das kleinste bisschen verletzt, dann werde ich dir das Leben richtig schwermachen.«

»Ich habe nichts anderes erwartet.«

»Gut. Sehr gut. Ach ja, hast du dir für morgen schon etwas zum Anziehen gekauft?«

Ignacio zögerte. »Ich wollte Jeans und T-Shirt anziehen.«

»Jeans ist gut. Aber ich finde, du brauchst noch irgendein kleines Extra … Was hältst du davon, morgen shoppen zu gehen?«

»Woran hast du gedacht?«

»Du wirst schon sehen. Vertrau mir. Du willst doch, dass sie dir verfällt?«

»Ja, das will ich.«

»Gut. Dann sehen wir uns bei NK um eins. Und iss vorher nichts. Ich dachte, du könntest mich zum Brunch einladen.«

33

»Willst du das anlassen?«, erkundigte sich Carl-Adam und musterte Charlottas Collegepulli, die Armyjacke und die locker sitzende Jeans.

»Wir wollen doch nur bei euch zu Hause zu Abend essen. Ich schätze wirklich deine Kochkünste, aber wir gehen nicht in den Opernkeller!«

Kopfschüttelnd setzte Carl-Adam sich in Bewegung. Sie hatten sich am Odenplan getroffen. Carl-Adam wollte noch Zutaten für das Essen einkaufen.

»Wenn es neuerdings bei dir eine Kleiderordnung gibt für gemütliche Abende zu Hause, dann muss ich mir noch einmal überlegen, wie viel Zeit ich mit dir verbringen möchte. Ich mag es nicht, mich ständig aufzubrezeln.«

»Nein, aber ich dachte, wir gehen vorher etwas trinken. Ich muss ein bisschen unter Leute.«

»Wenn wir nur irgendwo etwas trinken wollen, reichen doch Jeans und ein ausgewaschener Pulli? Oder wolltest du nach dem Essen noch ausgehen? Tut mir leid, Carl-Adam, aber ich kann nicht. Ich muss noch das Schlussplädoyer vorbereiten.«

Als er sie ansah, blitzen seine Augen verschwörerisch, und er lachte, als wisse er etwas, das sie nicht wusste.

»Was ist? Was hast du vor?«

Carl-Adam lächelte noch immer. »Du wirst schon sehen, welche Pläne ich heute Abend mit dir habe!«

»Wenn du mich abfüllen willst, kann ich dir jetzt schon sagen, dass du das nicht schaffen wirst.«

Carl-Adam bog abrupt in die Luntmakargatan ab.

»In welche Bar gehen wir? Eine neue?«, fragte sie.

»Ja, so etwas in der Art. Ich glaube, es wird dir gefallen.«

Vor einer schwarz gestrichenen Flügeltür blieben sie stehen. Kein Schild war zu sehen und auch ansonsten kein Hinweis darauf, dass sie vor einer Bar standen.

»Ist das wieder so ein illegaler Club?«

Ohne zu antworten öffnete er die Tür, und ihnen schlug leises Gemurmel und vereinzeltes Gelächter entgegen. Die letzten Töne eines Johnny-Cash-Songs verklangen und wurden von Gitarrenklängen abgelöst, die Charlotta sofort als Hit von Tanya Tucker erkannte. Sie dachte an den Schaukelstuhl auf Großmutters Veranda und an Träume von warmen Nächten im amerikanischen Süden.

Anerkennend blickte sie Carl-Adam an. »Scheint ganz mein Fall zu sein.«

Drinnen stießen sie auf Menschen in Cowboyhüten und Boots. Der Altersdurchschnitt lag ein paar Jahrzehnte über dem in anderen Stockholmer Bars. Sie sah sich um. An den Wänden hingen Poster, die ein Linedance-Event versprachen.

Sie blieb stehen und sah Carl-Adam mit großen Augen an. »Du nimmst mich mit zu einem Linedance?« Sie umarmte ihn stürmisch. »Oh, das ist ja toll!«

Carl-Adam umarmte sie auch. »Es ist nicht ganz das, was du glaubst, aber komm einfach mit, dann wirst du schon sehen.«

Sie kamen in eine Bar, wo Männern und Frauen mit Cowboyhüten schäumendes Bier serviert wurde. In einer Ecke stand eine Gruppe aufgekratzter Frauen. Kichern und freudige Ausrufe waren zu hören.

»Du gehst zu einem Linedance, aber nicht mit mir«, sagte Carl-Adam und blieb stehen. »Sondern mit ihm dort hinten.«

Mitten unter den Frauen entdeckte sie Ignacio. Heute trug er eine perfekt abgenutzte schwarze Jeans, schwarze, glänzende Boots, ein weißes T-Shirt, das seinen muskulösen Oberkörper zur Geltung brachte, und darüber eine schwarze Lederjacke. Seinen Kopf zierte ein schwarzer Cowboyhut. Ein urbaner Cowboy des 21. Jahrhunderts. Der hübscheste Cowboy, den sie je gesehen hatte. Er lächelte sie an, stand auf und ging ihr entgegen, unter den bewundernden Blicken der anderen Frauen.

»Ich weiß, dass du mich eigentlich nicht treffen möchtest, aber ich frage trotzdem.« Ignacio nahm den Hut ab, legte ihn an seine Brust und streckte seine freie Hand aus. »Möchtest du einen Abend mit mir verbringen? Im Zeichen der Countrymusik?«

Für einen Moment verschlug es ihr die Sprache. War das Einbildung oder Realität? Stand dieser Mann, der schönste, den sie je gesehen hatte, tatsächlich in Cowboykluft vor ihr und bat sie, den Abend mit ihm zu verbringen? Arbeit, Anwaltsethik, Kanzleipartnerschaft und Zukunftsträume – das alles war unwichtig. Alles, was zählte, war Ignacio.

Lächelnd nahm sie seine Hand. »Sehr gerne.«

»Gut.« Er nahm sie mit sich an den Tisch. Sie drehte sich suchend nach Carl-Adam um, doch der war bereits verschwunden. Die Damen am Tisch blickten sie neugierig an. Auf einem der Stühle stand eine große Papiertüte. »Ich habe ein paar Sachen für dich mitgebracht«, erklärte er und reichte ihr die Tüte. Sie warf einen Blick hinein und entdeckte eine blaue Jeans, eine karierte Bluse, Boots und einen Hut. Darunter waren cognacfarbene Wildlederfransen zu erahnen. Sie zog die Jacke hervor und sah ihn mit großen Augen an.

»Die ist der Wahnsinn! Dass du dich daran erinnert hast!« Sie zog ihre Armyjacke aus und probierte die Fransenjacke an. Mit der Bluse darunter würde es perfekt aussehen.

»Carl-Adam hat mich wegen der Größe beraten.«

»Wollt ihr beiden mit uns tanzen?« Eine der Damen war aufgestanden. Ihre grauen Augen glitzerten, als sie ihre Hand nach Charlotta ausstrecke. »Ich heiße Kerstin. Du kannst dir vorstellen, wie wir gestaunt haben, als dieser gut aussehende Mann hereinkam. Wir sind beim Linedance nicht gerade mit jungen Männern verwöhnt, mit jungen Frauen übrigens auch nicht. Wie schön, dass ihr beide dabei seid!«

Charlotta schüttelte ihre Hand. »Das wird sicher toll, mit euch heute Abend zu tanzen!«

Kerstin schlug die Hände zusammen. »Jetzt geht es los! Ihr müsst euch beeilen, damit wir gute Plätze bekommen.«

Charlotta hob die Augenbraue in Richtung Ignacio. »Wollen wir gute Plätze haben?«

Er lachte laut. »Klar wollen wir das!«

Wenige Minuten später hatte Charlotta sich umgezogen und alle standen aufgereiht hinter dem Linedance-Instructor, einem Mann Anfang fünfzig mit blendend weißen Zähnen, markantem Kinn und wettergegerbtem Gesicht, der aussah wie einem alten Westernfilm entsprungen. Der Saal hatte einen dunklen Holzfußboden und sichtbare Holzbalken. Nur die niedrige Deckenhöhe verriet, dass sie in einem Stadtkeller und nicht in einer richtigen Scheune waren.

Der Instructor betrachtete die Gruppe. »Willkommen, alle zusammen! Ich glaube, es sind ein paar neue Gesichter da!«, sagte er mit breitem, amerikanischem Akzent und sah Charlotta und Ignacio an. »Ich heiße Jim. Gibt es heute Abend Anfänger hier?«

Charlotta und Ignacio hoben die Hand und ernteten den Jubel der übrigen Teilnehmenden.

»Sehr schön«, sagte Jim. »Jede Choreografie bezieht sich auf einen bestimmten Song. Vor jedem neuen Lied gebe ich euch neue Instruktionen. Stellt euch so hin, dass ihr mich gut sehen könnt.«

Jim drehte sich um, und mit dem Rücken zu ihnen zeigte er ihnen die ersten Takte eines Tanzes. Dann wiederholten sie die Schritte, und alle bewegten sich im selben Takt. Na ja, fast alle. Ignacio hinkte ständig hinterher. Konzentriert verfolgte er Jims Schritte mit dem Blick, aber seine Füße führten ein Eigenleben. Ignacio warf Charlotta einen erschrockenen Blick zu, und sie lachte. Sie fand, dass sie ganz gut mitkam. Mehrere Schritte liefen richtig gut, doch mitten in einer Drehung stieß sie gegen Ignacio und wäre fast hingefallen, doch er fing sie mit einem festen Griff um ihre Taille auf.

»Entschuldige, ich war auf dem Weg in die falsche Richtung.« Ignacio zog eine Grimasse und ließ sie langsam los, die Hand ruhte jedoch weiter auf ihrer Taille, bevor sie weitertanzten. Noch immer spürte sie die Wärme seiner Hand, und sie musste tief einatmen, um ihren Körper zu beruhigen.

Jim ging mit ihnen die nächste Sequenz durch, die zum großen Vergnügen der anderen Damen Hüftschwünge enthielt. Der Instructor drehte sich zu ihnen, um zu sehen, wie es klappte, und runzelte die Stirn, als er Ignacios steife Bewegungen sah.

»Du da.« Er zeigte auf Charlotta. »Hilf ihm mit seinen Hüftbewegungen, hilf ihm, sich zu entspannen.«

Charlotta hatte keine andere Wahl und stellte sich vor ihn. Sie war zwar alles andere als eine Meisterin des Hüftschwungs, aber dennoch versuchte sie, ihm langsam die Bewegung zu zeigen. Es hätte sexy sein können, so nah beieinanderzustehen und die Hüften zu rollen, aber seine steifen Bewegungen erinnerten sie eher an eine mechanische Puppe, und sie musste sich das Lachen verkneifen.

»Nicht dass ich Vorurteile hätte, aber ein Lateinamerikaner ganz ohne Taktgefühl?«, kommentierte sie lächelnd.

»Ich weiß, damit bin ich schon immer aufgezogen worden.« Ignacio schüttelte den Kopf und versuchte sich erneut an einer schwingenden Bewegung.

»Und trotzdem hast du ausgerechnet so was für heute Abend herausgesucht? Obwohl es gar nicht dein Ding ist?«

»Ich habe nicht diese Veranstaltung herausgesucht.« Er sah ihr fest in die Augen. »Ich habe dich gewählt, und da musste es offenbar Reihentanz ganz vorne in einem Saal sein, wo alle sehen, was für ein mieser Tänzer ich bin.«

Ich habe dich gewählt. Ihr Puls stieg. Diese Worte waren gefährlich. Er war gefährlich. Sie sagte nichts, sondern stellte sich zurück in die Reihe, und Jim zeigte die nächste Schrittfolge.

In der folgenden Stunde tanzten sie, traten einander auf die Füße und lachten, aber es gelangen ihnen durchaus ein paar gute Schritte. Und sie konnte ihre Augen nicht abwenden von diesem fantastischen Mann, der immer einen Schritt zu spät war, der sich anstrengte und sich freute wie ein kleines Kind, wenn ihm ein paar Schrittfolgen gelangen.

Als sie hinaus in den lauen Abend traten, schaltete sie ihre Vernunft aus. Sie konnte nur eines denken: Der Abend sollte weitergehen.

34

»Und jetzt?« Charlotta wandte sich ihm zu. Ihre Augen glitzerten vor freudiger Erwartung. Er hatte Linedance auf gut Glück herausgesucht, aber es war genau richtig gewesen.

»Ich dachte, wir essen jetzt etwas, und danach folgt die nächste Aktivität.« Er nahm ihre Hand, und sie ließ es zu, als sie die Straße entlanggingen.

Das Restaurant seiner Wahl lag im Stadtteil Söder und war an diesem Samstagabend voll besetzt, im Lokal duftete es nach Gewürzen.

Charlotta schloss die Augen und atmete langsam ein und aus. »Das hier ist richtiger Country. Erst Linedance und dann echtes Söder-Essen.« Die Atmosphäre im Restaurant war intim, aber nicht übertrieben romantisch. Die Einrichtung war schlicht, mit Backsteinwänden, Fußböden aus unbehandeltem Beton und am Boden befestigten Bänken und Tischen. Die Stimmung war perfekt. Hier konnten sie gutes Essen mit Bier genießen, und anschließend würde es sich genau richtig anfühlen weiterzugehen. Sie wurden zu einem Tisch ganz hinten geführt, wo sich jeder ein Chili und ein amerikanisches Bier bestellte.

»Ich hoffe, es ist okay für dich, wenn wir uns treffen«, sagte er, nachdem der Kellner den Tisch verlassen hatte. Er wollte es nicht weiter vertiefen, wollte nur, dass der Abend weiterging, als seien sie wie alle anderen auch. Aber er musste es sagen, damit ihr klar war, dass sie nicht aus reiner Höflichkeit bleiben musste.

Vorsichtig lächelnd griff sie über den Tisch nach seiner Hand und drückte sie. »Ich möchte nichts lieber, als hier mit dir zu sitzen. Es war der schönste Abend seit Langem.« Sie sah hinunter auf den Tisch und dann schnell wieder auf. Ihre Wangen waren von der Wärme im Lokal, dem Tanz und dem Bier gerötet.

Er legte die Hand an ihre Wange, die ganz heiß unter seinen Fingern war. »Da ist etwas, worüber ich mit dir reden will. Es geht um uns. Aber nicht hier, sondern später, wenn wir allein sind. Etwas Wichtiges.« Er befürchtete, sie würde sich abwenden, wegrücken und sich in ihr Schneckenhaus zurückziehen wie jedes Mal, wenn er versucht hatte, ihr etwas zu nahe zu kommen. Doch sie hielt weiter seine Hand und ließ seine Hand an ihrer Wange liegen. Langsam nickte sie.

»Okay.«

Das Chili kam, und sie aßen mit großem Appetit. Sie bestellten noch mehr Bier und unterhielten sich über alles Mögliche, was nicht mit der Arbeit zu tun hatte. Über die Damen beim Linedance, über Jack und Carl-Adam, über Stockholmer Restaurants. Nach dem vierten Bier sah er auf die Uhr. Sie mussten los, wenn sie es noch schaffen wollten. Er bestellte ein Taxi und bezahlte die Rechnung.

Das Auto wartete schon, als sie hinaustraten. Die Fahrt dauerte nicht lange, sie hielten kurz vor Sankt Eriksplan. Als er seine Schritte in Richtung einer kleinen, abseits gelegenen Bar lenkte, sah sie ihn fragend an.

Er hielt ihr die Tür auf, und sie schlüpften hinein. Einer seiner Schulfreunde betrieb die Bar, und an den Wochenenden veranstaltete er Live-Konzerte. Heute Abend gab es einen ganz besonderen Auftritt. Die Bar war klein, nur zehn Tische hatten vor der Bühne Platz. Alle waren besetzt, und hinten an der Bar hatten sich etwa zwanzig Leute versammelt. Aber die Bühne war noch leer, sie waren also nicht zu spät.

Der Freund stand an der Bar und nickte ihm lächelnd zu, kam zu ihnen, stellte sich Charlotta vor und führte sie zu ihrem Platz. Ignacio bestellte ein Bier, Charlotta wählte Whisky.

»Für das richtige Gefühl, es ist ja ein Country-Abend«, erklärte sie ihre Wahl. Als sie die Getränke erhielten, nippte sie vorsichtig am Whisky. »Ich muss sagen, ich bin ganz schön neugierig auf die Musik.« Im selben Augenblick betrat eine Frau die Bühne, und Charlotta schnappte nach Luft.

»Ich habe eine späte Anfrage erhalten, die ich nicht ablehnen konnte«, sagte die Frau ins Mikrofon. »Wie schön, dass trotzdem so viele hier sind!« Sie blickte in das voll besetzte Lokal.

»Aber wie kann das sein? Das ist doch Ellen, meine Lieblingssängerin!«, sagte Charlotta. »Ich wusste gar nicht, dass sie heute Abend spielt.«

»Das sollte sie eigentlich auch nicht«, sagte Ignacio. »Wie sie schon sagte, es war eine späte Anfrage.«

»Hast *du* etwa …?« Charlotta blickte zur Bühne und dann auf ihn.

»Ich wollte, dass es ein Country-Abend wird, vom Anfang bis zum Ende.«

»Aber woher wusstest du …« Sie beendete den Satz nicht, sondern starrte ihn an. »Du hast dich erinnert.«

Er nickte. »Du hast diese Musik bei mir zu Hause ausgesucht, an unserem ersten gemeinsamen Abend, und ich wollte bei unserem ersten richtigen Date dieselbe Musik.«

Die Frau begann, auf ihrer Gitarre zu spielen. Sie sang mit geschlossenen Augen, und genau wie am Abend des Food-Festivals entspannte Charlotta sich vollkommen. Sie saß diesmal weiter von ihm weg, sodass er es nicht spüren konnte, aber er sah die Ruhe, die sie ausstrahlte. Entzückt blickte sie zur Sängerin. Der Song, den sie sang, empfand er nicht unbedingt als Countrymusik. Aber die Melodie hatte etwas Folkloristisches an sich, das ihn an den Countrystil erinnerte, den er kannte.

Als das erste Lied zu Ende war, klatschte Charlotta begeistert in die Hände.

Ellen leitete den nächsten Song mit einer kleinen Anekdote ein, und Charlotta lachte laut über die Pointe. Dann beugte sie sich zu Ignacio und flüsterte: »Das ist ja genau wie in Nashville.«

»Warst du schon mal dort?«

Sie lachte und rollte die Augen. »Ehrlich gesagt nicht. Aber so stelle ich es mir vor.«

Als der letzte Song vorbei war, konnte er nicht länger warten. Er musste mit ihr reden, ihr klarmachen, dass er bereit war, alles aufzugeben. Also lehnte er sich zu ihr und berührte sanft ihre Wange, die glühend heiß war. Nahm ihren Duft wahr, nach Shampoo und ihrem Parfüm, blumig und dunkel zugleich.

»Wollen wir los?«, fragte er.

Sie lächelte, kniff dann aber die Lippen zusammen, und er rechnete mit dem Schlimmsten. Sie hatte ihm von Anfang an erklärt, was sie von einer Beziehung hielt. Der ganze Abend war einfach ein Versuch gewesen. Er hätte besser gleich davon ausgehen sollen, dass das Ganze nun vorbei war.

»Darf ich die Sängerin erst noch um ein Foto mit mir bitten?«, fragte Charlotta.

Ignacio lachte. »Klar, ich warte.«

Nachdem Charlotta sich zusammen mit Ellen hatte fotografieren lassen, verließen sie die Bar und hielten ein vorbeifahrendes Taxi an.

»Wollen wir nach Hause zu mir?«, fragte sie.

»Gerne, ich möchte unbedingt deine Fransenjackensammlung sehen.«

Sie lächelte und nannte dem Chauffeur ihre Adresse. Dann tastete sie nach seiner Hand und lehnte sich gegen seine Schulter.

Schon als er die Türschwelle überschritt, merkte er, dass er sich wohlfühlte. Es duftete schwach nach Kaffee, als hätte sie mehrere Kannen am Tag gekocht, und nach etwas Frischem, Würzigem, wahrscheinlich von einer Duftkerze. Die Flurlampe verbreitete ein warmes, einladendes Licht. Er folgte ihr ins Wohnzimmer.

»Meine Wohnung ist nicht ganz so imposant wie deine.« Sie wies mit der Hand ins Zimmer, wo ein großes Sofa und ein gemütlich aussehender Sessel auf einem riesigen Teppich standen. »Aber mir gefällt es hier.«

»Mir auch, sehr sogar. Ich hatte keine Ahnung, was mich erwarten würde, aber es fühlt sich alles irgendwie so selbstverständlich an.« Er trat ein paar Schritte in den Raum hinein. »Es fühlt sich an wie du.« Alles war so heimelig eingerichtet, wie es ihm selbst nie gelang. Der dunkle Holzboden, der im Kontrast zu den hellen Textilien stand, vermittelte den Eindruck von bescheidenem Luxus. Ignacio fühlte sich an ein teures norwegisches Einrichtungsgeschäft erinnert, das er einmal besucht hatte, nur dass es hier viel persönlicher wirkte. Die Wohnung war wie Charlotta – skandinavisch kühl und erdverbunden. Eine hübsche Kücheninsel mit zwei Barhockern trennte die weiße Küche vom übrigen Raum ab. Auf der Arbeitsfläche der Kücheninsel, die aus Walnussholz bestand, lagen ein paar Zettel verstreut. In einem leeren Weinglas waren Rotweinreste zu erkennen. Charlotta eilte zur Kücheninsel, schob schnell die Unterlagen zusammen und stellte das Weinglas in die Spüle.

»Das waren mein Freitagabend und der Samstagnachmittag. Sieht vielleicht etwas traurig aus.« Sie lächelte, während sie die Zettel in eine Ledertasche stopfte, die auf einem der Hocker stand.

»Nicht im Geringsten.« Er trat auf sie zu. »Das ist eines der Dinge, die ich an dir liebe. Deine Leidenschaft und Hingabe für deine Arbeit. Es ist großartig, dich im Gerichtssaal zu sehen, wie du völlig auf das fokussiert bist, wofür du brennst. Insbesondere, wenn du mich mit deinen Fragen verwirrst, bis ich nicht mehr weiß, was ich antworten soll.« Lächelnd legte er die Hand an ihre Wange. Er strich ihr übers Haar und dann weiter über den Nacken. »Außerdem ist es ganz schön sexy.« Er zog sie an sich und küsste sie. Ihre Lippen waren warm, und sie schmeckte süß und nach Charlotta. Erst spannte sich ihr Körper an, doch dann entspannte sie sich, so als wäre sie erst unschlüssig gewesen, dann aber mit sich im Reinen.

Ihre Küsse wurden intensiver. Er löste das Gummi, das ihr Haar zusammengehalten hatte, und knöpfte ihre Bluse auf, während sie seine Schultern fest umfasste, als gebe der Boden unter ihr nach und sie müsste sich festklammern. Dann glitten ihre Hände über seine Brust, unter sein T-Shirt und über den Rücken. Ein wohliger Schauer durchfuhr seinen Körper. Sie drückte ihn an sich und zog ihm das T-Shirt aus, während er ihre Bluse aufknöpfte und abstreifte. Als er ihre heiße, nackte Haut an seiner fühlte, spürte er, wie sich sein ganzer Körper entspannte. Endlich hatte er sie ganz nah bei sich, Haut an Haut. Alles war einfach nur richtig. Doch sein Körper schrie nach mehr. Er wollte sie ganz. Sie kam ihm zuvor, nahm seine Hand und führte ihn ins Schlafzimmer, sank aufs Bett und zog ihn zu sich hinunter.

Eigentlich hatte er mit ihr reden wollen. Der einzige Grund, warum er das Date mit ihr arrangiert hatte und mit ihr nach

Hause gegangen war, war doch, dass er mit ihr sprechen und ihr von seinen Plänen erzählen wollte. Von allem, was er vorhatte, damit sie zusammen sein konnten. Er würde sie davon überzeugen, dass sie sich auf ihn verlassen konnte. Aber sowohl Denken als auch Vernunft verabschiedeten sich, wenn er ihr so nahe war. Es gab nur sie, ihren warmen Körper und göttlichen Duft.

Als hätte sie die Sekunde des Zögerns gespürt, erstarrte sie. Ihre Bewegungen wurden verhaltener, und sie zog sich langsam von ihm zurück.

»Ist alles okay?«, fragte er und sah sie an. Äußerst ungern ließ er sie los.

Seufzend schüttelte sie den Kopf. »Du weißt, dass ich das nicht tun sollte.«

»Ich weiß.« Er streckte die Hand aus und strich ihr über die Wange.

»Ich habe Angst, dass ich mich in dich verliebe.« Die Worte machten ihn glücklich, trotz des Zweifels in ihrer Stimme. »Und ich traue mich nicht, jetzt etwas zu riskieren. Ich *kann* die Klage nicht riskieren. Ich habe so unglaublich lange dafür gekämpft und weiß nicht, ob ich es aufgeben kann. Nicht jetzt, wo ich schon so weit gekommen bin. Ich hätte nie gedacht, dass ich das schaffen würde. Vor noch nicht allzu langer Zeit kam es mir völlig unmöglich vor, doch jetzt bin ich an diesem Punkt angelangt. Und ich kann das jetzt nicht in den Sand setzen.« Seine Hand war noch immer an ihrer Wange.

Er atmete tief ein und sah sie aufrichtig an. »Ich habe beschlossen, am Montag zu kündigen. Deshalb bin ich hier, deshalb habe ich dich heute Abend ausgeführt, um eine Möglichkeit zu bekommen, mit dir zu sprechen. Durch die Gespräche mit dir habe ich gemerkt, dass mir meine jetzige Arbeit nichts bedeutet. Gaia und meine Rolle im Unternehmen – das bin ich nicht. Ich kann nicht länger dortbleiben.« Er zog sie wieder näher zu sich heran, versuchte ihr so nah zu sein wie möglich. »Und das hier zwischen uns … Ich habe so etwas noch nie zuvor gespürt oder erlebt, und ich möchte, dass dir das klar ist.«

Ihr Herz raste vor Aufregung – von den Berührungen und Küssen, aber auch von seinen Worten. Was er gesagt hatte, war ganz unglaublich. Charlotta setzte sich im Bett auf, um einen klaren Kopf zu bekommen, und zog die Decke über ihre Schultern. Plötzlich fühlte sie sich entblößt. Wie sollte sie ihm erklären, was das alles für sie bedeutete und was sie sich zumutete? Und was meinte er damit, dass er seinen Job für sie aufgeben würde? Konnte das überhaupt funktionieren? Ihre letzte Beziehung war von der ständigen Angst vor Enttäuschung geprägt gewesen.

»Ich kann nicht«, stieß sie schließlich hervor.

Ignacio richtete sich halbwegs auf und stützte sich auf den einen Ellenbogen. »Ich weiß, was du durchgemacht hast, Charlotta«, sagte er und sah sie an. »Aber das zwischen uns ist etwas anderes, etwas Besonderes.«

»Du verstehst mich nicht.«

Er setzte sich ihr direkt gegenüber und legte beide Hände auf ihre Schultern. »Was verstehe ich nicht?«

»Dass ich mich nicht so ausliefern kann.« Tränen stiegen ihr in die Augen. Sie hasste ihr Herumgeheule. Mit einem tiefen Atemzug fasste sie sich wieder. »Ich habe nur solche Angst, was von mir übrig bleiben würde, falls alles schiefgeht.« Sie ließ den Kopf hängen, konnte ihm nicht länger in die Augen sehen.

»Nichts wird schiefgehen.«

»Ich weiß nicht, ob ich mich traue, jemanden zu lieben.« Konnte sie ihm wirklich vertrauen?

»Du brauchst mich nicht zu lieben, noch nicht.« Er fasste ihr sanft unters Kinn und sah sie mit seinen dunklen, glänzenden Augen an. »Beziehungen sind riskant. Liebe ist riskant. Aber ich möchte uns eine ehrliche Chance geben, ich finde, wir verdienen eine ehrliche Chance. Findest du nicht?«

Sie schwieg.

»Ich werde dich niemals täuschen oder verletzen.«

Sie wollte ihm so gerne glauben. Allein durch diesen Willen öffnete sich etwas in ihrer Brust. Sie spürte Erleichterung bei der Vorstellung, den langen Kampf aufzugeben. Den Kampf gegen sich selbst. Ganz neue Möglichkeiten würden sich für sie auftun, Möglichkeiten, an die sie bisher nicht einmal zu denken gewagt hatte.

»Aber was ist mit Gaia?«, fragte sie.

»Ich habe für Gaia gekämpft und hart gearbeitet. Aber seit Beginn des Rechtsstreits habe ich gemerkt, dass ich für Luftschlösser kämpfe. In den letzten zwei Jahren habe ich gedacht, dass meine Position bei Gaia das Wichtigste für mich ist, wichtiger als alles andere, und dass ich sie nie aufgeben könnte. Aber das war falsch. Meine Wertvorstellungen sind wichtiger. Und jetzt, wo ich dich kennengelernt habe …« Langsam schüttelte er den Kopf. »Es fühlt sich absolut richtig an, bei Gaia zu kündigen.«

Tränen liefen ihr über die Wangen, und er wischte sie weg. »Lass es uns versuchen und einander eine Chance geben. Lass uns dem hier eine Chance geben.« Wieder atmete sie tief ein. Dann nickte sie langsam, und Erleichterung breitete sich in ihr aus. Der Kampf war vorüber. Sie hatte sich weiterentwickelt.

»Okay.« Sie sah ihn an und lächelte unter Tränen.

Als Antwort küsste Ignacio sie sanft. Langsam und vorsichtig. Sie ließ alles andere los, jeden Zweifel und jede Angst. Stattdessen genoss sie seine warmen, weichen Lippen, seine süß schmeckende Zunge. Sie ließ sich auf den Rücken fallen und genoss seinen Körper auf ihrem.

Sie spürte die Wärme seiner Hände durch den dünnen Spitzenstoff des BHs, als er sie zärtlich, aber auch hungrig liebkoste. Er streifte die Träger herunter und küsste ihre nackten Schultern. Dann schob er eine Hand unter ihren Rücken, löste den Verschluss und zog ihren BH aus. Er fuhr mit ihrer Jeans fort, bis sie nur noch im Höschen dalag. Dann betrachtete er sie schweigend. Ihr erster Impuls war, die Decke über sich zu ziehen, doch sie sah die Glut in seinen Augen. Dadurch fühlte sie sich begehrt und blieb liegen.

»Du bist so unglaublich schön«, flüsterte er. Dann küsste er sie, fester und fordernder.

Sie strich mit den Händen über seine Brust und hinunter zum Bauch mit der dünnen Linie aus Härchen. Sie öffnete die Jeans und zog sie hinunter. Er war bereits hart, und sie schloss ihre Hand durch den Stoff der Unterhose um seinen Schwanz. Er stöhnte laut auf. Fiel über sie her und küsste sie noch heftiger, ihren Hals, die Brüste und den Bauch. Sie wimmerte, als sie seine feuchten Lippen durch den dünnen Stoff spürte. Er streifte es ihr ab, begrub sein Gesicht in ihr. Saugte und leckte, und sie stöhnte, immer lauter.

In jener Nacht nach der Hochzeit hatte sie es zum ersten Mal zugelassen, dass jemand so etwas tat. Sie dort unten küsste. Früher hatte sie es nicht ausgehalten. War viel zu sehr damit beschäftigt gewesen, darüber nachzudenken, wie sie wohl dabei aussah. Es war ihr nicht gelungen, loszulassen und sich so auszuliefern. Aber mit ihm ließ sie sich mitreißen. Sie konnte nicht anders, als es zu genießen.

Er leckte und saugte weiter, bis sie am ganzen Körper zitterte. Da richtete er sich auf, und sie griff nach seinen Boxershorts. Zog sie schnell herunter, sie wollte ihn jetzt haben. Ihn in sich haben, ihn ganz spüren. Wie sie sich danach gesehnt hatte … Sie nahm seinen Schwanz in die Hand. Bei ihrer Berührung stöhnte Ignacio laut. Er legte sich hin, und sie setzte sich rittlings auf seine Beine, beugte sich hinunter und nahm ihn in den Mund. Er stöhnte auf, und sie bewegte ihren Mund auf und ab. Ganz langsam. Als sie schneller wurde, stöhnte er lauter und fasste sie an den Schultern, um sie wegzudrücken. »Warte. Ich will noch nicht kommen.«

Stattdessen setzte er sich auf, griff mit der Hand in seine Jeans, die vor dem Bett lag, fischte ein Kondom aus der Tasche und zog es sich schnell über.

»Wenn die Damen beim Linedance gewusst hätten, was du in deiner Tasche hattest«, konnte sie sich nicht verkneifen zu flüstern, »dann hätten sie dich wohl nicht für so einen Gentleman gehalten.«

Er lachte auf. Dann legte er sie zurück aufs Bett. Drang langsam und mit geschlossenen Augen in sie ein und bewegte sich langsam vor und zurück. Sie genoss das Gefühl, wie er sie ausfüllte. Und sie genoss es, wie sie sich durch ihn fühlte. Schön und begehrenswert. Wert, geliebt zu werden.

35

Den ganzen Vormittag verbrachten sie in ihrem Bett, bevor sie sich entschlossen zu frühstücken. Am Nachmittag schickte sie ihn nach Hause, weil sie arbeiten musste. Am liebsten wäre sie noch den ganzen Tag mit ihm zusammengeblieben, doch es ging nicht. Sie durfte in den letzten Tagen der Verhandlung nicht die Konzentration verlieren.

Als sie am Montagmorgen erwachte, zweifelte sie plötzlich daran, dass das Wochenende real gewesen war. Sie zog sich schnell an und fuhr zu ihm nach Hause. Sie musste ihn sehen, musste bei ihm sein. Verschlafen öffnete er die Tür. Als er sie sah, strahlte er, und alles, was sie selbst fühlte, spiegelte sich in seinem Gesicht wider. Wortlos zog er sie zu sich in die Wohnung und weiter zum Bett, wo sie sich schnell auszogen.

Nachdem sie sich geliebt hatten, kuschelte sie sich an seine Brust, erschöpft und glücklich zugleich. Alles war so unwirklich. Der Rechtsstreit lief wie am Schnürchen, die Beförderung war zum Greifen nah, und nun das. Sie hatte immer eine unbestimmte Sehnsucht nach Liebe gehabt, einem Gefühl, von dem sie bisher nur hatte träumen können. Und nun erlebte sie es. Konnte sie wirklich alles haben?

Als Charlotta später am Tag im Gerichtssaal saß, dachte sie an nichts anderes als an Ignacios bettwarmen Körper. Es war so ungeheuer befreiend, geradezu erlösend, ohne Zurückhaltung an ihn denken zu können, nachdem sie zwei Monate lang versucht hatte, die Gedanken an ihn konsequent wegzuschieben.

Sie blickte zu Ignacio, der am anderen Ende des Gerichtssaals saß und sie voller Wärme anlächelte. Unfähig, ein glückliches Lächeln zurückzuhalten, sah sie hinunter auf ihre Papiere. Sie wollte nicht, dass es jemand merkte. Am Vormittag hatte er ihr eine Nachricht geschickt und berichtet, dass er sich noch nicht mit Christopher getroffen habe, aber sofort die Kündigung einreichen wolle, sobald sie vom Gericht zurück seien. Dann konnten sie tatsächlich ein Paar werden. Und sie war dazu bereit. Auch wenn sie es ruhig angehen wollten, hatte er sie doch überzeugt.

Die Vorsitzende Richterin rief Mauricio Melo auf. Am Vormittag hatten sie ihn auf die Fragen vorbereitet, die Karl Helmersson ihm möglicherweise stellen würde.

»Herr Melo, in der letzten Woche erwähnten Sie, dass Gaia der einzige Auftraggeber der Fabrik war«, sagte Helmersson und legte die gefalteten Hände vor sich auf den Tisch.

Mauricio Melo blickte ihn abwartend an. Vermutlich wusste er nicht so recht, ob es sich um eine Frage oder eine Feststellung handelte. Als Karl Helmersson nichts weiter sagte, nickte er vorsichtig. »Ja.«

»Sie haben also keine Kleidungsstücke für andere Marken hergestellt?«

»Nein, in den Monaten vor dem Unglück haben wir ausschließlich Kleidung für Gaia genäht.«

Karl Helmersson nickte und schrieb etwas auf einen Block. »Aber könnte es nicht vielleicht sein, dass Ihre Erinnerungen an die Zeit in der Fabrik etwas diffus sind? Es ist lange her, und vielleicht fällt es Ihnen schwer, sich daran zu erinnern?«

»Nein. Ich erinnere mich gut, es ist ja nicht einmal vier Jahre her.«

»Und würden Sie sagen, dass Sie immer klar im Kopf sind?«

»Natürlich bin ich klar im Kopf.«

»Sie haben keinerlei Drogenprobleme?«

Mauricio Melo runzelte die Stirn und blickte verwirrt zur Dolmetscherin und zur Anwältin. Dann sah er Helmersson beleidigt an. »Nein, mit Drogen habe ich nichts zu schaffen.«

»Und was ist mit Alkohol?«

»Doch, Alkohol habe ich schon getrunken.«

»Auch während der Arbeitszeit?«

Mauricio Melo rutschte auf seinem Stuhl hin und her. »Ja, das ist leider vorgekommen. Die Bedingungen in der Fabrik waren furchtbar, und viele von uns haben manchmal getrunken, um es überhaupt dort auszuhalten.«

»Würden Sie sagen, dass Sie ein Alkoholproblem haben?«

Mauricio Melo sah zu Charlotta, und sie nickte vorsichtig. Sie hatten darüber gesprochen, dass diese Frage aufkommen könnte, Helmersson hatte sie ja darauf vorbereitet. Und Mauricio Melo sollte nicht unter Eid lügen.

»Ich hatte tatsächlich ein Alkoholproblem, aber seit einem Jahr habe ich keinen Tropfen getrunken.«

»Aber in der Zeit, als Sie für Gaia Facile gearbeitet haben, da hatten Sie ein Alkoholproblem?«

»Ja, das stimmt. Aber ich habe nicht während der Arbeitszeit getrunken, sondern nur abends nach der Arbeit, und auch das nur manchmal.«

»Stimmt es, dass Sie nach Hause geschickt wurden, weil Sie mehrmals während der Arbeitszeit sturzbetrunken waren?«

Melo wurde rot im Gesicht. Schweißtropfen waren am Haaransatz zu sehen. Charlottas Magen krampfte sich zusammen. Sie wollte sich einmischen, die Vernehmung abbrechen und den armen Mann vor dem retten, was sich gerade anbahnte.

»Nur ein einziges Mal.«

Was Mauricio Melo sagte, war richtig, auch darüber hatten sie im Vorfeld gesprochen. Einmal war er betrunken auf der Arbeit gewesen, vom Vorarbeiter geschlagen und dann nach Hause geschickt worden. Die Strafe war eine Arbeitswoche ohne Lohn, aber der Vorfall konnte Karl Helmersson eigentlich nicht bekannt sein. Sie mussten die Information von einem Außenstehenden erhalten haben.

»Und Sie glauben nicht, dass der Alkohol Ihre Wahrnehmung verzerrt haben könnte? Dass Sie sich falsch erinnern und die Auftraggeber durcheinanderbringen?«

»Nein, ich erinnere mich ganz eindeutig, dass ich in dieser Zeit nur Kleidung für Gaia genäht habe.«

»Ich verstehe. Und Sie haben nie an Gaias Schuld gezweifelt?«

»Nein, warum sollte ich das tun? Ich bin ja hier in Schweden, um gegen das Unternehmen auszusagen, weil ich es verklagt habe.«

»Okay.« Helmersson sah wieder in seine Unterlagen. »Aber haben Sie sich mit jemandem per E-Mail über die Schuld von Gaia ausgetauscht?«

Angst erfasste Charlotta und bohrte sich wie ein kalter Stachel in ihre Brust. Was hier gerade passierte, gefiel ihr ganz und gar nicht. Helmersson würde nicht so insistieren, wenn er keinen Beweis für seine Behauptung hätte. Aber wenn sie Zugang zur Mail hatten, die Ignacio an jenem Abend im Riddaren gesehen hatte, dann hätten sie diese längst dem Gericht vorlegen müssen.

Mauricio Melo sah Karl Helmersson abwartend an. »Nicht, dass ich wüsste.«

»Haben Sie Zugang zu einem Computer?«

Melo nickte. »In der Bibliothek, ja.«

»Kommunizieren Sie überhaupt per E-Mail?«

»Doch, das kommt vor.«

»Und wenn Sie so von Gaias Schuld überzeugt sind, wie erklären Sie sich dann diese Mails?«

Der Bildschirm leuchtete auf. Zu sehen war das ausgedruckte Dokument mit der Mailkonversation zwischen Mauricio Melo und dem Vorarbeiter und dazu Charlottas Anmerkungen am Rand. Das Dokument, das Ignacio gesehen hatte.

»Der Vorarbeiter schreibt Ihnen: Wie werdet ihr Gaia die Schuld zuschieben? Und einige Stunden später antworten Sie: Wir wissen nicht, ob wir das können. Dieser Felipe ist ein richtig gefährlicher Typ.« Karl Helmersson blickte zu den Richtern. »Zur Erklärung: Felipe ist der Fabrikbesitzer.« Dann sah er wieder auf den Bildschirm. »Die Konversation geht so weiter: Dieser Felipe kann auch Gaia übers Ohr gehauen haben. Aber die Fabrik ist in Konkurs gegangen, und wir müssen Gerechtigkeit herstellen.« Helmersson sah Mauricio Melo an. »Haben Sie das geschrieben?«

Charlotta konnte nicht mehr atmen, sondern saß wie erstarrt da. Die Eiseskälte wurde abgelöst von einem brennenden Schmerz in der Brust. Metallischer Geschmack stieg ihr in den Mund, als hätte sie gerade eine rostige Münze verschluckt, und sie spürte stechende Schmerzen in der Kehle.

Mauricio Melo schluckte. »Ja. Das habe ich.«

Wie war Karl Helmersson an dieses Dokument gelangt? Es hatte zusammen mit anderen Mailausdrucken in einer Mappe gelegen, die sie häufig benutzte, aber nur selten außerhalb des Büros dabeihatte. Das eine Mal im Riddaren, als Ignacio sie gesehen hatte, und … Ihr stockte der Atem.

Und jetzt. Am vergangenen Wochenende. Sie sah wieder auf den Bildschirm. Ein Daumen war am unteren Ende des Fotos zu sehen. Jemand hatte den Mail-Ausdruck abfotografiert.

Am Samstag hatten ihre Unterlagen offen dagelegen. Er musste gesehen haben, wie sie den Papierstoß in ihrer Aktentasche verstaute. So musste es gewesen sein. Er hatte die Mail nur an jenem Abend im Riddaren gesehen und keine Möglichkeit gehabt, sie zu fotografieren. Dann hatte er bis jetzt gewartet, wo er sie ausreichend umgarnt hatte. Die Unterlagen hatten am Samstag in ihrer Wohnung gelegen, und während sie schlief, vollkommen ermattet von allen Gefühlsstürmen und dem Sex, musste er sie fotografiert haben.

Sie sah hinüber zu Ignacio, der den Bildschirm betrachtete, ohne eine Miene zu verziehen. Um sie herum ging alles weiter. Bewegungen und Stimmen. Doch für sie stürzte in diesem Moment alles zusammen.

Ignacio musterte das Dokument, das in annähernd zwanzigfacher Vergrößerung auf dem Bildschirm zu sehen war. Es war sein Foto. Er hatte seinen eigenen Daumen unzählige Male gesehen, es bestand kein Zweifel. Wie hatte er so ein Idiot sein können, Karl das Foto zu schicken?

Dann wurde er wütend. Dieser Mistkerl.

Er spürte Charlottas Blick, brachte es aber nicht über sich, ihm zu begegnen. Als er es schließlich doch tat, sah sie ihn verständnislos an, nicht wütend, sondern eher fragend. Dann verwandelte sich ihr Blick, und sie sah auf einmal so traurig aus, als bräche alles in ihr zusammen. Ignacio begriff sofort, was sie denken musste. Er stand auf, um zu ihr zu stürmen und zu erklären, dass es ganz anders sei.

Aber Karl nahm den Faden wieder auf, und das Gemurmel im Gerichtsaal verstummte.

»Warum glauben Sie, Gaia könnte hinters Licht geführt worden sein?«, fragte Karl.

»Die Stelle ist aus dem Zusammenhang gerissen. Dieser

Mailwechsel … Sie müssen wissen, was für Diskussionen ihm vorangegangen waren«, stammelte Mauricio Melo.

Plötzlich erlangte Charlotta ihre Fassung wieder. »Es handelt sich um einen schriftlichen Beweis, der lange nach der Deadline des Amtsgerichts eingereicht worden ist. Somit kann er vor Gericht keine Beachtung finden. Außerdem beinhaltet er ein unerlaubtes Überraschungsmoment. Ich bitte das Gericht, den neuen Beweis abzuweisen.«

»Oh doch, der Beweis kann vor Gericht sehr wohl berücksichtigt werden«, konterte Karl. »Wir hatten eine konkrete Frage an Herrn Melo, und er hat sich nicht erinnert. Dieses Schriftstück hat ihm auf die Sprünge geholfen.«

Charlotta schüttelte langsam den Kopf, während die Richter sich untereinander berieten. Schließlich ergriff die Vorsitzende Richterin das Wort. »Wir sind zu dem Ergebnis gekommen, dass der Beweis Gültigkeit besitzt und in Betracht gezogen wird.«

»Danke«, sagte Karl. »Ich möchte hervorheben, dass sogar der Kläger, der Mann also, der Gaia verklagt hat, der Auffassung ist, dass Gaia nichts mit den Sicherheitsmängeln der Fabrik zu tun hatte und dass das Unternehmen vermutlich getäuscht wurde. Mendicino Victims hat Gaia nur verklagt, weil das Unternehmen den Schadensersatz zahlen kann, und nicht, weil Gaia tatsächlich verantwortlich ist. Wenn nicht einmal der Kläger die Verantwortung für das Geschehen bei Gaia sieht, wie soll es dann das Gericht sehen?« Karl blickte erst die Richterin an und danach Mauricio Melo. »Danke, dass Sie sich die Zeit genommen haben herzukommen. Ich habe keine weiteren Fragen.«

Als die Richterin den Verhandlungstag für beendet erklärte, stand Ignacio hastig auf und rannte den Gang entlang, doch Charlotta war bereits aus dem Gerichtssaal verschwunden. Ohne ihn auch nur eines Blickes zu würdigen.

Er lief durch den Flur und weiter hinaus auf die steinerne Treppe. Ein starker Frühlingsregen peitschte hernieder, und er lief hinaus in den Regen, blickte sich um, doch Charlotta war nirgends zu entdecken.

Er kehrte zum Gebäude zurück und traf auf Karl, der gerade auf die Treppe hinaustrat. Der Anwalt blieb stehen und spannte einen enormen Golf-Regenschirm auf. Ignacio drückte ihn mit einer so schnellen und heftigen Bewegung gegen die Wand, dass der Schirm zu Boden fiel. Der Wind erfasste ihn, und er flog über die Stufen.

»Was hast du getan, verdammt?«

Karl wand sich aus seinem Griff, doch Ignacio hielt ihn weiter fest. »Ich habe dir gesagt, dass du es nicht verwenden sollst.«

Karl hob abwehrend die Hände. »Immer mit der Ruhe, mein Junge. Ich habe es nicht unerlaubt verwendet, sondern mit Zustimmung deines Chefs.«

»Wusste er überhaupt, wo du es herhattest?«

»Ich habe nur gesagt, dass ich es über einen Kontakt bekommen habe. Deinen Namen habe ich nicht genannt. Du solltest dankbar sein, dass ich dich nicht erwähnt habe. Er hätte es sicher nicht gut gefunden, dass du ihm Beweise vorenthalten hast.« Wieder befreite sich Karl aus seinem Griff, und diesmal ließ Ignacio es geschehen.

»Du hast versprochen, dass du ohne meine Zustimmung nichts damit anstellen würdest«, sagte er.

»Das stimmt. Aber ich arbeite im Auftrag meines Mandanten und habe von ihm die Zustimmung erhalten, den Beweis zu verwenden.« Karl knöpfte seinen Mantel zu.

»Du wolltest doch nur dein eigenes beschissenes Ansehen retten.«

»Vielleicht. Aber ich habe zugleich Gaias Ansehen gerettet, was auch in deinem Interesse liegen sollte.« Karl ging die Treppe hinab und hob seinen Regenschirm auf. Dann drehte er sich um und lächelte. »Sieh es doch so: Dass du die Blondine ausgenutzt hast und so an Beweismaterial gelangt bist, hat zu Gaias Rettung geführt. Das war gute Arbeit. Ich bin ehrlich beeindruckt.« Dann ging er zu den bereits wartenden Taxis.

Ignacio nahm sein Handy und wählte Charlottas Nummer. Dann probierte er es erneut. Und noch einmal. Aber er wusste, dass sie nicht abnehmen würde.

36

Charlotta verbrachte die ganze Nacht im Büro, um das Schlussplädoyer zu ändern, das sie am Ende der Woche halten sollte. Sie fügte einen langen Abschnitt über den Mailwechsel zwischen Mauricio Melo und dem Vorarbeiter ein und erklärte dabei, dass er aus dem Zusammenhang gerissen worden sei. So war es tatsächlich. Mauricio Melo hatte die Mail im Zorn darüber geschrieben, dass der Fabrikbesitzer außer Landes geflohen war. Er war trotzdem der Überzeugung, dass Gaia die Verantwortung als Auftraggeber übernehmen musste. Sie hob die Teile des schriftlichen Beweises hervor, die deutlich machten, dass Gaia in der Verantwortung war. Als einziger Auftraggeber besaßen sie enormen Einfluss auf die Fabrik, und sie hätten die Bedingungen kennen oder sich jedenfalls bemühen müssen, von diesen zu erfahren.

Ihre Gefühle fuhren Achterbahn, aber sie versuchte, nicht an Ignacios Verrat zu denken. Wenn sie die Gedanken zuließ, wusste sie nicht, wie sie reagieren würde. Ob sie die Nacht durchstehen oder am nächsten Morgen aus dem Bett kommen würde.

Er hatte angerufen. Sie wusste nicht, wie viele Male. Aber sie würde es nicht ertragen, seine Stimme zu hören. Dann würde sie kaputtgehen. Stattdessen schrieb sie fieberhaft, um sich aus der selbst geschaffenen Katastrophe zu retten. Es war ihre

Schuld. Sie hatte sich vom Feind hinters Licht führen lassen, ihn eingeladen, mit ihm geschlafen und ihm Beweise und den Sieg auf dem Silbertablett serviert.

Um vier Uhr in der Frühe war sie fertig. Statt ein Taxi nach Hause zu nehmen, ging sie zu Fuß durch eine menschenleere Stadt über die Brücke bis nach Kungsholmen. Das Wasser schimmerte rosa in der Morgendämmerung. Sie atmete die frische Morgenluft ein und ließ die Gedanken an ihre Arbeit hinter sich. Allmählich wurde ihr Kopf klarer. Doch Ignacio und dem Schmerz in ihrer Brust räumte sie keinen Platz ein. Wenn die Verhandlung zu Ende war, würde sie es zulassen, aber nicht jetzt. Jetzt musste sie den Fall zu Ende bringen.

Als sie die Treppe zu ihrem Stockwerk hochgestiegen war, bemerkte sie erst nicht die zusammengekauerte Gestalt an der Tür. Erst als sie aus den Augenwinkeln eine Bewegung wahrnahm, zuckte sie zusammen. Ignacio löste sich aus den Schatten. Seine Augen waren blutunterlaufen, das Haar zerzaust. Wahrscheinlich war er eingenickt. Plötzliche Sehnsucht überwältigte sie – die Sehnsucht, in seinem Arm zu sein, ihn mit hineinzunehmen, doch sie wurde sofort abgelöst von Selbstverachtung. Sie hatte sich täuschen lassen, und Ignacio war ein Schweinehund. Warum verstanden ihr Körper und ihr Kopf das nicht?

»Charlotta, ich muss es dir erklären. Es ist nicht so, wie du glaubst. Bitte …!« Er gestikulierte wild herum.

»Ich möchte nicht mit dir reden.« Sie ging zur Wohnungstür, aber er stellte sich ihr in den Weg. Sie drängte sich an ihm vorbei und fischte den Schlüssel aus ihrer Tasche.

»Bitte, hör mir zu. Nur ein paar Sekunden.«

Sie drehte sich um. »Was machst du überhaupt hier? Möchtest du noch mehr Informationen? Willst du mich noch mal täuschen? Mich glauben lassen, dass du nur gute Absichten hast und uns eine Chance geben willst, während du dir noch mehr Beweismaterial unter den Nagel reißt?«

»Nein, Charlotta, bitte. Ich bitte dich, hör mir zu!« Er klang immer verzweifelter.

Sie schloss auf, öffnete und versuchte, die Tür hinter sich zuzuziehen, aber er hielt sie fest.

»Lass los!«, sagte sie.

»Ich habe jedes Wort, das ich am Samstag gesagt habe, genauso gemeint.«

»Und wie ist dann die Mail mit meinen Anmerkungen zu Helmersson gelangt?«

»Es ist nicht so, wie du denkst.«

»Du hast sie also nicht abfotografiert?«

Ein irrationaler Teil ihres Hirns hoffte, dass er sagen würde, er sei es nicht gewesen, sondern jemand anderer habe das Material weitergegeben, jemand anderer aus der Kanzlei, vielleicht Oscar. Aber er schwieg.

»Es ist nicht so, wie du denkst«, wiederholte er nur. »Es ist schon viel früher passiert, ich …«

»Lass jetzt die Tür los!« Sie zog wieder am Griff, und im selben Moment öffnete sich die Tür auf der anderen Seite des Treppenhauses. Ihre Nachbarin Ann-Marie, eine Frau mittleren Alters, von der Charlotta sich öfter mal die Zeitung lieh und mit der sie Ratschläge über Topfpflanzen austauschte, blickte schlaftrunken heraus.

»Was ist denn los?«, fragte Ann-Marie.

Charlotta antwortete nicht, sondern erkannte die Situation als Chance, um Ignacio loszuwerden. Schweigend sah er sie an, danach Ann-Marie.

»Ich gehe jetzt.« Er drehte sich um.

Charlotta lächelte Ann-Marie zu. »Gute Nacht!«

Sie schloss hinter sich ab. Rutschte mit dem Rücken an der Tür entlang nach unten und landete auf dem Boden. Das raue Holz der Tür kratzte an ihrer Jacke. Ignacios Schritte hallten im Treppenhaus wider, während er langsam die Stufen hinunterging. Für einen Moment ließ sie es zu, darüber nachzudenken, und alles fiel ihr wie Schuppen von den Augen: der Verrat und ihre grenzenlose Dummheit.

Die Einsicht ließ sie tiefer und tiefer fallen. Hinein in ein bodenloses Loch. Dummerweise hatte sie gehofft, dass sie etwas taugte. Dass jemand sie lieben konnte und sie für so wertvoll erachtete, dass er etwas für sie aufgab. Aber Ignacio hatte sie ausgenutzt und geopfert, um den nächsten Schritt auf seiner Karriereleiter zu erklimmen. Er hatte den Abend inszeniert, um zu ihr nach Hause zu kommen und weiter nach dem schriftlichen Beweis zu wühlen, und ganz nebenbei auch noch Sex zu bekommen, während sie naiv genug gewesen war, auf alles hereinzufallen. Die ganzen Lügen, die er aufgetischt hatte. Dabei hatte sie so früh gelernt, auf der Hut zu sein. Wie hatte sie ihm glauben können, dass er alles für sie opfern würde? Dass sie ihm mehr bedeutete als seine Arbeit? Wie unwahrscheinlich war das …

Alle Gefühle, die sie über die Jahre überwunden zu haben glaubte, überschwemmten sie jetzt. Demütigung, Scham und Selbsthass. Es warf sie mit voller Wucht zurück in die Vergangenheit. In die Nacht am Badeplatz. Zu dem Gefühl, wieder einmal so dumm gewesen zu sein zu glauben, dass sie etwas wert war, dass die anderen mit ihr befreundet sein wollten, dass sie tatsächlich interessant genug war für ihre Klassenkameraden. Oder zu dem Tag, als sie zwölf wurde. Als ihr Vater noch glaubte, dass sie Freunde hatte, und auch sie selbst noch daran glauben wollte. Es war noch bevor die schlimmsten Schikanen begannen, als sie nur eine Außenseiterin gewesen war, jemand, mit dem man ganz einfach nicht sprach. Damals dachte sie, dass eine gute Geburtstagsparty das vielleicht würde ändern können. Ihre ganze Klasse war eingeladen. Den ganzen Tag hatte sie mit ihrem Vater das Zimmer geschmückt. Sie hatten Luftballons aufgeblasen, Kuchen und Hamburger vorbereitet, Chips und Popcorn besorgt. Eine Bowle aus Limonade und einem Mixgetränk gemacht, das Marias Freunde mochten. Papa hatte einen Kollegen engagiert, der als DJ fungieren und ein paar Songs auflegen sollte.

Niemand war erschienen. Sie hatten gewartet und gewartet, doch keiner aus der Klasse war aufgetaucht. Sie fühlte sich so gedemütigt. Wütend und gedemütigt. Und sie hatte sich geschämt. Genauso fühlte sie sich jetzt.

In den Jahren nach der nicht stattgefundenen Party war sie tiefer und tiefer in ihr dunkles Loch gefallen, und in jener Nacht am Badeplatz, als sie im Wasser lag und vor Angst und Kälte zitterte, hatte sie den Boden erreicht. Einige Monate später beschloss sie, aus eigener Kraft hinaufzuklettern. Im Lauf der Jahre hatte sie sich mit kleinen Rückschlägen nach oben gekämpft und sich an ihren Fortschritten festgehalten, ohne erneut hinunterzufallen.

Bevor sie Ignacio getroffen hatte, war sie noch nicht ganz oben angelangt, doch in den vergangenen Wochen, mit der Hoffnung und schließlich der Sicherheit und dem Gefühl von Liebe, das sie zugelassen hatte, war sie vollständig aus dem Loch hinausgeklettert.

Jetzt war sie wieder hinuntergefallen, und zwar von viel weiter oben als zuvor. Und sie hatte nichts, an dem sie sich festhalten konnte. Nichts, was sie vor dem freien Fall gerettet hätte.

37

Nach zwei Stunden Schlaf und unruhigen Träumen stand Charlotta auf. Sie wunderte sich, dass sie es fertigbrachte, aber der Wille, das zu retten, was sie aufgebaut hatte, siegte. Ignacio würde sie nicht zerstören können.

Ohne vorher in der Kanzlei vorbeizuschauen, fuhr sie direkt zum Amtsgericht. Tags zuvor hatte Charlotta Ebba in aller Kürze davon berichtet, dass eine unerwartete Konversation vor Gericht gezeigt worden war. Dann war sie aus der Kanzlei geflohen.

Wie in einem Tunnel, ohne etwas um sich herum wahrzunehmen, trug sie das Schlussplädoyer vor. Sie sah zwar, dass Ignacio auf Gaias Seite saß, blickte aber nicht zu ihm hin. Er bedeutete ihr nichts mehr, genauso wie sie ihm nie etwas bedeutet hatte.

Als sie zurück in der Kanzlei war, trat Ebba in ihr Büro. »Ich habe Oscar eben gemailt und ihn gebeten, dir mit dem Rest des Falls zu helfen und beim Schlussplädoyer der Gegenseite dabei zu sein. Nach allem, was passiert ist. Ich merke, dass dir die Wende ganz schön zusetzt, was nicht verwunderlich ist.« Charlotta nickte schweigend. Sie konnte dem Vorschlag nicht widersprechen. Den Chefposten würde sie nicht bekommen, sie taugte nicht dafür. Und sie war auch nicht länger Anwärterin für eine Kanzleipartnerschaft.

In den folgenden Tagen überließ sie Oscar den Fall und mischte sich nicht ein. Stattdessen arbeitete sie weiter am Grape-On-Fall und an Aufgaben, die Oscar ihr stellte, sowie an einigen leichteren Fällen von Mandanten, mit denen sie in laufendem Kontakt stand. Sie igelte sich in ihrem Büro ein, holte nur Kaffee, wenn es auf dem Flur ruhig war, und bat Sandra, ihr etwas zum Mittagessen mitzubringen.

Um zehn nach vier am Freitag klopfte es an der Tür. Wenig später lugte ein braun gebranntes Gesicht herein. »Klopf, klopf, klopf …«

»Da habe ich aber einen Schreck bekommen. Ich habe mich noch nicht an deine Sonnenbräune gewöhnt. Erst habe ich gedacht, es sei Sören.« Und dass er mich feuern würde, dachte sie. »Die scheint sich ja für immer eingebrannt zu haben.«

»Ach was, ich habe sie nur am Wochenende auf dem Land weiter vertieft.« Carl-Adam lächelte zufrieden.

Sie stand auf und umarmte den Freund lange und fest.

»Was ist los?«, fragte Carl-Adam, als sie ihn gar nicht mehr losließ.

»Ich mag dich halt.« Sie entließ ihn aus ihrer Umarmung und lächelte.

»Jetzt erzähl mir mehr von Ignacio, wir haben uns ja seit dem Wochenende kaum gesehen. Nach deiner SMS vom Sonntag habe ich mir schon gedacht, dass ihr total im Liebesrausch seid. Kein Wunder, wer hätte schon dieser sexy Lederjacke und dem Cowboyhut widerstehen können? Aber was ist seitdem passiert?«

»Eine Menge.« Sie seufzte. »Aber erzähl du erst mal von der Danksagungskarte. Nehmt ihr das Foto, das du ausgewählt hast?« Das Gesprächsthema Ignacio wollte sie so lange wie möglich vermeiden.

»Was glaubst du?« Carl-Adam seufzte. »Manchmal frage ich

mich, ob Jack allein aus Prinzip immer gegensätzlicher Meinung ist.« Dann betrachtete er sie, als sähe er sie erst jetzt richtig. »Mein Gott, wie geht es dir denn?« Er fasste sie an den Schultern und blickte sie genauer an. »Du siehst aus, als hättest du mehrere Tage und Nächte eingesperrt hier verbracht. Du ähnelst einem neu eingestellten Transaktionsjuristen.«

»Ich hatte einiges um die Ohren, aber …« Sie schüttelte den Kopf. »Es ist einiges passiert, und mit Ignacio ist es auch nicht so gut gelaufen.«

»Was ist denn passiert?«

Sie seufzte tief. »Ich kann jetzt nicht darüber sprechen. Wollen wir einen Kaffee trinken gehen? Dann kannst du mir davon erzählen, wie es ist, frisch verheiratet zu sein.« Sie nickte in Richtung Flur, wo es ganz ruhig war. Bemerkenswert ruhig für einen Nachmittag.

»Kaffee? Es gibt doch schon den Aperitif. Ich hatte dich eben auf der Terrasse nicht gefunden, deshalb bin ich hergekommen, um dich abzuholen. Wir fahren doch um halb sechs? Ich möchte auf keinen Fall das Sommerfest verpassen, ich habe schon die Speisekarte gesehen.« Er klopfte sich auf den Bauch. »Jetzt bin ich verheiratet und kann alles essen!«

Das Sommerfest der Kanzlei hatte sie völlig verdrängt, und das Letzte, was sie jetzt wollte, war feiern. Stattdessen wollte sie sich ihre Pyjamahose anziehen, eine große Tüte Süßigkeiten kaufen und sich die Countrygala ansehen, die in der Nacht gesendet worden und jetzt als Stream verfügbar war.

Sie fuhr sich mit der Hand durchs Haar und sah Carl-Adam bedauernd an. »Weißt du was, ich komme nicht mit.«

»Was sagst du da? Das Sommerfest ist doch immer etwas ganz Besonderes, so voller Magie!«

Sie wurden von einem leisen Klopfen unterbrochen. Oscar steckte den Kopf zur Tür hinein. »Hallo zusammen. Ihr arbeitet auch bis zum Schluss, wie ich sehe. Trinkt ihr gleich den Aperitif?« Er lächelte breit. »Dann könnt ihr den anderen sagen, dass ich später dazustoße. Ich muss mich vor dem Treffen mit Svante nächste Woche noch in den Mendicino- und Gaia-Fall einlesen.« Er vergrub die Hände in den Hosentaschen und schlenderte Richtung Treppe. »Ach ja, und schick mir doch sämtliche Notizen von der Verhandlung, damit ich für das Treffen vorbereitet bin.«

»Was war das denn?«, fragte Carl-Adam, als Oscar weg war. »Warum arbeitet er am Mendicino-Fall, und warum trifft er sich mit dem Mandanten? Es ist doch dein Fall? Was zum Teufel ist letzte Woche passiert?«

»Genau deshalb will ich nicht zum Sommerfest gehen.«

»Genau deshalb *sollst* du zum Sommerfest gehen! Wir nehmen einen schnellen Aperitif und verbringen den ganzen Abend zusammen, trinken Sekt und Schnaps, und du erzählst mir alles. Und dann finden wir eine gute Lösung. Und zwar für den Scheißkerl Oscar und für das, was mit Ignacio passiert ist. Okay?«

Sie nickte und stand auf. Hakte sich bei Carl-Adam unter und folgte ihm zur Magie des Sommerfestes.

Vier Stunden später hatte Charlotta zwei Schnäpse getrunken und sich mit Carl-Adam eine Flasche Sekt geteilt. Sie befanden sich auf einer Schäreninsel nördlich von Vaxholm. Die Regenwolken der Woche waren wie durch ein Wunder verschwunden und hatten die Welt in warmem Sonnenlicht zurückgelassen. Während die Kollegen mit Schnaps in der Hand eine Art Ringelreihen auf dem Steg veranstalteten, saßen Charlotta und Carl-Adam mit der Sonnenbrille auf der Nase und Decken über den Schultern im Gras. Sie lehnten mit dem Rücken an einem rot gestrichenen Bootshaus und blickten in Richtung Sonne, die sich dem Horizont näherte.

»Ich bin nicht nur in meinem Job total unfähig, ich bin auch noch hereingelegt worden. Ich habe tatsächlich geglaubt, dass Ignacio sich in mich verliebt hat, obwohl er doch eigentlich nur auf das Beweismaterial aus war«, sagte sie, als sie fertig erzählt hatte. »Ich habe mich so lächerlich gemacht und alles ruiniert: die Klage, meine Karriere und alles, wofür ich all die Jahre gekämpft habe, und das nur für einen Mann.«

»Das ist völliger Blödsinn. Du hast deine Karriere nicht ruiniert. Ich glaube nicht, dass es so schlimm ist, wie du sagst. Und ich bin mir auch nicht sicher, dass Ignacio an allem schuld ist. Hast du mit ihm gesprochen?«

Sie schüttelte den Kopf.

»Was sagst du da? Hat er nicht einmal versucht, es dir zu erklären?«

Carl-Adams Sonnenbräune nahm einen dunkelroten Ton an. Er suchte in der Hosentasche nach seinem Handy. »Ich werde ihn zur Sau machen, den Mistkerl, jetzt sofort. Ich werde ihn umbringen.«

»Doch, er hat versucht, es mir zu erklären.«

»Und was hat er gesagt?«

»Ich weiß es nicht. Ich wollte ihm nicht zuhören.«

Carl-Adam legte sein Handy auf den Tisch. »Aber wenn du ihm nicht zugehört hast, dann weißt du ja nichts. Ich glaube nicht, dass er dich getäuscht und ausgenutzt hat. Das Gefühl hatte ich nicht, als er mich vor eurem Date kontaktiert hat.«

»Aber er hat diesen Mailwechsel abfotografiert, von meinem Papierstapel. Er hat es selbst zugegeben.«

»Trotzdem finde ich, dass du ihm zuhören solltest, bevor du irgendwelche Schlüsse ziehst.«

»Ich schaffe es nicht, Carl-Adam. Nicht jetzt.«

»Was ist denn hier los?«, wollte Dessie wissen, die zu ihnen gestoßen war.

Charlotta erzählte die ganze Geschichte noch einmal von vorn.

»Du meinst, er hat vor Gericht das Beweisstück genutzt, das er bei dir zu Hause abfotografiert hatte?«, fragte Dessie mit funkelnden Augen. Ihre Wangen waren vor Wut und Empörung gerötet.

»Es steht gar nicht fest, dass es sich genauso abgespielt hat. Das möchte ich betonen«, warf Carl-Adam ein.

»Und jetzt versucht Oscar, den Fall an sich zu reißen?« Dessies Nasenflügel weiteten sich. »Pfui Teufel! Was sind diese Männer doch für Arschlöcher! Nimm es mir nicht übel, Carl-Adam.« Sie sah ihn an, hielt inne und betrachtete ihn eingehender. »Was ist eigentlich mit dir passiert? Willst du Sörens eingeölten Rosinen-Look kopieren?«

Carl-Adam zog eine Grimasse. »Vielen Dank auch. Eine Vierzigtausendkronen-Reise nach Südamerika und ein Wochenende in den Schären haben mir diese gleichmäßige Bräune beschert.«

Dessie verzog belustigt ihr Gesicht, dann sah sie Charlotta an. »Was machen wir mit Oscar? Ich versteh es nicht. Hat Ebba ihm gesagt, dass er am Fall weiterarbeiten soll?«

»Sie hat ihn gebeten, mir zu helfen, nach dem, was passiert war. Sie hat gesehen, wie geschockt ich war.«

»Aber es ist ein Unterschied, ob er dir hilft oder deinen Fall übernimmt. Es ist dein Fall, und du musst dich jetzt zusammenreißen. Du wirst dich nächste Woche mit dem Mandanten treffen und planen, wie es weitergeht.«

»Aber was soll ich denn tun?«

»Du musst dich wehren, und wenn das nicht funktioniert, erzählst du es Ebba.«

»Ich fürchte, sie weiß, dass die Anmerkungen auf dem abfotografierten Mailausdruck von mir waren.« Charlotta seufzte tief und trank direkt aus der Weinflasche. »Ich habe jedes Vertrauen verspielt. Ich weiß, ihr findet, ich sollte jetzt cool sein und für mich selbst einstehen, aber dieses Mal habe ich es so vermasselt, dass es zum Scheitern verurteilt ist, noch bevor ich es überhaupt versuche. Ich kann mich nicht gegen Oscar auflehnen. Es geht nicht. Ich habe keine Kraft mehr.«

Zu ihrer Verwunderung sah Carl-Adam sie nicht mitleidig und liebevoll an, sondern streng. »Ich habe immer Verständnis für dich gehabt, Charlotta. Ich weiß, dass du früher schlimme Dinge durchgemacht hast, aber jetzt bist du einfach nur feige und destruktiv. Es gibt keine Entschuldigung dafür, dass du Oscar jetzt am Schluss deinen ganzen Fall überlässt!«

Sein Handy piepte, und er warf einen Blick aufs Display. »Jack hat mit Ignacio gesprochen«, sagte er dann. »Er hat ihn eben angerufen, um ihn zur Schnecke zu machen, aber Ignacio hat offenbar eine Erklärung. Jack schreibt: Ignacio hat den Beweis abfotografiert, das hat er zugegeben. Aber das war, *bevor* er und Charlotta sich kennengelernt haben, und zwar im Riddaren, wo Charlottas Tasche umgekippt ist und ihre Unterlagen auf dem Boden gelandet sind. Ignacio hat es zufällig entdeckt und fotografiert. Er hat Karl Helmersson das Foto gemailt, aber ihn darum gebeten, es nicht zu verwenden, weil er wusste, dass es falsch gewesen war, es überhaupt zu schießen. Helmersson hat es trotzdem vor Gericht verwendet, ohne Ignacios Zustimmung.« Carl-Adam sah zu ihr auf. »Dieser Helmersson spielt immer ein mieses Spiel, das weißt du auch.«

»Wir wissen noch nicht einmal, ob das stimmt. Vielleicht hat er Jack angelogen, weil er nicht möchte, dass ihr ihn für einen Mistkerl haltet.«

»Das glaube ich nicht. Wie gesagt, als ich mit ihm vor eurem Country-Abend gesprochen habe, hatte ich einen ganz anderen Eindruck. Er war so nervös und wollte dir etwas ganz Besonderes bieten. Das war kein Vorwand, um an irgendeinen beschissenen Beweis zu kommen.«

»Aber du verstehst nicht, wie das für mich ist, was das mit mir macht. Ich bereue einfach nur, dass all das passiert ist, dass ich so verdammt dumm war, mich in ihn zu verlieben.«

Carl-Adam schüttelte den Kopf. »Charlotta, du bist feige. Das, was Ignacio deiner Meinung nach getan hat, nutzt du nur dazu, dich selbst zu bemitleiden und der Konfrontation mit Oscar auszuweichen.« Carl-Adams Stimme war lauter geworden, jetzt schrie er fast.

»Das stimmt nicht! Es geht darum, dass ich getäuscht wurde. Und verletzt!« Warum fiel es Carl-Adam so schwer, das zu verstehen?

Sie stand auf, um zu gehen. Sie wollte ihm nicht länger zuhören. Im Gehen stieß sie ein halb volles Bierglas um, der Inhalt tropfte über den Rand und hinterließ einen dunklen Fleck auf dem weißen Sitzpolster. Aber das war ihr egal. Der superschlaue Carl-Adam, der offenbar alles besser wusste, konnte sich darum kümmern. Zu ihrer Erleichterung hatte das Taxiboot soeben am Kai angelegt. Sie ging zur Bar, um sich vor ihrer Abfahrt ein Glas Wasser zu holen. Gerade, als sie es ausgetrunken hatte, fühlte sie eine Hand auf ihrem Hintern.

»Wie geht es dir, Charlotta? Wir haben uns ja schon ewig nicht mehr gesprochen!« Sie drehte sich um und begegnete Alex' breitem Grinsen und verschwommenem Blick.

»Ja, wir waren wohl mit anderem beschäftigt.«

»Weißt du was?« Er beugte sich zu ihr und hielt sich mit beiden Händen rechts und links von ihr an der Theke fest. »Ich habe dich vermisst«, flüsterte er ihr ins Ohr. Es hatte ihr immer gefallen, wenn er ihr flüsternd eine Fortsetzung des Abends in Aussicht gestellt hatte. Jetzt empfand sie sein Getuschel am Ohr nur als unangenehm feucht. Gerade wollte sie ihn bitten, sie in Ruhe zu lassen, als sie plötzlich innehielt. Vielleicht brauchte sie ihn genau jetzt? Die beste Methode, um über jemanden hinwegzukommen, war bekanntlich, sich mit jemand anderem zu trösten. Vermutlich brauchte sie einfach etwas Bestätigung.

Sie beugte sich vor und flüsterte in sein Ohr: »Ich habe dich auch vermisst.« Sie blickte zum Taxiboot. »Wollen wir nach Hause zu mir?« Ohne eine Antwort abzuwarten, ging sie mit ihm in Richtung Kai und kümmerte sich nicht um Dessies und Carl-Adams strenge Blicke.

»Tu nichts, was du hinterher bereust«, hörte sie Carl-Adam rufen, doch sie ignorierte es. Peinliche Dinge zu tun war ihr neues Hobby, also konnte sie ebenso gut damit weitermachen. Außerdem hörte sie nicht mehr auf Carl-Adam.

Nach wenigen Minuten legte das Boot ab. Alex tastete nach ihrer Hand und zog sie an sich. Bevor sie reagieren konnte, hatte er seine Lippen auf ihre gedrückt. Sie spürte nur einen kalten, klebrigen Mund, Alkoholgeschmack und Rauch und schob ihn von sich. Alles fühlte sich so … falsch an.

Alex war zu betrunken, um zu reagieren. Nach kurzer Zeit fiel sein Kopf schwer auf ihre Schulter, und lautes Schnarchen erklang. Sie hob seinen Kopf an und befreite sich von ihm, ging mit geducktem Kopf bis ganz nach hinten, wo man unter freiem Himmel saß.

Der Seewind wirbelte durch ihr Haar, und die salzige Brise ließ sie nüchterner werden, je mehr sie sich den Lichtern der Stadt näherten. Alex konnte ihr nicht helfen. Sinnloser Sex mit ihm würde ihr nur umso mehr vor Augen führen, wie fantastisch alles mit Ignacio gewesen war.

Als sie am Strömkai anlegten, eilte sie zu den Taxis am Grand Hotel. Alex folgte ihr.

»Es werden zwei Fahrziele«, sagte sie zum Taxifahrer, als

Alex sich neben sie fallen ließ. Vor ihrer Haustür stieg sie aus, ohne sich zu verabschieden.

Feuchte Wärme schlug ihr entgegen. An Land hatte es geregnet, und der Duft der Traubenkirsche im Innenhof lag in der Luft. Es roch wie zu Hause im Garten in Ludvika, wenn Sommer war.

Sie lief zur Haustür. Kurz bevor sie hinter ihr zufiel, schoss eine Hand nach vorne und hielt sie auf. Charlotta sah sich um und blickte in Alex' leere Augen. Dass ihr das noch nie aufgefallen war. Dieser abwesende Blick.

»Ich kann doch sicher ein Weilchen mit hochkommen, oder?« Er lächelte, wahrscheinlich sollte es verführerisch aussehen.

»Nein, Alex. Du solltest jetzt nach Hause fahren.«

»Warum? Du hast mich doch immer mit zu dir gelassen!«

Wie tragisch das klang. Sie seufzte. »Ja, weil ich in den letzten Jahren ziemlich dumm war.« Sie ging die Treppen hinauf, er folgte ihr.

»Bitte!« Er schwankte, als sie an ihrer Wohnungstür angelangt waren. »Auf dem Sofa kann ich doch schlafen?« Er trat einen Schritt näher. Sein Lächeln war verschwunden, sein Blick nicht länger leer, sondern flehend. »Ich möchte nicht allein sein.«

Sie seufzte und lächelte dann verhalten. »Na gut.« Keiner möchte allein sein, dachte sie. Schnell strich sie ihm über die Wange. »Aber du schläfst auf dem Sofa.«

Er nickte. »Okay. Danke.«

Alex zog seine Jacke aus und torkelte ins Wohnzimmer, während er sich das Hemd aufknöpfte. Dann fiel er der Länge nach aufs Sofa. Charlotta deckte ihn zu, ging in die Küche und trank drei große Gläser Wasser. Schminkte sich ab, bürstete sich das Haar und zog sich um. Dann kuschelte sie sich in ihre angenehm kühle Bettdecke.

38

Aus dem Taxifenster sah sie, dass die verchromte italienische Deckenbeleuchtung in Christophers Wohnung eingeschaltet war. Dessie bezahlte und stieg aus. Zog an der Haustür, doch sie war verschlossen.

Sie hatten nicht mehr voneinander gehört, seit er an jenem Abend bei ihr vorbeigekommen war, und sie wollte ihn genauso überrumpeln, wie er sie überrumpelt hatte. Ein Auto hielt hinter ihr, sie drehte sich um, und eine Frau im Kostüm stieg aus dem Taxi. Christophers Wohnung lag im vornehmsten Teil von Vasastan in einem Haus, das von den besten Architekten der Stadt restauriert worden war. Die Frau gehörte eindeutig zur Kategorie Finanzmenschen, die die ganze Nacht arbeiteten und sich leisten konnten, hier zu wohnen.

Sie lächelte die Frau an und winkte mit dem Handy. »Mein Akku ist leer, und mein Freund wartet auf mich.«

Mit einem müden Lächeln hielt die Frau ihren Schlüsselchip ans Türschloss und ließ Dessie eintreten. Christopher öffnete die Wohnungstür, kurz nachdem sie geklingelt hatte, hob die Augenbrauen und betrachtete sie. Er trug noch immer Hemd und Anzughose, als sei er kürzlich erst nach Hause gekommen und habe noch keine Zeit gehabt, sich umzuziehen. Sein Hemd war halb aufgeknöpft und erlaubte einen Blick auf seinen wohltrainierten Oberkörper.

»Na, du Nachtschwärmerin?« Er lächelte, hielt die Tür auf und trat zur Seite, um sie einzulassen. »Schön, dass du an mich denkst, wenn es Zeit ist, nach Hause zu gehen, und nicht irgendwen aus der Stadt aufgabelst.«

»Deswegen bin ich nicht hier. Und zu deiner Information, ich komme aus dem Büro.« Sie wusste selbst nicht, warum sie log. Es war eine unnötige Lüge, denn man sah ihr sicher an, dass sie getrunken hatte. Sie folgte ihm ins Wohnzimmer. Auf dem niedrigen Couchtisch stand ein Glas Whisky. Er schaltete den Fernseher aus, ging zum Servierwagen und hielt ihr eine Kristallflasche mit dem goldfarbenen Getränk entgegen.

Sie schüttelte den Kopf und atmete tief ein. »Ich habe gehört, was gestern vor Gericht passiert ist.«

»Ja, richtig.« Christopher holte sein Glas vom Couchtisch und füllte nach. »Es ist gut für uns gelaufen. Richtig gut.«

»Wie konntet ihr den abfotografierten Mailwechsel nutzen? Das war unethisch und nicht korrekt.«

»Ist das nicht Sache des Gerichts, das zu entscheiden?«

Sie schnaubte. »Möglich. Aber auch du solltest ein Gewissen haben.«

»Gaia bedeutet mir alles, und ich tue alles, um das Unternehmen zu retten.«

»Svärdh & Partner kämpft für die gute Sache. Ist es nicht wieder typisch, dass das Großunternehmen faule Tricks anwendet, um sein schmutziges Geld zu retten?«

»Schmutziges Geld?« Er lächelte und lachte dann los. »Du weißt, wofür Gaia steht. Du weißt auch, dass in Verhandlungen und Rechtsstreitigkeiten das meiste erlaubt ist.« Er sah aus dem Fenster hinaus in den dunklen Tegnérlunden. »Falls es deine Meinung über mich ändern sollte, kann ich dir verraten, dass unser Anwalt an den Mailwechsel gelangt ist. Ich habe keine Ahnung, wie, aber ich überlasse es dem Gericht, wie es damit weiterverfährt. Es ist nicht meine Aufgabe, zu entscheiden, was ethisch vertretbar ist oder nicht.« Er drehte sich um.

Sein überhebliches Lächeln weckte unbändige Wut in ihr. Mit zwei Schritten war sie bei ihm, riss ihm das Glas aus der Hand und schmiss es auf den Boden. Glassplitter flogen über das dunkle Holz, und der Whisky spritzte auf ihre Beine.

»Weißt du eigentlich, wie sich unsere Juristin in diesen Fall reingehängt hat? Wie kannst du morgens in den Spiegel schauen, wenn du vorgehst wie eine Dampfwalze, dir nimmst, was du willst, und dir alles andere egal ist?«

Er starrte sie an, besann sich aber gleich wieder. »Ich glaube nicht, dass es hier um irgendein moralisches Dilemma im Rechtsstreit geht. Ich glaube, es geht um dich und mich.«

»Ein egoistischer Mistkerl. Wie immer.« Sie wandte sich ab, doch er drehte sie zu sich. Küsste sie und griff in ihr Haar, drückte sie an sich. Sie stöhnte laut auf, schlang dann ihre Arme um seinen Hals und küsste ihn zurück. Warum ließ sie es nur zu?

Er zog ihr den Blazer aus, dann die Bluse. Küsste ihren Hals und ihre Brüste, löste den BH, drehte sie zu den bodentiefen Fenstern und umfasste sie von hinten. Die Lichter der Stadt waren verschwommen in der Ferne zu erkennen.

»Jetzt nehme ich dich vor den Augen der ganzen Stadt, Dessie. Du sollst das von mir bekommen, was du haben willst.«

Er zog ihren Rock zusammen mit der Strumpfhose hinunter, und sie spreizte die Beine. Seine Hand glitt unter ihr Höschen. »Deinen Po habe ich schon immer geliebt«, flüsterte er in ihr Ohr. Seine Hand wanderte weiter, er führte sanft einen Finger in sie ein, und sie stöhnte laut. Daraufhin zog er ihr das Höschen aus und liebkoste sie noch intensiver. Als sie kurz davor war zu kommen, hielt er plötzlich inne.

»Nein«, wimmerte sie. »Bitte, mach weiter!«

»Gleich«, sagte er kurz. Drehte sie zu sich herum und küsste sie sanft. Er verschwand für einen kurzen Moment, war aber bald mit einem Kondom wieder zurück. Er zog sich Hose und Boxershorts aus, drehte sie wieder um, und sie konnte hören, wie er die Verpackung aufriss. Dann drückte er sie leicht gegen das Fenster, während er in sie eindrang. Nach wenigen Sekunden kam sie gewaltig. Als hätte sie darauf gewartet, seit sie sich das letzte Mal gesehen hatten.

Danach hob er sie in seine Arme, trug sie ins Schlafzimmer und legte sie vorsichtig ins Bett. Küsste sie sanft auf den Mund und die empfindliche Haut des Halses. Sie erschauerte. Er fuhr mit seinen Lippen weiter über ihren Körper bis zur Leistengegend, ihrer allerempfindlichsten Stelle. Dann wanderte er noch weiter hinab und leckte sie, bis sie kurz davor war, wieder zu kommen.

Sie liebten sich sanft. Sie schienen die Härte und die Wut, die sich in ihnen aufgestaut hatten, erst loswerden zu müssen, ehe sie zulassen konnten, behutsam miteinander zu sein.

Danach lag sie an seiner Brust, lauschte seinem Herzen, das so langsam schlug, dass sie dachte, es würde gleich stehen bleiben. Sie erinnerte sich, dass sie zwei Jahre zuvor dasselbe gedacht hatte.

»Ich weiß, dass du böse bist, weil ich nicht um dich gekämpft habe«, sagte er nach einer Weile. »Weil ich Vincent geglaubt habe. Aber es ging mir nicht gut damals. Er hatte mich hintergangen, Zahlen gefälscht. Ich wäre beinahe vom Vorstand gefeuert worden. Du weißt, wie ich ticke. Ich bin davon ausgegangen, dass du dasselbe tun würdest: mich hintergehen, mich betrügen. Mich verlassen.« Tränen stiegen ihm in die Augen, und auch ihre Augen brannten. Sie wusste genau, wie er tickte. Sie waren sich so ähnlich.

Als er Stockholm in Richtung London verlassen hatte, hatte sie sofort gedacht, dass er ihrer überdrüssig geworden war. Dass er genauso war wie alle anderen Männer, die sie kannte – außer ihrem Bruder, der alles für sie tat. Nicht einmal ihr Vater interessierte sich für sie, und sie wartete nur darauf, dass sich das Ganze wiederholen würde. Dass es sich um ein Missverständnis handeln könnte, war ihr überhaupt nicht in den Sinn gekommen.

»Ich weiß«, flüsterte sie.

»Und ich weiß immer noch nicht, was wahr ist und was nicht.«

»Ich habe dir die Wahrheit gesagt.« Sie drehte sich auf den Bauch, sodass sie ihm in die Augen schauen konnte. »Vincent und ich waren vor vielen Jahren einmal zusammen, doch als ich dich kennenlernte, war es so, als stünde die ganze Welt kopf. Du hast mir alles bedeutet, ich war wie von dir besessen, es klingt vielleicht schrecklich, aber …«

»Es könnte schrecklich klingen.« Er lächelte. »Aber wenn du es sagst, klingt es nur aufregend!«

Sie erwiderte sein Lächeln, wurde dann aber wieder ernst. »Vincent muss ein altes Video genommen haben. Vermutlich hat er uns schon beim ersten Mal gefilmt, anscheinend filmt er alle Frauen, mit denen er schläft. Und er hat es dir geschickt, um dir eins auszuwischen. Ich hätte dir niemals so etwas angetan. Für mich gab es nur dich. Immer nur dich.«

»Und als ich Stockholm verließ? Warum bist du zu ihm zurückgegangen?«

»Als du weg warst, ist für mich alles zusammengebrochen. Ich bereue es unendlich, aber ich war verletzt, vollkommen kaputt. Ich wusste nichts mehr, außer, dass du mich nicht mehr liebtest, und da habe ich kurzzeitig Trost bei ihm gesucht.«

Seine sonst so hinreißend blauen Augen waren dunkel. »Er hat dich ausgenutzt, dieser Mistkerl.«

»So kann man es sehen. Aber ich habe ihn auch ausgenutzt. Aber jetzt ist das alles vorbei.«

Er zog sie zu sich und blickte ihr tief in die Augen.

»Was du über mich gesagt hast, ist nicht wahr.«

»Was genau meinst du?«

»Dass ich dich nicht mehr geliebt habe.« Er strich ihr das Haar hinters Ohr. »Ich habe nie aufgehört, dich zu lieben, Dessie, nicht eine Sekunde. So sehr ich es auch versucht habe, es ging nicht.«

Tränen stiegen ihr in die Augen. Eine davon lief ihr über die Wange, und sie, die noch nie zuvor vor einem Mann geweint hatte, kümmerte sich nicht darum, sie wegzuwischen.

39

Karls Worte wollten ihm nicht aus dem Kopf gehen. Wie schnell Ignacio auch lief, sie blieben da. Die Milchsäure brannte in den Beinen, während er den steilen Hang hinauflief, aber er drosselte sein Tempo nicht. Die Worte kreisten in seinem Kopf. *Dass du die Blondine ausgenutzt hast und so an Beweismaterial gelangt bist, hat zu Gaias Rettung geführt.*

Dass du die Blondine ausgenutzt hast.

Als er den Hang erklommen hatte, wurde er langsamer und keuchte laut. Eigentlich war es ihm vollkommen egal, was Karl von der ganzen Sache hielt. Es war nur wichtig, was Charlotta dachte, und im Moment war sie davon überzeugt, dass er ein Mensch war, der andere ausnutzte und manipulierte, um das zu bekommen, was er haben wollte. Wie sollte er ihr klarmachen, dass alles nur ein unglücklicher Impuls gewesen war, bevor sie sich kennengelernt hatten? Bevor sie ihm alles bedeutete?

An der Promenade von Norr Mälarstrand blieb er stehen. Der Morgen war windstill, das Wasser glatt, und die Boote lagen regungslos im Wasser. Die stattlichen Gebäude am gegenüberliegenden Ufer oben auf Söder ragten in den wolkenlosen Himmel. Aus einem Innenhof drang der Duft von Flieder in seine Nase, der kurz vor dem Verblühen stand. Es roch nach dem Beginn der Sommerferien. Er ging hinunter zum Ufer, nahm eine Handvoll Wasser und erfrischte sein Gesicht.

Der Inspektionsbericht war erst spät aufgetaucht, und Ignacio hatte den Eindruck, dass auch Christopher die Sache komisch vorgekommen war, er aber nicht näher hatte nachforschen wollen. Dieser Vincent Rask war in mehrfacher Hinsicht unzuverlässig. Charlotta hatte erwähnt, dass offenbar irgendwelche Informationen verschleiert worden waren. Er musste unbedingt herausfinden, welche. Ein Plan nahm in seinem Kopf Form an. Er würde mit Charlotta reden, von seinem Verdacht berichten und vorschlagen, dass sie einander helfen könnten, alles geradezubiegen.

Vielleicht war ihr schlimmster Ärger ja schon verraucht. Hoffentlich hatte sie einen freien Freitagabend gehabt – er wusste nur zu gut, dass die Welt nach einem ordentlichen Nachtschlaf ganz anders aussehen konnte. Sie musste ihm einfach zuhören.

Eine halbe Stunde später war er frisch geduscht und saß auf seinem Fahrrad. Die Stadt schlief noch an diesem warmen Sommermorgen. Auf der Centralbron, die die Stadtteile Norrmalm und Södermalm miteinander verband, waren kaum Autos unterwegs, und auf Riddarholmen war es menschenleer. Ein leichter Schleier lag über dem Riddarfjärden, das Wasser schimmerte schiefergrau. Er hielt bei der Bäckerei, wo sie damals zusammen eingekauft hatten, und kaufte Schokobrötchen, Semmeln und schwarzen Kaffee. Die Tüte hängte er an den Lenker und hielt in der einen Hand den Kaffeebecher, während er mit der anderen lenkte. Langsam erwachte die Stadt, und als er in die Hantverkargatan einbog, wäre er beinahe mit einer Dame zusammengestoßen, die ihren Pudel an der Leine führte. Er geriet ins Schwanken, konnte jedoch den Kaffee retten.

Er folgte einem jungen Mann in Sportkleidung und mit Ohrstöpseln in Charlottas Haus, lief die Treppen hinauf und klingelte. Nach wenigen Sekunden öffnete Charlotta die Tür. Sie schüttelte den Kopf. »Ich will nicht mit dir reden.« Sie machte Anstalten, die Tür wieder zu schließen.

Er hielt ihr die Brottüte und den Kaffee hin. »Ich habe Frühstück mitgebracht, du musst etwas essen. Und bitte, lass mich erklären, was passiert ist.«

Hinter ihr knarrte das Parkett, noch bevor sie antworten konnte. Ein Mann in Anzughose und aufgeknöpftem Hemd war im Wohnzimmer zu sehen. Seine Frisur sah aus, als sei sie ursprünglich gestylt gewesen, nun aber vom Schlafen zerzaust. Oder vom Sex.

Langsam knöpfte der Mann sein Hemd zu, während er in Richtung Badezimmer ging. Er blieb stehen und nickte Ignacio zu. »Hi.« Durch den dunklen Schleier vor seinen Augen sah Ignacio, dass der Mann weniger trainiert war als er selbst. Er würde ihn leicht besiegen können, falls es zu einer Prügelei käme.

Kurz nickte er dem Wuschelkopf zu, dann sah er Charlotta an. »Aber du hast ja schon Besuch. Ihr könnt das Frühstück haben. Frische Semmeln und Schokobrötchen.« Er drückte den Styroporhalter mit den Bechern in Charlottas Hand, sodass der Kaffee überschwappte.

Der Wuschelkopf lächelte breit und ging weiter zum Bad. »Wie aufmerksam!«

Charlotta legte eine Hand auf Ignacios Arm, als wollte sie ihn zurückhalten. »Es ist nicht so, wie du denkst. Ich habe nicht …« Sie drehte sich um. »Wir haben nicht …«

Er ließ die Tüte zu Boden fallen. Auf billige Ausreden hatte er keine Lust. »Es ist okay, Charlotta. Ich bin nicht von gestern, und wir haben uns nie irgendetwas versprochen. Wir sind kein Paar, wir waren nie eins, und du kannst treffen, wen immer du willst.« Er drehte sich um und lief die Treppen hinunter. Mit dem Widerhall seiner Schritte übertönte er ihre Rufe nach ihm.

40

Ignacio hatte den Gedanken, Charlotta zu helfen, fallen gelassen, verbrachte jedoch die ganze Woche im Büro, um nach alten Dokumenten zu suchen. Er hatte beschlossen, die Wahrheit herauszufinden. Seine harte Arbeit bei Gaia sollte nicht durch Lügen in den Dreck gezogen werden. Am Sonntag ging er erneut ins Büro und sah alle Dokumente durch, die mit der Ausschreibung in Brasilien zu tun hatten. Es konnte nützlich sein, alles noch einmal mit anderen Augen zu betrachten. Dann erinnerte er sich daran, dass die IT-Chefin sich mit der Frage befasst hatte, was mit den Mails ehemaliger Angestellter passieren sollte. Die Entscheidung darüber lag beim Vorstand, doch Ignacio glaubte nicht, dass man schon eine Lösung gefunden hatte. Wahrscheinlich waren noch alle Mails vorhanden. Er rief Linda an, und obwohl Sonntag war, versprach die IT-Chefin, sich die Sache sofort anzusehen.

Es war schon spät, seine Mutter hatte am nächsten Tag Geburtstag, und er musste noch ein Geschenk für sie kaufen. Also verließ er das Büro und ging hinunter zum Stureplan. Schon bald fand er die Handtasche, nach der er gesucht hatte. Seine Mutter hatte sie in einer von Marias Modezeitschriften träumerisch angesehen, als er das letzte Mal zu Hause gewesen war. Als sie bemerkt hatte, dass er sie beobachtete, hatte sie schnell weitergeblättert. Nie gönnte oder wünschte sie sich etwas, bis auf eine Duftkerze, die sie an den Garten ihrer Eltern in Chile erinnerte und die er ihr jedes Jahr mitbrachte. Aber Ignacio wollte ihr diesmal etwas Besonderes schenken. Bald würde er vermutlich weniger verdienen. Ein Beraterjob war zu Beginn meist noch nicht so lukrativ. Er strich über das dünne Leder der Tasche, doch im selben Moment sah er das Hinweisschild, auf dem stand, dass man die Taschen nicht berühren sollte. Er drehte sich um. Die Verkäuferin, eine Brünette mit strahlend blauen Augen, lächelte ihn an.

»Verzeihung, ich hatte das Schild nicht gesehen.«

»Ist schon in Ordnung.«

»Die hier nehme ich.« Er wies auf die Tasche, die er ausgesucht hatte.

Die Verkäuferin warf einen raschen Blick auf seinen Ringfinger. »Für die Freundin?«

Er schüttelte den Kopf. »Für meine Mutter.« Für Charlotta hätte er eine andere Tasche ausgewählt. Sein Blick wanderte über die Regale. Etwa diese schicke, kleine Clutch. Sie wäre ideal für After-Work-Partys. Dann entdeckte er eine große, rechteckige Tasche aus weichem Leder mit stabilen Handgriffen, die genug Platz für Ordner und Notebook bot, wenn Charlotta im Gerichtssaal war.

»Was für ein großartiger Sohn Sie sind«, bemerkte die Verkäuferin mit einem breiten Lächeln. »Diese Tasche ist fantastisch.«

Was war nur los mit ihm? Er stand im Laden und träumte davon, Taschen für Charlotta zu kaufen, dabei hatte sie schon einen Schlussstrich gezogen und sich mit jemand anders getröstet. Das sollte er auch tun. Zögerlich lächelte er die Verkäuferin an, die darauf einging und zurücklächelte. Lange, schlanke Beine, wallende Locken und ebenmäßige Züge. Vielleicht brauchte er genau das – einen Drink mit einer hübschen Frau, um über Charlotta hinwegzukommen und über die Bilder von ihr und dem Wuschelkopf. War es so einfach? Für Charlotta war es das offenbar gewesen.

Die Verkäuferin wickelte die Tasche in Seidenpapier ein und packte sie in einen schicken Geschenkkarton. Er bezahlte, nahm die Tüte entgegen und wollte sie gerade nach ihren Plänen für die nächste Woche fragen, als sein Handy klingelte. Es war die IT-Chefin.

»Hej Linda.« Er stellte sich ein paar Meter abseits hin, um die Kasse nicht zu blockieren, aber noch nah genug, um anschließend nach einem Date zu fragen.

»Ich habe die Mails gefunden. Es gibt eine Menge zu lesen«, sagte Linda.

»Ist das wahr? Alle Mails?«

»Alle seit dem Herbst 2015.«

»Tatsächlich?« Ignacio ging langsam aus dem Laden. Er hatte seine Dating-Pläne vollkommen vergessen. »Kann ich sie sehen?«

»Klar, aber es wäre besser, wenn du zu mir nach Hause kommst. Das Ganze findet unter dem Radar statt, das ist dir klar, oder? Nach unseren IT-Richtlinien müssen aktuelle und ehemalige Angestellte vorher einwilligen, wenn man ihre Mails lesen will.«

»Gibt es welche von Vincent Rask?«

»Komm her, dann wirst du schon sehen.«

41

Nach ihrem Streit mit Carl-Adam und der Begegnung mit Ignacio dachte Charlotta, dass es schlimmer nicht mehr kommen konnte. Aber Ebba wollte am Donnerstag zurück im Büro sein, und Charlotta würde ihr vom Beweis erzählen müssen, der in die Hände der Gegenseite geraten war. Am Ende des Tages würde sie vielleicht ohne Job dastehen. Auch wenn sie das bisschen, was ihr noch blieb, dabei riskierte, so musste sie gegenüber Ebba ehrlich sein. Das Schlimmste war, dass sie niemanden hatte, mit dem sie reden konnte. Carl-Adam und sie mieden einander seit ihrem Streit auf dem Sommerfest, und Dessie war auf Geschäftsreise in London.

Am Donnerstagmittag war Ebba noch immer nicht aufgetaucht. Charlotta saß mit einem belegten Brot vor ihrem Computer, als ihr Handy klingelte. Es war Maria. Sie wusste, dass ihre Schwester mit ihr über Mittsommer reden wollte, doch Charlotta hatte nicht die geringste Lust, nach Ludvika zu fahren.

Plötzlich ging ihr auf, dass die Schwester die ganze Zeit recht gehabt hatte. Panik erfasste sie beim bloßen Gedanken daran, mit einem ihrer alten Peiniger zusammenzutreffen. Die Einsicht schmerzte. War sie nicht schon weiter gewesen?

Wenn sie ganz ehrlich zu sich selbst war, wollte sie ein anderer Mensch sein, wenn sie einem von ihnen über den Weg lief.

Stark. Erfolgreich. Sie wollte allen zeigen, dass sie es weiter gebracht hatte, als sie jemals für möglich gehalten hätten.

Sie war so kurz davor gewesen. Doch jetzt hatte sie alles ruiniert, und sie würde sich schlechter als je zuvor fühlen, sollte sie auf ihre ehemaligen Klassenkameraden treffen. Aber sie hatte es Mormor versprochen.

Resigniert sah sie auf ihr Handy. Sie war nicht in der Lage, eine Entscheidung zu treffen, und ließ es daher klingeln.

Kurz darauf piepte das Kalendersignal, und auf dem Display blinkte eine Erinnerung an das Wochentreffen ihrer Abteilung, das in einer Viertelstunde beginnen sollte. Sie fluchte. Das Treffen war auf heute verlegt worden, was sie verdrängt hatte. In einer Viertelstunde würde sie also die ganze Abteilung sehen und von Gaia und ihrem Misserfolg erzählen müssen. Ihrem eigenen Misserfolg.

Sandra war schon im Konferenzraum und hatte Pappbecher und eine Tüte aus der Bäckerei mitgebracht.

»Ah, Kaffee tut jetzt gut.« Charlotta streckte sich nach dem Becher, auf dem Sandra mit Filzstift ihren Namen geschrieben hatte. Dann fiel ihr auf, dass auf keinem der Becher Ebbas Name stand.

»Ist Ebba gar nicht da?« Sie sah Sandra an.

Im selben Moment betrat Oscar mit Anton im Schlepptau den Raum. »Ja, so ist es, und sie hat mich gebeten, das Treffen zu leiten.« Er grinste so breit, dass seine Brille sich von der Nase hob, setzte sich neben Charlotta und zog den Hefezopf aus der Tüte. Er bemühte sich nicht einmal um ein Messer, sondern riss sich einfach ein dickes Stück ab. »Hast du meine Änderungen gesehen, die ich an der Stellungnahme für Svante und das Gerechtigkeitsinstitut vorgenommen habe?«

Charlotta nickte. »Ich habe die Änderungen eingegeben.«

Kristin betrat das Zimmer. Sie griff nach ihrem grünen Tee

und sah Oscar und Charlotta neugierig an. »Ach, Oscar kümmert sich jetzt um den Gaia-Fall? Ich habe gehört, dass während der Verhandlung etwas schiefgegangen ist?«

Charlotta versuchte zu lächeln, aber es kam nur eine verkniffene Grimasse heraus. »Das kann man so sagen.« Sie sah auf ihren Becher, unfähig, den fragenden Blicken der anderen zu begegnen, und hantierte am Plastikdeckel herum, was ein knackendes Geräusch verursachte. »Es ist etwas Unerwartetes passiert.«

»Aha? Ein Zeuge, der nicht vor Gericht erschienen ist?« Kristin nahm den Deckel von ihrem Becher ab und trank einen Schluck. Als Anton ihr vom Hefezopf anbieten wollte, rümpfte sie die Nase.

»Nein … ein unerwarteter Beweis ist aufgetaucht.«

»Das geht aber doch nicht. Mitten in der Verhandlung?«, sagte Kristin. »Haben sie den Beweis nicht früher präsentiert?«

»Nein, aber sie haben ihn im Zusammenhang mit einer Zeugenbefragung verwendet. Sie haben den Vertreter der Arbeiter verhört und dabei einen Mailwechsel gezeigt, der seine Aussage infrage stellt. Und seine Glaubwürdigkeit.«

Kristin seufzte. »Shit.«

Die Schadenfreude in Oscars Blick war nicht zu übersehen. »Wenn so etwas passiert, wird einem mal wieder klar, warum man vorher alle eventuellen Szenarien durchspielen sollte. Aber das lernt man mit der Zeit. Auch du, Charlotta. Oder man lernt zumindest aus seinen Fehlern.« Anton nickte zustimmend. »So, und jetzt zu den aktuellen Fällen.« Oscar räusperte sich, und in seinem Rachen vermischten sich Caffè Latte und Hustenschleim. Charlotta spürte eine leichte Übelkeit. Er griff nach seinem Papierstapel, schüttelte ihn zurecht und schlug ihn gegen die Tischplatte. Dann legte er den geordneten Stapel vor sich hin und schob die Brille nach unten, während er las: »Den Fall Mendicino/Gaia übernehme ich jetzt ganz. Morgen treffe ich mich mit Svante, um über unsere Stellungnahme zu sprechen. Es wäre also gut, wenn du einen Zahn zulegst, Charlotta, damit die Sache gleich nach der Mittagspause fertig ist.«

Charlottas Knacken mit dem Plastikdeckel wurde lauter. Am liebsten hätte sie geschrien! Ebba hatte Oscar den Fall keineswegs übertragen, sondern ihn nur gebeten, sie zu unterstützen.

In dem Moment ging die Tür auf, und Ebba kam mit klappernden Absätzen herein. »Das Treffen war früher zu Ende.« Sie zog den Trenchcoat aus, auf dessen beigefarbenem Stoff sich Regentropfen gesammelt hatten. Sie hängte ihn über einen freien Stuhl und setzte sich. Ihre Wangen waren rosig, als sei sie durch den Regen gegangen. Oder als habe sie sich über etwas geärgert. Ohne Charlotta anzusehen, streckte sie sich und nahm Oscar die Liste aus der Hand. Rasch gingen sie sie durch, und als sie fertig waren, erkundigte sich Ebba wie jedes Mal, ob es noch weitere Themen gebe, die besprochen werden sollten. Fragend sah sie in die Runde.

Charlotta biss sich auf die Lippe. Sie musste Ebba um ein Einzelgespräch bitten, doch sie brachte es nicht über sich. Sie wollte nicht, dass Ebba sie für noch unfähiger hielt. Nicht jetzt.

Ebba beendete das Meeting, und Charlotta fühlte sich wie ein Feigling. Einen Fall für die Kanzlei in den Sand zu setzen war das eine. Aber nicht dazu zu stehen und seinen Misserfolg einzuräumen, war weitaus schlimmer.

Die SMS, die Charlotta später am Abend erhielt, war überraschend und verwirrend zugleich. Sie war von Ignacio. Er wollte ihr etwas über Gaia erzählen und schlug vor, sich mit ihr in zwei Stunden in der Bar des Hotels Diplomat zu treffen. Sie las die Nachricht mehrere Male hintereinander. Ihr erster Gedanke war, dass er sie wieder hereinlegen und weitere Informationen aus ihr herauskitzeln wollte. Doch dann dachte sie an das, was Carl-Adam gesagt hatte, nämlich, dass ihr Misstrauen gegenüber Ignacio übertrieben und im Grunde nur ein Selbstschutzmechanismus war. Vielleicht hatte er recht. Vielleicht war Ignacio die Ausnahme von ihrer Regel, dass Menschen kein Recht auf eine zweite Chance hatten? Ihr fiel ein, dass sie ihm sogar schon zwei Chancen gegeben hatte. Also war er eine Ausnahme, aber verdiente er wirklich eine dritte Chance?

Doch sie war viel zu neugierig, um abzusagen. Sie wollte wissen, was er über Gaia zu berichten hatte, also antwortete sie, dass sie sich gerne mit ihm treffen wolle und dass die Zeit gut passe.

In den zwei verbleibenden Stunden änderte sie die letzten Passagen in der Stellungnahme, die den Gaia-Fall zusammenfasste, und schickte sie Svante. Die Zusammenfassung sollte es erleichtern, bei einem eventuellen Prozessverlust Berufung einzulegen. Nachdem Mauricio Melos Aussagen der Boden entzogen worden war, deutete leider alles auf einen Prozessverlust hin und somit auf Berufung, deshalb musste die Zusammenfassung tadellos sein.

Dankbar dachte Charlotta an ihre kluge Freundin Dessie, als sie das schwarze, enge Kleid aus dem Schrank in ihrem Büro nahm. Gleich am ersten Tag hatte Dessie ihr erklärt, warum es so wichtig war, zwei weitere Kleidungsgarnituren vor Ort zu haben: etwas, das zu einem spontanen Mandantenessen oder einen abendlichen Drink passte, und einen normalen Satz Alltagskleidung, falls man es nicht schaffte, nach Hause zu fahren, und im Büro übernachten musste. Das Kleid hob ihre Rundungen hervor, ohne zu viel zu zeigen. Es handelte sich trotz allem um ein berufliches Treffen. Sie zog ein Paar schwarze High Heels an und frischte ihr Make-up auf. Sprühte sich mit ihrem besten Parfüm ein, das gut passte, wenn sie Überlegenheit ausstrahlen wollte.

Als sie die Handtasche über ihre Schulter hängte, piepte ihr Handy, und sie sah aufs Display. *Ich habe Måns heute im Fitnessstudio getroffen. In der Umkleide. Unsere Vermutungen der letzten Jahre waren korrekt, auch in ausgerolltem Zustand … Er ist RIESIG. C-A*

Charlotta lachte laut. Sie ging hinüber in Carl-Adams Büro, und als er von seinem Bildschirm aufsah, rannte sie auf ihn zu und umarmte ihn.

»Wenn ich gewusst hätte, dass einem nur wegen einer Penisinfo so viel Liebe entgegengebracht wird«, sagte er und erwiderte ihre Umarmung.

Sie lächelte ihn erleichtert an. »Ich will nicht mehr streiten.«

»Ich auch nicht.«

»Es tut mir leid, dass ich nicht auf dich hören wollte.« Sie blickte zu Boden. Warum war es so schwer anzuerkennen, dass jemand anders recht hatte? »Ich weiß ja, dass du mein Bestes willst. Und ich gebe auch zu, dass du recht hast, aber nur unter einer Bedingung.«

Carl-Adam grinste zufrieden. »Lass hören.«

»Dass du Ignacio an Mittsommer nicht erwähnst. Nicht ein einziges Mal.«

»Versprochen.«

Seit sie sich kannten, hatte Carl-Adam gebettelt und gefleht, einmal Mittsommer in Ludvika feiern zu dürfen. Er hatte eine extrem idyllische Vorstellung von einer Mittsommerfeier in Dalarna, und als er hörte, dass sie ihrer Großmutter versprochen hatte zu kommen, hatte er gleich beschlossen, sie zusammen mit Jack zu begleiten. Heute hatte sie wieder daran gedacht. Auch wenn sie keine Lust hatte, so hatte sie es ihrer

Mormor versprochen. Außerdem musste sie die Panik loswerden, die sie mit ihrer Heimatstadt verknüpfte. Und wenn sie nun schon nach Ludvika reiste und riskierte, all ihren ehemaligen Peinigern in die Arme zu laufen, dann konnte sie sich jedenfalls keine bessere Begleitung wünschen als Carl-Adam und Jack.

»Du siehst übrigens sehr schick aus.« Er trat einen Schritt zurück und betrachtete sie. Schnüffelte. »Und du riechst gut.«

»Ich werde mich gleich mit Ignacio treffen. Er wollte über etwas reden.«

»Wie bitte?« Carl-Adam schüttelte den Kopf. »Worum geht es?«

»Ich sagte doch, bitte nicht von Ignacio sprechen.«

»An Mittsommer, ja. Aber bis dahin sind es noch vier Tage.«

Sie lachte. »Ich glaube, es hat mit der Klage zu tun.« Aber insgeheim hoffte sie natürlich, dass er noch mehr zu sagen hatte, auch wenn sie keine Ahnung hatte, wie sie dann darauf reagieren sollte.

Auf dem Weg zum Ausgang stieß sie mit Ebba zusammen, und gemeinsam gingen sie nach unten zum Empfang.

»Ich werde bei diesem neuen Italiener an der Fredsgatan essen gehen, warst du schon mal dort?«

Charlotta schüttelte den Kopf. »Ich hatte noch keine Gelegenheit dazu, aber Carl-Adam sagt, er sei gut.« Sie blickte Ebba an. Gestärkt durch die Versöhnung und die Plauderstunde mit ihrem besten Freund holte sie tief Luft. »Ich wollte dir noch etwas erzählen. Über diese Mails, die vor Gericht gezeigt wurden. Ich habe sie versehentlich der Gegenseite zugänglich gemacht. Ich hatte das Dokument auf einer After-Work-Party dabei, in meiner Aktentasche. Einem Unbefugten ist es gelungen, diese Seite abzufotografieren. Anschließend hat er das Foto an Karl Helmersson gemailt.« Sie sagte alles in einem

Atemzug, ohne Pause. Mittlerweile standen sie vor dem Gebäude, und Ebba blieb stehen.

»Das tut mir leid, und es klingt, als hättest du wirklich Pech gehabt. Aber erstens ist dieser Helmersson ein Arschloch. Er müsste wissen, dass man so einen Beweis nicht vor Gericht verwendet, doch er kennt keine Hemmungen. Glaub mir, ich weiß genau, wie er tickt, und du hattest großes Pech, ausgerechnet an ihn zu geraten. Zweitens: Wir alle machen Fehler. Entscheidend ist, wie wir damit umgehen.« Ihre hellblauen Augen betrachteten sie ernst. »Ich glaube, du wirst einen Weg finden, die Sache zu lösen.« Ein SMS-Signal war zu hören, und Ebba nahm ihr Handy aus der Tasche. »Typisch. Filippa hat sich übergeben.« Sie schüttelte den Kopf. »Dann gibt es heute Abend wohl eher Pizzadienst als Essengehen beim Italiener.« Sie seufzte und winkte nach einem Taxi. Bevor sie einstieg, wandte sie sich an Charlotta. »Es ist noch nicht vorbei. Wir wissen nicht, welches Urteil das Gericht fällen wird, und es gibt immer die Möglichkeit, Berufung einzulegen.«

Der Regen hatte nachgelassen, und die Straßen glänzten. Die Luft war frisch, und Charlotta ging zu Fuß zum Hotel Diplomat. Vor dem Entree blieb sie mit klopfendem Herzen stehen.

Sie brauchte nur den Bruchteil einer Sekunde, bis sie ihn in der Bar entdeckt hatte, die voller Menschen war. Er saß an einem der Fenstertische, halb vom Eingang abgewandt, mit Blick auf den Strandvägen und das Wasser, das vom sturmgrauen Himmel silbrig schimmerte. Sie blieb stehen und spürte eine innere Zufriedenheit darüber, ihn so betrachten zu können, bevor er sie entdeckt hatte. Sie nahm den Anblick seines geraden, starken Rückens und seiner muskulösen Schultern in sich auf. Er trug ein weißes Oxfordhemd und blaue Jeans. Und seine Brille. Diese coole Brille.

Die Luft war feucht und stickig, und als sie weiter in die Bar ging, fühlte es sich an, als legten sich Tausende Wassertröpfchen auf ihre Haut. Erst als sie fast an seinem Tisch angekommen war, drehte er seinen Kopf zu ihr, und sie hatte sich hingesetzt, bevor er aufstehen konnte. Eine Umarmung war undenkbar, nach allem, was passiert war. Vor Gericht schüttelten sie sich immer die Hand, aber hier, wo sie nur zu zweit waren, fühlte es sich falsch an. Es würde zu wehtun. Sie nickte ihm kurz zu.

»Hej«, sagte er.

»Hej.«

Seine Bartstoppeln sahen dunkler aus als sonst. Seine Haare waren genau richtig gestylt, um nicht zu geleckt auszusehen, und plötzlich dachte sie daran, wie wild sie ausgesehen hatten, als sie nach ihrer morgendlichen Schwimmrunde wieder getrocknet waren.

»Kommst du direkt aus dem Büro?«, fragte er.

Sie erinnerte sich daran, wie sich sein Haar unter ihren Fingern angefühlt hatte. Rau und dicht. Und sein wunderbarer Duft. Sie meinte, ihn zu vernehmen, und wollte nichts mehr, als sich näher zu ihm hinzubeugen und den Duft aufzusaugen. Sie dachte daran, wie seine Haut geschmeckt hatte. Die Gedanken führten sie zurück zu ihrer letzten gemeinsamen Nacht, als sie wieder und wieder gekommen war …

Sein Räuspern unterbrach ihre Gedanken. »Kommst du direkt aus dem Büro?«

Sie nickte.

»Aber du hattest jetzt hoffentlich keinen Stress wegen des Treffens?«

»Nein, nein, ich hatte das meiste bereits fertig.«

»Du hast so rosige Wangen, als ob du schnell zu Fuß gegangen wärst.«

Sie legte eine Hand an ihre Wange. »Nein, das ist, weil …«

Sie unterbrach sich, konnte die Röte nicht erklären, nicht jetzt. »Es war heute viel los im Büro.«

Ignacio nickte einem Kellner zu. Sie brauchte etwas Erfrischendes und bestellte einen Roséwein. Der Kellner verschwand in Richtung Bar.

»Arbeitest du noch immer am Fall?«

»Ja, aber Oscar steht in der ersten Reihe.« Sie rollte die Augen.

»Wie kommt das? Hat er den Fall übernommen?«, fragte Ignacio und reichte dem Kellner, der ihr den Wein gebracht hatte, seine Kreditkarte.

Sie sah ihn lange an. »Meine Ausgangsposition ist zurzeit nicht die beste.«

Sein Blick verdunkelte sich. »Ich verstehe.« Er nahm einen Schluck von seinem Bier. »Ich möchte nicht wieder versuchen, mich zu erklären. Ich habe begriffen, dass du mir nicht zuhören möchtest und dass du …« Er räusperte sich langsam. »Dass du dich neu orientiert hast.« Das kam ziemlich schnell. »Aber ich möchte das Richtige tun. Deshalb bin ich hier. Ich habe Zugang zu einem anderen Bericht. Von ein paar externen Gutachtern, die die Fabrik inspiziert haben, bevor wir sie unter Vertrag nahmen.« Er zog eine braune Papiermappe aus einer Aktentasche am Boden. »Dort steht die Wahrheit. Und ich möchte, dass du das Dokument erhältst, unter einer Bedingung.« Er nahm seine Brille ab, legte sie auf den Tisch und blickte Charlotta an. »Nämlich dass ihr die Sache besser als wir handhabt, als wir Beweise von euch gestohlen haben. Ich möchte, dass du die Dokumente liest, die Informationen auswertest, mit deiner Chefin sprichst und dich dann bei Christopher wegen eines Vergleichs meldest.«

Was schlug er da vor? Sie schüttelte den Kopf. »Ich glaube, niemand ist mehr an einem Vergleich interessiert.«

»Glaube mir, das, was dort steht, wird Gaia dazu bringen, sich auf einen Vergleich zu euren Bedingungen einzulassen. Egal welche. Sprich mit Christopher.«

Stumm saß sie da. »Ich kann als Anwältin nicht direkt mit Christopher Ek sprechen, das muss über Karl Helmersson laufen.«

»Okay, dann eben mit Karl.«

Ganz langsam drang der Inhalt seiner Worte zu ihr durch. Stimmte das wirklich, was er da sagte? »Wie bist du da rangekommen?«, fragte sie.

»Darauf kann ich nicht antworten. Und du darfst auf keinen Fall verraten, dass du die Infos von mir hast. Was ich gerade tue, ist alles andere als korrekt, aber es ist meine Art, das wiedergutzumachen, was ich vorher verbockt habe. Meine Art, meinen Prinzipien gerecht zu werden.« Er verstummte und sah nachdenklich aus dem Fenster.

Sie folgte seinem Blick. Obwohl es einer der hellsten Tage des Jahres war, lag die Stadt im Dämmerlicht. Auf der anderen Seite der Bucht glitzerten die Lichter der Skeppsbron und erhellten das Grau.

»Es ist meine Art, Gaia zu retten«, fuhr er fort.

Sie nickte. »Danke.«

»Ich hoffe, du respektierst meinen Wunsch, wie mit dem Beweis umgegangen werden soll.«

»Selbstverständlich.«

Als er Anstalten machte, sich zu erheben, machte ihr Körper sich selbstständig. Ihre Hand fuhr nach vorne, landete auf seinem Unterarm, und er hielt in seiner Bewegung inne. Blieb sitzen und sah sie fragend an.

»Ich wollte dir nur sagen, dass an diesem Morgen, als du vorbeigekommen bist, da … da …« Sie verstummte, um Gedanken und Worte zu ordnen. »Ich hatte nichts mit dem Typen. Das war nur ein Kollege, der nicht allein sein wollte. Ich habe ihn auf meinem Sofa schlafen lassen.« Mit geschlossenen Augen atmete sie ein. »Ein paar Stunden zuvor hätte ich mir vorstellen können, die Nacht mit ihm zu verbringen.« Schnell atmete sie wieder aus. »Ich dachte, ich könnte dich dadurch aus meinem Kopf verbannen, aber …« Sie sah ihn an. »Aber ich konnte es nicht, ich konnte nicht mit ihm zusammen sein. Mir wurde klar, dass auch eine Nacht mit ihm nicht dazu führen würde, dass ich dich vergesse.« Du bist der Einzige, mit dem ich zusammen sein will, hätte sie am liebsten gesagt.

»Du musst mir nichts erklären, wir waren ja kein Paar. Du warst mir zu nichts verpflichtet. Vor allem nicht, nachdem ich dir das angetan hatte.«

»Ich weiß.« Sie schluckte. »Aber ich möchte es trotzdem sagen. Weil ich weiß, dass ich furchtbar traurig gewesen wäre, wenn ich erfahren hätte, dass du bei einer anderen Frau gewesen wärst. So kurz danach.«

Er nickte. »Und ich möchte, dass du weißt, dass ich an jenem Abend in deiner Wohnung nicht nach Beweisen gesucht habe. Ich habe das Dokument nur das eine Mal im Frühling gesehen, als wir uns das erste Mal im Riddaren begegnet sind. Als ich bei dir zu Hause war, dachte ich, dass Helmersson den Beweis schon längst vernichtet hätte. Doch er hat ihn verwendet, ohne meine Zustimmung.«

»Okay.« Sie nickte.

»Es war idiotisch von mir, ihm das Foto zu schicken. Ich war naiv genug zu glauben, dass er auf mich hören und es nicht ohne meine Erlaubnis nutzen würde. Aber damit habe ich falschgelegen. Es tut mir so unglaublich leid, dass ich dich in diese Situation gebracht habe.« Er wies auf die Mappe. »Ich hoffe, das hier ist eine Form von Wiedergutmachung.« Er stand auf und nahm seine Aktentasche. »An deiner Stelle würde ich es für mich behalten und keinem meiner ehrgeizigen Kollegen davon erzählen. Es ist dein Fall, Charlotta. Lass nicht zu, dass jemand ihn dir wegnimmt.«

Die Atmosphäre zwischen ihnen war wie ein Hochspannungsfeld, das sich durch jede noch so kleine Bewegung veränderte. Er beugte sich hinunter und küsste sie leicht auf die Wange. Eine Sekunde schien er zu zögern, als überlege er, sie zu umarmen. Alles um sie herum vibrierte. Dann richtete er sich wieder auf und ging durch die Bar davon, weg von ihr. Und die Atmosphäre normalisierte sich wieder.

42

Charlotta verbrachte das Wochenende damit, das Material durchzugehen. Doch am Montag war Ebba noch immer nicht zurück, und als Charlotta ihr mailte und mitteilte, dass sie etwas Wichtiges zu besprechen habe, lud Ebba sie kurzerhand zu sich nach Hause ein.

»Danke, dass du vorbeigekommen bist.« Ebba strich eine unsichtbare Falte auf ihrer Bluse glatt und setzte sich auf dem Sofa zurecht. »Wir vermeiden, uns einen Babysitter zu nehmen, wenn die Kinder krank sind. Wir sind ja sowieso schon so wenig zu Hause.«

»Kein Problem. Wir können uns genauso gut hier treffen.« Aus dem angrenzenden Zimmer war das Weinen eines Kindes zu hören.

»Warte einen Moment. Ich versuche, sie wieder zum Einschlafen zu bringen.« Während Ebba nebenan war, bewunderte Charlotta das riesige Wohnzimmer.

Ebbas Wohnung lag in der Linnégatan, einen Steinwurf vom Östermalmstorg entfernt, und war bestimmt viermal so groß wie Charlottas Zweizimmerwohnung. Eine Wohnung aus der Zeit der Jahrhundertwende mit einer Eleganz, die man sonst nur auf den Webseiten exklusiver Maklerbüros sah. Die moderne geradlinige Einrichtung in dunklem Holz betonte die Originaldetails der Wohnung wie die schönen Stuckelemente und spiegelte Ebbas Persönlichkeit wider: eigenwillige Eleganz.

Ein paar Minuten später war Ebba zurück, diesmal mit einem verweinten Mädchen auf dem Arm. Die Kleine hatte ihre Hand bis auf den Daumen im Mund und lehnte sich an Mamas Brust.

»Ich hoffe, du hast nichts gegen eine weitere Gesprächsteilnehmerin? Sie hat mich nicht aus dem Zimmer gehen lassen.« Ebba lächelte. Den zärtlichen Blick, mit dem sie ihr Töchterchen aufs Haar küsste, hatte Charlotta noch nie bei ihr gesehen. Dann betrachtete Ebba sie mit ihrem normalen Blick. »Du bist also auf etwas Vielversprechendes gestoßen?«

Charlotta nickte und lächelte das kleine Mädchen an, dessen Augen vom Fieber und von den Tränen glänzten. Sie nahm die Mappe aus der Tasche und reichte Ebba den ersten zusammengehefteten Papierstapel.

Ebba sah auf das oberste Blatt, und ihr Gesicht nahm einen erstaunten Ausdruck an. »Aber das ist ja ein ganz anderer Bericht!«

Charlotta nickte. »Man hat eine Überprüfung durch Dritte durchführen lassen. Von einer unabhängigen Beratungsfirma.«

Ebba überflog die ersten Seiten und sah dann Charlotta an. »Hier steht klar und deutlich, dass man Gaia stark davon abrät, seine Produktion in diese Fabrik zu verlegen.« Sie las laut vor: »Da das Gebäude und die Sicherheitsvorkehrungen so mangelhaft sind, dass keine Produktion dort stattfinden sollte, wird Gaia stark davon abgeraten, seine Produktion in die Fabrik zu verlegen.« Sie sah zu Charlotta. »Wusste das Unternehmen nichts davon?«

»Doch. Zumindest einer von Gaia muss es gewusst haben, aber vermutlich hat er niemanden darüber informiert. Hier ist ein Mailwechsel zwischen dem damaligen Finanzchef des Unternehmens, Vincent Rask, und den Inspektoren. Der Bericht ist angehängt, und sie fragen, an wen sie das Original schicken sollen, doch er antwortet ihnen, dass ihm die Mail reicht.« Sie reichte Ebba den Ausdruck des Mailwechsels. »Die Mail wurde gelöscht, und der Originalbericht verblieb in Brasilien. Die Berater unterliegen der Schweigepflicht, aber jetzt hat eine Person bei Gaia den Bericht angefordert, er ist auf dem Weg nach Schweden.«

»Das Original?«

»Jawohl.«

Ebba sah sie begeistert an. »Das Unternehmen hat also ein externes Beratungsbüro um eine Inspektion gebeten, war mit dem Resultat nicht zufrieden und hat es vertuscht.«

Das kleine Mädchen nahm die Hand aus dem Mund und wollte nach dem Papier greifen.

»Nein, Filippa. Das sind Mamas Arbeitssachen.« Ebba legte die Papiere in sicherem Abstand auf den Tisch.

»Und das ist noch nicht alles. Es gibt auch noch Mails, aus denen hervorgeht, dass die Fabrik den Ansprechpartner bei Gaia, also Vincent Rask, über die Probleme mit der Elektroanlage informiert und gemeldet hat, dass sie die Fabrik vorübergehend schließen und somit auch die Produktion stoppen müssten, um den Defekt zu beheben. Doch Rask hat damit gedroht, den Vertrag aufzulösen, sollte die Produktion pausieren.«

Ebba sah Charlotta an. »Das ist ja unglaublich. Bessere Beweise gibt es nicht.« Sie lachte und küsste ihre Tochter wieder aufs Haar, die entzückt lächelte. »Das ist großartig, Charlotta! Das rettet unseren Fall. Gaia hat von alledem gewusst und trägt die Verantwortung. Für alles.«

Charlotta nickte. »Dass Gaia der Fabrik befohlen hat, trotz des Defekts weiterzuarbeiten, zeigt ja ganz deutlich, was für einen großen Einfluss Gaia hatte. Außerdem haben sie tatsächlich alles gewusst.« Sie lächelte, dann erinnerte sie sich an Ignacios Bedingung. »Ich habe diese Dokumente von jemandem erhalten, der wollte, dass die Wahrheit ans Licht kommt, allerdings unter der Bedingung, dass wir ein Treffen mit Gaia vereinbaren, um einen Vergleich zu erzielen. Bevor wir die Information dem Gericht zur Verfügung stellen.«

»Das klingt logisch. Es wäre für Gaia fatal, wenn die Dokumente an die Öffentlichkeit gelangten. Wir müssen ihnen eine Chance geben, die Sache aufzuklären. Ich finde, es ist höchste Zeit für einen Vergleich. Wir haben bereits jetzt ungeheure Aufmerksamkeit erlangt. Aber unsere Bedingung muss sein, dass wir bekanntgeben dürfen, dass sich Gaia auf einen Vergleich einlässt, damit öffentlich wird, dass wir gewonnen haben. Mit diesen Dokumenten werden sie sich auf alles einlassen. Sie können nicht länger leugnen, dass sie die volle Verantwortung tragen.« Ebba schüttelte den Kopf, als könne sie es noch gar nicht glauben. Filippa war auf ihrem Arm eingeschlafen, und die nasse Hand des Kindes hatte einen Fleck auf Ebbas Jeans hinterlassen. »Du und Oscar müsst sofort ein Treffen mit Helmersson arrangieren. Oh, ich wünschte, ich könnte sein Gesicht sehen, wenn er diese Dokumente in die Finger bekommt.«

»Apropos Oscar.« Charlotta atmete tief ein. »Ich habe mir gedacht, ich treffe Helmersson allein. Ohne Oscar.« Sie sagte es schnell, damit sie es sich nicht noch anders überlegte.

»Okay. Aber Oscar hat sich in der letzten Zeit ganz schön in den Fall hineingekniet. Ist das fair?«

Charlotta schluckte. »Es ist fair. Ich habe von Anfang an mit dem Fall zu tun gehabt, und Oscar hat sich überhaupt nicht in die Sache hineingekniet. Ich habe die ganze Arbeit gemacht, auch jetzt zum Schluss. Oscar hat mich gebeten, alles zu schreiben und zu analysieren. Sogar die letzte Stellungnahme.«

Ebba blickte sie schweigend an.

»Ich kann es im Dokumentationssystem nachweisen. Überall steht mein Name.«

»Ich glaube dir.« Ebba seufzte. »Ich hatte nur gehofft, dass Oscar nicht so einer ist, obwohl ich schon die Befürchtung hatte. Nun, das ist nicht dein Problem.« Sie nickte langsam.

»Ich werde mit Oscar über Gaia sprechen.«

»Ist schon in Ordnung. Ich kann das übernehmen.«

»Bist du sicher?«

»Ja, ich bin sicher.«

Ebba begleitete sie in den Flur. Gerade, als sie zur Tür gehen wollte, berührte Ebba sie am Oberarm. »Richtig gute Arbeit hast du da geleistet, Charlotta. Und es freut mich so zu sehen, wie du aus deiner Komfortzone herauskommst und anfängst, dich zu wehren. Vermutlich hast du genau das gebraucht. Du bist eine begabte Juristin, aber um Erfolg zu haben, muss man etwas wagen und manchmal die anderen in die Schusslinie bringen. Und außerdem hast du dein Missgeschick auf ziemlich elegante Weise wieder in Ordnung gebracht.«

»Mithilfe der Dokumente, die ich erhalten habe.«

»Genau, und das bedeutet, es gibt jemanden, der dir helfen möchte. Du hast genug Demut gezeigt, dass Menschen dir helfen wollen, was eine Menge bedeutet. Man kann sich nicht aus jeder Klemme allein befreien.«

Karl Helmersson klang skeptisch, als Charlotta ihn anrief, um ein Vergleichsgespräch vorzuschlagen. Mürrisch erinnerte er sie daran, wie das letzte Gespräch geendet hatte. Als ob sie vergessen hätte, wie sich Christopher Ek beinahe auf Svante gestürzt und dann wutentbrannt den Raum verlassen hatte. Er wies auch darauf hin, dass die Verhandlungen eigentlich beendet seien und sie nun auf die Reaktion des Gerichts warteten. Als sie erklärte, dass er sicher die Dokumente sehen wolle, bevor sie allzu viel Schaden anrichteten, seufzte er schwer und erklärte, dass er sich mit seinem Mandanten beraten wolle. Zehn Minuten später mailte Helmersson Terminvorschläge für den darauffolgenden Vormittag.

Später suchte sie Oscar in seinem Büro auf. Wie immer war auf seinem Bildschirm die Webseite der Abendzeitung zu sehen. Er bemühte sich nicht einmal, sie wegzuklicken, sondern blickte Charlotta nur müde an, während er die Überschriften hinunterscrollte. »Hast du die Liste mit den Patentrechtsklagen erstellt?«

»Nein, aber ich habe ein Vergleichsgespräch mit Gaia anberaumt.«

Seine Hand erstarrte. »Warum denn das? Warum sollten sie sich plötzlich auf einen Vergleich einlassen?«

»Die Umstände haben sich verändert.«

Oscar stand auf und ging auf sie zu. »Welche Umstände? Und warum weiß ich davon nichts?«

»Ich habe darüber mit Ebba gesprochen.«

»Alles in diesem Fall muss über mich laufen.«

»So? Ich dachte, Ebba sei Kanzleipartnerin und Chefin der Abteilung für Prozessführung. Als ich das letzte Mal nachgesehen habe, warst du nur Senior Associate. Genau wie ich. Und es ist mein Fall, also geht wohl eher alles zuerst über mich.«

Oscar sagte nichts.

»Wie auch immer. Im Auftrag von Ebba habe ich ein neues Vergleichsgespräch mit Helmersson vorgeschlagen.«

»Okay, okay.« Oscar nickte und begann im Raum hin und her zu gehen. »Und was sind das für neue Umstände?«

»Das teile ich nur denjenigen mit, die noch in den Fall involviert sind.«

»Was meinst du damit?« Oscar schüttelte heftig den Kopf. »Hör auf, unverständlichen Blödsinn zu reden.«

»Ich meine, dass ich ab jetzt die Klage übernehme. Natürlich mit Ebba als verantwortlicher Partnerin, aber ansonsten allein.«

»Was meinst du? Das hier ist mein Fall.«

»Nein, Oscar. Es ist mein Fall. Ich habe die ganze Arbeit gemacht. Ohne mich wäre nichts aus dem Fall geworden.«

»Aber ich werde unsere Kanzlei retten. Ich habe eine Stellungnahme zu einer möglichen Berufung vor dem Oberlandesgericht geschrieben.«

»Nein, ich habe sie geschrieben. Du hast ›und‹ durch ›sowie‹ ersetzt und einen Gesetzeshinweis hinzugefügt, der falsch war. Und jetzt, wo ich neues Beweismaterial habe, wird die Stellungnahme auch nicht mehr gebraucht.«

Ohne ihr zuzuhören, fuhr Oscar wutentbrannt fort: »Ich habe nach deinem fatalen Misserfolg die Scherben zusammengekehrt. Alle wissen doch, dass du dich so ungeschickt angestellt hast, dass Beweise in die falschen Hände gerieten. Ich habe mich gestern mit Svante getroffen, er hat Vertrauen zu mir. Ohne mich hätte die Kanzlei vollständig ihr Ansehen verloren. Du bist doch total unfähig. Möchtest du etwa die Kanzlei noch lächerlicher machen? Ist das dein Plan?«

»Svante hatte ein Treffen mit *mir*, du warst nur dabei. Und das Einzige, was du bei dem Treffen gesagt hast, war das, was ich dir empfohlen hatte zu sagen. Wie meinst du das, du hättest das Ansehen der Kanzlei gerettet? Weil du geredet hast, ohne dich zu verhaspeln?«

In diesem Moment sah sie ihn als den, der er war: ein Mann, der Angst davor hatte, dass seine fachlichen Mängel plötzlich sichtbar werden würden. Und sie sah sich selbst als die, die sie war: eine Frau, die einen Platz in dieser Kanzlei hatte und bald einen bedeutenden Vergleich durchsetzen würde. Sie hatte ihm immer neue Chancen gegeben zu zeigen, dass er nicht das große Arschloch war, für das sie ihn hielt, doch er strengte sich immer weiter an, so wenig wie möglich zu tun, indem er sie ausnutzte. Und sie hatte das viel zu lange zugelassen. Dass sie ihm so viele Chancen gegeben hatte, war teilweise ihr eigener Fehler, aber dass er so ein Mistkerl war, war ausschließlich seine Schuld. Es störte sie, dass er anscheinend nach wie vor der Meinung war, er sei der Star der Kanzlei. Dass er außerdem versuchte, sie als diejenige darzustellen, die Fehler beging und ihn schlecht behandelte, war einfach zu viel.

Sie atmete tief ein. »Weißt du was? Du tust mir leid.«

»Ich?« Oscar sah sie an, an sei sie verrückt geworden.

»Ja. Du musst große Angst davor haben, entlarvt zu werden. Es ist bestimmt nicht leicht, sich immer zu verstellen. Ich vermute, deshalb benimmst du dich ständig wie ein Mistkerl, um zu vertuschen, wie faul du bist. Wie fühlt es sich eigentlich an, so inkompetent zu sein?«

»Wovon sprichst du eigentlich? Wenn hier jemand inkompetent ist, dann ja wohl …«

»Hör zu, Oscar. Der Einzige, der hier inkompetent ist, bist du. Ich habe alle Arbeiten in der Kanzlei für dich erledigt, seit du hier angefangen hast, weil du anscheinend nichts hinbekommst.« Sie holte tief Luft. »Du hast mir gedroht und mich unterdrückt, aber das zieht nicht. Ich scheiß auf deine Drohungen. Deine Versuche, mich zu manipulieren, funktionieren nicht mehr.« Ihre Stimme war leise, und sie sprach langsam, vor allem, weil sie befürchtete, ihr Zorn würde sich verselbstständigen und in einen Wutschrei münden. Wie befreiend ein unkontrollierter Schrei auch gewesen wäre, sie musste ihm klar und deutlich sagen, was sie dachte. Sie brauchte einen Abschluss. »Drei verdammte Jahre lang habe ich dein Verhalten geduldet und dich gedeckt. Aber damit ist jetzt Schluss. Dass du ein schlechter Anwalt bist und während der Arbeitszeit nur im Internet surfst, während du andere deine Arbeit tun lässt, ist nicht mein Problem. Es wird Zeit, dass du dich in der Kanzlei endlich mal anstrengst, deine eigenen Fälle im Griff hast und aufhörst, mir meine wegzunehmen.«

»Das ist nicht wahr. Ich ziehe massenweise Fälle für die Kanzlei an Land, ich …«

»Weißt du, das kannst du jemandem erzählen, den es interessiert, ich habe leider keine Zeit. Ich habe keine Zeit für unverschämte, inkompetente Männer. Ich muss mich um einen Vergleich kümmern.«

Helmerssons Büro lag nur einen Steinwurf von Svärdh & Partner entfernt. Alle größeren Stockholmer Anwaltskanzleien lagen in einem Umkreis von einigen hundert Metern. Das war praktisch, aber auch irritierend. Man gelangte schneller von einem Meeting ins nächste, als Oscar einen Hefezopf aufaß, aber es bedeutete auch, dass man jederzeit dem Anwalt der Gegenseite begegnen konnte, denn alle besuchten dieselben Lunch-Restaurants und kauften ihren Kaffee an derselben Straßenecke.

Der Eingangsbereich der Kanzlei war gediegen eingerichtet, mit Mahagonipaneelen und dicken Ledersesseln. Charlotta fühlte sich an alte englische Anwaltskanzleien und exklusive Herrenclubs erinnert. Nachdem Helmersson aus der großen, renommierten Kanzlei ausgetreten war, wo er vorher Partner gewesen war, hatte er sich selbstständig gemacht und alle Mandanten mitgenommen, für die er gearbeitet hatte. Gerüchte besagten, dass er mit der Gewinnverteilung innerhalb der Großkanzlei unzufrieden gewesen sei. Seiner Ansicht nach war der Gewinn zu gleichmäßig verteilt worden, dabei hatte er selbst fast doppelt so viel eingebracht wie andere Partner. Einen von ihnen hatte er mitgenommen, und zusammen mit fünf weiteren angestellten Juristen bildeten sie eine von Schwedens angesehensten Kanzleien für Zivilrecht.

Sich selbstständig zu machen hatte sich offenbar gelohnt, dachte Charlotta, als sie sich auf dem cognacfarbenen Ledersofa niederließ. Sie hatte ein ähnliches Sofa im Schaufenster des Stockholmer Auktionshauses gesehen, wo es zum Preis eines besseren Gebrauchtwagens angeboten wurde. Offenbar war es direkt aus der Fabrik des dänischen Möbeldesigners gekommen, denn das Leder glänzte wie neu, und nicht eine Spur von Abnutzung war zu erkennen. Sie nahm die Dokumente aus ihrer Tasche und ging den Vertrag, den sie am Vorabend geschrieben hatte, noch einmal durch.

Kurz vor Mitternacht hatte sie Helmersson den Vergleichsvertrag geschickt. Die harten Bedingungen mussten ein Schock für ihn gewesen sein. Doch noch hatte er das Treffen nicht gecancelt. Vermutlich wollte er wissen, was sie dazu brachte, einen Vertrag mit deutlich schärferen Bedingungen zu schicken, als sie jemals diskutiert hatten. Vielleicht glaubte er, dass Charlotta durch die vielen Überstunden, die sie machte, inzwischen den Verstand verloren hatte.

Noch einmal las sie die Punkte durch. Dann erneut.

Zehn Minuten waren vergangen.

Wahrscheinlich saß Helmersson mit Christopher Ek zusammen, möglicherweise auch mit Ignacio, um die Konditionen zu besprechen und sich auf eine Strategie zu einigen.

Nach weiteren zehn Minuten war sie davon überzeugt, dass man sie nervös machen wollte. Aber sie hatte die besten Voraussetzungen in der Geschichte der Zivilklagen, was einen Vergleich betraf. Es war unmöglich zu scheitern, und sie brauchte nicht nervös zu werden.

»Jetzt hat Herr Helmersson Zeit, Sie zu empfangen.« Die Stimme der Empfangsdame durchbrach die Stille.

Sie folgte der mageren Frau durch einen dunklen Korridor bis zu einem Konferenzraum mit den gleichen dunklen Holzpaneelen wie im Eingangsbereich. Die Zwischenräume zwischen den Quadraten waren dunkelblau gestrichen. Eine autoritäre Farbe. Helmersson wartete schon an der Tür und schüttelte ihr die Hand. Der Anwalt schien vor ihr zu wachsen, als beuge er sich über sie. Christopher Ek stand auf und begrüßte sie ebenfalls mit Handschlag. Ignacio war nicht da.

Sie setzte sich auf einen Stuhl an der einen Schmalseite des Tischs, dessen Platte aus Walnussholz von kleinen Tischlampen beleuchtet wurde, die an Öllampen erinnerten. An Helmerssons Platz lag der ausgedruckte Vertrag, mit einem roten Tintenstrich quer über der ersten Seite.

Er beugte sich über den Tisch, um ihr so nahe wie möglich zu kommen. »Und heute sind nur Sie hier?«

»Genau. Ich vertrete Mendicino allein.«

»Dann erlaube ich mir, das kleine Fräulein zu fragen, was zum Teufel das hier darstellen soll.« Er hielt den Vertrag hoch. »Wenn Sie auch nur eine Sekunde glauben, dass wir darauf eingehen werden, dann sind Sie nicht bei Verstand. Weiß Ebba überhaupt, dass Sie hier sind?«

»Ich bin zwar die Verantwortliche für den Fall bei Svärdh & Partner, aber …« Langsam atmete sie ein. »Aber ja, sie weiß, dass ich hier bin.«

»Okay. Lassen Sie hören. Es wird Ihre einzige Chance, mir zu erzählen, warum wir auch nur erwägen sollten, uns diese wahnwitzigen Bedingungen anzusehen. Dann könnt ihr jede Art von Vergleich vergessen.«

Charlotta holte die Mappe aus ihrer Tasche. »Der Grund, warum wir heute hier sind, ist die Tatsache, dass wir Zugang zu einem Bericht erhalten haben, der klar und deutlich zeigt, dass Gaia die Verhältnisse in der Fabrik bekannt waren.«

»Geben Sie mal her.« Helmersson wedelte irritiert mit der Hand.

Sie schob den Papierstoß zu ihm hinüber.

Karl Helmersson las die Dokumente, ohne eine Miene zu verziehen. »Diesen Bericht haben wir noch nie zuvor gesehen. Warum sollte er uns beunruhigen?«

»Weil er per Mail an Sie gegangen ist, an einen gewissen Vincent Rask, die Person, die für den Kontakt mit der Fabrik verantwortlich war.«

Ohne zu antworten las Helmersson weiter im Dokument. »Und wie wollt ihr das Gericht dazu bringen, sich das anzusehen?«, fragte er nach einer Weile. »Wenn Sie sich mit Prozessrecht auskennen, sollten Sie wissen, dass Beweise vor einer bestimmten Deadline eingereicht werden müssen, damit das Gericht sie berücksichtigen kann.«

»Wir haben einen triftigen Grund für diesen Beweis, nämlich, dass Gaia über alles informiert war. Und der Grund, warum wir den Bericht nicht früher erwähnt haben, ist der, dass die Gegenseite ihn zurückgehalten hat. Sie kennen sich vermutlich auch mit Prozessrecht aus, also sollten Sie wissen, dass das Gericht aus diesem Grund den Beweis in Betracht ziehen wird. Andernfalls werden wir Berufung vor dem Oberlandesgericht einlegen, und wenn wir uns dort nicht auf den schriftlichen Beweis berufen dürfen, dann werden wir Gaia ergänzende Fragen stellen und den Bericht vorzeigen. Außerdem haben wir hier einen äußerst interessanten Mailwechsel.« Sie schob Helmersson die Ausdrucke der Mails zwischen Vincent Rask und der Fabrik aus den Tagen vor dem Unglück hinüber. Der Anwalt überflog sie und gab den Stoß dann an Christopher Ek weiter. Das Gesicht des Geschäftsführers wurde bleich.

Helmersson und Ek tauschten einen Blick, dann sah der Anwalt sie mit ernstem Blick an. »Und welche Bedingungen im Vergleichsvorschlag könnten Sie sich vorstellen zu lockern? Ich denke vor allem an den Betrag.«

»Leider keine. Sie können sich entscheiden zwischen dem, was im Vergleichsvertrag steht, den ich Ihnen im Übrigen geschickt habe, und einer Klage vor dem Oberlandesgericht, wo alle Dokumente öffentlich gemacht werden. Etwas, worauf sich die Presse stürzen wird.«

Wieder sah Helmersson Christopher Ek an und nickte dann. »Wir müssen nachdenken und uns beraten. Wir melden uns.«

Charlotta nickte und erhob sich. »Ich finde selbst den Weg hinaus.«

43

Sie rollten geschmeidig über den glatten Asphalt. Mit jedem Schwung der Stöcke erhöhte sich das Tempo ihrer Rollski. Auf der Schlussgeraden gab Ignacio noch einmal alles und erreichte das Ziel mit zehn Metern Abstand vor Christopher.

»Warum habe ich mich eigentlich auf diese Verrücktheit mit dir eingelassen, kannst du mir das sagen?«, keuchte Christopher.

»Weil du mich nächstes Jahr im Vasalauf besiegen willst. Und es dauert noch einige Monate, bis Schnee liegt.«

Christopher holte eine Wasserflasche aus seinem Rucksack und trank zwischen seinen keuchenden Atemzügen.

»Zu viel Whisky in der letzten Zeit?«, fragte Ignacio.

Christopher schüttelte den Kopf und schluckte das Wasser hinunter. »Ich konnte heute Nacht nicht schlafen. Zum ersten Mal in meinem Leben habe ich Schlafprobleme. Ich habe an Gaia und an Nachhaltigkeitsfragen gedacht. Die ganze verdammte Nacht.«

»Ihr habt wohl keine andere Wahl, als euch mit den Arbeitern zu einigen?«

»Nein, das hat inzwischen sogar der Vorstand begriffen. Aber das ist nicht der Grund meiner Grübeleien. Ich frage mich, wie zum Teufel wir es schaffen können, dass Gaias Ruf keinen Schaden nimmt. Laut Vergleichsvertrag sollen wir unsere Verantwortung öffentlich anerkennen.«

»Ich hätte eine Idee, wie ihr Gaias Ruf wiederherstellen, wenn nicht sogar verbessern könnt.«

Christopher sah ihn aufmerksam an. »Du arbeitest doch gar nicht mehr bei uns. Warum sollte ich dir glauben?«

Am Tag nach dem Vergleichsgespräch hatte Ignacio gekündigt. Er hatte das Seinige getan. Außerdem hatte er hinter dem Rücken der Unternehmensführung gehandelt. Es würde sich nicht richtig anfühlen, zu bleiben, auch wenn sein Handeln zu Gaias Bestem gewesen war.

»Ihr geht mit der Mitteilung an die Presse, dass Gaias aktuelle Führungsspitze keine Ahnung hatte von den Verhältnissen in der Fabrik, aber dass einem ehemaligen Angestellten die Mängel bekannt waren. Ihr sagt, dass die Arbeiter mehr Entschädigung erhalten haben, als sie vor Gericht verlangt hätten, und dass ihr vorhabt, Gaia Facile abzuwickeln, indem ihr das Kapital der Marke umwandelt in die Gründung einer Wohltätigkeitsorganisation. Der Fokus dieser Organisation liegt auf Investitionen im Bereich Bildung und Entwicklungsprojekte. Unter anderem in Bolivien, aber auch in anderen Ländern.«

»Wir wickeln Gaia Facile ab?«

»Vergiss nicht, dass Facile schon länger nicht mehr gut gelaufen ist. Vincent hat getan, was er konnte, um die Marke zu retten. Billige Kleidung ist nicht billig, denn irgendjemand zahlt immer den Preis, nämlich die Armen. Außer dieses Mal. Diesmal übernimmt das ein ziemlich reicher vierzigjähriger Unternehmensleiter, der im Schneckentempo auf seinen Langlaufskiern unterwegs ist.« Ignacio zwinkerte ihm zu. »Aber wenn ihr diesen Unternehmenszweig abwickelt und auf Wohltätigkeit setzt, geht ihr in der gesamten Branche mit gutem Beispiel voran und tut das, was alle tun sollten.« Er nahm die Sonnenbrille ab und sah ihn an. »Auf diese Weise geht Gaia als Gewinner hervor.«

Ignacio versuchte Christophers Gesichtsausdruck zu deuten, was durch die Sonnenbrille jedoch nicht möglich war.

»Plötzlich fällt mir wieder ein, warum ich dich damals eingestellt habe. Und du würdest auch dann nicht bleiben wollen?« Er legte eine Hand auf Ignacios Schulter. »Du weißt, dass du dann Finanzchef werden könntest.«

»Leider nein. Ich habe andere Pläne. Außerdem habe ich schon meinen ersten Kunden.« Bereits am Tag seiner Kündigung hatte er den Finanzchef der Konkurrenz aufgesucht, den Mann, der ihn im Frühling kontaktiert hatte, und ihm seine Dienste als Berater angeboten. Außerdem hatte er am gestrigen Abend lange mit David Miller von Greeny gesprochen und den Auftrag erhalten, einen passenden europäischen Partner für die Zusammenarbeit mit der amerikanischen Kette zu finden. Der Sommer würde hektisch werden.

»Aber ich kann meine Dienste anbieten«, fuhr er fort. »Als Berater. Und dann werde ich ausschließlich nach meinen eigenen Prinzipien arbeiten.«

»Klingt, als sei Gaia dein zweiter Kunde.« Christopher reichte ihm die Stöcke. »Morgen Vormittag möchte ich einen ersten Entwurf der Pressemitteilung sehen.«

Ignacio hob die Augenbrauen. »Als ich das letzte Mal in der Abteilungsleitersitzung saß, hatte Gaia eine Kommunikationschefin.«

»Seit wann lehnen Berater Aufträge ab? Ich verspreche, dich ordentlich zu bezahlen.« Christopher nahm die Sonnenbrille ab. »Ich habe vielleicht noch eine kleine Sache für dich. Etwas, worüber ich gerade nachdenke und was ich irgendwann dem Vorstand präsentieren möchte. Es ist ein Geschäftsplan für übernächstes Jahr. Ich möchte ihn einen bahnbrechenden Geschäftsplan nennen, aber lass uns nächste Woche in Ruhe darüber reden.«

»Jetzt machst du mich neugierig.«

Christopher sah ihn verschmitzt an. »Okay, ich kann schon einmal etwas andeuten, vielleicht setzt das ein paar Gedanken bei dir in Gang«, fuhr Christopher fort und nahm die Stöcke wieder an sich. »Ich habe mich gefragt: Ist es überhaupt sinnvoll, dass wir ständig so viel Geld verdienen? Dass wir immer nach höheren Gewinnen streben, jahraus und jahrein? Ich möchte Gaia umformen zu etwas, das wirklich nachhaltig ist.«

»Das klingt sehr, sehr spannend. Aber ich würde es keine kleine Sache nennen.«

»Was Aufträge betrifft, hast du vermutlich für die nächsten Jahre ausgesorgt.« Christopher lächelte breit und setzte die Sonnenbrille wieder auf.

»Alles Liebe zum Mittsommerfest.« Charlotta prostete erst Dessie und dann Carl-Adam mit ihrem Wasserglas zu. Es war der Freitag vor dem Mittsommerwochenende. Alle drei hatten in den letzten Wochen hart gearbeitet, und Carl-Adam hatte sie zu einer ausgedehnten Mittagspause überreden können. Genauer gesagt auf der Strömterrasse der Königlichen Oper, wo sie ihren Krabbensalat einnahmen und über Schloss und Brücken Richtung Gamla Stan blickten.

»Ich nehme an, mit Gaia ist es gut gelaufen, da es heute Nachmittag Sekt auf der Terrasse gibt?«, fragte Dessie und goss sich Mineralwasser nach.

»Ich habe heute Morgen per Kurier den unterschriebenen Vergleichsvertrag erhalten.«

Dessie stellte die Wasserflasche mit einem Knall auf den Tisch. »Und sie haben alle Bedingungen akzeptiert?«

»Sie baten um eine Verschwiegenheitsklausel, was den Betrag angeht, aber sonst alles, ja.« Charlotta spießte ein paar Krabben auf ihre Gabel und tunkte sie in die Aioli.

»Wie kann das denn sein?«

»Man könnte sagen, dass ich etwas gefunden habe, was es ihnen unmöglich macht, weiterhin zu behaupten, sie hätten den Zustand der Fabrik nicht gekannt.« Niemand in der Kanzlei würde jemals erfahren, warum sich Gaia auf die Bedingungen eingelassen hatte, darüber waren sich Charlotta und Ebba einig.

»Beeindruckend«, sagte Dessie nachdenklich. »Also ist Christopher Ek wirklich so unzuverlässig, wie es den Anschein hat? Ich meine, wenn er auf solch einen Vergleich eingeht, dann muss er doch etwas zu verbergen haben?« Sie nahm einen Bissen vom Essen und blickte über das Wasser, als hätte sie die Frage gestellt, ohne sich um die Antwort zu scheren.

Eigentlich sollte Charlotta nichts verraten, aber Gaia würde sicher ohnehin öffentlich machen, dass der Geschäftsführer nichts gewusst hatte. Und es stimmte ja auch, also war es sicher kein Problem, wenn sie dieses kleine Detail ihrer Freundin verriet, bevor Gaia es offiziell tat.

»Nein. Christopher Ek hat nichts von den Zuständen in der Fabrik gewusst. Er wurde von einem ehemaligen Angestellten hinters Licht geführt.«

Dessie nickte, noch immer scheinbar unberührt, dann lächelte sie kurz.

Als sie aufgegessen hatten, spazierten sie langsam zurück zur Kanzlei und genossen das Sommerwetter.

Am Eingang trafen sie auf eine langbeinige Brünette, die unsicher wirkte.

»Komme ich hier zum Empfang?«, fragte sie.

»Ja, das stimmt. Svärdh & Partner.« Carl-Adam hielt ihr die Tür auf.

»Danke.« Die Dame lächelte und trat ein. Sie meldete sich am Empfang an und fragte nach Måns Fritzson, den Partner in der Transaktionsabteilung.

»Sieh einer an«, murmelte Carl-Adam, als sie weiter zum Lichthof gingen. »Måns hat heute Morgen von einem Vorstellungsgespräch erzählt, aber ich wusste nicht, dass es sich um Karl Helmerssons Frau handelte.«

»War das Helmerssons Frau?«

»Yes. Victoria Helmersson.«

»Oder besser gesagt Ex-Frau«, fügte Dessie hinzu. »Wenn man den Gerüchten glauben soll, dann hat sie herausgefunden, dass Karl mit der Hälfte aller schwedischen Anwältinnen ins Bett geht, und ihn daraufhin gebeten, sich zur Hölle zu scheren.«

Auf der Treppe stießen sie auf Ebba, deren Miene sich erhellte, als sie Charlotta sah. »Seid ihr auf dem Weg zur Terrasse? Ich komme gleich nach, wollte nur gerade eine Freundin begrüßen!« Ebba ging eilig durch die Empfangshalle zu Victoria Helmersson und umarmte sie lange und fest.

»Richtig, Ebba und Victoria sind alte Freundinnen«, sagte Carl-Adam. »Davon habe ich schon gehört.«

»Das erklärt natürlich einiges«, bemerkte Charlotta und erinnerte sich, wie diebisch sich Ebba über Karl Helmerssons Niederlage gefreut hatte. Charlotta konnte nicht umhin, sich ebenso darüber zu freuen.

Die Versammlung auf der Terrasse der Kanzlei war wie immer gut besucht, wenn es Sekt gab. Passenderweise war Oscar ein später Termin dazwischengekommen, sodass er nicht anwesend sein konnte. Auch wenn Charlotta gerne seine Miene gesehen hätte, wenn sie zur Abwechslung einmal von den Kanzleipartnern gelobt wurde, war es eigentlich in Ordnung, dass er nicht da war. Stolz hätte sie nur überheblich gemacht.

»Wie viele von euch sicher schon gehört haben, hat sich unsere Gegenseite im Mendicino-Fall heute Morgen auf einen Vergleich eingelassen. Wir haben also nicht nur eine vielbeachtete und heiß diskutierte Klage laufen gehabt, sondern nun auch einen großartigen Vergleich erzielt, mit Konditionen, die diese Kanzlei bisher nicht gekannt hat. Und das haben wir in vollem Umfang Charlotta Kvist zu verdanken!« Ebba wandte sich an Charlotta und hob ihr Glas. »Ich möchte auf dich anstoßen, Charlotta, und dir für diesen Frühling danken. Du hast unglaublich hart gearbeitet und dich wirklich wacker geschlagen.«

Wie immer trug Ebba ein eng anliegendes Kostüm, heute in Dunkelblau mit kleinen Goldknöpfen an den Ärmeln. Charlotta wunderte sich jedes Mal, wie sie es schaffte, gleichzeitig respekteinflößend und hübsch auszusehen. Sogar zu Hause, mit einem kranken Kind auf dem Arm und Krümeln auf der Bluse, hatte sie ausgesehen, als sei sie einem Interview der Zeitschrift *Dagens Industri* entsprungen, trotz der Spuckflecken auf ihrer Jeans. Lächelnd hob Charlotta ihr Glas. Sie war nicht so selbstbewusst wie Ebba, sie strahlte nicht im selben Maße Autorität aus, aber sie war auf einem guten Weg. Der Weg war zwar kurviger gewesen als die Landstraßen in der Umgebung von Ludvika, aber sie hatte ihr Ziel fast erreicht.

»Wie erwartet hat Sören bereits Stockholm verlassen und befindet sich gerade in seinem Strandhaus außerhalb von Nizza«, fuhr Ebba fort. Vereinzeltes Lachen war zu hören. »Aber er hat mir seine Freude über den Vergleich mitgeteilt und mich gebeten, Charlotta sein Lob auszurichten. Außerdem wollte er, dass ich Folgendes bekanntgebe: Charlotta wird zur neuen Abteilungsleitung der Zivilrechtsabteilung ernannt. Die Stelle wird sie bereits im Herbst antreten. Meinen allerherzlichsten Glückwunsch, Charlotta! Alle Partner waren sich absolut einig, dass du diese Aufgabe übernehmen sollst, und du wirst sie ausgezeichnet ausfüllen!«

Charlotta schnappte nach Luft. Davon hatte sie nichts gewusst, und sie hätte auch nicht erwartet, dass eine solche Neuigkeit hier und jetzt bekanntgegeben würde. Sie konnte ein strahlendes Lächeln nicht zurückhalten. Am liebsten wäre sie vor Freude in die Luft gesprungen und hätte laut gejubelt.

Ihr Traum war Wirklichkeit geworden, endlich war er Wirklichkeit. Um sie herum hielten alle ihre Gläser hoch, um auf sie zu trinken, und sie war einfach nur verdammt stolz und glücklich.

»Sören wollte auch, dass ich euch allen ein schönes Mittsommerwochenende wünsche«, fuhr Ebba fort. »Und bevor ihr noch mehr Schampus trinkt oder auf After-Work-Partys verschwindet, gebe ich euch den Tipp, morgen zum Frühstück *Dagens Industri* zu lesen. Dort wird unsere Gegenseite Gaia eine lange Pressemitteilung zum Vergleich veröffentlichen. Ich bin schon gespannt, wie sie nach allem, was passiert ist, ihren Ruf retten wollen. In jedem Fall gibt es jetzt über hundert bolivianische Arbeiter, die einen richtig guten Sommer und vor allem eine Wiedergutmachung bekommen werden. Ich finde, wir sollten auch auf sie anstoßen.« Ebbas Augen glänzten ein wenig. Vielleicht war es aber auch nur die gleißende Sonne, die sich darin spiegelte. Charlotta war sich nicht ganz sicher.

44

Ignacio verbesserte noch den letzten Satz der Pressemitteilung, bevor er sie an Christopher schickte. Dann verließ er den Konferenzraum und ging durch die leeren Korridore. Alle hatten ihre Büros früh verlassen, um sich auf das Mittsommerfest vorzubereiten.

Christopher saß vor seinem Notebook, und als Ignacio klopfte, stand er auf und zog sich sein Jackett an. »Ich habe gesehen, dass du mit der Pressemitteilung fertig bist.«

»Genau. Danke, dass ich den Konferenzraum nutzen durfte.«

»Kein Problem. Es ist schön, dich vor Ort zu haben, und sei es nur für einen Nachmittag.« Christopher klappte sein Notebook zu. »Jetzt habe ich jedenfalls dafür gesorgt, dass das Geld überwiesen wird.« Er tat so, als wische er sich den Schweiß von der Stirn, und blickte Ignacio ernst an. »Ich muss mir eingestehen, dass ich schon vor Monaten hätte denken sollen wie du und bereits damals den Vorstand hätte überzeugen müssen. Aber ich habe wohl den Ernst der Lage nicht erkannt.« Er nickte in Richtung Flur. »Was hältst du davon, ein Bier trinken zu gehen und den Umstand zu betrauern, dass ich um einige Millionen ärmer bin?«

»Aber du wirst das Geld bald wiederbekommen. Auf gute und ehrliche Weise.«

Lachend klopfte Christopher ihm auf die Schulter. »Vorausgesetzt, du modifizierst meinen Geschäftsplan und überzeugst mich davon, gar kein Geld mehr zu verdienen. Was sollte ich nur tun ohne deinen Idealismus?«

Sie schalteten die Alarmanlage ein und verließen das leere Bürogebäude.

»Also, wohin gehen wir?«, fragte Ignacio, als sie hinaus auf die Kungsgatan traten.

»Was hältst du vom Riddaren?«

»Weil du hoffst, dort eine gewisse Anwältin zu treffen?«, fragte Ignacio lächelnd. Charlotta hatte ihm von Christopher und ihrer Kollegin erzählt. Die Gerüchte, warum er damals Stockholm verlassen hatte, stimmten also.

»Nicht mehr als du auch.«

»Falls du Charlotta meinst, das habe ich wohl vermasselt.«

»Ach? Wie zum Henker hast du das geschafft? Ihr habt euch doch kaum gesehen?«

Ignacio schüttelte den Kopf. »Lange Geschichte.«

»Wer weiß, vielleicht ist sie ja dort.«

Ignacio lächelte als Antwort. »Ich gehe gerne zum Riddaren. Ich finde, sie haben ausgezeichnetes Bier vom Fass. Welche Anwältinnen dort hingehen, ist mir egal.«

»Und ich mag den Riddaren, weil sie mehr als zwei Whiskysorten haben, die ich mir vorstellen kann zu trinken.«

»Okay«, meinte Ignacio augenzwinkernd. »Dann machen wir das.«

»Dann machen wir das«, wiederholte Christopher und lachte laut.

Im Riddaren war es voller als sonst. Am Eingang blieben sie stehen, und Christopher scannte die Leute im Lokal. Sie musste einfach hier sein. Er kannte Dessie. Wenn ein hoher Feiertag war, half auch kein Berg voller Arbeit mehr – sie suchte in Bars Zuflucht. Nicht wegen des Alkohols, sondern wegen der Gesellschaft. Sie war so wie er.

Dann sah er sie. Ganz hinten in einer Ecke, zusammen mit ein paar Juristen, mit denen sie schon ausgegangen war, als sie sich kennenlernten. Er fühlte sich plötzlich in die damalige Zeit zurückversetzt. Auch da hatte er Orte aufgesucht, wo er Dessie vermutete.

Im selben Augenblick sah sie auf. Sie lächelte breit und winkte ihm zu. Er hob den Kopf zur Begrüßung und ging in ihre Richtung, mit Ignacio im Schlepptau, der sich suchend umschaute. Ignacio war ganz eindeutig für diese Frau entbrannt. Christopher stellte fest, dass wirklich jede Frau Ignacio nachblickte, als er durch die Bar ging. Die blonde Anwältin war jedoch nirgends zu sehen.

Christopher begrüßte flüchtig Dessies Freunde und machte dann Dessie und Ignacio miteinander bekannt. Dann setzte er sich neben sie.

Sie beugte sich zu ihm hin. »Danke für letztens.« Sie duftete nach dem Wein, den sie gerade getrunken hatte, und dem Parfüm, nach dem damals immer sein Bettlaken gerochen hatte, als sie bei ihm gewesen war.

»Was wollt ihr trinken?«, wollte Ignacio wissen, der sich noch nicht hingesetzt hatte, sondern weiter Ausschau hielt. Sein Hals schien jedes Mal länger zu werden, wenn er sich im Lokal umsah.

»Gerne einen Whisky!«

Ignacio nickte. »Und ihr Mädels?«

»Noch ein Glas Rosé, bitte!« Dessie hielt ihr leeres Glas hoch. »Und für die anderen beiden dasselbe.«

Ignacio verschwand an die Bar.

»Charlotta ist nicht hier«, sagte Dessie und lehnte sich noch näher zu Christopher. »Sie ist heute Nachmittag nach Hause nach Ludvika gefahren.«

Er nickte. »So, so. Das müssen wir Romeo erzählen, wenn er wieder hier ist.«

Kurz darauf war Ignacio mit den Drinks zurück. Er stellte sie auf den Tisch und sah sich erneut um.

»Du renkst dir bald den Nacken aus. Wäre doch schade, wenn du ausgerechnet an Mittsommer zum Orthopäden müsstest.« Christopher lächelte schelmisch und legte dann seine Hand auf Ignacios Oberarm.

»Sie ist nicht hier.«

»Was?«

»Charlotta«, verdeutlichte Dessie. »Sie ist nach Hause nach Dalarna gefahren.«

»Aha.« Ignacio versuchte gar nicht erst, seine Enttäuschung zu verbergen, sondern nahm einen Schluck Bier und blickte sie resigniert an. Einen kurzen Moment später stellte er das Bier zurück auf den Tisch und zog sein Jackett an. »Egal.« Er lächelte in die Runde. »Ich gehe. Euch beiden ein schönes Mittsommerfest.« Er verschwand zum Ausgang.

Christopher und Dessie lachten verwundert, dann wandte er sich an sie. »Und was passiert bei dir an Mittsommer? Feierst du mit deiner Familie?«

»Mein Bruder ist in Tokio, und ich habe keine Lust, mich mit meinem Vater zu treffen. Aber ich bin bei Freunden in ihr Sommerhaus eingeladen.«

Christophers Vater würde mit seiner Familie in seinem Sommerhaus auf Ingarö sein, und er selbst war bei einem alten Freund eingeladen, der mit seiner Familie in einem anderen Teil der Schären feiern wollte. Er hatte sich über die Einladung des Freundes gefreut, kam aber nicht umhin, sich als fünftes Rad am Wagen zu fühlen.

Er legte seine Hand auf ihre. Sie war warm und zart wie immer. Vielleicht lag es an Ignacios Ehrlichkeit, dass es plötzlich aus ihm heraussprudelte: »Wollen wir nach Italien fahren? Wir nehmen den Zug über Hamburg, übernachten und machen uns dann ein paar schöne Tage in Italien. Essen gutes Essen, trinken den besten Wein und göttlichen Kaffee unter Zypressen.«

Dessie verzog das Gesicht. »Was redest du da? Ich habe schon Pläne. Es gibt Tanz um den Mittsommerbaum und Heringsessen. Das gesamte Paket.«

»Du magst Mittsommerbäume doch gar nicht. Ebenso wenig wie Hering, Schnaps und andere Traditionen.«

Sie sah ihn lange an. »Du doch auch nicht.«

»Stimmt. Deshalb finde ich, wir sollten nach Italien fahren.«

Sie schwieg.

»Dessie, komm mit mir. Können wir unseren unschönen Start nicht einfach vergessen? Wir haben etwas Besseres verdient.«

Ihre Augen wurden feucht. »Die Reise dauert mehrere Tage, länger als ein Mittsommerwochenende«, flüsterte sie.

»Das ist es wert. Wie immer hast du wahrscheinlich viel zu hart gearbeitet, du brauchst Urlaub.« Er drückte ihre Hand. »Komm mit mir«, sagte er noch einmal.

Sie atmete tief durch und lächelte ihn dann vorsichtig an. »Okay.« Ihre Stimme klang stärker.

»Nach Italien?«, fragte er, noch unsicher, ob er sie wirklich überredet hatte.

Ihr Gesicht strahlte. »Nimm mich mit nach Italien!«

45

»Aber es ist doch sonnenklar, dass er das für dich getan hat. Warum sollte er dir sonst ein Dokument übergeben, das seinem Unternehmen schaden würde?« Maria stellte die Schnapsgläser auf das Tablett.

»Gaia ist ja nicht Ignacios Unternehmen, er ist nur dort angestellt.«

Maria sah sie irritiert an. »Du verstehst genau, was ich meine. Ich finde jedenfalls, dass er im Großen und Ganzen alles getan hat, was ihm körperlich möglich war, damit du ihm verzeihst.«

Charlotta seufzte tief. »Er hat es nicht getan, damit ich ihm verzeihe, sondern weil er sich dazu gezwungen sah. Was meinst du mit körperlich möglich?«

»Na ja, ich weiß ja nicht, ob er auch geistige Kräfte eingesetzt hat, darauf kann ich nicht antworten.«

Charlotta rollte nur mit den Augen.

Der Mittsommerabend war bis jetzt äußerst angenehm verlaufen. Carl-Adam und Jack hatten sie mit Frühstück auf dem Steg überrascht, um ihren neuen Chefposten zu feiern. Sie hatten gebadet, Erdbeeren und Croissants gegessen und Sekt getrunken, bis sie leicht angeheitert waren. Dann hatten sie zusammen mit ihrem Vater Großmutter abgeholt und waren zu Maria, Patrik und den Kindern gefahren.

Dort hatten sie schon mal das Heringsessen vorbereitet, damit sie gleich nach dem Tanz um den Mittsommerbaum essen konnten. Carl-Adam hatte sein Versprechen gehalten und Ignacio nicht erwähnt, aber jetzt hatte Maria offenbar vor, ihr die Stimmung zu verderben, indem sie nach ihm fragte.

»Aber warum hätte er seine ganze Karriere riskieren und hinter dem Rücken seines Arbeitgebers agieren sollen, wenn nicht für dich?«

»Er hat es wegen seiner eigenen Prinzipien getan. Das hat er selbst gesagt.«

»Aber er hätte die Dokumente doch allen möglichen anderen Personen geben können außer dir. Seinem Chef zum Beispiel oder dem Anwalt?«

»Er wollte tun, was richtig war.«

»Und dich davon profitieren lassen?«

»Er hatte mir ja den Beweis gestohlen.«

»Aber wenn er wirklich nur prinzipientreu wäre und überhaupt nicht an dir interessiert, warum hat er dann nicht zuerst mit seinem Arbeitgeber gesprochen, sondern alles geopfert, um seinen Fehler wieder geradezubiegen und dir zu helfen?«

Charlotta schüttelte den Kopf. In diesem Moment konnte sie es überhaupt nicht leiden, dass ihre Schwester immer meinte, alles genau zu verstehen. Charlotta verstand es ja selbst nicht.

»Jetzt bin ich etwas gemein: Wer von uns beiden ist eigentlich verheiratet?« Maria strich ihr eine Haarsträhne hinters Ohr und sah sie mit ihrem Große-Schwester-Blick an. »Vertrau mir einfach mal. Ich finde, du solltest ihm eine Chance geben. Er hat all das für dich getan. Das kannst du nicht einfach ignorieren.«

Ohne zu antworten, legte Charlotta die Butterbrote, die sie geschmiert hatten, in die Kühltasche für das Picknick unterm

Mittsommerbaum. Auch wenn Maria recht haben sollte, so hatte sie inzwischen bestimmt keine Chance mehr.

»Kommt, Mädchen, es wird Zeit!« Papa kam in die Küche, Großmutter hinter ihm her. Beide trugen ihre Volkstracht.

»Wo sind die Kleinen?«

»Sie sind schon zusammen mit Jack und Carl-Adam zum Mittsommerbaum gegangen. Sie waren viel zu aufgeregt, um noch länger zu warten«, sagte Maria.

Zum Glück griff Maria das Thema nicht wieder auf, und sie gingen hinunter zum Badeplatz. Charlotta wollte nicht, dass Carl-Adam etwas mitbekam, das wäre nur Wasser auf seine Mühlen gewesen. Wenigstens hatte das Gespräch mit Maria sie auf andere Gedanken gebracht als den, wer wohl sonst noch unterm Mittsommerbaum auftauchen würde.

Jedes Jahr wurde der Baum am Badeplatz neben Marias und Patriks Haus aufgestellt, und es kamen immer viele Leute.

Mehrere ihrer alten Schulkameraden wohnten in der Nähe, und jetzt kam die Nervosität. Doch sie bemühte sich, die Gedanken zu verdrängen, den Tag zu genießen und das Frühsommerspektakel zu betrachten. Die Pusteblumen schienen über dem Meer aus Klee und Butterblumen zu schweben, der Himmel war strahlend blau, und ganz hinten war der Mittsommerbaum zu sehen, farbenfroher als je zuvor, dahinter der spiegelglatte, tiefblaue See, umgeben von dichtem Nadelwald. Der Platz war voller Menschen, alten und jungen. Die Anzahl war schwer zu schätzen, aber Charlotta vermutete, dass es an die hundert waren. Carl-Adam tanzte bereits einen improvisierten Tanz mit den beiden Kleinen. Als die beiden kleinen Nichten sie entdeckt hatten, rannten sie Hand in Hand auf sie zu. Sie fing sie mit beiden Armen ein. »Charlotta, Charlotta, Jack hat gesagt, dass ich auf seinem Rücken reiten darf, wenn wir ›Die Fröschelein‹ singen«, sagte Vera.

»Darf ich auf deinem Rücken reiten?«, fragte Stella.

»Klar!« Charlotta hockte sich hin, ließ das Mädchen aufsteigen, und zusammen liefen sie hinunter zu Jack und Carl-Adam.

Die Spielleute hatten sich schon neben dem Baum versammelt und stimmten ihre Instrumente. Großmutter sah verstohlen zu einem hochgewachsenen Mann, der in ihrem Alter zu sein schien und einen für sein Alter vollen Haarschopf in verschiedenen Silbertönen hatte.

»Wem schaust du denn hinterher?«, fragte Charlotta.

»Nils-Åke. Sieht er nicht gut aus?«

Charlotta nickte. »Doch, auf jeden Fall.«

»Weißt du, er hat gerade erst mit dem Tanzen angefangen. Gösta hat ihn eines Abends mitgebracht, und dann ist er hängen geblieben. Er ist seit mehreren Jahren verwitwet.« Mormor blickte wieder zu dem Mann, der sich mit dem Rest der Volkstanzgruppe bereitmachte.

»Willst du nicht mittanzen?«, fragte Charlotta.

»Nein, ich möchte lieber mit euch tanzen.«

Sie schlossen sich den anderen an, die einen Kreis um die Volkstanzgruppe gebildet hatten. Großmutter blickte zu Jack und Carl-Adam. »Wenn ich mit ein paar jungen Männern zusammen bin, falle ich ihm vielleicht eher auf.«

»Wem willst du auffallen?«, fragte Jack.

»Großmutter hat einen Flirt am Laufen.«

»Aha?« Jack lächelte. »Dann wollen wir natürlich dafür sorgen, dass er dich bemerkt.«

»Ist es dieser Evert, von dem du gesprochen hattest?«, fragte Carl-Adam.

Großmutter machte eine abwehrende Geste. »Nein, nein. Mit Evert habe ich mich früher getroffen, aber er war mir zu langweilig. Nie wollte er ausgehen, sondern immer nur mit seinem Kreuzworträtsel zu Hause herumsitzen.«

Carl-Adam lächelte Charlotta an und murmelte in ihr Ohr: »Dieses männermordende Gen scheinst du ja überhaupt nicht geerbt zu haben. Nimm dir ein Beispiel an deiner Großmutter.«

Charlotta lachte, und im selben Moment war ein einzelner Geigenton zu hören. Dann setzten die übrigen Instrumente ein, und schon waren Musik und Tanz in vollem Gange. Die Mädchen tanzten zwischen ihr und ihrem Vater, während Jack und Carl-Adam Großmutter in ihre Mitte nahmen. Maria und Patrik saßen mit dem Picknickkorb im Gras. Lieder und Tänze wechselten sich ab, und Großmutter warf Nils-Åke begehrliche Blicke zu, doch der war voll und ganz auf seinen Tanz konzentriert.

Jetzt wurde *Zum Tanze, da geht ein Mädel* gespielt. »Jetzt machen wir ihn eifersüchtig«, meinte Jack und tanzte mit Großmutter im Arm, immer rundherum, im Inneren des riesigen Kreises aus tanzenden Menschen. Dann beugte er sie direkt neben Nils-Åke nach unten. Großmutter lachte laut, und Nils-Åke sah die beiden lächelnd an. Mormor zwinkerte ihm zu, und als sie mit Jack zurück zu den anderen kam, errötete sie leicht.

»Tanz auch mit mir so!«, rief Stella und zog an Jacks Hand.

»Na klar.« Jack nahm ihre Hände und wirbelte sie herum, bis sie vom Boden abhob. Stella lachte entzückt. Charlottas Vater entschuldigte sich kurz und ging zu einer Frau, die er zur Begrüßung umarmte. Charlotta fragte sich, wer sie war.

Erst, als die Spielleute eine Pause einlegten, fiel ihr auf, dass sie überhaupt nicht an ihre Peiniger gedacht hatte. Zum ersten Mal seit vielen Jahren hielt sie sich völlig entspannt in Ludvika auf, ohne sich darum zu kümmern, wer in der Nähe war.

Auf dem Weg zu Maria und Patrik hielt sie Ausschau und entdeckte Robban, einen der schlimmsten Mobber von damals, der nur wenige Meter entfernt mit einigen Freunden auf einer Decke saß. Er legte den Kopf in den Nacken, während er aus einer Bierdose trank. Im selben Moment begegnete er ihrem Blick und nickte ihr zu. Sie nickte kurz zurück und ließ sich neben Maria und Patrik nieder, die sich mit Sekt zuprosteten.

Maria lachte über etwas, das Patrik gesagt hatte, und lehnte sich an ihn. Er küsste sie aufs Haar und dann auf den Mund. Charlotta freute sich so für sie, dass sie ihren Patrik hatte und glücklicher wirkte als je zuvor. Wenn ihr all das in der Kindheit nicht passiert wäre, hätte sie dann auch noch in Ludvika gewohnt? Wäre sie ihrer großen Liebe begegnet? Hätte sie in der Nähe der Natur und der Familie gelebt? Dann sah sie Carl-Adam an, der ihr ein gut gefülltes Glas Sekt reichte und sie auf die Wange küsste. Dann hätte sie ihn nie getroffen. Vielleicht wäre sie noch nicht einmal Juristin geworden, und sie liebte ihre Arbeit.

In dem Moment beschloss sie, die Stadt und ihre Vergangenheit miteinander zu versöhnen. Es war an der Zeit, neue, glückliche Erinnerungen mit Ludvika zu verbinden. Erinnerungen an ihre kleinen Nichten – Schulfeste, Lucia-Umzüge und Maifeuer. Sie würde damit anfangen, den Sommer in Ludvika zu verbringen, dachte sie. Mit den Kindern spielen, Boot fahren auf dem See und mit Großmutter auf der Veranda sitzen. Auch wenn sie in diesem Frühling tief gefallen war – sie hatte sich wieder aufgerappelt und eingesehen, dass ihr nicht die ganze Welt etwas Böses wollte.

Nicht einmal Ignacio wollte ihr Böses. Sie seufzte leise. Sie wollte nicht an ihn denken. Trotzdem lag es ihr auf der Seele. Hatten Maria und Carl-Adam recht? Er hatte viel für sie geopfert, das sah sie ein, aber war seine Erklärung ehrlich? Hatte sie ihn weggestoßen wegen eines Missverständnisses, das sie selbst verursacht hatte?

Papa stand noch immer da und sprach mit dieser Frau. Charlotta nahm sie genauer in Augenschein. Sie war hübsch, hatte welliges rotes Haar und trug ein blumiges Kleid. Papa lachte über etwas, das sie gesagt hatte, und legte den Arm um sie. Die beiden sahen tatsächlich verliebt aus.

»Wer ist das?« Charlotta stupste Maria mit dem Ellenbogen an und nickte in Richtung des Vaters.

»Wenn du Zeit hättest, mit mir zu sprechen, dann wüsstest du, dass das Eva ist und dass Papa und sie daten.«

»Daten?«

»Genau.«

»Er wirkt ganz begeistert von ihr.«

»Ich glaube, das könnte was werden.« Sie rollte mit den Augen. »Etwas Längerfristiges diesmal.«

Charlotta lächelte. Sie freute sich für ihren Vater. Es war lange her, seit er zuletzt eine Frau kennengelernt hatte.

»Nur du hast keine Dates«, sagte Maria und nickte in Richtung Mittsommerbaum, wo Großmutter stand und sich mit Nils-Åke unterhielt. Sie zwirbelte eine Haarsträhne zwischen ihren Fingern wie ein Teenager, während sie ihm intensiv in die Augen sah und eine Hand auf seinen Arm legte.

Die Pause war vorüber, und Charlotta stand auf. Als sie sich umdrehte, stieg ihr erst eine Bierfahne in die Nase, und dann fiel ihr Blick auf ein bärtiges Doppelkinn. Sie sah in ein blaues Augenpaar, das alle Mädchen in der Mittelstufe unwiderstehlich gefunden hatten.

»Hey, wie schön, dich hier zu sehen.« Robban machte eine Geste mit seiner Bierdose, die er offenbar für höflich hielt.

»Hej.«

»Lange nicht gesehen. Auf irgendeinem Ehemaligentreffen, glaube ich. Du wohnst in Stockholm, oder?«

»Das stimmt.«

»Anwältin und so, wie ich gehört habe.«

»Genau. Und du? Du hast Familie?«

»Tja, die Kids wohnen bei ihrer Mutter. Ich bin mit ein paar Kumpels hier.«

Carl-Adam tauchte an ihrer Seite auf. »Der Tanz fängt an, Charlotta.«

Als sie mit ihm mitgehen wollte, hielt Robban sie am Arm fest. »Du, äh … hättest du Lust, mal was zusammen zu machen?« Er musterte sie. Sein Blick hielt an ihrer Oberlippe inne, als begutachtete er, ob sie ausreichend normal aussah. »Wenn du mal hier bist? Das wäre cool.«

Charlotta atmete tief ein. »Nein, ich habe keine Lust. Ich würde es nämlich gar nicht cool finden. Früher in der Schule warst du furchtbar zu mir. Also habe ich überhaupt keine Lust, mich mit dir zu treffen.« Sie schüttelte seinen Arm ab und eilte Carl-Adam hinterher.

»War das einer von den Schlimmen?«, fragte Carl-Adam.

»Yes.«

»Das sieht man. Er hat so eine bestimmte Ausstrahlung – wie jemand, dessen beste Zeit fünfzehn Jahren zurückliegt, und seitdem ist es nur noch bergab gegangen.«

Charlotta widersprach ihm nicht.

»Aber es muss sich doch gut anfühlen, nach Hause zu kommen und sich zu rächen.«

Sie dachte nach. Immer hatte sie davon geträumt, es hatte sie über die Schulzeit gerettet, dass sie es ihnen eines Tages zeigen würde. Aber das gute Gefühl stellte sich nicht ein.

»Ein bisschen vielleicht. Aber am schönsten ist, dass ich endlich merke, dass ich das alles irgendwie hinter mir gelassen habe. Dass ich hier bin, ohne Panik zu haben.« Sie legte die Arme um Carl-Adam. »Und dass ich meinen besten Freund mit zu dem Ort genommen habe, für den ich so gemischte

Gefühle habe und den ich wieder zu meinem eigenen Ort machen möchte.«

»Du hast recht, wir machen Ludvika wieder zu deinem Ort.« Er umarmte sie ebenfalls. »Ich bin stolz auf dich, dass du so weit gekommen bist.«

Es stimmte, sie war weit gekommen. In diesem Frühling war ihr viel gelungen. Sie hatte für etwas gearbeitet, an das sie glaubte, sich ein für alle Mal aus Oscars Sklaverei befreit und gewagt, sich ihrer Vergangenheit zu stellen.

In dem Moment merkte sie, dass sie es gar nicht bereute, sich in Ignacio verliebt zu haben. Im Gegenteil, sie war froh darüber, dass ihr Hintergrund und ihre Geschichte sie nicht daran gehindert hatten, ihm zu vertrauen. Ohne das Verliebtsein hätte sie niemals erfahren, dass sie stark genug war auszuhalten, von der heiß geliebten Person enttäuscht zu werden, der sie vertraut hatte. Ebenso wie sie sich getraut hatte zu studieren, einen anspruchsvollen Job anzunehmen, einen Bekanntenkreis aufzubauen, Freundschaften zu schließen, Männer zu treffen und sich schließlich zu verlieben.

Nur noch eine Sache stand in diesem immerwährenden Heilungsprozess aus. Wenn sie es zuließ, jemanden wirklich zu lieben, wäre sie dann am Ziel angelangt? War die Lösung wirklich so einfach – und gleichzeitig so schwer?

Sie wollte es wagen, und sie hatte den halben Weg schon geschafft. Warum war sie noch so feige?

46

Erst als seine Mutter mit dem Brotmesser vor seinem Gesicht herumfuchtelte, merkte er, dass sie mit ihm sprach.

»Ignacio, reichst du mir bitte das Brot?«

»Immer mit der Ruhe. Du brauchst mich ja nicht zu erstechen.« Er reichte ihr den fast einen Meter langen Brotlaib.

»Du hörst mir ja nicht zu.« Sie griff sich das Brot und hieb mit dem Messer hinein. »Warum bist du so zerstreut? Ist es die Arbeit? Ich dachte, da gibt es jetzt nichts mehr zu grübeln. Du hast ja gekündigt.«

Ohne zu viel zu verraten hatte er erzählt, dass Gaia sich entschlossen hatte, die Arbeiter zu entschädigen, und dass er gekündigt hatte, weil er sich selbstständig machen und nach seinen eigenen Bedingungen mit Nachhaltigkeitsfragen arbeiten wollte. Der Begeisterungssturm seiner Eltern übertraf alle bisherigen Stürme, wenn sie stolz auf ihn gewesen waren. Falls er noch minimale Zweifel an seinem Entschluss gehabt hatte, so verschwanden sie in diesem Moment. Sein Entschluss war richtig. Er würde für Menschenrechte arbeiten und die Unternehmensberatung hinter sich lassen, die darin bestanden hatte, eine ständige Gratwanderung zwischen nachhaltiger Arbeit und einer ethischen Grauzone zu unternehmen. Ab jetzt würde alles schwarz oder weiß sein.

Eigentlich sollte sich jetzt alles richtig anfühlen. Er hatte sein Leben im Griff, wusste, wohin er wollte, und hatte sich seiner Arbeit noch nie so sicher gefühlt und einer neuen Herausforderung noch nie so gespannt entgegengesehen. Doch als er am Vorabend nach Hause gekommen war, hatte er nicht aufhören können, an Charlotta zu denken. Und er hatte wach gelegen.

Bis Mitternacht.

Bis ein Uhr.

Bis Viertel nach eins. Er hatte ihr schreiben wollen, dass er an sie dachte. Also schrieb er ihr. Löschte es wieder. Schrieb erneut. Löschte es.

Charlotta war ja nach Ludvika gefahren. Vielleicht war es das Schicksal? Außerdem würde sie ihm immer misstrauen. Wie sollten sie darauf eine Beziehung aufbauen? Und wenn sie es noch einmal hätte versuchen wollen, dann hätte sie wenigstens eine Hand ausstrecken können, oder zumindest einen kleinen Finger. Aber ihr Treffen im Hotel Diplomat war professionell und ruhig gewesen. Sie wollte es anscheinend so. Und vielleicht war es auch besser so.

Er reichte seiner Mutter das andere Brot. Sie schnitt es in Scheiben, legte sie in den Brotkorb und ging durchs Wohnzimmer hinaus auf die Terrasse, wo zwanzig Gäste warteten – Familie und Freunde.

»Was für ein Glück, dass wir das Partyzelt aufgebaut haben. Es könnte jeden Moment regnen«, sagte Mama, als sie zurückkam und durchs Küchenfenster lugte.

»Ja, wie so oft an Mittsommer.« Ignacio nahm den Graved Lachs, den er in der Hötorgshallen gekauft hatte, aus dem Kühlschrank, legte ihn auf die Arbeitsfläche und sah auf sein Handy. Vielleicht hatte sie ihm geschrieben …

Aber nein. In diesem Moment – an dem angerichteten Mittsommerbüfett, zu den Klängen von Schnapsliedern aus dem

Garten – wurde ihm klar, dass er sich mit dem Gedanken anfreunden musste, niemals mit Charlotta zusammenzukommen.

Nach dem Mittsommerbrunch verschwanden alle hinunter zum See, um zu baden, außer Carl-Adam und Charlottas Vater, die im Haus blieben, um das Abendessen vorzubereiten. Als Charlotta zusammen mit den anderen wieder zurück zum Haus ging, mit kalter Haut vom Baden und nassem Badeanzug, stieg ihr der Duft frisch gegrillten Fleisches in die Nase und dieser besondere, scharfe Duft der Chorizos, der sie an jenen Abend erinnerte, als Ignacio und sie sich im Grilldunst näher kennengelernt hatten.

Als sie in den Garten traten, hielt Carl-Adam mit der Grillzange eine dampfende Wurst hoch. »Perfektes Timing. Das Essen ist fertig und muss nur noch serviert werden. Es gibt chilenische Chorizos à la Carlos Vargas und trocken gereiftes Beefsteak. Aber damit warten wir noch, damit die Garstufe perfekt wird.«

»Für mich gerne durchgebraten, ich mag keine blutigen Steaks«, sagte Großmutter und zuckte zusammen, als ein Piepen aus ihrer Tasche zu hören war.

»Ich will auch kein Blut essen«, erklärte Vera.

Das Piepen hörte nicht auf.

»Mormor, dein Telefon klingelt.« Maria zeigte auf Großmutters Tasche.

»Ach ja. Ich habe mich noch immer nicht daran gewöhnt, ständig ein Telefon dabeizuhaben.« Sie holte es hervor. »Ja, hier ist Maj? Oh, hej, Nils-Åke! Ja, danke gleichfalls. Du hast so schön getanzt eben!«

Maria, Patrik und die Kinder gingen ins Haus, um sich umzuziehen. Charlotta nahm sich ein Glas Sekt, das ihr Vater ihr auf einem Tablett servierte. Dann sank sie neben Jack auf die

Hollywoodschaukel. Gleich würde sie trockene Kleider anziehen, aber noch wollte sie die Abendsonne genießen.

»Heute Abend?«, sagte Großmutter laut und lächelte dann breit. »Wir wollen gerade noch zu Abend essen, aber dann können wir uns gerne auf einen Kaffee treffen. Bei mir oder bei dir?« Großmutter sprach lauter, als wollte sie, dass alle es mitbekamen. »Gut, dann sehen wir uns bei dir. Wie ist deine Adresse?« Stolz blickte sie die anderen an. »Warte mal, ich hole eben Bleistift und Papier.«

Carl-Adam setzte sich zwischen Charlotta und Jack und machte große Augen. »Habe ich das jetzt richtig verstanden – deine Großmutter hat gerade einen Booty Call erhalten?«

»Scheint so.« Charlotta lachte auf, zog dann aber eine Grimasse. »Hoffentlich hält ihr Herz das aus.«

Ihr Vater kam in den Garten und brachte noch einen Teller und Besteck mit. »Wir decken für eine Person mehr.« Er stellte den Teller zwischen die anderen am Tisch. »Eva kommt vorbei.« Etwas, was sie noch nie an ihrem Vater gesehen hatte, blitzte in seinen Augen auf. Herrgott, ihr Vater war verliebt.

Es war schön, ihn so glücklich zu sehen. Irgendwie befreiend. Und sie dachte an ihre Einsicht vom Vormittag, nahm ihr Handy und suchte sich Zugverbindungen heraus. Der nächste Zug nach Stockholm ging um acht Uhr.

Sie würde trockene, warme Kleidung anziehen und dann noch einmal darüber nachdenken.

Eine Stunde später hatte sie den Gedanken noch immer nicht verworfen. Stattdessen machte er sie ganz aufgeregt und erwartungsvoll.

»Sag mal, Jack, weißt du, wo Ignacio Mittsommer feiert?«, fragte sie.

Alle am Tisch verstummten.

»Bei seinen Eltern, warum?«

»Was meinst du, wie lange er dort ist?«

»Ich denke, er übernachtet dort.« Jack sah sie fragend an.

Das war der Moment, in dem sie ihre Entscheidung traf. Was hatte sie eigentlich zu verlieren?

Sie stand vom Tisch auf und sah ihre Schwester und ihren Schwager an. »Danke, Maria und Patrik, für die wunderbare Mittsommerfeier. Ich muss los.«

»Was, schon?« Ihr Vater sah sie enttäuscht an.

»Ich komme morgen zurück und bleibe noch ein paar Tage. Aber ich muss heute Abend nach Stockholm. Ich habe etwas zu erledigen.«

»Immer diese Arbeit. Es ist Mittsommer!«, sagte Großmutter.

»Es hat nichts mit der Arbeit zu tun, versprochen.«

»Es hat mit Liebe zu tun.« Carl-Adam lächelte glücklich.

Charlotta eilte die Straße hinunter zum Haus ihres Vaters, bestellte ein Taxi und packte das Nötigste ein. Sie erreichte den Zug gerade noch rechtzeitig. Ausnahmsweise gab es keine Verspätungen. Der Zug war leer. Niemand fuhr so spät am Mittsommerfest noch Zug.

Um halb eins in der Nacht war sie in Stockholm, aber sie konnte nicht warten. Sie wollte jetzt mit ihm sprechen. Heute Nacht.

Vor dem Hauptbahnhof sprang sie in ein Taxi, das sie nach Upplands Väsby brachte. Die Adresse hatte sie von Jack bekommen. Auf einem Parkplatz neben dem Wohngebiet von Ignacios Eltern stieg sie aus dem Wagen. Es dämmerte bereits, und am Horizont war ein heller, blaugrüner Streifen zu sehen.

Sie brauchte eine Weile, bis sie das Haus gefunden hatte, es war inzwischen noch heller geworden.

Das Haus war dunkel, aber sie hörte Gelächter und Gesang. Vielleicht war er ja noch wach?

Sie sah auf die Uhr. Viertel nach eins. Ein Lächeln huschte über ihr Gesicht, und sie schrieb: *Es ist Viertel nach eins.*

Die Antwort kam sofort: *Ich weiß.*

Ihr Herz stockte.

Ich bin hier. Draußen. Sie blickte wieder zum Haus.

Wenige Sekunden später kam er nach draußen. In Jeans und einem schwarzen Strickpullover.

»Was machst du hier?« Er klang ernst.

Was tat sie eigentlich hier? Es war schließlich mitten in der Nacht. Während der Zugfahrt hatte sie hin und her überlegt. Wenn Ignacio noch ein Versuch wagen wollte, hätte er dann nicht im Hotel Diplomat etwas gesagt? Sie hatte ihre Chance schon bekommen, und nun wusste er, wie kompliziert sie war. Warum sollte er sich noch einmal darauf einlassen? Aber sie musste es versuchen, fand sie. Musste es wissen.

»Ich konnte nicht anders, ich musste dich einfach treffen.«

Lautes Lachen war aus dem Garten zu hören. »Tut mir leid, dass ich mitten in der Feier störe.«

»Das macht nichts, es ist eh schon spät. Die, die jetzt noch da sind, sollten eigentlich nach Hause gehen«, sagte er lächelnd. Dann schwieg er.

»Ich wollte darüber reden, wie alles gekommen ist«, sagte sie zögernd.

Er nickte.

Sie sah ihn an. Einmal tief Luft holen, dann war sie bereit. »Ich wollte nur sagen, ich habe jetzt verstanden, dass du alles so gemeint hast, wie du es an jenem Abend gesagt hast. Und ich habe eingesehen, dass ich dich nicht einfach verlieren kann. Ich darf dich nicht wegen meiner dummen Angst verlieren.« Sie sah auf ihre geballten Fäuste und dann auf ihn. »Ich bin bereit. Ich will dich sehen, ich will mit dir zusammen sein und sehen, wohin das hier führt und der Sache eine Chance geben. Und ich …« Sie unterbrach sich. *Ich bin ganz schrecklich verliebt in dich*, wollte sie sagen. Aber konnte sie diese Worte wirklich sagen? Was war, wenn er nicht so empfand? Stattdessen sagte sie: »Ich habe so viel von dir gelernt. Du hast mich dazu gebracht, auf eine Weise an mich zu glauben, die ich nicht gewöhnt bin, und ich kann dich nicht einfach gehen lassen. Wenn du mich noch sehen willst …« Ein kühler Wind kam auf, und sie zog ihre Jacke enger um sich.

Er betrachtete sie eine Weile, bevor er antwortete. »Ich habe in der letzten Woche ununterbrochen an dich gedacht.« Er lachte auf. »Eigentlich die letzten Monate.« Er blickte zu Boden, und ihr Blick schweifte über die quadratischen Fliesen der Terrasse. »Aber dann dachte ich, dass alles wohl so sein sollte und dass es einfach zu kompliziert ist.«

Ihr Mut sank. Was meinte er damit? War das alles nur ein Missverständnis? Aber dann verwarf sie den Gedanken. Sie musste sich nun ihrer größten und letzten Angst stellen, um Ignacio wissen zu lassen, was sie fühlte. Und wenn er noch immer nicht an sie beide glaubte, dann hatte sie es wenigstens versucht.

»Ich fürchte nur, dass du mir immer misstrauen wirst. Du hast so schnell deine Schlüsse gezogen, was den Beweis betraf«, fuhr er fort. »Was ich getan habe, war dumm, und es vergeht kein Tag, an dem ich es nicht bereue. Aber gleichzeitig frage ich mich natürlich auch, was du eigentlich für ein Bild von mir hast.«

Sie nahm seine Hand. »Es ging gar nicht um mein Bild von dir, sondern um das, was ich über mich selbst dachte. Was ich wert war, und meine Erwartungen an das, was andere über mich denken.«

Ein Donnern war zu hören. Ohne dass sie es gemerkt hatte, waren dunkle Wolken aufgezogen, und der helle Streifen am Himmel hatte sich verdunkelt.

»Und so viel hat sich verändert«, sagte sie. »Ich bin jetzt anders. Nur die alte Charlotta hat dir misstraut.«

Der erste Regentropfen fiel. Dann der zweite, und als Ignacio sie an der Hand nahm und sie mit sich unter das kleine Vordach über der Haustür zog, fiel der Mittsommerregen auf die Steinplatten und Fliederbüsche.

»Und wie ist die neue Charlotta?«

Sie lächelte. »Die neue Charlotta ist sicherer. Und klug genug, um niemandem unnötig zu misstrauen. Die neue Charlotta ist in Ignacio verliebt.«

Er sah sie verwundert an, und sie konnte es kaum fassen, dass sie das gerade gesagt hatte.

»Ich bin so verliebt in dich«, sagte sie noch mal. »Ja, verliebt. Ich will bei dir sein, ich will uns eine Chance geben. Willst du mich zurückhaben?«

Er legte seine Hand an ihre Wange und sah sie ernst an. »Und ich bin verliebt in dich.« Er lächelte, nahm ihre Hand und drückte sie fest. »Aber wir müssen uns nicht in irgendwas hineinstürzen, ich kann warten.«

Ungeduldig schüttelte sie den Kopf. »Das ist jetzt aber nicht das, was ich hören will. Jetzt möchte ich nur hören, dass du mich zurückwillst und dass du glücklich bist, weil ich bereit bin und weil wir endlich zusammen sein können.«

Sein Gesicht erstrahlte, seine dunklen Augen glitzerten, und wie immer bekam sie ganz weiche Knie.

»Okay. Ich bin sehr glücklich, weil du nun bereit bist und wir zusammen sein können.«

In ihr jubilierte es. Sie beugte sich vor, um ihn zu küssen, hielt sich dann jedoch zurück. »Jetzt, wo du bei Gaia gekündigt hast, bist du mir ein Date schuldig.«

»Stimmt, du hast recht.« Er nahm ihre Hände, dann grinste er. »Aber du hattest doch schon ein Date mit mir. Einen ganzen Abend Country.« Er zwinkerte ihr zu und lehnte seine Stirn an ihre. »Und ich habe vor, dich auf mindestens tausend weitere solche Abende auszuführen.«

Zu den Klängen eines lauten Schnapsliedes aus dem Garten küssten sie sich langsam, und Charlotta wagte den Sprung in den freien Fall.

DANKSAGUNG

Zuerst möchte ich allen danken, die sich die Zeit genommen haben, mir Fragen zu den Rechtsgebieten zu beantworten, in denen ich nicht besonders bewandert bin. Was korrekt ist, habe ich euch zu verdanken, und was falsch ist, geht auf meine Kappe. Oder ich habe mir im Dienst der Geschichte gewisse Freiheiten erlaubt.

Die Ereignisse im Buch sind ausschließlich meiner Fantasie entsprungen. Ich habe mich bemüht, die juristischen Themen so realistisch wie möglich zu behandeln, allerdings fand ich es als Juristin sehr befreiend, ausnahmsweise die Gesetzeslage so steuern zu können, dass sie zur Geschichte passte, die ich erzählen wollte.

Bittere Realität hingegen ist die Existenz von Fabriken überall auf der Welt, in denen unmenschliche Arbeitsbedingungen und minderwertige Standards herrschen – Fabriken, die zu Todesfallen werden können. Die Gesetzeslage ist unklar, was die Unternehmensverantwortung für Menschenrechte betrifft, und westliche Unternehmen kommen nur allzu häufig ungestraft davon. Menschen auf der ganzen Welt leiden weiterhin und sterben sogar dafür, dass wir uns in der westlichen Welt billige Kleidung kaufen können. Aber das liegt nicht nur in der Verantwortung der Unternehmen – auch wir als Kunden tragen diese Verantwortung, wenn wir weiterhin so niedrige Preise erwarten. Billige Kleider sind nicht billig. Am Ende zahlt immer jemand den eigentlichen Preis.

Letztlich entscheidet die Nachfrage.

Triggerwarnung

Dieses Buch enthält Elemente, die triggern können.

Diese sind:
Mobbing